Anne-Marie Käfer

Konkurrenz hat rote Haare

Roman

Die Romane der »Roten Haare«-Serie sind wie folgt erschienen: »Lügen haben rote Haare«, »Eifersucht hat rote Haare«, »Temperament hat rote Haare«, »Zuversicht hat rote Haare« und »Engel haben rote Haare«. Die Geschichten sind abgeschlossen und können unabhängig voneinander gelesen werden.

Außerdem von der Autorin erschienen: »Apfelblütenküsse«

Taschenbuch 1. Auflage Mai 2016

annemariekaefer@yahoo.de

www.annemariekaefer.de

Herausgeber: Karin Wachsmann, Ottenschlag 7a, 46244 Bottrop
Korrektorat: Sybille Weingrill, www.swkorrekturen.eu
Satz: ebokks, www.ebokks.de
Umschlag: Juliane Schneeweiss, www.juliane-schneeweiss.de
Umschlag-Grafik: NinaMalyna

1. Der Spruch des Tages

Die Woche kann nicht besser anfangen. Das Jahr hat so viele Montage, ich finde aber, dass der heutige Montag ein ganz besonders schöner ist. Die Sonne lacht vom blauen Himmel, an dem kein Wölkchen zu sehen ist. Die Vögel zwitschern um die Wette. Und, was auch schön ist … ich stand zuerst unter der Dusche. Paul wird nach mir in die verglaste Kabine steigen, also muss *er* die Fliesen mit dem kleinen Abzieher trocken wischen.

Es ist verrückt. Ich erledige jede Hausarbeit, ohne mit der Wimper zu zucken. Aber die Fliesen nach dem Duschen von den Wassertropfen zu befreien, hasse ich wie die Pest.

Mit brachialer Gewalt quetsche ich den letzten Rest Zahnpasta aus der Tube und schrubbe meine Zähne. Weil mir beim Zähneputzen immer langweilig ist, habe ich neben dem Spiegel einen Tagessprüchekalender aufgehängt, von dem ich jeden Morgen ein Blatt abreiße, damit ich den Spruch des Tages lesen kann. Die Bilder sind immer sehr nett anzuschauen und die Sprüche regen schon am frühen Morgen zum Nachdenken an.

Ratsch! Mit einem Ruck reiße ich das Kalenderblatt ab, danach lese ich die Botschaft für den heutigen Tag.

> *Es gehört mehr Mut dazu, seine Meinung zu ändern, als ihr treu zu bleiben.*
>
> *Friedrich Hebbel.*

Für einen Augenblick halte ich mit dem Zähneputzen inne. Wenn das mal kein Wink mit dem Zaunpfahl ist, Paul endlich zu gestehen, dass ich eine meiner Meinungen geändert habe.

Seit Tagen drücke ich mich davor, Paul zu erklären, dass ich mich gegen ein zweites Kind entschieden habe. Schon Ende des letzten Jahres wollte er den Klapperstorch bemühen. Damals habe ich ihm mit einem Augenzwinkern erklärt, dass der gute Storch in Afrika überwintern würde und nicht zu sprechen sei. Paul ließ nicht locker und meinte, er würde dann im Februar oder März noch einmal anklopfen, dann käme der Storch nämlich wieder zurück nach Deutschland.

Im Februar und März habe ich Paul damit vertröstet, dass der große weiße Vogel nach dem langen Flug viel zu müde sei, um nach einem Baby Ausschau zu halten. Paul konterte damit, dass er aber im Juni oder Juli bestimmt wieder kräftig genug dazu sei. Dagegen hatte ich kein Argument.

Vor Wochen sprach er das Thema Nachwuchs erneut an. Paul hat mir dabei so flehentlich in die Augen geschaut, dass ich genickt habe.

Seitdem zeigt Paul unermüdlichen Einsatz. Er gibt Gas. Richtig Gas. Er ahnt aber nicht, dass ich die Pille nicht abgesetzt habe, weil ich schon einen Tag später anderer Meinung war. Ich habe sämtliche Pillen aus dem neuen Streifen gedrückt und sie in ein kleines Döschen gelegt, das als Dekoration auf dem obersten Küchenregal steht. So habe ich jeden Tag mit einem geschickten Griff für eine korrekte Verhütung gesorgt. Heute werde ich die letzte Pille vor der Einnahmepause werfen. Meine Eierstöcke haben nicht im Traum daran gedacht, auch nur die kleinste Eizelle zu produzieren, denn sie befinden sich im tiefsten Winterschlaf. Da kann Papa Paul das Gaspedal ganz tief herunterdrücken und röhren wie ein getunter Mazda. Das wird nichts.

Mir ist schon klar, dass ich mich total unfair verhalte. Zu meiner Verteidigung muss ich jedoch sagen, dass ich zum Zeitpunkt meines Kopfnickens einen kleinen im Tee hatte. Und wer schon einmal einen im Tee gehabt hat, weiß, dass man in diesem Zustand schon mal gerne nickt oder Dinge sagt, die man gar nicht so meint. Liebe Worte, verletzende Worte. Ein Kopfnicken hier, ein Kopfnicken da, obwohl man gar nicht nicken wollte. Ich habe schon von Leuten gehört, die in Las Vegas hackenduse geheiratet haben, obwohl sie das gar nicht geplant hatten. Das muss man sich mal vorstellen! Die Ernüchterung kommt meistens am nächsten Tag. So war es auch bei mir.

Ich spüle meinen Mund aus. Anschließend schaue ich mir im Spiegel in die Augen und flüstere: »Okay, Karo. Bei nächster Gelegenheit sagst du es Paul.«

Mit einem Knopfdruck setze ich die Kaffeemaschine in Gang und greife in das Pillendöschen. Der Tisch ist flott gedeckt. Jedes Mitglied unserer kleinen Familie hat seine eigenen Vorlieben, was das Frühstück anbelangt. Unsere Tochter Fine ist sechs Jahre alt. Bis vor einem halben Jahr war sie leberwurstsüchtig. Als eine Wurstverkäuferin ihr eine Scheibe Salami aufgeschwatzt hat, weil die *Pfälzer Leberrolle* ausverkauft war, wurde eine neue Ära eingeleitet. Seitdem futtert sie zum Frühstück Dauerwurst, aber nur die mit den großen Fettstückchen.

Ich seufze. Finchen hat nicht nur die roten Locken von mir geerbt, sondern auch die Vorliebe für kalorienreiches Essen. Paul dagegen hält eisern an der selbst gemachten Erdbeermarmelade fest, mit der uns meine Mutter immer versorgt. *Ich* esse alles, und das sehr gerne.

Fine kommt im Turbotempo in die Küche gerannt. Sie stellt sich auf die Zehenspitzen, um sich einen Guten-Morgen-Kuss abzuholen. Ihre hellgrünen Augen strahlen mich an. Dann macht sie eine Kehrtwende und rempelt gegen den Küchentisch. Die Tassen scheppern auf den Untertellern.

Paul ist nicht weniger temperamentvoll unterwegs. Er stolpert über seine eigenen Füße, als er mir einen Kuss auf den Mund haucht.

Er streicht Fine über die lockigen Haare. »Na, du Fast-Schulkind. Hast du gut geschlafen?«

Unsere Tochter nickt. »Und wieee.«

Während des Frühstücks reden wir über Fines Lieblingsthema. Die Schule. Sie ist vor zwei Monaten sechs Jahre alt geworden und kann es kaum erwarten, die Schulbank zu drücken. Die Sommerferien stehen vor der Tür, danach beginnt für sie der Ernst des Lebens.

Heute denkt Finchen darüber nach, welches Kleid sie zur Einschulung anziehen möchte. »Vielleicht sollte ich das grüne anziehen?«

Paul zwinkert ihr zu. »Ich glaube, für *diesen* besonderen Tag solltest du ein neues Kleid bekommen.« Paul schaut mich an. »Was sagst du dazu?«

Ich schlürfe an meinem Kaffee. »Unbedingt.«

Fine beißt in ihr Salamibrot. »Krieg ich auch neue Schuhe?«

Paul lacht. »Aber ja. Wie sähe das denn aus? Ein neues Kleid und olle Schuhe?« Er schüttelt sich. »Brrr. Schreckliche Vorstellung.«

Finchen kichert. Dann beschäftigen wir uns damit, wie die Schultüte ausschauen und vor allen Dingen, womit sie gefüllt werden sollte.

Nach dem Frühstück verschwindet sie ins Bad. Ich packe Finchens Rucksack, den sie jeden Morgen mit in den Kindergarten nimmt. Die Prinzessin-Lillifee-Dose, in der Obst und zwei kleine Brote liegen, wandert hinein.

Paul lacht. »Mein Gott, wie sehr sie sich freut.«

»Der Holzhammer kommt noch früh genug. Sie wäre das erste Kind, das gerne in die Schule geht.«

Kurz darauf klingelt es an der Haustür. Es wird die neu zugezogene Nachbarin Frau Wiedemann sein, die Fine in dieser Woche mit in den Kindergarten nimmt. Ihre Tochter Klara ist in Fines Gruppe. Die beiden Mädchen verstehen sich prima und werden nach den Sommerferien auch dieselbe Schulklasse besuchen.

Finchen verabschiedet sich mit einem Kuss von mir, Paul bringt sie zur Haustür. Ich räume den Tisch ab und befülle die Spülmaschine.

Als ich mir die Hände wasche, kommt Paul fröhlich pfeifend zurück und umarmt mich von hinten. »Naaa, Frau Geiger? Was meinst du? Wenn ich richtig gerechnet habe, müsste sich jetzt bald herausstellen, ob wir gute Arbeit geleistet haben, oder?«

Ich kaue auf meiner Unterlippe. *Los, sag es ihm endlich.* Ich räuspere mich. »Paul …«

Er lässt mich nicht ausreden. »Ich weiß, was du sagen willst, Möhrchen. Es ist nicht schlimm, wenn es nicht sofort klappt, weißt du? Hauptsache, wir bekommen das hin, bevor Finchen volljährig ist.« Er streicht meine Haare aus dem Nacken und küsst ihn. Seine Hände wandern unter mein T-Shirt und streicheln sanft über meinen Rücken.

Ich mache einen großen Schritt nach rechts, reiße ein Papiertuch von der Küchenrolle und trockne meine Hände. Ich denke an den Kalenderspruch. *Es gehört mehr Mut dazu, seine Meinung zu ändern, als ihr treu zu bleiben.*

Ich setze erneut an. »Ähm … du, ich weiß, dass ich jetzt mit der Tür ins Haus falle. Ich habe meine Meinung geändert, Paul. Ich möchte nicht mehr von vorne anfangen und habe mich gegen ein zweites Kind entschieden. Finchen ist schon so groß. Und ich könnte auch nicht mehr arbeiten gehen. Du weißt doch, wie sehr ich meine Arbeit vermissen würde. Kannst du das verstehen?«

»Aber … aber wir waren uns doch einig, Möhrchen.« Die Enttäuschung steht Paul ins Gesicht geschrieben.

Ich räuspere mich jetzt kräftig, weil ich eine dicke, fette Kröte in meinem Hals sitzen habe. »Es tut mir leid. Ich habe noch einmal nachgedacht. Und heute … heute während des Zähneputzens ist mir klar geworden …« Ich lächele gequält. »… dass ich doch nicht, also, besser nicht noch einmal schwanger werden möchte.«

Paul lacht kurz auf. Seine Hände verschwinden in den Hosentaschen. Er wippt auf Zehenspitzen auf und ab. »Das ist nicht dein Ernst. Du setzt die Pille ab und dir fällt Wochen später ein, dass du lieber *doch* nicht schwanger werden willst? Was ist, wenn es geklappt hat und du bereits schwanger bist?«

Ich schüttele den Kopf. »Ich kann nicht schwanger … also, ich meine, ich fühle mich kein bisschen schwanger.«

Paul forscht in meinem Gesicht, ich weiche seinem Blick aus und werde rot.

»Du hast die Pille doch abgesetzt, oder?« Seine Stimme klingt misstrauisch.

Ich spüre, wie das ganze Blut, das sich in meinem Körper befindet, in meinen Kopf schießt. Ich werde noch röter.

Ich schiele zu Paul und sehe an seinem Blick, dass er mich durchschaut hat. Er schlägt sich mit der flachen Hand gegen die Stirn. »Du hast mich an der Nase herumgeführt, nicht wahr? Du hast die Pille gar nicht abgesetzt …«

Er dreht sich um und verlässt wütend die Küche. Ich laufe hinter ihm her. »So warte doch! Mir ist etwas ganz Dummes passiert. Ich habe vergessen, die Pille *nicht* zu nehmen. Das, das war die Macht der Gewohnheit. Ich habe ja nicht rund um die Uhr an diesen bescheuerten Klapperstorch gedacht.«

Ich renne mit voller Wucht gegen Paul, weil er ganz plötzlich stehen geblieben ist. Er dreht sich blitzschnell zu mir um. »Was? Habe ich das richtig verstanden? Du willst mir weismachen, dass du die Pille weitergenommen hast, weil du vergessen hast, sie *nicht* zu nehmen?« Er lacht. »Also, *so* etwas Bescheuertes habe ich noch nie gehört.«

»Ja, ja. Lach du ruhig. Das Gehirn tut sich verdammt schwer damit, sich auf neue Situationen einzustellen, wenn es jahrelang auf irgendwelche Abläufe trainiert war.«

Er lässt mich stehen, läuft ins Wohnzimmer und nimmt die Treppenstufen in die obere Etage.

Ich renne ihm wieder hinterher und keife: »Tu bloß nicht so, als hättest du so ein Superhirn. Vor einem halben Jahr habe ich die Kochlöffel von der linken Küchenschublade in die rechte geräumt. Und du öffnest noch *immer* die verkehrte Schublade, wenn du so ein Holzteil brauchst … Ha, ha. Darüber kann *ich* lachen!«

Ich mache eine Kehrtwende, stampfe mit großen Schritten zurück in die Küche und gieße mir mit zittrigen Händen eine Tasse Kaffee ein.

Wenig später höre ich Paul kommen. Sein Kopf taucht im Türrahmen auf. »Karo, nur damit du es weißt. Ich kann damit leben, dass du kein zweites Kind mehr möchtest. Was mich ärgert, ist, dass du einen Hornochsen aus mir gemacht hast. Du weißt, dass ich dich unendlich liebe. Aber … vor, während und nach deinen furchtbaren … ähm, fruchtbaren Tagen habe ich mich mehrmals täglich abgerackert wie ein Idiot! Glaubst du, ich habe mir das alles locker aus dem Ärmel geschüttelt? Nee, du. Das war verdammt anstrengend.«

Ich grunze. »Was? Jetzt beschwert sich dein Herr Schniepel auch noch, dass wir ein so reges Sexleben hatten? Das ist undankbar. Sehr undankbar, Paul. Manche Männer würden was darum geben, dreimal täglich mit ihren Frauen schlafen zu können.«

Paul winkt entnervt ab. »Ach, lass es gut sein. Tschüss, ich muss los.«

Die Haustür knallt ins Schloss. Ich werfe den Kopf in den Nacken und flüstere: »Was für ein beschissener Wochenanfang.«

Erst auf dem Weg in die Firma beruhige ich mich langsam. Paul wird sich wieder einkriegen. Ich denke an die positiven Dinge, die mein Leben bestimmen, und zähle sie im Geiste auf. Uns geht es gut. Wir haben eine gesunde und wundervolle Tochter … wir leben im wunderschönen Hamburg an der Außenalster in einer tollen Villa. Uns gehört die Kaugummifirma *Geigers Jummy-Gum* und wir haben keine finanziellen Sorgen. Paul wird demnächst ein neues Produkt auf den Markt bringen. Zurzeit wird an einer Lösung getüftelt, wie wir eine zusätzliche Maschinenstraße in den Produktionsräumen unterbringen können. Die Auslandsgeschäfte laufen ebenfalls gut.

Dazu kommt, dass ich eine wunderbare Familie habe. Meine Eltern leben in Sülldorf in der Birkenstraße 18. Auf demselben Grundstück haben mein Opa Heini und seine zweite Frau Gundula einen kleinen Bungalow errichten lassen, in dem sie beide ihren Lebensabend verbringen. Mein Großvater ist noch ein so agiler Mensch, von dem wir uns manchmal eine dicke Scheibe abschneiden können.

Meine Schwester Conny, deren Mann Anton und die zwei Zwillingspärchen Hanni, Nanni und Max und Moritz gehören auch zum Familienclan.

Anton und Conny leben ständig auf Kriegsfuß miteinander, was aber für mich kein Problem darstellt. Mein Schwager rennt jedem Weiberrock hinterher, was im letzten Jahr dazu geführt hat, dass sich meine Schwester von ihm trennen wollte. Die beiden haben in letzter Minute noch einmal die Kurve gekriegt und sich wieder zusammengerauft. Allerdings mehr schlecht als recht. Es kriselt weiter.

Die zwei haben ein luxuriöses Haus in der Kastanienallee gebaut, in der nur Prachtbauten stehen. Einen großen Teil des Innenausbaus mussten sie in Eigenleistung erbringen, weil sie sich finanziell total übernommen haben. Das führte und führt noch immer zu ständigen Reibereien, weil es hinten und vorne fehlt. Die gesamte Familie hat ihnen beim Innenausbau geholfen, geldlich hat sie jedoch niemand unterstützt.

Hanni und Nanni sind sechzehn Jahre alt. Sie gehen längst ihre eigenen Wege und treffen sich täglich mit ihren Freunden Checker und King Cool.

Max und Moritz sind sieben. Die beiden sind die Rabauken schlechthin. Sie machen nur Blödsinn. Wenn keine Steine fliegen, fliegen Knüppel. Mit Fine verstehen sie sich mittlerweile ganz gut. Es gab Zeiten, da haben die Bengel ihr übel mitgespielt.

Außerdem habe ich die besten Freundinnen der Welt. Bruni und

Simone. Bruni ist nicht nur meine Freundin, sie ist auch meine Arbeitskollegin. Wir sitzen uns am Schreibtisch in Pauls Vorzimmer gegenüber. Sie hat vor Jahren ihren ersten Mann Heiner durch einen Autounfall verloren. Er war selbstständiger Malermeister. Von heute auf morgen stand sie mit ihrer kleinen Tochter Paula, die in Finchens Alter ist, alleine da. Es waren schwere Zeiten. Mittlerweile lebt sie wieder in einer glücklichen Beziehung. Bruni ist mit unserem Prokuristen Leon Kunze liiert, der ebenfalls verwitwet ist und einen achtjährigen Sohn hat. Paula und Elias lieben sich abgöttisch, sie wachsen wie Geschwister auf. Weder Bruni noch Leon denken daran, zu heiraten.

Simone ist im wahrsten Sinne des Wortes eine große Frau. Sie ist fast zwei Meter lang, darum nennen wir sie auch scherzhaft Leuchtturm. Sie ist ein wenig schusselig. Es gibt Tage, an denen sie nicht ganz so klar denken kann, dann wieder überrascht sie uns mit Geistesblitzen, die uns schon oft bei der Bewältigung einiger Probleme geholfen haben. Sie ist mit Willi verheiratet, der das ganze Gegenteil von Simone ist.

Klein, zierlich, dafür umso schlauer. Ihm gehört eine große Firma, die Jachten für Leute baut, die sich das leisten können. Willi träumt schon heute davon, dass ihr gemeinsamer kleiner Sohn Emil eines Tages die Firma in dritter Generation übernehmen wird. Emil ist ein sehr cleveres Kerlchen, der nur wenige Wochen jünger als Paula und Finchen ist.

Ich kurbele das Seitenfenster meines alten Corsas herunter, genieße den frischen Fahrtwind und freue mich darüber, dass ich wieder gute Laune habe.

Fröhlich pfeifend lenke ich mein Auto in die firmeneigene Tiefgarage.

Als ich meinen Wagen geparkt habe und beschwingt das Auto verlasse, kommen mir Ulrike Assmann und Heike Gebauer entgegen, die ihre Autos immer weiter hinten abstellen. Die beiden sind für die Buchhaltung unserer Firma zuständig, uns verbindet eine kollegiale Freundschaft. Es vergeht fast kein Arbeitstag, an dem Bruni und ich nicht gemeinsam mit ihnen in der Kantine zu Mittag essen.

»Huhuu!« Ulrike winkt mir zu. »Noch fünf Tage arbeiten, dann geht unser Flieger in die Türkei«, ruft sie laut.

Heike strahlt ebenfalls. »Moin, Karo. Und wenn Ulrike wieder im Lande ist, startet unser Flugzeug in Richtung Mallorca.«

Ich umarme beide flüchtig. »Wie schön, Heike. Habt ihr doch noch etwas Passendes gefunden?«

Wir stöckeln gemeinsam in Richtung Stahltür, die ins Firmengebäude führt.

»Ja. Gestern Abend. In Paguera. Fünf Sterne, mit Halbpension. Pro Person satte zweitausend Euro. Wir haben sofort zugeschlagen. So viel wollten wir eigentlich nicht für den Urlaub ausgeben. Na ja, hinterher schnallen wir den Gürtel halt ein wenig enger.«

Die Stahltür knallt hinter uns zu, wir betreten den Aufzug. Ich drücke den Knopf, der den Lift in die zweite Etage befördern wird.

Die pummelige Ulrike fährt sich durch die kurzen, blonden Haare und dreht sich vor dem Spiegel. »Na, ich bin gespannt, ob mir das Kleid nach dem Urlaub noch passen wird. Das Büffet in dem Hotel ist der Hammer. Ich fresse da immer wie eine Geisteskranke. Abends gibt es drei warme Gerichte und jede Menge kaltes Zeug. Und der Naaachtisch.«

Heike lacht. »Tu doch nicht so. Als wenn du hier weniger fressen würdest.«

Die Fahrstuhltüren öffnen sich, ich zeige auf meinen Hintern. »Ich muss auch dringend abnehmen. Die Gene meiner Mutter lassen sich nicht mehr leugnen. Jedes Jahr krallt sich ein Kilo mehr auf den Backen fest.«

Heike schüttelt den Kopf. »Quatsch. Du siehst doch spitzenmäßig aus.«

»Genau«, sagt Ulrike. »Ich würde was drum geben, wenn ich deine Figur hätte und im Bikini den Strand von Bodrum entlangflanieren könnte.«

Ich lache. »Ich liebe euch, Mädels. Das Essen geht heute Mittag auf meine Kosten.«

Die beiden klatschen in die Hände und laufen den Gang links entlang, ich schlage die rechte Richtung ein, die zu unserem Büro führt.

Bruni und Maria Pellegrino, unsere Management-Assistentin, stehen an der kleinen Pantryküche, die in unserem Büro an der hinteren Wand steht, und tuscheln, als ich das Büro betrete.

Meine Freundin winkt mich zu sich heran. Sie drückt mich. »Mensch, was ist denn mit Paul los? Er hat Maria gerade so angepfiffen … das ist doch gar nicht seine Art.«

Maria nickt. »Ja. Und das nur, weil ich die Mappe mit den Papiermustern nicht auf Anhieb gefunden habe. ›Kannst du bitte mal Ordnung in dein Chaos bringen?!‹, hat er geschrien. Im ersten Moment habe ich mich richtig erschreckt.«

Obwohl ich mit Maria auch sehr vertraut bin, rede ich mit ihr nicht über das, was sich zwischen Paul und mir abspielt. Ihr kann ich unmöglich verraten, welche ›Laus‹ Paul über die Leber gelaufen ist. »Ach, Paul hat nicht gut geschlafen.« Ich streichele Marias Arm. »Er meint es nicht böse.«

Sie nickt. »Wenn du das sagst. Dann will ich dem nicht so viel Bedeutung beimessen. So hat er noch nie mit mir gesprochen.«

Bruni drückt ihr eine Tasse Kaffee in die Hand und tätschelt ihre Wange. »Wenn er noch mal schreit, dann rufst du mich. Dann schreien wir einfach zurück, okay?«

Maria lacht. Sie streicht ihre langen, schwarzen Haare hinter die Ohren. »Okay. So machen wir es.« Dann verschwindet sie leichtfüßig in ihr verglastes Büro, das in unser Arbeitszimmer integriert ist. Ich schaue ihr nach. Sie sieht, wie immer, toll aus. Schlank, rank und sehr hübsch zurechtgemacht.

Nachdem sie die Tür geschlossen hat, kläre ich Bruni auf. »Paul hat mich heute angesprochen. Er hat angedeutet, dass wir ja sehr bald wissen werden, ob ich in diesem Monat schwanger geworden bin oder nicht. Er hat so eine miese Laune, weil ich ihm gesagt habe, dass ich wegen der Pille nicht schwanger sein kann.«

Meine Freundin lässt sich auf den Schreibtischstuhl fallen. Sie schlägt eine Hand vor den Mund. »Och nee, Karo! Jetzt sag nicht, dass du ihm erzählt hast, dass du die Pille nicht abgesetzt hast.«

Ich zeige ihr den Vogel. »Hör mal. Meinst du, ich bin doof? Ich habe Paul gesagt, dass ich vergessen habe, die Pille *nicht* zu nehmen. Aus Gewohnheit, verstehst du?«

Bruni starrt mich mit offenem Mund an. »Was? Das klingt ja doofer als doof. Ist kein Wunder, dass er so schlecht drauf ist. Er muss sich ja regelrecht verarscht fühlen.«

»Mensch, als er das Thema angesprochen hat, bin ich knallrot geworden … er hat sofort gemerkt, dass was im Argen liegt. Mir ist das mit dem *Vergessen* so herausgerutscht.«

Bruni lacht. »Du bist ein Schusselchen. Das muss Paul erst einmal verarbeiten.«

Ich winke ab. »Der kriegt sich schon wieder ein. Bis heute Abend hat er das längst vergessen. Paul weiß jetzt auch, dass ich kein Kind mehr möchte. Er hat gesagt, dass er mit meiner Entscheidung leben kann.«

Die Tür zu Pauls Arbeitszimmer wird weit aufgerissen. Paul steht im Türrahmen. »Karo, ich brauche den Schriftverkehr mit den Franzosen. Sag Maria, dass sie mir die Mails rüberschicken soll.«

Ich halte kurz inne und muss Maria recht geben. Irgendwie klingt Pauls Stimme heute anders als sonst. So hart … so streng. »Warum soll *ich* es ihr sagen? Warum machst du es nicht selbst?«

Paul macht einen angefressenen Eindruck. »Wenn ich dich heute früh richtig verstanden habe, hast du gesagt, dass du nicht aufhören möchtest zu arbeiten.« Pauls Hände fuchteln in der Luft. »Also … dann arbeite auch! Und stell nicht so komische Fragen.«

Ich springe auf. »Ich arbeite *schon*, mein lieber Paul. Meinst du, der PC hat sich von alleine hochgefahren?«

Paul schüttelt langsam den Kopf. Ich glaube, er will mir damit sagen, dass ich Stuss geredet habe. Er läuft zu seinem Schreibtisch, ohne die Tür zu schließen.

Na, das sind ja ganz neue Methoden. Wenn Paul glaubt, dass ich jetzt auch noch den Türschließer für ihn spiele, hat er sich in den Finger geschnitten. Von mir aus kann sie für alle Ewigkeiten geöffnet bleiben.

Maria überschlägt sich fast, als ich in ihr Büro laufe und ihr Pauls Bitte ausrichte.

Ich muss zugeben, die Arbeitsatmosphäre ist heute nicht die beste. Brunis Finger hämmern auf der Tastatur des PCs.

In aller Seelenruhe setze ich mich wieder an meinen Arbeitsplatz. Paul sitzt auf seinem Schreibtischstuhl und beobachtet mich.

»Magst du deine Tür nicht schließen, Paul?«

»Nein.«

»Kannst du dich denn konzentrieren, wenn die fleißigen Bienchen so laut vor sich hin summen?«

»Natürlich! Sonst hätte ich die Tür ja geschlossen«, kommt es zurück.

Aha. Das klingt logisch.

Ich habe zwar zu tun, aber nicht so viel, dass ich jetzt kräftig summen müsste.

Darum stehe ich auf, öffne den Aktenschrank und greife nach einem prall gefüllten Ordner, in dem sich die Reisekostenabrechnungen unserer Außendienstler befinden. Die Akte ist richtig schwer, denn darin hat sich Papierkram von zwei Jahren gesammelt.

Die Mai-Abrechnungen hätte ich schon vor Tagen kontrollieren und abhaken müssen, damit die Auslagen unseren Mitarbeitern bei der nächsten Lohnabrechnung gutgeschrieben werden können. Jetzt muss ich ran. Wenn das kein Grund zum Summen ist.

»Bsssssss ... Bsss ... Bssssss ... Summdidummdidumm.« Ich lasse die Akte auf den Schreibtisch knallen.

Bruni, die mit dem Rücken zu Paul sitzt, lacht. Ich muss mich schwer zusammenreißen, nicht loszuprusten. In spätestens einer Stunde wird Paul die Nase von Biene Karo voll haben und freiwillig die Tür schließen.

»So, Bruni«, sage ich laut. »Ich kümmere mich jetzt um die letzten Abrechnungen. Was arbeitest du ab?«

»Ähm ... ich kümmere mich um die Posteingänge.« Sie reißt ein kleines Blatt vom Zettelklotz und kritzelt etwas darauf. Dann schiebt sie mir das Papier herüber, das ich überfliege.

Schreibe meiner Mutter eine E-Mail. Meiner Tante und Oma muss ich auch noch antworten.

»Gut, gut. Mach das.«

Ich streife meine Sandalen von den Füßen. Meine Zehen spielen miteinander. Normalerweise interessiere ich mich nicht wirklich dafür, was die Außendienstler abrechnen. Ich vergleiche lediglich, ob der Betrag jeder Quittung mit der auf dem Abrechnungsformular übereinstimmt, und setze mein Häkchen dahinter. Heute werde ich genauer hinschauen, weil diese Arbeit sonst viel zu flott erledigt wäre.

Ich greife nach dem Taschenrechner und schaue kurz in Pauls Richtung. Er arbeitet nicht. Er lehnt auf seinem Schreibtischstuhl, hat die Hände vor der Brust verschränkt und beobachtet mich weiter mit ausdrucksloser Miene.

Es ärgert mich jetzt ein wenig, dass ich mich nie eingehend mit den Auslagen der Mitarbeiter beschäftigt habe, denn das ist schon interessant. Herr Petermann hat am 2., am 4. und am 9. Mai den Kauf von je drei Bleistiften abgerechnet. Jeweils für ein Euro und neunundneunzig Cent. Als wenn der so viel mit Bleistiften schreiben müsste!

»Du, Bruni. Hat der Petermann nicht schulpflichtige Enkelkinder?«

»Ja. Ich glaube drei. Zwei Jungs und ein Mädchen.«

Meine Hand saust auf den Schreibtisch. »Ha! Erwischt! Er hat kurz hintereinander dreimal drei Bleistifte gekauft und ich habe mich gerade gefragt, warum. Die hat er mit Sicherheit den Kindern geschenkt. Du, da müssen wir aber mal nachhaken.«

Bruni nickt fleißig. »Ja. Das müssen wir. Ich notiere es.«

Der nächste Beleg hat es auch in sich. »Was? Der war am Sonntag den 7. Mai mit drei Kunden für fast achtzig Euro im *Schnitzelhaus Lecker-Lecker* essen?« Ich studiere die Rechnung. »Zwei Jägerschnitzel mit Pommes und Salat, eine Portion Knoblauchschnitzel mit Bratkartoffeln und ein Wiener Schnitzel mit doppelt Kartoffelpüree und Erbsen. Dazu *drei* Flaschen Rotwein?« Ich zeige Bruni den Vogel. »Der war niemals an einem Sonntag mit Kunden essen. Ich wette, das war ein kuscheliges Familienbesäufnis. Da müssen wir aber mal nachhaken, Bruni. So geht das nicht.«

»Ja, das müssen wir. Ich notiere es.«

Paul räuspert sich laut. »Lass das, Karo! Petermann ist korrekt.«

Ich wedele mit der Quittung in der Luft. »Wie du meinst, Paul. Du bist der Boss. Streich es bitte von der Liste, Bruni. Dann hake ich eben nicht nach, sondern ab. Summmm … summ … summmm. Mir soll es egal sein.« Ich schwinge den Kugelschreiber.

Während ich den nächsten Beleg in Augenschein nehme, auf dem wieder Büromaterialien stehen, spähe ich in Pauls Richtung. Er steht auf und verschwindet in den rechten Teil seines Arbeitszimmers, in dem eine kleine Ledergarnitur steht. Vor einigen Wochen wurde daneben ein großer Aktenschrank aufgebaut. Ich höre, dass Schranktüren geöffnet und geschlossen werden. Paul setzt sich nicht an seinen

Schreibtisch, er scheint es sich mit einigen Unterlagen auf der Ledercouch gemütlich gemacht zu haben.

Bruni konzentriert sich ebenfalls auf die Geräusche, die aus Pauls Zimmer kommen. Sie dreht sich kurz um und flüstert: »Mensch, Paul scheint uns echt kontrollieren zu wollen.«

Ich stehe auf, beuge mich weit vor und antworte im Flüsterton: »Ich schwör dir, das hält er nicht lange durch. Paul ist total inkonsequent.« Dann lasse ich mich wieder auf meinen Schreibtischstuhl plumpsen.

Die Tür zu unserem Büro wird ein Stück geöffnet. Ulrike streckt zaghaft ihren Kopf herein. Sie wirft einen Blick in Pauls Büro. Dann grinst sie breit. Ohne ein weiteres Wort zu verlieren, verschwindet sie wieder.

Bruni schüttelt lachend den Kopf. »Was sollte *das* denn?«

Ich zucke mit den Schultern. »Keine Ahnung. Sie leidet wahrscheinlich schon unter Urlaubsfieber.«

Wenige Sekunden später fliegt die Tür weit auf. Ulrike kommt wie eine Rakete hereingeschossen und kickt mit dem Fuß die Tür zu. Es knallt. Das Sommerkleid, das sie heute Morgen trug, hängt über ihrem Arm. Jetzt ist sie nur mit einem kanariengelben Bikini bekleidet, aus dem mehr Fettpolster herausquellen als drin stecken. Ich bin dermaßen geschockt, dass ich nicht reagieren kann. Meine Wirbelsäule versteift sich.

»Tadaaaa! Die Post war da!« Sie breitet die Arme aus und dreht sich im Kreis.

Bruni macht große Augen. Ihr Finger zeigt auf Pauls Büro. Gleichzeitig sagt sie: »Mann, hau ab …«

Ulrike hört nicht. »Ich habe das Teil an die Firmenadresse schicken lassen … Na? Was sagt ihr? Kann ich mich so am Strand von Bodrum blicken lassen? Das Problem ist nur …« Dann versagt ihre Stimme. Sie starrt auf die Tür zu Pauls Arbeitszimmer und wird rot. So rot, dass man meinen könnte, ihr Kopf würde gleich platzen.

Paul lehnt gegen den Türrahmen. Er legt eine Hand vor den Mund und hüstelt leicht. »Ähm … Frau Assmann. Ich glaube, das Problem ist, dass Sie noch keinen Urlaub haben und wir hier nicht am Strand von Bodrum sind.« Er schaut sich mit hochgezogenen Augenbrauen um. »Oder sieht hier jemand Wasser … oder etwa einen Strand?«

Ulrike presst das Sommerkleid vor ihre Brust. »O Gott, Herr Geiger, ich dachte … nun …« Sie läuft mit kleinen Schritten zügig rückwärts. Ich springe auf und öffne geistesgegenwärtig die Tür, damit Ulrike mit ihrem fetten Hintern nicht davor rummst.

Sie verbeugt sich permanent und stammelt: »Dann … dann will ich … mal wieder. Entschuldigung …«

Als Ulrike unser Büro verlassen hat, schließe ich leise die Tür. Ich stelle mir vor, wie sie sich im Flur in totaler Hektik das Kleid überstreift, und könnte mich vor Lachen in die Ecke schmeißen.

Maria kommt aus ihrem Büro. Sie klimpert mit den Wimpern. »Was war das denn? Habe ich das richtig gesehen? Ulrike Assmann in einem Bikini?«

Ich nicke.

Sie grinst und verschwindet wieder.

Paul dreht sich um und schlägt die Hände über den Kopf zusammen. »Herr im Himmel. Sind wir hier in einer Kaugummifabrik oder in einem Irrenhaus?« Er lacht so albern, als wäre Letzteres der Fall.

Ich verdrehe die Augen.

Eine Minute vor 12 Uhr lassen wir die Kugelschreiber fallen. Endlich Mittagspause. Wir winken Maria zu, die täglich nach uns in die Kantine geht und futtert.

Paul scheint Gefallen daran gefunden zu haben, uns zu bespitzeln. Bruni und ich haben im Büro noch nie so wenig Privates gequatscht und selten so schnell gearbeitet wie heute.

Kaum dass wir aus der Tür sind, schnattern wir los.

Bruni wirft den Kopf in den Nacken. »Wie schrecklich ist das denn? Musstest du Paul so einen Bären auf die Nase binden?« Sie schlägt sich mit der flachen Hand gegen die Stirn. »Vergessen, die Pille *nicht* zu nehmen! Das haben wir jetzt davon.«

Ich hake Bruni lachend unter. »Warum glaubst du mir denn nicht? Das hält er nicht lange durch. Du wirst sehen. Nach der Mittagspause lässt Paul uns in Ruhe.«

Wir schnuppern in der Luft, als wir in die Kantine laufen. Wir stellen uns in der Schlange an. Es duftet köstlich nach Reibekuchen. Heike und Ulrike sitzen schon an unserem Stammplatz und schlagen kräftig zu.

Theken-Sabine und unser Küchenchef Ingo sind heute für die Essensausgabe zuständig.

Als wir an der Reihe sind, ordern wir doppelte Portionen der geriebenen, in Fett gebackenen Kartoffeln.

Sabine befüllt großzügig unsere Teller und stellt sie auf die Theke. »Ulrike und Heike haben nicht bezahlt. Sie haben gesagt …«

Ich unterbreche sie. »Ich weiß, ich habe sie eingeladen.« Mit kleinen Schritten laufen wir zur Kasse, an der Spül-Gruschenka sitzt und kassiert. Brunis Essen geht ebenfalls auf meine Rechnung.

Ulrike macht einen unglücklichen Eindruck, als wir es uns am Tisch gemütlich machen.

Heike kichert albern. »Schade, zu schade, dass ich nicht dabei war, als Geigenpaul Ulrike erwischt hat.«

»So eine Blamage.« Ulrike tupft mit einer Serviette an ihren Mundwinkeln und schaut Bruni und mich abwechselnd an. »Ich lünkere extra in euer Büro, um zu sehen, ob die Luft rein ist, schäle mich vor der Tür aus meinem Kleid und dann so was! Woher soll ich denn wissen, dass der Chef da ist, wenn seine Tür bis zum Anschlag geöffnet ist und er nicht am Schreibtisch sitzt? Seine Tür ist doch immer nur weit geöffnet, wenn er nicht da ist. Ich schäme mich in Grund und Boden.« Sie wirft einen entnervten Blick an die Zimmerdecke.

Bruni lacht. »Heute war dem Chef einfach danach. Das ist auch für uns eine Umstellung.«

Unsere kleine Buchhalterin ist so niedergeschlagen, dass sie mir leidtut. »Ach, komm. Du hast absolut keinen Grund, dich zu schämen. Mein Mann hat es mit Humor genommen. Außerdem hat er gesagt, dass du eine wunderschöne Rubensfigur hast. Du, ich bin fast eifersüchtig geworden.« Ich hüstele dezent.

Heike scheint sich ihren Teil zu denken, denn sie grinst.

Ulrike hält mit dem Kauen inne. »Echt?«

»Ja, frag Bruni.« Ich trete unter dem Tisch nach meiner Freundin.

»Ähm … ja. Das hat er gesagt. Er hat wörtlich gesagt: ›Mein Gott. Was ist unsere Frau Assmann doch für eine Vollblutfrau! Der Herr Assmann ist zu beneiden.‹«

Wenn ich Ulrike jemals glücklich gesehen habe, dann *jetzt*. »Also, das freut mich aber. Und ich dachte, dass mir der Bikini nicht steht. Meine Figur ist ja schon *sehr* rubensmäßig.«

Ein Löffel Apfelmus wandert auf meinen Reibekuchen. Ich seufze. »Man sieht sich selbst immer mit anderen Augen, Ulrike.«

»Wir Mädels gehen ohnehin viel zu selbstkritisch mit uns um.« Heike beugt sich vor. »Dabei lieben die meisten Männer doch das Griffige. An Titten und Arsch muss so richtig was dran sein, damit Vati was Ordentliches zum Kneten hat.«

Ulrike grinst in die Runde und erhebt ihr Wasserglas. »Prost, Mädels. Darauf müssen wir trinken.«

Bruni stößt mit an, obwohl sie eigentlich nicht mit anstoßen dürfte, denn sie ist gertenschlank.

Anschließend reden wir über die bevorstehenden Urlaube unserer Kolleginnen und können verstehen, dass die beiden total aus dem Häuschen sind.

Nachdem unsere Teller leer geputzt sind, bedanken sich alle, dass ich das Essen gesponsert habe.

Als wir zurück ins Büro kommen, steht Maria schon in den Startlöchern. Die gebürtige Italienerin ist keine Freundin der fetten Küche. Schon gar nicht bei dem heißen Wetter. Sie sagt, dass sie sich wahnsinnig auf einen gemischten Salatteller freue, und ist weg.

Die Tür zu Pauls Arbeitszimmer ist Gott sei Dank wieder geschlossen.

Ich grinse breit und werfe Bruni einen triumphierenden Blick zu. »Siehst du? Ich habe doch gesagt, dass Paul meistens nicht das durchhält, was er sich vorgenommen hat.«

Bruni kramt eine Tafel Schokolade aus ihrer Schreibtischschublade und kullert mit den Augen. »Ja. Ich gebe zu, dass ich damit nicht gerechnet habe. Magst du auch?« Sie hält mir die Tafel hin.

Auf überflüssige Fragen antworte ich nicht. Ich greife zu. Im selben Moment öffnet sich Pauls Tür wieder.

»Ah. Da seid ihr ja endlich. Ich habe euch schon vermisst.« Paul reibt sich die Hände und geht wieder auf seinen Beobachtungsposten.

Bruni wirft mir einen giftigen Blick zu und äfft mich leise nach: »Du wirst sehen. Nach der Mittagspause lässt Paul uns in Ruhe.«

Biene Karo putzt ihre Flügel und summt fleißig weiter. Ich konzentriere mich wieder darauf, welche privaten Einkäufe unser guter Herr Petermann auf Firmenkosten getätigt hat. »Paul?«

»Ja?«

»Wozu, um alles in der Welt, benötigt Herr Petermann drei kleine Aquarellblocks?« Während ich auf meinem Bleistift kaue, grinse ich Bruni an.

»Keine Ahnung.«

»Hm. Vielleicht muss er sich seinen Job schön malen?«

Bruni kichert albern.

Paul ordnet irgendwelche Unterlagen. Er schaut kurz auf und sagt gedehnt: »Solltest du recht haben, müsstest du gleich eine Quittung mit Aquarellstiften finden.«

Meine Freundin kichert wieder.

Während ich krampfhaft nach einer passenden Antwort suche, damit die Kichererbse lauthals lachen kann, klopft es an unserer Bürotür. Normalerweise würden Bruni und ich warten, bis sich die Tür von alleine öffnet. Da Paul uns im Blickfeld hat, springe ich geschäftig auf, um den Besucher hereinzulassen.

Eine schlanke Frau, die ein schwarzes Businesskostüm trägt, stöckelt auf hohen Riemchensandalen in unser Büro. Sie hat nicht nur meine Haarfarbe, sondern eine ebenso lange, lockige Mähne wie ich. Sie muss in meinem Alter sein. Ihre großen, schräg gestellten Augen erinnern mich an Gundel Gaukeley, die Hexe aus Entenhausen, die ständig versucht, Onkel Dagobert den Glückstaler abzujagen. Ihre überlangen Wimpern sind kräftig getuscht. Auf ihren vollen Lippen schimmert ein Hauch Lipgloss.

»Poloch. Mandy Poloch.« Ihre Stimme klingt dunkel.

Aus den Augenwinkeln sehe ich, dass Bruni sich bückt. Es knallt. Gleichzeitig ruft sie lachend: »Auaaa«. Sie wird sich den Kopf gestoßen haben, der jetzt unter dem Schreibtisch verschwunden ist. Ich presse die Lippen aufeinander, mein Zwerchfell bebt. So einen bescheuerten Nachnamen habe ich in meinem ganzen Leben noch nicht gehört.

»Ich möchte Ihnen meine Bewerbungsunterlagen hierlassen. Ich bin Lebensmittelchemikerin und auf der Suche nach einer anspruchsvollen Tätigkeit. Ich hörte, dass Sie ein hauseigenes Labor haben …«

»Ja. Aber, wir sind komplett, Frau, ähm … Ploch … Wir brauchen niemanden.« Ich verschränke die Hände auf dem Rücken. Ich werde einen Teufel tun, den Umschlag, den sie mir unter die Nase hält, nur ansatzweise zu berühren.

Sie hebt die Augenbrauen. »*Poloch*. Nicht Ploch.«

Ich schaue mich um. Bruni, die feige Nuss, scheint es sich unter dem Schreibtisch gemütlich gemacht zu haben, damit sie sich in Ruhe totlachen kann, denn sie taucht nicht wieder auf.

Dafür kommt Paul angelaufen. Langsam und geschmeidig, wie ein Panther, der die Witterung nach einer Beute aufgenommen hat. »Guten Tag, Frau Hohloch. Mein Name ist Geiger, Paul Geiger …«

»*Poloch* … nicht Hohloch.«

Um Pauls Mundwinkel zuckt es. »Entschuldigung … Frau Poloch. Können Sie hellsehen? Meine Vorzimmerdamen sind noch nicht informiert. Wir brauchen tatsächlich in absehbarer Zeit eine weitere Lebensmittelchemikerin.«

Unsere Besucherin lächelt Paul an. »Tatsächlich?«

Ich kneife die Augen zusammen. Das ist das Erste, was ich höre. Warum weiß ich nichts davon?

Paul sülzt weiter. »Kommen Sie … trinken wir einen Kaffee zusammen. Ich würde mir gerne Ihre Unterlagen ansehen.« Er macht eine einladende Handbewegung in Richtung seines Arbeitszimmers. Zu mir sagt er: »Möhrchen, bringst du uns bitte Kaffee und Kekse?«

Ich balle die Hände zu Fäusten. Wenn Paul Kekse ordert, ist ihm der Mensch, mit dem er ein Gespräch führen wird, auf Anhieb sehr sympathisch.

Als Paul die Tür leise hinter sich geschlossen hat, düse ich zur Kaffeemaschine. Bruni taucht auf. Sie ist knallrot im Gesicht und schlägt mit der flachen Hand in einer Tour auf den Schreibtisch. Sie hechelt: »Poloch? Sie heißt tatsächlich Poloch? Ich kann nicht mehr … echt, ich kann nicht mehr. Was ist das bloß für ein Tag.«

Mit fliegenden Fingern krame ich nach der Keksdose und lache mit. »Zuerst überrascht uns Ulrike in dem kanariengelben Bikini und jetzt taucht hier ein Poloch mit roten Haaren auf.« Ich stelle mit Kaffee befüllte Tassen und die Gebäckdose auf ein Tablett und balanciere es in Pauls Büro.

Paul bedankt sich mit einem Kopfnicken bei mir. Dann wendet er sich wieder dem Poloch zu. »Aha. Sie sind also in allen möglichen Schritten in der Analyse und Produktion einsetzbar? Das hört sich sehr interessant an.«

»Ja. Ich war auch für die Entwicklung neuer Produktionsmethoden verantwortlich.«

Ich verlasse das Büro, ohne die Tür hinter mir zu schließen. Mich interessiert es schließlich auch, was so ein Poloch alles kann. Paul macht mir einen Strich durch die Rechnung. Er kommt im Sauseschritt angelaufen und wirft die Tür so feste zu, dass ich es nicht wage, sie wieder zu öffnen.

Ich lasse mich mit voller Wucht auf meinen Schreibtischstuhl fallen. »Warum wissen wir nichts davon, dass wir eine zusätzliche Laborantin brauchen?« Ich spitze die Lippen. »Die Labor-Christa und der Fuhrberg haben gar nicht erzählt, dass ihnen jemand bei der Arbeit helfen soll.«

»Wann hätten sie es denn erzählen sollen? Aus den heiligen Räumen im Erdgeschoss sieht man ja nie jemanden. Die kochen sich doch jeden Mittag ihr eigenes Süppchen auf dem Bunsenbrenner.«

Ich stöckele in Marias Büro. Wenn jemand informiert ist, dann ist es Maria. Bruni folgt mir.

Unsere Kollegin ist genauso überrascht wie wir. »Also, davon weiß ich nichts. Paul hat mir gegenüber nicht erwähnt, dass er noch jemanden für die Hexenküche einstellen wird.«

Bruni und ich laufen zurück zu unserem Arbeitsplatz. Meine Fingernägel trommeln auf dem Schreibtisch. »Bruni, Pauls Geheimniskrämerei gefällt mir nicht. Und die Poloch gefällt mir auch nicht.«

Bruni schiebt die Unterlippe vor. »Ich finde, dass sie nett aussieht. Sie hat genauso tolle Haare wie du.«

Mein Oberkörper schießt nach vorne. »Eben. Darum gefällt sie mir auch nicht, du Nuss. Du hast es ja vorgezogen, dich unter dem Schreibtisch zu verkriechen, und konntest nicht sehen, wie Paul sie angeschaut hat.«

Bruni schlägt die Hände vors Gesicht. »Bitte nicht! Komm mir nicht wieder mit irgendwelchen Eifersüchteleien. Davon habe ich mittlerweile die Nase voll.«

Ich antworte nicht, sondern arbeite weiter. Was unser Herr Petermann alles auf Firmenkosten eingekauft hat, interessiert mich nicht mehr. Ich setze hinter jeder Spalte ein Häkchen.

Nach zehn Minuten bittet Paul höchstpersönlich seine Management-Assistentin Maria zu sich ins Büro. Bruni bekommt den Auftrag, unseren Prokuristen Leon anzurufen, der ebenfalls am weiteren Gesprächsverlauf teilnehmen soll.

Leon kommt fünf Minuten später in unser Büro. Mir haucht er einen Kuss auf die Wange, seine geliebte Bruni bekommt einen Schmatzer auf den Mund gedrückt.

Als Bruni und ich in den Feierabend starten, wird in Pauls Arbeitszimmer noch immer geredet.

Bruni fährt vor mir aus der Tiefgarage, ich juckele in meinem Auto langsam hinter ihr her. Meine Gedanken sind bei Paul. Es ärgert mich, dass er mir nicht erzählt hat, dass er in absehbarer Zeit eine neue Kraft für das Labor einstellen möchte. Über so etwas redet man doch! Das sind ja ganz neue Methoden.

Verflixt. Diese Frau Popoloch ist mir ein wenig zu attraktiv. Ihre lange Lockenmähne ist fast noch schöner als meine … und … Paul ist verrückt nach roten Haaren. Gut. Bevor er mich kennengelernt hat, war er mit der blonden Angelika liiert, aber er hat mir später einmal gestanden, dass sein Herz lichterloh in Flammen stand, als er mir das erste Mal begegnet ist. Meine Haarfarbe hat ihn regelrecht fasziniert.

Ich könnte diesen Friedrich Hebbel abmurksen. Wie kann man nur so dämliche Sprüche klopfen. Paul mit den Tatsachen zu konfrontieren, war nicht mutig, sondern dumm. Hätte ich Hebbels Ratschlag nicht befolgt, wäre Paul im Leben nicht auf die Idee gekommen, mich mit einer geöffneten Arbeitszimmertür zu ärgern. Demzufolge hätte ich die Poloch eiskalt abservieren können.

Ich kurbele das Seitenfenster herunter, weil es in meinem Auto unerträglich heiß ist, und lenke meinen alten Schlorren in Richtung Supermarkt.

Als ich den Blinker setze und mein Fahrzeug auf den großen Kundenparkplatz fahre, kommt mir ein Mercedes Oldtimer Cabrio im Schneckentempo entgegen. An dem grauen Fahrzeug wurde reichlich viel Chrom verarbeitet, das blank gewienert in der Sonne blitzt. Das Auto muss ein Vermögen gekostet haben. Der Fahrer streicht mit dem Zeigefinger über sein kleines Oberlippenbärtchen. Als er mich erblickt, lüpft er kurz seine karierte Schlägermütze, nickt dezent mit dem Kopf, dabei lächelt er mich smart an. Ich lächele zurück. So habe ich mir immer den reichen Onkel aus Amerika vorgestellt.

Meine Einkäufe sind schnell erledigt. Heute Abend wird es Forelle aus dem Backofen geben, dazu einen gemischten Salat.

Nachdem ich den Laden verlassen habe, verstaue ich die Einkäufe in der Kühlbox, die bei hohen Außentemperaturen immer in meinem Kofferraum steht.

Als ich in die Birkenstraße einbiege, staune ich nicht schlecht. Der Oldtimer, der mir auf dem Parkplatz des Supermarktes entgegengekommen ist, steht auf der Garagenauffahrt vor dem Nachbarhaus meiner Eltern, in dem Gerti schon seit ewigen Zeiten alleine lebt. Ihr Mann ist vor vielen Jahren verstorben.

Der rote Sportflitzer meiner Schwester parkt auf der anderen Straßenseite. Sie besucht mit den Zwillingsjungs Max und Moritz auch täglich meine Eltern.

Conny gehört nicht zu den Frauen, die sich um den Haushalt kümmern. Sie legt lieber die Füße hoch und lässt sich bedienen. Mein Schwager Anton ist die vielarmige Krake in der Familie. Ich habe mich schon oft gefragt, wie er es schafft, Job und Haushalt unter einen Hut zu bringen. Er erledigt nach seiner Außendiensttätigkeit die Hausarbeit, putzt und rödelt, damit die Hütte nicht vollkommen verdreckt. Und nebenher schafft er es sogar, täglich den Grill anzuschmeißen, damit die sechsköpfige Familie etwas zu beißen hat. Die Bügelwäsche erledigt er meistens am Abend vor dem Fernseher.

Früher haben sich meine Eltern, besonders mein Opa Heini, fürchterlich über Connys Faulheit aufgeregt. Heute belächeln sie Weichei Anton, der keine Minute Zeit hat, unter dem Pantoffel meiner Schwester hervorzuschauen. Wir können nicht verstehen, warum er den Bau eines noch größeren Hauses in Angriff genommen hat, das noch mehr Räume und Fenster hat, die geputzt werden müssen.

Aus dem Garten meiner Eltern dringt fröhliches Kindergeschrei.

Fine, die täglich von einem Mitglied meiner Familie aus dem Kindergarten abgeholt wird, kommt mir im Badeanzug entgegengelaufen. Sie ist nass. Bei dem Wetter stellt mein Großvater täglich das große Planschbecken auf, in dem die Kleinen sich abkühlen können.

»Mamaaa. Warum kommst du schon? Wir spielen gerade so schön.«

Ich fange meine kleine Tochter auf und drehe sie im Kreis. »Hallo, mein Schatz. Ihr könnt noch weiterspielen. Du weißt doch, dass ich hier immer Kaffee trinke und ein Stück Kuchen esse.«

Dann kommen meine Neffen angepest. Max wirft mit einer Wasserbombe nach mir, die mich jedoch verfehlt. »Hier, nimm *das*, du Monster aus der Unterwelt. Du musst vernichtet werden.«

Moritz taucht hinter einem großen Buchsbaum auf und macht komische Verrenkungen. Dann fliegt die nächste Wasserbombe, der ich mit einem Schritt nach rechts ausweiche.

»Wir sind die Wasserbombenbrigade von der Birkenstraße und bekämpfen jeden Eindringling«, ruft er laut.

Fine klatscht in die Hände. »Ja. Wir machen alle nass.«

Bevor ich einen passenden Kommentar loslassen kann, drehen sich die drei um, kichern und pesen davon.

Meine Mutter kommt aus dem Wintergarten. Sie lacht. »Hallo, Karo. Die Kinder haben uns auch schon tüchtig nass gemacht. Komm. Wir warten schon auf dich. Wir haben leckeren Erdbeerkuchen.«

Da lasse ich mich nicht zweimal bitten. »Mhm. Das hört sich toll an.«

Im Wintergarten werden Küsschen verteilt. Conny erhebt sich nicht, sie winkt mir lediglich zu, dann wendet sie sich an Opa Heini. »Ganz ehrlich, Opa. Du hast einen Knall. Du bist seit ewigen Zeiten kein Auto mehr gefahren. Du nietest doch halb Sülldorf um, wenn du dich hinters Steuer setzt.«

Gundula gießt Kaffee ein, sie lächelt und zwinkert ihrem Heini zu, der zurückzwinkert.

Meine Mutter verteilt Kuchen. »Denk dir, Karo. Seit Opa den Oldtimer gesehen hat, der nebenan vor Gertis Haus steht, will er sich auch wieder hinters Steuer setzen. Der Wagen steht seit Freitagabend dort. Opa redet von nichts anderem mehr als davon, sich wieder ein Auto anzuschaffen.«

Opa Heini zieht seine Hosenträger lang und lässt sie zurückklatschen. »Jawoll. Und das macht der Opa Heini auch. Ich kaufe mir einen richtig tollen Schlitten.«

»Tz. Das viele Geld.« Conny verdreht die Augen. »Das könntest du besser in andere Dinge investieren.«

Mein Großvater kichert. »Klar. Sag doch gleich, dass ich *euch* die Scheine in den Hintern stopfen soll, damit ihr euch neue Möbel für eure Prachtvilla kaufen könnt.«

»Gib mal deinen Teller, Hermann.« Meine Mutter streckt die Hand aus.

Papa pariert sofort. »Ach, Conny. Was mischst du dich da ein. Das ist Gundulas und Opas Geld. Die können doch damit machen, was sie wollen.«

»Richtig, Hermännchen. Und wenn ich mir jeden Morgen den Hintern damit abwische und die Scheine mit Hochdruck in die Kanalisation jage«, erwidert Opa Heini lachend.

»Du bist echt ein Ferkel, Opa.« Connys Blick wandert zwischen meinen Eltern hin und her. »Tut doch nicht so scheinheilig. Als wenn ihr nicht scharf auf Opas und Gundulas Kohle wärt. Die haben doch ein kleines Vermögen auf der hohen Kante.«

Gundula lässt sich den Kuchen schmecken. Sie beugt sich vor, stupst mich an und sagt leise: »Der schicke Oldtimer, der nebenan vor dem Haus steht, gehört Gertis Freund.«

Ich halte mit dem Kauen inne. »Was? Der Besitzer dieses tollen Autos ist Gertis Freund? Der Mann kam mir auf dem Parkplatz vor dem Supermarkt entgegen. Er hat freundlich gegrüßt.«

Meine Mutter kichert. »Ja. Er war das ganze Wochenende hier. Gundula und ich haben da so einiges mitbekommen … Das ist ein seeehr feiner Mann.« Sie schnieft. »Na ja, ich gönne es der Gerti. Sie ist ja in meinem Alter. Da sehnt man sich schließlich auch noch nach Zärtlichkeiten.«

Die Kuchengabel meiner Schwester fliegt auf ihren Teller. »Ey, Mama. Jetzt sag bloß nicht, dass du und Papa noch Sex miteinander habt. Das hört sich ja widerlich an.« Sie verzieht das Gesicht.

Jetzt fliegt die Kuchengabel meiner Mutter. »Na, hör mal! Wir stehen in der Blüte unseres Lebens!«

Meine Schwester grunzt vor Lachen.

Im Gesicht meines Vaters bilden sich rote Flecken. Die bekommt er immer, wenn ihn etwas aufregt.

Er herrscht meine Schwester an. »Was Mama und ich haben oder nicht haben, geht dich gar nichts an, Conny!«

»Der Freund von der Gerti ist auf jeden Fall jünger als sie. Das sieht man auf den ersten Blick«, merkt Gundula an. »Aber, das spielt ja heutzutage keine Rolle mehr.« Sie grinst. »Was wir zufällig mitbekommen haben, war wirklich sehr interessant.«

»*Zufällig* mitbekommen ist gut …« Papa nimmt noch einen Klecks Sahne. »Bespitzelt habt ihr die beiden. Von euch hätte Honecker noch was lernen können.« Mein Vater wirft mir einen amüsierten Blick zu. »Opa und ich mussten den kleinen Gartentisch vor den dichten Kirschlorbeer stellen, der an der Grundstücksgrenze steht. Dahinter fängt doch Gertis Terrasse an. Und die dicken Polsterstühle haben wir auch hinschleppen müssen.«

Gundula redet weiter. »Deine Mutter und ich haben es uns am Samstagabend dort gemütlich gemacht. Mit einer Flasche Marillenlikör. Mein Gott, die Turteltauben haben sich so nett unterhalten. Zeitweise mussten wir aber auf allen vieren ein Stück in den Kirschlorbeer kriechen, weil sie so leise geredet haben.«

Meine Mutter nickt und schmunzelt. »Na ja. Solche Sachen kann man auch nicht laut sagen, Gundula. Das gehört sich ja nicht.« Sie beugt sich zu mir und raunt: »Weißt du, wie der Gustav die Gerti nennt?«

Gundula wird rot. »Das traust du dich aber jetzt nicht zu sagen, Hildegard, oder?«

»Natürlich traue ich mich. Ich glaube nicht, dass Conny und Karo die andere Bedeutung des Wortes kennen.« Sie leckt die Kuchengabel ab. »Muschi. Er sagt Muschi zu ihr. Habt ihr den Ausdruck schon mal gehört, Kinder? Wisst ihr, was damit gemeint ist, wenn ein Mann so etwas zu einer Frau sagt?«

Ich wünschte, Bruni würde jetzt mit am Tisch sitzen. Sie würde kreischen, bis der Arzt kommt. Ich räuspere mich. »Klar weiß ich das, Mama. Kätzchen. Eine kleine Katze nennt man Muschi.«

Conny spielt mit und prustet los. »Ich bitte dich, Mama. Als wenn wir *das* nicht wüssten.«

Meine Mutter legt den Kopf schief. »Och je, Hermann. Was haben wir doch für liebe Mädchen.«

Hermann hustet.

Opa Heini schmunzelt.

Dann schnieft Mama leise. »Wir haben bis 2:10 Uhr ausgehalten, dann konnten wir nicht mehr. Was glaubt ihr, wie müde wir am Sonntagmorgen waren.«

»Dieser nette Mann heißt Gustav von Burghausen.« Gundula seufzt. »Der hat in Mecklenburg-Vorpommern Grundstücke und ein altes Landgut. Und Pferde hat er auch. Eines heißt Schneewittchen.«

Opa Heini reibt sich die Nasenspitze. »Dann scheint der werte Herr von Burghausen ja gut betucht zu sein. Aber … vielleicht macht er auch nur auf dicke Hose, um der dicken Gerti zu imponieren.«

»Ach, Vater.« Die Stimme meiner Mutter klingt entrüstet. »Du hast doch immer was zu meckern. Denk mal an die Zeit, in der du Gundula kennengelernt hast. Du bist doch auch gut betucht. Stell dir vor, sie wäre damals so misstrauisch gewesen. Dann wärt ihr heute nicht verheiratet.«

»Also, jetzt muss ich Hildegard aber recht geben, Heini. Wir Frauen haben sehr feine Antennen und spüren schon, ob es jemand ehrlich mit uns meint oder nicht. Wenn er kein Geld hätte, könnte er sich das schicke Auto doch gar nicht leisten. Und dumm ist die Gerti nicht. Weiß Gott nicht.«

Opa Heini lehnt sich zurück und verschränkt die Hände hinter dem Kopf. »Na dann.«

Während meine Mutter und Gundula munter weiterplaudern und sich ausmalen, wie herrlich Herr von Burghausen in Mecklenburg-Vorpommern leben muss, und dabei von ihm schwärmen, ist Opa Heini sehr schweigsam. Ab und an, wenn die beiden vor Begeisterung überschäumen, rollt er mit den Augen. Auch mein Vater macht einen bedröppelten Eindruck.

Irgendwie kann ich die Männer verstehen. Es tut weh, wenn der Mensch, den man gerne hat und liebt, von jemand anderem so hingerissen ist.

Paul wirkte sehr in sich gekehrt, als er nach Hause kam. Ich habe ihn nicht mit Fragen bombardiert, was Maria, Leon und er so lange mit Frau Poloch zu besprechen hatten. Eine kluge Ehefrau lässt ihren Gatten erst einmal in Ruhe abschalten, nachdem er in die häuslichen Puschen geschlüpft ist.

Stattdessen habe ich mich ums Abendessen gekümmert und mir von Finchen dabei helfen lassen. Nach einem gemütlichen Essen auf der Terrasse war unsere Tochter regelrecht erschossen. Nachdem sie bettfertig war, hat sie sich von ihrem Papa huckepack nehmen und in ihr Kinderzimmer tragen lassen. Dort ist sie wie ein nasser Sack auf ihr Bett geplumpst und nach einer Gutenachtgeschichte sofort eingeschlafen.

Während meine Lieblingssendung, *Wer wird Millionär,* läuft, kann ich kaum noch an mich halten. Ich knabbere salzige Erdnüsse und beginne ein lockeres Gespräch. Dabei weiß ich genau, in welche Richtung ich es lenken werde.

»Der Herr Jauch stellt aber heute komische Fragen …«

»Wieso? Was ist an den Fragen komisch?«

»Na, weil man sie irgendwie alle nicht beantworten kann. Das ist das Komische daran.«

Pauls Humor hält sich in Grenzen. »Da gibt es Dinge, die ich *wesentlich* komischer finde.« Sein Blick spricht Bände.

Mir ist klar, dass das eine Anspielung auf meine vergessene Nichtverhütung war. Ich gehe locker darüber hinweg. »Stimmt. Zum Beispiel den Namen der Chemietante. So etwas Komisches habe ich selten gehört.« Ich lege meine nackten Füße auf den Couchtisch und grinse breit. »Ein Poloch mit zwei Beinen und roten Haaren ist mir noch nie begegnet.«

Paul verzieht keine Miene. »An den Anblick wirst du dich gewöhnen. Frau Poloch wird dir jetzt öfter begegnen. Sie arbeitet ab morgen für uns.«

Der gute Paul hat tatsächlich nichts anbrennen lassen. Eine Ladung Erdnüsse wandert in meinen Mund. »Weißt du, was ich ebenfalls komisch finde? Also, komisch, im Sinne von eigenartig. Dass du mir nicht erzählt hast, dass du noch jemanden für das Labor einstellen möchtest.«

Paul gähnt verhalten und stellt den Ton des Fernsehers leiser. »Das ist nicht eigenartig. Ich wollte nicht, dass du dir Gedanken machst, während wir mit der Familienplanung beschäftigt waren.« Pauls Kiefermuskeln mahlen. »Aber das Thema hat sich ja nun erledigt. Du weißt, dass ich hin und her überlegt habe, wie wir es hinbekämen, eine zusätzliche Maschinenstraße in der Produktionshalle aufzustellen. Es gibt jedoch keine Möglichkeit. Es wird zu eng. Nach mehreren Terminen mit dem Hersteller habe ich es einsehen müssen. Darum habe ich mich entschlossen, ein weiteres kleines Gebäude oder eine Halle zu mieten. In einem Umkreis von bis zu fünfzig Kilometern. Dort wird Frau Poloch tätig sein. Bis wir etwas Passendes gefunden haben, wird sie sich hier im Haus einarbeiten. Auf uns kommt allerhand zu, Karo. Wir werden zusätzliche Mitarbeiter einstellen müssen.«

Ich muss mich zwingen, nicht aufzuspringen, um einen Freudentanz auf die Fliesen zu legen. Zum einen freue ich mich, dass wir uns vergrößern, zum anderen, dass die Poloch im günstigsten Fall in fünfzigtausend Metern Entfernung mit ihrem Chemiekasten werkelt. Ich reibe mir die Hände. »Oh, *das* ist eine gute Idee, Paul. Das ist prima. *Fünfzig* Kilometer … du, da hat sie ja schon eine schöne Luftveränderung. Ich glaube, du hast mit ihr einen Volltreffer gelandet, denn sonst hättest du sie ja nicht vom Fleck weg eingestellt.«

Paul nickt. »Ich habe auch ein gutes Gefühl. Frau Poloch ist intelligent und sehr qualifiziert. Sie hat anspruchsvolle Hobbys. Sie ist Kunstfliegerin, Fallschirmspringerin und sie taucht. Vorzugsweise in der Karibik … Nun, für mich wird es allerdings stressiger werden. Ich werde ständig hin und her pendeln müssen.«

»Hä? Wie meinst du das?«

»So, wie ich es gesagt habe. Ich werde pendeln. Also einen Tag im Haupthaus arbeiten und den nächsten Tag in dem neuen Gebäude nach dem Rechten schauen. Na ja, bis dort alles richtig laufen wird, werde ich wohl nur dort sein. Wenn die Produktion rund läuft, werde ich mich mit Leon abwechseln.« Paul steht auf. »Möchtest du auch ein Glas Wein?«

Also, so habe ich mir das nicht vorgestellt. Mein Mund ist trocken. »Ja, bitte.«

Paul läuft in den Keller. Ich stelle den Fernseher wieder lauter. Herr

Jauch rauft sich die Haare und verzieht das Gesicht. Er berlinert: »Mensch, jerechterweise muss ick jetz sajen … det ham se sich selbst einjebrockt.« Er klatscht in die Hände. »Immerhin … Glückwunsch, Sie nehmen fünfhundert Euro mit nach Hause.«

Ich greife nach einem Kissen und knuffe es vor meinen Bauch. Ein leises »Mennooo« kommt über meine Lippen. Es gefällt mir nicht, dass Paul hin und her pendeln wird. Und ich kann mir nicht vorstellen, dass Bruni es gut findet, wenn Leon mit von der Partie ist.

2. Ein alter Bekannter

Ich setze den Blinker nach rechts, um im Schritttempo in die Tiefgarage zu fahren. Von Weitem sehe ich, dass ein Mercedes Coupé rückwärts aus einer Parklücke fährt, ein wenig rangiert, um erneut hineinzufahren. Ich muss nicht lange nachdenken, wem diese edle Karre gehört. Die lange, rote Mähne verrät, wer hinter dem Steuer sitzt.

Ein Blick auf die Uhr sagt mir, dass ich viel zu spät dran bin. Folglich ist die Poloch ebenfalls zu spät. Es freut mich ungemein, ihr das gleich aufs Brot schmieren zu können.

Ich gebe Gas und fahre zwei Parkbuchten weiter so rasant in die freie Parklücke, dass mein lieb gewonnenes Auto fast vor die Wand knallt. Mit Schwung öffne ich die Fahrertür und steige flott aus. Die Lebensmittelchemikerin ist schon auf dem Weg ins Gebäude, ich stöckele hinter ihr her. Unsere Absätze klappern auf dem Betonboden.

»Guten Morgen, Frau Poloch.«

Mandy bleibt stehen und dreht sich gemächlich um. Sie hält eine Papiertüte in der Hand und wirft einen Blick auf ihre Armbanduhr. »Hallo. Na, Frau Kollegin? Verschlafen? Schimpft Herr Geiger nicht mit Ihnen, wenn Sie zu spät kommen? Oder gibt es einen Grund, dass er bei Ihnen darüber hinwegsieht?« Ihre Stimme trieft vor Ironie.

Ich blähe die Nasenflügel, lächele sie süffisant an und reiche ihr meine Hand. »Ich bin Frau Geiger. Die Chefin.«

Sie zieht unmerklich die Augenbrauen hoch und greift so feste zu, dass ich kurz in die Knie gehe. »Oh, das hätte ich jetzt nicht gedacht, dass ein *Mööööhrchen* die Chefin des Hauses ist.«

Unsere Blicke treffen sich und verkeilen sich regelrecht ineinander. »Seien Sie demnächst pünktlich, Frau *Poooloch*. Ich bin da sehr genau. Zeit ist Geld.«

Sie grinst, dreht sich um, läuft vor und öffnet die Stahltür. Dabei wirft sie mir einen Schulterblick zu. »Ihr Mann und ich waren gestern noch beim Pförtner. Er hat seine Ablösung informiert, dass er mich heute um 6 Uhr hereinlassen darf. Ich bin Frühaufsteherin und liebe meine Arbeit. Ich war nur kurz im Bioladen und habe mir etwas Obst gekauft.« Sie öffnet die Papiertüte und hält sie mir hin. »Mögen Sie einen Apfel?«

Ihre Worte und ihre Aktion irritieren mich ein wenig.

»Greifen Sie ruhig zu. Die Äpfel sind nicht vergiftet.«

Mir fällt keine passende Antwort ein. Ich murmele »Schönen Tag«, lasse die dumme Pute stehen und laufe die drei Schritte in den Aufzug, der schon mit geöffneten Türen auf mich wartet. Mandys Stöckelschuhe klappern auf den Treppenstufen, die hinauf ins Erdgeschoss führen.

Bruni ist längst über die Neuigkeiten informiert. Paul hat Leon gestern in seine Pläne eingeweiht und der hat Bruni am Abend davon berichtet.

Ich erzähle ihr, welche zusätzlichen Informationen ich von Paul habe.

Sie pfeift durch die Zähne. »Rubbeldiekatz. Paul hat sich ja richtig flott entschieden. Leon hat gestern Abend auch davon geschwärmt, wie unglaublich intelligent die Poloch sein muss. Das Abitur hat sie mit der Note 1,1 gemacht und das Staatsexamen mit Auszeichnung bestanden.« Sie tätschelt meine Hand. »Wir werden sie ja nicht lange im Haus haben. Wenn Paul ein geeignetes Pachtobjekt gefunden hat und die Maschinenstraße aufgebaut ist … Arrivederci und auf Nimmerwiedersehen.«

Dass Paul und Leon in absehbarer Zeit pendeln werden, das wusste Bruni noch nicht. Nachdem ich es ihr erzählt habe, schmollt sie. »Echt? Das finde ich nicht gut.«

»Ach, Bruni. Mir passt das auch nicht.«

Wir schweigen, weil Maria ins Büro kommt. Ihre schwarzen, langen Haare trägt sie heute offen. Auf ihrem Arm liegen einige Aktenordner. Sie grüßt freundlich, freut sich darüber, dass das Wetter wieder so herrlich ist, und verschwindet in ihr Büro.

Bruni nimmt den Faden wieder auf. »Hm. Leon hat von ihren Hobbys geschwärmt. Sie ist Kunstfliegerin, Fallschirmspringerin, und sie taucht.«

Ich lege meine Handtasche in den Wandschrank und setze mich auf meinen Schreibtischstuhl. »Ich weiß. Vorzugsweise in der Karibik. Weißt du, erst habe ich mich total gefreut, dass sie in dem neuen Gebäude arbeiten soll. Aber dann, als Paul mir erklärt hat, dass er ständig pendeln wird, fand ich das überhaupt nicht mehr gut. Jetzt wäre es mir lieber, wenn sie hier im Haus beschäftigt wäre.«

Und wieder schweigen wir, weil Paul kommt. Er beugt sich nicht, wie gewohnt, zu mir herunter und küsst mich. Er belässt es bei einem »Hallo«, hebt in Marias Richtung die Hand und stiefelt in sein Büro.

Bruni streckt sich. »Übrigens … ich habe gestern mit Simone gesprochen. Sie hat gefragt, ob wir heute Abend Lust hätten, zu ihr zu kommen. Willi ist in Cuxhaven, er wird erst sehr spät heimkommen.«

Meine Laune bessert sich sofort. »Das hört sich gut an. Natürlich fahren wir zu ihr.« Ich freue mich wahnsinnig darauf, den Sonnenuntergang von Willis und Simones Dachterrasse aus zu beobachten und dabei mit meinen Freundinnen zu quatschen.

Bruni öffnet die Schreibtischschublade und holt ihr Handy hervor. Sie tippt darauf herum. Ich weiß, dass sie dem Leuchtturm eine SMS schreibt.

Als Leon wenig später kommt, mit einem strahlenden Lächeln an uns vorbeirauscht und direkt in Pauls Büro marschiert, schnüffelt Brunis Näschen in der Luft. »Der müffelt ja wie eine ganze Herde Moschusochsen. Komisch. Normalerweise benutzt er keine Duftwässerchen.«

Ich schiele vorsichtig zu Bruni, die ein nachdenkliches Gesicht macht. »Du, Paul hat auch manchmal so komische Phasen.«

Bruni zieht ein Schippchen. »Solange die Phase nichts damit zu tun hat, dass Leon für die Poloch schön duften möchte, soll es mir egal sein.«

So schnell, wie Leon in Pauls Arbeitszimmer verschwunden ist, so schnell ist er wieder draußen. Und zwar mit Paul im Schlepptau. Paul erklärt, dass er und Leon Frau Poloch die Firma zeigen möchten. Sie wollen mit ihr einen Rundgang machen.

Bruni wirft Leon einen giftigen Blick zu. Als sie das Büro verlassen haben, schimpft sie laut. »Die sind ja wohl bekloppt. Müssen die der Poloch zu zweit so viel Honig um die … die Rosette schmieren?«

Obwohl ich das auch doof finde, dass unsere Männer sich so rührend um Mandy Poloch kümmern, lache ich los. Danach ist Funkstille. Bis zur Mittagspause reden wir kein Wort mehr. Wir arbeiten und gehen unseren Gedanken nach.

Ulrike und Heike gackern, als wir mit Tabletts beladen unseren Tisch ansteuern. Die beiden sind immer die Ersten in der Kantine, ihre Teller sind schon fast leer gegessen.

»Was ist denn mit euch los?« Bruni beobachtet die beiden schmunzelnd.

Ulrike tupft vorsichtig mit einer Serviette an ihren Augenwinkeln. Dann schneidet sie ein großes Stück von dem Schweinefilet ab, das neben einem Klecks Kartoffelpüree liegt. »Ihr sitzt doch an der Quelle und wisst immer alles zuerst. Warum habt ihr uns nicht erzählt, dass eine Frau mit dem Namen …« Sie prustet los. »… *Poloch* im Labor anfängt zu arbeiten. Also, ich hätte mir längst einen anderen Namen zugelegt.«

Mit Schwung entfalte ich meine Serviette und lege sie auf meinen Schoß. »Ich weiß es erst seit gestern Abend.«

Heike öffnet die Flasche Mineralwasser. Es zischt leise. Sie trinkt den Inhalt der kleinen Flasche fast auf ex und rülpst leise. »Uns ist zu Ohren gekommen, dass der Chef ein weiteres Gebäude pachten will. Darum soll die Neue eingestellt worden sein. Stimmt das?«

Ich kann mir vorstellen, dass die Labor-Christa getratscht hat. »Ja. Das ist richtig. Tragt es aber nicht weiter.«

»Ach, das hat doch im Haus längst die Runde gemacht. Das hat sich wie ein Lauffeuer herumgesprochen«, merkt Ulrike an.

»Ich habe gehört, dass *Elektro Brotte* nebenan dichtmacht. Ihr könntet das Gebäude doch pachten. Also, falls nicht schon jemand seinen

Daumen drauf hat.« Heike sagt das so beiläufig, dass ich einen Moment brauche, um zu verinnerlichen, was sie geäußert hat.

Bruni ist schneller. »Echt? Woher weißt du das? Vielleicht ist es nur ein Gerücht.«

Heike verdreht die Augen. »Quatsch. Am vergangenen Samstag habe ich die Gisela auf dem Wochenmarkt getroffen. Die kümmert sich um die Buchhaltung vom alten Brotte. Und *die* hat gesagt, dass die Pleitegeier über dem Flachdachgebäude kreisen. Die Brottes können mit den Preisen der Konkurrenz nicht mehr mithalten. Weißt du, was bei Brotte ein Toaster kostet? Oder eine Kaffeemaschine? Nee. Da kauft doch niemand mehr ein. Das Zeug kriegst du in den großen Elektromärkten oder online viel günstiger.«

Ulrike schnauft. »Eben. Man ist seinem Geld ja nicht so böse, dass man es zum Fenster hinauswirft. Und die Gisela wird es wissen. Ich meine, auf die Aussage einer Buchhalterin kann man sich verlassen.«

Heike wischt sich den Mund ab. »Beeil dich, Ulrike. Wir wollten doch noch kurz zum Bäcker um die Ecke laufen.«

»Oh. Stimmt.« Ulrike stopft sich den Rest des Filets in den Mund und schlingt es regelrecht herunter. »Wir gönnen uns einen kleinen Nachtisch … Erdbeerkuchen mit Sahne. Sollen wir euch auch ein Stück mitbringen?« Sie räumt ihr Geschirr zusammen und steht hastig auf.

Bruni und ich lehnen dankend ab. Die beiden machen sich auf den Weg.

»Mensch, Karo. Wenn das tatsächlich stimmt und das Gebäude noch nicht verpachtet wurde … das wäre ja ein Geschenk des Himmels.«

»Ja, *das* wäre genial. Dann könnte die Poloch direkt den Abflug machen. Unsere Christa und der Fuhrberg könnten sich um die Qualitätskontrollen und den ganzen Kram mitkümmern. Ich werde gleich nach nebenan gehen und dem alten Brotte auf den Zahn fühlen.«

»Hoppla.« Brunis Kopf deutet in Richtung Theke. »Unsere Männer scheinen die nächste komische Phase zu haben.«

Meine Kinnlade fällt runter. Paul, Leon und die Poloch tragen Tabletts in Richtung Rundbogen, hinter dem sich ein Raum befindet, in dem die Kunden bewirtet werden, die sich über Mittag im Haus aufhalten. Unglaublich! Paul und Leon essen mittags nie etwas Ordentliches. Nie. Ich rümpfe die Nase und stehe schnell auf. »Komisch, komisch. Die scheinen ja mächtig Appetit auf zartes Fleisch bekommen zu haben. Ich flitze kurz zum Brotte. Kommst du mit?«

Als wir das Firmengebäude verlassen, weht uns ein warmer Wind entgegen. Auf der Straße herrscht reger Verkehr. Bruni hakt mich unter. Mit ein wenig Glück könnte es tatsächlich sein, dass sich die Poloch den Weg zu den Toilettenräumen nicht einprägen muss.

Vor Kurzem habe ich in einem Motivationsbuch gelesen, dass man immer positiv denken soll. Man müsse den guten Ausgang einer Sache ständig vor Augen haben. Darum bleibe ich vor dem Nachbargebäude stehen, starre auf das große Schild, das über der Eingangstür seinen Platz hat, und hebe theatralisch meine Hände. »Bruni, kannst du ihn sehen? Den Schriftzug *Geigers Jummy-Gum*?«

Bruni schaut auf das Schild, auf dem *Elektro Brotte* steht, und haucht ehrfürchtig: »Ja, jetzt, wo du es sagst. Dort steht *Geigers Jummy-Gum.*«

Ich grinse Bruni an, öffne die schwere Glastür, die in den Verkaufsraum führt, und lasse ihr den Vortritt.

Herr Brotte steht hinter der kleinen Theke und liest in der *Hamburger Morgenpost.* Neben dem Kassenbereich surrt ein großer Standventilator. Als er uns erblickt, legt er die Zeitung beiseite und lächelt uns an. Der kleine, zierliche Mann schiebt die Lesebrille von seiner Nasenspitze auf die Stirn und streicht sich über die schütteren grauen Haare. »Das ist ja eine Überraschung. Hallo, Frau Geiger, hallo, Frau Keller. Wie schön, endlich Kundschaft.«

Der alte Herr sieht nicht gut aus. Unter seinen Augen liegen dunkle Schatten. Ich fühle mich nicht gut. Es ist ein Unding für mich, ihn direkt auf den Konkurs anzusprechen. Ohne lange nachzudenken, sage ich: »Hallo, Herr Brotte. Ich brauche einen Toaster.« Ich strahle ihn an. »Einen schönen, neuen Toaster.« Während er geschäftig hinter der Theke hervorkommt, kneife ich Bruni in den Po.

Sie zuckt kurz zusammen. »Oh. Ja. Einen Toaster, den brauche ich auch.«

Der Geschäftsinhaber läuft zu einem Regal, auf dem etliche dieser

Automaten stehen. »Tja, ich bin froh, wenn ich noch etwas verkaufen kann. Wir schließen ja in Kürze.«

Ich mache große Augen. »Ach. Sie schließen das schöne Geschäft?«

»Ja, ja.« Sein Finger tippt auf ein Gerät. »Hm. Das Modell kann ich Ihnen empfehlen. Es ist ein deutsches Fabrikat. Neunundfünfzig Euro. Ich habe es noch in den Farben weiß und rot da.«

»Ich nehme den Weißen«, sagt Bruni.

»Gut, dann nehme ich das rote Modell.«

Herr Brotte lächelt uns an. »Das ging ja schnell.« Er nimmt zwei original verpackte Toaster und schlurft damit zur Kasse.

Bruni und ich suchen in unseren Handtaschen nach unseren Portemonnaies.

»Warum schließen Sie denn?«, will Bruni wissen.

Herr Brotte seufzt. »Ich kann mit den Preisen der großen Geschäfte nicht mehr mithalten. Dazu kommt der Internethandel. Die können doch viel günstiger anbieten als ich. In drei Monaten will ich hier raus sein. Ich muss allerdings noch einen Nachpächter finden.«

Ich schiebe meine Scheckkarte in das Lesegerät und tippe die Geheimzahl ein. »Das tut mir leid, dass Sie das Geschäft schließen müssen. Ich kann ja mal mit meinem Mann sprechen. Wir suchen noch ein zusätzliches Gebäude …«

»Ach. Das ist ja interessant. Ich gebe Ihnen gleich die Visitenkarte vom Verpächter. Das wäre ein Glücksfall für mich. Bis jetzt hat sich noch niemand für die Geschäftsräume interessiert.« Herr Brotte reicht mir die Quittung, dann zückt Bruni ihre Scheckkarte.

Nachdem auch sie bezahlt hat, kramt der alte Herr in einer Schublade unter der Theke. »Hier. Hier ist die Visitenkarte. Wenn Sie diese Nummer wählen, haben Sie Herrn Dröpjes direkt am Apparat.«

Ich schlucke. »Dröpjes? Werner Dröpjes?«

Bruni beugt sich zu mir. Ihr Atem geht schneller, als sie auf den gedruckten Namenszug starrt.

Herr Brotte nickt. »Ja. Werner Dröpjes. Er hat das Gebäude vor Kurzem gekauft. Ursprünglich gehörte es dem Juwelier Hamacher.«

Ich könnte kreischen. Dröpjes. Das Gebäude gehört ausgerechnet meinem Erzfeind Dröpjes, der viele Jahre in unserem Betrieb als Prokurist tätig war und mit dem ich ständig auf Kriegsfuß gestanden habe. Die Chance, dass er die Räumlichkeiten an uns verpachten wird, ist gleich null.

Bruni und ich sind so durcheinander, dass wir aus dem Laden stürmen wollen, ohne die Toaster mitzunehmen.

»So warten Sie doch!«, ruft Herr Brotte hinter uns her. »Nehmen Sie die Ware mit, Sie haben sie doch bezahlt.«

Im Büro herrscht gähnende Leere. Maria sitzt nicht an ihrem Platz. Paul ist auch noch nicht zurück.

Wir verstauen die neuen Elektrogeräte im Wandschrank und beschließen, erst einmal einen starken Kaffee zu trinken. Bruni holt zwei Tassen und die Warmhaltekanne. Sie hält inne und tänzelt auf der Stelle. »Ich verschwinde mal kurz aufs Klo. Gieß den Kaffee noch nicht ein, sonst wird er kalt.« Dann ist sie weg.

Ich lehne mich auf meinem Schreibtischstuhl zurück und schließe die Augen. Ich hatte gehofft, den Namen Dröpjes nie wieder im Leben hören zu müssen. Als er noch in unserer Firma gearbeitet hat, haben wir uns gegenseitig Knüppel zwischen die Beine geworfen, und manchmal stand ich kurz davor, ihm an die Gurgel zu springen. Zwischen uns stimmte die Chemie nicht. Im vergangenen Jahr hat er gekündigt und sich als Kaugummihersteller in Elmshorn niedergelassen und hat alles drangesetzt, uns die Kundschaft durch eine sehr niedrige Preiskalkulation abzujagen, was ihm auch teilweise gelungen ist. Wir haben uns damals gefragt, warum er so niedrige Preise machen konnte. Letztendlich sind Bruni, Simone und ich nach Elmshorn gefahren. Unter dem Vorwand, Dröpjes anstandshalber zu seiner neuen Firma gratulieren zu wollen, wollte ich mir ein Bild von *Dröpjes-Gum* machen. Dabei fanden wir zufällig heraus, dass er illegale Arbeiter beschäftigte, die unter menschenunwürdigen Umständen in einer Unterkunft am Stadtrand lebten. Wir haben der Polizei damals anonym einen Tipp gegeben. Daraufhin wurde seine ganze Hütte unter die Lupe genommen. Laut diverser Zeitungsberichte ist Dröpjes mit einer Geldstrafe davongekommen und konnte weiterproduzieren. Von einigen Großhändlern haben wir erfahren, dass sie auch bei *Dröpjes-Gum* bestellen, der Löwenanteil der Kaugummis wird jedoch bei uns gekauft.

Bruni kommt zurück. Ich befülle unsere Tassen mit dem heißen Gebräu.

»Und was machen wir jetzt?« Sie rollt entnervt mit den Augen. »Dass Dröpjes das Gebäude gehört … das gefällt mir gar nicht.«

Ich nippe an meinem Kaffee. »Mir auch nicht. Wir müssen nachdenken, Bruni. Jeder Schritt muss wohldurchdacht sein. Bevor wir einen Zentimeter auf Dröpjes zugehen, müssen wir uns sicher sein, dass wir nicht scheitern werden.«

Auch nach drei Stunden, die wir mit Nachdenken verbracht haben, ist uns nicht eingefallen, welchen Köder wir Dröpjes vor die Nase halten sollen, damit er gierig zuschnappt. Man kann den Ball drehen, wie man will, er bleibt rund.

Als wir kurz vor Feierabend unseren Schreibtisch aufräumen, ist Paul noch immer nicht zurück. Auch von Maria fehlt jede Spur.

Gustav von Burghausen scheint sich sehr wohl bei Gerti zu fühlen. Sein schicker Oldtimer steht wieder vor ihrem Haus und glänzt in der Sonne. Ich gönne der lieben Frau von Herzen, dass sie in ihrem Alter noch mal einen gefühlvollen Mann kennengelernt hat, mit dem sie durch dick und dünn gehen kann. Zu zweit ist das Leben schöner.

Fine, Max und Moritz spielen auf der Wiese vor dem Haus. Max lenkt mich wie ein Profi mit Handzeichen auf die Garagenauffahrt. Dabei schaut er so ernst, dass ich lachen muss. Nachdem ich ausgestiegen bin, bedanke ich mich für die fachmännische Einweisung und wuschele meinem Neffen durch die roten Haare.

Connys Auto steht nicht vor dem Haus. Sie hat die Jungs wahrscheinlich hier geparkt und ist einkaufen.

Fine kniet auf der Wiese und hält eine Lupe in der Hand. Die sonst so stürmische Begrüßung fällt aus. Nach einem knappen »Hallo, Mama« betrachtet sie etwas durch ein Vergrößerungsglas. »Guck mal, Moritz. Der hat auch keinen Pimmel. Das ist ja schon *wieder* eine Frau Regenwurm.«

»Du musst länger suchen«, erwidert Moritz grinsend. »Die mit Pimmel sind selten. Es gibt nur ganz wenige Herr Regenwürmer. Ey, ich habe mal ein ganzes Jahr danach gesucht.«

Spätestens jetzt sollte ich mich einmischen. Mache ich aber nicht. Paul soll unserer Tochter heute Abend die Anatomie eines Regenwurms erklären.

Ich klaue Fine einen Kuss. »Warum spielt ihr denn nicht im Garten?«

»Geht nicht. Oma und Gundula sonnen sich und wir dürfen nur leise kreischen.«

»Aha.«

Ein Motorgeräusch lässt mich herumfahren. Conny kommt mit ihrem roten Cabrio mit hundertachtzig Sachen die Birkenstraße entlanggefahren. Ich halte die Luft an, ziehe den Kopf ein, kneife die Augen zusammen und flüstere: »Um Gottes willen. Ist die verrückt geworden?«

Dann erkenne ich, dass nicht Conny, sondern Opa Heini am Steuer sitzt. Meine Schwester hockt auf dem Beifahrersitz. In Höhe des Oldtimers steigt Opa in die Eisen und kommt mit quietschenden Reifen exakt vor dem Haus meiner Eltern zu stehen. Aus den Lautsprechern dröhnt *Highway to Hell* von *AC/DC.*

Conny fliegt bei der Vollbremsung kurz nach vorne, der Sicherheitsgurt rastet sichtbar ein, dann knallt sie zurück in den roten Schalensitz. Ihre langen Haare sind vom Wind zerzaust.

Opa Heini trägt eine große Sonnenbrille und lacht mich breit an. Er schaltet das Radio aus, zieht den Autoschlüssel aus dem Zündschloss und steigt beschwingt aus. »Hallo, Karo.« Seine Hand streichelt zärtlich über den Lack des vorderen Kotflügels. »Was für ein Schlitten, was für ein toller Wagen. Wir hatten viel Spaß … nicht wahr, Conny?«

Conny antwortet nicht. Sie ist leichenblass und starrt geradeaus.

Unser Großvater drückt mir einen Kuss auf die Wange und läuft mit federnden Schritten durch das Gartentor in Richtung Wintergarten.

Meine Schwester löst den Sicherheitsgurt und steigt langsam aus dem Fahrzeug. Sie flüstert: »Mensch, Karo. Das war die Hölle. Der Alte hat nicht alle Tassen im Schrank. Bin ich froh, dass ich noch lebe …«

Sie wankt ein wenig. Ich nehme sie in den Arm und führe sie den kleinen Weg entlang.

Im Wintergarten bietet sich ein ganz ungewöhnlicher Anblick. Mein Vater trägt eine Halbschürze und ist dabei, den Kaffeetisch zu decken. Conny lässt sich auf den erstbesten Gartenstuhl fallen.

Opa Heinis Zeigefinger wandert in der Luft herum. »Dann sind wir über die Hauptstraße gefahren, bis zur Apotheke … dann ab nach rechts … und schummmm, weiter an der alten Spedition vorbei. Du weißt schon. Da, wo man achtzig fahren darf.«

Mein Vater nickt lachend.

»Anschließend bin ich zur Autobahnauffahrt geheizt und habe den Sonntagsfahrern mal gezeigt, wie viel Druck die rote Lok im Kessel hat.«

Mein Vater wirft mir einen belustigten Blick zu. »Gehst du Mama und Gundula holen? Sie *sonnen* sich. *Unter* der Kirschlorbeerhecke.«

Ich sprinte los und könnte mich vor Lachen kringeln, als ich die beiden neugierigen Näschen unter den Lorbeersträuchern entdecke. Ihre Oberkörper sind bis zum Bauchnabel darunter verschwunden.

»Pst. Hallo?«, flüstere ich. »Der Kaffee ist fertig. Kommt ihr?«

»Ja …«, flüstert meine Mutter zurück.

Die beiden drehen sich erst auf die Seite, dann auf den Bauch, kommen so auf alle viere und krabbeln rückwärts aus dem grünen Blätterbusch. Der dicke Hintern meiner Mutter wackelt. Nachdem sich beide mühevoll hochgehievt haben, klopfen sie sich gegenseitig ab. In den Haaren meiner Mutter hängen Spinnweben. Beide kichern leise.

Meine Mutter nimmt mich an die Hand und zieht mich hinter sich her. »Mein Gott, wie romantisch. Der Gustav ist ein ganz feinfühliger Mann, von dem kann sich dein Vater eine dicke Scheibe abschneiden.«

Gundula richtet ihre Haare. »Da muss ich dir recht geben, liebe Hildegard. Heini ist ja auch ein lieber Kerl, aber der Gustav ist ein *richtiger* Kavalier.«

Im Wintergarten begrüßen meine Eltern, Opa Heini und Gundula sich so herzlich, als hätten sie sich eine ganze Woche nicht gesehen. Sie umarmen sich. Meine Mutter fragt meinen Vater, ob er denn während der Zeit, in der sie nicht da war, gut klargekommen sei.

Gundula streichelt ihrem Heini über die Halbglatze. »Na? War dein Ausflug schön?«

Conny verdreht die Augen. »Schöne Scheiße war's. Dein Heini ist lebensmüde. Er hat uns fast umgebracht.«

Opa Heini zeigt ihr den Vogel. »Du spinnst doch. Als wenn ich mich umbringen würde. Meinst du, ich schenke der Merkel einen Teil meiner Pension? Du bist zu ängstlich und vertraust den Fahrkünsten deines Großvaters nicht, Conny-Maus. Wir drehen jetzt jeden Tag eine Runde, denn ein wenig Fahrpraxis kann nicht schaden.«

Die Kinder kommen angerannt und schreien laut nach Saftpäckchen. Gundula erklärt ihnen, dass sie in der Vorratskammer fündig werden. Die Kinder sprinten los.

Zurück im Wintergarten greift jedes von ihnen nach einem Stück von dem trockenen Schokoladenkuchen, dann verschwinden sie wieder.

Connys Hände zittern leicht, als sie sich die zerzausten Haare hinter die Ohren streicht. »Opa, ich finde, du solltest einige Fahrstunden mit einem Fahrlehrer nehmen. Ganz echt. Mein Leben und mein Auto möchte ich nicht opfern, nur damit du wieder durch die Gegend juckeln kannst.«

»Lass Conny besser da raus, Vater. Ich habe dir doch angeboten, mit dir zu üben«, sagt Papa etwas ungehalten.

Meine Mutter legt Schokoladenkuchen auf unsere Teller.

Wer Opa Heini kennt, weiß, dass er sich nicht so schnell von dem Weg abbringen lässt, den er gehen will. Er schlürft lautstark an seinem Milchkaffee. Er ignoriert das Angebot meines Vaters und wendet sich an meine Schwester. »Warum einen Fahrlehrer bemühen? Ich zahle dir das, was eine Fahrstunde kostet, und lege die gleiche Summe noch einmal obendrauf. Nennen wir es … Gefahrenzulage.«

Jetzt hat er Conny am Haken. Hinter ihrer Stirn arbeitet es. »Hm. Wenn du mir fünfzig Euro für eine Stunde bezahlst, also ohne Gefahrenzulage …«

»Das ist ja Wucher.« Mein Vater wedelt mit der Kuchengabel in der Luft. »In der Fahrschule kostet eine Fahrstunde um die vierzig Euro.«

»Ja, in der *Fahrschule*, Papa. Ich habe aber keine Fahrschule. Privatunterricht kostet immer mehr.«

Opa Heini nickt zufrieden. »Abgemacht. Morgen bist du um Punkt 15:30 Uhr hier.«

»Ähm … Autobahn kostet aber extra, Opa. Da musst du noch was drauflegen.«

»Kein Problem, Conny-Maus. Das ist es mir allemal wert.«

Die Gesichtszüge meiner Schwester entspannen sich. Ein zufriedenes Lächeln umspielt ihre Lippen.

Dann wendet sich Opa an Mama und Gundula. »Und? Gibt es was Neues von dem mecklenburgischen Großgrundbesitzer? Oder habt ihr euch die Hintern umsonst platt gelegen?«

Die Wangen meiner Mutter färben sich rosa. »Einen Strauß mit roten Rosen hat die Gerti bekommen. Dreißig Stück, nicht wahr, Gundula?«

»Ja. Und Pralinen aus der *Konditorei Rosendahl.* Die sind unglaublich teuer.«

Mein Vater lacht schallend. »Was ist *daran* besonders? Blumen und Pralinen könnt ihr euch auch kaufen.«

Der Blick meiner Mutter spricht Bände. »Ach, Hermann, darum geht es doch gar nicht. Frauen werden gerne mal mit Blumen und schönen Süßigkeiten überrascht. Darum geht es.«

Hermann versteht nicht, denn er schüttelt verständnislos den Kopf.

Das Telefon bimmelt. Meine Mutter springt auf. »Na, wer mag das denn sein?« Sie läuft ins Haus und kommt mit dem Schnurlosen zurück. »Ach, hallo, Gerti. Warte mal, ich muss mich erst setzen. Im Sitzen kann ich besser zuhören.«

Opa Heini kichert. »Wenn man vom Teufel spricht …« Gundula schlägt lachend nach ihm.

»So, Gerti. Jetzt sitze ich … Ja. Wir wissen, dass die Kinder vor dem Haus spielen. Danke. Keine Sorge, sie laufen nicht auf die Straße … Was? … Na, das geht auch nicht, da muss ich dir recht geben … Oje, ich komme.«

Mama ist jetzt knallrot im Gesicht. Unsere Blicke hängen an ihren Lippen.

»Hach«, jammert sie. »Die Kinder haben es sich in dem Oldtimer von dem netten Herrn Gustav gemütlich gemacht und haben die schönen Ledersitze mit Kuchen und Saft versaut.«

Ich springe auf und laufe los. Hinter mir höre ich allgemeines Stühlerücken und Schritte. Die komplette Familie rennt in Richtung Nachbarhaus.

Max, Moritz und Fine stehen mit schuldbewussten Gesichtern auf dem Bürgersteig, vor dem die chromblitzende Karre parkt. Gerti und ihr Gustav hocken vor den Kindern und reden mit ihnen.

Ich bin als Erste am Tatort und werfe einen Blick auf die roten Ledersitze, die voller dunkler Flecken sind. Gustav von Burghausen steht langsam auf und lächelt mich charmant an.

»Mein Gott, das tut mir leid«, stammele ich. »Normalerweise wissen die Kinder, dass sie …«

Der smarte Typ greift nach meiner Hand, zieht sie an seine Lippen und haucht einen Kuss darauf. »Aber nicht doch. Es ist nicht das erste Mal, dass Kinder dort hineingeklettert sind. Keine Aufregung. Das ist nicht so tragisch. Etwas Wasser, etwas Lederbalsam und das kleine Malheur ist schnell behoben.«

Auch Conny, Mama und Gundula werden mit einem Handkuss begrüßt. Gerti erklärt lachend, dass die Kleinen sich brav entschuldigt haben. Dann übernimmt sie die Vorstellung. Die Kinder machen sich aus dem Staub.

Ich schiele noch einmal auf die Autositze. »Wir sind versichert, Herr von Burghausen. Sie können die Reinigung einem Fachbetrieb überlassen.«

Und wieder lächelt er. »Ach was. Es ist nicht das erste Mal, dass die Sitze Flecken abbekommen haben.« Dabei schaut er meiner Mutter und Gundula so tief in die Augen, dass beide puterrot anlaufen.

Opa Heini und mein Vater laufen mit leuchtenden Augen um das Auto herum.

Herr von Burghausen öffnet die Fahrertür und sagt stolz: »Das ist ein *Mercedes Benz 220 S Ponton*. Baujahr zwischen 1954 bis 1959.«

Gerti verwickelt Gundula und meine Mutter in ein Gespräch. Conny und ich wissen aus Erfahrung, dass das hier ein wenig länger dauern wird.

Wir verabschieden uns. Opa Heini ruft Conny hinterher, dass sie morgen pünktlich um 15:30 Uhr da sein solle.

Die Kinder ziehen sich im Wohnzimmer meiner Eltern um. Conny bürstet ihre Lockenmähne. »Mensch, dieser Gustav ist viel jünger, als ich dachte. Ich schätze mal, dass er nicht älter als Anfang fünfzig ist.«

Ich nicke. »Ja. Was soll man sagen? Wo die Liebe hinfällt. Es passiert immer häufiger, dass sich ältere Frauen in jüngere Männer verlieben.«

Conny rümpft die Nase. »Ich finde das eeekelhaft. So alte Schabracken, bäh. Ich will gar nicht wissen, wie die Gerti in Unterwäsche, geschweige denn nackt aussieht.«

»Stell dich in zwanzig Jahren vor den Spiegel, dann weißt du es«, erwidere ich grinsend.

Fine kommt angehüpft. Ich nehme sie an die Hand, wir rennen los.

»Blöde Kuh … blöde!«, kreischt Conny hinter mir her.

Als ich mein Auto auf unser Grundstück lenke, sehe ich meine Nichten Hanni und Nanni vor der Haustür stehen.

Ich fahre den Wagen nicht in die Garage, sondern parke direkt vor den Treppenstufen. Fine schnallt sich ab, öffnet die Autotür und stürmt auf ihre großen, hübschen Cousinen zu, die sie heiß und innig liebt.

»Hallo, Mädels«, rufe ich freudig. »Das ist ja eine Überraschung, dass ihr uns besuchen kommt.«

Hanni schlendert langsam die Treppenstufen herunter. Ich öffne den Kofferraum und hole das Paket hervor, in dem der Toaster liegt. Hanni nimmt es mir ab. »Wir waren zufällig in der Gegend. Wir wollten nur auf einen Sprung zu euch.«

Während ich die Tür aufschließe, erkläre ich kurz, was die Kinder angestellt haben.

»Mann, die drei machen ja nur Blödsinn.« Nanni streichelt Fine über die Haare.

Fine kichert und rennt ins Wohnzimmer. Sie öffnet die Terrassentür. »Ich suche Reeegenwürmer«, schreit sie laut.

»Stopf sie dir nicht in den Mund«, witzelt Nanni.

Fine kichert. »Iiiehh.« Dann rennt sie in den Garten

»Möchtet ihr etwas essen?« Ich laufe in die Küche, die Mädchen folgen mir.

»Ähm … danke. Wir müssen gleich weiter.« Hanni beißt sich auf die Unterlippe. »Wir wollten dich eigentlich nur fragen, ob du uns einige Paare deiner Schuhe leihen könntest.«

»Klar. Wollt ihr ausgehen?«

Nanni lehnt sich gegen den Türrahmen. »Ja. An den nächsten Wochenenden stehen einige Feten an. Mama brauchen wir erst gar nicht anzusprechen. Sie würde uns niemals ihre heiligen Treter überlassen. Checker und King Cool würden große Augen machen, wenn wir in High Heels angestöckelt kämen.«

»Natürlich könnt ihr meine Schuhe haben. Kommt mit nach oben. Sucht euch welche aus.«

Die Zwillinge tauschen zufriedene Blicke.

Wir laufen gemeinsam ins Schlafzimmer. Ich deute auf das Regal, das hinter der Tür angebracht ist. »Bitte schön. Schaut nach, welche euch gefallen.«

Ich setze mich auf mein Bett und schaue den beiden zu, wie sie begeistert bei der Sache sind. Sie schlüpfen in meine Hochhackigen und entscheiden sich unter anderem für zwei Paar meiner besten Stücke. Die *Manolo Blahniks*, die Paul mir geschenkt hat. Sie bedanken sich.

Hanni hüpft auf der Stelle. »Die sind wunderschön. Wir passen gut drauf auf, Karo. Versprochen.«

Anschließend laufen wir, mit Schuhwerk bepackt, gemeinsam in den Keller, um eine kleine Reisetasche zu holen, in die die Mädchen die ›Geschosse‹ legen können.

Vor dem Wäscheständer, der vor dem Bügelzimmer steht, bremsen Hanni und Nanni ab. Sie bewundern die feinen Dessous, die ich vor einigen Tagen von Hand gewaschen und zum Trocknen aufgehängt habe.

»Oh. Hast du tolle Unterwäsche. Könntest du uns davon auch einige Teile leihen?« Nanni lässt die zarten Stoffe durch ihre Finger gleiten.

Ich stelle mir vor, was Conny dazu sagen würde. Meine Hand wandert unwillkürlich an meine Kehle. »Nee. Auf keinen Fall … eure Mutter wird mich töten. Außerdem ist euch die Wäsche viel zu groß. Sie würde euch eh nicht passen.«

Ich betrachte die gertenschlanken, bildhübschen Zwillingsmädchen, deren rote Haare ebenfalls lang und lockig sind. Die beiden sind Schönheiten.

Hanni hält ein feines Seidenhemdchen mit Spaghettiträgern in die Luft. »Das hier würde schon passen …«

Ich lasse mich nicht erweichen und verschwinde in den Raum, in dem die Winterschuhe und diverse Gepäckstücke liegen. Nach einer

Runde kramen finde ich eine kleine Reisetasche, in die wir die Schuhe verstauen.

Während eines schnellen Kaffees berichten meine Nichten, dass sie in den frühen Abendstunden bis um 21 Uhr in der Eisdiele am Markt einen Job angenommen haben.

»Was? Ihr geht arbeiten? Schafft ihr das denn neben den Hausaufgaben?«

Hanni spielt mit dem Henkel des Kaffeepotts. »Es ist schon ein wenig stressig. Irgendwie werden wir das schaffen. Wir wollen mit Checker und King Cool nach Holland zelten fahren. Dazu fehlen uns noch ein paar Scheinchen. Mama hat es uns erlaubt, aber für die Reisekosten müssen wir selbst sorgen. Mama und Papa sind doch vollkommen blank.«

Ich gieße mir ein Glas Mineralwasser ein. »Ihr habt doch seit ewigen Zeiten Sparbücher. Könnt ihr das Geld für die Reise nicht abheben? Darauf dürfte sich doch im Laufe der Jahre ordentlich was angesammelt haben.«

Die beiden weichen meinem Blick aus.

»Ja. Schon. Aber, das möchten wir nicht«, flüstert Hanni.

Nanni räuspert sich und schaut mir in die Augen. »Hanni flunkert. Mama hat sich das Geld von uns geliehen. Für ihre Traumküche fehlte ihr noch eine größere Summe. Wir bekommen das Geld zurück, wenn Mama wieder flüssig ist.«

Wenn das nicht so traurig wäre, würde ich jetzt loslachen. Was, um alles in der Welt, will Conny mit einer *Traumküche*? Sie kocht nicht. Ihr würde ein Campingkocher reichen. Und ich kann mir vorstellen, dass es Anton scheißegal ist, auf welchem Herd er die Schnitzel brutzelt.

Ich lasse mir meine Betroffenheit nicht anmerken. Obwohl ich mich liebend gerne einmischen würde, weiß ich, dass ich mich nicht einmischen darf.

»Sag unseren Eltern nicht, dass du es weißt.« Nanni steht langsam auf.

»Nein. Natürlich nicht. Aber wenn ihr wollt, kann ich euch das Geld leihen. Ihr könnt es mir später zurückzahlen. Irgendwann, wenn ihr eines Tages Geld verdient.«

Hanni springt auf und fällt mir um den Hals. »Dein Angebot ist total lieb gemeint. Danke. Wir bekommen das schon hin.«

Mit einem traurigen Gefühl im Bauch winke ich den beiden hinterher, als sie sich auf den Weg machen.

Als ich bei Simone auflaufe, öffnet Bruni mir die Haustür. »Komm rein. Wir holen gerade das Futter aus der Küche. Du kannst tragen helfen. Sei aber leise, Emil ist vor einer Viertelstunde eingepennt.«

Wann immer wir unsere Freundin besuchen, werden wir mit ihren köstlichen Sandwiches verwöhnt. Sie ist eine hervorragende Gastgeberin und lässt sich immer neue Kreationen einfallen.

Simone schneidet Zitronenscheiben, die sie in die Karaffe für das Mineralwasser wirft, und hält mir die Wange zum Kuss hin. »Hallo, Karo. Es ist ein Traum, dass wir uns endlich wieder treffen können. Es wurde aber auch Zeit, dass der Bau von Anton und Conny fertig wird.«

Ich nicke. »Hallo. Ja, darüber sind wir auch froh. Teilweise war es ganz schön stressig.«

Simone trägt das lange Walla-Walla-Kleid, das wir vor Jahren bei einem gemeinsamen Fehmarn-Aufenthalt in einer kleinen Boutique gekauft haben. Sie hält mir den Teller mit den Sandwiches hin. »Bitte schön. Camembert mit Feige, Remoulade und Feldsalat, Wildschweinsalami mit Preiselbeeren und Birnenstückchen … Serrano-Schinken mit Avocados und Melone … und Rollbraten mit Kräuterbutter und Krautsalat.«

»Wow. Du bist ein Schatz.« Ich nehme den vollbepackten Teller und balanciere ihn vorsichtig auf die große Dachterrasse, von der man einen herrlichen Ausblick über die Hamburger Skyline hat.

Der Leuchtturm hat den Tisch hübsch gedeckt. Zwei Windlichter flackern unruhig im seichten Wind.

Sobald wir alle sitzen, machen wir uns über die köstlich aussehenden Sandwiches her.

Ich schließe die Augen, nachdem ich mir zwei Bissen Camembert mit Feigen auf der Zunge zergehen lassen habe. »Mhm. Simone, köstlich. O Mann …« Ich beiße wieder zu.

Bruni schwärmt von dem Rollbraten mit Krautsalat.

Der Leuchtturm freut sich, dass es uns schmeckt. Sie schiebt ihre

Brille zurecht. »Bei euch in der Firma ist ja wieder richtig was los, was? Bruni hat erzählt, dass ein Poloch mit roten Haaren bei euch angefangen hat.« Sie lacht albern. »Das hat man auch nicht alle Tage. Im Altenheim, in dem ich früher gearbeitet habe, hatten wir mal eine Frau Kackebart liegen. Und einen Herrn Popel habe ich auch gekannt.«

Bruni und ich kreischen los.

»Auch nicht schlecht«, sage ich. »Der Name Poloch ist aber schon extrem lustig.« Ich werfe Simone einen Blick zu. »Unsere Männer essen mit der Poloch zu Mittag. Was Paul anbelangt, ist das absolut ungewöhnlich, denn er isst mittags nie etwas Richtiges. Im Höchstfall futtert er eine warme Frikadelle. Und Leon ist auch ein seltener Gast in der Kantine. So viel steht fest. Die Poloch hat es geschafft, unseren Männern Appetit zu machen. Und das gefällt Bruni und mir nicht. Wie die Gockel sind sie mit ihren Tabletts durch die Kantine gelaufen.«

Der Leuchtturm nickt langsam. »Das kann ich schon nachvollziehen. Aber ihr solltet das locker sehen. Männer benehmen sich doch immer wie die Gockel, wenn eine einigermaßen ansehnliche Frau ihren Weg kreuzt. Guckt mal, der Joschua Fischer, der Politiker, der ist zum fünften Mal verheiratet.«

Bruni verschluckt sich und hustet. »*Joschka* Fischer, nicht Joschua.«

Simone kneift die Augen zusammen. »Ist doch scheißegal. Auf jeden Fall hat er fünfmal vor dem Standesbeamten gestanden. Oder der Matthes, der hat vier Frauen zum Traualtar geschleppt.«

Bruni hält inne. »Hä? Welcher Matthes?«

Der Leuchtturm schüttelt den Kopf. »Na, deine Allgemeinbildung ist auch nicht die beste. Der Lothar … der Fußballer.«

Ich lache. »Du meinst den Matthäus, Lothar Matthäus.«

»Sag ich doch … der Loddar.«

Bruni regt sich auf. »Und was willst du uns jetzt damit sagen? Dass Paul oder Leon um die Hand vom Poloch anhalten werden?«

»Quatsch. Ich will damit nur sagen, dass sich Männer wie die Gockel benehmen.« Sie kratzt sich am Kopf. »Obwohl … es gibt ja viele Paare, die sich während ihrer Tätigkeit kennen und lieben gelernt haben. Da gibt es ja tausend Beispiele.«

Simones Weisheiten tragen nicht gerade dazu bei, dass Bruni und ich uns entspannen. Ich bemühe mich, ruhig zu bleiben. »Lirum, larum. Hat Bruni dir auch erzählt, dass wir uns mit derartigen Gedanken nicht herumschlagen müssten, wenn wir das Gebäude neben unserer Firma pachten könnten?«

Simone leckt ihre Finger ab. »Ja. Hat sie. Bevor du gekommen bist. Wenn nebenan die Maschinenstraße stehen würde, bräuchtet ihr die Poloch nicht, weil eure Labor-Christa die Arbeit mit erledigen könnte. Aber darüber braucht ihr nicht eine Sekunde nachzudenken. Dröpjes wird euch nie im Leben dort einziehen lassen.«

Ich lehne mich zurück. »Eben. Darum haben Bruni und ich heute darüber nachgedacht, wie wir auf Dröpjes zugehen und ihn ködern könnten. Uns ist nichts eingefallen.«

»Hm. Der kann dich überhaupt nicht leiden, Karo. Und Bruni mochte er auch nie besonders. Dröpjes wird euch auslachen, wenn ihr ihn anrufen und fragen werdet, ob er euch die Räume verpachtet. Wenn das jemand hinbekäme, dann Paul. Der konnte doch immer ganz gut mit dem ollen Fiesling.«

Simone hat den Nagel auf den Kopf getroffen.

Mit zwei Fingern fische ich die Scheibe Zitrone aus meinem Wässerchen, beiße hinein. Mein Speichelfluss wird angeregt, ich verziehe das Gesicht. »Vielleicht hast du recht. Ob Paul sich darauf einlassen wird, vor Dröpjes auf die Knie zu gehen, ist allerdings fraglich.«

Nach einer weiteren halben Stunde hat Simone mich davon überzeugt, Paul einzuweihen und besser keinen Alleingang zu wagen.

Sie wirft Bruni und mir einen strengen Blick zu. »Außerdem ist es verrückt von euch, zu glauben, dass eure Männer sich ernsthaft für diese Frau interessieren. Sie gucken nur, mehr nicht. Gucken kostet nichts und ist nicht verboten, oder? Alle Männer gucken.«

Bruni grinst. »Echt? Guckt dein Willi auch?«

»Natürlich.« Der Leuchtturm rülpst sich dezent ins Fäustchen. »Ich habe ja gerade gesagt, dass jeder Mann guckt. Und Willi ist schließlich auch ein Mann.«

Ich stelle mir den kleinen Willi vor, wie er sich den Hals nach schönen Frauen verrenkt, und muss schmunzeln.

Bruni scheint ähnliches durch den Kopf zu gehen, denn sie presst die Lippen aufeinander.

Mit krächzender Stimme sage ich: »Klar. Stimmt.«

»Herrlich.« Bruni streckt sich. »Die Abende bei dir sind immer so köstlich wie deine Sandwiches, Cousinchen.«

Simone kichert. »Ja. Mit einem Wein wäre er noch köstlicher. Wollt ihr mit dem Taxi zurückfahren? Dann hole ich eine Flasche.«

Ich lehne dankend ab.

Bruni schüttelt ebenfalls den Kopf. »Nee, lass mal. Es ist mir zu umständlich, das Auto morgen früh abzuholen.«

Der Leuchtturm zieht die Schuhe aus und lehnt sich zurück. »Bald darf ich sowieso nicht mehr. Wenn es geklappt hat, herrscht wieder striktes Alkoholverbot.«

»Hä? Wie jetzt.« Bruni kneift die Augen zusammen. »Kombiniere ich richtig? Ihr wollt ein zweites Kind? Das hattest du gar nicht erzählt.«

Simone strahlt ihre Cousine an. »Ja. Aber wann hätte ich es denn erzählen sollen? Wir haben uns doch in der letzten Zeit immer nur zwischen Tür und Angel gesehen.«

Diese Nachricht haut mich fast vom Stuhl. »Also das ist ja eine Überraschung.«

»Die Entscheidung ist irgendwie von jetzt auf gleich gefallen. Zack. Ganz plötzlich war die Sehnsucht nach einem zweiten Kind da. Willi war sofort einverstanden. Wenn es nach ihm gegangen wäre, hätten wir schon längst ein zweites.«

»Ich weiß. Dein Willi ist ganz vernarrt in Kinder.« Bruni lächelt ihre Cousine liebevoll an. »Ich drücke euch die Daumen, dass es ganz bald klappen wird.«

Auch ich wünsche Simone und Willi viel Glück und fische in meinem Glas nach der nächsten Zitronenscheibe. »Bei uns war das auch ein Thema. Die Sehnsucht nach einem weiteren Kind ging aber von Paul aus. In einer weinseligen Stunde habe ich dem zugestimmt, mich aber dann umentschieden.«

Ich berichte dem Leuchtturm von meiner heimlichen Pillenaktion.

Simone biegt sich vor Lachen. »Ha, ha. Paul hat umsonst sein Pulver verschossen.« Ihre rechte Hand schlägt wie zufällig auf ihre linke Faust. Dabei stößt sie leise Pfiffe aus.

Ich setze meine Unschuldsmiene auf.

»Armer Paul ...« Simone sagt das so, dass wir lachen müssen.

Anschließend schildere ich meinen Freundinnen im Detail, was zurzeit in der Birkenstraße abgeht. Sie amüsieren sich köstlich über meine Mutter und Gundula, die keine Mühen scheuen, die liebe Gerti und ihren neuen, reichen Verehrer zu bespitzeln.

Dass Hanni und Nanni sich Dessous von mir leihen wollten, amüsiert Bruni und Simone.

»Die beiden werden langsam flügge«, stellt Bruni belustigt fest.

»Tja, manchmal komme ich mir schon richtig alt vor, wenn ich meinen Nichten gegenübersitze. Die nächste Generation steht in den Startlöchern.«

Für einen kurzen Moment überlege ich, ob ich den Mädels erzählen soll, dass meine Schwester wegen ihrer Traumküche die Sparbücher ihrer Töchter gefilzt hat. Ich entscheide mich dafür, denn mit Bruni und Simone kann ich über alles reden, was mich bedrückt.

»Mann, die hat Nerven.« Bruni ist regelrecht geschockt.

Simone schüttelt verständnislos den Kopf. »Weißt du was, Karo? Deine Schwester ist voll scheiße.«

Und wieder einmal hat Simone recht.

3. Schlank, fett, schlank, fett …

Gestern Abend konnte ich Simones Ratschlag nicht umsetzen und Paul erzählen, dass Herr Brotte in Kürze sein Geschäft schließen wird. Als ich nach Hause kam, hat er tief und fest geschlafen.

Als Paul vor dem Badezimmerspiegel steht, um sich zu rasieren, setze ich mich auf den geschlossenen Klodeckel und platze mit der Neuigkeit heraus. Pauls untere Gesichtshälfte ist eingeschäumt, er zückt das scharfe Rasiermesser und schabt damit vorsichtig über seine rechte Wange.

»Hat Herr Brotte dir selbst gesagt, dass er aufhört?«

»Ja. Ich habe gestern einen Toaster bei ihm gekauft. Da habe ich es erfahren.«

Paul hat sich geschnitten. Er flucht. »Du hast bei Brotte einen Toaster gekauft?« Er reißt ein Blatt Toilettenpapier von der Rolle und drückt es auf die blutende Stelle. »Brotte ist ein Halsabschneider. Er hatte seit Jahren Wucherpreise. Kein Wunder, dass die Kundschaft ausgeblieben ist.«

»Er will in drei Monaten dort raus sein und sucht einen Nachmieter. Es gibt noch keine Interessenten für die Räume.«

Paul schaut mich ein wenig verärgert an. »Möhrchen, warum hast du mir das denn nicht schon gestern erzählt, als ich nach Hause kam?« Er schabt weiter. »Das klingt doch ideal für uns. Sobald ich im Büro bin, werde ich mich darum kümmern.«

Ich beiße die Zähne aufeinander und ziehe die Mundwinkel nach hinten. »Ähm … ich habe es nicht erzählt, weil ich es vergessen habe. Und als ich nach Hause kam, konnte ich nicht mit dir sprechen, weil du geschlafen hast. Die Visitenkarte vom Verpächter habe ich aber.« Meine Stimme überschlägt sich. »Du rufst Dröpjes einfach an, kriechst ihm ein kleines Stück in den Hintern …«

»Autsch!«

Paul hat sich schon wieder geschnitten. Jetzt fließt richtig viel Blut. Ich reiße ein langes Stück Klopapier ab und reiche es Paul, der mich anstarrt, als käme ich von einem anderen Stern. »Was sagst du da? *Dröpjes* gehört der Flachdachbau? *Dem* Dröpjes?«

Ich nicke schnell. »Ja. *Dem* Dröpjes. Du, das ist aber überhaupt kein Problem, denn du konntest doch immer gut mit ihm. Er wird froh sein, wenn sich jemand für die Bruchbude interessiert. Er wird dir die Füße küssen. Schmatz, schmatz.«

Paul rasiert sich weiter. »Vergiss es. Ich rufe ihn nicht an. Er würde mir ohnehin eine Abfuhr erteilen.«

Ich verschränke die Arme vor der Brust. »Und woher willst du das so genau wissen?«

Paul lacht. »Sei nicht so naiv. Wir sind Konkurrenten. Als wenn er uns noch Zucker in den Hintern blasen würde, damit wir ein neues Produkt auf den Markt bringen können.«

Ich könnte mich aufregen. »Ein Versuch ist es doch wert, Paul. Dass du immer so negativ denken musst. Wenn Bill Gates damals so schnell wie du das Handtuch geworfen hätte, wäre er nie der reichste Mann der Welt geworden.«

Paul lacht. »Der Vergleich hinkt nicht nur, Möhrchen, er geht an Krücken.«

»Du vergibst dir doch nichts dabei. Stell dir vor, du mietest ein Gebäude, das fünfzig Kilometer weit entfernt von unserem läge. Du würdest ständig hin und her juckeln. Rechne mal aus, wie viel Benzin du zusätzlich tanken müsstest. Mein Gott … denk auch an die Zeit, die dabei draufgeht.« Ich schlage mir mit der flachen Hand vor die Stirn. »Das ist tote Zeit, in der du nicht wirklich arbeiten kannst. Und wenn du zusätzlich das Gehalt draufrechnest, das du der Poloch bezahlst … das sind ja Summen, bei denen mir schwindelig wird. All das willst du freiwillig berappen, ohne auch nur einen Versuch unternommen zu haben, dieses finanzielle Desaster abzuwenden? Das ist schwach, Paul, sehr schwach.«

Der Wasserhahn läuft. Paul wäscht sich Schaumreste aus dem Gesicht, ich reiche ihm ein Handtuch.

»Vergiss es, Möhrchen. Es gibt Dinge, die von vornherein zum Scheitern verurteilt sind. Darüber möchte ich nicht weiter diskutieren und ich werde auch nicht weiter darüber diskutieren.« Er sieht mich durch den Badezimmerspiegel an. Diesen Blick kenne ich. Ich weiß, dass ich nicht weiter auf Paul einreden muss. Rien ne va plus … nichts geht mehr.

Am Frühstückstisch herrscht gute Stimmung, zu der ich allerdings wenig beitrage. Ich kaue schweigend mein Brot.

Fine findet es lustig, dass Paul sich beim Rasieren geschnitten hat und auf seiner Wange und seinem Kinn Winnie-Puuh-Kinderpflaster kleben. Sie nimmt einen großen Schluck Tee. »Mama. Max und Moritz haben mich veräppelt. Es gibt gar keine Regenwürmer mit Pimmelchen.«

Paul lacht und verpasst unserer Tochter einen Nasenstüber. »Da hättest du lange suchen können.«

Finchen nickt und plappert weiter. »Papa hat mir gestern erklärt, dass die beides sind. Mann und Frau. Und die können drei oder acht Jahre alt werden.« Sie macht große Augen und sagt entrüstet: »Ey, und ich bin erst sechs!«

Noch bevor ich antworten kann, erklärt sie, dass sie pappsatt sei, und hüpft vom Stuhl. »Ich muss noch meinen Rucksack holen, den habe ich oben vergessen.«

Paul grinst. »Unsere Tochter hat es nicht einfach. Max und Moritz machen sich einen Spaß daraus, sie hochzunehmen.«

Ich nicke. Im Grunde gehen mir aber ganz andere Dinge durch den Kopf. »Paul, können wir heute Abend noch einmal in Ruhe darüber reden? Ich meine über Dröpjes?«

Paul nimmt meine Hand, führt sie an seinen Mund und haucht einen Kuss darauf. Dabei lässt er mich nicht aus den Augen. »Nein.«

Fine kommt zurück und pfeffert ihren Rucksack auf die Anrichte. Dann rennt sie in den Flur und verkündet lautstark, dass sie ihre Sandalen anziehen wolle.

Ob ich will oder nicht, ich werde mich wohl damit abfinden müssen, dass Paul sich quer stellt. Ich stehe langsam auf, hole aus dem Kühlschrank die Tupperdose, in der sich Fines Kindergartenfrühstück befindet, und lege sie in den kleinen Rucksack. Es klingelt. Auf Frau Wiedemann ist Verlass.

Heute bin ich sehr zeitig in der Firma. Ich finde einen freien Parkplatz in der ersten Reihe.

Als ich aussteige, entdecke ich den tollen Flitzer von der Poloch. Er steht in der Parkbucht, die direkt neben der Stahltür liegt.

Zwei Kolleginnen aus dem Personalbüro kommen kichernd angestöckelt. Sie grüßen freundlich.

Ich warte, bis sie im Gebäude verschwunden sind. Nachdem die Stahltür zugeknallt ist, lege ich meine Hand auf die Motorhaube der noblen Karosse. Sie ist kalt. Die Poloch sitzt wahrscheinlich schon wieder seit 6 Uhr vor den Reagenzgläsern.

Ein Blick in ihr Fahrzeug zeigt, dass sie ein sehr ordentlicher Mensch sein muss. Nichts fliegt in dem Auto herum. Die Armaturen blinken. Auf dem Rücksitz liegt ein zusammengefalteter weißer Kittel. Und das war es auch schon.

Ich beeile mich, ins Büro zu kommen.

Bruni sieht heute toll aus. Das rote, leichte Sommerkleid steht ihr ausgezeichnet. Ihre kinnlangen, schwarzen Haare glänzen. »Moin, Karo.« Sie breitet die Arme aus. »Ist das nicht ein schöner Tag?«

»Na ja. Irgendwie ist er schon schön, aber irgendwie auch nicht.« Ich schlage die Schranktür mit Schmackes zu.

Maria streckt den Kopf aus ihrem Büro. »Hallo, Karo. Sagt ihr Bescheid, wenn der Kaffee durch ist? Ich brauche eine Ladung Koffein.«

Bruni nickt. »Ich bringe dir gleich ein Tässchen. Noch fünf Minuten.«

Maria gähnt verhalten und ist weg.

»Wieso? Was ist an diesem Tag nicht herrlich?« Bruni holt Tassen aus dem Schrank.

Ich seufze. »Ich habe heute früh mit Paul gesprochen. Er wird nicht mit Dröpjes reden. Auf keinen Fall. Das können wir vergessen, Bruni. Ich kenne Paul ziemlich gut. Diesmal wird er nicht nachgeben.«

Bruni zieht ein krauses Näschen. »Na ja. Irgendwie kann ich ihn verstehen. Es wäre schon ein Zu-Kreuze-Kriechen. Wir sollten uns mit der Tatsache abfinden, dass wir das Poloch am Hintern haben.«

Obwohl das Wortspiel meiner Freundin köstlich ist, kann ich nicht darüber lachen.

»Überlassen wir alles dem Schicksal, Karo.« Bruni befüllt die Tassen mit Kaffee, reicht mir eine und verschwindet mit der anderen in Marias Büro.

Ich grunze leise. Es geht mir gegen den Strich, alles dem Schicksal zu überlassen. Das Schicksal hat manchmal komische Einfälle und macht, was es will. Es schert sich nicht darum, wie es den Menschen dabei geht. Ich fühle mich wohler, wenn ich die Fäden selbst in den Händen halte und ein Muster stricken kann, das mir gefällt.

Als Bruni sich wieder an den Schreibtisch setzt, kommt Paul. In seinem Gesicht kleben noch immer die Winnie-Puuh-Kinderpflaster.

Nachdem er Bruni begrüßt hat, hebt sie kurz den Finger, deutet auf Pauls Gesicht, lacht kurz auf und setzt zum Reden an. Ich trete unter dem Schreibtisch nach ihr und schüttele unmerklich den Kopf.

Paul winkt Maria zu, die zurückwinkt. Dann klatscht er in die Hände. »Was für ein herrlicher Tag. Mir begegnen heute nur freundliche Menschen, jeder lächelt mich an.«

Bruni räuspert sich.

Paul verschwindet in sein Büro und lässt die Tür wieder weit geöffnet.

Ich grinse Bruni an und flüstere: »Die sehen doch hübsch aus … die Pflaster.« Ich höre, dass Paul die Fenster öffnet. »Ah, was für eine schöne Luft.« Er summt eine Melodie. »Dummdidummdidumm … Möhrchen, es tut mir leid. Ich habe das schöne weiße Frotteehandtuch versaut, als ich mich nach dem Rasieren abgetrocknet habe. Es ist voller Blutflecke.«

Ich beobachte ihn, wie er einen Stapel Unterlagen aus dem Aktenkoffer holt und ihn sorgfältig auf den Schreibtisch legt. »Das ist nicht tragisch. Die bekomme ich wieder raus.«

»Ha. Es sieht so aus, als hätte sich ein Vampir bei uns im Bad ausgetobt.«

Ich stütze meine Ellenbogen auf den Schreibtisch. »Paul, in unserem Haus gibt es keinen *Vampir*. Vampire haben Biss, verstehst du? Und den hast du nicht. Du würdest dich nie trauen, zuzubeißen. Dazu wärst du viel zu feige.« Ich lächele ihn süffisant an.

Bruni kichert.

Paul kommt langsam angeschlendert, lehnt sich gegen den Türrahmen und verschränkt die Arme vor der Brust. »Hm. Wenn du dich da mal nicht täuschst, Möhre. Wenn ein Hals lang und schlank ist, beiße ich gerne zu.«

Ich verspüre einen Stich in der Magengegend, stehe auf, laufe langsam zum Fenster und öffne es weit. Da Pauls Fenster ebenfalls geöffnet sind, zieht es wie Hechtsuppe. Dann setze ich mich wieder und strecke mich. »Ah, was für eine herrliche Luft.«

Brunis Haare wehen leicht.

In Pauls Beine kommt Leben. Hinter ihm flattern sämtliche Blätter im Durchzug durch die Luft. »Verflixt!«, schimpft er laut, »schließt euer Fenster, die Seiten sind nicht nummeriert …«

»Schließ einfach die Tür, Paul. Dann zieht es auch nicht mehr.« Er muss sie nicht schließen, sie knallt von alleine zu.

Bruni zieht den Kopf ein, dabei grinst sie. »O Mann. Eure Wortgefechte sind köstlicher als Simones Sandwiches.«

Ihr fällt das Grinsen aus dem Gesicht, weil Leon und die Poloch fröhlich plaudernd das Büro betreten. Mandy trägt einen weißen, taillierten Kittel, und ich muss zugeben, dass sie eine sehr gute Figur darin macht. Auf ihrer Nase sitzt eine große, schwarze Hornbrille.

Leon lässt ihr den Vortritt. »Tatsächlich? Du wolltest ursprünglich Medizin studieren?«

Er streichelt meinen Arm, anschließend läuft er zu Bruni und haucht ihr einen Kuss auf die Wange. Bruni sitzt stocksteif auf ihrem Stuhl. Sie macht ein Gesicht, als würde sie unter starkem Sodbrennen leiden. Ihr wird sauer aufgestoßen sein, dass Leon die Poloch duzt.

»Guten Morgen, liebe Kolleginnen«, flötet Mandy mit zuckersüßer Stimme. »Ist das nicht lustig? Leon meinte gerade, er könne sich vorstellen, mir im Krankenhaus bei der Chefvisite zu begegnen.«

Ich schniefe kurz. »Ja, das ist lustig.« Ich starre sie mit ausdruckslosem Gesicht an.

Leon räuspert sich. »Welche Fachrichtung hättest du gewählt? Was hätte dich fasziniert?«

Die Poloch schaut Leon tief in die Augen. Dann gackert sie albern. Ihre Hand verschwindet in ihrer Kitteltasche, aus der sie einen schwarzen Gummihandschuh zieht, in den ihre rechte Hand schlüpft. Ihr Mittelfinger wandert in die Luft. »Die Proktologie wäre es gewesen. Ich wäre wahnsinnig gerne Proktologin geworden. Der Darm hat etwas Faszinierendes.«

»Ohohohooo.« Leon hebt die Augenbrauen. »In der Tat … der Darm ist schon … na ja, was soll man sagen.«

Dann lachen beide albern.

Brunis Hände umkrampfen den Locher. Ihre Fingerknöchel treten weiß hervor.

Die beiden Spaßvögel laufen nach kurzem Anklopfen in Pauls Büro. Von Weitem sehe ich, dass die Kinderpflaster nicht mehr in seinem Gesicht kleben. Schade.

Paul scheint schon auf das lustige Duo gewartet zu haben. »Oh … Frau Poloch, Leon. Schön, dass ihr euch sofort auf den Weg gemacht habt. Setzt euch.« Die Tür knallt wieder zu.

Bruni kneift die Augen fest zusammen, quiekt leise und sagt langsam, dafür sehr eindrucksvoll: »Ich … kann … diese … blöde … Kuh nicht leiden. Wieso duzen die sich?« Sie schmollt.

Ich greife über den Schreibtisch nach ihrer Hand, sie ist eiskalt. »Du, Leon ist es bestimmt nur peinlich, sie mit ihrem Nachnamen anzusprechen. *Das* wird es sein.«

Wir machen uns an die Arbeit. Unsere Stimmung ist dort, wo der Finger eines Proktologen während der Arbeitszeit steckt. Im Arsch. Wir ziehen einen Flunsch.

Bis zur Mittagspause reden wir kaum ein Wort miteinander. Paul, Leon, Maria und die Poloch tagen noch immer, als wir in die Mittagspause gehen.

An unserem Stammtisch in der Kantine erwartet uns ein ungewohntes Bild. Auf Ulrikes Teller liegt nur Grünzeug, sie stochert darin herum.

Ich nehme ein Näschen vom köstlichen Duft der dicken Kohlroulade, die dampfend auf meinem Teller liegt und darauf wartet, gefuttert zu werden.

»Was ist los mit dir, Ulrike? Du isst nur Salat?« Bruni poliert mit einer Serviette ihr Essbesteck.

»Jau. Vielleicht schaffe ich es noch, bis zum Urlaubsantritt vier Kilo abzunehmen.«

Heike verdreht die Augen. »Klar, das schaffst du locker. Du hast ja noch zwei Tage Zeit.«

Die pummelige Ulrike stopft sich tapfer eine Gabel voll Salat in den Mund. »Heute früh ist mir die Neue begegnet. Die Poloch.« Sie grinst breit. »Um Kalorien zu verbrennen, habe ich die Treppe benutzt, statt mit dem Aufzug zu fahren. Sie hat mich beim Treppensteigen überholt. Von hinten sieht die mit den Haaren fast so aus wie du, Karo. Und dann ist was total Lustiges passiert …« Sie grunzt vor Lachen.

Heike stupst sie an. »Das solltest du besser für dich behalten.«

Ulrike befolgt den Rat ihrer Kollegin nicht. »Quatsch. Karo versteht doch Spaß.« Sie beugt sich vor. »Also, vor mir läuft die Poloch und hinter mir kommt der Petermann angehastet. Er überholt mich, dann ruft er laut: ›Donnerwetter, Frau Geiger, was haben Sie gemacht? Sie sind ja gertenschlank geworden, das steht Ihnen sehr gut.‹« Sie verschluckt sich, weil sie so lachen muss, und hustet. »Und dann hat sich die Poloch umgedreht und ihm ein strahlendes Lächeln geschenkt. Dem Petermann ist die Kinnlade runtergefallen. Der hat so dämlich aus der Wäsche geguckt, das war richtig lustig.«

In unserer Firma scheinen Lustigkeitsviren durch die Luft zu schwirren. Obwohl mir nach dem Spruch nicht zum Lachen ist, lache ich. Es klingt jedoch ein wenig zu spitz. Dann sage ich: »Echt, voll lustig.«

Heike und Bruni räuspern sich. Dann ergreift Bruni das Wort. »So eine Dumpfbacke. Karo hat doch nicht mehr auf den Rippen als die Poloch.«

Ulrike gackert immer noch. »Nee, auf den Rippen nicht. Aber untenrum. Da tummeln sich schon einige Polster mehr.«

Die kleine Heike ist ein wenig sensibler als die burschikose Ulrike. Ihr scheint Ulrikes Schnatterei peinlich zu sein, denn sie wechselt ad hoc das Thema.

»Ähm … was ist denn jetzt mit dem Laden nebenan. Habt ihr mal nachgehakt, ob ihr ihn pachten könnt?«

Ich habe keine Lust, den beiden die Tatsachen auf die Nase zu binden. Soviel ich weiß, hatte Dröpjes nach seiner Firmengründung noch immer Kontakt mit einigen unserer Mitarbeiter, unter anderem mit Petermann. Wenn sich in der Firma herumspricht, dass wir vor diesem Ekelpaket den Schwanz einziehen, könnte der Wind diese Information zu Dröpjes nach Elmshorn tragen. Und den Triumph, dass ihm etwas gehört, auf das wir scharf sind, gönne ich ihm nicht. »Nein. Das Gebäude kommt nicht infrage. Es ist zu klein.«

»Och. Schade. Na ja.«

Die beiden räumen ihr Geschirr zusammen. Wir wünschen uns gegenseitig noch einen schönen Arbeitstag. Unsere Kolleginnen stöckeln davon.

Während ich den letzten Rest Sauce von meinem Teller kratze, tätschelt Bruni meine Hand.

»Mach dir nichts draus, Karo. Der Petermann ist doch schon ein älteres Semester. Dass er mal was verwechselt, ist vollkommen normal.«

Ich schaue Bruni in die Augen. »Hier in der Firma ist ein Rotschopf zu viel. Und der gehört eindeutig Mandy Poloch. Ich habe das dumpfe Gefühl, dass sie Unruhe in die Firma bringt. Wenn Paul keinen Mumm hat, Dröpjes anzusprechen, mache ich es eben. Dann kann sie ihre Klamotten packen. Basta.«

Mein Stuhl fliegt nach hinten, weil ich viel zu schnell aufgestanden bin. Ich knalle meinen Teller auf das Tablett, mein Besteck fliegt hinterher.

»Lass das besser sein, Karo. Du wirst dir die Finger verbrennen. Paul dreht dir den Hals um, wenn er dahinterkommt.«

Ich lache. »Er wird erst dahinterkommen, wenn ich ihm den Pachtvertrag zur Unterschrift vor die Nase halte. Glaub mir. Letztendlich wird er mir dankbar sein.«

Mit wilder Entschlossenheit greife ich nach dem Tablett und laufe mit großen Schritten zu dem kleinen Fließband, das das schmutzige Geschirr mit einem leisen Surren in die Küche transportiert. Bruni rennt hinter mir her. Sie holt mich erst ein, als ich schon im Flur bin.

»Karo … mir ist nicht wohl bei dem Gedanken …«

Ich winke ab. »Blödsinn. Paul war begeistert, als ich ihm erzählt habe, dass das Gebäude nebenan frei wird. Er würde sich zehn Finger ablecken, wenn wir dort die neue Maschinenstraße aufstellen könnten. Der einzige Wermutstropfen für Paul ist, dass die Hütte Dröpjes gehört.«

Bevor wir das Büro betreten, bleibe ich kurz stehen und hole tief Luft. Dann öffne ich mit Schwung die Tür.

Leon und Mandy stehen neben unserem Schreibtisch und fahren so auseinander, als wären sie bei etwas Verbotenem ertappt worden.

»Oh.« Leon kratzt sich am Kopf. »Wir wollten auch gerade etwas essen gehen. Maria und Paul wollten kurz in die Produktion, wir treffen uns gleich in der Kantine.«

Ich ignoriere die Poloch. »Prima. Mach das, Leon. Guten Appetit.«

Bruni macht es mir nach. Auch sie behandelt Mandy wie Luft. »Ja. Es gibt Kohlrouladen.«

Leon reibt sich den Magen. »Mhm. Das hört sich toll an.«

Die beiden machen sich auf den Weg in die Kantine.

»Und was willst du jetzt machen?« Bruni lässt sich auf ihren Schreibtischstuhl plumpsen.

Statt zu antworten, krame ich in Windeseile mein Handy aus meiner Handtasche, sprinte in den Flur und schieße ein Foto von der Poloch, die langsam mit Leon den Gang in Richtung Kantine schlendert.

Bruni ist mir gefolgt, sie steht lachend im Türrahmen. »Ich glaube es nicht …«

Zurück im Büro schaue ich mir die Aufnahme an. Mandy Poloch ist nicht nur von vorne, sondern auch von hinten schlank. Sehr schlank.

Mein Handy fliegt über den Schreibtisch. Bruni legt den Kopf schief und betrachtet das Foto. Sie bläht die Wangen. »Nun … ja. Also, ich finde, das könntest auch du sein. Ganz echt, Karo. Ich würde schwören, dass du es bist … nein, du *bist* es! Oder?«

Ich stehe langsam auf. Mit zittriger Stimme bitte ich Bruni, ein Foto von mir zu schießen, wenn ich im Flur kurz vor dem Aufzug stehe.

»Menno. Muss das sein?«, nörgelt Bruni.

Ich nicke matt.

Drei Minuten später sitze ich fassungslos vor dem PC und betrachte abwechselnd die beiden Fotos, die ich auf der Festplatte gespeichert habe. *Schlank, fett, schlank, fett, schlank, fett.* Ich flüstere leise: »Scheiße.«

Bruni wirft mir einen Schokoriegel über den Schreibtisch. »Mensch, Karo. Zieh nicht so ein Gesicht.«

Mit Daumen und Zeigefinger schnippe ich die Süßigkeit zurück. Bruni fängt sie geschickt auf. Ich werfe ihr einen giftigen Blick zu. »Bist du bescheuert, oder was? Willst du, dass mein Hintern noch dicker wird? Schau dir die Bilder mal an …«

Papier knistert. Bruni stopft sich den kleinen Nuss-Nougat-Riegel in den Mund. Sie schmatzt. »Brauch ich nicht. Ich weiß doch, wie du von hinten ausschaust.«

Ich lehne mich zurück und seufze laut. Der heutige Tag ist definitiv für mich gelaufen.

Den Rest des Nachmittags verbringen Bruni und ich damit, uns aufzuregen. Erst über die Poloch. Dann über Leon und Paul, die plötzlich ihre Liebe zur Kantine entdeckt haben. Anschließend ist der alte Petermann an der Reihe, der zu blöd ist, meinen Hintern von dem der Poloch zu unterscheiden. Wir zetern darüber, dass er sich mit seiner Familie oder Freunden auf Firmenkosten im *Schnitzelhaus Lecker-Lecker* durchgefressen hat und seine Enkel mit Malutensilien versorgt, die er dreisterweise als Büromaterial abgerechnet hat. Als uns nichts mehr einfällt, schimpfen wir auf die Temperaturen, die heute wieder so heiß sind, dass man bei der kleinsten Bewegung ins Schwitzen kommt.

Als wir zehn Minuten vor Feierabend unseren Schreibtisch aufräumen, haben wir so viel Stresshormone abgebaut, dass wir wieder gute Laune haben.

Auf dem Weg zum Aufzug hören wir die Stimme der Poloch aus dem Treppenhaus eine Etage tiefer. »Bis morgen, Herr Geiger. Wir sehen uns dann zum Mittagessen in der Kantine. Leon hat gesagt, dass er auch kommt.«

»Prima. Bis morgen, Frau Poloch«, höre ich Paul sagen.

Bruni und ich steigen in den Aufzug. Meine Freundin flucht leise. »Mist. Das scheint sich ja einzubürgern, das Mittagessen.«

Nach einem flotten Rundgang durch den Supermarkt liegt alles in meinem Einkaufswagen, was ich zur Herstellung des Abendessens benötige. Ein Vollkornbrot, eine Schale Feldsalat, eine Schlangengurke, Brunnenkresse und eine Tüte von der Wursttheke, in der sich Aufschnitt befindet. Da Paul neuerdings ein Mittagessen zu sich nimmt, sehe ich nicht ein, am Abend *noch* einmal warm zu kochen. Finchen wird es an nichts fehlen, denn in der Birkenstraße gibt es jeden Mittag ein warmes und gesundes Essen.

Vor dem Weinregal mache ich eine Vollbremsung. Ich suche zwei gute Flaschen Rotwein aus, die ich Gustav von Burghausen überreichen möchte. Ich finde es wahnsinnig nett, wie er das Malheur heruntergespielt hat, das die Kinder in seinem Auto angerichtet haben. Eine hübsche Geschenktüte für den Rebensaft finde ich in der Zeitschriftenabteilung.

In der Birkenstraße parke ich, wie gewöhnlich, auf der Garagenauffahrt. Connys Auto steht nicht an der Straße. Mit einem leichten Grinsen stelle ich mir vor, wie sie mit zerzausten Haaren auf dem Beifahrersitz neben Opa Heini um ihr ›Leben‹ bibbert. Ich sprinte die wenigen Meter zum Nachbarhaus und drücke den Knopf der Türklingel.

Herr von Burghausen öffnet die Haustür und ist regelrecht baff, als ich mich für sein Verständnis, das er für kleine Krümelmonster hat, bedanke. Er streicht sich mit einer zackigen Bewegung über sein Oberlippenbärtchen und führt meine Hand wieder zu seinem Mund. Der Handkuss ist so feucht, dass ich meine Hand schnell zurückziehe. Ich bestelle liebe Grüße an Gerti, dann renne ich wieder los.

»Grüßen Sie Frau Hildegard und Frau Gundula recht schön von mir«, ruft er laut hinter mir her.

Ich drehe mich kurz um und winke. »Das mache ich. Danke.«

Puh. Ich schüttele mich angewidert. Jetzt erst einmal die Hände waschen.

Finchen sitzt im Planschbecken. Sie trägt eine Taucherbrille. Als ich mich hinhocke, um sie zu küssen, spitzt sie die Lippen, auf die ich einen dicken Schmatzer drücke. »Na? Spielst du schön?« Ich nehme ihr das Kunststoffteil ab.

Sie nickt. »Ja. Ich bin Tiefseetaucher.«

»Wow. Toll. Bist du heute alleine hier? Sind Max und Moritz nicht da?«

»Doch. Die haben aber momentan Kopfschmerzen. Die haben sich den Kopf gestoßen.«

Meine Mutter kommt angelaufen. Sie muss den letzten Satz mitbekommen haben, denn sie prustet los. »Hallo, Karo …« Sie zwinkert mir zu. »Kopf gestoßen ist gut. Fine hat den Jungs eins auf die Zwölf gegeben. Mit der großen Suppenkelle. Die haben beide ein Horn, Gundula kühlt gerade die Beulen.«

Ich verdrehe die Augen. »Ach, Fine. Warum machst du denn so etwas? Du weißt doch, dass man nicht hauen soll. Und schon gar nicht mit Gegenständen. Das tut doch weh.«

Jetzt verdreht Fine die Augen. »Na, das *sollte* ja auch wehtun. Meinst du, die heulen, wenn ich nur so mache?« Sie schlägt leicht auf meine Hand. »Da musste mir schon was anderes einfallen.«

Ich verkneife mir ein Lachen. »Hast du dich entschuldigt?«

Sie schnieft. »Nö.«

»Das machst du aber noch, oder?«

Fine planscht im Wasser. »Nö.«

Meine Mutter zieht mich hinter sich her. Sie raunt. »Lass sie mal. Die Bengel haben doch zuerst zugeschlagen. Mit Stöcken. Irgendwie muss sie sich ja mal ein wenig Respekt verschaffen.«

Die Rabauken lachen schon wieder, als Mama und ich in den Wintergarten laufen. Sie schieben Gundulas Hände beiseite, die ihnen Gel-Kühlkissen auf die Beulen am Hinterkopf drückt.

Mein Vater und Gundula schmunzeln und zwinkern mir zu. Ich beuge mich zu Max, um ihm einen Kuss auf die Wange zu drücken. »Mensch, das war aber nicht schön von Fine …« Weiter komme ich nicht. Er dreht blitzschnell den Kopf und spuckt mir voll ins Gesicht. Ich widerstehe dem ersten Impuls, ihn anzukeifen, und renne mit angewidertem Gesicht ins Bad.

Moritz kreischt laut: »Ha, ha. Voll in die Fresse gerotzt!«

Mama, Gundula und mein Vater regen sich lautstark auf und schimpfen kräftig mit ihm. Ich bearbeite zuerst mein Gesicht, dann meine Hände mit Wasser und Seife. Dabei schüttele ich mich vor Ekel. Ich weiß schon jetzt, dass ich spätestens morgen früh einen Lippenherpes haben werde.

Gundula drückt mich, als ich zurück im Wintergarten bin. »Mein Gott, die Bengel sind aber auch ungezogen.«

Meine Mutter schüttelt verärgert den Kopf. »Das geht nun wirklich zu weit. Conny und Anton sollten mal ein Machtwort sprechen.«

Papa winkt ab. »Ach, vergiss es. Da ist Hopfen und Malz verloren.«

»Na …« Gundula schaut auf die Uhr. »Conny und Heini müssten aber langsam zurückkommen. Einen Kaffee können wir ja schon mal trinken, oder?«

Meine Mutter findet das auch. Sie greift nach ihrer Näharbeit, die auf dem Stuhl neben ihr liegt. Ich übernehme das Kaffeeeingießen.

»Was nähst du denn da, Mama?«

Sie setzt ihre Lesebrille auf die Nase. »Ich versetze sämtliche Knöpfe an meiner Garderobe. Und zwar so, dass sie enger sitzt.«

»Du hast abgenommen? Toll.«

Mein Vater hält mir seine Kaffeetasse hin und lacht. »Nee, eben nicht. Deine Mutter hat zugenommen. Darum versetzt sie die Knöpfe. Sie muss das Zwicken am Bauch spüren … es soll richtig wehtun, damit sie immer daran erinnert wird, nicht so viel zu futtern.«

Die Idee finde ich prima. »Das ist ja mal eine pfiffige Maßnahme.« Ein Geistesblitz schießt durch meinen Kopf. Ich könnte sämtliche Knöpfe an Pauls Hosen versetzen. Und zwar so, dass der Hosenbund etwas zu eng sitzt. Dann wird ihm der Appetit auf das Kantinenessen vergehen.

Meine Mutter redet weiter. »Ach, Karo. Das habe ich doch früher schon so gemacht, als ich noch deine Figur hatte. Das musst du doch noch wissen …«

Wir horchen kurz auf. Opa Heini und Conny kommen, sie liefern sich ein Wortgefecht. Was meine Schwester von sich gegeben hat, konnte ich nicht verstehen. Opa Heinis Worte sind klar und deutlich zu hören. »Mecker nicht, du dusselige Kuh. Ich bezahle dich schließlich dafür.« Er bleibt kurz stehen, macht eine Kniebeuge und sagt: »Tolle Spritztour. Ich geh eben einen aus der Südkurve schleudern, ich bin gleich wieder da. Legt schon mal den Kuchen auf die Teller. Der Opa hat Hunger.«

Mein Vater lacht.

Mir fällt fast die Kaffeekanne aus der Hand, als ich sehe, in welchem Outfit meine Schwester unserem Großvater Nachhilfe in Sachen Autofahren erteilt hat. Sie trägt dicke Lederklamotten und einen Motorradhelm, dessen Visier nach oben geklappt ist.

»Mamaaa«, jammert sie. »Hilf mir aus dem Helm. Unter dem Teil schwitzt man wie verrückt.«

Ich stelle die Kanne ab und deute meiner Mutter an, sitzen zu bleiben. Conny lässt sich auf einen Gartenstuhl fallen. Ich brauche viel Kraft, um ihr den Monsterhelm vom Kopf zu ziehen. Conny ist knallrot im Gesicht, ihre Haare sind vollkommen verschwitzt und kleben regelrecht an ihrem Kopf. Dann zieht sie die Lederkluft aus. Darunter trägt sie leichte Shorts und ein Top mit Spaghettiträgern.

Ich könnte kreischen. »Wo hast du denn die Motorradklamotten her? Von Anton?«

Sie nimmt einen Schluck Kaffee aus der Tasse meines Vaters und herrscht mich an. »Blödsinn! Du weißt doch, dass Anton kein Motorrad hat. Die habe ich von unserer Nachbarin geliehen! Und hör auf, so dämlich zu grinsen. Setz du dich doch mal neben unseren durchgeknallten Opa. Meinst du, ich will einen Schädelbasisbruch erleiden, wenn wir uns mal überschlagen sollten?«

»Na …« Gundula macht ein entrüstetes Gesicht. »Jetzt übertreibe mal nicht, Conny.« Sie streicht ihren Kittel glatt.

Meine Schwester fächert sich mit der Serviette Luft zu. »Ihr habt doch alle keinen blassen Schimmer. Wir sind ein Stück auf der Landstraße gefahren. Opa überholte jedes Fahrzeug, versteht ihr? Jedes. Und vorzugsweise dann, wenn uns dicke Trucks entgegenkamen.«

Wir schmunzeln über Connys theatralische Schilderungen. Sie wird ein wenig übertreiben. Opa Heini ist ein kleiner Filou, der schon mal über die Stränge schlägt. Dass er das Leben meiner Schwester aufs Spiel setzt, halte ich jedoch für ausgeschlossen. Wenn's drauf ankäme, würde er sich bei lebendigem Leib das Herz für jeden von uns herausreißen lassen.

Die Kinder gehen wieder friedlich miteinander um. Sie möchten keinen Kuchen und flitzen lachend in die Küche, um sich mit Wassereis zu versorgen.

Opa Heini ist zurück. »So. Jetzt trinken wir lecker Kaffee und essen ein Stück Kuchen und dann mähen wir die Wiese, nicht wahr, Hermännchen? Die Temperaturen sind jetzt erträglich.«

Papa nickt. »Jau. Das machen wir, Vater.«

Ich verdränge die Gedanken an meine Fettpolster, genieße den leckeren Käsekuchen und richte meiner Mutter und Gundula schöne Grüße von Gustav von Burghausen aus. Ich erkläre, dass ich kurz nebenan war und mich mit zwei Flaschen Wein für sein Verständnis bedankt habe.

Mama legt den Kopf schief. »Och je, darüber wird er sich bestimmt gefreut haben. Ich kann mir vorstellen, dass es nicht einfach war, die Sitze zu reinigen.«

Conny verdreht die Augen. »Ich habe ganz andere Probleme, als mir über diesen angestaubten Gustav Gedanken zu machen. Morgen früh werden zwei Pflanzkübel für die Terrasse geliefert und ich habe einen Termin beim Gynäkologen. Kannst du die Lieferung annehmen, Mama? Der Fahrer des Gartencenters kommt um 9 Uhr in die Kastanienallee. Er kann die großen Töpfe durch die Garage in den Garten tragen.«

»Natürlich, Kind. Ich habe doch Zeit.«

Conny erzählt ausschweifend, wie schwer ihr die Entscheidung gefallen sei, welche der edlen Gefäße aus Granit infrage kämen.

Mir liegt noch etwas quer im Magen, darum lenke ich das Gespräch abrupt in eine andere Richtung. »Wie geht es den Mädchen, Conny? Wie läuft es in der Schule?«

Conny winkt ab. »Denen geht es gut. Die wuppen die Schule im Moment mit links. Sie schreiben nur gute Arbeiten. Darum habe ich ihnen auch erlaubt, an den Wochenenden nach den Feten bei ihren Freundinnen zu übernachten. Checker und King Cool haben sich seit der letzten Woche ausgeklinkt. Die zwei müssen ordentlich büffeln.« Sie wirft ihre Haare in den Nacken. »Und fleißig sind Hanni und Nanni auch. Sie helfen ja jeden Tag in der Eisdiele aus, um ihren Urlaub zu finanzieren.«

Ich stelle mich dumm. »Oh, das wusste ich gar nicht.«

Conny nickt eifrig.

Meine Mutter stutzt. »Ach. Ich dachte, *ihr* finanziert den Mädchen den Urlaub, und sie gehen nur arbeiten, um sich ein Extra-Taschengeld zu verdienen. Wir haben euch doch auch immer die Ferien bezahlt, nicht wahr, Hermann?«

»Natürlich«, antwortet mein Vater etwas ungehalten.

Ich unterdrücke einen Lacher, weil Conny ins Stottern kommt. »Du … ähm, wir haben den Mädchen doch die neuen Zimmer finanziert. Also, wir stemmen schon genug. Alles können wir auch nicht.«

Jetzt schauen alle dumm aus der Wäsche.

Gundula ergreift das Wort. »Hanni und Nanni haben neue Zimmer bekommen? Also, davon weiß *ich* wieder nichts. Ihr?« Sie blickt in die Runde. Alle schütteln den Kopf.

Meine Schwester wird sauer. »Sag mal, Gundula. Musst du immer jedes Wort auf die Goldwaage legen. Die Tapeten sind neu und jede hat einen kleinen Flokati-Teppich bekommen. Außerdem wollten beide neue Nachttischlampen.«

Opa Heini grinst, lehnt sich zurück und schaut jeden von uns an. Dann nimmt er Conny ins Visier. »Nun, wenn die Schule nicht darunter leidet … Arbeit schändet nicht. Es ist keine schwere Arbeit, Eis in Waffeln und Becher zu schaufeln. So lernen sie auch, den Wert des Geldes zu schätzen. Hanni und Nanni hätten es auch einfacher haben können. Sie haben doch schon ordentlich was auf den Sparbüchern. Nicht wahr, Conny?«

Conny wird knallrot. Sie beugt sich vor und hustet wie bescheuert. Ich schlage ihr feste auf den Rücken.

Sie räuspert sich. »Nee, also, nee, Opa. Nee, nee. Die Sparbücher sind heilig. Da dürfen sie nicht drangehen. Man muss ja was im Rücken haben. Für später.« Und wieder bölkt sie los.

Opa Heini lacht. »Ich kann mir nicht helfen, Conny. Aus deinem Mund hört sich das irgendwie komisch an.«

Ich denke kurz nach. Hanni und Nanni schwindeln. Sie haben mir erzählt, dass Checker und King Cool auf den Feten dabei sein werden. Dass sie für die Schule büffeln müssen … davon war keine Rede. Conny flunkert ebenfalls. Und zwar so, dass sich die Balken biegen. Es wäre jetzt sehr vermessen, wenn ich mich darüber aufregen würde, denn in diesem Punkt habe auch ich keine weiße Weste.

Obwohl ich Opa Heini recht geben muss, tun mir die Mädels leid. In einem günstigen Augenblick werde ich mit Paul reden. Ich finde, wir könnten Hanni und Nanni schon ein wenig unterstützen.

Ich verabschiede mich jetzt ziemlich zügig.

Finchen hilft mir beim Ausräumen der Ware. Sie plappert in einer Tour und ist unglaublich stolz darauf, ihre Cousins verkloppt zu haben.

»Das machst du aber nicht noch mal, hörst du?«

Fine pfeffert den Salat auf die Anrichte. »Wenn die mich wieder mit einem Stock hauen, mach ich's wieder.«

»Dann geht der Streit immer weiter, Fine. Du nimmst die Suppenkelle, Max und Moritz werden nach einem größeren Gegenstand zum Zurückschlagen suchen. Der Gedanke gefällt mir nicht, weil ihr euch gegenseitig verletzen könnt. Die Beulen werden immer größer.«

»Dann suche ich mir eben noch einen *großgrößeren* Gegenstand. Dann hole ich halt die kleine Gartenschüppe aus dem Schuppen.«

Ich nehme ihr das Brot aus der Hand und gehe vor meiner Tochter in die Hocke. »Siehst du? Genau *das* ist das Problem. Wenn du die kleine Gartenschüppe nimmst, nehmen Max und Moritz die große Gartenschüppe. Und das würde immer so weitergehen. Hör zu. Wenn die beiden dich noch einmal hauen, läufst du zu Oma, Opa, Opapa oder Gundula und verpetzt sie. Das ist der einzig richtige Weg.«

Fine nimmt mein Gesicht in ihre kleinen Hände. Ihre Nasenspitze wandert gegen meine. »Naaa gut. Dann haue ich eben nicht, dann petz ich halt.«

Sie rennt in die Vorratskammer. »Ich hole ein Glas und geh Regenwürmer sammeln. Die gucke ich mir dann an.«

»Das ist eine gute Idee.« Der Aufschnitt wandert in den Kühlschrank. »Bevor du ins Bett gehst, schütten wir sie aber wieder auf die Wiese. In der Natur fühlen sie sich am wohlsten.«

Fine hat ein leeres Gurkenglas gefunden und hüpft los.

Den Plan, nur Brote auf den Tisch zu bringen, verwerfe ich. Paul soll ordentlich zulangen, von mir aus kann er dick und fett werden. Ich hole Grillwürste und Nackensteaks aus der Tiefkühltruhe, die Paul später draußen auf den Grillrost legen kann. Dann bewaffne ich mich mit meinem Handy und rufe Bruni an. Während ich mich auf den Weg ins Schlafzimmer mache, berichte ich ihr von meiner Idee, die Knöpfe an Pauls Hosen zu versetzen, damit sie ordentlich zwicken. Sie findet meine geplante Aktion klasse und will sich ebenfalls sofort mit Nadel und Faden an die Arbeit machen.

Im Schlafzimmer krame ich in Pauls Schrank nach Hosen und Shorts, die er besonders gerne trägt, und bewaffne mich mit meinem Nähkorb. Die Waage kann getrost im Bad stehen bleiben, denn Paul stellt sich nie darauf, um sein Gewicht zu kontrollieren, weil er es schlichtweg nicht nötig hat. Zurück in der Küche kommt die Schere zum Einsatz. Schnipp, schnapp, Knöpfe ab.

Paul ist gut gelaunt, als er heimkommt. Das trifft sich sehr gut, denn ich bin ebenfalls in bester Stimmung.

Es kostet mich alle Mühe, nicht zu lachen, als er nach dem Duschen auf die Terrasse gelaufen kommt und sein T-Shirt hebt. »Also, das ist ja komisch. Die roten Shorts haben mir noch in der letzten Woche gepasst. Schau mal, Möhrchen. Ich habe nur mit Müh und Not den Knopf schließen können.«

»Zeig mal.« Ich lasse meinen Zeigefinger hinter dem Hosenbund verschwinden und reiße den Mund weit auf. Dabei achte ich darauf, große Kulleraugen zu machen. »Boah. Das fühlt sich nicht gut an, Paul. Du hast zugenommen. Hm. Kein Wunder. Dein Körper reagiert auf das warme Mittagessen. Hast du dich mal gewogen?«

Paul kratzt sich am Kopf. »Du weißt doch, dass ich mich nie wiege. Also kann ich daran nicht ausmachen, ob ich zugenommen habe. Ich glaube, das letzte Mal bin ich auf eine Waage gestiegen, als ich bei der Musterung war. Komisch. Wenn ich zugelegt habe … warum passt die Hose, die ich heute anhatte, und *die* hier nicht?«

Ich tätschele unsanft seine Wange. »Weil die Größen unterschiedlich ausfallen. Darum.«

Pauls Hände fuchteln in der Luft. »Und warum gibt es Konfektionsgrößen, wenn sie eh nicht stimmen?«

»Du, das kann ich dir nicht sagen. Da müsstest du mal den Herrn Lagerfeld anrufen. Oder den Herrn Glööckler.«

Paul stolziert mit eingezogenem Bauch kopfschüttelnd in die Garage. Ich höre ihn dort kramen. Dann scheppert es, er flucht laut.

Ich mache es mir auf einem Gartenstuhl bequem und beobachte Finchen. Sie hat Regenwürmer gesammelt und trägt sie spazieren. Sie läuft mit den Kriechtieren durch den Garten, dann möchte sie ihnen das Haus zeigen und verschwindet durch die Terrassentür ins Wohnzimmer. Kurze Zeit später kniet sie wieder vor dem Beet und buddelt mit einer Schüppe im Erdreich herum.

Paul kommt mit einer Türe Grillkohle zurück. Er schüttet eine Ladung von dem schwarzen Gold in den gemauerten Grill, der vor der Koniferenhecke seinen Platz hat, und legt Grillanzünder darauf.

Ich nehme den Faden wieder auf. »Du wirst dich damit abfinden müssen, Paul. Mit deinem Bauch. Du kommst in die Jahre … Aber, mich stört es nicht, wenn du ein kleines Fässchen vor dir herträgst.«

Paul steht mit dem Rücken zu mir, er dreht sich langsam um. »Wie meinst du das?«

»Nun. Dass du in die Jahre kommst. Wenn Männer älter werden, nehmen sie meistens zu. Am Bauch. Die Beine bleiben ja immer dünn. Immer.«

»Hm.«

Ich blinzele gegen die Sonne. »Ja. Das ist so. Schau dir Papa an. Er war früher immer gertenschlank. Heute hat er ein kleines Bäuchlein. Und dünne Beine. Oder der Mann von der Gerti …«

Paul fächert die Kohle mit einer Zeitung an. »Der Mann von der Gerti? Der ist doch tot.«

»Eben. Er hat damals innerhalb kürzester Zeit an Bauchumfang zugelegt. Und eines Tages ist er umgekippt. Peng. Aus die Maus. Er war von jetzt auf gleich hinüber. Sein Bauch war so dick, der hat ihm … ähm, das Herz abgedrückt. Und dann hat es einfach aufgehört, zu schlagen. Er sollte damals in seinem schwarzen Anzug beerdigt werden. Daraus wurde aber nichts, weil er da nicht mehr reinpasste. Sie mussten ihn im Totenhemd beerdigen.«

Paul lacht. »Ach, komm. Du erzählst Räuberpistolen.«

Ich wage mich aufs Eis. »Wenn du mir nicht glaubst, frag Mama. Sie wird es bestätigen. Ruf sie an. Ich hole dir auch das Telefon. Und wenn du meinst, dass Mama und ich die gleichen Räuberpistolen erzählen, bimmel doch direkt bei der Gerti durch. Mach dich aber darauf gefasst, dass sie zu heulen anfängt, wenn du das Thema ansprichst.«

Ich sehe Paul an, dass er verunsichert ist. Meine Worte haben voll ins Schwarze getroffen, denn er denkt laut nach.

»Mein Vater ist im Laufe der Jahre auch immer stabiler geworden. Und der Josef Albers aus der Produktion, der hat auch viel mehr auf den Rippen als früher. Tja, und wenn ich mir unseren Herrn Petermann anschaue …«

Mit singender Stimme sage ich: »Ja, ja. So ist das, Paul. Der einzige Mann, den ich kenne, der im Alter *nicht* zugelegt hat, ist der Herr Jauch. Der hat immer noch so eine schicke Figur wie früher.« Ich stehe auf und laufe ins Haus, um das Grillfleisch zu holen.

»Und das gefällt dir?«, ruft Paul laut hinter mir her.

Meine Antwort fällt ebenfalls laut aus. »Klar! Du schaust dir doch auch gern schlanke Frauen an, oder?« Hinter vorgehaltener Hand pruste ich los.

4. Riverdance

Auf dem Weg ins Büro muss ich nicht lange darüber nachdenken, welche Möglichkeiten es gibt, mit Dröpjes Kontakt aufzunehmen. Es gibt nur zwei. Entweder … ich rufe ihn an oder schreibe ihm eine E-Mail und stelle die Frage der Fragen. Mir persönlich würde die Kontaktaufnahme per E-Mail besser gefallen, aus taktischen Gründen wäre es jedoch sinnvoller, ihn anzurufen. Ein paar nette Worte hier, ein paar nette Worte da … aber genau an diesem Punkt fängt mein Problem an. Es gibt keine netten Worte, die ich mit Dröpjes reden könnte.

In der Tiefgarage sehe ich unsere Außendienstmitarbeiter Petermann und Knoop, die sich angeregt unterhalten. Als ich aussteige, verabschieden sie sich voneinander. Knoop setzt sich in den Firmenwagen und braust davon. Im Vorbeifahren grüßt er freundlich.

Herr Petermann tupft mit einem Taschentuch an seiner Stirn. »Guten Morgen, Frau Geiger. Was ist das bloß wieder für ein Wetter. Die Hitze bringt mich um. Ich brauche jetzt erst einmal einen starken Kaffee. Mein Kreislauf ist im Keller.« Er streicht sich über die Halbglatze.

»Hallo, Herr Petermann.« Ich warte an der mittigen Säule auf ihn, denn ich verspüre den unbändigen Wunsch, seinen Kreislauf ein wenig in Schwung zu bringen. Vielleicht steigt sein Blutdruck, wenn ich ihn mit den Mai-Abrechnungen konfrontiere. »Oh … schön, dass wir uns hier treffen. Ich wollte ohnehin zu Ihnen kommen.«

»Aha. Was gibt es denn?«

Ich räuspere mich. »Ich will nicht lange um den heißen Brei herumreden, Herr Petermann. Es wird schwierig sein, bei einer Betriebsprüfung dem Finanzamt zu erklären, dass Sie für Ihre Tätigkeit in unserem Hause *Aquarellblocks* benötigen. Sie haben drei Stück abgerechnet.«

Herr Petermann lächelt mich an. »Nein, nein. Ich habe keine Aquarellblocks gekauft. Das war extra dickes Kopierpapier. Im Firmenfundus gab es nur das Einfache, darum habe ich es bei *Schreibwaren Hansemann* besorgt. Es ist dort unter Aquarellblocks gelistet. Auf der Rückseite der Quittung hat das Frau Hansemann mit dem Firmenstempel und ihrer Unterschrift bestätigt.«

»Tatsächlich? Entschuldigen Sie. Das ist mir nicht aufgefallen. Ähm … dann haben Sie kurz nacheinander dreimal Bleistifte in Dreier-Packungen abgerechnet. Es sind im Grunde Centbeträge … aber wenn das jeder machen würde … ich meine, in ganz Deutschland, ginge das fürs Finanzamt schon in die Millionen.«

»O ja. Die Bleistifte. Ich hatte am 2. und 4. Mai Schulungen. Und am 9. Mai ebenfalls. Wir stellen doch immer das Schreibmaterial. Ich habe extra Bleistifte gekauft, weil die Firmenkugelschreiber teurer sind. Ich denke schon mit, Frau Geiger.«

Ich werde vor keinem Menschen, der auf Mutter Erde lebt, jemals zugeben, dass ich mich gerade total lächerlich gemacht habe, und setze alles auf eine Karte, um Petermann doch noch ans Bein zu pinkeln. »Nun … das haben Sie richtig gemacht. Wenn Sie mir jetzt noch erklären könnten, mit welchen *Kunden* Sie an einem Sonntag … an einem *Sonntag* im *Schnitzelhaus Lecker-Lecker* auf Firmenkosten gespeist haben, sind wir durch.«

Petermanns Antwort kommt wie aus der Pistole geschossen. »Gerne, Frau Geiger. Das war der 7. Mai. Wie könnte ich das vergessen. An dem Tag hat meine Frau Geburtstag. Statt zu Hause mit ihr zu feiern, war ich mit dem Vorstand der *Engelmann-Gruppe* in dem zünftigen Lokal. Unter der Woche hatten die Herren keine Zeit. Am Samstag auch nicht. Darum habe ich sie an diesem Sonntag eingeladen. Das hat uns ordentlich Aufträge eingebracht. Das Formular für den Grund der Bewirtung habe ich aber beigefügt. Wenn es verloren gegangen ist, fülle ich ein neues aus.«

Ich habe keine Lust mehr. Petermann ist tatsächlich so clean wie ein neuer Müllcontainer der städtischen Müllabfuhr. Wir schlendern in Richtung Stahltür. Petermann hält sie mir zuvorkommend auf. »Wissen Sie, Frau Geiger. Ich bin seit Jahrzehnten im Haus tätig. Ich habe mir nie etwas zu Schulden kommen lassen. Und so soll es auch bleiben.«

Ich fühle mich ertappt und kann nicht verhindern, dass ich rot anlaufe.

Petermann benutzt nicht den Aufzug, er nimmt die Treppe. Ich folge ihm, er redet weiter. »Ich bin so froh, im letzten Jahr nicht dem Drängen von Dröpjes nachgegeben zu haben, in seine Firma zu wechseln. Ich arbeite sehr gerne für Ihren Mann. Mich ehrt es ganz besonders, dass er mir …« Er schaut mich belustigt an. »… vertraut.«

Ich blinzele. »Haben Sie noch Kontakt zu Dröpjes?«

Unser Außendienstler bleibt stehen. Er ist ein wenig außer Atem und schüttelt den Kopf. »Nein. Wir haben uns aus den Augen verloren. Ich habe aber gehört, dass Dröpjes geerbt haben soll. Seine Tante ist verstorben. Sie soll sehr vermögend gewesen sein.« Er zuckt mit den Schultern. »Ob es allerdings stimmt, weiß ich nicht. Es wird viel geredet. Ein Bekannter von mir, der Dröpjes kennt, hat erzählt, dass er sich jeden Donnerstagabend in *Finnegan's Irish Pub* vergnügt. Und ganz sicher weiß ich auch, dass er noch in seiner alten Wohnung lebt.«

Diese Information sauge ich auf wie ein Schwamm. Donnerstag … heute ist Donnerstag. Wenn das keine gute Gelegenheit ist, um mit Doof-Dröpjes in Kontakt zu kommen. Ich trete von einem Bein auf das andere. »Na ja. Im Grunde interessiert es ja niemanden wirklich, was Dröpjes treibt oder nicht treibt. Schönen Tag, Herr Petermann.«

»Das stimmt. Ihnen auch einen schönen Tag, Frau Geiger.«

Ich laufe los.

Bruni und Maria sitzen am Schreibtisch und hocken über der *Hamburger Morgenpost*. Sie fahren erschrocken zusammen, weil ich wie ein geölter Blitz in unser Büro stürme.

»Mann! Musst du uns so erschrecken?« Bruni schüttelt den Kopf.

»Hallo, Karo.« Maria tippt auf die Zeitung. »Auf dem Nordfriedhof wurden drei älteren Damen die Handtaschen gestohlen.«

Bruni zeigt auf ihren Unterarm. »Da bekomme ich sofort eine Gänsehaut. Ich bin ja auch oft dort. An manchen Tagen begegnet mir dort kein Mensch.«

Ich stelle mich hinter Bruni und werfe einen Blick auf den Artikel. »Was? Das hört sich übel an. Ist das am helllichten Tag passiert?«

Bruni lacht. »Ja. In der Nacht geht wohl kaum jemand die Gräber pflegen.«

Maria gießt Kaffee ein und stellt die Tassen auf den Schreibtisch. »Raub hin, Raub her … ich bin dann mal weg. Ich habe heute viel zu erledigen.«

Bruni faltet die Zeitung zusammen. »Ja, wir haben auch viel zu tun.«

Maria grinst. »Ich weiß … ihr seid doch unsere fleißigen Bienchen.«

Sobald sie die Tür ihres Büros geschlossen hat, berichtet Bruni, wie entsetzt Leon gestern Abend war, nachdem er in seine kurze Hose gestiegen ist. »Er war kreuzunglücklich, weil er den Knopf nicht schließen konnte.«

Ich klopfe mir vor Lachen auf den Schenkel. »Paul war auch geschockt. Ich wette, dass sie ab heute einen hohen Bogen um die Kantine machen werden.«

Als Bruni hört, was ich gerade von Petermann erfahren habe, pfeift sie leise durch die Zähne. »Mensch, heute ist doch Donnerstag.«

»Jepp.« Ich nicke langsam. »Besser kann es nicht laufen. Wir spazieren heute Abend in diesen Pub, ich quatsche Dröpjes locker an und taste mich millimeterweise an des Pudels Kern heran. Letztendlich ist es vielleicht nur eine Frage des Geldes. Ich meine, wenn ich Dröpjes anbiete, dass wir ihm, sagen wir mal … zwanzig Prozent mehr Pacht zahlen? Was meinst du?«

Bruni spielt mit einem Radiergummi. »Tja. Geldgierig war er ja schon immer. Aber ob er *so* geldgierig ist … ich weiß nicht.«

Hinter mir fliegt die Tür auf. Es ist nicht Paul, sondern Simone, die mit großen Schritten unser Refugium betritt. »Moin, zusammen.« Der Leuchtturm macht seinem Namen alle Ehre. Simone trägt ein rot-weiß gestreiftes Sommerkleid, ihre Füße stecken in roten Flip-Flops. Sie drückt zuerst mir, dann Bruni einen Kuss auf die Wange.

Obwohl weder Bruni noch ich aufstehen, sagt sie: »Nee. Bleibt sitzen. Ich hole mir den Stuhl allein.«

Bruni und ich tauschen einen belustigten Blick.

»Was führt dich zu uns, schöne Maid?« Bruni läuft zum Küchenschrank, holt eine Tasse heraus, befüllt sie mit dem starken Gebräu und reicht sie ihrer Cousine.

»Ich wollte bei eurem Nachbarn einen Toaster kaufen. Der Brotte hat inseriert. Er hat die Teile um siebzig Prozent reduziert. Und da dachte ich mir, ich schaue mal bei euch rein in der Hoffnung, das Poloch mit den roten Haaren zu sehen.«

Bruni schlägt auf den Schreibtisch. »Frechheit! Das ist un-verschämt!«

Simone kneift die Augen zusammen und keift Bruni an. »Wieso? Ich darf doch wohl mal gucken? Schon vergessen? Gucken kostet nichts und ist auch nicht verboten.«

Ich verdrehe die Augen. »Bruni regt sich über die reduzierten Toaster auf. Wir haben am Dienstag noch den vollen Preis dafür bezahlt.«

Jetzt kichert Simone.

»Die Poloch sitzt seit 6 Uhr vor dem Bunsenbrenner. Aber warte mal …« Ich greife in meine Handtasche, die noch auf dem Schreibtisch liegt, hole mein Handy hervor und öffne die Fotogalerie. »Hier, das ist sie. Allerdings nur von hinten.«

Simone greift so ungeschickt nach meinem Mobiltelefon, dass es ihr fast aus den Händen rutscht. Sie rückt ihre Brille zurecht und begutachtet mit schief gelegtem Kopf das Bild. »Das ist die Poloch? Ey, die ist ja untenrum ganz schön moppelig.« Sie schließt die Galerie.

Bruni stützt die Ellenbogen auf den Schreibtisch, um ihre Mundwinkel zuckt es.

Ich reiße Simone das Handy aus der Hand. Mir ist klar, dass sie durch ihr ungeschicktes Hantieren über das Display gewischt haben muss. Der Kommentar galt mit Sicherheit meinem Foto und somit meinem Hintern. Ich habe keine Lust, mich darüber aufzuregen.

Simone rubbelt mit der flachen Hand über ihre Nasenspitze. »Und? Hat Paul mit Dröpjes gesprochen?«

»Nein. Hat er nicht.« Bruni und ich erklären Simone abwechselnd, dass Paul unseren ehemaligen Prokuristen auf gar keinen Fall wegen des Gebäudes ansprechen wird und ich die Sache in die Hand nehmen werde.

Simone klatscht in die Hände. »Das finde ich gut. Mit dem Fragen ist das ja genauso wie mit dem Gucken. Es kostet ja nichts.«

Wir berichten ihr weiter von dem Gespräch, das ich mit Petermann geführt habe, und welche Informationen er mir geliefert hat.

Sie hebt den Zeigefinger. »Heute ist doch Donnerstag. Sollen wir zu diesem Finnemann gehen?«

Bruni schließt die Augen. »Cousinchen. Finnegan heißt er … nicht *Finnemann.*«

Statt darauf einzugehen, plant Simone weiter. »Willi kommt heute Abend pünktlich. Wir sollten mit dem Taxi fahren, dann können wir was trinken. Der Finnegan hat bestimmt …«

Simone schweigt, weil Paul kommt.

Er freut sich, den Leuchtturm zu sehen. »Oh, hallo, Simone. Schön, dass du dich mal wieder blicken lässt. Alles okay bei euch?«

»Ja. Danke. Alles bestens. Ich habe Bruni und Karo gerade eingeladen. Wir gehen heute Abend in einen irischen Pub. Aber … nicht dass du denkst, dass wir dort jemanden treffen wollen …«

Ich huste, Bruni sagt laut: »Mein Gott, ist das wieder warm heute.«

Paul lacht und droht scherzhaft mit dem Zeigefinger. »Na, na, na. Ihr habt doch keine Geheimnisse vor euren Männern?«

Simone kullert mit den Augen. »Quatsch. Wir gucken und fragen nur. Gucken und fragen kostet nämlich nichts.«

Ich schicke ein Stoßgebet zum Himmel, dass Simone endlich den Abflug macht. Der liebe Gott ist heute gnädig zu mir, denn sie springt auf. »Also, bis später. Ich bestelle für 20 Uhr ein Taxi, hole zuerst Bruni ab, dann kommen wir zu dir, Karo.«

Als Simone durch die Tür hinter mir und Paul in Marias Büro verschwunden ist, bekreuzige ich mich in Gedanken. »Warum merkt der Leuchtturm eigentlich nicht selbst, dass sie durch ihre Plappereien schlafende Hunde weckt?«

»Weil sie nicht alle Lampen am Brennen hat. Darum.« Bruni wischt sich mit einer übertriebenen Geste nicht vorhandenen Schweiß von der Stirn.

Ich schaue mir im Internet die Homepage von *Finnegan's Irish Pub* an, es sieht sehr gemütlich dort aus.

Bruni googelt ebenfalls danach. »Mensch, ich freu mich auf heute Abend. Schau mal, Donnerstag ist Riverdance-Abend. Klasse.«

Den Rest des Vormittags arbeiten wir fleißig. Kurz vor der Mittagspause kommt Leon.

Bruni sagt ihm, dass wir heute Abend unterwegs sein werden und uns um 20 Uhr treffen. Leon kratzt sich an seinem Dreitagebart. »Wenn ich zu Hause bin, werde ich eine Runde joggen gehen. Bis 20 Uhr bin ich auf jeden Fall zurück.« Er klopft auf seinen Bauch. »Ich muss was tun. Mandy hat mir eine schöne Laufstrecke empfohlen. Sie führt neben dem *Flugplatz Hohenforst* entlang. Bevor sie mit ihrem Kunstflieger in die Luft geht, läuft sie dort immer eine Runde. Ähm … ich will nur Paul Bescheid sagen, dass ich nicht mit in die Kantine gehe. Ich habe mir von zu Hause Vollkornbrot mit Putenfleisch mitgebracht.«

Bruni nickt und macht dabei ein Gesicht, als hätte ihr jemand in den Hintern getreten.

Leon klopft bei Paul an.

Bruni lässt ihre schlechte Laune an mir aus. »Echt, Karo! Du immer mit deinen bescheuerten Ideen. Das habe ich jetzt davon. Die beiden essen nicht zusammen zu Mittag, dafür joggen sie gemeinsam.«

»Mal doch nicht gleich den Teufel an die Wand. Du weißt doch gar nicht, ob sie sich dort begegnen werden.«

Bruni schnauft und winkt verärgert ab.

Theken-Sabine tupft sich mit einem Papiertuch Schweiß von der Stirn. Anschließend wäscht sie sich die Hände, die in dünnen Gummihandschuhen stecken. Bevor sie Bruni und mich fragt, was wir essen möchten, beugt sie sich vor. »Habt ihr von dem Handtaschenräuber gehört?«

»Ja. Haben wir.« Ich bestelle Spargel mit Kochschinken und Erdbeeren, dazu Kartoffelsalat.

Bruni hebt die Hand. »Für mich das Gleiche, bitte.«

Theken-Sabine schaufelt den Salat auf die Teller. »Der hat die alten Frauen bestimmt mit einem Messer bedroht.«

Ich nehme den Teller an, den sie mir reicht.

Bruni meldet sich zu Wort. »Also, davon habe ich nichts in der Zeitung gelesen.«

Sabine verzieht das Gesicht. »Meinst du, in der Zeitung steht immer die Wahrheit?« Sie grunzt leise. »Fakt ist jedenfalls … wenn in unmittelbarer Umgebung etwas passiert, empfindet man es immer schlimmer, als wenn es in Wasweißichnixhausen passiert wäre.«

Dem können wir nur beipflichten und machen uns auf den Weg zur Kasse, danach auf den Weg zu unserem Tisch.

Auch hier ist der Diebstahl ein Thema. Ulrike stopft sich wieder mit Grünzeug voll. »Was bin ich froh, dass ich übermorgen in den Flieger steigen darf. Ich hoffe, dass die den Kerl schnappen werden, der die armen Frauen bestohlen hat. Und zwar bevor ich wieder zurück in der Heimat bin. Spül-Gruschenka hat vorhin gesagt, dass der Typ mit einer Pistole herumgefuchtelt haben soll.«

Bruni lacht. »Davon stand kein Wort in der Zeitung.«

Ich genieße die frischen Erdbeeren.

Die langen künstlichen Fingernägel unserer Kollegin Ulrike trommeln auf dem Tisch. Ihr Blick ist skeptisch. »Die Kriminalpolizei lässt doch die Katze nicht aus dem Sack. Aus ermittlungstaktischen Gründen verfälschen die manchmal einiges. Das war bestimmt ein Psychopath. Wer weiß, was der noch auf dem Kerbholz hat.«

Ich dachte immer, dass ich eine große Fantasie habe. Mit Ulrikes Vorstellungskraft kann ich jedoch nicht mithalten.

Brunis Stimme klingt genervt. »Mensch, Ulrike. Ihr spinnt euch vielleicht was zusammen. Unglaublich.«

»Von wegen! *Ich* spinne nicht!«, keift Ulrike. »Weißt du, wie viele Menschen es gibt, die ballaballa sind?«

Heike plappert aufgeregt weiter. »Also, da muss ich Ulrike recht geben. Ich bin zwar nicht ängstlich, aber etwas vorsichtiger werde ich in der nächsten Zeit schon sein. Noch gestern Abend bin ich mit unserem Hund auf dem kleinen Weg neben dem Friedhof Gassi gegangen. Er war ständig am Knurren und hat die Zähne gebleckt. Jetzt weiß ich auch warum. Er wird diesen Hannibal Lecter gerochen haben. Devil hat eine Spürnase wie kein anderer Hund.«

Die Hirngespinste werden immer größer. Es ist erstaunlich, wie sensationslüstern die Menschen sind. Aus jedem Pups wird ein Donnerschlag gemacht. Ich bin gerne mit Heike und Ulrike zusammen. Heute bin ich regelrecht erleichtert, dass die Mittagspause beendet ist.

Auf dem Weg ins Büro amüsieren wir uns köstlich über die Sensationslust unserer Kolleginnen.

Nach drei Stunden sind Bruni und ich froh, dass wir unsere PCs herunterfahren können. Wir haben überlegt, mit welchen Argumenten wir Dröpjes um den Finger wickeln könnten; uns ist nichts eingefallen.

Maria war im Haus unterwegs. Sie hat die Telefonanlage so programmiert, dass alle Anrufe bei uns ankamen. Ständig riefen Immobilienmakler an, die Paul sprechen wollten. Bruni und ich haben an der Tür seines Arbeitszimmers gelauscht und zufrieden gehört, dass Paul sämtliche Gespräche mit dem Satz: »Danke. Sollten Sie ein Gebäude nach meinen Vorstellungen haben, freue ich mich auf Ihren Anruf«, beendet hat.

In der Tiefgarage parkt das Auto der Poloch wieder auf dem ersten Parkplatz, der sich neben der Stahltür befindet. Bruni staunt nicht schlecht, als ich ihr erkläre, dass diese noble Karre Mandy Poloch gehört. Sie schaut sich kurz um, dann tritt sie mit voller Wucht gegen den dicken Vorderreifen. »Blöde Ziege, blöde.«

Ich hoffe, dass sich Brunis Laune bis heute Abend gebessert hat.

Auf dem Weg zu meinen Eltern übe ich mich in positivem Denken. Ich stelle mir vor, wie Dröpjes und ich uns am Tisch in *Finnegan's*

Irish Pub bei einem Bier gegenübersitzen, er mich wohlwollend anlächelt, mir zuprostet und gönnerhaft sagt: »Aber, aber, Frau Geiger. Was für eine Frage. Es ehrt mich geradezu, Ihnen das hübsche Gebäude verpachten zu dürfen.« Während der ganzen Fahrt male ich mir den Abend in den schönsten Farben aus und kann mir im Moment sehr gut vorstellen, über einen seiner dämlichen Sprüche zu lachen.

Mit einem zufriedenen Lächeln lenke ich mein Auto in die Birkenstraße.

Im Garten spielen nicht nur Max, Moritz und Finchen, Gertis Enkeltochter Franziska ist ebenfalls mit von der Partie. Die Kinder sitzen in dem großen Planschbecken und bespritzen sich gegenseitig mit Wasser. Auf meine Frage, ob Finchen mich nicht mit einem Kuss begrüßen möchte, bekomme ich keine Antwort.

Aus dem Wintergarten dringt Gelächter.

Ich staune nicht schlecht, als ich sehe, dass Herr von Burghausen und Gerti mit am Kaffeetisch sitzen.

»Ach, da kommt sie ja, unsere Karo.« Meine Mutter springt auf und umarmt mich. »Schau mal, Karo. Herr von Burghausen und Gerti leisten uns Gesellschaft. Ist das nicht nett?«

Obwohl ich nicht so recht weiß, ob ich das nett finden soll, sage ich: »Ja, das ist nett. Hallo, zusammen«, und winke in die Runde. Auf dem Tisch stehen zwei schön verzierte Torten.

Der drahtige Herr von Burghausen steht auf und verbeugt sich zackig. Ich danke dem Himmel, dass er heute kein Bedürfnis verspürt, meinen Handrücken abzulecken, und setze mich auf den Stuhl neben Conny. Es grenzt an ein Wunder, dass ich nach seiner gestrigen feuchten Schmatzaktion und Max' Spuckattacke von einem Lippenherpes verschont geblieben bin.

Gundula hat rote Wangen. »Erzählen Sie doch weiter, Herr Gustav. Sie fahren Ihre Ländereien also mit der Kutsche ab?«

Statt Gustav antwortet Gerti. »Ja, das macht Gustav mit der Kutsche, vor die ein Kaltblut gespannt ist.« Sie stopft sich ein Stück Himbeertorte in den Mund.

Gustav wiegt den Kopf hin und her. »Meistens bin ich aber hoch zu Ross unterwegs. Mit Schneewittchen. Tja. Zurzeit wird der Gutshof renoviert. Mein Gutshofverwalter kümmert sich darum. Ich bin froh, in der Zeit mal richtig ausspannen zu können.« Er ergreift Gertis Hand. »Ich bin ein Glückspilz und dem Himmel dankbar, dass ich die liebe Gerti kennengelernt habe.«

Gerti senkt den Blick und wird rot. Sie fragt meine Mutter, ob sie unser Gäste-WC benutzen dürfe, und verschwindet, nachdem Mama großzügig genickt hat, ins Haus.

Gustav grinst und schwadroniert weiter. »Es gefällt mir sehr gut in Sülldorf. Und bei so zauberhaften Nachbarinnen, die solch köstliche Torten backen, verspüre ich nicht die geringste Lust, zurück ins Mecklenburgische zu fahren. Es ist selten, dass man gleichzeitig auf zwei so schöne und rassige Frauen trifft.« Er schaut meiner Mutter und Gundula abwechselnd tief in die Augen. Die beiden kichern so albern wie Teenager.

Opa Heini, mein Vater, Conny und ich verziehen keine Miene. Kann es sein, dass der kleine Schmeckmichlecker gerade meine Mutter und Gundula angebaggert hat?

Nach einer Schweigeminute ergreift Opa Heini wieder das Wort. »Wenn Sie so viel Land besitzen, dann macht unsere Gerti ja sozusagen eine gute Partie, was?« Er beäugt den aalglatten Gustav, der nach dem Tortenheber greift und das nächste Stück Stachelbeertorte vorsichtig auf seinen Teller balanciert, obwohl der noch nicht leer geputzt ist.

»Nun«, antwortet Gustav, »ich kann nicht klagen. Mir geht es gut.«

Meine Mutter winkt ab. »Also, wir können auch nicht klagen. Uns geht es ebenfalls gut. Nicht wahr, Hermann?«

»Ja«, erwidert mein Vater trocken. »Unsere Ländereien sind ziemlich flott zu Fuß begangen. Dafür brauchen wir keine Kutsche.«

»Nee, die brauchen wir nicht«, mischt sich Opa Heini ein. »Auch kein Pferd. Wir haben auch so den Überblick.«

Nun gibt Gundula eins zum Besten. »Conny und Karo geht es auch gut. Unsere Conny und ihr Mann Anton haben in der Kastanienallee gebaut.«

»Ja«, echot Mama. »In der Kastanienallee 1a. Dort stehen nur Prachtbauten. Unser Schwiegersohn Anton hat einen hohen Posten. Er ist Bereichsleiter im Außendienst.«

Conny fühlt sich geschmeichelt, denn sie lächelt so sanft wie selten und wirft die verschwitzten Locken in den Nacken.

»Und Karo geht es ebenfalls prächtig«, fährt meine Mutter fort. »Ihrem Mann Paul gehört doch die große Kaugummifabrik an der Hauptstraße.«

Herr Gustav hebt die Augenbrauen. »Tatsächlich? Donnerwetter.«

Gerti kommt zurück. »Hach, das tat not, liebe Hildegard. Ich habe auch das Fenster weit geöffnet.«

Opa Heini kichert und hält sich kurz die Nase zu. »Das riecht man …«

Mein Vater, Conny und ich prusten los. Gerti, die für jeden Spaß zu haben ist, lacht mit. Sie kennt Opa Heini und weiß, dass er gerne einen zotigen Spruch vom Stapel lässt oder eine doppeldeutige Anspielung macht.

Bevor die Unterhaltung wieder in Fluss kommt, kündige ich an, dass ich mich gleich auf den Weg nach Hause machen muss. Dabei erwähne ich nicht, dass ich heute Abend mit Bruni und Simone ausgehen werde. Conny könnte auf die Idee kommen, uns begleiten zu wollen. Und das ginge gar nicht.

Gerti schaut in den Garten und beobachtet die Kinder, die miteinander spielen. »Finchen wird schimpfen, dass du nicht länger bleibst, Karo. Sie spielt doch so gerne mit Franziska.«

Dass sie damit ins Schwarze getroffen hat, merke ich wenig später. Als ich nach meiner Tochter rufe und ihr sage, dass wir heimfahren, fließen dicke Tränen. Sie beruhigt sich auch nicht, als ich ihr im Wohnzimmer beim Umziehen helfe und vorschlage, dass wir gleich etwas Leckeres für ihren Papa und uns kochen werden. Fine steigert sich in regelrechte Hysterie und zappelt so, dass es mir nicht gelingt, ihr die Sandalen anzuziehen.

Opa Heini kommt und geht vor seiner Urenkelin auf die Knie. Er streichelt Fine über die gelockten Haare, dann nimmt er mir die Sandale aus der Hand. »Oje, oje. Du ärgerst dich aber ganz tüchtig, was? … Gib mir deinen rechten Fuß.« Fine hört auf zu kreischen und streckt ihrem Opapa den rechten Fuß entgegen. Opa Heini redet leise weiter. »So wütend habe ich dich ja noch nie gesehen. Dafür muss es einen Grund geben. Erzähle deinem Opapa mal, warum du so weinst.«

Fine schnieft, wischt sich mit dem Handrücken über die tränennassen Wangen und nickt. »Ja, ich bin ganz tüchtig wütend. Wir haben doch gerade so schön gespielt. Ich will nicht nach Hause.«

Die erste Sandale sitzt perfekt.

Opa Heini nickt. »Das kann ich gut verstehen. Weißt du was? Wir laden Franziska am Samstag ein. Dann könnt ihr den ganzen Tag zusammen spielen … und wenn ihr wollt, könnt ihr auch hier übernachten. Oben, in Mamas ehemaligem Kinderzimmer.« Opa schließt den Klettverschluss der zweiten Sandale.

Fines Stimmung schlägt um. »Echt? Das will ich gleich Franziska sagen.« Sie umarmt ihren Opapa. »Danke.«

Ich habe einen Kloß im Hals, als ich sehe, wie zärtlich Fine ihrem Opapa über die Halbglatze streichelt und ihm einen Kuss auf die Wange drückt. Dann rennt sie los.

Mein Großvater erhebt sich langsam und schmunzelt. »Manchmal hilft es, wenn man jemandem sagt, dass man ihn versteht. Das habe ich mit dir und deiner Schwester früher auch so gehalten.«

Ich umarme meinen geliebten Großvater. »Ach, Opa. Daran kann ich mich gar nicht mehr erinnern. Das muss ja ewig her sein.«

Er streichelt über meine Wange. »Wenn man älter wird, Kind, verschiebt sich alles im Kopf. Das, was Jahrzehnte her ist, rückt in den Vordergrund. Für mich ist es so, als wäre es erst gestern gewesen.«

Fine und Paul winken uns hinterher, als das Taxi im Rückwärtsgang unser Grundstück verlässt.

Simone, die auf dem Beifahrersitz hockt, nennt der älteren Taxifahrerin die Adresse von *Finnegan's Irish Pub.*

Bruni kramt in ihrer Handtasche nach einem kleinen Spiegel und betrachtet sich darin. Sie flüstert: »Verdammt, Leon war erst um kurz vor 20 Uhr zu Hause. Ich hatte schon Bedenken, dass er nicht pünktlich kommt.«

»Warum hast du ihn nicht angerufen?«

»Hab ich doch«, zischt sie mich leise an. »Leons Handy war ausgeschaltet. Angeblich hat es von allein seinen Geist aufgegeben, weil der Akku leer war.«

Simone scheint sehr gute Ohren zu haben, denn sie dreht sich zu mir um. »Bruni hat mir erzählt, dass Leon neuerdings auf Sportskanone macht.« Sie tippt sich gegen die Stirn. »Ist klar. Der Akku war nie im Leben leer. Das war bestimmt nur eine faule Ausrede. Der wollte in Ruhe mit der Poloch seine Runden drehen.«

Es ärgert mich, dass Simone Öl ins Feuer gießt. Bruni pfeffert den Spiegel zurück in ihre Tasche. »Sag ich doch!«

Anschließend herrscht betretenes Schweigen.

Die Taxifahrerin räuspert sich. »Wenn Sie für die Rückfahrt auch jemanden brauchen, hole ich Sie gern wieder ab. Verlangen Sie in der Taxi-Zentrale nach dem Fahrzeug der ›flotten Lotte‹. Die nächste Bushaltestelle liegt zweihundert Meter vom Pub entfernt. Es ist sehr einsam dort. Ich weiß ja nicht, ob Sie es in den Lokalnachrichten gehört haben … in der Gegend treibt sich ein Handtaschendieb herum.«

»Hä? Ein Räuber? Warum weiß ich nichts davon?« Der Leuchtturm zappelt unruhig auf dem Sitz hin und her.

»Du weißt nichts davon, weil du die Tageszeitung nicht liest und keine Nachrichten hörst. Und in der *BRAVO* steht so etwas nicht«, klärt Bruni ihre Cousine lachend auf.

»Mist. Wenn mir das eher zu Ohren gekommen wäre, hätte ich meine spitze Nagelfeile eingesteckt.«

Die Taxifahrerin bekommt einen Lachanfall. »Also, ich habe immer ein Pfefferspray dabei, falls mir mal eine gefährliche *Bestie* über den Weg laufen sollte.« Sie grinst Bruni und mich durch den Rückspiegel an. »Gegen gefährliche Zweibeiner darf man es ja nicht anwenden.«

»Ich weiß«, antwortet Simone. »Das ist voll verboten.«

Wir klären den Leuchtturm auf, was genau in dem Zeitungsartikel steht.

Die flotte Lotte mischt sich ein. »In meinem Beruf muss man sehr vorsichtig sein. Man weiß nie, wer zu einem ins Taxi steigt.«

Ich kann die flotte Lotte sehr gut verstehen.

Eine Viertelstunde später hält das Taxi auf dem kleinen Parkplatz vor dem Pub. Nachdem Simone bezahlt hat, versprechen wir der flotten Lotte, dass wir uns wegen der Rückfahrt melden.

Als wir *Finnegan's Irish Pub* betreten, werden wir von Stimmengewirr und einer gemütlichen Atmosphäre empfangen. Das Lokal ist gut besucht. Das Mobiliar besteht aus urigem dunklem Holz, die Wände sind mit Bildern und Metalltafeln dekoriert. Hinter einer langen Holztheke sind Regale angebracht, auf denen unzählige Flaschen mit Spirituosen und Gläser stehen. Die großen Zapfsäulen aus Keramik sind ein Blickfang. Im hinteren Bereich des Lokals befindet sich eine große, runde Tanzfläche, daneben wurde ein kleines Podest aufgebaut, auf dem vier Stühle stehen, auf denen Violinen und Flöten liegen. An kleinen Tischen, die im Lokal verteilt sind, sitzen Gäste verschiedener Altersgruppen.

Wir finden noch einen kleinen freien Tisch in der Nähe der Tanzfläche.

Simone lässt sich auf einen Stuhl fallen und studiert die Getränkekarte. »Ich trinke erst einmal ein Bier.«

Bruni schließt sich an. »Ich auch. Ein kühles Guinness ist jetzt genau das Richtige.«

Während ich ihr beipflichte, lasse ich meinen Blick durch den Pub gleiten und entdecke an der langen Theke das Objekt meiner Begierde. Der Typ, der auf einem Barhocker mit dem Rücken zu mir sitzt, ist eindeutig Dröpjes. Den Eierkopf mit der Halbglatze erkenne ich auf Anhieb. Ich stupse Bruni und Simone an. »Ich hab ihn, Mädels. Er sitzt dort auf dem Barhocker … unter der mittigen Lampe.«

Bruni fächert sich mit der Getränkekarte Luft zu. »Jau. Dröpjes, wie er leibt und lebt.«

Simone streckt den Arm in die Luft und schnippt mit den Fingern, dabei holt sie tief Luft.

Ich kneife die Augen zusammen. »Nicht rufen …«

Bruni rammt dem Leuchtturm geistesgegenwärtig ihren Ellenbogen in die Rippen. »Hör auf. Warte …«

Simone sackt zusammen und verzieht schmerzhaft das Gesicht. »Aua. Spinnst du? Man darf doch wohl den Kellner rufen.« Und wieder schnellt ihr Arm nach oben. »Huhuu, Herr Mister McDaddel … drei Guinness bitte. Mit viel Schaum.«

Wenn Simone durch die Gegend brüllt, kann man sich sicher sein, dass das jeder mitbekommt. Brunis Gesicht verschwindet hinter der großen Getränkekarte, ich geselle mich blitzschnell dazu. Es knallt. Mein Kopf ist gegen ihren geschlagen. Obwohl mein Schädel leicht brummt, muss ich so lachen, dass mein Oberkörper bebt. Bruni kiekst ebenfalls.

»Kommt sofort, Lady. McDaddel ist gleich zur Stelle.« Allgemeines Gelächter ertönt.

Simone kichert. »Heißt der jetzt echt so oder verarscht der mich?«

Ich könnte mich wegwerfen. Simone hat wieder einmal den Vogel abgeschossen.

Drei Minuten später kommt eine kleine Kellnerin angestöckelt, die knallenge Jeans und ein bauchfreies T-Shirt trägt. Mit einem freundlichen Lächeln legt sie drei Bierdeckel auf unseren Tisch und stellt die Gläser, die mit dem dunklen Bier befüllt sind, darauf. Dann zückt sie den Bleistift, der unter ihren kurzen, schwarzen Locken hinter ihrem Ohr steckt, und macht auf jeden Deckel einen Strich.

Mit den Worten: »Lasst es euch schmecken«, rauscht sie wieder ab.

Wir prosten uns zu. Ich nippe an dem Bier. Das letzte Mal, dass ich ein Guinness getrunken habe, ist sehr lange her. Es war auf der Klassenabschlussfahrt vor dem Abitur. Ich erinnere mich noch sehr gut daran, dass ich mich an diesem Abend total bekotzt habe. Damals hatte ich so viel intus, dass mein Magen rebelliert hat.

»Lecker.« Simone leckt sich den Schaum von den Lippen.

Brunis und meine Begeisterung hält sich in Grenzen. Wir finden, dass die Plörre ein wenig bitter schmeckt.

»Und jetzt?« Bruni deutet mit dem Kopf in Richtung Dröpjes, der auf die Kellnerin einredet, die hinter dem Tresen Bier zapft. Sein Oberkörper wankt hin und her.

Ich zucke mit den Schultern. »Ich weiß nicht …«

»Geh einfach hin und quatsch ihn an.« Bruni rutscht auf dem Stuhl unruhig hin und her. »Sonst wird das nie was.«

Simone nickt. »Mensch, fragen kostet doch nichts.«

Mir wird ein wenig mulmig. Die positiven Bilder, die ich auf der Fahrt vom Büro zu meinen Eltern vor Augen hatte, sind verschwunden. Im Moment tauchen Bilder auf, die eher deprimierend sind. Im Geiste sehe ich Dröpjes vor mir, der den Kopf vor Lachen in den Nacken wirft, nachdem ich ihm mein Anliegen geschildert habe.

Ich bin froh, dass hinter mir Folkloremusik erklingt. So kann ich noch ein wenig nachdenken, bevor ich mich eventuell lächerlich mache.

Wir rücken die Stühle so zurecht, dass wir die vier Musiker und die

Tanzfläche im Blick haben. Die beiden Frauen spielen Flöte, die Männer lassen die Bögen über die Saiten der Violine sausen. Ihre Füße stampfen im Takt der flotten Folkloremusik.

Tosender Applaus ertönt, als eine zarte, junge Frau mit hüftlangen, dunklen Haaren leichtfüßig die Tanzfläche betritt. Sie trägt ein kurzes, schwarzes Empirekleid, dazu ballettähnliche Schuhe. Ihre Arme hängen starr herunter, ihr Oberkörper wirkt dadurch steif. Während ihre Beine ein rhythmisches Feuerwerk zünden, dreht sie sich im Kreis und fliegt förmlich über die Tanzfläche.

Die Zuschauer klatschen im Takt der Musik und verfallen wieder ins Applaudieren, als sechs junge Männer und weitere fünf Mädels dazukommen, deren Schuhe bei jedem Tanzschritt auf dem Boden klackern.

Dann beginnt eine perfekte Bühnenshow. Die Männer und die Frauen stehen in Reih und Glied, sie bewegen ihre Beine in atemberaubender Geschwindigkeit.

Simone dreht fast durch. Sie steht auf, hoppelt kurz wie ein Häschen auf der Stelle, dann winkelt sie ein Bein an und lässt den Unterschenkel kreisen. Sie zieht fast mehr Aufmerksamkeit auf sich als die Künstler mit den Gummibeinen. Dabei ruft sie laut: »Ein Huuut, ein Stock, ein Reeegenschirm und vorwärts, rückwärts, seitwärts … ran.«

Um uns herum wird gegrölt, Bruni und ich können uns auch nicht beherrschen und fallen von einem Lachkrampf in den anderen.

Nach drei Tänzen verbeugt sich die Truppe und wird mit Begeisterungspfiffen von der Tanzfläche verabschiedet.

Simone ist vollkommen außer Atem. »Das war toll. So schwer ist der Rivertanz gar nicht. Man muss einfach nur die Beine in der Luft bewegen.« Sie lässt sich auf den Stuhl fallen, setzt das Glas Bier an und schüttet das Guinness so in sich hinein, als wäre es Mineralwasser.

»Ich wusste gar nicht, dass du so gelenkig bist, Simone.« Mein Daumen wandert nach oben.

»Karo hat recht. Du hast es perfekt gemacht.« Bruni grinst.

Anschließend drehen wir unsere Stühle wieder so, dass wir auf die Theke schauen können. Wir sitzen so eng nebeneinander wie die Hühner auf der Stange.

»Nanu? Wo ist er denn?« Dröpjes sitzt nicht mehr auf dem Barhocker unter der mittigen Lampe. Ich lasse meinen Blick über die Männer, die am Tresen sitzen, gleiten. Auch auf einem anderen Platz kann ich ihn nicht entdecken.

»Scheiße. Nicht, dass der Arsch abgehauen ist«, mutmaßt Simone.

»So ein Mist«, fügt Bruni hinzu.

»Vielleicht ist das Ekelpaket auf dem Klo und …«

Simone unterbricht mich und kichert. »Er ist bestimmt auf dem Klo und spielt Schnick, Schnack, Schnuck … oder Glatze, Mütze, Glatze …«

Wir kreischen vor Lachen.

Als ich mir Tränen aus den Augenwinkeln wische, spüre ich einen Luftzug hinter mir. Ein Schauer läuft mir über den Rücken. Der unangenehme Duft, der in meine Nase strömt, den kenne ich genau. Es müffelt nach Mottenkugeln. Dieser Geruch erinnert mich an Dröpjes. Ich bin mir ganz sicher, dass er hinter mir steht. In dem Moment, in dem ich mich umschauen will, vernehme ich seine schleimige Stimme. Er scheint ordentlich gebechert zu haben, denn er lallt.

»Grüß Sie, Frau Geiger. In meinem Horoschkop sch-schtand heute früh, dass isch eine unangenehme Begegnung haben werde.« Er bekommt einen Schluckauf. »Jetscht hab ich's hinter mir.« Er hält einen Bierdeckel in der Hand, mit dem er sich unaufhörlich Luft zufächert. Dabei taumelt er leicht. In der anderen Hand balanciert er ein gut befülltes Whiskyglas. Er versucht zu lächeln, was ihm nicht so recht gelingt. Seine Gesichtszüge entgleisen. Seine blauen Augen sind glasig, er leckt sich über die Lippen.

»Oh. Hallo, Herr Dröpjes. Das ist ja wirklich eine Überraschung, dass wir uns hier begegnen.«

Bruni und Simone begrüßen ihn überfreundlich.

Er beugt sich so nah zu mir herunter, dass sein Atem meine Wange streift. Eine Alkoholfahne weht mir entgegen. Ich lehne mich angewidert auf meinem Stuhl zurück und beuge den Kopf so weit nach hinten, dass meine Nackenwirbel schmerzen.

»Sch-schönen Abend noch, die Damen.« Er lacht so breit, dass seine gelben Zahnreihen bis zu den Backenzähnen zu sehen sind.

Eine laute Männerstimme übertönt das Stimmengewirr. »Werner!

Komm in die Gänge! Dein Taxi ist vorgefahren. Es wird Zeit, dass du nach Hause kommst!«

Er knallt sein Glas auf den Tisch und richtet sich wieder auf. »Joooo. Isch komme!«, krakeelt er zurück.

Ich unternehme einen zaghaften Versuch, ihn zurückzuhalten. »Warten Sie, Herr Dröpjes. Wir könnten zusammen was trinken ...«

Er hört nicht zu und taumelt in Richtung Ausgangstür.

Als ich aufspringen will, um ihm nachzulaufen, hält Bruni mich zurück. »Lass ihn. In dem Zustand kannst du ohnehin nicht mit ihm reden. Der ist doch total abgefüllt.«

»Mist!« Ich stampfe mit dem Fuß auf.

Dröpjes hat die Hacken so voll, dass es ihm nicht gelingt, die schwere Tür zu öffnen. Die Kellnerin hilft ihm.

»Da geht er hin und kommt nicht wieder.« Simone seufzt. »Wären wir doch zeitiger hergekommen.«

Nach einer kurzen Absprache beschließen wir, das Taxi der flotten Lotte zu rufen. Die Lust auf Riverdance ist uns vergangen.

Simone zückt ihr Handy und ruft in der Taxizentrale an. Da ich die Kellnerin nirgendwo entdecken kann, sammele ich die Bierdeckel ein. Wir laufen zur Theke, um zu bezahlen.

Der Mann, der am Zapfhahn steht, nennt mir nach einem Blick auf die schön bedruckten Pappdeckel die Summe und redet nahtlos weiter. »Die nächste Showeinlage fängt in zehn Minuten an. Wollt ihr nicht bleiben?«

Ich krame nach meinem Portemonnaie und schiebe einen Geldschein über die blank gewienerte Holztheke. »Es hat uns sehr gefallen. Danke. Wir müssen weiter.«

Nachdem ich bezahlt habe, beschließen wir, vor dem Pub auf unsere Fahrerin zu warten.

Dort begegnen wir der Kellnerin, die auf einer Fensterbank sitzt und raucht. Die junge Frau zieht gierig an einer Zigarette, bläst den Qualm in die Luft und schnippt die Asche auf den Bürgersteig. Sie lächelt mich an. »Hat der Typ Sie dumm angequatscht, der zu Ihnen an den Tisch kam?«

Ich schüttele den Kopf. »Nein. Er hat uns nur einen schönen Abend gewünscht. Warum fragen Sie?«

»Er ist jeden Donnerstag hier … heute war er richtig redselig …« Sie schweigt und lächelt vielsagend.

Ich hänge an ihren Lippen und warte darauf, dass sie weiterredet, sie redet aber nicht weiter.

Simone setzt sich zu ihr. Sie öffnet ihre Handtasche, kramt darin herum und drückt ihr einen Fünfzigeuroschein in die Hand. »Sie haben uns voll nett bedient. Kaufen Sie sich etwas Schönes.«

Die Kellnerin ist baff und bedankt sich stotternd. Ich frage mich, ob Simone den Verstand verloren hat. So ein hohes Trinkgeld ist mehr als übertrieben. Bruni räuspert sich dezent.

Simones Füße spielen mit den großen Kieselsteinen, die in einer Einfriedung unter der Fensterbank liegen. »Was ist das für ein Typ? Sie wollten noch etwas sagen.«

Die Kellnerin zieht wieder an ihrer Zigarette. Der Geldschein scheint ihre Zunge gelockert zu haben, denn jetzt plappert sie drauflos. »Er heißt Werner. Der hat zwar einen Sprung in der Schüssel, dafür umso mehr Kohle. Er fährt einen neuen schwarzen Porsche. Normalerweise redet er nie viel. Heute hat er so richtig gebechert und mich regelrecht zugelallt.«

Simone bleibt am Ball. »Was redet er denn so?«

Die Kellnerin gibt bereitwillig Auskunft. »Seine Tante ist verstorben. Er war ihr einziger Verwandter. Werner hat das Haus geerbt, das vor dem *Teufelsbacher Moor* in dem kleinen Wald steht. Es muss schlimm dort aussehen. Er sagte, dass er dabei sei, das Haus leer zu räumen. Am Sonntagnachmittag kämen Kaufinteressenten, die es sich ansehen wollen. Er steht wohl unter Zeitdruck.«

Typisch Dröpjes. Ich könnte mich totlachen. »Warum beauftragt dieser Werner keine Firma, die ihm die Hütte ausräumt? Wenn er so viel Geld hat, dürfte das doch kein Problem sein.«

Jetzt lacht die junge Frau. »Das habe ich ihm auch vorgeschlagen. Aber das will er nicht.«

Bruni grinst. »Dann soll der Geizhals es halt selbst machen.«

Die Kellnerin zieht noch einmal an der Kippe, dann wirft sie den Zigarettenstummel auf den Bürgersteig und tritt darauf. Sie lächelt Bruni an. »Genauso sehe ich das auch. Er hat mich gefragt, ob ich ihm helfen könne. Er hat regelrecht gebettelt. Ich habe dankend abgelehnt. Der Typ ist mir nicht ganz geheuer. Er soll seinen Kram mal schön alleine regeln. So. Eine Stunde muss ich noch, dann löst mich eine Kollegin ab.« Sie verabschiedet sich.

Wir wünschen ihr einen schönen Feierabend.

Ich hocke mich neben Simone auf die Fensterbank. »Das Geld gebe ich dir morgen wieder.«

Simone winkt ab. »Lass mal. Das ist schon in Ordnung. Den Trick kenne ich aus dem Fernsehen. Wenn du einen Schein lockermachst, dann reden die Leute. Und weißt du, warum? Weil Menschen für Geld alles machen. Na ja, viel ist ja nicht dabei herausgekommen.« Sie bückt sich nach den Steinen und hebt einen größeren runden auf. Sie betrachtet ihn von allen Seiten und lässt ihn in ihre Handtasche plumpsen. »Den nehme ich für Emil mit. Der sammelt neuerdings runde Kieselsteine.«

Zwei Taxis kommen angefahren und parken auf dem Bürgersteig. Unser Wagen ist nicht dabei, denn es sitzen Männer hinterm Steuer, die beschwingt aussteigen.

Sie nicken uns zu, dann klopfen sie sich gegenseitig auf die Schulter.

»Na, Wolle? Wie läuft es heute bei dir?«, fragt der kleine Dünne den großen Dicken.

»Danke, Piet. Ganz okay für einen Donnerstagabend.«

Wolle lacht. »Auha. Ich hatte gerade Werner an Bord. Du weißt schon, der Typ, bei dem der neue schwarze Porsche vor der Tür steht.«

Piet nickt. »Jau.«

Bruni, Simone und ich tauschen einen Blick. Wir spitzen die Ohren.

»Mann, hatte der den Arsch voll. Er stand kurz davor, zu kotzen. Der hat ordentlich aus dem Nähkästchen geplaudert. Er hat mir erzählt, dass seine Tante Agnes tot sei. Und dass er unbedingt den Schmuck und die Goldbarren in ihrem Haus finden müsse … es ginge um zweihunderttausend Euro. Sie hat das Zeug wohl gut versteckt. Bevor er die Schätze nicht gefunden habe, könne er das Haus nicht verkaufen.«

Piet lacht schallend. »Weißt du, wo Tante Agnes wohnte? Wir könnten gemeinsame Sache machen. Und wenn wir den Kram gefunden haben, dann rauschen wir ab nach Hawaii. Hula, Hula … und lassen uns von den einheimischen Schönheiten Blumenketten um den Hals legen.« Er kreist mit den Hüften.

Und wieder lacht Wolle. »Keine Ahnung, wo Tante Agnes wohnte. Lass gut sein, Piet. Verbrechen lohnt sich nicht.«

Dann verschwinden sie in *Finnegan's Pub*.

Bruni pfeift durch die Zähne. »Na, das war ja jetzt mal richtig aufschlussreich.«

»Stimmt«, sage ich. »Aus diesem Grund will Dröpjes also kein Räumkommando beauftragen. Es könnte ja jemand fündig werden und den Schmuck und das Gold verschwinden lassen.«

Simone holt einen kleinen Block und einen Kugelschreiber hervor und schreibt. »So. Jetzt muss ich erst einmal ein Gedächtnisprotokoll fertigen.«

Bruni und ich grinsen uns an.

Simone lässt den Stift über das Papier sausen. Sie schaut kurz auf. »Hm. Lasst mich mal nachdenken.«

Bruni klopft ihrer Cousine auf die Schulter. »Mach das, Cousinchen, denn das kannst du ja besonders gut.«

Ein Taxi kommt angeprescht. Es ist die flotte Lotte.

Paul wundert sich, dass ich schon so zeitig zu Hause bin. Er liegt auf dem Sofa und schaut eine Politsendung. »Habt ihr euch nicht gut unterhalten?«

Ich gähne. »Doch, doch. Aber es war sehr laut in diesem Pub. Wir hatten Kopfschmerzen.«

Nachdem ich mich abgeschminkt, gewaschen habe und in einen leichten Jogger geschlüpft bin, richte ich in der Küche einige kleine Häppchen her und kuschele mich neben Paul auf die Couch. Die Terrassentür ist weit geöffnet. Die Vögel veranstalten ein schönes Abendkonzert.

Ich knabbere Käsestückchen, Schinken und Oliven. Paul lehnt dankend ab, als ich ihm den Teller unter die Nase halte. Er klopft auf seinen Bauch. »Danke. Ich muss die überflüssigen Pfunde loswerden.«

Ich verkneife mir ein Lachen und futtere weiter.

Paul nimmt mich in den Arm. »Ach, fast hätte ich es vergessen. Hanni hat angerufen. Ich soll dich fragen, ob du ihr deinen Schlafsack leihen könntest.«

»Natürlich kann sie ihn haben. Ich rufe sie morgen an.«

Es surrt leise. Ich schlage nach einer Mücke, die vor meiner Nase tanzt. »Du, Paul. Die Mädchen fahren mit Checker und King Cool in den Ferien nach Holland. Auf einen Campingplatz. Sie wollen zelten.«

»Das ist schön.«

»Ja. Das Dumme ist nur, dass Conny die Sparbücher der beiden geplündert hat. Stell dir vor. Sie hat sich das komplette Geld von den Mädels geliehen, weil ihr noch eine größere Summe für ihre Traumküche fehlte.«

»Das ist schlecht.«

»Ja. Jetzt müssen Hanni und Nanni in der Eisdiele arbeiten gehen, damit sie überhaupt in Urlaub fahren können.«

»Das ist gut. Dann müssen sie die Ferien ja nicht zu Hause verbringen. Die beiden sind sehr tough. Sie beißen sich durch.«

Ich schiele Paul von der Seite an. »Ach, Paul. Du weißt doch genau, worauf ich hinauswill. Wir könnten die beiden finanziell ein wenig unterstützen …«

Paul schneidet mir das Wort ab. »Warte … lass mich kurz nachdenken.« Er kneift die Augen zusammen. »Bis zu den Ferien sind es noch vierunddreißig Tage. Wenn sie täglich drei Stunden arbeiten und, sagen wir mal, sieben Euro die Stunde verdienten, hätte jede von ihnen am Ende … ähm … siebenhundertvierzehn Euro in der Urlaubskasse.« Er reißt die Augen weit auf. »Wahnsinn! Davon könnten sie locker den halben Zeltplatz mieten. Und für ein paar Frikandellen wird das Restgeld auch noch reichen.« Paul greift nach einem Stück Käse und spielt Flugzeug damit. Er lässt es in der Luft hin und her kreisen.

Ich verfolge den ›Fliegenden Holländer‹. »Ja, aber wenn wir den beiden das Geld für die Verpflegung spendieren würden …« Ich kann nicht weiterreden, weil ich lachen muss. Paul macht Motorengeräusche.

»Bruummmm … Brruummm.«

Der Käse saust im Tiefflug auf meinen Mund zu, den ich weit öffne. Kurz vor meinen Lippen macht der Holländer jedoch eine Kehrtwende und wandert in Pauls Mund. Er schmatzt, sein Zeigefinger wandert unter mein Kinn. »Schnute zu, Möhrchen. Wir leben nicht im Schlaraffenland. Das Essen kommt nicht angeflogen.«

Ich werfe Herrn Klugscheißer einen bösen Blick zu. Das Thema kann ich abhaken.

Paul konzentriert sich wieder auf den Polittalk. Mir geht der heutige Abend noch einmal durch den Kopf. Ich muss mich entscheiden, ob ich Dröpjes morgen anrufen – oder ihm eine E-Mail schreiben werde.

5. Tante Agnes

Der Spruch, den ich heute während des Zähneputzens auf dem Kalenderblatt lese, regt mich zum Denken an.

> *Enten legen ihre Eier in Stille. Hühner gackern dabei wie verrückt. Was ist die Folge? Alle Welt isst Hühnereier.*
>
> *Henry Ford*

Da soll noch mal einer sagen, Hühner seien dumm. Es ist ganz schön clever, so lautstark Werbung für sein Produkt zu machen, dass sich alle Welt darum reißt.

Nach gefühlten fünf Minuten spüle ich den Mund aus, meine Zahnbürste fliegt förmlich in den Zahnputzbecher, denn ich bin spät dran.

Ich schließe das Badezimmerfenster. Es ist schwül, am Himmel haben sich gigantische Wolken aufgetürmt. Über einen kräftigen Regenschauer würden sich die Blumen freuen.

Im Schlafzimmer schlüpfe ich in ein leichtes, grünes Sommerkleid, drehe mich vor dem Spiegel und suche meinen dicken Hintern. Er ist weg. Dieses Kleid kaschiert die Pfunde wunderbar, ich sollte es jeden Tag tragen.

Paul pfeift durch die Zähne, als ich in die Küche komme. »Du siehst hübsch aus, Frau Geiger. Ich liebe dieses Kleid an dir.«

Aha! Paul scheint nicht entgangen zu sein, dass ich darin schlanker aussehe.

Fine knabbert schon an ihrem Brot. »Ja. Du bist schick, Mama.«

Für diesen netten Empfang spendiere ich besonders dicke Küsschen.

Paul hat Eier gekocht, der Kaffee ist auch schon eingegossen. Ich schneide ein Brötchen auf und bestreiche es dick mit Butter.

Fines Mund steht nicht still. Sie freut sich wahnsinnig auf morgen, weil sie mit Franziska spielen und bei ihren Großeltern übernachten darf.

Paul bestreicht seine Brötchenhälfte nur spärlich mit Marmelade. »Wir könnten morgen Abend was unternehmen, Karo. Zuerst gehen wir etwas Leckeres essen und anschließend ins Kino. Was meinst du?«

Der Vorschlag gefällt mir. Paul zwinkert mir zu und sagt, dass er schon eine Idee hat, in welches Restaurant wir gehen könnten. Ich solle mich überraschen lassen.

Als Paul ad hoc das Thema wechselt und mir ausführlich erzählt, welche Immobilienhändler er beauftragt habe, weiche ich seinem Blick aus. Normalerweise plappert Fine immer dazwischen und stellt irgendwelche Fragen, die von Gesprächsthemen ablenken. Ausgerechnet heute ist sie mit ihren Gedanken woanders. Sie hat ihr Brot aufgegessen und träumt vor sich hin.

»Weißt du, Möhrchen. Der Flachdachbau nebenan wäre für unsere Zwecke wirklich ideal gewesen. Aber Dröpjes um etwas zu bitten, das würde mir im Leben nicht einfallen.«

Ich schlucke. »Na ja. Du musst es ja auch nicht. Ich meine … ihn bitten. Das soll mal schön jemand anders machen.«

Paul lacht. »Genau.«

Es klingelt. Fine horcht auf. »Das ist Klara. Ich muss los.« Sie hüpft vom Stuhl.

Paul schaut auf die Uhr. »Oh. Ich muss auch los. Ich bringe Fine zur Tür.«

Ich atme auf.

Bruni macht ein verkniffenes Gesicht, als ich das Büro betrete. »Petermann ist bei Paul. Der Arme kam mehr hereingekrochen als gelaufen. Er hat einen Hexenschuss. Paul hat Maria gerade dazugerufen.«

»Der ist doch im Leben nicht krank. Bei dem schwülen Wetter hat er bestimmt keine Lust, zu arbeiten.« Ich setze mich langsam und schiebe den Gedanken an unseren Außendienstler beiseite. Mich interessiert mehr, warum Bruni so einen Flunsch zieht. »Was hast du? Hat dich jemand geärgert?«

»Pft. Geärgert ist gut. Ich bin stinksauer. Als Leon heute früh duschen war, habe ich in seinem Handy geschnüffelt …« Sie reicht mir eine Tasse Kaffee, dann bedient sie sich selbst.

Ich setze mich und hebe den Zeigefinger. »Du bist ein böses Mädchen. Man schnüffelt nicht.«

»Sei nicht so albern!«, giftet sie mich an. »Leon hat gestern Abend, als wir unterwegs waren, über eine Stunde mit der Poloch telefoniert.«

»Woher weißt du, dass er mit der Poloch gesprochen hat?«

»Woher wohl! Weil er in seinem Mobiltelefon eine Handynummer unter dem Namen Poloch gespeichert hat?«, kommt es schnippisch zurück. »Und dass man aus dem Protokoll entnehmen kann, wie lange telefoniert wurde, weißt du ja wohl selbst. Als wenn du noch nie geschnüffelt hättest.«

»Herrje, Bruni. Sie werden etwas Berufliches besprochen haben.«

»Und warum hat Leon mir nichts davon erzählt? Ich habe ihn während des Frühstücks beiläufig gefragt, ob gestern Abend jemand angerufen hat. Er ist meinem Blick ausgewichen, hat es verneint und sofort das Thema gewechselt. Er hat mir lang und breit erklärt, dass er bald die Gartenbank streichen müsse, weil die Farbe abblättere. Das stinkt doch zum Himmel!«

»Jetzt reg dich nicht so auf. Wahrscheinlich war es so unwichtig, dass er es vergessen hat.«

Bruni wirft sich wie eine Furie halb über den Schreibtisch, sie will nach mir greifen. Ich rolle mit dem Schreibtischstuhl zurück, sie greift ins Leere. »Pass mal auf, Fräulein«, zischt sie. »Wenn zwei Menschen über eine Stunde miteinander telefonieren, *kann* es nichts Unwichtiges gewesen sein.«

Bruni sieht in ihrer Wut so komisch aus, dass ich lachen muss. Zwei Sekunden später lacht sie mit.

Die Tür zu Pauls Arbeitszimmer öffnet sich. Bruni überschlägt sich fast, vom Schreibtisch zu kommen.

»Es tut mir leid, wenn ich Ihnen das Wochenende versaue, Herr Geiger.«

Pauls Stimme klingt wie die eines Pastors, der sanftmütig auf eines seiner Schäfchen einredet. »Aber nein, Herr Petermann. Machen Sie sich keine Gedanken. Kurieren Sie Ihre Bandscheiben richtig aus. Frau Pellegrino und ich werden das Kind schon schaukeln, nicht wahr, Maria?«

Maria nickt eifrig. Sie läuft in ihr Büro und holt ihre Handtasche. »Natürlich. Wir machen das schon.« Sie hält Herrn Petermann den Arm hin. »Kommen Sie, ich muss ja auch runter. Ich begleite Sie in die Tiefgarage. Oder wartet Ihre Frau an der Straße auf Sie?«

»Ja. Sie hat auf dem Seitenstreifen noch einen Parkplatz erwischt.« Erst jetzt nimmt er mich wahr. »Hallo, Frau Geiger. Der Rücken … ich bin krankgeschrieben.«

Herr Petermann mimt nicht. Man sieht ihm an, dass er starke Schmerzen hat. »Dann mal ab nach Hause. Schonen Sie sich. Gute Besserung.«

Bruni wünscht ebenfalls beste Genesung.

Maria verabschiedet sich von uns. Mir ist klar, dass sie und Paul die Termine unseres Außendienstlers wahrnehmen müssen.

Paul hält Petermann und Maria die Tür auf. Er läuft noch mit in den Flur. »Jetzt kümmern Sie sich erst einmal um sich. Das Wichtigste ist, dass Sie die Schmerzen schnell loswerden. Tschüss, Herr Petermann. Grüßen Sie Ihre Frau.«

Paul schaut auf die Uhr, als er vor unserem Schreibtisch steht. »Möhrchen. Es tut mir leid. Ich muss gleich nach Frankfurt. Petermann hat wichtige Treffen arrangiert. Es geht um Neukunden, die nur am Wochenende Zeit haben. Termine mit dem *Meyer-Großhandel* stehen auch an. Die übernimmt Maria. So sind wir schneller durch.«

Bruni steht auf. »Bin mal kurz auf dem Klo. Sollten wir uns nicht mehr sehen, Paul, gute Fahrt.«

»Danke. Schönes Wochenende, Bruni.«

Ich warte, bis Bruni das Büro verlassen hat, erst dann sage ich: »Ach, das ist schade, Paul. Dann wird das wohl nichts mit morgen Abend.«

Paul presst die Lippen aufeinander und schüttelt den Kopf. »Nein. Ich bin noch kurz bei Leon, dann fahre ich nach Hause und packe die Reisetasche. Viel brauche ich ja nicht. Anschließend hole ich Maria ab.«

Ich schlinge meine Arme um seinen Hals, wir küssen uns zärtlich. »Pass auf dich auf, Paul.«

Er vergräbt sein Gesicht in meinen Haaren. »Pass auf *dich* gut auf … und auf Finchen.«

»Ja. Versprochen.« Es ist verrückt. Paul ist so oft unterwegs. Es hat mir nie etwas ausgemacht, wenn er spontan fortmusste. Jetzt muss ich aufpassen, dass ich nicht anfange zu heulen.

Paul scheint zu spüren, was in mir vorgeht.

»Ich ruf dich von unterwegs aus an. Und … du weißt ja, du kannst mich jederzeit auf dem Handy erreichen.«

Als Paul das Büro verlassen hat, krame ich in meiner Schreibtischschublade nach einem Taschentuch und tupfe damit vorsichtig an meinen Augenwinkeln.

Bruni kommt zurück. »Ich habe Paul in den Aufzug steigen sehen.« Sie dreht sich im Kreis. »Hurra. Sturmfreie Bude.«

Ich kann wieder lachen.

Meine Freundin beugt sich vor und starrt auf meine Lippen. »Oh. Du hast da einen Herpes. Ist mir vorhin gar nicht aufgefallen.«

Mit schnellen Schritten laufe ich zum Spiegel und entdecke auf der Oberlippe ein Ekelbläschen. Tatsächlich. Das Teil muss von jetzt auf gleich gekommen sein. Was Gustav von Burghausen mit seinem nassen Handkuss und Max mit seiner Spuckattacke nicht geschafft hat, ist Dröpjes mit einem Atemzug gelungen.

Bruni verschränkt die Arme vor der Brust. »Und was machen wir jetzt mit Dröpjes?«

»Tja. Das ist eine gute Frage.«

»Wir sollten nach Elmshorn fahren und mit ihm reden.«

Ich lehne mich gegen die Spüle. »Hm. Ich weiß nicht so recht. Vielleicht ist es besser, ihn anzurufen oder die Frage per E-Mail zu stellen.«

Bruni merkt sofort, wo der Hase im Pfeffer liegt. »Du willst dich drücken. Du hast Angst vor einer Niederlage, richtig? Ein Nein zu lesen fällt dir einfacher, als ein Nein zu hören. Stimmt's?«

Wir fahren erschrocken zusammen. Auf dem Flur ist ein lautes Scheppern zu vernehmen, gleichzeitig ertönt ein spitzer Schrei.

Noch bevor Bruni und ich an der Tür sind, um nachzuschauen, was passiert ist, wird sie von außen geöffnet.

Simone kommt vollkommen außer Atem hereingepoltert. Sie trägt einen großen Standventilator vor sich her, mit dem sie am Türrahmen aneckt. Sie flucht. »Scheiße … Kabel … gestolpert.« Ihre Brille hängt schief.

Bruni lacht und richtet ihrer Cousine das Guckglas. »Das ist schön, dass du uns bei der Schwüle einen Venti bringst.«

Simone schiebt ihre Hand barsch beiseite. Ihr Atem geht noch immer stoßweise. »Brotte … Ventilator … schwül … Dröpjes … kommt.«

Ich nehme Simone den Ventilator ab, Bruni zieht den Besucherstuhl vor den Schreibtisch und verpasst dem Leuchtturm einen Schubs, damit sie zum Sitzen kommt. »So. Simone. Jetzt das Ganze noch einmal. Und zwar so, dass wir kapieren, was du uns sagen willst.«

Simone greift nach meiner Kaffeetasse und nimmt einen kräftigen Schluck. Sie wischt sich mit dem Handrücken über den Mund und japst. »Ist Paul da?«

»Nee«, beruhigt Bruni ihre Cousine. »Maria und Paul sind auf dem Weg nach Frankfurt. Die stören uns nicht.«

»Okay. Also. Brotte hat Ventilatoren inseriert. Um die Hälfte billiger. Ich bin hin. Wie ich so im Geschäft herumgucke, klingelt im Laden das Telefon. Und jetzt ratet mal, wer der Anrufer war.«

Meine Nerven sind mehr als angespannt. Ich herrsche Simone an. »Mensch, rede weiter. Wir sind hier nicht bei *Wer wird Millionär*.«

Sie kichert. »Also gut, ich verrate es euch. Dröpjes war der Anrufer. Herr Brotte hat gesagt: ›Hallo, Herr Dröpjes‹, dann hat er eine Weile zugehört, sich am Kopf gekratzt und weitergeredet. ›Haben sich die Geigers von nebenan nicht bei Ihnen gemeldet. Ich habe Frau Geiger Ihre Visitenkarte gegeben … ja, die suchen noch ein zusätzliches Gebäude … Nicht? Das ist schade‹.«

Obwohl es mich aufregt, wie ausschweifend Simone Bericht erstattet, unterbreche ich sie nicht.

Sie nippt wieder an dem Kaffee. »Dann habe ich den erstbesten Ventilator geschnappt, der aufgebaut war, und bin zur Kasse. Ich habe ja gute Ohren und konnte Dröpjes' Stimme aus dem Telefon hören. Er hat gesagt: ›Ich bin in der Nähe. Ich wollte eh gleich zu Ihnen kommen. Vorher schaue ich noch kurz bei den Geigers vorbei.‹ Dann hat er laut gelacht. Nachdem Brotte aufgelegt hat, habe ich das Monster da …« Sie zeigt auf den Ventilator. »… bezahlt. Herr Brotte wollte das Teil noch auseinanderbauen und es in den Karton legen. Aber ich habe gesagt, dass ich den Ventilator am Stück mitnehme, weil ich es eilig habe. Dann bin ich losgerannt, weil ich es euch erzählen wollte, und hatte unterwegs, ey, eine supergute Idee. Ich weiß jetzt, wie wir es schaffen könnten …«

Ich unterbreche Simone ungeduldig. »Was? Dröpjes will kommen? Ach, du Scheiße.« Ich reiße meine Schreibtischschublade auf und krame wie wild darin herum. »Verdammt. Wo ist der Schlüssel von der Tür? Wir schließen uns ein … verschanzen uns. Wir sind nicht da.«

Bruni hält meine Hand fest. »Du willst kneifen? Warum? Es ist doch gut, dass er kommt. Wir können in aller Ruhe mit ihm sprechen. Denk an die Poloch. Willst du, dass Leon oder Paul sich von diesem Luder umgarnen lassen?«

Ich schüttele Brunis Hand ab und krame weiter.

»Bruni hat recht, Karo. Dann brauchen wir nicht extra nach Elmshorn zu juckeln. Warum hört ihr mir denn nicht zu? Ich habe eine geniale Idee …«

Es klopft. Ich deute Simone an, die Klappe zu halten. Bruni und ich treten auf der Stelle, unsere Arme wedeln in der Luft. Bruni hastet um den Schreibtisch, lässt sich auf den Stuhl fallen und streicht ihre Haare hinter die Ohren. Ich setze mich ebenfalls und zwinge mich zur Ruhe. Simone lehnt sich entspannt zurück und grinst so blöd, dass ich ihr eine scheuern könnte.

Es klopft wieder. Dieses Mal lauter.

Ich nehme einen Kugelschreiber in die Hand und zische Simone leise an. »Und du bist jetzt ganz still, Fräulein. Verstanden?« Meine Stimme zittert leicht, als ich laut: »Ja, bitte? Hereinspaziert«, rufe.

Die Tür fliegt auf. Doof-Dröpjes' Leber scheint den Alkohol in seinem Körper gut abgebaut zu haben, denn er hat klare Augen und macht einen fitten Eindruck. Er trägt eine zerknitterte Leinenhose und ein weißes Hemd.

»Grüß Sie, Frau Geiger. Grüß Sie, Frau Keller. Mein Gott, wie die Zeit vergeht. Wir haben uns ja ewig nicht gesehen.« Simone grüßt er nicht, er grinst sie an.

Simone grinst zurück. »Sie sind ja ein Witzbold. Immer ein Scherz auf den Lippen, was?« Sie steht auf und hockt sich auf eine Ecke meines Schreibtischs. »Setzen Sie sich doch, Herr Dröpjes. Schön, dass Sie wegen des Pachtvertrages kommen. Im Grunde haben wir ja gestern Abend schon alles in *Finnegan's Irish Pub* besprochen.«

Dröpjes setzt sich im Zeitlupentempo auf den Stuhl, ohne Simone aus den Augen zu lassen. »Wir haben was?« Er kneift die Augen zusammen. »Wir sind uns gestern begegnet? Ich habe mit Ihnen über einen Pachtvertrag gesprochen?« Man sieht ihm an, dass er krampfhaft versucht, sich zu erinnern. Er sitzt stocksteif da.

Ich hole tief Luft, Bruni bläht die Nasenflügel. Was soll das? Ist Simone übergeschnappt? Wenn sich in unmittelbarer Nähe ein Sumpf befände, würde ich den Leuchtturm hineinschubsen. Und Bruni würde mir mit Sicherheit dabei helfen.

Simone spinnt, im wahrsten Sinne des Wortes, weiter. »Tja. Von uns aus können wir es so machen, wie Sie es vorgeschlagen haben. Wir helfen Ihnen, Tante Agnes' Haus zu entrümpeln, und halten dabei Ausschau nach dem Schmuck und den Goldbarren. Im Gegenzug verpachten Sie den Geigers das Gebäude nebenan.«

Nach dem letzten Satz erwacht Dröpjes zum Leben. Er lacht von jetzt auf gleich so laut, dass Bruni und ich zusammenzucken. Er schlägt sich auf den Schenkel. Dann beugt er sich vor und starrt mich mit großen Augen an. »Was habe ich? Ich habe *Ihnen* einen Pachtvertrag angeboten? Sie wollen nebenan, in *meinen* Wänden Ihre Geschäfte betreiben? Vergessen Sie's … Frau *Geiger*. Eher würde ich einen Eimer Gülle saufen.«

Jetzt weiß ich, warum mein schlauer Paul sich nicht darauf einlassen wollte, mit Dröpjes zu reden. Ich fühle mich mehr als gedemütigt. Jetzt beuge auch ich mich vor. »Wissen Sie was, Herr *Dröpjes*? Schieben Sie sich Ihren beschissenen Flachdachbau in den Hintern. Als wenn wir auf die olle Baracke nebenan scharf wären.«

Simone stellt sich zwischen uns. Sie stemmt die Hände in die Hüften. »Maaann. Ist doch nicht schlimm. Dann eben nicht, Herr Dröpjes. *Sie* haben doch den Vorschlag mit dem Gebäude gemacht. Als wenn Frau Geiger danach gefragt hätte.« Sie zeigt ihm den Vogel. »Wir wollten nur nett sein und Ihnen helfen, weil Sie uns regelrecht angefleht haben.« Sie faltet die Hände zusammen, als wolle sie beten. Dabei wandert ihr Blick an die Zimmerdecke. »Wähhh. Bitte helfen Sie mir … ich kann und kann die Goldbarren und den schönen Schmuck nicht finden, bitteee, bitteee«, jammert sie mit weinerlicher Stimme. »Ich habe doch niiiemanden, der mir helfen kann, ich habe auch niemanden, dem ich vertrauen kann, und es geht um zweihunderttausend Euro. Ihnen vertraue ich, meine lieeebe Frau Geiger. Auch wenn ich Sie nicht leiden kann.«

Die Vorstellung ist so gut, dass Bruni und ich lachen müssen. So wütend ich vorhin auf Simone war, so versöhnlich bin ich jetzt gestimmt.

Dröpjes wird rot. Seine Halsschlagader schwillt an. »Was reden Sie für einen Schwachsinn?«

Simone provoziert weiter. »Jetzt hören Sie mal gut zu, Herr Dröpjes. Werden Sie nicht frech. *Sie* haben gesagt, dass Sie zu lahmarschig sind, die Hütte flott auszuräumen. Wir entrümpeln schneller einen Schrank, als Sie Ihre Unterhose ausziehen können, verstanden? Außerdem ist es nicht unsere Schuld, dass Sie zu doof sind, ein paar Goldbarren und ein bisschen Schmuck zu finden.«

Dröpjes verliert die Fassung. Er springt auf und fährt sich aufgeregt durch die schütteren Haare. »Verflucht, ich bin nicht zu lahm, das Haus zu entrümpeln. Es ist nur so viel auf einmal. Ich habe ja auch nicht den ganzen Tag Zeit.«

Simones Stimme wird laut. »Eben! Darum haben Sie uns ja auch um Hilfe gebeten! Wie wollen Sie das denn alleine schaffen?«

Dröpjes wischt sich mit dem Handrücken über den Mund. »Ich bin auch nicht zu doof, den Schmuck zu finden. Es gibt aber so viele Möglichkeiten, wo er sein könnte … das wächst mir alles über den Kopf. Normalerweise müsste ich heute Abend geschäftlich nach Stuttgart fahren. Aber am Wochenende kommen …«

Simone fällt ihm ins Wort. »… Kaufinteressenten. Das haben Sie bereits gestern erzählt. Tja, da gehen Ihnen in Stuttgart bestimmt einige Kunden flöten.«

Mir bleibt die Spucke weg. Simone scheint das Gedächtnisprotokoll auswendig gelernt zu haben.

Simone dreht sich zu mir um. »Karo. Ich glaube, wir sollten von unserem Angebot Abstand nehmen. Herr Dröpjes scheint nicht zu merken, dass wir es nur gut gemeint haben.«

Simone hat eine so steile Vorlage geliefert, dass mir die Antwort leicht über die Lippen kommt. Ich gähne, dann betrachte ich gelangweilt meine Fingernägel. »Jo. Vergessen wir's. So dolle ist das Gebäude nebenan auch gar nicht.« Ich strecke Dröpjes meine Hand hin. »Machen Sie's gut, Herr Dröpjes. Ich wünsche Ihnen viel Glück und dass Sie alles so geregelt bekommen, wie Sie es sich wünschen. Und das meine ich ganz ehrlich.«

Bruni hustet.

Dröpjes übersieht meine dargebotene Hand. Er läuft im Kreis, dabei kratzt er sich unentwegt am Kopf. »Warten Sie … Moment …«

Bruni kaut nervös auf einem Bleistift und lässt den unruhigen Werner nicht aus den Augen.

Dann bleibt Dröpjes ad hoc stehen und schlägt mit der flachen Hand auf den Schreibtisch. »Okay. Machen wir es so, wie wir es gestern besprochen haben. Sie entrümpeln Tante Agnes' Haus und schauen, ob Sie den Schmuck und die Goldbarren finden. Und sollte Ihnen das gelingen, aber nur dann … dann machen wir den Pachtvertrag.«

Ich gähne noch einmal. »Von mir aus können wir es so machen.«

Jetzt streckt Dröpjes *mir* die Hand entgegen, ich schlage ein.

Simone kichert. »Man sagt ja immer, dass sich eine Hand nicht alleine waschen kann.«

Dröpjes kramt in seiner Hosentasche und wirft einen Schlüsselbund auf den Tisch. Er kann wieder fies grinsen. »In der Tat. Eine Hand wäscht die andere … Hier sind sämtliche Schlüssel des Hauses. Toben Sie sich dort aus.« Er setzt sich wieder auf den Stuhl. »Tante Agnes' Haus liegt in dem Waldstück vor dem *Teufelsbacher Moor*. Die Adresse lautet Teufelsbacher Straße 24. Meine Tante hatte es nicht mehr so mit dem Putzen. Aber das werden Sie selbst sehen. Neben dem Haus wurde ein Holzschuppen angebaut. Dort stehen Container, in die Sie all die Sachen werfen können, die Sie aus den Schränken geräumt haben. Bis auf die Vitrine, die in der Wohnküche steht, und das Porzellan, das sich darin befindet, können auch alle Möbel weg. Nein, Moment … Die alte Standuhr möchte ich auch behalten. Den Keller habe ich bereits entrümpelt. Unten stehen nur noch leere Schränke … ich organisiere jemanden, der sie entsorgt. Derjenige wird sich auch um das Zerlegen der Möbel im gesamten Haus kümmern. Das Grundstück vor und hinter dem Haus ist sehr gepflegt. Der Gärtner, der sich jahrelang darum gekümmert hat, kommt so lange, bis ich das Haus verkauft habe.« Er greift in seine Hemdtasche und holt eine Visitenkarte hervor, die er mir vor die Nase hält.

Ich winke ab. »Danke, Herr Brotte hat mir Ihre Karte bereits gegeben.«

Dröpjes nickt zufrieden und fummelt erneut in der Brusttasche seines Hemdes. Er legt einen Zettel auf den Tisch. »Hier stehen die Namen und Telefonnummern der Kaufinteressenten. Sie kommen am Sonntag um 15 Uhr. Es wäre schön, wenn Sie alles ein wenig nett herrichten würden. Ich werde nach Stuttgart fahren, halten Sie mich auf dem Laufenden. Sie können mich jederzeit anrufen.«

Dröpjes steht langsam auf. Seine Augen verengen sich zu schmalen Schlitzen. »Ich hoffe nicht, Frau Geiger, dass Sie und Ihre Freundinnen ein krummes Ding drehen werden. Es geht um viel Geld.«

Ich schenke Dröpjes ein müdes Lächeln. »Seien Sie nicht albern. Sie haben lange genug hier gearbeitet. Sie wissen ganz genau, dass die Geigers keine krummen Sachen machen.«

Seine Hände verschwinden in den Hosentaschen. »Wie steht Ihr Mann eigentlich zu der ganzen Sache?«

»Er weiß nichts davon. Mein Mann ist geschäftlich verreist. Er würde mir verbieten, Ihnen zu helfen. Dann müssten Sie sehen, wie Sie alleine zurechtkommen.«

Dröpjes grinst. »Geben Sie's zu. Ihnen liegt sehr viel an dem Gebäude nebenan.«

Ich verziehe keine Miene.

Nachdem Dröpjes sich verabschiedet hat, wusele ich mir durch die Haare und kreische los. »Wie geil ist das denn?! Das war ja einfacher, als einen quersitzenden Pups zu lassen!«

Bruni gackert los und dreht sich auf dem Schreibtischstuhl im Kreis. Ihre Arme wandern in die Luft. »Wir werden diesen verdammten Schmuck und die Goldbarren finden. Suuper. Die doofe Peloch kann die Koffer packen. Herrlich!«

Simone breitet die Arme aus. »Na, Mädels? Wie war ich?«

Im Übereifer habe ich ganz vergessen, wem wir das Ganze zu verdanken haben. Ich springe auf und knuddele Simone durch, die sich vor Lachen den Bauch hält. Bruni kommt dazu und mischt ordentlich mit. Sie ist ganz aus dem Häuschen. »Cousinchen, du bist ein Schatz. Das hast du richtig clever eingefädelt.«

Nach einer kurzen Absprache beschließen wir, dass wir uns um 20 Uhr an der Teufelsbacher Straße 24 vor Tante Agnes' Haus treffen wollen.

Simone schaut auf die Uhr. »Hui, ich muss los. Unser Mittagessen kocht sich nicht von allein.« Sie greift nach dem monströsen Standventilator und ranzt damit wieder gegen den Türrahmen, als sie unser Büro verlässt.

Wenig später gehen wir so gut gelaunt in die Mittagspause wie lange nicht mehr.

Ulrikes Teller ist heute voll beladen. Neben einem Omelett mit Champignons liegt ein gegrilltes Nackensteak mit Kräuterbutter. Sie kaut mit vollen Backen, darum nickt sie uns nur zu.

Heike klärt uns auf, dass ihre Kollegin wegen der Flugreise schon mächtig aufgeregt sei. Sie grinst. »Ulrike hat beschlossen, ab heute wieder ordentlich zu essen. Sollte der Flieger morgen abstürzen, hat sie wenigstens bis zu ihrem Tod noch gut gelebt.«

Ulrike schluckt. »Mann, jedes Mal dasselbe. Einen Tag vor dem Flug schiebe ich Panik ohne Ende. Stellt euch mal vor, ich käme nie mehr zurück, weil mich die Haie im Ozean gefressen haben. Die Vorstellung ist schrecklich. Die haben doch so spitze Zähne.« Sie schüttelt sich.

Das Nackensteak ist perfekt gegrillt. Außen kross und innen zartrosa. Ich lasse ein Stück in meinem Mund verschwinden. »Beruhige dich, Ulrike. Du merkst doch gar nicht mehr, wenn dich ein Hai frisst. Wenn ein Flugzeug aus zehntausend Metern Höhe aufs Wasser knallt, bist du in null Komma nichts Pudding. Der muss nur ein Mal schlucken, dann bist du weg.« Ich lache albern.

Bruni lacht mit. »Nicht nur Ulrike ist Pudding. Ha, ha. Alle sind Pudding.«

»Wie seid ihr denn drauf?« Heike unterdrückt ein Lachen.

Unsere Schilderungen gefallen Ulrike gar nicht. »Find ich jetzt blöd, dass ihr mir noch mehr Angst macht. Echt … ich habe schon gar keine Lust mehr auf Bodrum.« Sie schaut beleidigt aus dem Fenster.

Obwohl ich gerne weiterfrotzeln würde, suche ich nach beruhigenden Worten. »Das war doch nur Spaß. Es passiert doch so selten, dass ein Flugzeug abschmiert. Mach dir mal keine Gedanken.«

»Meinst du?«

»Aber ja.« Ich denke kurz nach. Heike und Ulrike sollen auch etwas von der bombastischen Laune, die ich habe, abbekommen. »Wisst ihr was? Ihr packt nach dem Essen eure Sachen zusammen und geht zwei Stündchen eher in den Feierabend.«

Meine Kolleginnen strahlen mich an. »Echt? Super. Danke, Karo. Und was ist, wenn der Chef in unser Büro kommen sollte?«

Bruni hebt ihr Wasserglas. »Der kommt nicht. Er ist auf dem Weg nach Frankfurt. Karo hat jetzt das Sagen.«

Wir gickeln wie kleine Kinder und prosten uns mit Mineralwasser zu.

Die Verabschiedung von Ulrike fällt herzlich aus. Bruni und ich umarmen sie und drücken ihr einen dicken Schmatzer auf die Wange. Sie ist zu Tränen gerührt und verspricht, uns eine schöne Postkarte zu schreiben.

Zurück im Büro treffen wir auf Leon. Er sitzt an Pauls Schreibtisch und blättert eine Akte durch. »Ich suche eine Unterlage. Ich habe gerade mit Paul telefoniert, ich soll ihm einige Zahlen durchgeben«, klärt er uns auf. Ohne von den Papieren aufzusehen, redet er weiter. »Ach, Bruni. Was ich dir sagen wollte … ich bin heute Nachmittag am Flugplatz. Mandy will mir ihr Sport- und Kunstflugzeug zeigen. Eine *Extra 300L*. Mann, die Fliegerei war schon immer ein Traum von mir.« Er notiert etwas auf einen Zettel und knallt die Akte zu.

Bruni macht ein verkniffenes Gesicht. »Du solltest Elias und Paula mitnehmen. Es würde ihnen auch gefallen, Flugzeuge anzuschauen.«

Leon kommt mit großen Schritten angelaufen. Er bleibt vor unserem Schreibtisch stehen. »Ein anderes Mal vielleicht. Wenn die Kinder dabei sind, kann ich mich nicht aufs Wesentliche konzentrieren, weil ich ständig auf sie achtgeben muss.« Er reibt sich das Kinn.

»Mannomann. Mandy ist ein *richtiges* Teufelsweib.« Seine Faust saust zackig durch die Luft. »So eine Frau ist mir noch nie begegnet.«

Normalerweise küsst er Bruni, wenn er ins Büro kommt oder es verlässt. Heute bleibt sie ungeküsst. Die Tür knallt hinter ihm zu.

Brunis Unterlippe bebt. Sie flüstert: »Teufelsweib?«

»Ach, das sagt man doch nur, wenn eine Frau besonders mutig ist. Und das ist sie ja schließlich auch, wenn sie hoch am Himmel mit dem Flieger ihre Loopings dreht oder damit in Richtung Erde trudelt. Und wer tief taucht, ist auch mutig. Was meinst du, wie viele Haifische in der Karibik schwimmen. Oder Teufelsrochen.«

Bruni nickt tapfer.

Für die restliche Zeit bis zum Feierabend gelingt es mir nicht mehr, Bruni aufzuheitern. Weder Schokolade, alberne Frotzeleien noch die Aussicht, dass wir die Poloch bald los sein werden, reißen Bruni aus der trüben Stimmung.

Wir räumen unseren Schreibtisch eine halbe Stunde eher auf. Bruni bittet mich, im Supermarkt einige Flaschen Mineralwasser zu besorgen, die ich heute Abend mitbringen soll. Kurz bevor wir das Büro verlassen, ruft Paul an. Er erklärt, dass sie gut durchkämen und wahrscheinlich gegen 15 Uhr in Frankfurt sein würden.

Ich hupe, weil der Trottel vor mir nicht zu bemerken scheint, dass die Ampel von Gelb auf Grün gesprungen ist. Er zeigt mir durch den Rückspiegel den Stinkefinger und braust los.

Bruni fährt auf der Überholspur an mir vorbei, wir winken uns zu. Meine Gedanken sträuben sich gegen den Verdacht, dass Leon tatsächlich Gefallen an Mandy Poloch gefunden haben könnte. Seine Begeisterung für das Teufelsweib ist jedoch nicht zu übersehen. Bruni und ich gehören zu den Frauen, die sehr eifersüchtig sind. Sobald uns eine Frau in die Quere kommt, die wir für attraktiver halten, als wir es sind, fahren wir unsere Krallen aus. Bis jetzt waren wir immer grundlos misstrauisch …

Es ist kein Wunder, dass sich die weibliche Konkurrenz die Hälse nach unseren Männern verdreht. Paul sieht sehr gut aus. Er ist groß und hat eine sportliche Figur. Seine dunklen Haare sind an den Schläfen leicht ergraut, in seinen grünen Augen funkelt es meistens lustig.

Leon ist ebenfalls wahnsinnig attraktiv. Er ist noch größer als Paul und hat einen durchtrainierten Körper. Das Faszinierendste an ihm sind seine strahlenden, wasserblauen Augen, die in einem krassen Kontrast zu seinen schwarzen Haaren stehen.

Das sind genug Gründe, um in der Teufelsbacher Straße 24 zügig klar Schiff zu machen und dabei Ausschau nach dem Schatz zu halten.

Ich rase durch den Supermarkt. In den Einkaufswagen wandern nicht nur etliche Flaschen Mineralwasser. Es fliegen kleine Salamis, Käsestückchen und gefüllte Kekse hinterher, denn Putzen und Suchen macht nicht nur durstig, sondern auch hungrig. Für den Fall, dass uns die Energie ausgehen sollte, lege ich Traubenzucker dazu. Aus der Tiefkühltruhe fische ich zwei Packungen Wassereis, über das sich die Kinder gleich freuen werden.

Auf dem Weg zur Kasse sehe ich die Freunde meiner Nichten am Getränkeregal stehen. Checker und King Cool studieren die Etiketten der Weinflaschen. Ich stupse Checker von hinten an. »Hallo, Jungs. Na? Kauft ihr für die Fete ein?«

Die beiden ziehen lange Gesichter. »Hallo, Karo. Ja. Es ist nur schade, dass Hanni und Nanni bis zum Urlaub zu keiner Fete mehr dürfen. Ohne sie war die Party am letzten Wochenende schon elendig langweilig.«

Ich stutze. Hä? Meine Nichten dürfen an den Wochenenden nicht ausgehen? Schon seit letzter Woche? Das ist ja etwas ganz Neues. Hanni und Nanni haben mir am Dienstag erzählt, dass sie auf etlichen Feten eingeladen seien und sich mit ihren Freunden treffen würden. Conny hat berichtet, dass Checker und King Cool an den Wochenenden keine Zeit hätten, weil sie lernen müssten. Und jetzt höre ich von den Jungs, dass Hanni und Nanni Ausgehverbot hätten. Ich blicke nicht mehr durch und weiß nicht, was ich sagen soll, darum sage ich nur: »Tja.«

King Cool setzt zum Reden an. Ich überlege blitzschnell, das Eis noch einmal in die TK-Truhe zu legen, denn King Cool ist Stotterer und braucht immer ziemlich lange, bis er das gesagt hat, was er sagen möchte. Besonders dann, wenn er ein wenig nervös ist.

»Co-Conny ist scho-schon se-sehr streng.«

Checker übernimmt. »Ja. Es kann doch mal passieren, dass eine Mathearbeit voll daneben geschrieben wird. Aber deswegen so eine harte Strafe zu verhängen. Nach der Arbeit in der Eisdiele müssen sie zu Hause antanzen.«

Das ist die nächste Ungereimtheit. Conny hat genau das Gegenteil berichtet, nämlich, dass die Mädels in der Schule bestens zurechtkämen und nur gute Noten schreiben würden. Ich räuspere mich. »Ehrlich gesagt, davon weiß ich gar nichts. Das ist noch nicht bis zu mir vorgedrungen.«

Checker zuckt mit den Schultern. »Wenigstens können wir uns tagsüber sehen.«

King Cool zieht ein Gesicht, als würde er gleich anfangen zu heulen. »A-a-alles Schei-Scheiße.«

Jetzt bin ich mir ganz sicher, dass meine Nichten mich angeflunkert haben, ohne rot zu werden. »Mensch, das tut mir aber leid. Kopf hoch, Jungs.« Ich klopfe beiden auf die Schulter. »Die Zeit geht auch vorüber. Freut euch auf den Urlaub.«

Mit einem gequälten Lächeln nicken beide. Ich wünsche ihnen dennoch ein schönes Wochenende.

Mit großen Schritten schiebe ich den Einkaufswagen zur Kasse. Ich nehme mir vor, der Sache auf den Grund zu gehen, denn irgendetwas liegt hier im Argen.

Im Garten meiner Eltern geht es wieder hoch her. Fine und Franziska spielen Fangen. Sie rennen um das Blumenbeet und kreischen vor Freude.

Als Fine mich sieht, kommt sie angerannt. Vollkommen außer Atem sagt sie: »Mama, ich wollte dir nur sagen, dass ich bei Oma und Opa Urlaub mache. Ich komme nicht mit nach Hause. Franziska darf auch so lange bei ihrer Oma bleiben, bis der Kindergarten wieder anfängt. Und weißt du was? Oma, Opa, Gundula und Opapa waren heute einkaufen. Sie haben ganz viele Süßigkeiten gekauft.«

Franziska kommt angehüpft. »Ja. Ich bleibe bis Montagfrüh hier. Ich mache auch Uuuurlaub.« Sie breitet die Arme aus, dreht sich mehrfach um die eigene Achse, bleibt stehen und taumelt. Dann plumpst sie auf den Hosenboden. Fine macht es ihr nach.

Das kommt mir sehr gelegen. Ich hätte meine Eltern eh gefragt, ob Fine auch heute Nacht hier schlafen könne.

Ich gehe in die Hocke. »Oh, das ist toll. Du, Papa musste heute plötzlich verreisen. Er ist geschäftlich unterwegs. Ich soll dir einen dicken Kuss geben.«

Sie spitzt die Lippen. Nachdem ich sie geküsst habe, sagt sie: »Mir doch egaaal«, steht in Sekundenschnelle auf, läuft in Richtung Planschbecken und springt hinein.

Conny liegt auf einer Liege unter dem Pflaumenbaum. Ich schleiche mich heran. Sie schnarcht leise. Ich frage mich, wie sie es schafft, bei dem Lärm, den die Mädels machen, zu schlafen.

Im Wintergarten sitzen nur mein Vater, Opa Heini und die Jungs. Max und Moritz knien auf Gartenstühlen und schauen zu, wie ihr Opapa jede Menge Kleingeld zählt.

Ich begrüße die großen und kleinen Männer, die alle lange Gesichter machen.

»Sind Mama und Gundula in der Küche?«

Mein Vater gähnt. »Nee. Die sind drüben. Bei Gerti und Gustav. Kannst du nicht hören, wie die alten Hennen gackern?«

Ich horche auf. Tatsächlich. Gelächter dringt über den Zaun. Es hört sich so an, als hätten Mama, Gundula und Gerti einige Likörchen intus. Sie kreischen um die Wette.

Den Gesichtern nach zu urteilen, passt es den alten Hähnen nicht, dass ihre Hennen woanders gackern. Ich verkneife mir ein Grinsen und laufe in die Küche, um das Eis in den Gefrierschrank zu legen.

»Bring dir eine Tasse mit«, ruft mein Vater. »Kaffee steht hier.«

Zurück im Wintergarten mache ich es mir auf einem Gartenstuhl bequem. Opa Heini stapelt Geldstücke.

»Mensch, wo hast du denn das ganze Kleingeld her, Opa?«

»Gesammelt. Ich werfe die Cent-Stücke, die in meinem Portemonnaie sind, jeden Abend in eine Kiste. Das ist die Ausbeute von einem Jahr.«

Ich staune nicht schlecht. »Unglaublich. Da hat sich ja ganz schön was angesammelt.«

Max hält die Hand auf und wirft Opa Heini einen bösen Blick zu. »Los, Herr Opapa. Den nächsten Stapel krieg ich. Aber zack, zack.«

Moritz boxt seinen Bruder in die Rippen. »Du kriegst eins auf die Zwölf, du null. Den nächsten Stapel Geld bekomme ich.«

Ich beobachte meine Neffen aus den Augenwinkeln, die am Arm ihres Opapas zerren. »Warum sind Mama und Gundula denn bei Gerti?«

Er lacht. »Weil die Damen der Birkenstraße 18 sich gerne die Köpfe von diesem Gustav verdrehen lassen. Er schäkert herum. Der Herr Großgrundbesitzer ist wie ein Jungbrunnen für die beiden.«

Ich muss lachen. »Ihr seid doch nicht etwa eifersüchtig auf den werten Herrn Gustav?«

Mein Vater grunzt. »Das wäre ja noch schöner.«

»Ich gehe jede Wette ein, dass er nur Luft im Schlauch hat.« Opa Heini kichert. Dann ranzt er Max und Moritz an. »Hört auf, so an mir herumzuzerren. Das ist mein Geld. Ihr habt genug bekommen.«

Max verzieht das Gesicht. Er schreit: »Du bist alt! Und alte Leute brauchen kein Geld mehr!«

Moritz biegt sich vor Lachen.

Mein Vater schimpft. »Kinder. Hört auf, so zu reden. Das ist nicht nett.«

Opa Heini hebt die Hand. »Lass nur, Hermännchen.« Dann blickt er seine Urenkel über den Rand seiner Brillengläser an. »Geld verdirbt den Charakter. Das kann ganz schön in die Hose gehen, Kinder. Das kann ich euch beweisen … lasst uns ein Spiel spielen.«

Max und Moritz klatschen in die Hände. »Au ja. Wir gewinnen. Sollen wir wetten?«

Opa Heini räuspert sich kräftig, dann grinst er. Er schiebt einen Stapel Ein-Cent-Stücke zu den Jungs rüber. »Wir werden sehen. Fangen wir an. Wer von euch beiden es zuerst schafft, einen Furz zu lassen, bekommt das Geld.« Er macht ein gespielt ernstes Gesicht.

Mein Vater legt eine Hand über die Augen und schmunzelt. Ich grinse. Wir wissen, was Opa Heini im Schilde führt.

In Moritz' Badehose knarzt es leise. Er lacht sich kaputt.

Opa nickt langsam. »Das hast du gut gemacht, mein Junge.« Er schiebt ihm den Stapel rüber.

Jetzt ist Max an der Reihe. Auch er schafft es, einen kleinen Pups zu lassen. Und wieder wechselt ein Stapel Kleingeld den Besitzer.

Nach einer weiteren gelungenen Pupsrunde sind die Zwillingsjungs um weitere zehn Cent reicher.

Mein Vater und ich müssen lachen, wie sehr sich die Jungs nun bemühen, an mehr Geld zu kommen. Opa Heini schiebt jetzt drei Stapel zu den Wettkämpfern rüber. »Los. Strengt euch an. Wenn ihr Geld wollt, müsst ihr richtig feste drücken. Strengt euch an, wer zuerst furzt, gewinnt.«

Max gibt alles. Er ist mittlerweile krebsrot im Gesicht. Er schielt zu seinem Bruder rüber, der ebenfalls versucht, sich den letzten Rest Luft aus den Darmwindungen zu pressen. Die Brüder kämpfen wie richtige Männer um dreißig Cent. Beide ballen die Hände zu Fäusten. Ich könnte mich wegschmeißen, wenn ich in die Gesichter der beiden schaue.

Opa Heini beugt sich vor. »Was ist? Fester, los … drückt … einer geht noch.«

Die Jungs kneifen die Augen zusammen und pressen, was das Zeug hält. Dann gibt es ein komisches Geräusch. Es hört sich so an, als würde aus einem Riesenluftballon die Luft entweichen.

Die zusammengekniffenen Augen meiner Neffen werden plötzlich groß. Max ruft: »Scheiße, ich habe mir in die Hosen gekackt …«

»Boah«, jammert Moritz. »Ich hab auch die Buchse voll.«

Opa Heini amüsiert sich königlich. Er lacht so, dass er einen Moment braucht, um wieder sprechen zu können. »Sag ich doch! Es kann in die Hose gehen, wenn man zu geldgierig ist.«

Mein Vater und ich halten uns die Bäuche. Opa Heini hat schon früher, als Conny und ich noch klein waren, erzählt, dass sein Vater dieses Spiel mit ihm gespielt hat und er fürs Leben daraus gelernt habe.

Die kleinen Wettkämpfer laufen breitbeinig ins Haus. Ich folge ihnen. »Geht schon mal ins Bad. Oma hat im Schrank mit Sicherheit frisch gewaschene Badeshorts.«

Nach zehn Minuten, die ich mit Max und Moritz im Badezimmer verbracht habe, laufe ich in den Waschkeller, um die Waschmaschine zu befüllen.

Zurück im Wintergarten freue ich mich, dass Mama und Gundula wieder nach Hause gefunden haben. Conny sitzt jetzt auch mit am Tisch. Sie hat noch Schlafaugen und gähnt mich zur Begrüßung an.

»Ach, Kind«, flötet meine Mutter. Sie umarmt mich. »Was war das lustig drüben. Mit Gustav kommt man aus dem Lachen nicht heraus.«

Gundula putzt ihre Brille. »Ja. Er ist ein weit gereister Mann. Gustav hat einige Anekdoten erzählt, die ihm auf seinen Reisen passiert sind. Er war sogar schon mal in Kanada.«

Opa Heini stapelt sein Kleingeld in aller Seelenruhe weiter. »Ah … da hat er also die Bären her, die er den Frauen auf die Nasen bindet.«

Die Gesichter, die meine Mutter und Gundula machen, sprechen Bände. An Gertis neuer Liebe scheiden sich die Geister.

Statt auf Opa Heinis Bemerkung einzugehen, erzählt meine Mutter mir das, was ich längst weiß. Sie freut sich, dass Finchen bis Montag in der Birkenstraße einen Kurzurlaub verbringen möchte. Ich erzähle das, was noch niemand weiß. Nämlich, dass Paul und Maria in Frankfurt sind und die Termine unseres kranken Herrn Petermann wahrnehmen müssen.

Conny reibt sich die Augen und gähnt herzhaft. »Klasse. Dann hast du ja Zeit. Kommst du morgen zum Frühstück? Dann kannst du mir auch gleich dabei helfen, die neuen Blumenkübel zu bepflanzen.«

Dazu habe ich zwar absolut keine Lust, aber ein Besuch bei Conny kann nicht schaden. Das Gespräch mit meinen flunkernden Nichten steht noch aus. »Frühstücken die Mädels mit?«

Conny nickt.

»Prima. Ich komme. Um 9 Uhr bin ich bei euch.«

»Ah. Apropos Blumenkübel, Hildegard.« Mein Vater reibt sein Kinn. »Ich war vorhin im Onlinebanking. Das *Gartencenter Liesenklas* hat von unserem Konto um die fünfhundert Euro abgebucht. Wir haben doch gar nichts bestellt.«

Conny springt auf. »Boah. Ich bin so verschwitzt, ich hüpfe flott unter die Dusche.« Sie hat es sehr eilig, ins Haus zu kommen.

»Wo frische Badehandtücher liegen, weißt du ja!«, ruft Gundula hinter ihr her.

Opa Heini, der noch immer Cent-Stücke stapelt, grinst.

Meine Mutter greift nach der Isolierkanne und schüttelt sie. »Na, die muss nachgefüllt werden … Ich glaube, wir trinken zu viel Kaffee. Vielleicht sollten wir mal versuchen, auf Hagebuttentee umzusteigen.«

Das Ablenkungsmanöver meiner Mutter funktioniert nicht, denn die Finger meines Vaters trommeln auf dem Tisch. Seine Stimme klingt streng. »Hildegard …«

Hildegard dreht die Kanne in den Händen und druckst ein wenig herum. »Also, was die Abbuchung anbelangt … Ich hatte doch am Mittwoch die Pflanzgefäße bei Conny angenommen. Sie war ja nicht da, und der Fahrer hat mir dieses Gerät unter die Nase gehalten, wo man die Scheckkarte reinstecken muss. Die schönen Kübel mussten doch bezahlt werden.«

Gundula kichert, Opa Heini zeigt meiner Mutter den Vogel. »Und du warst so doof und hast sie natürlich reingesteckt.«

Meine Mutter nickt schnell.

»Verdammt!« Mein Vater regt sich auf. »Du kennst doch Connys Masche! Das Geld können wir uns von der Backe putzen. Das sehen wir nie wieder. Du bist aber auch dusselig.«

Die Kaffeekanne wandert unsanft auf den Tisch. »Weißt du was, Hermann. Manchmal behandelst du mich wie ein Kind. Ich werde doch wohl selbst entscheiden dürfen, ob ich Schulden mache oder nicht.«

Mein Vater lacht hysterisch.

Mama reckt trotzig ihr Kinn vor. »Conny hat mir versichert, dass sie uns das Geld überweisen wird. In einem, drei … oder fünf Monaten.« Sie dreht sich auf dem Absatz um und verschwindet ins Haus. Gundula beeilt sich, ihr hinterherzulaufen.

»Das glaubst du doch wohl selbst nicht!«, wettert mein Vater.

Fine und Franziska kommen zu uns in den Wintergarten. »Dürfen wir ein Eis essen?«

»Oh.« Ich schlage mir vor den Kopf. »Ich habe doch Eis für euch mitgebracht. Das hätte ich ja fast vergessen.«

Zu dritt laufen wir in die Küche.

Die Frauen stehen an der Spüle und unterhalten sich leise. Nach einem Griff in den Gefrierschrank drücke ich Finchen die Packung mit dem Eis in die Hand. Nach einem »Danke sehr« flitzen sie davon.

»Ärgere dich nicht mehr darüber, Hildegard.« Gundula streichelt meiner Mutter über den Arm.

Meine Mutter schnieft. »Als wenn ich nicht selbst wüsste, dass

Conny es wieder einmal darauf angelegt hat. Da muss Hermann nicht auch noch nach mir treten.«

Sie öffnet den Kühlschrank. »Na ja. Jetzt stärken wir uns erst einmal mit einem Stück Birnenkuchen.«

Ich stehe langsam auf. »Für mich nicht. Ich habe zu Hause noch allerhand zu erledigen. Der Rasen muss gemäht werden.«

Meine Mutter nickt, holt den Kuchen hervor und stellt ihn auf die Arbeitsplatte. »Das kann ich gut verstehen. Aber warte mal. Ich gebe dir ein Stück mit. Vielleicht hast du ja heute Abend noch Appetit auf etwas Süßes.« Sie öffnet den Küchenschrank und hält plötzlich inne. »Nanu? Das ist ja komisch …« Sie holt ein altes, bemaltes Marmeladenglas aus dem Schrank, in dem sie immer ihr Haushaltsgeld aufbewahrt. Conny und ich haben es ihr zum Geburtstag geschenkt, als wir noch sehr klein waren.

Sie hält es in die Luft und starrt mit offenem Mund darauf. »Es ist leer. Hier lagen zweihundert Euro drin. Das Geld kann sich doch nicht in Luft aufgelöst haben.« Ihre Stimme klingt weinerlich.

Conny kommt in die Küche. Sie duftet herrlich und rubbelt sich mit einem Handtuch die Haare trocken. Sie muss den letzten Satz meiner Mutter mitbekommen haben. Sie wirft einen Blick auf das leere Glas, das auch sie genau kennt, und lacht. »Wer weiß, wo du das Geld hingelegt hast. Du bist doch manchmal so schusselig. Schau mal im Keller nach, denn da liegt ja bekanntlich die Kohle.« Sie kichert und dreht sich um. Beim Verlassen der Küche spöttelt sie weiter. »*Vergiss* nicht, den Kuchen mitzubringen.«

Meine Mutter schaut ihr mit zusammengekniffenen Augen hinterher und flüstert: »Herr im Himmel.«

Gundula stellt sich auf die Zehenspitzen und lugt in den Schrank. »Vielleicht hast du das Geld nicht *in* das Glas, sondern daneben gelegt.«

Auch ich recke meinen Hals.

»Nein, nein. Es lag schon *im* Glas. Da bin ich mir ganz sicher. Es muss jemand herausgenommen haben.«

Gundula holt tief Luft. »Frag Hermann. Er könnte es doch in der Zeit, als wir drüben bei der Gerti waren …«

Meine Mutter lässt sie nicht ausreden. Sie räuspert sich und stellt das Gefäß zurück an seinen Platz. Etwas zu barsch sagt sie: »Nein. Hermann hat sein eigenes Geld. Das Glas hat er noch nie angerührt. Ich muss noch mal genauer nachschauen. Vielleicht habe ich es in meinem schusseligen Kopf tatsächlich woanders hingelegt.«

Ich mische mich ein. »Frag Papa trotzdem. Man kann ja nie wissen.«

Nachdem ich geholfen habe, den Tisch im Wintergarten zu decken, verabschiede ich mich von meiner Familie und verspreche Conny, morgen früh samt Brötchen in der Kastanienallee aufzutauchen. Meine Mutter drückt mir den Teller mit dem Kuchen in die Hand.

Finchen macht es kurz. Sie will sich nicht umarmen lassen. Sie erklärt kichernd, dass sie und Franziska heute so spät schlafen gehen würden wie an Silvester.

Meine Mutter lacht über den Spruch ihrer Enkeltochter, ich sehe ihr aber an, dass sie mit ihren Gedanken ganz woanders ist.

Sie begleitet mich zu meinem Auto. »Kind, kannst du mir zweihundert Euro leihen? Ich frag Papa schon, aber nur durch die Blume. Sollte er das Glas nicht angerührt haben, behalte ich das vorerst für mich. Papa hat sich schon genug wegen der Blumenkübel aufgeregt. Wenn ich jetzt noch was vom Konto abhole, denkt er bestimmt, ich hätte das Geld Conny gegeben, und regt sich wieder auf.«

»Ach, Mama. Was für eine Frage. Natürlich. Du brauchst mir das Geld auch nicht zurückzugeben.«

»Na, hör mal. Du bekommst es wieder. Das wäre ja noch schöner.«

Ich suche in meiner Handtasche nach meinem Portemonnaie, in dem sich hundert Euro befinden. »Ich habe nur einen Schein dabei. Morgen bringe ich dir den Rest, okay?«

Sie nickt, ihre Augen füllen sich mit Tränen. Ich nehme sie in den Arm. »Mama, woran denkst du?«

Ihre Unterlippe zittert. »Conny hat doch momentan große Geldsorgen. Sie kommt vorne und hinten nicht klar … da sind zweihundert Euro …«

Ich unterbreche meine Mutter. »So etwas darfst du nicht denken, hörst du? Conny hat ihre Marotten, sie hat ein loses Mundwerk. Aber dass sie sich etwas nimmt, was ihr nicht gehört, daran darfst du im Traum nicht denken!«

Meine Mutter drückt mich feste. Sie lenkt schon wieder vom Thema ab. »Pass gut auf dich auf, Kind. Und denk dran: Säubere den Rasenmäher bloß nicht, ohne vorher den Stecker gezogen zu haben. Die Rotorblätter sollten nicht mehr kreisen.«

Ich verkneife mir ein Lachen. Nein. Kreisen sollten die Rotorblätter weiß Gott nicht.

Bevor ich selbst Mutter war, haben mich solche Sprüche immer wahnsinnig aufgeregt. Seit ich Mama bin, verstehe ich, dass meine Mutter sich Gedanken um mich und meine Schwester macht. Man hört wohl nie auf, sich um die Kinder zu sorgen. Selbst dann nicht, wenn sie längst erwachsen sind. Darum sage ich brav: »Mach ich, Mama.«

Mit einem Blick zum Himmel beschließe ich, mein Auto nicht in die Garage zu fahren. Es türmen sich immer dunklere Wolken auf. Ich hoffe auf einen kräftigen Regenschauer, der nicht nur die Blumen mit Wasser versorgt, sondern auch meine alte Karre vom Staub befreit. Ich öffne den Kofferraumdeckel und stopfe meine Einkäufe, die in der Kühlbox liegen, in meine große Handtasche.

Als ich die Haustür aufschließe, fällt mein Blick auf einen Strauß roter Rosen, die in einer großen Vase auf der Anrichte stehen. In dem duftenden Strauß liegt eine Karte, die mit vielen roten Herzchen bedruckt ist.

Ich liebe dich, Möhrchen.
Kuss Paul

Neben der Blumenvase liegen drei Überraschungseier und eine Postkarte, auf die ein lachender Regenwurm von Künstlerhand gezeichnet wurde, der eine lustige, rote Zipfelmütze trägt. Auf der Rückseite steht:

Hab dich lieb, Finchen.
Kuss Papa

Ich bin ganz gerührt und freue mich wahnsinnig darüber. Paul ist ein richtiger Kavalier. Wie der nette Herr Gustav.

Nachdem ich die Ware im Kühlschrank verstaut habe, stelle ich die Vase auf den Couchtisch, hole mein Handy und rufe Paul an, um mich zu bedanken.

Paul erklärt, dass er etwas in Eile sei. Er und Maria hätten erst gerade im Hotel eingecheckt, weil sie auf den letzten Metern auf der Autobahn doch noch in einem Stau gestanden hätten. Darum berichte ich nur ganz kurz, dass Fine sich eine Mama-Auszeit genommen hat und drei Tage bei meinen Eltern bleiben wird. Ich muss Paul nicht sagen, dass ich den Abend mit Simone und Bruni verbringen werde. Er wünscht mir, ohne dass ich ein Wort darüber verlieren muss, viel Spaß mit meinen Mädels, als wäre es das Selbstverständlichste von der Welt. Nach einem dicken Schmatzer per Telefon erklärt Paul, dass er sich morgen im Laufe des Tages melden wird.

Nach dem Gespräch mit meinem Kavalier fühle ich mich dermaßen gut, dass ich Bäume ausreißen könnte. Ich denke kurz nach und entscheide ganz spontan, tatsächlich den Rasen zu mähen. Paul wird sich darüber freuen, wenn er heimkommt. Im übertragenen Sinne ist es so, als würde ich ihm einen Strauß Blumen zur Begrüßung schenken.

Ich flitze ins Schlafzimmer und schlüpfe in ein leichtes Sommerkleid. Zehn Minuten später laufe ich durch die Garage vors Haus, um die Biotonne aus der Mülltonnenbox in den Garten zu ziehen. Anschließend wuchte ich den großen Rasenmäher aus dem Geräteschuppen und hantiere mit der Kabeltrommel.

Nachdem ich dafür gesorgt habe, dass der Stecker in der Steckdose steckt, denke ich kurz nach, wo ich mit der Rasen-Rasur beginnen soll. Ich habe nie darauf geachtet, wie Paul das macht. Opa Heini sagt immer: »Hermännchen, wir mähen aber von rechts nach links.« Und wenn Opa Heini das sagt, wird das seinen Sinn haben. Also schiebe ich das Teil zu der rechten Seitenkante des Rasens, drücke den roten Knopf und betätige den Schalthebel. Wunderbar. Der Motor läuft.

Das frisch gemähte Gras duftet herrlich. Ich muss zugeben, dass diese Art von Gartenarbeit Spaß macht. Normalerweise bin ich nämlich für das Zupfen des Unkrauts zuständig, und das macht überhaupt keinen Spaß. Paul sagt aber immer, dass das Rasenmähen zu anstrengend für mich sei. Er lässt mich auf allen vieren auf dem Boden herumkriechen, während er mit dem Rasenmäher eine Runde spazieren geht. Ich grinse. Paul ist schlau. Das ist fast so, als würde man einen Kinderwagen schieben, in dem ein Baby liegt, das nicht schreit, sondern laut brummt.

Ich habe eine Schicksalskette entdeckt. Denn … wenn Petermann nicht krank geworden wäre, wäre Paul nicht nach Frankfurt gefahren. Und wenn Paul nicht nach Frankfurt gefahren wäre, hätte er mir keine Rosen gekauft. Und wenn er mir keine Rosen gekauft hätte, wäre ich nicht auf die Idee gekommen, den Rasen zu mähen. Infolgedessen hätte ich auch nicht die Entdeckung gemacht, dass Rasenmähen wesentlich angenehmer ist, als Unkraut zu jäten. Durch Schicksalsketten kann man positive wie negative Erfahrungen machen. In meinem Fall positive. Ich wende den Rasenmäher und nehme die nächste Bahn in Angriff.

Noch bevor ich das Ende des Grundstücks erreicht habe, ist der Fangkorb voll. Als ich die Grasabfälle in die Tonne schütten möchte, höre ich durch die geöffnete Terrassentür, dass jemand Sturm läutet. Ich hoffe nicht, dass Conny die Idee hat, mir ein wenig Gesellschaft zu leisten. Ich sprinte, so schnell ich kann, durchs Wohnzimmer und öffne die Haustür. Es ist kein Mensch weit und breit zu sehen. An der Straße, quer vor der Einfahrt zu unserem Grundstück, parkt das Auto eines Bestattungsunternehmers. Na, da wird sich jemand gründlich in der Adresse geirrt haben. Im Hause Geiger ist noch alles fit.

Ich schlage die Tür zu. Als ich zurück im Wohnzimmer bin, sehe ich im Garten neben der Garage einen Hünen von Mann stehen, der bei der Affenhitze einen schwarzen Anzug und eine schwarze Krawatte trägt.

Innerhalb von Millisekunden schießt Adrenalin durch meinen Körper, denn mir wird bewusst, wie leichtsinnig ich gehandelt habe. Tür und Tor sind weit geöffnet und ich bin alleine im Haus. Während ich geistesgegenwärtig die Terrassentür zuwerfe und sie in Kippstellung bringe, überschlagen sich die Gedanken in meinem Kopf. Meine Mutter hat Conny und mir früher immer eingeschärft, in einer bedrohlichen Situation mit fester Stimme zu sagen: »Gehen Sie weiter, mein Papa kommt gleich mit dem Hund um die Ecke. Der beißt.« Das Dumme ist nur, dass meine Stimme versagt. Aus meiner Kehle kommt nur ein Krächzen.

Der Riese betritt unsere Terrasse. »Hallo, ich habe geläutet …«

Ich räuspere mich. Meine Hand umkrampft den Türgriff. »Äh … Äh … Gehen Sie weiter. Mein Papa kommt gleich mit dem Hund um die Ecke. Der beißt.«

Der Mann grinst breit. Er trägt eine festsitzende Zahnspange und könnte ein Doppelgänger von Richard Kiel sein, der in zwei James-Bond-Filmen als ›Beißer‹ für gruselige Spannung gesorgt hat.

Er hebt die riesigen Pranken in die Luft und macht eine Bewegung, als würde er ein nasses Badehandtuch auswringen. »Damit wäre ich schnell fertig.« Er lacht. »Das war nur Spaß … Ich komme vom *Bestattungsinstitut Janicki*. Ich bin der Gerald Flöther. Herr Dröpjes hat uns gesagt, wo Sie wohnen. Ich soll Ihnen einen Umschlag geben, den er schon lange bei meinem Chef abholen wollte. Da ist eine Kette von Agnes Dröpjes drin. Wir haben seine Tante beerdigt. Er hat gesagt, Sie wüssten Bescheid.« Er fummelt an den Knöpfen seiner schwarzen Jacke, an der ein rotes Kreuz baumelt, das im Grunde für Rettung steht. Ich bezweifele, dass er in seinem Job noch jemanden retten kann. Er greift in die Innentasche seines Jacketts und reicht mir ein Kuvert durch den Spalt der Terrassentür, das ich mit zwei Fingern annehme.

Ich bin mit der Situation total überfordert. »Ja. Danke. Und jetzt gehen Sie bitte. Mein Papa müsste jede Sekunde kommen.«

Er nickt mir zu. »Schönen Tag noch.« Er legt den Kopf schief. »Und … strengen Sie sich bei dem schwülen Wetter nicht so an. Ich hole gleich jemanden ab, der hat auch bei der Affenhitze den Rasen gemäht.« Dann lächelt er mich sanft an.

Als er in die Garage läuft, schließe ich die Tür und renne in Richtung Küche. Durch das Fenster beobachte ich den Riesen, der mit großen Schritten unser Grundstück verlässt und in das schwarze Auto steigt.

Mir ist flau im Magen. So ein Tier von Mensch ist mir noch nie begegnet. Ich werfe den Umschlag angewidert auf den Boden und lasse kaltes Wasser über meine Handgelenke laufen.

Als Nächstes flitze ich nach draußen und schließe das Garagentor. Ich nehme mir vor, besser auf mich aufzupassen.

Anschließend suche ich in meiner Handtasche nach Doof-Dröpjes' Visitenkarte und rufe ihn auf seinem Handy an. Im ruppigen Ton beschwere ich mich, dass er mir angsteinflößende Männer auf den Hals hetzt. »Wissen Sie was? Ich finde es unverschämt …«

Dröpjes unterbricht meinen Redeschwall und reagiert ebenfalls pampig. »Ich habe Ihre Handy- und Festnetznummern nicht. Ich habe versucht, Sie in der Firma anzurufen. Sie haben wahrscheinlich mal wieder eher den Kugelschreiber fallen lassen, richtig? Ich wollte Ihnen schon sagen, dass ein Gerald Flöther vom Beerdigungsinstitut Ihnen einen Umschlag bringt. Darin liegt ein Medaillon, das meine Tante trug. Er wollte ihn zu mir nach Hause bringen, aber ich bin längst auf dem Weg nach Stuttgart. Wenn Sie in Tante Agnes' Haus sind, legen Sie das Kuvert auf die Vitrine in der Wohnküche. Ach ja. Ich habe vergessen, Ihnen etwas zu sagen. Öffnen Sie bitte das Schlafzimmerfenster weit und lüften Sie ordentlich durch. Tante Agnes hat einige Tage dort gelegen, bis ich sie … leblos gefunden habe.«

Ich höre mich schlucken. Das ist wieder typisch Dröpjes. »Ja, hatten Sie denn keinen regelmäßigen Kontakt zu Ihrer Tante? Ich meine, man kümmert sich doch um Familienangehörige. Besonders dann, wenn sie alt und krank sind.«

Dröpjes keift mich an. »Kümmern Sie sich um Ihren Kram, Frau Geiger. Sollte noch was sein, melden Sie sich. Ihre Nummer habe ich ja jetzt auf meinem Display. Ich rufe Sie zwischendurch mal an.«

Der Blödmann beendet das Gespräch, ohne sich zu verabschieden.

Mit einem unguten Gefühl mache ich mich wieder an die Arbeit. Dabei lasse ich es sehr langsam angehen. Gerald Flöther ist vom Fach und weiß mit Sicherheit genau, worüber er redet. Vielleicht trägt er das rote Kreuz, weil er vorsorglich Erste Hilfe leistet, indem er kluge Ratschläge erteilt. Bei dem Wetter sollte man seinem Körper tatsächlich nicht zu viel zumuten. Darum überprüfe ich vorsichtshalber alle zehn Minuten meinen Puls.

Um 19:40 Uhr mache ich mich auf den Weg in Richtung *Teufelsbacher Moor*. Es schüttet jetzt wie aus Kübeln, in der Ferne grollt es. Ein Gewitter naht.

Als Kinder durften Conny und ich uns nicht in der Nähe des Moors aufhalten. Unsere Eltern hatten uns eingeschärft, einen großen Bogen um das Gelände zu machen. Dennoch sind wir manchmal mit dem

Fahrrad dorthin gefahren. Wir haben uns an das Naturschutzgebiet herangeschlichen und sind einige Meter hineingelaufen, in der Hoffnung, Mooreidechsen zu finden. Diese Tiere legen keine Eier, sondern bekommen kleine Eidechsen-Babys, die wir zu gerne gesehen hätten. Außerdem hielten wir Ausschau nach dem Großen Moorbläuling, einem wunderschönen blauen Schmetterling, der sehr selten ist. Gesehen haben wir weder die Eidechsen noch den Falter.

Von dem Haus, in dem Dröpjes' Tante wohnte, weiß ich nur, dass es sehr abgelegen – und auf privatem Gelände steht. Wann immer wir vor dem Waldstück spielten, kläfften Hunde. Die Jungs aus Connys Klasse haben sich mehrfach an das Haus herangeschlichen. Als sie entdeckten, dass die Hunde in einem großen Zwinger untergebracht waren, haben sie todesmutig aus dem Garten rote Johannisbeeren oder Stachelbeeren geklaut, die sie anschließend mit uns Mädels geteilt haben.

Vor der schmalen geteerten Straße, die in das Wäldchen führt, bremse ich ab und schaue mich um. Es ist mir unbegreiflich, dass es Menschen gefällt, so abgelegen zu wohnen.

Ich gebe langsam Gas. Nach etlichen Metern macht die Straße eine scharfe Rechtskurve. Ich habe das Gefühl, nicht in den Wald, sondern aus dem Wald zu fahren, denn ich steuere direkt auf das kleine Anwesen zu, das auf einem riesengroßen Rasengrundstück steht, das von hohen Tannen eingesäumt ist. Das weiß gestrichene Haus mit der hellblauen Tür im Friesenstil macht einen freundlichen Eindruck. Die Fensterrahmen sind ebenfalls in einem Blauton gestrichen. Der Vorgarten und das große Gelände sind so gepflegt, als wäre der Bau noch bewohnt. Üppig blühende Rosenstämmchen stehen in Reih und Glied vor dem Haus.

Bruni und Simone sind schon da. Sie haben sich vor dem Regen in Sicherheit gebracht. Die beiden stehen unter dem Vordach des kleinen Holzschuppens, der direkt neben dem Gebäude steht, und winken mir zu. Links neben dem Holzschuppen stehen die großen Container, von denen Dröpjes sprach.

Ich schwinge meine Beine aus dem Auto, halte meinen Rucksack über den Kopf und renne den gepflasterten Weg in Richtung Haustür entlang.

»Sieht doch ganz nett hier aus, oder?«, ruft Simone mir zu.

»Irgendwie märchenhaft …«, ergänzt Bruni.

»Stimmt«, erwidere ich lachend. »Ich habe es mir gruselig vorgestellt. Ist es aber gar nicht.« Während ich den Haustürschlüssel aus meinen Shorts hervorhole, kommen meine Freundinnen angelaufen.

»Hau rein, Karo. Sonst sind wir gleich durchgeweicht.« Simone tritt von einem Bein auf das andere.

Perfekt. Der zweite Schlüssel lässt sich im Schlüsselloch drehen, die schwere alte Holztür knarzt leise, als ich sie öffne. Wir laufen in den Flur.

»Bäh. Hier riecht es komisch.« Bruni rümpft die Nase.

Ich kicke die Tür mit dem Fuß zu, sie knallt ins Schloss. »Ja, hier müffelt es fürchterlich.«

Wir bleiben in dem großen, quadratischen Flur stehen und schauen uns um. An den Wänden hängen unzählige Porzellanteller mit Katzenmotiven, auf der rechten Seite steht ein Garderobenschrank aus hellem Holz. Auf dem stumpfen Parkettboden liegt ein abgewetzter Teppich mit einem orientalischen Muster. In der rechten Ecke steht ein kleiner Hocker, auf dem eine ausgestopfte schwarze Miezekatze sitzt, deren grüne Augen uns regelrecht anfunkeln.

Simone geht vor dem präparierten Tier in die Hocke. »Oh … was bist du für eine süße Maus. Wie heißt du denn?« Sie krault die Katze hinter den Ohren.

Bruni verpasst ihr einen Schubs. »Mann! Hör auf damit. Sie lebt doch nicht mehr.« Simone fliegt nach vorne, dabei rutscht ihr die Brille von der Nase.

Simone schlägt nach Bruni. »Hau mich nicht, du Doofe.« Sie streckt ihrer Cousine die Zunge raus, während sie ihre Brille richtet.

Ich stelle mich zwischen die Streithennen. »Also, wir begehen jetzt erst einmal jeden Raum, damit wir wissen, wo was ist, okay?«

Meine Freundinnen nicken.

Ich öffne die rechte Tür. Wir betreten das Badezimmer. Auha. Hier gibt es jede Menge zu tun. Die altbackenen, blauen Kacheln sind stumpf und voller Wasserflecken. Die Armaturen der Badewanne und des Waschbeckens sind dermaßen verkalkt, dass wir sie ohne chemische Keulen wahrscheinlich nicht mehr zum Glänzen bringen.

»Bah!« Bruni öffnet mit zwei Fingern die gläserne Schwingtür der

Duschkabine, die ebenfalls vollkommen verkalkt ist. Ein Hauch von Lavendel weht uns entgegen.

Simone rümpft die Nase. »Das kommt mir irgendwie bekannt vor. Als Kind war ich mal in der *Attendorner Tropfsteinhöhle*. Dort hat es genauso ausgesehen.« Sie kratzt mit dem Fingernagel über die Kalkschicht der Mischbatterie. »Hier haben sich schon richtige kleine Stallachziten und Stallachnieten gebildet.«

»Du meinst Stalaktiten und Stalagmiten.« Ich schiele angewidert auf die Duschtasse, in der eine schäbige weiße Badematte liegt, deren Ränder schmutzig sind.

»Ja. Hab ich doch gesagt. Tante Agnes hätte Eintritt verlangen können. So was sieht man nicht alle Tage.«

Bruni lacht, sie öffnet das Fenster.

Die mittlere Tür des Spiegelschranks hängt schief, auf der Ablage darunter steht ein Wasserglas, in dem eine Zahnprothese liegt.

Bruni wirft ebenfalls einen Blick darauf. »Schrecklich. Die haben Tante Agnes ohne Zähne beerdigt …«

Simone schüttelt den Kopf. »Ist doch egal. Wenn man tot ist, braucht man keine Zähne mehr. Man kann doch nichts mehr essen.«

Ich grinse. »Quatsch. Das ist pietätlos. Sie wird mit Sicherheit ein zweites Knabberteil besessen haben. Lasst uns eine Tür weitergehen.«

Im Raum daneben befindet sich das Schlafzimmer. Hier riecht es in der Tat wahnsinnig streng. Bruni hält sich eine Hand vor den Mund, sie würgt. Sie steckt mich an. Meine Hand wandert ebenfalls vor den Mund. Mit großen Schritten laufe ich zum Fenster, an dem Rüschengardinen hängen, und reiße es förmlich auf. Meine Augen tränen, meine Hände wedeln in der Luft. »Boah. Alter Schwede … Ich habe noch mal mit Dröpjes gesprochen. Er hat mich vorgewarnt und gesagt, dass wir gut lüften sollen. Tante Agnes hat hier einige Tage mausetot gelegen, bis er sie gefunden hat.«

Bruni reißt die Augen weit auf und verzieht das Gesicht. »Ach, neee aber auch. Die arme Frau.«

Simone hebt den Finger. »Ah. Darum wurde die Matratze aus dem Bett entfernt. Ey, ein toter Mensch … der mehrere Tage ohne Kühlung liegt, und das bei *dem* heißen Wetter. Holla die Waldfee.« Sie hält sich die Nase zu.

Bruni und ich werfen einen Blick auf das Bettgestell, in dem nur ein Lattenrost liegt. Und wieder überkommt uns ein Würgereiz. Wir verlassen so schnell wie möglich den Raum, ohne uns weiter umzusehen.

Hinter der nächsten Tür verbirgt sich eine große Vorratskammer, die sehr gut bestückt ist. Auf Regalen stehen so viele Konservendosen und Gläser mit eingekochtem Obst und Marmelade, dass man meinen könnte, man sei in einem Tante-Emma-Laden.

Als wir das nächste Zimmer betreten, befinden wir uns in einer großen Wohnküche, deren Einrichtung aus alten Möbeln besteht. Die antike Vitrine aus dunklem Holz ist der Blickfang schlechthin. Sie hat aufwendige Schnitzarbeiten und ist bestimmt sehr wertvoll. Hinter den verglasten Türen hat Tante Agnes altes Porzellan zur Schau gestellt. Daneben steht eine große Standuhr, deren Pendel hin und her schwingt. An einem Esstisch, der mitten im Raum seinen Platz hat, stehen sechs dick gepolsterte, weiße Stühle, deren Bezüge voller Flecken sind.

An der rechten Wand befindet sich eine Einbauküche, Modell Eiche. Hier ist es einigermaßen sauber.

Neben dem Kühlschrank ist eine geräumige Abstellkammer, in der es aussieht wie Kraut und Rüben. Putzmittel, Eimer, Wäschekörbe, Schrubber und Lappen sind zur Genüge vorhanden. Benutzt wurden sie augenscheinlich sehr selten.

Hinter einem roten Samtvorhang neben der Küchenzeile entdecken wir ein kleines Fernsehzimmer. Auf einem Teewagen steht ein wuchtiger Fernseher der alten Generation. Vor einer abgenutzten Couch wurde ein kleiner Tisch hingestellt, auf dem Strickzeug und eine Brille liegen. In der rechten Ecke dominiert ein monströser Ohrensessel mit einer integrierten Fußbank. In dem wird Tante Agnes wohl *Wer wird Millionär* oder den *Musikantenstadl* geschaut haben. Auf einem langen Sideboard sitzen kleine Stofftiere der Marke ›Muff‹.

»Wo fangen wir an?« Bruni schaut sich um.

Ich überlege kurz. »Beginnen wir hier im Fernsehzimmer. Dann arbeiten wir uns durch die anderen Räume.«

Wir laufen zurück in die Wohnküche.

Simone klatscht in die Hände. »So. Ich werde jetzt erst einmal etwas für Tante Agnes' Seele tun.« Sie läuft zur Küchenzeile und kramt in den Schubladen.

»Was hast du vor?« Bruni läuft hinter ihr her.

»Ich suche eine Schere. Damit schneide ich eine Rose aus dem Vorgarten ab und lege sie vor Tante Agnes' Schlafzimmertür. Das haben wir früher im Pflegeheim so gemacht. Derjenige Mensch, der verstorben ist, hat immer ein Blümchen bekommen.«

Brunis Stimme klingt genervt. »Super. Das macht Sinn.«

Ich hole aus dem Rucksack eine Packung Gummihandschuhe hervor und werfe sie auf den Tisch. Bruni kommt kopfschüttelnd zurück und zieht einige Handschuhe heraus, von denen sie mir zwei reicht.

Nachdem wir in die Handschuhe geschlüpft sind, beschließen wir, die Wäschekörbe aus der Abstellkammer zu holen. Darin können wir den ganzen Nippes und das Geschirr zu den Containern tragen und darin entsorgen. Bruni schafft es, die Plastikkörbe vom obersten Regal aus dem Durcheinander hervorzukramen. Dabei fliegen ihr etliche Flaschen mit Putzmitteln um die Ohren. Sie flucht und lacht gleichzeitig.

Simone ist zurück. »So. Mission erfüllt.« Sie bedient sich ebenfalls an den Gummihandschuhen.

Wir laufen im Gänsemarsch ins Fernsehzimmer.

Simone nimmt die selbst gestickten Bilder von den Wänden. Ihr Zeigefinger wandert über die Handarbeit. »Hm. Wie viele Stunden Tante Agnes wohl gebraucht hat, um so ein Bild zu sticken?« Sie legt das kitschige Teil in den Wäschekorb.

Bruni entfernt eine künstliche Blumengirlande, die um den Griff des Teewagens geschlungen ist. »Keine Ahnung. Es ist jedenfalls ein komisches Gefühl, die Dinge wegzuwerfen, die der alten Frau wohl wichtig waren.«

Ich betrachte die Handarbeit, die auf dem Tisch liegt. Auf vier kurzen Stricknadeln sind Maschen verteilt, eine Nadel steckt quer in dem Wollknäuel. »Das hier sollte wohl eine Socke werden.«

Simone seufzt. »Schade, dass sie nicht fertig geworden sind. Tante Agnes hat ja ordentlich kalte Füße bekommen.«

Bruni und ich prusten los.

Dann arbeiten wir zügig. Jedes Teil, in dem etwas versteckt sein könnte, wird ordentlich untersucht, bevor es in einem der Wäschekörbe landet.

Bruni erzählt, dass Leon einen total glücklichen Eindruck gemacht hat, als er vom Flugplatz nach Hause kam. Die Poloch habe ihn mit in den Tower genommen, in dem er sich alles anschauen durfte. Und anschließend habe das Teufelsweib ihn noch zu Kaffee und Kuchen ins Flugplatzrestaurant eingeladen. Sie grunzt. »Leon ist hin und weg von dem Flugzeug, das ihr gehört.«

Ich knete die Stofftiere durch. »Na ja. Solange er nur die Flugzeuge toll findet …«

Missmutig berichtet sie weiter, dass Leon sich auch morgen und am Sonntag mit der Poloch dort treffen möchte.

Ein kräftiger Donner lässt uns zusammenfahren. Simone wischt sich mit dem Unterarm über die Stirn. »Mach doch mal das Fenster weit auf, Karo. Die Schwüle bringt mich um.«

Ich pariere sofort und sauge die frische Luft ein, die ins Zimmer strömt. Der Regen prasselt noch immer vom Himmel.

Es ist richtig duster. Bruni schaltet das Licht ein.

Ich erzähle, was mir heute Nachmittag passiert ist. Ich berichte von der Schicksalskette und von dem Besuch des unheimlichen Gerald Flöther, der mir einen Umschlag mit Schmuck der verstorbenen Agnes durch das gekippte Fenster gereicht hat.

Simones Mund steht offen. »Gerald Flöther? Echt jetzt? Bei dir war Gerald Flöther? Also das hätte ich nicht gedacht.«

»Du kennst ihn?«

»Klar.« Simone schüttelt Zeitschriften durch, die auf einem kleinen Regal liegen. »Der war mal total verknallt in mich. Er ist ein Jahr älter als ich. Wir waren auf einer Schule.«

»Und? Bist du mit ihm gegangen?«

Simone rümpft die Nase. »Ja. Aber nur ganz kurz. Der hatte nichts in der Birne. Der war total dumm. Und ganz schiefe Zähne hatte er auch. Wir haben nur einmal mit Zunge geküsst, dann habe ich Schluss mit ihm gemacht.«

Bruni grinst mich an.

Simone fährt fort. »Der hatte ein großes Herz für Tiere. Das fanden wir Mädels alle toll. Und wenn mal ein kleiner Freund von uns über den Regenbogen in den Tierhimmel spazierte, hat er dafür gesorgt, dass er anständig begraben wurde. Gerald hat zwei Haustiere von mir beerdigt. Zuerst Mucki, meinen Wellensittich, und ein Jahr später Fips, meinen Hamster.« Sie schaut Bruni an. »Mensch, daran musst du dich doch noch erinnern. Gerald hat auch immer die Straßen nach toten Vögeln abgesucht. Die hat er in Schuhkartons gelegt und ordentlich verbuddelt.«

Bruni denkt nach. »Warte mal … War das der irre Typ, dieser riesengroße Bursche, dessen Eltern den Bauernhof am Rande von Sülldorf hatten? Der, der immer mit der großen Schaufel herumgerannt ist?«

Simone nickt. »Genau. Na, dass der jetzt auf Menschen macht, hätte ich nicht gedacht.«

Es donnert wieder. In der Abenddämmerung zischt ein Blitz vom Himmel. Das Licht der Deckenbeleuchtung flackert. Ich bekomme eine Gänsehaut. Die Vorstellung, dass Gerald mit einer Schaufel in unserem Garten aufgetaucht wäre, macht mir weiche Knie. »Mich hat er sofort an den ›Beißer‹ aus den James-Bond-Filmen erinnert. Zumal er eine festsitzende Zahnspange trägt. Wenn er lacht, sieht man nur Metall.«

Bruni schüttelt sich. »Iiieh! Mit dem hast du geknutscht?«

Simone lässt das vollkommen kalt. »Mann, der hatte doch früher keine Zahnspange.«

Bruni wirft mit Karacho eine grüne Blumenvase in den Korb. Es klirrt. »Das meine ich nicht wegen der Zahnspange. Sondern generell. Er hatte ja schon ein extrem seltsames Hobby, oder?«

Simone rollt mit den Augen. »Na und? Kann doch jeder machen, wie er will. Denk mal dran, was du für bescheuerte Hobbys hattest.« Sie kichert. »Briefmarken sammeln. Und Topflappen häkeln.«

Ich sehe Bruni an, dass sie auf hundertachtzig ist.

Ihre Cousine scheint es nicht zu bemerken, denn sie kichert wieder. »Mich würde schon interessieren, wie es Gerald so geht. Weißt du, bei welchem Bestatter er arbeitet, Karo?«

»Ja. Im *Bestattungsinstitut Janicki.*«

Der Leuchtturm macht sich ans Staubwischen. »Vielleicht rufe ich Gerald mal im Institut an.«

Ich lasse meine Hände in der seitlichen Couchritze verschwinden und taste mich langsam von rechts nach links.

Bruni öffnet den Reißverschluss eines der schmuddeligen Kissen. Ihre Hand verschwindet darin. »Wir müssen jedes Teil genau unter die Lupe nehmen. Die Wertsachen könnten überall versteckt sein.«

Statt zu antworten, seufze ich leise.

Als Bruni das Kissen in den Müll wirft, zischt ein Blitz vom Himmel, das Licht flackert nervös. Gleichzeitig schlägt die Standuhr laut neun Mal. Obwohl ihr Bimbam-Schlag sehr melodisch klingt, bekomme ich eine Gänsehaut.

Simone kneift die Augen zusammen und hält sich die Ohren zu, als es kräftig donnert.

Bruni spricht das aus, was ich denke. »Je dunkler es draußen wird, desto unheimlicher finde ich es hier. Ich würde für kein Geld der Welt alleine hier übernachten.« Sie schüttelt sich. »Ich glaube, im Schlafzimmer ist für heute genug frische Luft. Ich schließe das Fenster besser. Nicht, dass wir noch ungebetenen Besuch bekommen.«

Dem kann ich nur zustimmen. Ich mache mich auf den Weg in die Wohnküche, denn auch dort ist ein Fenster sperrangelweit geöffnet. Als ich es schließen will, vernehme ich aus der Ferne eigenartige Geräusche. Ich lausche angestrengt. Es hört sich so an, als würde jemand jammern. Meine Finger krampfen sich um den Fenstergriff.

Bruni kommt angerannt. Sie hechelt: »Karo! Ich habe draußen komische Geräusche gehört. Sie kommen aus dem Wald.«

»Hä? Geräusche?« Simones Kopf taucht neben dem Samtvorhang auf. Mit wenigen Schritten ist sie bei uns. Sie horcht ebenfalls angestrengt. Dann winkt sie ab. »Ach. Das Gejammere kommt bestimmt aus dem *Teufelsbacher Moor*. Das grenzt doch an Tante Agnes' Grundstück.«

Wir beugen uns weit aus dem Fenster. Es stürmt, die Tannen biegen sich leicht hin und her. Der Regen kommt schräg von vorne und prasselt in unsere Gesichter.

»Was machen Menschen um diese Zeit im Moor? Und warum jammern sie so elendig?« Brunis Stimme klingt ängstlich.

Für diese Frage erntet sie von Simone eine Kopfnuss. »Du hast wohl alles aus der Vergangenheit vergessen, was? Oma Lisbeth hat uns doch früher immer Geschichten von den Moorleichen erzählt, deren Geister um Mitternacht unruhig durch die nebelige Moorlandschaft wandeln.«

Als es erneut blitzt, weichen wir erschrocken vom Fenster zurück.

Ich muss über Simones Hirngespinste lachen und wische mit dem Unterarm über mein nasses Gesicht. »Es ist aber noch nicht Mitternacht.«

Auch dafür liefert sie prompt eine Erklärung. »Meinst du, die Geister wissen, dass die Uhren auf Sommerzeit umgestellt wurden? Nee, du. Ganz bestimmt nicht.«

Ich könnte mich in die Ecke werfen. Simone hat mit Sicherheit keine Ahnung, worüber sie genau spricht.

Bruni lacht. »Ganz ehrlich, Simone. Du lebst doch in Wolkenkuckucksheim und hast einen Fiffi.« Ihr Zeigefinger kreist vor ihrer Schläfe. »Es kann doch nicht sein, dass du noch immer an die Geschichten glaubst, die Oma Lisbeth uns erzählt hat, als wir noch Kinder waren.«

»Warum denn nicht? Kann doch jeder machen, wie er will …« Sie öffnet die Schublade, in der sie vorhin die Schere gefunden hat, holt eine Kopflampe hervor und dreht sich auf dem Absatz um. »Ihr könnt euch weiter die Hosen vollmachen. Ich bringe in der Zeit einen Wäschekorb zum Container. Danach schaue ich, ob ich den Schatz im Sideboard finde.« Sie läuft ins Fernsehzimmer und stolziert Sekunden später mit einem Wäschekorb voller alter Plörren an uns vorbei.

Die Haustür knallt hinter Simone zu. Bruni und ich rasen zum Fenster und beobachten das lange Elend, das im hellen Schein der Kopflampe im strömenden Regen am Fenster vorbeiläuft und hinter dem Holzschuppen verschwindet. Durch das Unwetter ist es stockdunkel draußen.

»Die hat vielleicht Nerven. Wer weiß, wer sich im Wald oder im Moor herumtreibt.« Bruni wuselt sich durch die Haare.

»Vielleicht sind es Jugendliche. Die kommen ja manchmal auf komische Ideen und treiben an den unmöglichsten Orten ihre Späße.« Ich schaue auf die Standuhr und beobachte den Sekundenzeiger. Es kommt mir so vor, dass er immer lauter tickt.

Bruni kaut auf dem Daumennagel. Sie tänzelt auf der Stelle. »Mensch, was macht unser Schusselchen denn so lange am Container?« Sie öffnet das Fenster wieder. »Sie muss doch nur den Wäschekorb ausleeren.«

Dann vernehmen wir ein Scheppern. Ich stütze mich auf die Fensterbank, beuge mich weit vor und rufe mit verhaltener Stimme: »Simone … Simooone. Wo bleibst du denn?«

Plötzlich geht alles ganz schnell. Der Leuchtturm kommt um die Ecke des Holzschuppens gestolpert, die Kopflampe ist ausgeschaltet. Im Licht, das aus der Wohnküche den vorderen Bereich des Vorgartens erhellt, sehe ich, dass sie wie bescheuert mit der rechten Hand in der Luft wedelt, in der linken baumelt der leere Wäschekorb.

Simone hechelt. »Weg da … macht Platz … es kommt jemand aus dem Gestrüpp dahinten … ein Geist … mit Taschenlampe.«

Bruni und ich springen zur Seite, der Wäschekorb saust haarscharf an unseren Köpfen vorbei und scheppert vor den Tisch. Dann fliegt ein großer Kieselstein hinterher, der bis zur Küchenzeile kullert, anschließend macht Simone einen regelrechten Hechtsprung durchs Fenster. Sie stöhnt laut, als sie unsanft auf dem Parkettboden landet. Ihre Haare und ihre Klamotten sind nass. Atemlos gibt sie Anweisung: »Licht aus … schnell …«

Bruni rennt ins Fernsehzimmer, ich knalle das Fenster zu und sorge dafür, dass es auch in der Wohnküche dunkel wird. Mein Herz hämmert wie wild gegen meine Rippen, als ich mich neben Simone hocke, die zusammengekauert unter der Fensterbank sitzt.

Bruni tastet sich in dem dunklen Zimmer langsam zu uns vor. Ihre Hand betatscht meinen Kopf, dann geht sie ebenfalls in die Hocke. »Was ist denn passiert?«

Simone schnieft laut. »Ich bin zum Container gelaufen, dann habe ich neben dem Holzschuppen schöne große Kieselsteine gesehen. Und weil Emil doch Kieselsteine so gerne …«

»Mann … komm auf den Punkt«, schimpft Bruni leise.

»Hab ich doch gesagt. Es kommt jemand. Ich habe noch in Windeseile den Korb ausgeleert, dann den Kieselstein aufgehoben, weil … so einen hat Emil noch nicht und anschließend bin ich zu euch gelaufen.«

Ich halte die Luft an, weil ein schwacher Lichtschein in die Wohnküche fällt, der immer heller wird. »Pst. Nicht bewegen. Seid ganz leise.«

Wir halten uns an den Händen.

Jetzt scheint jemand direkt vor dem Fenster zu stehen, denn ein heller Lichtkegel wandert durch die Wohnküche. Er beleuchtet die alte Standuhr, dann die Vitrine und gleitet langsam über die Küchenzeile bis zum Samtvorhang. Durch das geschlossene Fenster ist eine Männerstimme zu vernehmen. »Hallo? Hallo! Ist hier jemand?« Dann klopft es an der Glasscheibe.

Ich flüstere: »Bruni. Hast du im Schlafzimmer auch alles richtig verriegelt?«

»I-ich glaube, ja …«

Ein Motorgeräusch ist zu hören. Ein Auto kommt. Es wird dunkel im Raum. Ich erhebe mich langsam und spähe aus dem Fenster. Simone und Bruni trauen sich auch, aus der Hocke zu kommen. Im Scheinwerferlicht eines kleinen Lieferwagens können wir erkennen, was draußen vor sich geht. Der Fahrer steigt aus, kratzt sich am Kopf und steigt wieder ein. Der Typ, der in die Wohnküche geleuchtet hat, läuft in Richtung Parkplatz. Er trägt eine Regenjacke, die Kapuze verdeckt sein Gesicht. Der Lichtkegel der Taschenlampe tanzt hin und her. Er nimmt zuerst Simones Audi, danach Brunis und meine alte Karre unter die Lupe. Nachdem er die Nummernschilder begutachtet hat, steigt er in den Transporter. Der bleibt noch einige Minuten dort stehen, dann setzt er sich langsam in Bewegung und verlässt das Grundstück.

Wir atmen hörbar aus.

Nach einem leisen Klickgeräusch wird es hell. Simone hält die Kopflampe in der Hand. »Ey, der Wagen kam aus dem Wald. Das sind bestimmt Wilderer. Ich habe mal einen Heimatfilm geschaut. *Der Wilderer vom Wildbachtobel*. Da ist der Grundner Toni mit einer langen Flinte in der Nacht in den Wald vom Baron von Rauschenberg gegangen und hat …«

Bruni stampft mit dem Fuß auf. »Simone! Das interessiert kein Schwein.«

»Mann, ich wollte doch nur sagen, dass Wilderer gefährlich sind. Der Grundner Toni hat den Förster angeschossen.«

Bruni reißt Simone die Kopflampe aus der Hand und fährt sie barsch an. »Halt einfach die Klappe, okay? Was machen wir jetzt? Sollen wir weiter entrümpeln?«

Mein Kopf wandert schnell von rechts nach links. »Auf keinen Fall.

Die könnten noch mal zurückkommen. Wenn wir das Licht einschalten, haben wir die Kerle mit Sicherheit am Hals. Und da wir nicht wissen, was sie im Schilde führen, sollten wir uns so schnell wie möglich vom Acker machen.«

Es kommt selten vor, aber jetzt sind Simone und Bruni sich einig. Die beiden greifen nach ihren Handtaschen, die auf dem Parkettboden neben der Standuhr stehen, ich schultere meinen Rucksack und hole aus meiner Hosentasche die Haustürschlüssel hervor. »Wir rennen so schnell wie möglich zu unseren Autos. Bruni, du läufst mit der Lampe vorneweg.«

»Spinnst du? *Ich* gehe nicht zuerst.« Sie drückt mir die Kopflampe in die Hand. »Das kannst du machen …«

Ich rolle mit den Augen. Kaum dass ich die Lampe in den Händen halte, grapscht Simone danach. »Stopp. Ich muss den Kieselstein noch mitnehmen.« Sie rennt zur Küchenzeile und wird sofort fündig. Sie lässt den Stein in ihre Handtasche plumpsen. Und weil Simone die Lichtquelle einmal in der Hand hat, darf sie sie auch behalten.

Wir flitzen zur Haustür, ich öffne sie und lasse Simone den Vortritt.

Simone lehnt sich mit dem Rücken gegen den Türrahmen. »Ich zähle bis drei, dann laufen wir los. Eins … zwei … drei.«

Wir rennen. Und zwar so schnell, als würde uns eine ganze Armada Geister oder Wilderer verfolgen.

6. Viele Baustellen

Das schlechte Wetter ist Vergangenheit. Die Sonne lacht vom Himmel. Ich muss schmunzeln, als ich aus dem Küchenfenster auf mein Auto schaue, das vor dem Haus steht. Gestern Abend, nachdem ich von der Teufelsbacher Straße nach Hause kam, habe ich mein Auto so dicht vor der untersten Treppenstufe unseres Hauses geparkt, dass keine Briefmarke zwischen den Reifen und den Natursteinen gepasst hätte. Mein damaliger Fahrlehrer wäre stolz auf mich gewesen.

In der Nacht sind alle Katzen grau. Beim Befahren unseres Grundstücks hatte ich die Vision, dass Gerald Flöther mit seiner Schaufel neben der Garage auf mich warten würde. Auch der Taschenlampen-Mann hat einen bleibenden Eindruck bei mir hinterlassen. Nachdem ich mein Auto abgestellt hatte, bin ich im Affentempo die Treppenstufen hinaufgelaufen und war unendlich erleichtert, dass mich kein böser Mann daran gehindert hat, unser Haus zu betreten.

Ich genehmige mir nur einen Schluck Mineralwasser, denn bei Conny wird es gleich Kaffee geben. Mein Magen hängt im Keller. Bevor ich ins Bett gegangen bin, habe ich nur noch das Stück Birnenkuchen gegessen, das meine Mutter mir mitgegeben hat. Vor dem Garderobenspiegel binde ich meine Haare hoch, ich bin startklar.

Als das Telefon klingelt, laufe ich zurück in die Küche. Auf dem Display lese ich den Namen meiner Schwester. Erst überlege ich, das Gespräch nicht anzunehmen, denn Conny könnte auch noch auf die Idee kommen, dass ich das komplette Frühstück finanzieren soll. Es könnte aber auch sein, dass jemand krank geworden ist und sie unser Treffen absagen möchte. Ich nehme das Gespräch also an. »Hallo, Schwesterherz … ich bin schon so gut wie unterwegs …«

»Oh. Gut, dass ich dich noch erwische. Du, wenn du beim Bäcker bist, läufst du fünf Schritte weiter und bringst eine Kleinigkeit vom Metzger mit?«

Ich könnte mich ohrfeigen. Ich wusste es!

Sie redet weiter. »Max und Moritz haben einen kleinen Sonderwunsch … warte mal, ich gebe dir Max.«

Ich atme auf. Einen kleinen Sonderwunsch erfülle ich meinen Neffen gerne.

»Hallo … hast du was zu schreiben?« Max' Stimme klingt verschlafen.

Ich lache. »Schieß los, kleiner Mann. Zwei Kleinigkeiten kann sich deine Tante auch so merken.«

»Okay.«

Dann höre ich Connys Stimme. Sie sagt: »Eine halbe Fleischwurst mit Knoblauch.«

Max wiederholt: »Eine halbe Fleischwurst mit Knoblauch.«

Spätestens jetzt weiß ich, dass ich einen Zettel benötige. Ich greife nach Block und Kugelschreiber, die auf dem Regal liegen.

Meine Schwester diktiert im Hintergrund weiter. »Ein großes Stück Trüffel-Leberwurst und zweihundert Gramm feine Salami.«

Max will es wiederholen, ich unterbreche ihn. »Ich höre, was deine Mama sagt, Max. Halt ihr einfach den Hörer hin.«

Meine Schwester diktiert weiter, während Geschirr im Hintergrund klappert. »Zwei Lagen Parma-Schinken … zweihundert Gramm Bratenaufschnitt … sechzehn Scheiben Roastbeef … fünfhundert Gramm Mett …« Dann diktiert sie noch eine Käsebestellung. Anschließend höre ich sie »Bis gleich, Karo« rufen und sagen: »So, Max. Jetzt kannst du auflegen.«

Ich blähe die Wangen und ärgere mich über mich. Warum kann ich nicht *Nein* sagen. Warum lasse ich mich von meiner Schwester so ausnehmen, als wäre ich eine Weihnachtsgans. Ich öffne den Küchenschrank und hole noch einen Geldschein heraus. Die hundert Euro, die ich bereits eingesteckt habe, sind für meine Mutter bestimmt.

Ich staune nicht schlecht, als ich mein Auto vor der Kastanienallee 1a parke. Hier hat sich in den letzten Tagen einiges getan. Der Rasen ist gesät, zarte Grashalme strecken neugierig ihre grünen Näschen aus dem Erdreich. Rechts und links von der doppelflügeligen Haustür stehen große Körbe, die mit Blumen bepflanzt sind, und neben der Garage liegt eine Palette voller Steine, die Anton wahrscheinlich als Kantsteine einbetonieren wird.

Die Haustür wird aufgerissen. Max und Moritz begrüßen mich mit einem verschämten Grinsen.

Conny kommt auf hochhackigen Pantoletten angestöckelt. Sie trägt ein bauchfreies T-Shirt, knappe Shorts und hat ihre langen Haare zu Zöpfen geflochten. Sie nimmt mir die Tüten aus der Hand. »Danke, Schwester. Du bist ein Schatz. Lecker, lecker … geh schon mal durch, auf die Terrasse. Anton hat draußen gedeckt.« Dann stellt sie sich auf Zehenspitzen, schaut über meine Schulter in Richtung Treppenaufgang und schreit dicht an meinem Ohr: »Anton! Aaanton! Kommst du bitte und legst den Aufschnitt auf Teller?«

In meinem Ohr klingelt es. »Kann ich schon was mitnehmen?«

»Nein. Lass nur. Mach es dir draußen bequem. Hanni und Nanni sind auch schon im Garten.«

Ich laufe durchs Wohnzimmer, in dem es aussieht wie bei Familie Hempel unterm Sofa. Es muss Tage her sein, dass hier jemand aufgeräumt und gewischt hat. Auf den Fliesen liegen zertretene Erdnusslocken und Chipsreste. Auf der Glasplatte des Couchtischs kleben Kaugummis, neben denen zerknüllte Saftpäckchen liegen. Für die Jungs muss es ein Traum sein, so herumsauen zu dürfen.

Hanni und Nanni sitzen mit angezogenen Beinen auf Gartenstühlen, die neu sein müssen, denn vor zwei Wochen standen sie noch nicht hier.

Ich umarme meine Nichten. Sie scheinen gute Laune zu haben, denn sie lachen mich herzerfrischend an. Obwohl die Gelegenheit jetzt günstig ist, sie zu fragen, warum sie King Cool und Checker einen Bären auf die Nase gebunden haben, möchte ich damit bis nach dem Frühstück warten. Ich werde sie schon noch alleine erwischen.

»Hallo, Karo. Schön, dass du gekommen bist.« Nanni beugt sich vor. Sie flüstert: »Wir fahren nach dem Frühstück ins Freibad. Wir treffen uns dort mit Checker und King Cool.«

Hanni legt einen Finger vor die Lippen. »Pst. Mama und Papa dürfen es nicht wissen. Sonst müssten wir Max und Moritz mitnehmen. Und das ginge gar nicht. Wir haben gesagt, dass wir bei Freundinnen sind, um ihnen Nachhilfestunden zu geben …«

Die Mädels tauschen einen amüsierten Blick.

Anton kommt mit einem Tablett. »Hallo, liebe Schwägerin. Wie geht es dir? Ich habe gehört, dass Paul in Frankfurt ist.«

Ich helfe ihm, die Teller mit Aufschnitt und Käse auf den Tisch zu stellen. »Ja. Ein Außendienstler ist krank geworden. Maria und er müssen die Termine wahrnehmen.«

Conny kommt. »Na, was sagst du zu unseren neuen Gartenstühlen?«

»Oh. Ja, die sind sehr schön. Seit wann habt ihr sie?«

Conny reicht Hanni den Brötchenkorb und setzt sich. »Seit vorgestern. Im Keller stehen noch zehn von den Stühlen. Heute Abend veranstalten wir für die engsten Nachbarn eine kleine Einweihungsfeier. Zehn Leute kommen. Du, da brauchen wir schon die gleichen Stühle. Ich finde es schrecklich, wenn alles zusammengewürfelt ist.«

Anton gießt Kaffee ein. »Mir wäre es egal gewesen. Conny hat aber darauf bestanden, neue Gartenmöbel zu kaufen.«

Conny schneidet ein Croissant auf, belegt es dick mit Fleischwurst und schneidet es in zwei Hälften. Sie ruft nach ihren Söhnen, die angerannt kommen. Sie reicht ihnen das Blätterteiggebäck. »Hier. Ihr müsst euch nicht zu uns an den Tisch setzen. Ihr dürft weiterspielen. Wenn ihr etwas trinken möchtet, im Kühlschrank steht Orangensprudel.«

Die Jungs pesen davon.

Hier wird der Besucher zuletzt bedient. Anton reicht mir den Korb mit den Brötchen. »Danke. Hattet ihr schon näheren Kontakt zu euren Nachbarn?«

Conny lächelt mich an. »Ja. Es sind alles Akademiker. Ein Gynäkologe, ein Rechtsanwalt, dessen Frau auf Mode macht, und weiter hinten wohnt ein Professor der Philosophie. Er ist mindestens sechzig. Seine Frau ist blutjung …«

Anton unterbricht Conny. »Sie heißt Mariska und ist bildhübsch. Mein lieber Schwan. Die hat Paprika im Blut. Sie ist gebürtige Ungarin und hat so einen knackigen Hintern wie Jennifer Lopez.«

»Ich warne dich, mein Freund«, zischt Conny gefährlich leise. Aus ihren Augen schießen regelrechte Blitze. Anton zieht den Kopf ein.

Hanni klärt mich weiter auf. »Außerdem wohnen noch ein Dirigent und ein Banker hier. Die kommen auch mit ihren Frauen.«

Meine Schwester rutscht auf dem Stuhl hin und her. Sie lächelt mich an. »Genau. Und darum muss bis heute Abend unsere Hütte glänzen. Hanni und Nanni können leider nicht mit anpacken, sie müssen Freundinnen beim Lernen helfen.« Conny schaut ihre Töchter abwechselnd an. »Eigentlich müsste es doch reichen, wenn ihr nur bis 13 Uhr zusammen lernt. Ihr könnt euch doch nicht den ganzen Tag konzentrieren.«

Nanni seufzt. »Mama, du kannst uns glauben, dass wir lieber putzen würden, als Nachhilfestunden zu geben.«

Anton macht einen langen Arm. Er streichelt seiner Tochter über die Wange. »Das kann ich mir vorstellen. Ich bin stolz auf euch, dass ihr eure Freundinnen so unterstützt.«

Conny rollt zwei Scheiben Roastbeef zusammen und stopft sie in den Mund. »Ku kankst heuke Agend auch kommen.«

»Danke. Das ist nett. Aber ich bin schon verabredet. Mit Bruni und

Simone. Wir wollen ein wenig quatschen.« Dann nehme ich einen großen Bissen von meinem Leberwurstbrötchen.

Meine Schwester schluckt. »Schade. Du hättest unsere Gäste bewirten können. Zum Empfang kleine Häppchen und Sektchen reichen und später das Grillfleisch servieren. Unsere Nachbarn haben alle Hausangestellte, weißt du.«

Die spinnt ja wohl! Ich werde doch hier nicht die Minna spielen. »Nee, Conny. Das hätte ich eh nicht gemacht.«

Sie wirft mir einen giftigen Blick zu, redet aber im normalen Tonfall weiter. »Du, tu mir den Gefallen und erwähne in der Birkenstraße bloß nicht, dass wir heute Abend Gäste haben. Die Alten würden sich glatt selbst einladen. Ich würde mich zu Tode schämen, die sind doch immer so peinlich. Mama und Gundula reden nur dummes Zeug und Opa Heini … na ja. Du kennst ihn ja. Und wenn ich an Papa und seine Sprüche denke, wird mir ganz anders.«

Ich kann mir nicht vorstellen, dass meine Eltern, Opa Heini und Gundula sich *das* antun würden, sage Conny aber, dass ich es nicht erwähnen werde.

Hanni stopft sich den letzten Rest ihres Brötchens in den Mund.

Ihre Schwester rutscht nervös auf dem Stuhl hin und her, dabei schaut sie auf die Uhr. »Wir müssen noch die Schulsachen packen. Um kurz nach 10 Uhr wollen wir uns treffen.«

»Ja, ja. Geht schon.« Connys rechte Hand wedelt in der Luft.

Meine Nichten sind so schnell weg, dass ich nur noch einen Luftzug spüre. Ich sehe meine Felle davonschwimmen. Aus dem Sechs-Augen-Gespräch wird wohl heute nichts werden. Darum frühstücke ich in aller Seelenruhe weiter.

Conny scheinen die Brötchen nicht zu schmecken, denn sie schaufelt Mett und Trüffel-Leberwurst pur in sich hinein. Eine Scheibe Parma-Schinken wandert hinterher. Noch während sie kaut, rollt sie die nächste Scheibe Roastbeef in ein mundgerechtes Stück. »Ich wollte gleich einkaufen fahren, Karo. Kommst du mit? Du könntest dich schon mal an der Fleischtheke anstellen, während ich die Getränke und Knabbereien besorge.«

Über die Antwort muss ich nicht lange nachdenken. »Oh, dazu fehlt mir heute leider die Zeit. Ich helfe dir nur flott, die Blumenkübel zu bepflanzen. Danach fahre ich kurz in die Birkenstraße, dann muss ich mich um meinen Haushalt kümmern.«

Conny schmollt.

Ich werde von hinten umarmt. Hanni und Nanni sind aufbruchbereit. »Tschüss, Karo. Wir sehen uns.« Mir wird von beiden Seiten ein Kuss auf die Wange gedrückt.

Die beiden erklären ihren Eltern, dass sie gegen 17 Uhr nach Hause kämen, um sich für die Arbeit umzuziehen. Dann sind sie weg.

Anton nippt an seinem Kaffee. »Will noch jemand etwas essen? Sonst bringe ich Käse und Aufschnitt in den Kühlschrank. Bei der Hitze verdirbt alles recht schnell.«

Conny hebt abwehrend die Hände. »Puh. Ich weiß gar nicht, wovon ich so satt bin. Ich habe doch nur ein halbes Brötchen gegessen.«

Ich verkneife mir einen bissigen Kommentar und winke ebenfalls ab.

Mein Schwager räumt das Geschirr zusammen. »Conny, gibst du Karo das Geld für den Aufschnitt?«

Meine Schwester lächelt mich an. »Du, ich revanchiere mich beim nächsten Mal, wenn ich zu dir komme, mit Wurst und Käse, okay? Ich finde es total peinlich, innerhalb der Familie Geld über den Tisch zu schieben.«

Ohne meine Antwort abzuwarten, springt sie auf. »So. Dann wollen wir uns mal an die Arbeit machen.«

Die Blumenkübel sind innerhalb von einer halben Stunde bepflanzt. Conny hat mich währenddessen so zugequatscht, dass ich froh bin, endlich fahren zu können.

Als ich ins Gäste-WC laufen will, um mir die Hände zu waschen, hält Conny mich zurück. »Nicht da rein. Anton hat dort schon vor dem Frühstück alles geputzt und gästefein gemacht.« Sie schiebt mich in ihre Traumküche bis vor die Spüle. Wir schrubben unsere Hände.

Da am Haken nur versiffte Handtücher hängen, tupfe ich meine Hände an meinen Klamotten trocken.

Conny grinst mich an und greift in die Tasche ihrer Shorts. Dann hält sie mir die geballte Faust vor die Nase. »Schau mal, was ich gestern vor einem Supermarkt gefunden habe.«

Ihre Hand öffnet sich langsam. Es liegen wunderschöne Ohrringe in

Herzform aus Roségold darin. In jedem Herzchen sind drei funkelnde Steine eingearbeitet.

Ich nehme einen der Ohrringe in die Hand und betrachte ihn von allen Seiten. »Du hast sie nicht ins Fundbüro gebracht?«

»Nee. Das mache ich erst am Montag. Ich werde sie heute Abend tragen.« Sie kichert. »Ich finde, sie stehen mir ausgezeichnet.«

»Und die haben beide nebeneinander auf dem Boden gelegen? Einfach so?«

Conny nickt. »Ja. Ähm … nein. Sie lagen in einem kleinen Stoffsäckchen«, beeilt sie sich zu sagen. »Beinahe wäre ich darauf getreten.«

Ich räuspere mich. »Gut, dass *du* sie gefunden hast. Es gibt bestimmt Menschen, die so einen Fund behalten würden. Sie sehen sehr wertvoll aus.«

Anton kommt um die Ecke gesaust. Er trägt eine Halbschürze und Gummihandschuhe und ist mit einem Putzeimer bewaffnet.

Ich wünsche den beiden viel Spaß heute Abend und verabschiede mich.

Conny begleitet mich zu meinem Auto. Vor dem Nachbarhaus steht ein Mann mittleren Alters, den ich vom Ansehen kenne. Während der Bauphase habe ich ihn mehrfach hier gesehen. Wie er heißt, weiß ich jedoch nicht. Er trägt Tennisklamotten und begutachtet die Rosen.

»Das ist Doktor Habermann. Der Gynäkologe«, flüstert Conny. Sie hebt die Hand. »Guten Morgen, Herr Dr. Habermann!«

Ich grüße ebenfalls.

Der Angesprochene winkt zurück. »Ah. Guten Morgen, Frau Jörgensen!« Mir nickt er zu. »Meine Gattin und ich freuen uns schon auf heute Abend. Geht es Ihnen und Ihrer Familie gut?«

Connys Hand wandert theatralisch vor ihre Stirn. »Ach, was soll ich sagen, Herr Doktor. Es ist eine Katastrophe passiert. Unser Mädchen ist krank geworden. Karolina hat eine Magen-Darm-Verstimmung. Jetzt muss ich schauen, wie ich das alles alleine arrangiere.«

Der Herr Doktor verzieht das Gesicht. »Oh. Das ist böse. Wenn Sie wollen, können wir Ihnen um 13 Uhr unsere Ilse rüberschicken. Sie macht das gerne. Es ist so üblich hier, dass wir uns gegenseitig aushelfen, wenn in einem Haushalt das Personal schwächelt.«

Conny lächelt charmant. »Also, wenn das keine Nachbarschaftshilfe ist. Danke. Das Angebot nehme ich gerne an.«

»Kein Problem«, sagt Herr Doktor Habermann lachend.

»Ich revanchiere mich und schicke Ihnen unsere Karolina, wenn Ihre Ilse mal krank werden sollte.«

Er nickt, winkt und verschwindet im Haus.

Conny umarmt mich. »Mensch, Anton ist ein Glückspilz. Er kann den Lappen fallen lassen.«

Ich knuffe Conny in die Rippen und grinse. »Ja. Dein Mann ist wirklich zu beneiden.«

Meine Schwester lacht glücklich.

Auf den Straßen herrscht reger Verkehr. Alle Welt scheint am Vormittag einkaufen zu gehen, weil die Temperaturen noch erträglich sind.

Wenn meine Schicksalskette Paul nicht nach Frankfurt gezogen hätte, wären wir heute Abend ausgegangen. Ich vermisse Paul und frage mich, warum ich erst immer dann merke, wie sehr ich ihn liebe, wenn er weit weg ist. Vieles ist so selbstverständlich für mich geworden, dass ich mir vornehme, mein Glück bewusster zu genießen. Ich sollte mich viel öfter beim lieben Gott bedanken. Ich flüstere: »Danke, lieber Gott, dass du es so prima eingefädelt hast, dass Paul und ich uns kennengelernt haben. Danke, dass du uns Fine geschenkt hast, und danke, dass es meiner Familie gut geht. Danke …« Ich mache eine Vollbremsung, denn ich entdecke meine Nichten, die auf der Bank vor dem Park an der Hauptstraße sitzen, hupe kurz und sage laut: »… danke, dass ich die Schwindlerinnen heute doch noch zu fassen kriege.«

Ich lenke mein Auto auf den Seitenstreifen und steige aus. Hanni und Nanni haben mich entdeckt, sie winken mir zu.

»Huhuu. Wir warten auf unsere Freunde.« Hanni kichert. »Die sind mal wieder unpünktlich.«

Ich setze mich neben die beiden auf die Bank. »Nur dass ihr es wisst … Ich habe Checker und King Cool gestern im Supermarkt getroffen. Sie waren ziemlich traurig, dass ihr seit dem letzten Wochenende am Abend Ausgehverbot habt. Und das bis zu den Ferien. Angeblich wegen einer versemmelten Mathearbeit. Anschließend war ich in der Birkenstraße. Eure Mama hat genau das Gegenteil berichtet. Nämlich, dass ihr die Schule mit links wuppt und die Mathearbeit super ausgefallen sei. *Sie* hat erzählt, dass Checker und King Cool für euch in den nächsten Wochen keine Zeit haben, weil sie für die Schule büffeln müssen. Darum würdet ihr ohne sie die Feten besuchen und anschließend bei Freundinnen übernachten. Und von *mir* leiht ihr euch Schuhe, weil ihr mit Checker und King Cool abfeten wollt. Ihr flunkert ganz gewaltig. Warum? Was steckt dahinter?«

Hanni wird puterrot. »Mensch, es ist doch kein Verbrechen, ein wenig zu schwindeln, oder?«

Ich lache. »Ein *wenig* ist gut. Ihr seid naiv. Checker, King Cool und eure Mutter müssten sich nur zufällig über den Weg laufen und drei Worte miteinander wechseln. Die Ungereimtheiten kämen sofort ans Licht. Und dann wird es kompliziert, denn wie ich eure Mama kenne, würde euer schöner Urlaub an der Nordsee auf der Kippe stehen.«

Nanni scharrt verlegen mit den Füßen auf dem Bürgersteig. »Es ist so, Karo. Wir brauchen ein wenig Freiraum von unseren Freunden. Wir haben Mädchen von einem anderen Gymnasium kennengelernt. Mit denen haben wir so viel Spaß, da stören die Jungs nur. Wir können es ihnen nicht sagen, sie wären beleidigt.«

Ich denke an Simone und Bruni. Uns stören auch manchmal die *Jungs*. Wer könnte die zwei besser verstehen als ich. »Klar. Das leuchtet mir ein. Aber deshalb könnt ihr doch innerhalb der Familie die Wahrheit sagen. Das müsst ihr nicht verheimlichen. Eure Mutter würde es verstehen.«

»Hm …« Nanni legt einen Arm um die Schultern ihrer Schwester. »Wir denken darüber nach, okay?«

Mit einem breiten Grinsen verpasse ich beiden einen Nasenstüber. »Okay. Viel Spaß im Schwimmbad.«

Im Auto durchforste ich mein Portemonnaie nach einem Zwanzigeuroschein und laufe noch einmal zurück zu meinen Nichten. Ich drücke Hanni den Schein in die Hand. »Grüßt Checker und King Cool von mir. Ladet sie auf eine Portion Pommes mit Currywurst ein.«

Die beiden fliegen mir um den Hals.

Als ich vor dem Haus meiner Eltern parke, fallen mir bald die Augen aus dem Kopf. Connys Auto steht vor der Tür. Die hat Nerven. Statt sich auf die Gäste vorzubereiten, hängt sie bei meinen Eltern ab.

Im Garten höre ich Max und Moritz kreischen, zu sehen sind sie jedoch nicht.

Conny sitzt im Wintergarten und schlürft einen Milchkaffee. Sie lacht, als sie mich erblickt. »Ich habe Mama angerufen und sie gefragt, ob die Jungs *auch* hier übernachten können. Die Idee ist mir ganz spontan gekommen. Dann haben wir heute Abend Ruhe, verstehst du?«

Ich verstehe. »Wo sind denn alle? Es ist ja wie ausgestorben hier.«

Conny gähnt. »Ich habe Mama auf dem Handy erreicht. Sie sind alle zusammen einkaufen gefahren. Mit den Fahrrädern. Sie müssten aber jeden Moment hier sein.«

Das Gelächter vor dem Haus verrät, dass unsere Familie zurück ist. Zuerst kommen Fine und Franziska angerannt. Sie schwenken ihre Fahrradhelme. Meine Tochter fällt mir kurz um den Hals, dann bin ich abgemeldet. Zwei Sekunden später kommen Max und Moritz angerannt.

Sie boxen Fine und Franziska in die Rippen. »Ey, wir schlafen auch hier, ihr dummen Hühner«, stänkert Max. »Ihr müsst ab jetzt auf unser Kommando hören, verstanden?«

Franziska ruft laut. »Überraaaschung. Wir zelten im Garten.«

Moritz kratzt sich am Kopf. »Echt? Wehe, du verarschst mich, dann setzt es was, Fräulein.«

Conny und ich lachen.

Der Rest der Familie kommt im Gänsemarsch angelaufen. Meine Mutter und Gundula sehen richtig glücklich aus.

Mein Vater und Opa Heini ziehen einen voll beladenen Fahrradanhänger hinter sich her.

»Moin, zusammen«, ruft Opa Heini. »Wir waren im Baumarkt und haben ein Zelt gekauft.«

Papa wuchtet die Kartons, die auf dem Anhänger liegen, auf die Wiese. »Ja. Wir haben ein *großes* Zelt gekauft, in dem wir alle Platz haben. Wir freuen uns schon darauf, mit der Rasselbande draußen zu übernachten.«

Die Kinder hüpfen auf der Stelle und klatschen in die Hände.

Conny rümpft die Nase. »Lohnt sich die Anschaffung denn? Ihr macht das doch höchstens ein-, zweimal im Jahr.« Als sie keine Antwort bekommt, redet sie weiter. »Na ja. Mir soll es wurst sein. Ist ja euer Geld. Anton und ich wollen es uns heute Abend auf der Terrasse gemütlich machen. Ich muss noch Grillfleisch kaufen.«

»*Wir* grillen auch«, erwidert Mama lachend.

Gundula nickt. »Und dazu essen wir Kartoffel- und Nudelsalat. Und später gibt es Bier und Likörchen.«

Meine Schwester winkt in die Runde. »Na, dann. Viel Spaß. Ich hole die Jungs aber erst morgen Abend ab, Mama. Tschüss, zusammen.«

»Aber ja. Tschüss, Kind. Macht euch einen schönen Sonntag.« Meine Mutter knöpft ihre Bluse auf und läuft ins Haus.

Sie bleibt im Flur stehen und kommt noch einmal zurück, als Conny den Wintergarten verlassen hat. Sie grinst mich an. »Mensch, als mich Connys Foto auf dem Display angelacht hat, dachte ich schon, Anton und Conny haben sich doch noch entschlossen, uns mit einzuladen …«

Ich räuspere mich und weiß nicht, was ich antworten soll. Meine Mutter redet leise weiter. »Max hat gestern ausgeplaudert, dass seine Eltern heute eine Party für die Nachbarn geben würden.«

»Ähm … und ihr hättet keine Lust darauf gehabt?«

Meine Mutter lacht. »Gott bewahre. Conny kann so peinlich sein, wenn sie auf reich macht. Da würden wir uns in Grund und Boden schämen. Na ja. Du kennst sie ja und ihre dummen Sprüche.« Sie zieht die Bluse aus. »Ich geh mich eben umziehen, Kind.«

Ich könnte losprusten.

»Warte mal, Mama«, flüstere ich und hole aus meiner Tasche das Geld, das ich meiner Mutter leihen wollte. »Hier sind die restlichen hundert Euro.«

Sie nimmt es und wirft mir einen dankbaren Blick zu.

»So, Hermännchen. Jetzt lesen wir erst einmal die Beschreibung«, verkündet Opa Heini.

Mein Vater reibt sich die Hände. »Ich fühle mich wie damals, als Conny und Karo noch klein waren.«

Ich erinnere mich. Wir haben früher auch einige Male im Garten gezeltet. Das Geräusch, das die Metallstangen machten, wenn man sie beim Zeltaufbau gegeneinander schlug, werde ich im Leben nicht vergessen.

Da haben sich meine Eltern, Opa Heini und Gundula ja etwas Tolles für die Kleinen einfallen lassen.

Ich klemme meine Handtasche unter den Arm und laufe in die Küche. Gundula legt eingelegtes Fleisch und Würstchen in eine große Auflaufform. »Bleibst du zum Mittagessen, Karo? Es gibt gemischten Salat mit Fetakäse und frischen Krabben.«

Bevor ich antworten kann, kommt meine Mutter. Sie scheint ein wenig neben der Spur zu sein, denn sie steht im BH und Unterhose vor uns. Den Kittel trägt sie in der Hand. »Karo? Warst du oben in unserem Schlafzimmer?«

»Ich? In eurem Schlafzimmer? Nein, Mama. Echt nicht. Als wenn ich in euer Schlafzimmer gehen würde.«

Meine Mutter winkt barsch ab. »Na, du kannst doch in unser Schlafzimmer gehen.«

Gundula schüttelt lachend den Kopf. »Warum fragst du sie dann?«

Ich nehme meiner Mutter den Kittel aus der Hand, helfe ihr hinein und knöpfe ihn zu.

»War Conny oben?«

»Das weiß ich nicht. Sie war vor mir da. Conny saß schon im Wintergarten, als ich kam. Sie hat doch auch einen Schlüssel von eurem Haus, Mama. Das weißt du doch.«

Wieder winkt sie ab. »Ja, ja. Ich frage deshalb, weil sich jemand auf das gemachte Bett gesetzt hat. Das sieht man doch an dem Abdruck. Außerdem wurde in meiner Nachttischschublade gewühlt. Es liegt alles durcheinander darin.«

»Einer der Jungs wird sich aufs Bett gesetzt haben, Hildegard. Die neugierigen Näschen werden auch an deiner Schublade gewesen sein. Die Bengel rennen doch immer durch das ganze Haus und machen Blödsinn.« Gundula schiebt mit einem Finger ihre Brille auf die Nase.

»Das will ich jetzt aber genau wissen.« Meine Mutter streckt den Kopf aus der Tür und ruft lautstark nach ihren Enkelsöhnen, die sofort angerannt kommen.

»Hört mal zu, ihr Zwerge. Habt ihr euch im Schlafzimmer auf Omas Bettchen gesetzt?«

Max kugelt sich vor Lachen. Mit heller Stimme flötet er: »Wer hat von meinem Tellerchen gegessen … Wer hat aus meinem Becherchen getrunken …«, dabei macht er komische Verrenkungen.

Moritz kichert. »Wir waren das nicht. Mama war oben. Die musste kötteln und wollte nicht aufs Gästeklo gehen. Sie hat gesagt: ›Sonst stinkt es bis in den Wintergarten.‹«

Jetzt kugeln sich beide, legen den Rückwärtsgang ein und sind weg.

Meine Mutter denkt laut nach. »Wahrscheinlich wollte sich Conny im Schlafzimmer die Haare bürsten und hat in meiner Schublade nach einer Haarbürste gesucht.«

Gundula dreht sich langsam um. »Aber im Bad liegen doch drei Haarbürsten.«

Ich bin froh, dass Opa Heini und mein Vater durch ihr lautes Gezeter vom Thema ablenken.

»Herrje, was haben die beiden denn schon wieder? In der letzten Zeit sind sie doch so friedlich miteinander umgegangen.« Mama läuft in Richtung Wintergarten. Gundula und ich folgen ihr.

Die Männer stehen auf der Wiese und giften sich an.

Opa Heini wedelt mit der Beschreibung in der Luft und regt sich lautstark auf. »Hier steht … hier steht ausdrücklich, dass das Zelt zuerst auf dem Boden ausgebreitet werden muss. Erst *dann* soll man die Stangen hineinschieben, du Dödel!«

Mein Vater winkt ab. »Es ist mir scheißegal, was in der Beschreibung steht. Das macht keinen Sinn. Ich kann die Fiberglasteile auch reinschieben, ohne es vorher komplett auszubreiten.«

»Verdorrich, die Stangen sind verschieden lang. So erkennst du doch nicht, wo was reingesteckt werden muss.«

Papa lacht laut. »Vater, ich bin alt genug. Ich weiß schon sehr genau, wo ich was reinstecken muss.«

Meine Mutter und Gundula kichern, Opa Heini grunzt.

Fine kommt. Sie zieht ein krauses Näschen. »Kriegst du das nicht hin, Opa?«

Papa rollt mit den Augen. »Na, hör mal. Der Opa macht das schon. Der Opa ist nämlich ein schlauer Fuchs.«

Wir fahren alle herum, als jemand laut »Guten Morgen« ruft. Gustav von Burghausen kommt angeschlendert. Er trägt ein weißes Unterhemd und kurze Hosen, seine Füße stecken in Adiletten. »Franziska hat gerade herübergerufen, dass hier ein Zelt aufgebaut wird. Kann ich behilflich sein? Ich bin quasi ein Fachmann in Sachen Zeltaufbau.«

»Ja, ja«, antwortet meine Mutter. »Das wäre schön, Gustav. Wissen Sie, mein Mann und mein Schwiegervater stellen sich nicht gerade geschickt an.«

Auch Gundula ist von der Idee begeistert. »Sie schickt der Himmel. Unsere Männer überlegen gerade, welche Stange in welches Loch geschoben werden muss.«

Ich schließe kurz die Augen, denn ich weiß, dass dieser Spruch dafür sorgen wird, dass Papa und Opa Heini tödlich beleidigt sein werden.

Als Gustav sich kurz in den Schritt greift und sich danach geschäftig die Hände reibt, verabschiede ich mich im Schnelldurchgang. Dabei erkläre ich meiner Mutter und Gundula, dass ich so gut bei Conny gefrühstückt habe, dass ich das Mittagessen ausfallen lassen werde.

Fine schiebt mich in Richtung Gartentor. »Jetzt musst du aber gehen, sonst wird Opa ja nie mit dem Zelt fertig.«

Zu Hause mache ich mich an die Hausarbeit. Zuerst lüfte ich in der oberen Etage gründlich durch. Danach schließe ich die Fenster und lasse sämtliche Rollläden herunter. Die Hitze soll draußen bleiben. Während ich bei der Deckenbeleuchtung mein Bett zulege, gestehe ich mir ein, dass ich mich tierisch darüber aufregen würde, wenn Conny oder sonst jemand anderes in meiner Nachttischschublade gewühlt hätte. Schlafzimmer sind für Besucher tabu. Über das Verhalten meiner Schwester wundere ich mich sehr.

Ich seufze. Über ihr finanzielles Desaster kann ich nur den Kopf schütteln. Conny war schon immer so, dass sie sich einen gewissen Luxus leisten wollte, den sie sich aber nicht leisten konnte. Und dabei hat sie nie Rücksicht auf das Bankkonto genommen. Nicht auszudenken, wenn sie tatsächlich aus lauter Geldsorgen Dinge macht, die den Familienzusammenhalt zerstören würden. Zumal sie vormittags arbeiten gehen könnte, um die Haushaltskasse aufzubessern, denn Zeit dazu hätte sie.

Meine Gedanken kreisen unaufhörlich, während ich mechanisch die Dinge erledige, die erledigt werden müssen.

Um Punkt 12 Uhr ruft Bruni an. Sie sagt nicht »Hallo, Karo«, sondern: »Wenn mich nicht sofort jemand festhält, werfe ich mit Geschirr um mich. Leon hat sich entschlossen, den Flugschein zu machen. Er ist vor einer Stunde zum Flugplatz gefahren.«

Ich sage: »Oh.«

Bruni keift mich an. »Sag mal, mehr fällt dir nicht dazu ein? Das ist nicht *oh*, das ist scheiße! Eine verdammte Scheiße. Jetzt wird er jede freie Minute dort abhängen. Die Poloch hat Leon heute zu einem Rundflug eingeladen.«

»Warte doch erst …«

»Warten? Worauf soll ich warten? Da gibt es nichts zu warten. Ich habe Leon gesagt, dass mir das nicht recht ist. Ich würde mir Sorgen um ihn machen. Die Maschine könnte abstürzen. Schließlich ist die Poloch eine Frau. Und wir Frauen verwechseln doch ständig links und rechts. Weißt du, was er geantwortet hat?«

»Also, ich …« Sie lässt mich wieder nicht ausreden.

»Er hat gesagt …« Sie äfft Leons Stimme nach. »›Bruni-Schatz, beruhige dich. Mandy ist ein Profi. Ich kann mir vorstellen, dass es keine Frau gibt, die geschickter mit einem Steuerknüppel umgehen kann als sie.‹«

Ich presse eine Hand vor den Mund, damit ich nicht loslache. Wie kann Leon nur annehmen, dass eine Frau derartige Worte beruhigen könnten.

Nachdem sie noch einige Minuten gezetert hat, erklärt sie mir, dass sie und Simone leider erst um 15 Uhr in der Teufelsbacher Straße sein könnten. Weder Willi noch Brunis Mutter hätten vorher Zeit, sich um die Kinder zu kümmern.

Bruni druckst ein wenig herum. »Und was machst du jetzt … so alleine?«

»Was weiß ich. Bügeln, putzen. Vielleicht kümmere ich mich auch um die Blumenbeete.«

Ein Räuspern dringt in mein Ohr. »Vielleicht hättest du ja Lust, eine Runde joggen zu gehen. Um das Flugplatzgelände … verstehst du? Mit einer schicken Kappe auf dem Kopf …«

Wenn das kein Wink mit dem Zaunpfahl ist. Ich spinne den Satz weiter. »… und mit einem Fernglas um den Hals? Du willst wirklich, dass ich Leon und die Poloch bespitzeln soll?«

Bruni ringt sich ein Lachen ab. »Nicht lange, weißt du? Nur kurz, einmal gucken. Mehr nicht.«

Jetzt klingt Bruni ein wenig so wie Simone. Aber ich kann ihre Sorge nachvollziehen. Leon hat sich, gerade an den Wochenenden, so liebevoll mit den Kindern beschäftigt, dass es schon außergewöhnlich ist, dass der Flugplatz eine so große Anziehungskraft auf ihn ausübt. Darum muss ich nicht lange über meine Antwort nachdenken. »Bruni, ich wollte mich schon seit geraumer Zeit überwinden, meine Laufschuhe anzuziehen. Ich mach's.«

Für diese Antwort ernte ich viele Küsschen per Telefon.

Ich sprinte ins Schlafzimmer und durchwühle meinen Schrank nach sportlichen Klamotten. Die kurze Radlerhose sieht flott aus. Ich zwänge mich mit brachialer Gewalt hinein, schaue kurz in den Spiegel und finde, dass ich darin eine verdammt gute Figur mache. Das schwarze Top mit den Spaghettiträgern passt hervorragend dazu.

Nach zwanzig Minuten habe ich die lange, schmale Zufahrtsstraße, die zum *Flugplatz Hohenforst* führt, erreicht. Ich parke auf dem Grünstreifen und verstecke meine Haare unter der roten Kappe. Dabei beobachte ich Segelflugzeuge, die am blauen Himmel kreisen. Anschließend setze ich eine große Sonnenbrille auf die Nase. Der Lederriemen des kleinen Fernglases wandert um meinen Hals. Ein Blick in den Rückspiegel zeigt, dass meine Tarnung perfekt ist. Aus größerer Entfernung wird mich niemand erkennen, der mich kennt.

Ich gebe Gas.

Als ich mein Auto auf den großen Parkplatz lenke, kann ich einen Teil des Geländes überblicken. Die Start- und Landebahn ist großzügig mit einem hohen Maschendrahtzaun eingezäunt, vor dem einige Schaulustige stehen. In dem rundumverglasten Tower sitzen zwei Männer.

Ich steige langsam aus, dabei schaue ich mich vorsichtig um. Leons Auto und der Wagen von der Poloch parken in der ersten Reihe. Ich schicke ein Stoßgebet zum Himmel, dass sie mir nicht über den Weg laufen werden.

In gemäßigtem Tempo jogge ich den Kiesweg entlang. Kurz bevor ich den Zaun erreicht habe, bin ich dermaßen außer Atem, dass ich stehen bleiben muss. Ich beuge mich vor, stütze meine Hände auf die Oberschenkel und hechele nach Luft. Das Fernglas baumelt hin und her.

Eine schlanke Blondine joggt rechts an mir vorbei. Sie verlangsamt ihr Tempo, dreht sich um und tritt auf der Stelle. Sie ballt eine Faust, streckt sie in die Luft und verzieht das Gesicht. »Besiege den Schweinehund! Bäng! Halte durch … echt, das lohnt sich. Mein Hintern war vor einem Jahr genauso fett wie deiner. Und jetzt … Bäng!« Sie dreht sich um, schlägt mit einer Hand auf ihren knackigen Po und sprintet los. Ihr Pferdeschwanz wippt bei jedem Schritt hin und her.

So eine doofe Tussi. Ich richte mich langsam auf, meine Hände tasten nach meinen Pobacken. Bäng! Scheiße. Ich habe nach der falschen Radlerhose gegriffen. Die, die ich anhabe, hat am Hintern ein dickes Polster. Nachdem Conny sich vor Jahren schlapp gelacht hat, als ich sie während einer Fahrradtour trug, habe ich mir geschworen, sie nur noch während der Gartenarbeit zu tragen.

Ich straffe mich. Es gibt jetzt Wichtigeres zu tun, als über mein Hinterteil nachzudenken, und laufe die wenigen Meter bis zum Zaun.

Von hier aus kann ich das Gelände wunderbar überblicken. Neben dem Tower stehen zwei riesige Hangars, deren Tore weit geöffnet sind. Es stehen etliche Flugzeuge darin.

Am Rand der Startbahn stehen drei Propellermaschinen, ein Segelflugzeug wird mit einer Seilwinde in die Luft gezogen. Die Schaulustigen, die etwas weiter links neben mir stehen, filmen mit ihren Handys. Ein kleiner Junge, der eine Brille trägt, läuft mit ausgebreiteten Armen im Kreis. »Brrrmmmm … Propeller … Propeller … Propeller …«, krakeelt er laut.

Der dicke Mann, der neben dem Jungen steht, hört auf zu filmen. »Du, Johannes. Der Papa hat dir doch erklärt, dass Segelflugzeuge keinen Propeller haben.«

Der Dreikäsehoch dreht weiter seine Runden. »Brrrmmm … Propeller, Propeller, Propeller.«

Ich schiebe die Sonnenbrille auf die Stirn, setze das Fernglas an und richte es auf den ersten Hangar. Es befinden sich mehrere Leute in der Halle, ein Rotschopf ist aber nicht dabei. Ich visiere das nächste Gebäude an. Yes! Das Pärchen, das ich neben einem Flugzeug entdecke, sind eindeutig Leon und die Poloch. Sie stehen dicht beieinander und unterhalten sich. Leon gestikuliert mit den Händen. Die Poloch wirft den Kopf in den Nacken und lacht. Ihre roten Locken wirbeln durch die Luft.

»Schau mal, Johannes«, ruft eine begeisterte Frauenstimme. »Die Mama hatte recht. Das Segelflugzeug gleitet durch die Luft wie das Papierflugzeug, das der Opa dir neulich gebastelt hat. Und das gänzlich *ohne* Motor.«

Johannes scheint *gänzlich* begriffsstutzig zu sein. Seine Motorengeräusche werden lauter.

Leon scheint der Poloch einen Witz nach dem anderen zu erzählen, denn sie kommt aus dem Lachen nicht heraus. Er läuft einige Schritte nach rechts, dann einige nach links, dann schlendert er wieder zurück. Dabei rauft er sich die Haare. Die Poloch stemmt die Hände in die Hüften. Sie macht den Eindruck, als würde sie Leon jetzt die Leviten lesen. Leon stellt sich hinter Mandy und legt seine Hände auf ihre Schultern. Ihr Kopf neigt sich etwas zur Seite. Boah! Ich glaube es nicht. Dieses ausgebuffte Luder schmeißt sich voll an ihn ran. Ich verfluche den Moment, als ich zu Bruni »Ich mach's« gesagt habe. Wie, um alles in der Welt, soll ich ihr *das* beibringen? Sie wird vor Wut in einen ihrer Autoreifen beißen.

Ich erschrecke, weil mich jemand von hinten anranzt.

»Brrrmm … Propeller, Propeller … rumms, Aaabsturz.«

»Johannes! Hör auf damit! Das findet die Mama jetzt nicht gut.«

Ich lächele verständnisvoll. »Das passiert schon mal. Ich habe selbst eine kleine Tochter, mit der das Temperament manchmal durchgeht.«

Das Fernglas wandert wieder vor meine Augen.

»Tatsächlich? Wie alt ist Ihre Tochter denn?«

Das Fernglas wandert runter. »Ähm … sechs Jahre.«

Fernglas hoch.

»Tatsächlich? Das ist ja ein Zufall. Johannes ist auch sechs Jahre alt, nicht wahr, Johannes?«

Ich nicke ihr freundlich zu. Noch bevor ich das Fernglas wieder heben kann, schießt sie die nächste Frage ab.

»Dann wird Ihre Tochter wahrscheinlich auch nach den Sommerferien eingeschult, oder?«

»Ähm … ja.« Ich mache einen großen Ausfallschritt nach rechts. Und zwar genau so, wie ich es vor Jahren einmal in einem Aerobic-Kurs gelernt habe, und ziehe das andere Bein nach. Gleiches Prozedere vollziehe ich noch einmal und noch einmal.

Die Frau scheint verstanden zu haben, dass ich nicht weiterplaudern möchte. Etwas pikiert ruft sie betont laut: »Dann will ich mal nicht weiter stören!«

Ich murmele leise »Danke« und halte weiter Ausschau. Mist. Die beiden befinden sich nicht mehr im Hangar. Der Propeller des hinteren Flugzeugs, das am Rand steht, setzt sich in Bewegung. Ich visiere es mit dem Fernglas an. In der Maschine sitzen die Poloch und Leon. Aha, jetzt starten sie also den Rundflug.

Die Maschine rollt langsam in Richtung Startbahn. Dann stoppt sie kurz … Sekunden später wird das Motorengeräusch lauter und lauter, die Poloch gibt Gas. Die Maschine wird immer schneller, bis sie abhebt.

Da ich keine Ahnung habe, wie lange so ein Rundflug dauert, mache ich mich auf den Weg zu den Gebäuden, die sich neben dem Tower befinden. Es muss ein Büro geben, in dem man Flüge buchen kann. Dort werde ich mich erkundigen.

Schon von Weitem sehe ich über einer Tür eines kleinen Anbaus ein großes Schild mit der Aufschrift *Flugplatzbüro* hängen.

Der ältere Mann, der hinter einem Schreibtisch sitzt, begrüßt mich mit einem strahlenden Lächeln.

Ich erkläre ihm, dass mein Mann draußen warten würde und er Interesse habe, mit der Maschine, die soeben gestartet ist, später einen Rundflug zu machen.

Er schaut in seinen Computer. »Oh. Das war unsere Mandy. Das ist ihre private Maschine. Normalerweise nimmt sie niemanden mit an Bord, aber ich kann sie ja mal fragen. Ab und an macht sie eine Ausnahme. Allerdings, heute wird das nichts mehr. Sie steuert Fehmarn an und wird erst gegen 19 Uhr zurück sein.

»Fehmarn? Die kann doch nicht so einfach nach Fehmarn fliegen …« Mir bleibt regelrecht die Spucke weg. Meine Zunge klebt am Gaumen.

Er zwinkert mir zu. »Das geht mit dem Flieger ganz schnell …«

Ich höre nicht weiter zu und verlasse fluchtartig das Büro, denn ich brauche frische Luft.

Kaum dass ich zu Hause bin, ruft Paul an. Ich muss mich schwer zusammenreißen, damit ihm nicht auffällt, wie niedergeschlagen ich bin. Er redet nicht lange über Geschäftliches. Er erzählt lediglich, dass er und Maria gerade im Hotel seien, um sich ein wenig frisch zu machen. Gleich hätten sie den nächsten Termin.

»Möhrchen, ihr fehlt mir. Hier ist es unerträglich heiß. Wie gerne wäre ich jetzt bei dir im Garten.«

Ich sage Paul, dass er mir auch sehr fehlt, und berichte, wie viel Spaß Fine in der Birkenstraße hat. Es freut ihn, dass meine Eltern mit den Kindern zelten.

In lustigem Tonfall plaudere ich weiter. »Und was macht ihr heute Abend? Geht ihr mit Kunden essen?«

Paul lacht. »Nein. Ich werde den Abend im Schwimmbad des Hotels verbringen. Maria geht mit einem Vorstandsmitglied von der *Schafeld GmbH* essen. Privat. Dieser Herr Bertram hat sie während unseres dreistündigen Gesprächs nicht aus den Augen gelassen. Ich hoffe, dass sie sich nicht in ihn verlieben wird. Der Arbeitsweg von Frankfurt nach Hamburg wäre definitiv zu weit.«

Als Paul vorschlägt, dass wir heute Abend ausgiebiger telefonieren könnten, würge ich ihn schweren Herzens ab. »Ach, das ist dumm. Da ich alleine bin, hat Bruni mich zum Essen eingeladen.«

Auch dafür zeigt Paul Verständnis. Er wünscht mir viel Spaß und sagt, dass er sich morgen wieder melden wird. Mir ist zum Heulen zumute. Paul ist so lieb und ich spiele wieder einmal mit gezinkten Karten.

Ich schäle mich aus der doofen Radlerhose und werfe sie aufs Sofa. Mir ist flau im Magen. Seit heute früh habe ich nichts mehr gegessen.

Während ich kaltes Putenfleisch und Salat esse, überlege ich genau, was ich Bruni erzählen werde und was nicht. Obwohl wir uns gleich sehen, beschließe ich, sie vorab anzurufen. Es fällt mir leichter, sie am Telefon zu beschwindeln. Dabei muss ich ihr nicht ins Gesicht schauen.

Bruni nimmt nach dem ersten Freizeichen das Gespräch an.

Ich erstatte Bericht und erzähle, dass ich die beiden im Hangar gesehen habe. Leons und Mandys Körperkontakt lasse ich aus. Dann berichte ich, dass sie wenig später in das Motorflugzeug gestiegen und losgeflogen sind.

»Wie lange waren sie in der Luft?«

Ich räuspere mich. »Du, das weiß ich nicht. Mir ist zufällig ein netter Herr vom Flugplatzpersonal über den Weg gelaufen. Er hat der Maschine nachgewunken und gesagt, dass die Pilotin einen Rundflug macht, der … ähm … über Femmen führt. Er meinte, das könnte schon etwas länger dauern. Darum habe ich nicht gewartet, bis sie zurück sind, weißt du?«

»Hä? Femmen? Wo liegt das denn?«

»Keine Ahnung. Auf jeden Fall nicht um die Ecke. Sonst würden wir den Ort kennen. Mit dem Flieger kommt man ja weiter rum als mit dem Fahrrad oder Auto. Da ist man schon mal schnell in Femmen.«

Brunis Stimme klingt nachdenklich. »Tja, jetzt, wo du es sagst. Stimmt. Ich bin mal gespannt, ob Leon mir davon berichten wird. *Ich* frage jedenfalls nicht nach. Das lässt mein Stolz nicht zu.« Sie bedankt sich, dass ich ein Auge auf die beiden geworfen habe, und redet nahtlos weiter. »Simone hat vorhin angerufen. Sie hat eine Überraschung für uns. Worum es geht, wollte sie aber nicht verraten.«

Ich muss lachen. »Logisch. Sonst wäre es ja keine Überraschung.«

Nach dem Gespräch mit Bruni habe ich ein richtig schlechtes Gewissen. Ich schiebe es beiseite und denke darüber nach, womit uns der Leuchtturm überraschen möchte.

Meine Freundinnen stehen schon auf dem kleinen Parkplatz vor Tante Agnes' Haus, als ich dort eintreffe.

Bruni ist total angepisst. Sie lässt ihre schlechte Laune an Simone aus, die eine große Kühlbox aus dem Kofferraum ihres Audis wuchtet. Sie keift: »Mann, wieso schleppst du eine so riesige Kühlbox mit? Wir sind doch nur ein paar Stunden hier und nicht drei Tage.«

Der Leuchtturm schimpft zurück. »Du bist ja nur wütend, weil die Poloch besser mit einem Steuerknüppel hantieren kann als du.« Sie streckt ihrer Cousine die Zunge raus.

Bruni stemmt die Hände in die Hüften. »Dumme Nuss! Glaub ja nicht, dass ich *dir* noch mal was erzähle. Es ist voll fies, dass du mich damit ärgerst.«

Ich massiere meine Schläfen. »Hört auf, euch zu zanken. Denkt dran, wir haben eine Mission zu erfüllen.« Da die beiden sich noch immer giftige Blicke zuwerfen, starte ich ein Ablenkungsmanöver. Ich stupse Simone an. »Bruni hat gesagt, dass du eine Überraschung für uns hast. Ist sie in der Kühltasche versteckt?«

Simone grinst und schüttelt den Kopf. »Nein. Die passt da nicht rein. Die Überraschung kommt erst etwas später.«

Sie greift nach dem Henkel der Kühlbox und stampft mit großen Schritten in Richtung Haustür. Wir folgen ihr.

Nachdem ich die Tür aufgeschlossen habe und wir den Flur betreten haben, überkommt mich ein Déjà-vu-Gefühl. Der Geruch in diesem Haus ist wirklich sehr speziell.

Bruni hält sich den Unterarm vor die Nase und stürmt ins Schlafzimmer. Dabei macht sie einen großen Schritt über die Rose, deren Blätter welk sind. Wir hören, dass sie das Fenster öffnet.

Simone begrüßt und krault wieder die schwarze Miezekatze. »Miez, miez, miez. Was bist du doch für eine Schöne …«

Bruni kommt aus dem Schlafzimmer geschossen. Ihr Unterarm hängt noch immer quer über ihrem Gesicht. Sie ranzt gegen die Kühlbox. »Aua!« Sie tritt danach. »Bring das Teil in die Küche, Simone!«

Die beiden machen Anstalten, sich weiter zu kabbeln. Ich funke dazwischen. »Wir sollten jetzt weitermachen. Kommt ihr?«

Der Leuchtturm pariert sofort. Sie läuft durch den Flur in die Wohnküche, wir folgen ihr. Simone schiebt die Box unter einen Stuhl und schließt sie an die Steckdose an.

Ich öffne auch hier die kleinen Fenster.

Im Fernsehzimmer machen wir uns daran, das Sideboard auszuräumen.

Simone dreht durch, als sie die Gegenstände, die im linken Schrank liegen, beäugt. »Ich bin voll auf dem Antik-Trip. Schaut euch mal die alte Suppenkelle an. Die ist voll schön, die nehme ich mit.«

Ich muss mich verrenken, um einen Stapel Teller aus dem mittleren Schrank zu holen. »Wenn sie dir gefällt, nimm sie mit.«

Sie antwortet nicht, wühlt weiter und kiekst freudig. »Oh, eine kleine Milchkanne. Ist die süß.«

Und wieder sage ich: »Wenn sie dir gefällt, nimm sie mit.«

Simone legt die Sachen auf den alten Ohrensessel.

Während das Porzellan in die Wäschekörbe fliegt, erzählt Bruni ihr, dass ich heute als verdeckte Ermittlerin unterwegs war.

Simone findet es auch richtig, dass Bruni ihrem Leon ein wenig auf den Zahn fühlt. Auch sie denkt darüber nach, wo der Ort Femmen liegen könnte.

Bruni seufzt. »Ich habe danach gegoogelt. Ein Ort mit diesem Namen gibt es nicht.«

Ich pfeife leise vor mich hin. Dann sage ich ein wenig zu hektisch: »Vielleicht habe ich mich auch verhört. Man verhört sich ja mal schnell.«

Brunis Handy klingelt. Sie bricht sich fast die Beine, um das Mobiltelefon aus ihrer Handtasche zu holen. Leon hat ihr eine SMS geschickt, in der er nicht von einem, sondern von *zwei* Rundflügen schwärmt. Und er habe noch lange nicht die Nase voll. Mandy und er würden noch einige Runden am Himmel drehen. Sie presst die Lippen aufeinander. Bruni ist richtig sauer. Ich frage mich, wie sie reagieren würde, wenn sie wüsste, dass Leon sie angelogen hat.

Sie lässt ihre schlechte Laune an dem Nippes aus, der im rechten Schrank des Möbelstücks steht. Sie pfeffert alles mit voller Wucht in den Wäschekorb. Es scheppert in einer Tour.

Zwischendurch tragen wir zu zweit die Körbe zu den Containern, um sie zu leeren.

Nach einer halben Stunde ist der Schrank ratzfatz leer geräumt. Von dem Schmuck und den Goldbarren fehlt noch immer jede Spur.

In diesem Raum sind wir durch. Wir rücken das Sideboard vor, schauen die Rückwand an, dann kippen wir das Möbelstück auf die Seite. Auch darunter ist nichts versteckt.

Die Unterseite des Couchtischs ist ebenfalls clean und an der Rückseite des alten TV-Gerätes kleben auch keine Goldbarren.

Das Sofa und den Ohrensessel rühren wir nicht an. Die Untersuchung dieser Möbelstücke soll Dröpjes selbst vornehmen. Nicht auszudenken, wenn wir im Innenleben der Polster etwas Wertvolles übersehen würden.

Simone rollt einen kleinen Flickerteppich zusammen. »Den bringe ich flott raus, dann gieße ich uns erst einmal einen Becher Kaffee ein.« Sie trägt den ollen Teppich mit langen Armen vor sich her.

Ich schlage mir vor den Kopf. »Ich hatte doch gestern einige Leckereien eingekauft. Mist, sie liegen zu Hause im Kühlschrank. Ich habe vollkommen vergessen, sie einzupacken.«

Bruni lacht. »Wir werden nicht verhungern. Simone hat doch die Kühltasche dabei.«

Als ich das Geräusch eines herannahenden Autos vernehme, laufe ich neugierig zum Fenster. Ich halte kurz die Luft an, als ich den total verdreckten Lieferwagen sehe, der neben meinem Auto parkt, und winke Bruni heran. »Schau mal. Ist das nicht der Wagen, der gestern Abend aus dem Wald gefahren kam?«

Meine Freundin kommt angelaufen. »Ja, es sieht so aus.«

Ein Mann steigt aus. Er ist groß, kräftig gebaut und hat einen kahlen Schädel. Schon aus der Entfernung finde ich, dass er sehr attraktiv ausschaut.

»Wow. Der sieht aus wie Meister Proper. Der will uns bestimmt beim Putzen helfen.« Bruni lacht.

Es freut mich, dass sie ihren Humor wiedergefunden hat. »Nee. Ich finde, er hat Ähnlichkeit mit Bruce Willis.«

»Huhuu!« Simone taucht hinter dem Holzschuppen auf und winkt dem Mann zu, der mit federnden Schritten angelaufen kommt. Er muss in unserem Alter sein.

Er strahlt uns an. »Hallo, zusammen.« Er reicht zuerst Simone, anschließend Bruni und mir die Hand. »Mein Name ist Tom Tomaschinski. Meine Eltern haben mir bis heute nicht verraten, was sie sich dabei gedacht haben, als sie mir diesen Vornamen gaben.« Seine Hand fährt über den kahlen Schädel. Er schmunzelt. »Ihr könnt mich duzen.«

Simone lacht albern. »Okidoki. Ich heiße Simone und das da …« Ihr Finger zeigt auf Bruni und mich. »… sind Bruni und Karo.«

Simone setzt sich auf die Fensterbank und schwingt mit einer galanten Drehung ihr langes Fahrgestell in die Wohnküche.

Tom nickt uns zu. »Ich bin Landschaftsgärtner und kümmere mich seit Jahren um Agnes' Grundstück. Ich war gestern am späten Abend mit einem Freund im Wald. Wir haben das Grundstück von der anderen Seite aus befahren. Es führt noch ein Weg in den Wald. Herr Dröpjes hat mich mit der Restaurierung einer Skulptur beauftragt … das ist ein Hobby von mir. Ihr fehlen Nase und Ohren. Mein Freund und ich haben sie in den Lieferwagen geschleppt. Das war richtige Knochenarbeit. Als wir den regulären Weg zurückfahren wollten, habe ich einen Lichtschein neben dem Holzschuppen gesehen und wollte nachschauen, wer sich hier herumtreibt. Es wird sich herumgesprochen haben, dass die alte Frau Dröpjes verstorben ist. Dann habe ich die geparkten Autos vor dem Haus gesehen und war ein wenig beunruhigt. Ich habe Dröpjes angerufen. Er hat gesagt, dass das in Ordnung sei. Ihm würden drei Mädels bei der Hausentrümpelung helfen. Habt ihr hier übernachtet?«

Simone holt tief Luft. »Nein. Als du ins Haus geleuchtet hast, waren wir im Keller und haben dort aufgeräumt. Darum war es hier so dunkel.«

Bruni und ich tauschen einen entnervten Blick.

Diese Aussage muss Tom erst einmal sacken lassen. Man sieht ihm an, dass er nachdenkt. Hinter seiner Stirn arbeitet es gewaltig. »Aha.« Er reibt sich die Nasenspitze. »Ich bin gekommen, um den Rasen zu mähen und die Beete zu pflegen.« Er greift in seine Hosentasche, holt einen Schlüssel hervor und lässt ihn in der Luft baumeln. »Im Holzschuppen steht alles, was ich brauche. Lasst euch nicht stören.« Er tippt sich mit dem Finger gegen die Stirn und ist weg.

»Der sieht aber gut aus«, flüstert Bruni. Sie lehnt sich ein wenig aus dem Fenster und schaut Tom hinterher.

Die Standuhr schlägt viermal. Ich ziehe Bruni vom Fenster weg. »Jetzt wissen wir wenigstens, dass die Aktion gestern Abend eine ganz harmlose war. Die Männer haben wahrscheinlich diese komischen Geräusche von sich gegeben, weil die Skulptur so schwer war.«

»Theoretisch hätten es aber auch Wilderer sein können.« Simone reckt ihr Kinn nach vorne und holt aus ihrer Shopper-Tasche eine Warmhaltekanne und Plastikbecher hervor, die sie auf den Esstisch stellt und mit Kaffee befüllt.

Bruni grinst und sagt trocken: »Ja. Oder Geister …«

Draußen dröhnt ein Motor. Tom sitzt mit nacktem Oberkörper auf einem Traktorrasenmäher und saust damit über die große Rasenfläche. Wir schlürfen den Kaffee und beobachten den muskulösen Landschaftsgärtner, der nicht nur ordentliche Oberarmmuckis, sondern auch ein beachtliches Sixpack hat.

Nach der kleinen Kaffeepause machen wir uns daran, die Schränke der Küchenzeile auszuräumen. Das geht richtig flott. Sämtliche Kochtöpfe und Pfannen wandern in die Wäschekörbe. Tassen und Teller fliegen hinterher.

Simone sortiert aus. Sie entdeckt dies, sie entdeckt das, was sie unbedingt mit nach Hause nehmen möchte. Alles alter Krempel, der einem auf diversen Flohmärkten für wenig Geld hinterhergeworfen wird.

Die Wäschekörbe werden nach jedem Gang zum Container schwerer. Nachdem Simone und ich eine weitere Ladung Porzellan weggebracht haben, hat Bruni schon den halben Schrank mit den Lebensmitteln leer geräumt.

Ich wische mir den Schweiß von der Stirn und nehme mir die Schubladen mit dem Besteck vor. Hier gibt es nichts zum Aussortieren, die können komplett in den Müll geworfen werden.

Als es an der Haustür klingelt, klatscht Simone in die Hände, dann rennt sie los. Dabei ruft sie laut: »Super. Endlich ist die Überraschung im Anmarsch!«

Bruni streckt sich und reibt ihren Rücken. »Na, jetzt bin ich aber mal gespannt.«

»Komm rein, Gerald«, hören wir Simone sagen.

Ich stöhne laut und beuge mich zu Bruni. »Hat die einen Knall? Sie hat diesen Monsterkerl hierher eingeladen?«

Unser Schusselchen kommt angehüpft. Sie zieht Gerald an der Hand hinter sich her. Der monströse Mann trägt heute keinen schwarzen Anzug, an dem ein Rettungskreuz baumelt, sondern Freizeitklamotten. Er lacht Bruni und mich breit an. »Moin, zusammen. Hier bin ich …«

Der Kieferorthopäde hat ganze Arbeit geleistet. Auf seinen Zähnen kleben schätzungsweise dreihundert Gramm Metall.

Bruni und ich pressen ein gequältes »Hallo« hervor.

Simone kichert, als sie in unsere verdutzten Gesichter schaut. »Die

Überraschung ist mir gelungen, was? Ich erkläre mal kurz. Heute früh habe ich Gerald im Bestattungsinstitut angerufen und ihm erklärt, wer ich bin und woher ich weiß, dass er dort arbeitet. Dann haben wir uns beide gefreut, dass wir nach so langer Zeit mal wieder miteinander quatschen. Gerald hat vorgeschlagen, dass wir uns auf einen Kaffee treffen sollten. So. Und dann hat er gesagt, dass er aber heute Nachmittag und morgen nicht könne, weil er einen Auftrag angenommen habe. Ein Herr Dröpjes habe ihn gebeten, bei einer Entrümpelung im Haus vor dem *Teufelsbacher Moor* zu helfen.« Sie schweigt für einen Moment. »Na? Kommt ihr drauf, was ich geantwortet habe?«

Bruni räuspert sich. »Hm. Das ist nicht einfach. Hast du vielleicht geantwortet, dass du ebenfalls heute und morgen in diesem Haus bist?«

Es fällt mir schwer, nicht loszuprusten.

Gerald Flöther lacht. »Richtig! Genauso war es.« Er schaut sich um. »Herr Dröpjes zahlt nicht schlecht. Ich bekomme zwanzig Euro die Stunde. Er hat mich beauftragt, die Schränke im Keller zu zerlegen und zu entsorgen. Anschließend soll ich hier oben alle Möbel hinausschaffen, die Sie ausgeräumt haben.«

Wieder blitzt Metall. Simone boxt ihn in die Rippen. »Ey, du musst doch nicht Sie sagen. Das sind meine besten Freundinnen Karo und Bruni. Die kannst du duzen.« Sie legt den Kopf schief. »Komisch. Wir haben doch hinter jede Tür geschaut. Ich habe keinen Keller gesehen.«

Jetzt, wo Simone es sagt … eine Tür, die zum Keller führt, haben wir tatsächlich nicht entdeckt.

»Herr Dröpjes hat gesagt, dass unter dem Teppich im Flur eine Klappe ist. Über eine steile Stiege gelangt man in den Keller.« Gerald macht kehrt, Simone folgt ihm.

Ich pfeffere Tütensuppen in den Wäschekorb. »Mensch, Dröpjes hätte schon anrufen und Bescheid sagen können, dass er heute einen Helfer schicken wird.«

»Ist doch egal, Karo. Wir sollten froh sein, dass Gerald da ist. Dann fluppt es noch schneller.«

Simone kommt zurück. »Gerald fragt Tom nach Werkzeug. Er hat gesagt, mit einem Vorschlaghammer hat er das ganze Zeug innerhalb kürzester Zeit zerlegt.«

Wenig später verstummt der Traktorrasenmäher, wir hören die Männer draußen miteinander reden und lachen.

Simones Mund steht nicht still. Sie erzählt uns, wie sehr sich Gerald über ihren Anruf gefreut habe.

»Gerald ist schon seit Jahren verlobt. Er hat Birgit im Internet kennengelernt. Er hat eine Lehre als Tischler gemacht. Im Jahr 2004 entschloss er sich, eine Ausbildung zum Bestatter zu machen. Seitdem arbeitet er bei Janicki. Die Arbeit macht ihm viel Spaß. Der kann sogar Särge bauen. Und die Kundschaft betreut er auch. Also, nicht nur die Verstorbenen. Auch die Lebenden. Und der Herr Janicki sagt ihm immer, dass er das ganz prima mache. Im Umgang mit den Familien braucht man nämlich ein feines Händchen.«

»Tja, das hat er ja wohl. Ein feines Händchen.« Bruni lugt in jede Lebensmittelpackung, bevor sie im Müll landet.

Simones Hand verschwindet in eine angefangene Packung Cornflakes. Sie stopft sich eine Handvoll in den Mund. »Das meinst du aber jetzt nicht ironisch, oder?«

Statt die Frage zu beantworten, reißt Bruni ihrer Cousine die Packung aus der Hand. »Hör auf, das alte Zeug zu essen. Nachher wird dir noch schlecht.«

Dann wird es richtig laut im Haus. Ein Hammerschlag folgt dem nächsten. Wenige Minuten später hören wir Gerald die Stiege herauftrampeln, dann sehen wir ihn voll beladen am Fenster vorbeilaufen. Er pendelt zwischen Container und Keller hin und her. Zwischendurch kommt er zu uns in die Küche und nimmt zwei Wäschekörbe auf einmal, um deren Inhalt zu entsorgen. So macht Arbeit Spaß.

Nach einer Stunde haben wir nicht nur die Küchenschränke, sondern auch die Abstellkammer ausgeräumt. Es gab nur wenige Kartons, die wir auf die Wertgegenstände durchsuchen mussten. Ein wenig frustriert hoffen wir, in der Vitrine oder im Schlafzimmer endlich fündig zu werden. Wir beschließen, heute so lange zu schuften, bis wir mit allem durch sind, und hoffen, dass Gerald uns dabei Gesellschaft leistet und bei Bedarf schwere Sachen tragen hilft.

Der Hüne ist im Keller fertig. Die Knochenarbeit scheint ihm nichts auszumachen, denn er macht sich sofort daran, die Küchenzeile in ihre Einzelteile zu zerlegen. Dabei benötigt er keinen Schraubenzieher. Mit bloßer Muskelkraft entfernt er mit einem Ruck jede der Türen. Es knackt und knarzt. Anschließend schwingt er wieder den Vorschlaghammer.

Wir kümmern uns zu dritt um das antike Möbelstück im Essbereich der Wohnküche. Wir räumen das wertvolle Porzellan aus dem Aufsatz der Vitrine, stellen es auf den Tisch und tasten hier und tasten da. Fehlanzeige. Nachdem wir das Geschirr wieder eingeräumt haben, widmen wir uns dem Unterschrank. Auch dort entdecken wir, außer einem Kaffee- und Essservice, nichts von Bedeutung.

Als Gerald das, was mal nach einem Küchenschrank aussah, nach draußen bringt, legt Simone sich auf den Boden und leuchtet die Unterseite der Vitrine ab. »Nichts. Nur Spinnweben und Wollmäuse.«

Bruni stemmt die Hände in die Hüften. »So ein Mist! Wir hätten das Teil vorrücken sollen, als das Geschirr ausgeräumt war. Dahinter könnte doch auch etwas versteckt sein. Wir sind vielleicht blöde.«

Simone hievt sich wieder hoch. »Stopp. Wir können Gerald fragen. Der kann den Schrank bestimmt auch vollbepackt vorziehen.«

Bruni macht sich daran, die Standuhr zu untersuchen. Sie öffnet die Glastür und lässt ihre Finger in jeden Hohlraum gleiten. »Hier ist auch nichts, was hier nicht reingehört.«

Als Gerald zurückkommt, bittet Simone ihre Jugendliebe darum, die Vitrine ein wenig vorzurücken. Sie gibt vor, dahinter die Spinnweben entfernen zu wollen.

Es ist unglaublich. Mit Leichtigkeit erledigt er das, worum Simone ihn gebeten hat. Nachdem sie mit einem Schrubber und feuchtem Aufnehmer die Rückwand abgewischt hat, schüttelt sie mit dem Kopf. Gerald sorgt dafür, dass sie wieder so steht, wie sie vorher gestanden hat.

Bevor wir uns das Schlafzimmer vornehmen, werfen wir alles, was im Badezimmer an Shampoo und Duschgel steht, weg. Der Inhalt des Spiegelschranks ist innerhalb von drei Minuten entsorgt. Tante Agnes' Zähne, mit denen sie sich jahrelang durchs Leben gebissen hat, wandern zuerst in einen Waschlappen, anschließend in den Wäschekorb.

Bruni flitzt los und holt Putzmittel. Simone und ich machen uns samt Plastikkorb auf den Weg zum Container.

Draußen duftet es herrlich nach frisch gemähtem Gras. Tom kniet vor den Rosenbeeten und entfernt mit Akribie Unkraut. Als er uns sieht, springt er auf und nimmt uns den Korb aus der Hand. »Dröpjes kann von Glück reden, dass er eure Hilfe hat. Ihr seid so flott … das ist ja unglaublich.«

Simone genießt das Kompliment des sympathischen Landschaftsgärtners. »Das hast du aber schön gesagt. Wenn du willst, kannst du später mit uns essen. Ich habe Frikadellen, Kartoffelsalat und Sandwiches dabei.«

»Da sage ich nicht Nein. Meine Mitbewohnerin und ich sind hervorragende Kochmuffel aus Leidenschaft. Wir ernähren uns überwiegend von Tiefkühlkost.«

Als wir das Haus betreten, weht uns ein Duft von Putzmittel entgegen. Bruni ist dabei, die Kacheln und Armaturen im Bad einzusprühen. Sie hält sich die Nase zu und näselt: »Das lassen wir bis morgen einweichen. Dann bekommen wir die Kalkflecken besser weg.«

Im Schlafzimmer fühle ich mich ein wenig unbehaglich. Zum einen liegt es daran, dass mir bewusst wird, dass hier ein Mensch seinen letzten Atemzug getan hat, zum anderen ist es mir sehr unangenehm, in diesem Raum herumzukramen. Ich bin froh, dass hier nur ein Kleiderschrank und eine Nachtkonsole stehen. Die Dekorsachen und die Bücher, die auf den Regalen an der Wand stehen, sind mit einem Wisch entsorgt.

Bruni wirft eine Rolle mit blauen Plastikmüllsäcken auf den Lattenrost. »Die lagen im Bad auf der Heizung. Wir sollten die Kleidung da reinlegen. Die können die Leute vom Container-Dienst in der Altkleidersammlung entsorgen.«

Simone scheint keine Berührungsängste zu haben. Sie lässt sich auf den Lattenrost plumpsen und öffnet die Nachttischschublade. »Oh. Guckt mal. Tante Agnes hatte noch so einen Uraltwecker. Den nehme ich auch mit. So einen hatte Oma Lisbeth, Bruni. Erinnerst du dich noch daran?«

»Nee. Das ist ganz weg bei mir.« Sie öffnet den mittleren Teil des Kleiderschranks. Ein süßer Duft weht uns entgegen.

Bruni legt den Unterarm vor ihre Nase. »Bäh. Die hat im Schrank bestimmt Tausende von den kleinen Stückchen Seife liegen, die man im Hotel immer zur Begrüßung bekommt. Das machen die älteren Menschen manchmal.«

Mir ist der Geruch auch zuwider. Ich reiße einen Müllsack von der Rolle. Bruni greift nach einem Wintermantel. Ihre behandschuhten Hände gleiten vorsichtig in die Taschen. Triumphierend hält sie tatsächlich ein kleines Stück Seife in der Hand. Sie lässt es zurück in die Tasche gleiten. Dann knetet sie die Ärmel und den Rest des Mantels durch. Sie reicht ihn mir, ich lege ihn zusammen und stopfe ihn in den blauen Sack.

»Cool.« Simone schwenkt ein Romanheftchen in der Luft. »Das hat Tante Agnes bestimmt am Abend gelesen, bevor ihre Seele in den Himmel geflogen ist. *Der Baron und die Komtess.*« Sie blättert in dem Heft.

Bruni reicht mir das nächste Kleidungsstück.

Simone liest vor: »*Gandalf von Keltenbach streckt eine Hand nach Ludowika aus, die einen Schritt zurückweicht. Ihrem Antlitz ist zu entnehmen, dass sie einer Ohnmacht nahe ist. Gandalf geht vor seiner Angebeteten auf die Knie. ›Verzeih mir, Liebes. Ich kann nicht von dir lassen, obwohl ich weiß, dass du Ferdinand versprochen bist. Mit jedem Herzschlag denke ich nur an dich, du bist mein Leben.‹ Er greift nach ihrer Hand und küsst sie zärtlich.*

Ludowikas praller Busen hebt und senkt sich schnell. Die Erregung ist ihr anzusehen. Sie presst ein Taschentuch vor die Lippen. Ein Schluchzen zerreißt die Stille.

›Gandalf, es darf nicht sein. Ich bin Ferdinand zu Dank verpflichtet. Wenn er uns zusammen sieht, wird er nicht mehr Herr seiner Sinne sein.‹ Dann hält sie inne. ›Horch, es kommt jemand angeritten.‹ Mit fliegenden Schritten läuft sie leichtfüßig zum hohen Fenster und schaut in den gepflasterten Innenhof. ›O Gott. Es ist Ferdinand. Schnell, Geliebter. Versteck dich. Es wäre dein Ende, wenn er dich hier entdecken würde.‹

Das Heft fliegt zur Seite. »Nicht schlecht, nicht schlecht. Das nehme ich auch mit.«

Bruni reicht mir das nächste Teil. »Du hast schon genug eingesackt. Das will *ich* haben.«

»Nein, das gebe ich nicht mehr her. *Ich* habe es gefunden. Ich leihe es dir erst, wenn ich es gelesen habe.«

Bruni grunzt. »Leihen? Du spinnst doch. Es gehört dir ja gar nicht. Also kannst du es auch nicht verleihen.«

Simone lässt ihre Cousine ins Leere laufen und erfreut sich weiter an Tante Agnes' persönlichem Krimskrams. Sie studiert die Aufschrift einer Tube Salbe. »Die kenne ich. Die ist gut, wenn man eine wunde Rosette hat. Nach ein paar Stunden ist wieder alles paletti. Dann muss man nicht mehr abtupfen, dann kann man wieder kräftig das Poloch abwischen.«

Wir krümmen uns vor Lachen, nachdem sie das Wort Poloch ausgesprochen hat. Bruni ist so schnell, dass ich mit dem Falten nicht nachkomme.

»Oh, wie schön. Ich habe eine Gotteskette gefunden.«

Ich lache noch immer. »Simone. Das ist ein Rosenkranz.«

»Egal. Den nehme ich auch mit.« Simone hängt sich das Teil um den Hals.

»Wenn du weiter so machst, musst du Tom bitten, deine Schätze mit dem Lieferwagen nach Hause zu bringen.«

Als Nächstes hält Simone eine Haarbürste in die Luft, die so voller weißer Haare ist, dass man locker eine Perücke daraus knüpfen könnte. Die fliegt in den Wäschekorb.

Bruni ist jetzt bei den Kleidern angelangt. Tante Agnes hatte einen guten Geschmack. Auf gepolsterten Kleiderbügeln hängen edle Klamotten. An zwei Cocktailkleidern hängen Broschen aus Weißgold, auf denen viele kleine Steine funkeln. Ich löse die Sicherheitsverschlüsse und stopfe sie in meine Hosentasche. Die bekommt Dröpjes. In der Jackentasche eines Kostüms findet Bruni eine Goldkette, deren Anhänger mit Rubinen besetzt ist. Sie reicht sie mir und strahlt mich an. »Das fühlt sich gut an. Vielleicht hat Tante Agnes ihren kompletten Schmuck auf ihre Klamotten verteilt … und die Goldbarren auch.«

Simone ergötzt sich weiter an den Funden. Sie bestaunt Streichholzschachteln aus aller Welt. »Wahnsinn. Tante Agnes muss sich oft im Ausland aufgehalten haben. Kuba, Paris und hier … Streichhölzer aus Brasilien. Ey, ich war noch nie in Brasilien. Schaut mal. Hier ist sogar ein Päckchen aus Kolumbien.«

»Vielleicht ist sie früher beruflich viel herumgekommen.« Ich nehme mir vor, Doof-Dröpjes danach zu fragen.

Bruni und ich haben kein Glück mehr. In keinem der Kleidungsstücke finden wir weiteren Schmuck. Gerald streckt den Kopf zur Tür herein. »Ich bin gleich mit der Küche fertig. Kann ich was mit nach draußen nehmen?«

Ich zeige auf die Säcke mit den Klamotten. »Ja, es wäre lieb, wenn du die mitnehmen könntest.«

»Kein Problem.« Seine Hände sind so groß, dass er vier der Müllsäcke auf einmal greifen kann.

Ich schalte das Licht an, weil es anfängt zu dämmern.

Simone ist mit der Schublade durch. Sie hockt sich vor den Nachtschrank und öffnet die Tür. »Ui, hier sind Schuhkartons mit Fotos und jeder Menge Briefe. Die nehme ich auch mit. Ich bin mal gespannt, mit wem sie sich ausgetauscht hat.«

Diese Idee gefällt mir gar nicht. »Nein. Die nimmst du nicht mit. Ich finde, dass das zu weit geht. Briefe sind wirklich etwas ganz Persönliches. Wenn sie jemand lesen sollte, dann Dröpjes.«

Simone zeigt mir den Vogel. »Der hat sich doch eh nicht um seine alte Tante gekümmert. Als wenn der sich dafür interessieren würde.«

Ich bleibe dabei. »Das ist vollkommen egal. Vielleicht bereut er es ja mittlerweile. Diese Dinge gehen uns nichts an.«

Bruni kniet jetzt vor dem Schrank. »Karo, hilfst du mit, die Hutschachteln durchzuschauen?«

Ich hocke mich neben sie. »Klar.«

Simone klatscht in die Hände. »Ich bin mit meinem Schränkchen durch. Ich bringe schon mal die Klamotten, die ich mitnehmen will, in mein Auto, okay? Ich bin gleich wieder da.«

Ich rufe ihr hinterher, dass sie die Kartons mit den Fotos und Briefen in die alte Vitrine stellen soll, und bin mir schon jetzt sicher, dass Simone es nicht machen wird. Bevor wir das Haus verlassen, werde ich es kontrollieren.

An zwei Hüten finden wir noch goldene Anstecknadeln. Ansonsten gibt der Schrank nichts mehr her.

Simone ist wieder zurück. Sie schaut die Nacht- und Unterwäsche durch. Außer edlen Markenklamotten befindet sich nichts Wertvolles in den Fächern.

Zu dritt schaffen wir es, das leere Möbelstück ein wenig vorzurücken. Bruni kontrolliert die Rückwand. »Null. Fehlanzeige.«

Simone steigt auf die Bettkante, schaut auf den Schrank und hüpft dann zurück auf den Boden. Sie legt sich lang, um unter dem Schrank nachzusehen. Bruni und ich ziehen derweil die vollbepackten Müllsäcke in den Flur. Wir glauben nicht mehr daran, dass wir auf den letzten Metern noch fündig werden. Als Simone frustriert »Scheiße« ruft, wissen wir Bescheid.

Ich rufe laut nach Gerald. Er wird nicht im Haus sein, denn ich bekomme keine Antwort.

Wir setzen uns auf den Lattenrost.

Brunis Finger spielen mit dem Saum ihres T-Shirts. »Wir haben alle Schränke durchgeschaut.« Sie lässt ihren Blick durch das Schlafzimmer wandern. »Verflixt! Wo könnte in diesem Haus noch etwas versteckt sein?«

Ich klopfe mir auf den Oberschenkel. »Auf geht's. Jetzt bleibt nur noch die Vorratskammer.«

Als wir das Schlafzimmer verlassen, sind die Müllsäcke verschwunden.

Die Haustür ist sperrangelweit geöffnet, Gerald steht mit einer Schaufel auf der Wiese und quatscht mit Tom, der mit einem langen Schlauch die Auffahrt abspritzt.

»Hm. Wieso hat er die Schaufel im Anschlag?« Bruni spielt gedankenverloren mit ihrem Ohrläppchen.

»Vielleicht hat er einen toten Vogel oder ein anderes lebloses Tier gefunden, das er verbuddelt hat.« Simone kichert.

Die Uhr schlägt neunmal. Bimmm … bammm … bimmm … bammm. Bruni und ich schauen uns mit großen Augen an. Wir scheinen den gleichen Gedanken zu haben. In diesem Haus gibt es ein ausgestopftes und somit lebloses Tier. Wir drehen uns gleichzeitig langsam nach dem Hocker um … die Katze ist verschwunden.

Ich stampfe mit dem Fuß auf. »Mann, sind wir dämlich. Warum haben wir uns das Kätzchen nicht näher angeschaut.«

Simone folgt unserem Blick. Ihr Mund steht offen. »Ey, jetzt sagt nicht, dass Tante Agnes das Zeug in der Miezekatze versteckt hat.«

»Och, nee.« Bruni wirft den Kopf in den Nacken. »Wir suchen uns den Hintern wund …«

Ich lasse Bruni nicht ausreden. »Ruhig, Mädels. Gaaanz ruhig. Es ist ja nur eine Vermutung.« Ich mache einen Schritt nach draußen und setze ein strahlendes Lächeln auf. »Ähm … Gerald? Das Kätzchen sitzt nicht mehr auf seinem Platz. Sag nicht, dass du es in den Container geworfen hast.«

»Nein. Das habe ich nicht übers Herz gebracht. Die Kleine liegt ein Stück hinter dem Schuppen. Ich habe sie soeben zur letzten Ruhe gebettet. Tom hat eine schöne Rose spendiert. Die liegt auf ihrem Grab.«

»Sie hieß Simba«, ruft Tom. »Agnes hat sie heiß und innig geliebt.«

Ich mache einen großen Schritt zurück und rede im gedämpften Ton. »Simone. Schnapp dir Gerald.« Ich reiße die Tür zur Vorratskammer auf und lasse meinen Blick über die vielen Gläser mit dem eingekochten Obst, den selbst gemachten Marmeladen und den Konservendosen schweifen. »Entsorgt das ganze Zeug.« Dann gebe ich Bruni Anweisung. »Du nimmst Tante Agnes' Schlüsselbund und kontrollierst, ob ein Schlüssel für den Schuppen dranhängt. Wir müssen später an die Schaufel kommen. Ich suche mir ein ruhiges Plätzchen und rufe Doof-Dröpjes an und erstatte Bericht.«

»Und dann? Was hast du vor? Jetzt komm mir nicht damit, dass wir die Katze wieder ausbuddeln sollen.« Bruni verzieht das Gesicht.

Ich zische sie an. »Hast du schon vergessen, warum wir uns hier den Buckel krumm schuften?«

»Nein, natürlich nicht. Aber es reicht ja wohl, wenn wir Dröpjes sagen, wo die Mimmi liegt. Ausbuddeln kann er sie selbst.«

Meine Hände wedeln in der Luft. »Hallo? Wir befinden uns in der Nähe des Moors. Die Erde unter der Erde kann eine ganz andere Beschaffenheit haben. Nicht, dass die Katze übermorgen drei Meter tiefer liegt. Moorerde verschluckt doch alles. Da kommt Dröpjes doch nie mehr dran.«

Der Leuchtturm nickt. »Das stimmt. Wir müssen so schnell wie möglich handeln.«

Ich krame in meiner Hosentasche nach dem Schlüssel, drücke ihn Bruni in die Hand und schiebe sie resolut zur Tür. »So. Du denkst jetzt nicht weiter darüber nach und machst voran.«

Simone nimmt das alles gelassener hin. Sie ruft nach Gerald. »Hilfst du mir kurz?«

Der lässt sofort die Schaufel fallen und eilt herbei.

Ich laufe in die Wohnküche, schließe die Tür hinter mir, hole mein Handy aus meiner Handtasche und setze mich auf den Boden, weil Gerald aus Tisch und Stühlen längst Kleinholz gemacht hat. Anschließend tippe ich Dröpjes' Handynummer ein. Besetzt. Ich ziehe die Beine an und merke plötzlich, wie hungrig ich bin. Hinter vorgehaltener Hand gähne ich laut und probiere es erneut. Er quatscht noch immer. Ich lasse meine Schultern kreisen. Meine Nackenmuskeln schmerzen. Ich konzentriere mich auf das Ticken der alten Uhr, es hat eine einschläfernde Wirkung auf mich. Ich schließe für einen Moment die Augen. Nach wenigen Minuten probiere ich erneut, ihn zu erreichen. Keine Chance. Er quatscht noch.

Bruni kommt herein. »Ein Schlüssel passt. Wir haben also Zugang zum Schuppen … Simone kramt noch in ihrem Kofferraum herum. Sie hat gesagt, dass die Männer vor Hunger sterben. Wir sollen schon mal alles aus der Kühlbox holen. Tom räumt nur noch flott die Gartengeräte in den Holzschuppen.«

In der Hoffnung, dass Dröpjes zurückrufen wird, helfe ich Bruni.

Zehn Minuten später lassen wir es uns schmecken. Da Simone wusste, dass Gerald auch kommt, hat sie so viel Proviant eingepackt, dass sich niemand scheuen muss, ordentlich zuzulangen.

Nach einer halben Stunde verabschieden sich die Männer. Gerald sagt, dass er morgen Vormittag auch kommen wird, um uns zu helfen. Er könne das Geld gut brauchen, denn er und seine Birgit wollen bald heiraten und ein Haus bauen. Finanziell sähe es nicht sehr gut aus. Sie müssten fleißig sparen. Er würde allerdings nur dann kommen, wenn kein ›Notfall‹ dazwischenkäme und er deswegen arbeiten müsse.

Simone zwinkert ihm zu. »Oh, das ist super. Ich bringe wieder etwas Leckeres zu essen mit. Du brauchst dir also keine Brote mitzubringen.«

Gerald zeigt Metall. Er strahlt Simone an. »Das lasse ich mir nicht zweimal sagen.«

Wir winken ihnen nach, als sie in Richtung Parkplatz laufen, um in ihre Autos zu steigen.

Sobald die beiden das Grundstück verlassen haben, räumen wir in Windeseile die Kühlbox ein.

Anschließend setzt Simone die Kopflampe auf, und wir laufen zum Holzschuppen.

Bruni schließt die Tür auf und sucht nach der Schaufel, die sie mir mit langem Arm reicht. »Bitte schön!«

Ich mache einen großen Schritt nach hinten. Meine Hände verschwinden hinter meinem Rücken. »Du hast sie einmal in der Hand. Behalte sie ruhig.«

Sie zischt mich an. »Es macht mir nichts aus, sie herzugeben.«

»Jetzt mach voran«, schimpft Simone. »Ich bin müde.« Sie stellt sich hinter Bruni und verpasst ihrer Cousine einen Schubs.

Nicht weit hinter dem Holzschuppen entdecken wir Simbas Ruhestätte. Simone nimmt die Rose vom Grab und schnüffelt daran. »Schade, dass Simba nicht mehr riechen kann, wie schön sie duftet.«

Bruni fängt an zu schaufeln, dabei mosert sie in einer Tour. »Wenn diese blöde Kuh von Poloch nicht aufgetaucht wäre, würde ich jetzt mit Leon schön auf dem Sofa sitzen und kuscheln. Aber nein … sie musste ja auftauchen.«

Erde fliegt durch die Luft.

»Femmen … wenn ich das schon höre. Man jettet nicht einfach so nach Femmen. Ha! Da wird die Bruni ganz schön sauer.« Sie schlägt die Schaufel ins Erdreich und legt noch eins drauf. »Stinksauer.«

Simone und ich lachen.

Im Schein der Kopflampe entdecken wir zwei Henkel einer Baumwolltasche. Bruni hält inne. »*Ich* fass die nicht an. Das machst du, Karo.« Sie grinst. »Oder hast du Schiss?«

»Tz. Wovor sollte ich denn Schiss haben?« Ich greife nach dem Stoffbeutel und ziehe ihn aus dem Erdloch.

Simone nimmt mir den Beutel aus der Hand. »Lass mal gucken.« Sie hält ihn an ihr Ohr und schüttelt ihn leicht. »Also, ich höre nichts klappern. Schmuck ist da bestimmt nicht drin.« Dann schwenkt sie die Stofftasche hin und her. »Und leicht ist sie auch. Das war nichts, Karo.« Mit einer liebevollen Geste legt sie die Tasche zurück ins Erdloch. »Entschuldigung, Simba, dass wir dich noch einmal gestört haben. Von jetzt an hast du deine Ruhe.«

Ich fühle mich nicht gut. Wie konnte ich nur auf die bescheuerte Idee kommen, dass Tante Agnes die Wertsachen in der präparierten

Katze versteckt haben könnte. Brunis Gesichtszüge sind ebenfalls sehr angespannt. Sie schaufelt wie eine Besessene das Loch zu.

Es ist ein ergreifender Moment, als wir nach wenigen Minuten die Rose zurück auf den kleinen Erdhügel legen.

Auf der Heimfahrt sehne ich mich nach einer kühlen Dusche. Ich bin verschwitzt und verstaubt, meine Haut juckt. Es ist 22:20 Uhr. Meine Müdigkeit ist verflogen.

Mich beschleicht ein trauriges Gefühl, wenn ich an Tante Agnes und das Haus denke. Obwohl es sehr idyllisch gelegen ist, ist die Atmosphäre irgendwie dunkel und ein wenig deprimierend. Ich frage mich, warum Tante Agnes nicht geheiratet hat, denn wenn sie Dröpjes' leibliche Tante war, kann sie auch nicht verheiratet gewesen sein, sonst würde sie nicht denselben Namen tragen.

Die Vorstellung, gleich zu Hause alleine auf dem Sofa zu sitzen, macht mir keine gute Laune. In meinem Elternhaus sind mit Sicherheit noch die Lichter an. Kurz entschlossen lenke ich mein Auto in Richtung Birkenstraße. Noch ein Stündchen quatschen kann nicht schaden.

Ich parke, wie gewohnt, auf der Garagenauffahrt vor dem Haus. Schon beim Aussteigen höre ich Musik, Stimmen und Gelächter.

Am Torbogen hängt eine bunte Lichterkette und im Garten baumeln Lampions an einer Schnur, die zwischen dem Pflaumen- und Kirschbaum gespannt ist. Das blaue Zelt, das neben dem Bachlauf aufgebaut wurde, ist wirklich riesengroß.

Nicht nur meine Familie, sondern auch Gerti und Gustav sitzen mit an dem langen Campingtisch, der auf dem Rasen steht. Es herrscht Urlaubsstimmung pur.

Meine Mutter entdeckt mich als Erste. »Ach, das ist ja eine Überraschung.« Sie springt auf. »Schön, dass du gekommen bist.«

Alle anderen prosten mir zu. Opa Heini klopft auf den freien Stuhl, der neben ihm steht. »Setz dich zu mir, Karo. Dann muss ich nicht so einen langen Arm machen, wenn wir anstoßen.«

Gustav von Burghausen lächelt mich charmant an. »Je später der Abend, umso schöner die Gäste.« Er steht auf, um mir den Stuhl zurechtzurücken.

»Danke … Ach, Opa. Ich muss doch noch fahren. Mit dem Trinken wird das nichts.«

Im Schein der Windlichter sehe ich, dass Gerti schon ordentlich gebechert hat. Ihre Augen sind glasig, sie kichert.

Gundula befüllt ein Glas mit Rotwein und schiebt es zu mir rüber. »Blödsinn. Du musst nicht mehr fahren. Paul ist doch in Frankfurt. Du bleibst hier, basta! Im Zelt ist Platz genug für alle.«

Meine Mutter hebt ihr Glas. »Genau. Das wäre ja noch schöner! Prost, Karo!«

Die Idee gefällt mir, das Angebot nehme ich dankend an. Gläser klingen.

Nachdem ich den köstlichen Wein probiert habe, schaue ich mir das Zelt an. Die Schlafkabinen sind kuschelig hergerichtet. Auf dicken Luftmatratzen liegen Decken und leichtes Bettzeug. Neben einigen Trinkflaschen warten jede Menge Bücher darauf, von Kinderhänden durchgeblättert zu werden. Und … der alte Kassettenrekorder von mir steht daneben. Auf dem Kopfkissen sind Connys und meine *Bibi Blocksberg*-Kassetten gestapelt, die wir als Kinder vor dem Einschlafen hören durften.

»Du kannst dort schlafen, Kind.« Mama zeigt auf eine Einzelkabine. »Dort wollte ich es mir gemütlich machen. Ich lege mich dann zu den Kindern. Da ist noch genug Platz.«

Ich umarme meine Mutter und sage, dass ich mich aufs Übernachten freue. Dann schaue ich mich um. »Wo sind sie denn, die Kinder?«

Betont laut antwortet sie: »Ach, die habe ich seit einer halben Stunde nicht gesehen. Die spielen wohl am Bachlauf.« Dabei zwinkert sie mir zu.

»Ja, die spielen bestimmt am Bachlauf«, echot mein Vater laut.

Hinter dem großen Lorbeerbusch kichert es leise.

»Heini!«, ruft Gustav fröhlich. »Darf ich Gerti noch einen von deinem Rachenputzer einschenken? Die sitzt auf dem Trockenen.«

»Du musst doch nicht fragen, lieber Gustav. Bedient euch.« Gundula schenkt ihm einen betörenden Augenaufschlag.

»Eben«, sagt meine Mutter. Dann lässt sie wieder ihren Lieblingsspruch los. »Das wäre ja noch schöner.«

Der feine Herr Gustav und meine Familie scheinen sich nähergekommen zu sein. Sie sind zum Du übergegangen.

Opa Heini grinst. »Füll sie ruhig ab, die Gerti. Solange sie uns nicht in die Beete kotzt, soll es mir egal sein.«

Alle kreischen. Gerti hickst.

Durch die geöffnete Tür des Wintergartens ist die Türklingel zu hören. Es läutet jemand Sturm.

Mein Vater steht langsam auf. »Also, ich höre schon wieder die Klingel. Wenn jetzt niemand vor der Tür steht, muss ich wohl am Montag zum Ohrenarzt.«

Alle machen gespielt verdutzte Gesichter und versichern, das Klingeln nicht gehört zu haben.

Ich sehe, dass Max und Moritz sich neben dem Torbogen verstecken. Die Kinder spielen Klingelmännchen. Ihr Opa spielt hervorragend mit. Er läuft mit großen Schritten ins Haus.

Hinter dem Lorbeerstrauch wird es lauter. Fine und Franziska lachen sich kaputt.

»Willst du noch etwas essen, Karo?« Mama legt einen Arm um meine Schultern.

»Danke. Ich bin pappsatt. Es wäre schön, wenn ich gleich kurz unter die Dusche hüpfen könnte.«

Sie tätschelt meine Wange. »Sicher. Du weißt ja, wo deine frischen Sachen liegen.«

Gustav spendiert die nächste Runde Schnaps. Gerti schwenkt das Glas in der Luft hin und her. »Wohlsein!« Dann legt sie den Kopf in den Nacken.

Mit amüsiertem Blick beobachtet Opa Heini unsere füllige Nachbarin. »Mann, die kann saufen wie ein Pfaffe nach der Fastenzeit. Kontrollier später mal, ob die vielleicht Eier in der Hose hat, Gustav.«

Papa kommt zurück. Er kratzt sich am Kopf. »Hildegard, ich muss dringend zu Dr. Weinforth. Der muss mir wohl die Ohren tüchtig durchpusten …«

Jetzt tauchen die Schellemännchen zu viert auf. Sie tanzen um ihren Opa und lachen sich kaputt.

»Jawohl, Herr Opa. Sie müssen ins Krankenhaus, die Löffel putzen lassen und …«, ruft Max.

Moritz schubst ihn weg. »Fresse halten. Jetzt rede ich. Herr Opa, Sie haben richtig gehört. Wir haben Sie verarscht.«

»Neeein«, rufen Franziska und Fine aus einem Mund.

Fine streichelt die Hand ihres Großvaters. »Wir haben doch nur Spaß gemacht.«

Mein Vater zieht lustige Grimassen. Dann kitzelt er seine Enkelkinder durch.

Gustav ruft laut: »Darauf trinken wir noch einen.«

Opa lacht. »Jau. Hoch die Tassen.«

Fine wundert sich kein bisschen darüber, dass ich mit am Tisch sitze. Ich erkläre ihr, dass ich ebenfalls im Zelt schlafen werde. Sie umarmt mich. »Von mir aus. Aber ich schlafe neben Franziska.«

Meine Mutter klatscht in die Hände. »So. Gebadet seid ihr schon. Im Wohnzimmer liegen eure Schlafsachen. Zieht euch flott um und dann ab mit euch ins Zelt. Ihr dürft noch lesen und dabei *Bibi Blocksberg* hören.«

Die Kinder rennen begeistert los.

Gerti hängt wie ein nasser Sack auf dem Gartenstuhl Sie nimmt Opa Heini ins Visier, der ihr gegenübersitzt. Sie kneift die Augen so zusammen, als würde sie nach einem Fliegenschiss auf seiner Nasenspitze suchen.

Opa lacht. »Na, Gerti? Welche Farbe hat das Hemd meines Zwillingsbruders?«

Gundula, meine Mutter und mich schüttelt ein Lachkrampf. Mein Vater belässt es bei einem Grinsen. Gustav kichert.

Gerti beugt sich vor. »Da-das gleiche wie du. Rot ka-ka-kariert.«

Gustav prustet los. »Auha. Ich glaube, meine Liebe, du gehörst jetzt ins Bett.«

Opa Heini und mein Vater helfen ihm, die dicke Gerti vom Stuhl zu hieven. Das sieht so witzig aus, dass ich zum Lachen in Richtung Wintergarten renne. Vor der Schiebetür drehe ich mich noch einmal um und wünsche unserer Nachbarin und ihrem Galan eine angenehme Nacht.

Ich husche in den Flur und spähe durch den Türspalt ins Wohnzimmer. Die Kinder sind friedlich. Sie schlüpfen in leichte Jogger, dabei albern sie herum.

Im Kleiderschrank meines ehemaligen Zimmers liegen für den Fall der Fälle einige Klamotten von mir. Unter anderem ein Jogginganzug.

Ich suche mir passende Kleidung für die Nacht zusammen. Bevor ich meine Shorts in die Wäschetruhe werfe, krame ich aus den Taschen Tante Agnes' Schmuck hervor und lege ihn ins Seitenfach meiner Handtasche. Dann genieße ich eine kühle Dusche.

Als ich zurück im Garten bin, brennt im Zelt gedämpftes Licht. Der Kassettenrekorder läuft.

Gundula gähnt. »Das war ein turbulenter Tag. Ich glaube, lange halte ich es nicht mehr aus.«

»Geh dich ruhig bettfein machen, Gundula.« Meine Mutter zwinkert ihr zu. »Ich räum den Tisch alleine ab.«

»Na, das kommt gar nicht infrage.«

Auch ich spüre jetzt, dass ich heute ordentlich geschuftet habe. Mir tun sämtliche Knochen weh. Während wir den Tisch abräumen, will meine Mutter wissen, wie mein Abend war.

Ich gehe nicht ins Detail. »Wir waren im Biergarten. Es war nett.« Diese Auskunft scheint ihr zu reichen, sie fragt nicht weiter nach.

Opa Heini erklärt uns, dass auch die Schiebetür des Wintergartens verriegelt wird. »Sicher ist sicher.«

Meine Mutter denkt nach. »Ja. Das leuchtet mir ein. Der Handtaschenräuber läuft ja noch immer frei herum. Und was ist, wenn jemand pinkeln muss?«

Über die Frage lacht mein Vater. »Na, dann geht derjenige ins Haus. Den Schlüssel für die Tür legen wir unter den Blumentopf, der neben der Schiebetür steht. Die Kinder wissen Bescheid, dass sie dich wecken sollen, wenn sie pullern müssen.«

Ich gähne, strecke mich und grinse. »Gut. Wenn ich pieseln muss, dann wecke ich dich also, Mama.«

Meine Mutter schlägt lachend nach mir.

Als wir in die mittlere Kammer des Zeltes schauen, bietet sich ein Bild für die Götter. Die Kinder sind eingeschlafen. Franziska und Fine liegen eng aneinandergekuschelt nebeneinander. Max liegt mit dem Kopf zu Moritz' Füßen.

Opa Heini zieht mich einige Schritte beiseite. »Du schläfst alleine in der Kabine. Wenn was sein sollte, ruf nach mir. Ich bin sofort da.« Er streichelt mir über die Haare. »Es ist schön, Karo, dass du gekommen bist.«

»Ach, Opa. Ich bin so gerne mit euch zusammen. Irgendwie ist das für mich … wie … wie Schokolade für die Seele.«

Ich höre, dass Opa Heini leise schnieft, und sehe, dass er feuchte Augen bekommt. Er lacht. »Na, so was. Ich muss noch mal ins Haus. Mir kommt ja schon Pipi aus den Augen.«

Wir warten noch, bis Opa zurück ist. Dann wünschen wir uns eine gute Nacht und verschwinden im Zelt. Reißverschlüsse ratschen leise.

7. Restarbeiten

Im Garten geht es tatsächlich zu wie auf dem Campingplatz. Fine, Franziska und die Jungs stehen vor dem winzigen Waschbecken, das neben dem Wintergarten an der Hauswand angebracht ist, und putzen sich die Zähne. Max und Moritz bespucken sich mit Zahnpastaschaum.

Das Bettzeug hängt zum Lüften auf der Leine, an der die Lampions hingen, und auf dem Campingtisch steht eine Plastikschüssel mit buntem Melamin-Geschirr.

Mein Vater macht auf der Wiese seine Frühgymnastik, und Opa Heini ist zum Bäcker gefahren, um frische Brötchen zu holen. Er ist mittlerweile so fit im Autofahren, dass mein Vater ihm blind seinen Mercedes anvertraut.

Meine Mutter und Gundula werkeln in der Küche, ich decke den Tisch.

»Kaaro! Paul ist am Telefon.« Gundula steht im Wintergarten und wedelt mit dem Schnurlosen in der Luft.

Ich renne los. Mich überfällt ein schlechtes Gewissen. Paul hat mit Sicherheit versucht, mich zu Hause zu erreichen. Er wird es auch auf meinem Handy probiert haben, und das liegt in meiner Handtasche, die sich oben im kleinen Zimmer befindet.

Gundula redet mit Paul, als ich ein wenig atemlos vor ihr stehe. »Ja. Gute Heimfahrt, Paul. Ich gebe dich an Karo weiter …«

»Paul? Hallo. Schön, dass du anrufst.« Ein warmes Gefühl überkommt mich, als ich seine Stimme höre.

»Möhrchen. Ich habe mir Sorgen gemacht, weil ich dich nicht erreichen konnte.«

»Es tut mir leid. Gestern Abend habe ich mich ganz spontan entschlossen, hier zu übernachten. Im Zelt.«

»Du hättest mir eine SMS schicken können.«

Ich hole tief Luft. »Ja. Hätte ich. Ich habe aber nicht daran gedacht … Wie geht es dir? Wann bist du heute zu Hause?«

»Es wird noch einmal stressig. Um 14 Uhr haben wir noch einen Termin. Ich schätze mal, dass wir gegen 17 Uhr hier wegkommen werden, und hoffe, dass ich dich am späten Abend in die Arme nehmen kann. Aber vor 22 Uhr wird das nichts.«

Fine steht neben mir. Sie streckt die Arme nach dem Telefon aus und quengelt: »Gib mir Papa. *Ich* will mit ihm sprechen.«

Ich halte ihre Hände fest. »Prima, ich freue mich auf dich. Ich stelle eine Flasche Wein in den Kühlschrank und bereite etwas Schönes zu essen vor.«

»Das hört sich wunderbar nach Heimat an. Ich freue mich auch auf dich, Möhrchen. Ich melde mich noch einmal, wenn wir unterwegs sind.«

Meine Mutter läuft mit einem großen Teller voller Aufschnitt an uns vorbei. »Grüß Paul lieb«, ruft sie dazwischen.

Ich richte die Grüße aus. »Bis später. Fine steht vor mir, sie will dich sprechen … Ich liebe dich, Paul. Fahr vorsichtig.« Dann reiche ich den Hörer weiter und sprinte zurück, um den Tisch weiter zu decken.

Opa Heini kommt. Er schwenkt zwei große Tüten in der Luft. »Ich habe die letzten Rosinenbrötchen für die Kinder erwischt … Und am Bahnhof war ich auch, Hermann. Ich habe uns die Sonntagszeitung mitgebracht.« Er legt die Tüten auf den Tisch, die Zeitung fliegt auf den Gartenstuhl, auf dem mein Vater immer sitzt.

Opa läuft zum kleinen Waschbecken und schrubbt sich die Hände. »Man soll nicht glauben, wie viele Menschen am Sonntag schon um diese Uhrzeit unterwegs sind!«

Gundula balanciert ein Tablett, auf dem Käse, Butter und verschiedene Sorten Marmelade stehen. Sie verteilt die Köstlichkeiten auf dem Tisch.

»Bei dem Wetter strömt die Masse so früh ins Freibad … die meisten wollen doch ein Schattenplätzchen unter den Bäumen ergattern.«

»Ja, ja. Das stimmt. Viele wollen auch in den Zoo. Dort ist es ja auch recht schön«, sagt Mama.

»Finde ich nicht.« Mein Vater macht eine Kniebeuge. »Bei der Hitze stinkt es im Affenhaus wie aus einer Kloake.«

Ich könnte mich an der Aufzählung beteiligen, wo es an einem Sonntag um diese Uhrzeit, bei dem warmen Wetter *noch* nett ist, ich lasse es aber bleiben.

Die Kinder hängen meiner Mutter regelrecht am Kittel. Sie betteln, im Zelt frühstücken zu dürfen.

Sie lacht. »Aber ja. Heute verwöhne ich euch mal.« Sie fragt jedes der Kinder, was es essen möchte. »Ich bringe euch gleich die belegten Brötchen.«

Die vier laufen johlend davon. Gundula befüllt die bunten Becher mit warmem Früchtetee und stellt sie schon mal auf das Tablett. Ich schneide die Rosinenbrötchen auf. Wir machen uns ans Belegen.

Opa Heini und mein Vater setzen sich zu uns.

Mein Großvater gießt Kaffee ein, er redet mit leiser Stimme. »Als ich das Bahnhofsgebäude verlassen habe, ist mir Gustav entgegengekommen. Ich frage mich, was der da wollte.«

Gundula rollt mit den Augen. »Was du immer hast. Gustav wird sich auch die Sonntagszeitung gekauft haben.«

»Nee. Hat er nicht. Die hat er wahrscheinlich an der Tanke gekauft. Sie lag in dem Einkaufskorb, den er in der Hand hatte, in der auch eine Tüte vom Bäcker lag.«

»Na, dann wird er für die liebe Gerti eine schöne Schachtel Pralinen am Bahnhofskiosk gekauft haben. *Er* ist ja Vollblutkavalier.« Gundula schnieft laut.

»Du hast einen Denkfehler, liebe Gundula. Die Pralinen hätte er *auch* an der Tanke kaufen können.«

Mein Vater beißt in sein Käsebrötchen. »Stimmt, Vater. Da gebe ich dir recht.«

»Er hat bestimmt Blumen für sie gekauft.« Meine Mutter stellt den Teller mit den Rosinenbrötchen auf das Tablett. »*Jede* Frau freut sich über Blumen. Besonders an einem Sonntagmorgen um 8 Uhr.« Sie schaut ihren Hermann kurz an, dann macht sie ein pikiertes Gesicht und steht auf. »Kiiinder. Früüühstück!«

Mein Vater reagiert schuldbewusst. Er redet mit vollem Mund. »Hildegard, ich wollte dir schon um 7 Uhr einige Rosen abschneiden. Ich bin nur noch nicht dazu gekommen. Ich mache es sofort nach dem Frühstück.«

Opa Heini streckt sich. »Bis Gerti heute in die Puschen kommt, werden die Blumen eh die Köpfe hängen lassen. Die war so abgefüllt, sie wird vor Mittag nicht aus den Federn kommen.«

Und wieder schießt Gundula einen Pfeil ab. »Um Gerti mache ich mir keine Sorgen. Gustav kümmert sich so liebevoll um sie. Mein Gott …« Sie stupst mich an. »Wenn du gesehen hättest, Karo, wie schnell er das Zelt aufgebaut hatte … Er ist nicht nur aufmerksam, sondern auch sehr klug.«

Opa Heini lacht. »Von wegen, Karo. Der Klugscheißer versteht es nur hervorragend, sich ins rechte Licht zu rücken.«

Wir halten inne, weil Herr Winter, der drei Häuser weiter mit seiner Frau wohnt, in den Garten gelaufen kommt. Er war früher Opa Heinis bester Kumpel. Die beiden haben viel zusammen unternommen. Seit Jahren ist er dement und lebt mal in der Vergangenheit, mal in der Gegenwart und kann sich zeitweise nicht mehr daran erinnern, wer wir sind. Es ist schon öfter vorgekommen, dass er bei uns Bier eingekauft hat, weil mal ganz früher neben unserem Haus ein kleiner Tante-Emma-Laden war.

Er kommt angeschlurft, an seinem angewinkelten Arm baumelt ein Stoffbeutel, auf den das Wort *Brötchensack* gestickt ist.

»Guten Morgen, Herr Steiner.« Er reicht Opa Heini die Hand.

Opa Heini weiß, dass es keinen Sinn macht, Otto zu erklären, dass er nicht Herr Steiner – wer immer das sein mag – ist.

»Oh, guten Morgen, Herr Winter.«

»Ich hätte gerne drei Brötchen.«

Meine Mutter und Gundula werden krebsrot im Gesicht, weil sie einen Lachanfall unterdrücken.

»Drei Brötchen … kein Problem.« Opa Heini nimmt den Stoffsack, den Otto ihm reicht. »Haben Sie einen besonderen Wunsch? Mohnbrötchen, Vollkornbrötchen … oder normale?«

»Ähm … von jedem eins, bitte.«

Opa Heini verzieht keine Miene. Er lässt die Brötchen in den Sack plumpsen und reicht ihn zurück.

Herr Winter drückt Opa Heini ein Zwei-Cent-Stück in die Hand. »Danke. Sie brauchen mir nicht herauszugeben. Der Rest ist für die Kaffeekasse.«

Jetzt kann Opa nicht mehr an sich halten. Er lacht. »Oh, vielen Dank, Herr Winter.«

»Auf Wiedersehen zusammen. Ich wünsche Ihnen noch einen schönen Mittwoch.« Otto dreht sich auf dem Absatz um und schlurft zurück.

In dem Moment, als Opa Heini ihm nachlaufen will, um wie immer zu sehen, ob er wieder nach Hause läuft und nicht in der Gegend herumirrt, taucht Frau Winter am Torbogen auf.

»Ach, Otto. Du bist schon wieder ausgebüxt!«, ruft sie vollkommen aufgebracht. Sie winkt uns zu.

Wir winken zurück. Opa Heini erklärt ihr lautstark, dass Otto bei *Steiner* drei Brötchen eingekauft habe und er im Begriff war, zu schauen, ob er zurück nach Hause läuft.

Frau Winter lacht. »Danke für die Brötchen. Die kommen mir gerade recht. Ihr seid lieb. Ich mach es wieder gut!« Sie nimmt ihren Mann an die Hand und zieht ihn langsam hinter sich her.

»Mann, ist das eine arme Socke.« Opa Heini setzt sich wieder.

Meine Mutter starrt ihm mit offenem Mund hinterher. »Dass der sich noch an die *Bäckerei Steiner* erinnert …«

»*Bäckerei Steiner*? Kenne ich nicht.« Ich esse mit Appetit weiter.

»Die kannst du auch nicht kennen. Die war früher an der Ecke, die zur Hauptstraße führt. Die haben den Betrieb geschlossen, als ich mit dir schwanger war.«

»Tja, so kann es gehen«, sinniert mein Vater laut. »Otto war Richter, bevor er pensioniert wurde. Der hat bestimmt viel für seinen Kopf getan. Und trotzdem hat es ihn erwischt.«

Das Telefon klingelt. Als meine Mutter aufspringen will, deute ich ihr an, sitzen zu bleiben, und laufe in Richtung Wintergarten. Auf dem Display erkenne ich Brunis Rufnummer. Sie meckert mich an. »Mensch, ich habe es zigmal bei dir zu Hause und auf deinem Handy probiert. Ich hätte auch eher auf die Idee kommen können, dass du bei deinen Eltern bist.« Sie erklärt mir kurz und knapp, dass wir uns um 10 Uhr vor Tante Agnes' Haus treffen könnten. »Leon ist mit den Kindern in den Park gefahren. Um 12 Uhr will er zurück sein, dann bringt er sie zu meiner Mutter. Sie hat eine Freundin und deren Enkel eingeladen. Ein neues Schwimmbecken soll eingeweiht werden. Ein richtig großes Teil. Das wurde gestern geliefert.«

»Das hört sich gut an. Die Kinder werden Spaß haben.«

»Ja. Leon vergnügt sich ab Mittag wieder mit Frau Popoloch auf dem Flugplatz. Simone kann auch schon um 10 Uhr kommen.«

Die Tatsache, dass Leon sich mit der Poloch trifft, kommentiere ich nicht. Ich schaue auf die Uhr, die im Wintergarten hängt. Es ist 8:40 Uhr, das schaffe ich locker. »Okay. Danke, Bruni. Ich bin pünktlich.«

Den Rest meines Brötchens vertilge ich im Schnelldurchgang. Meine Familie ist nicht böse, dass ich mich nach dem Frühstück verabschiede.

Fine streckt den Kopf aus dem Zelt und wirft mir einen Luftkuss zu. Altklug ruft sie: »Wir sehen uns dann morgen.«

Alle lachen.

Meine Mutter und Gundula begleiten mich bis zu meinem Auto. Wir sehen Gustav, der an seinem Oldtimer herumwerkelt. Die Motorhaube ist geöffnet.

»Guten Morgen, Gustav! Na? Du bist ja schon fleißig«, flötet Gundula. Sie richtet ihren Haarknoten, obwohl er richtig sitzt.

Gustav dreht sich um und macht eine übertrieben tiefe Verbeugung. »Ah, meine entzückenden Nachbarinnen. Und ich dachte, der Tag kann nicht schöner werden. So kann man sich irren. Einen wunderschönen guten Morgen.«

Mama und Gundula tätscheln synchron meine Wangen.

»Mach dir einen schönen Tag«, sagt Mama mit gönnerhafter Stimme.

Dann bin ich abgemeldet. Die beiden haken sich unter und laufen zum fleißigen Gustav.

Ich steige grinsend in mein Auto, als ich meine Mutter laut fragen höre: »Was fehlt deinem schönen Auto denn? Ist es kaputt?«

Ich gebe Gas, hupe kurz, dabei winke ich und bin weg.

Bevor ich mich auf den Weg in die Teufelsbacher Straße mache, muss ich mich umziehen. Opa Heini hat recht. Für einen Sonntagmorgen sind schon außergewöhnlich viele Menschen unterwegs. Ich kurbele die Fensterscheibe herunter, meine Haare wehen im Fahrtwind.

An der großen Kreuzung, hinter der der Stadtpark liegt, muss ich vom Gas gehen. Die Ampel wechselt ihre Farbe von Gelb auf Rot.

Die gertenschlanke blonde Joggerin, die mir auf dem *Flugplatz Hohenforst* begegnet ist, steht auf dem Bürgersteig und wartet darauf, dass die Fußgängerampel auf Grün springt. Sie trägt knallenge Leggins und joggt auf der Stelle. Ihr Blick streift mich kurz. Sie schaut weg, dann sieht sie mich wieder an und studiert meine Gesichtszüge. Dann konzentriert sie sich auf die Fußgängerampel. Sie kann mich unmöglich erkannt haben, weil ich heute ohne Kappe und Sonnenbrille unterwegs bin. »Man sieht sich immer zweimal«, flüstere ich grinsend, strecke meinen Kopf so weit es geht aus dem Fenster und warte darauf, dass sie den Zebrastreifen überquert.

Als sie angejoggt kommt, rufe ich: »He! Du da! Warum joggst du bei dem Wetter in Reiterhosen? Ist dir nicht zu warm darin?« Dabei starre ich auf ihre Oberschenkel.

Sie verlangsamt ihr Tempo. »Hä? Reiterhosen? Hast du gekifft oder was?« Sie wirft mir einen giftigen Blick zu. Ich lächele sie unschuldig an. Dann zeigt die blöde Kuh mir doch tatsächlich den Stinkefinger.

Für diese böse Geste lege ich noch einen drauf. Aus Leibeskräften schreie ich hinter ihr her: »Wo hast du die Hose gekauft? Sie sieht echt toll aus.«

Ich registriere mit Genugtuung, dass sie kurz stehen bleibt und ihre Hände nach ihren Oberschenkeln tasten. Ich schlage lachend auf das Lenkrad.

Während der Heimfahrt genieße ich das Gefühl, dass nicht nur ich mich von dummen Sprüchen anderer Mädels verunsichern lasse.

Zu Hause schlüpfe ich in kurze Hosen und in ein luftiges T-Shirt. Während ich meine Haare hochbinde, überlege ich, was ich heute Abend kochen soll.

Wenige Minuten später hocke ich vor dem Tiefkühlschrank und freue mich, dass ich noch eine Packung Riesengarnelen finde. Dazu werde ich einen gemischten Salat herrichten. Im Seitenfach des

Kühlschranks steht eine Flasche Roséwein. Der passt hervorragend dazu.

Als ich im Begriff bin, das Haus zu verlassen, ruft Dröpjes auf meinem Handy an. Er entschuldigt sich, dass er gestern nicht mehr zurückgerufen habe. Er sei bis weit nach Mitternacht beschäftigt gewesen, danach wollte er mich nicht mehr stören.

Das sind ja ganz neue Töne! Doof-Dröpjes kann ja richtig nett sein.

Ich erstatte Bericht und fange mit den schlechten Nachrichten an. Er flucht leise, als ich ihm verklickere, dass wir, außer ein paar Schmuckstücken im Kleiderschrank, keine Wertsachen gefunden haben. »Verdammt. Wo hat sie das Zeug nur deponiert?«

Dann hagelt es Positives. Er grunzt zufrieden, als ich ihm erzähle, dass wir es gestern mit Geralds Hilfe tatsächlich geschafft haben, fast das komplette Haus zu entrümpeln. Er bedankt sich auch für die Umsichtigkeit, dass wir den Ohrensessel und die Couch noch nicht entsorgt haben.

Er sülzt: »Sie haben mitgedacht, meine liebe Frau Geiger. Aber … ich habe die Heftklammern unter den Möbelstücken kontrolliert, mit denen der Vliesstoff angetackert wurde. Sie sind alle alt und verrostet. Tante Agnes kann sie also nicht entfernt haben, um etwas in den Polstermöbeln zu verstecken. Vorsichtshalber habe ich das Vlies darunter aufgeschnitten und nachgeschaut. Gerald kann das Zeug in den Container schmeißen.«

Ich werfe einen entnervten Blick in Richtung Zimmerdecke. Das hätte der Trottel uns auch vorher sagen können.

Über unseren Verdacht, dass Tante Agnes in der ausgestopften Katze etwas Wertvolles versteckt haben könnte, lacht Dröpjes. »Im Leben nicht. Die Katze war ihr Ein und Alles. Die hätte sie niemals missbraucht, um etwas zu verstecken.«

Auch das hätte er uns vorher sagen können.

Dass Gerald sie beerdigt hat, findet er gut. »Grauselig. Man stopft keine Tiere aus. Das ist falsche Tierliebe.« Er bittet mich, Gerald viele Grüße auszurichten.

Und wieder muss ich zugeben, dass Dröpjes auch nett sein kann.

Ich druckse ein wenig herum. »Die Chance, Ihr Erbe zu finden, ist verschwindend klein geworden, Herr Dröpjes. Wie geht es jetzt weiter?«

»Tja. Gute Frage. Ich habe keine Ahnung. Sagen Sie den Kaufinteressenten, dass noch nicht feststeht, wann das Haus verkauft wird. Mehr fällt mir im Moment nicht ein.«

Ich hole tief Luft. »Ich rufe Sie später an. Nachdem die Leute da waren.«

In der Teufelsbacher Straße 24 ist im wahrsten Sinne des Wortes Leben in der Bude. Nicht nur Gerald ist gekommen, auch Tom ist wieder mit von der Partie.

Während Bruni, Simone und ich mit der Entfernung der Stalaktiten und Stalagmiten kämpfen, zerlegen die Männer den Kleiderschrank in seine Einzelteile.

Bruni scheint nicht gut geschlafen zu haben. Unter ihren Augen liegen dunkle Schatten.

Simone beobachtet ihre Cousine mit sorgenvollem Blick. »Wie war euer Abend denn?«

»Es war nicht *unser* Abend. Ich war ja erst spät zu Hause. Leon hat in seinem Arbeitszimmer gesessen, als ich heimkam. Nach einer Dusche habe ich alleine im Wohnzimmer auf der Couch gelegen. Ich habe das Gefühl, dass er mir ausweicht. Heute war er auch nicht sehr gesprächig.«

»Vielleicht ist er beleidigt, dass *du* seit zwei Tagen so viel unterwegs bist.«

»Blödsinn! Es interessiert ihn momentan nicht, was ich mache. Er fragt ja noch nicht einmal nach, wie ich die Stunden ohne ihn verbracht habe. Und von dem, was er erlebt hat, redet er auch nicht. Und bevor ich nachfrage, beiße ich mir eher die Zunge ab.«

Obwohl im Schlafzimmer ordentlich Radau gemacht wird, flüstert Simone. »Dass wir den Schatz nicht gefunden haben, ist schon ärgerlich. Dröpjes wäre geholfen, uns wäre geholfen … Mist!«

Ich klinke mich ein. »Der Holzschuppen steht noch aus. Allerdings kann ich mir nicht vorstellen, dass Tante Agnes ihn dort versteckt hat. Tom hätte das Zeug finden können.«

Bruni winkt ab. »Ach, wer weiß. Vielleicht laufen wir einem Phantom hinterher. Es kann ja sein, dass sie den ganzen Goldkram verschenkt hat.« Bruni pfeffert die Bürste in die Badewanne und spült mit der Handdusche die Armatur ab. Sie begutachtet ihr Werk. »Besser bekomme ich es nicht hin.« Dann fängt sie an, die Kacheln zu schrubben.

»Es ist nicht auszuschließen, dass sie alles irgendwo auf dem Grundstück vergraben hat.« Simones Hände schlüpfen in dicke Gummihandschuhe. Sie greift nach einer Flasche WC-Reiniger und der Klobürste. »So. Dann wollen wir das ›Weiße Haus‹ mal richtig schrubben, in dem Tante Agnes ihr letztes Geschäft erledigt hat.«

Bruni verzieht keine Miene, ich lache mich über den Spruch schlapp.

Mit einem Ruck entferne ich die ekelige Gummimatte aus der Dusche und werfe sie in den Flur. »Wenn sie auf die Idee gekommen ist … dann gute Nacht, Marie. Die Wahrscheinlichkeit, auf dem großen Gelände die richtige Stelle zu finden, ist gleich null. Es wundert mich, dass Dröpjes noch nicht an die Möglichkeit gedacht hat.«

Die Männer poltern mit langen Holzteilen durch den Flur nach draußen.

Wir geben richtig Gas. Nach einer Stunde sieht das Badezimmer so aus, dass man es mit gutem Gewissen herzeigen kann. Die Wand- und Bodenfliesen glänzen, die Armaturen sind entkalkt. Das ›Weiße Haus‹ blitzt so vor Sauberkeit, dass selbst Hillary Clinton darauf im Sitzen und nicht im Stehen pinkeln würde.

Um 13 Uhr ist auch die Wohnküche picobello sauber. Simone benötigt keine Leiter, um die muffigen, roten Samtvorhänge zu entfernen. Die gerafften Scheibengardinen lassen wir an den Fenstern hängen, weil sie recht hübsch aussehen.

Gerald leistet Unglaubliches. Er schafft es mit Leichtigkeit, den wuchtigen Ohrensessel alleine zu entsorgen.

Nachdem auch die Couch aus dem Fernsehzimmer verschwunden ist, macht Simone sich an die Bodenpflege.

Währenddessen beginnen Bruni und ich mit der Reinigung des Parkettbodens im Schlafzimmer.

Gerald und Tom verschwinden mit Besen in den Keller, um die Spinnweben zu entfernen. Wir sind dankbar, dass die Männer sich darum kümmern.

Simone streckt den Kopf zur Tür herein. Sie wedelt mit dem Romanheft, das sie gestern mitgenommen hat, in der Luft. »Kann ich reinkommen? Ich muss euch eine ganz tolle Stelle vorlesen. Boah, die ist so schön.«

Ich nicke. »Ja. Lauf auf Zehenspitzen und setz dich auf die Fensterbank.«

Bruni schaut auf. »Lies aber nur eine Seite vor. Ich will mir die Spannung nicht verderben.«

»Nee. Ich lese nur ein paar Sätze.« Sie hockt sich auf die Fensterbank und lehnt sich gegen den Rahmen.

»Jetzt hört zu. Ey, voll schön.« Sie räuspert sich. »*Ludowika zögert. Dann nimmt sie Gandalfs Hand und legt sie auf ihren Bauch. ›Gandalf. Solange Ferdinand lebte, konnte ich dir nicht die Wahrheit sagen. Ich war ihm doch zu Dank verpflichtet. Es ist dein Kind, das ich unter dem Herzen trage.‹*

Gandalf taumelt. ›Geliebte, ist das wahr?‹

Ludowika nickt, eine süße Röte überzieht ihre Wangen. ›Ja‹, haucht sie und setzt sich mit der Anmut einer werdenden Mutter auf die Chaiselongue.‹

Gandalf beugt sich zu ihr und küsst sie mit der Zärtlichkeit eines werdenden Vaters. ›Ich schwör dir mein Herzblut. Ich lasse dich nie mehr allein.‹«

Simone schnieft. »Kann mir mal jemand sagen, was eine Schisselong ist?«

»Ja.« Ich muss lachen. »Das ist eine Liege mit einer Kopflehne.«

Bruni taucht den Aufnehmer ins Wischwasser. »Lies weiter …«

Simone baumelt mit den Beinen. »*Ende.*«

»Hä? Wie jetzt.« Bruni hält inne.

»Na, Ende. Aus. Du kannst das Heft mitnehmen.«

»Mann! Bist du bescheuert? Jetzt weiß ich doch, wie die Geschichte ausgeht.«

Ich finde das auch ärgerlich. »Ehrlich, Simone. Das macht man nicht. Man verrät nie das Ende eines Romans, den man gelesen hat.«

Simone knallt das Heft auf die Fensterbank. »*Ich* habe gefragt. Ihr habt doch gesagt, dass ich lesen soll.« Sie hüpft von ihrem Platz und läuft auf Zehenspitzen aus dem Zimmer.

Um 14:30 Uhr sind wir mit allem durch. Die Vorrats- und die Abstellkammer sehen ebenfalls wie geleckt aus. Wir sind stolz auf uns und klatschen ab.

Tom holt den Wasserschlauch aus dem Holzschuppen. Er schließt ihn draußen am Wasserhahn an. Wir befreien unsere Gesichter, Arme und Beine vom Schmutz.

Simone wedelt mit den nassen Händen in der Luft. »So, jetzt wird gegessen.«

Wir entscheiden, dass wir draußen schlemmen werden. Bruni holt eine große Decke aus dem Kofferraum ihres Autos, Simone nimmt eine Tasche vom Rücksitz ihres Audis. Gerald joggt zu ihr, um beim Tragen zu helfen.

Simone verteilt Pappteller, Besteck und legt zwei Tüten mit Brötchen auf die Decke. Anschließend stellt sie mit einem lauten »Tadaaa« drei Warmhaltetöpfe dazu. »Gegrillte Nackensteaks mit Röstzwiebeln. In den grünen Töpfen liegt das Fleisch, in dem roten sind die Zwiebeln. Ich habe kräftig gewürzt. Das ist gut bei dem warmen Wetter.«

Wenig später kauen wir alle mit großem Appetit. Simone kann kochen wie keine andere. Sie scheut keine Arbeit, wenn es darum geht, etwas Leckeres auf den Tisch zu bringen. Dass sie schon heute in aller Frühe den Grill angeschmissen hat, ist der pure Wahnsinn.

Sie winkt ab, als wir Lobeshymnen auf ihre Kochkunst singen. »Ich mache das total gerne. Ehrlich. Ich freue mich immer, wenn Freunden schmeckt, was ich hergerichtet habe.«

Ich beobachte fasziniert, wie Gerald seine Stahlbeißerchen in das Brötchen rammt.

Wir werden abgelenkt, weil ein Van angefahren kommt. Ich tupfe mit einer Serviette meinen Mund ab, stehe langsam auf und laufe in Richtung Parkplatz.

Autotüren werden geöffnet. Drei Jungs im Alter von etwa sieben bis zehn Jahren hüpfen aus dem Fahrzeug. Sie schauen sich neugierig um.

»Voll krass!«, ruft der Große mit dem Stoppelhaarschnitt. »Voll der Wald!«

Ein Mädchen im Teenageralter schnallt sich nicht ab. Sie tippt auf dem Display ihres Handys herum. Die Kinder haben alle pechschwarze Haare. Als Nächstes steigen zwei Erwachsene aus.

Die Frau, deren Haare kurz geschnitten sind, reicht mir die Hand.

»Lützenburg. Wir haben einen Termin mit Herrn Dröpjes. Wir interessieren uns für das Haus.«

»Ja«, sagt der Mann mit einem entwaffnenden Lächeln. »Wir interessieren uns *sehr* für das Haus.«

Aus dem Auto ertönt eine motzige Stimme. »*Ihr* interessiert euch für das Haus. *Ihr*! *Ich* nicht!«

Frau Lützenburg lacht und zeigt mit dem Finger auf ihre Tochter. »Das da ist Emily-Sue. Emily-Sue ist in der Pubertät. Sie weigert sich, die Stadt hinter sich zu lassen.«

Ich sage nicht, dass ich an ihrer Stelle auch keine Lust dazu hätte.

Die Jungs rennen los, sie laufen in Richtung Wald. Frau Lützenburg legt die Hände vor den Mund. »Bruno … Balduin … Boris … ihr lauft nicht weg, hört ihr?«

Nachdem mich auch Herr Lützenburg mit einem Handschlag begrüßt hat, erkläre ich ihnen, dass Herr Dröpjes verhindert sei, sie sich aber in aller Ruhe im Haus und auf dem Grundstück umsehen könnten. Dann erkläre ich, dass ich zu dem Haus nicht viel erklären könne, weil ich lediglich eine Bekannte des Verkäufers sei.

Herr und Frau Lützenburg schauen sich um.

Herr Lützenburg massiert mit Daumen und Zeigefinger sein Kinn. »Schau mal, Anna. An der rechten und linken Hausseite könnten wir wunderbar anbauen.« Er dreht sich zu mir um. »Wir müssten nämlich anbauen. Jedes unserer Kinder soll ein eigenes Zimmer bekommen, wissen Sie.«

Ich nicke.

Emily-Sue gibt ihren Senf dazu. »*Ich* brauche kein Zimmer, hört ihr? *Ich* nicht. Das Geld könnt ihr euch sparen. Ich ziehe zu Oma Dora.«

Anna Lützenburg geht nicht darauf ein. »Tja, Peter. Das sieht von außen schon mal recht ordentlich aus. Mein Gott, wie groß das Grundstück ist. Aber den Pool sollten wir nicht hier vorne bauen lassen, oder?«

»Nein, nein«, meint Peter. »Das auf keinen Fall.« Er sieht mich an. »Oder würden Sie hier vorne einen Pool errichten lassen?«

Ich blähe die Wangen. »Puh. Gute Frage.«

Dann laufen die beiden endlich in Richtung Haus, um sich ein Bild von den Räumlichkeiten zu machen. Sie winken meinen Freundinnen, Gerald und Tom zu und verschwinden in Tante Agnes' Hütte.

Die Jungs scheinen viel Spaß im Wald zu haben, ihr Gelächter ist nicht zu überhören.

Aus meinem Mittagessen scheint nichts zu werden. Nachdem ich mich wieder neben Bruni auf die Decke gesetzt habe, rollen die nächsten Kaufinteressenten an. Aus einem Jeep, hinter dem ein Pferdewagen gespannt ist, steigen zwei ältere Frauen.

Und wieder mache ich mich auf den Weg. Die beiden stellen sich als Mara und Henriette Walther vor. Auch ihnen erkläre ich, dass Herr Dröpjes verhindert sei und sie sich alles in Ruhe anschauen könnten.

Mara Walther streicht ihre kurzen, blonden Haare hinter die Ohren. »Meine Schwester und ich sind Künstlerinnen. Wir suchen ein Objekt mit einem großen Grundstück. Wir haben drei Hunde und zwei Pferde.« Sie zeigt auf den Rücksitz des Jeeps. »Das ist Lady. Eine unserer Mitbewohnerinnen.«

Ein niedlicher Bobtail schaut mich mit seinen treuherzigen Augen an. Die Frauen möchten zuerst einen Rundgang über das Grundstück machen und sich anschließend das Haus ansehen. Henriette öffnet die Tür des Autos. Lady macht einen Satz ins Freie. Sie bedankt sich mit lautem Gekläffe, sprintet ausgelassen auf die Wiese, dreht drei Runden um unsere Picknickdecke und hockt sich neben einen der Rosensträucher und macht Pipi.

Gerald und Tom locken das Wollknäuel und streicheln die Hündin, die sich das sehr gerne gefallen lässt. Lady reagiert sofort auf Maras Zuruf und folgt seinen Frauchen, die um das Haus laufen.

Ich darf endlich weiteressen.

Tom liegt seitwärts auf der Decke und kaut auf einem Grashalm. Wir unterhalten uns leise.

Nach einer Weile kommen die Lützenburgs aus dem Haus. Herr Lützenburg scheint sich sehr wohlzufühlen, denn er breitet die Arme aus und holt tief Luft. »Danke, dass Sie uns hereingelassen haben. Wir melden uns bei Herrn Dröpjes. Also, wir wären schon sehr interessiert.«

Ich nicke ihm zu. »Ich richte es ihm aus. Kommen Sie gut heim.«

Seine Gattin lächelt mich an. »Vielen Dank! Wir laufen noch einmal über das Grundstück.«

Simone und die Männer albern herum.

Ich stupse Bruni an. »Komm, wir schauen uns jetzt den Holzschuppen von innen an.«

Sie ist einverstanden. Wir schlendern langsam los.

Während ich mich gegen den Türrahmen lehne und esse, schaut sich Bruni in dem Holzschuppen um. Hier ist alles so übersichtlich und ordentlich sortiert, dass man einen guten Überblick hat. Die Gartenwerkzeuge hängen alle in entsprechenden Halterungen an der linken Wand. Ganz hinten parkt der Traktorrasenmäher, daneben steht eine Schubkarre. Auf Regalen finden wir Packungen mit Rasen- und Rosendünger, Grassamen und diverse Mittelchen zur Bekämpfung von Gartenschädlingen.

Ich stopfe den Rest meines Brötchens in den Mund und spreche das aus, was ich vorhin gedacht habe. »Hier kann man nichts verstecken. Hier ist alles so übersichtlich …«

Wir fahren erschrocken auseinander, als Tom mit dem zusammengerollten Gartenschlauch den Holzschuppen betritt und ihn ordentlich auf die Schlauchhalterung hängt.

Gemeinsam verlassen wir das kleine Häuschen, das Tom sorgfältig abschließt.

Als wir wieder bei Simone und Gerald sind, schaue ich in Richtung Parkplatz. »Nanu? Wo ist denn der Jeep der Schwestern?«

»Die sind soeben vom Gelände gefahren. Ich soll dir ausrichten, dass das Haus nicht infrage komme. Das Grundstück hat zu wenig Weidefläche für die Pferde und zu viel Wald für die Hunde.«

Ich zucke mit den Schultern. »Na gut. Ich werde es Dröpjes ausrichten.«

Bruni und ich flitzen ins Haus, um alle Fenster zu verriegeln. Nach dem Rundgang durch die Räume muss ich zugeben, dass wir wirklich gute Arbeit geleistet haben.

Es ist nach 16 Uhr. Die Kaufinteressenten waren um 15 Uhr bestellt. Ich gehe davon aus, dass niemand mehr auftauchen wird. Ich ziehe die Haustür ins Schloss und schließe die Hütte ab.

Simone und die Männer haben vor dem Haus klar Schiff gemacht. Gerald und Tom verabschieden sich.

Der Leuchtturm fällt Gerald um den Hals. »Tschüss, mein Großer. Wir telefonieren, okay?«

Metall blitzt. »Worauf du dich verlassen kannst.«

Bruni und ich belassen es bei einem Händeschütteln.

Emily-Sue sitzt nicht mehr in der großen Familienkutsche. Der Wagen ist verriegelt. Vielleicht ist sie doch ein wenig neugierig auf das Landleben geworden.

Wir verlassen im Konvoi das Grundstück.

Auf dem Heimweg rufe ich Dröpjes an. Er sagt, dass er schon auf der Autobahn in Richtung Heimat sei. Ich erstatte wieder Bericht. Er bedankt sich, und das hört sich wirklich aufrichtig an. Morgen früh, bevor er nach Elmshorn in seine Firma fahren wird, will er sich das ansehen, was wir geleistet haben.

Kaum dass ich das Gespräch beendet habe, ruft Paul an. Er sagt, dass er und Maria schon unterwegs seien. Ich könne damit rechnen, dass er gegen 21 Uhr zu Hause sei.

Yipieee. Ich gebe Gas.

Im Gegensatz zu heute Morgen sind die Straßen wie leer gefegt. Ich drücke das Gaspedal durch, denn die Ampel, auf die ich zufahre, wird mit Sicherheit gleich von Grün auf Gelb umschalten. Ich überfahre sie bei Gelb und weiß aus Erfahrung, dass ich mich sputen sollte, sonst muss ich gleich vor der nächsten Ampel stehen bleiben.

Ich grinse breit, weil ich die ausgeklügelte, technische Verkehrsregelung mit etwas mehr Tempo ausgetrickst habe. Mit ein wenig Cleverness kommt man besser durchs Leben. So wenig Verkehr müsste immer sein, denn so macht Autofahren Spaß.

Als ich meinen Corsa mit Schwung auf unser Grundstück lenke, kommt mir meine Schwester in rasantem Tempo in ihrem roten Cabrio entgegengefahren. Wir steigen beide in die Eisen und zeigen uns gegenseitig den Vogel.

Sie legt den Rückwärtsgang ein und prescht im Affenzahn zurück. Das sieht verdammt nach einem Besuch aus. Jetzt ärgere ich mich, dass ich so flott unterwegs war. Wäre ich doch nur zwei Minuten später gekommen!

Während ich aussteige, wettere ich los. »Mensch, Conny! Hast du einen Knall? Du befindest dich auf Privatgrundstück! Hier fährt man im Schritttempo! Hier wohnt auch ein Kind!«

Conny kichert. »Sei nicht albern. Fine ist doch bei Mama und Papa.« Sie steigt aus.

»Das ist scheißegal. Deshalb wohnt sie trotzdem hier.«

Sie verdreht die Augen. »Ja doch. Ist ja gut. Ich wollte die Jungs von Mama und Papa abholen, und da dachte ich mir, dass ich dir vorher einen Überraschungsbesuch abstatte.«

Ich blinzele sie an, weil mich die Sonne blendet, und sage das, was ich denke. »Warum rufst du nie an, bevor du kommst? Das passt mir heute gar nicht.«

Sie nimmt mir den Schlüsselbund aus der Hand und läuft die Stufen bis zu unserer Haustür hinauf. Sie steckt einen Schlüssel ins Schloss, der aber nicht passt. Mit flinken Fingern fummelt sie weiter. »Jetzt komm doch erst mal rein. Ich koche uns einen Kaffee und du ruhst deine strapazierten Nerven aus.«

Ich könnte ausrasten, nehme zwei Treppenstufen auf einmal und reiße ihr den Schlüsselbund aus der Hand. »Her damit. Wir sind hier nicht bei *Frauentausch*.«

Conny kichert und verschränkt die Arme vor der Brust. »Ich wollte auch nicht zehn Tage bleiben, sondern nur zehn Minuten.«

Die Aussage klingt wie Musik in meinen Ohren. Ich stampfe in die Küche. »Willst du ein Wässerchen?«

Conny nickt und setzt sich an den Küchentisch. Sie schlägt die Beine übereinander. »Stell dir vor. Da kommt doch gestern pünktlich um 13 Uhr die Ilse von den Habermanns zu uns. Du weißt schon, die Putzmamsell, deren Hilfe Habermann mir förmlich aufgezwungen hat. Im Grunde war sie flott durch mit dem Wohnzimmer und der Küche. Und weil sie so flott gearbeitet hat und es noch früh am Tag war, habe ich sie gebeten, im Obergeschoss wacker alle Betten zu beziehen und kurz über die Fenster zu putzen. So. Um 19 Uhr hat sie den Putzkittel ausgezogen. Und weißt du, was sie sagte, bevor sie sich verabschiedet hat?«

Ich reiche Conny ein Glas mit Mineralwasser.

»Nein. Woher soll ich das wissen?«

»Sie hielt die Hand auf und flötete: ›Das macht dann neunzig Euro, Frau Jörgensen.‹« Conny springt auf und läuft auf und ab.

Ein Gluckser verlässt meine Kehle. »Ähm … dachtest du etwa, die räumt für umme eure Hütte auf?«

»Hallo? Herr Doktor Habermann sprach von Nachbarschaftshilfe.

Du warst doch dabei. Und die ist ja bekanntlich für umme.« Sie schlägt sich vor den Kopf. »Als wenn ich gestern neunzig Euro im Haus gehabt hätte. Sie kommt heute Abend, um sich die Kohle abzuholen.«

Ich weiß nicht mehr, wer was gesprochen hat. Mir ist es auch egal. Bevor Conny auf die wahnwitzige Idee kommen sollte, mich um Geld anzupumpen, komme ich ihr zuvor. »So viel Kohle hätte ich gestern auch nicht im Hause gehabt und heute schon mal gar nicht.«

Conny räuspert sich. »Du hast kein Bargeld im Haus?«

Ich zucke mit den Schultern und kichere. »Nein. Wozu? Ich putze ja immer selbst und muss keine Ilse bezahlen.«

Meine Schwester hat es plötzlich sehr eilig, wegzukommen. Ihr Besuch hat exakt zehn Minuten gedauert.

Um 20:30 Uhr bin ich mit allem fertig. Meine Haare fallen in großen Locken über meine Schultern. Ich zwänge mich in die knappen, sexy Shorts, die Paul so an mir mag, und schlüpfe in ein rückenfreies Top. Auf Make-up habe ich verzichtet. Paul wird mein Gesicht gleich mit tausend Küssen bedecken, da ist Natur gefragt.

Die Riesengarnelen sind in Butter mit viel Knoblauch angebraten. Sie warten im Kühlschrank darauf, zum Aufwärmen in den Backofen geschoben zu werden. Der Wassermelonen-Rucola-Salat mit Schafskäse ist mir perfekt gelungen. Ich öffne die Schlafzimmerfenster weit, damit der Bratengeruch verschwindet, der sich im ganzen Haus breitgemacht hat.

Als ich Pauls Auto die Kiesauffahrt herauffahren sehe, winke ich ihm zu und sprinte nach unten.

Ich laufe ihm entgegen und werfe mich förmlich in seine Arme. »Paul! Schön, dass du wieder daheim bist.«

Er lacht und drückt mich an sich. »Na, das freut Papa Paul. Was für ein Empfang. Hallo, kleines Möhrchen.« Er vergräbt sein Gesicht in meine Haare. »Mhm. Wie herrlich du duftest. Geht es Finchen gut?«

Ich nicke. »Ja. Alles gut. Sie hat viel Spaß in der Birkenstraße.«

Paul schiebt mich ein Stück von sich. »Geküsst wird gleich. Einen Rasthaus-Frikadellen-Kuss will ich dir nicht zumuten. Ich hüpfe kurz unter die Dusche.«

Er holt seine große Reisetasche aus dem Kofferraum. Hand in Hand laufen wir ins Haus.

Eine Viertelstunde später wird geküsst. Paul schmeckt frisch.

Dass die Wiese gemäht ist, fällt ihm sofort auf. Als ich ihm erkläre, dass das im übertragenen Sinne ein Blumenstrauß für ihn sei, lacht er. Als ich ihm erkläre, dass ich meine Liebe zum Rasenmähen entdeckt habe und … dass ich diese Arbeit von jetzt an immer machen werde, statt das dumme Unkraut zu jäten, lacht er nicht mehr.

Über das leichte Essen freut er sich dann wieder. Er langt ordentlich zu. »Möhrchen, ich glaube, ich habe in den letzten Tagen noch drei Kilo mehr zugenommen. Den Knopf der Anzughose kann ich nun gar nicht mehr schließen. Gut, dass die Gürtelschnalle das Malheur verdeckt hat.«

Ich lächele ihn mit einer Unschuldsmiene an. »Ach, wenn du weiterhin das Mittagessen ausfallen lässt, hast du den Speck flott runter.«

Während wir schlemmen und den frischen, leichten Wein genießen, berichtet Paul von den Gesprächen, die er mit den Großhändlern geführt hat. »Es läuft alles prima. Petermann ist ein großartiger Mitarbeiter. Er hat gute Vorarbeit geleistet.«

Nachdem er ausgiebig Bericht erstattet hat, will er wissen, wie ich die Tage verbracht habe. Ich erzähle locker drauflos, denn auf diese Frage habe ich mich bestens vorbereitet. Mal hätten wir auf Simones Dachterrasse gesessen und gequatscht, mal bei uns im Garten. Ich verhaspele mich nicht einmal. Von der Übernachtung im Zelt berichte ich ihm ebenfalls.

Wir decken gemeinsam den Tisch ab und räumen die Küche notdürftig auf. Dann schieben wir auf der Terrasse zwei Liegen zusammen und kuscheln uns eng aneinander. Paul streichelt meinen Arm. Wir beobachten die Sonne, die langsam hinter der hohen Koniferenhecke verschwindet.

Paul seufzt. »Maria möchte in Kürze drei Tage Urlaub nehmen. Herr Bertram will nach Hamburg kommen, um sie zu besuchen. Sie möchte ihm die Umgebung und die Küste zeigen. Ist das nicht verrückt? In der Gegend gibt es so viele nette Männer. Und was macht Maria? Sie verliebt sich in einen Geschäftsmann, der in Frankfurt seine Existenz hat.«

Ich lege meinen Kopf auf Pauls Brust. »Das liegt an der Schicksalskette, Paul. Wenn Petermann nicht krank geworden wäre, wäre Maria nicht nach Frankfurt gefahren. Und wenn Maria nicht nach Frankfurt gefahren wäre, hätte sie diesen Herrn Bertram nicht kennengelernt. So kommt eins zum andern.«

Meine Hand wandert zu Pauls Hosenbund. Ein Finger verschwindet darunter. Dann lasse ich meine Fingernägel wie zufällig über den Reißverschluss gleiten. Paul zuckt zusammen, er stöhnt leise.

Ich flüstere in sein Ohr: »Schau mal, Paul. Wenn du nicht so zügellos zu Mittag gegessen hättest, würde deine Hose jetzt nicht so eng sitzen. Und wenn deine Hose nicht so eng sitzen würde, käme ich jetzt nicht auf die Idee, den Hosenknopf zu öffnen. Und wenn ich nicht den Hosenknopf öffnen würde …«

Pauls Stimme klingt heiser. »Diese Schicksalskette gefällt mir … spinn sie weiter.«

Das lasse ich mir nicht zweimal sagen.

8. Die Uschi

Ich fahre langsam in die Tiefgarage. Am Wochenende habe ich so viel erlebt, dass ich das Gefühl habe, acht Tage nicht in der Firma gewesen zu sein. Es kommt mir so vor, als würde ein erlebnisreicher Kurzurlaub hinter mir liegen.

Das war etwas ganz anderes, als nur im Garten abzuhängen. Abgesehen von der Tatsache, dass wir Doof-Dröpjes' Erbe nicht gefunden haben, fühle ich mich gut.

Paul und ich haben gestern Abend noch mehrere Schicksalsketten gesponnen. Und das hat richtig viel Spaß gemacht. Und zwar so viel, dass wir heute Morgen da weitergemacht haben, wo wir gestern aufgehört haben. In meinem Bauch kitzelt es so, als würden tausend kleine Schmetterlinge darin herumflattern.

Nachdem ich mein Auto geparkt habe, steige ich beschwingt aus und stöckele in Richtung Stahltür. Die Edelkarre von der Poloch parkt wieder direkt daneben. Sie wird also auch heute als Erste die Firma betreten haben. Ich frage mich, wie man nur so arbeitsgeil sein kann. Ich beeile mich, ins Büro zu kommen.

Bruni macht einen abgespannten Eindruck. Sie grüßt kurz. »Leon ist bei Paul.«

Meine Handtasche fliegt in den Schrank. »Gibt es was Neues? Ich meine … von Leon.«

»Nein. Alles wie gehabt.« Sie seufzt. »Wir haben gestern Abend kaum Zeit miteinander verbracht. Leon hat sich wieder in seinem Arbeitszimmer verschanzt.«

Ich lasse mich auf den Stuhl fallen und winke Maria zu, die mit einem verklärten Lächeln telefoniert. Sie reagiert nicht und blickt regelrecht durch mich durch.

Bruni folgt meinem Blick. »Maria ist schon mit dem Handy am Ohr ins Büro gekommen.«

Im Flüsterton erzähle ich Bruni das, was ich von Paul weiß. »Sie ist wohl bis über beide Ohren verknallt.«

»Ah. Darum grinst sie permanent vor sich hin.«

»Hast du Leon nicht gefragt, warum er so viel Zeit im Arbeitszimmer verbringt?«

»Nein. Ich werde ihn auch nicht fragen. Das liegt mir nicht, Karo.«

Maria kommt aus ihrem Büro. Sie läuft zur Kaffeemaschine und stolpert dabei mehrfach über ihre eigenen Füße.

Bruni und ich beobachten sie grinsend.

»Ja, Stefan. Das klingt wirklich schön. Ich mag die Texte von ihm auch sehr gerne.« Sie befüllt eine Tasse mit dem schwarzen Gebräu.

Die Tür zu Pauls Büro öffnet sich. Paul lacht mich strahlend an, dann sucht er Marias Blick. »Maria, kommst du gleich zu uns?«

Maria reagiert nicht auf Pauls Ansage. Sie quatscht in aller Seelenruhe weiter. »Ja, das Buch habe ich auch gelesen. Er beschreibt die Gefühle mit wunderschönen Worten …«

Pauls Hand wedelt in der Luft. »Maria?«

Maria ist nicht in dieser Welt. Sie balanciert die Tasse in ihr Büro und kickt mit dem Fuß die Glastür zu.

Paul schüttelt lachend den Kopf. »Karo, Bruni, wenn Maria fertig ist, schickt ihr sie zu uns?«

Wir nicken. Paul knallt die Tür hinter sich zu.

Bruni kneift die Augen zusammen. »Ich wollte heute nach dem Frühstück in Leons Portemonnaie schnüffeln. Leider habe ich es nicht gefunden.«

Mein Finger wedelt in der Luft. »Oh, das solltest du besser bleiben lassen. Heute früh stand auf meinem Tagessprüchekalender: *Hoffen ist oft besser als Finden*. Das ist ein Spruch aus Abessinien.«

»Und was soll mir dieser dumme Spruch aus Abessinien sagen?«

Ich fahre meinen PC hoch. »Na, dass man nicht schnüffeln soll. Man soll einfach darauf hoffen, dass man nichts finden wird. Dann erübrigt sich das Schnüffeln.«

Bruni lacht. »Quatsch. Du nimmst mich auf den Arm.«

Und wieder kommt Paul. Diesmal hat er Leon im Schlepptau. Leon umarmt mich. »Schön, dass du dich am Wochenende so um Bruni gekümmert hast, Karo. Ich war vollauf beschäftigt.«

Ich lächele gequält. »Ja. Bruni hat erzählt, dass du dich am *Flugplatz Hohenforst* aufgehalten hast.«

Statt zu antworten, nickt er nur und krempelt seine Hemdsärmel hoch.

Maria kommt aus ihrem Glaskasten. Sie kichert. »Wie schön du das sagst, Stefan.«

Pauls Stimme klingt etwas ungehalten. »Maria, könnten wir uns darauf einigen, dass du vielleicht erst eine Stunde arbeiten würdest, bevor du dich um deine … ähm … du weißt schon, kümmerst?«

Maria wird knallrot. Ihr Zeigefinger wischt über das Display. »Oh. Sicher. Entschuldigung.«

Paul klatscht in die Hände. »Danke. So, dann können wir jetzt zu dritt in die Produktion laufen.«

Anschließend erklärt er uns, dass sie bis zur Mittagspause im Haus unterwegs seien. Dann sind wir alleine.

Bruni hievt sich langsam hoch, gießt uns Kaffee ein und stellt die Tassen auf den Schreibtisch. »Das Unheil hat längst seinen Lauf genommen. Wir können es nicht mehr aufhalten. Wenn wir doch bloß den Schmuck und das Gold gefunden hätten. Ohne das Zeug haben wir keine Chance auf das Gebäude nebenan.«

Ich möchte Bruni tröstende Worte sagen, mir fallen jedoch keine ein. Das Schlimme ist, dass sie recht hat.

Das Telefon bimmelt. Es überrascht mich nicht, dass ich die Stimme meiner Mutter höre. Wenn Fine dort übernachtet hat, ruft sie meistens am nächsten Morgen an. Sie erzählt, dass es unserer Tochter gut gehe und mein Vater sie pünktlich in den Kindergarten gebracht habe. Das freut mich natürlich. Und meine Mutter freut es, dass Paul wieder gut zu Hause gelandet ist und wir einen schönen Abend verbracht haben.

Sie druckst ein wenig herum. »Karo. Könntest du für mich beim *Coiffeur Trüttken* anrufen? Gundula und ich wollten einen Termin dort machen. Vor nächster Woche Dienstag haben die aber keine Zeit für uns, weil sich in Hamburg momentan so viel Prominenz aufhält. Die geben sich beim Trüttken doch die Klinke in die Hand. Conny hat erzählt, dass die Uschi, die dort arbeitet, auch zum Haaremachen nach Hause komme. Sie verdient sich etwas nebenher. Das darf der Herr Trüttken natürlich nicht wissen. Irgendwie trau ich mich nicht, noch einmal dort anzurufen. Es wäre schön, wenn sie heute Nachmittag Zeit hätte. Der Salon hat heute nur bis 13 Uhr geöffnet.«

»Warum wartet ihr denn nicht einfach bis nächste Woche?«

Jetzt reagiert meine Mutter ein wenig angepisst. »Morgen wollen wir mit Gustav und Gerti zum Fischgroßhandel fahren. Gustav fährt uns in seinem Oldtimer. Da gucken doch immer alle Leute. Glaubst du, wir wollen wie zwei alte Schrubber auf dem schönen Leder sitzen?«

Ich unterdrücke ein Lachen. »Mama, der Fischgroßhandel liegt nur eine Viertelstunde Autofahrt von uns entfernt.«

»Eben. Darum. Es werden uns richtig viele Leute sehen.«

Na dann. Ich verspreche meiner Mutter, die Uschi sofort anzurufen.

Bruni kringelt sich vor Lachen, als ich ihr von dem Gespräch erzähle.

Da ich mir auch ab und an beim *Coiffeur Trüttken* die Haare schneiden lasse, habe ich die Rufnummer in meinem Handy gespeichert. Die Dame, die für die Terminvergabe zuständig ist, fragt in misstrauischem Ton, ob ich die Uschi privat oder geschäftlich sprechen möchte.

Mit reinstem Gewissen versichere ich ihr, dass ich aus privaten Gründen anrufe.

Wenig später meldet sich die Uschi mit ihrer piepsigen Stimme. Sie druckst ein wenig herum, als ich ihr erkläre, warum ich anrufe. Sie kann nicht offen sprechen und redet um den heißen Brei. Letztendlich sagt sie: »Gut. Wenn du mir die Adresse sagst, wo ich mir die alten Möbel angucken kann, dann komme ich heute um 16 Uhr.«

»Super. Danke.«

»Müssen die alten Möbel auch gebeizt werden? Oder reicht nur ein wenig Staubwischen.«

»Ähm. Keine Ahnung. Bring einfach alles mit, womit man ältere Möbel aufpeppen kann, okay? Die Adresse ist die Birkenstraße 18.«

»Okay. Bis später dann. Ich freu mich auf das alte Zeug.«

Mama juchzt wie ein kleines Kind, als ich sie zurückrufe und ihr erkläre, dass die Uschi für heute zugesagt hat. Die Uhrzeit passt ihr ausgezeichnet.

Ich schaue in die E-Mail-Eingänge und lasse meine Gedanken schweifen. Ich gebe zu, dass ich ein wenig enttäuscht bin, dass Dröpjes sich noch nicht gemeldet hat. Ein wenig mehr Begeisterung hätte ich mir schon gewünscht, denn eigentlich dürfte er die Räume in Tante Agnes' Haus nicht wiedererkannt haben. Seufzend mache ich mich an die Arbeit. Brunis Finger hämmern schon auf der Tastatur ihres PCs.

Paul und Maria sind vor der Mittagspause zurück. Maria geht sofort in ihr Büro und zückt ihr Handy.

Papa Paul erklärt uns, dass er morgen den ganzen Tag mit Leon unterwegs sei. In Lüneburg.

»Lüneburg? Was gibt es denn in Lüneburg?« Ich hänge an Pauls Lippen.

Er haucht mir einen Kuss auf die Stirn. »Der Immobilienmakler hat mich vorhin angerufen. Er hat einige schöne Objekte, die für uns infrage kämen. In Lüneburg und außerhalb von Lüneburg.«

Ich habe einen Kloß im Hals. »Aha.«

Paul entschuldigt sich. »Ich wünsche euch einen guten Appetit.« Er läuft mit großen Schritten in sein Büro.

Bruni und ich lassen die Kugelschreiber fallen.

Als wir im Flur sind, stampft Bruni mit dem Fuß auf. »Die ganze erbärmliche Kacke war umsonst. Die Entrümpelungsaktion hätten wir uns sparen können.«

Ich nehme sie in den Arm. »Komm, wir können es nicht ändern, Bruni. Wir haben alles gegeben.«

Zu allem Überfluss begegnen wir Leon und der Poloch, die die Kantine verlassen. Sie tragen Plastikschalen vor sich her, die mit Folie abgedeckt sind.

Leon küsst Bruni flüchtig auf die Wange. »Wir haben einiges zu besprechen und essen, während wir arbeiten.«

Mandy behandelt mich so, als wäre ich Luft. Sie sucht Brunis Blick und schenkt ihr ein strahlendes Lächeln. »Ich esse ab heute überwiegend Salat. Am Wochenende habe ich so viel Süßes genossen … Ich bin ein kleines Schleckermäulchen … ein kleiner Nimmersatt.«

Leon dreht sich zur Seite und hustet.

Die Poloch redet weiter. »Ich habe mit meiner Freundin gewettet, dass ich innerhalb von einem Monat zwei Kilo weniger auf den Hüften habe.«

Bruni lächelt sie süffisant an. »Dann wünsche ich Ihnen viel Glück.« Ihr Blick wandert zwischen Leon und der Poloch hin und her. »Nun lauft mal los, bevor der Salat kalt wird.«

Die Poloch kreischt vor Lachen. Leon stimmt verunsichert mit ein.

Wir müssen nicht lange nachdenken, welches Gericht wir uns von Theken-Sabine auf die Teller schaufeln lassen. Unsere Wahl fällt auf Spaghetti Bolognese mit Parmesan.

Heike sitzt alleine am Tisch. Neben ihrem Teller liegt ihr Handy, sie tippt darauf herum. »Ich schreibe mit Ulrike. Mensch, sie liegt am Strand. Sie hat per Whatsapp tolle Fotos geschickt. Ich zeige sie euch gleich.«

Bruni putzt ihr Essbesteck. »Grüß sie lieb von uns.«

Heike lässt genüsslich eine lange Nudel in den Mund flutschen, dann tippt sie weiter. »Mach ich.«

Ich drehe meine Gabel in den Nudelberg, die Sauce duftet herrlich nach Knoblauch.

Heike schiebt das Handy zu uns rüber. Wir schauen uns die Fotos an. Es sind mindestens dreißig Aufnahmen. Ulrike im Bett, Ulrike im Bad, auf dem Balkon, am Frühstücksbüfett und dann am Strand. Sie lacht jedes Mal ausgelassen in die Kamera. Wir schmunzeln, als wir uns das Video anschauen. Ulrike flaniert in dem gelben Bikini den

Strand entlang. Sie wackelt kräftig mit dem Hintern, dann hüpft sie ins türkisfarbene Wasser und kreischt vor Vergnügen. Im Hintergrund ragen große Felsen aus dem Meer, die teilweise mit Sträuchern und Nadelgehölz bewachsen sind.

Bruni schaut sich das Video ein zweites Mal an. »Wie herrlich es in Bodrum ist. Da wäre ich jetzt auch gerne.«

Heike verzieht das Gesicht. »Mir gefällt ja Mallorca besser. Na ja. Erfreuen wir Ulrike mit einigen Fotos aus der Heimat.« Sie macht eine Nahaufnahme von ihrem Mittagessen. Dann fotografiert sie Bruni und mich. Wir strahlen in die Kamera. Klick! Wir begutachten die Aufnahme, sie ist schön geworden.

Sie knipst noch ein Foto von der Theke, hinter der Sabine und Ingo mit der Essensausgabe beschäftigt sind.

Während sie weiterisst, schreibt sie einen kurzen Text und drückt den Sendebutton.

Bruni beobachtet unsere Buchhalterin. »Dir ist es ohne Ulrike bestimmt ein wenig langweilig im Büro, oder?«

Heike winkt ab. »Halb so schlimm. Wir sind ja ständig am Simsen. Es ist fast so, als würde Ulrike mir gegenübersitzen.«

Und das ist auch hier in der Kantine der Fall. Ständig kommen Kurzmitteilungen auf Heikes Handy an, die sie auch prompt beantwortet.

Zwischendurch hält sie uns immer wieder neue Fotos vor die Nase, die Ulrike vor wenigen Sekunden geschossen und geschickt hat.

Nachdem wir gemeinsam die Kantine verlassen haben, bin ich mir ganz sicher, dass bei Heike keine Langeweile aufkommen wird. Als wir den Flur entlanglaufen, fällt ihr ein, dass sie Ulrike noch schreiben müsse, wie warm es heute in Deutschland sei. Und dass die *Bäckerei Rosendahl* ab Mittwoch selbst gemachtes Eis im Sortiment habe.

Nachdem Maria aus der Mittagspause zurück ist, schiebt sie einen regelrechten Lenz. Sobald Paul außer Sichtweite ist, telefoniert sie in einer Tour und kommt nur aus ihrem Büro, um Bruni und mir Schreibkram auf den Tisch zu legen, der dringend erledigt werden muss.

Während ich das mit einem Schmunzeln hinnehme, regt sich Bruni tierisch darüber auf. »Mensch, wenn hier jeder, der sich verguckt hat, seiner Arbeit nicht mehr nachgehen würde, wäre *Geigers Jummy-Gum* bald pleite.«

Eine halbe Stunde vor Feierabend ruft Dröpjes an. Er entschuldigt sich, dass er erst jetzt anrufe. Heute früh sei er nicht dazu gekommen, im Haus seiner Tante nach dem Rechten zu schauen, weil er dringend in seine Firma nach Elmshorn musste. Jetzt sei er aber vor Ort und sei regelrecht überwältigt, dass wir die Hütte so ordentlich hergerichtet haben.

In gedämpftem Tonfall erkläre ich ihm, dass wir das ohne die Hilfe vom starken Gerald und von Tom nicht geschafft hätten.

»Tja. Das war es dann wohl, Frau Geiger.«

»Ja. Wir haben wirklich jedes Teil durch die Hände gehen lassen und alles genau durchgeschaut, Herr Dröpjes.« Ich druckse ein wenig herum. »Haben Sie mal darüber nachgedacht, dass Ihre Tante die Wertsachen auf dem Grundstück vergraben haben könnte?«

Dröpjes schweigt eine Weile. Dann sagt er: »Nachdem Sie im Haus nicht fündig wurden, kam mir der verrückte Gedanke. Ich stehe bereits in Kontakt mit einer Firma, die sich professionell um das Auffinden verlorener Familienschätze kümmert, die wahrscheinlich auf privaten Grundstücken vergraben wurden. Die Leute arbeiten mit einem breiten Spektrum an Hochleistungs-Metalldetektoren und durchforsten mit schwerem Gerät jeden Quadratmeter. Der Chef hat aus dem Nähkästchen geplaudert. Man soll nicht glauben, wie viele Menschen derartige Geheimnisse mit ins Grab nehmen.«

Mit müder Stimme bittet er mich, den Schmuck, den wir im Kleiderschrank gefunden haben, in den nächsten Tagen in die Schublade der Vitrine zu legen. Anschließend soll ich die Tür verriegeln und den Schlüsselbund durch den Briefkastenschlitz in den Flur werfen. Den Pachtvertrag erwähnt er mit keinem Wort. Ich frage auch nicht mehr danach.

Wir räumen unseren Schreibtisch auf. Bruni meckert mich an, weil ich Dröpjes nicht mehr wegen des Pachtvertrages angesprochen habe. »Du bist aber auch schusselig. Der ist im Moment so handzahm, du hättest ihn locker um den Finger wickeln können.«

Ich meckere zurück. »Das liegt mir nicht, Bruni. In dem Punkt kann ich nicht über meinen Schatten springen.«

Bruni zieht einen Flunsch.

Und den zieht sie noch immer, als wir uns in der Tiefgarage verabschieden.

Vor dem Haus meiner Eltern parkt ein weißer Mini Cooper. Ich gehe mal davon aus, dass dieses niedliche Fahrzeug der Uschi gehört.

Nachdem ich mein Auto hinter das von Conny gelenkt habe und aussteige, bestätigt sich meine Vermutung. Auf dem Rücksitz steht ein Kosmetikkoffer, neben dem Frisierumhänge und etliche Rundbürsten liegen.

Hanni und Nanni kommen aus dem Garten. Sie kauen beide einen Apfel. »Hallo, Karo. Schade, dass wir nicht länger bleiben können. Wir hätten zu gerne das Umstyling von Oma und Gundula miterlebt.« Sie umarmen mich. »Die Pflicht ruft, wir müssen gleich arbeiten.«

Ich streichele beiden über die Wangen. »Ja, schade. Mal abgesehen vom Umstyling … Ich hätte auch gerne ein wenig mit euch gequatscht. Ihr seid ja nur noch im Stress.«

Hanni zwinkert mir zu. »Eher weniger. Ab morgen müssen wir erst zur vierten Stunde zum Schulunterricht. Vier Pauker sind krank geworden. Die fallen die ganze Woche aus. Darunter ist auch unser neuer Klassenlehrer. Das gab es noch nie an der Schule. Wir übernachten bei einer Freundin. Mama hat es uns gerade erlaubt. Sie ist schon achtzehn. Ihre Eltern sind für zehn Tage an der Küste auf einem Campingplatz.«

»Na, dann wünsche ich euch viel Spaß.«

Die beiden schwingen sich auf ihre Fahrräder und treten ordentlich in die Pedale.

Fine kommt mir im Badeanzug entgegengelaufen. Sie hat einige Lockenwickler im Haar. »Guck mal, Mama. Die Uschi hat mir die Haare eingewickelt.«

»Ui, das ist toll. Dann hast du ja gleich noch schönere Locken. Das wird Papa freuen. Er ist wieder daheim.« Mir fällt ein, dass Fine noch gar nicht weiß, dass Paul ihr einige Überraschungseier vor der Abfahrt gekauft hat. Das sage ich ihr. Sie klatscht in die Hände.

Max und Moritz tauchen wie aus dem Nichts auf. Sie springen hinter dem Kirschlorbeer hervor. Max reißt die Augen weit auf und wackelt mit dem Popo. »Hününüüü. Weiberkram. Locken sind voll Scheiße.«

Sein Bruder hält sich den Bauch vor Lachen. »Die Frau Glatzenschneider ist da.«

Sie pesen davon, Fine läuft ihren Cousins hinterher.

Im Wintergarten wird diskutiert. Mama und Gundula sitzen mit nassen Haaren auf Küchenstühlen. Meine Mutter unterbricht ihren Redeschwall, als sie mich sieht.

»Hallo, Karo. Guck mal. Die Uschi ist da.« Sie lacht mich glücklich an.

»Ja«, ruft Papa. »Die Uschi ist da.«

Opa Heini belässt es bei einem Grinsen, Conny kichert.

Ich grüße in die Runde und reiche der Uschi-Maus die Hand. Sie sieht umwerfend aus. Ihre honigblonden Haare sind sehr kurz geschnitten. Ihr Make-up ist perfekt. Sie ist groß und hat eine wahnsinnig tolle Figur. Sie trägt sehr knappe Shorts und ein bauchfreies schwarzes Top, dazu traumhafte, hochhackige Riemchensandalen. Ich setze mich neben Conny.

Uschi räuspert sich dezent. »Tja, Hildegard. Rede mal weiter. Wie möchtest du die Haare denn haben?«

Die Hände meiner Mutter spielen miteinander. »Also, wie die Iris Berben. *Die* Frisur gefällt mir.«

Die Uschi fährt mit dem Kamm durch Mamas Haare. »Du, das wäre im Grunde kein Problem. Das Problem ist nur, dass die Iris lange Haare hat. Das kriegen wir nicht hin, weil … du hast ja kurze Haare.«

Meine Mutter zieht die Augenbrauen zusammen. »Ja, ja. Noch habe ich sie kurz. Aber wenn du sie mir vom Grunde her so schneiden könntest? Sie wachsen ja dann so nach, oder?«

Connys Hand wandert vor ihren Mund. Opa und Papa pressen die Lippen aufeinander. Ich gieße mir eine Tasse Kaffee ein.

Die Uschi schüttelt den Kopf. »Nee, du. Das wird nichts.«

Gundula rutscht aufgeregt auf dem Stuhl hin und her. »Kannst du *mir* die Haare denn so schneiden? Ich mag die Frisur von der Berben auch gut leiden.«

Uschis Kamm saust durch Gundulas feine, graue Haare, die ihr über die Schultern fallen. Sie hüstelt dezent. »Du, das wäre im Grunde kein Problem. Das Problem ist nur … die Iris hat dicke Haare und du hast sehr feine, verstehst du? Deine Haare liegen hinterher nicht so wie die von der Iris.«

Gundula reckt ihr Kinn nach vorne. »Und was ist mit der Frisur von der Camilla? Weißt du, wen ich meine? Die Frau von Prinz Charles.«

Opa Heini bläst die Nasenflügel und wiehert leise. Dabei scharrt sein Fuß auf den Fliesen. Mein Vater, Conny und ich prusten los. Die Fachfrau, Mama und Gundula sind so vertieft, dass sie das gar nicht registrieren.

Die Uschi legt den Kopf schief. »Ja. Die Duchess of Cornwall. Du, die Frisur wäre ideal. Etwas stufig, ein kess geföhnter Pony, das sieht pfiffig aus. Aber dann sollten wir auch mit Farbe arbeiten. Ich würde dir einen warmen Blondton empfehlen.«

Gundula lehnt sich zufrieden zurück und nickt glücklich.

Mama schlägt sich mit der flachen Hand auf den Oberschenkel. »Mensch, das ist aber ärgerlich. Das hätte mir auch einfallen können.« Sie schließt die Augen. »Aber mir fällt schon noch was Schönes ein.« Man sieht förmlich, wie sie nachdenkt. »Hach, wie war doch der Name … helft mir mal. Aus der Unterhaltungsbranche … Musik.« Sie fummelt an ihren Haaren herum. »Oben kurz und unten etwas länger.«

Opa Heini schlürft an seinem Kaffee und kichert. »Meinst du Andy Borg? Der hat doch so eine Frise.«

»Neeein. Hach …«

Mein Vater spielt mit. »Howard Carpendale? Der trägt sie auch oben kurz und unten lang.«

Gundula kichert.

Conny stupst mich mit dem Fuß an. Ich weiß nicht, wo ich hinschauen soll, ich stehe kurz vorm Platzen.

»Na, jetzt hab ich es.« Sie schnippt mit den Fingern. »Ich meine die Marianne. Die Frau vom Michael …«

Uschi korrigiert Mama. »Also, die Marianne trägt sie oben eher nicht so kurz. Dafür unten aber schon etwas länger …«

Ich weiß nicht, was die Männer daran so lustig finden. Sie gickeln wie kleine Jungs.

Die Friseurin klopft meiner Mutter leicht auf die Schulter »Ich mache das schon, Hildegard. Du wirst dich später nicht wiedererkennen.«

Gundula darf zuerst Haare lassen. Uschi lässt die Schere klappern.

Meine Mutter steht auf und sagt betont laut: »So. Ich werde mal den Kuchen aus dem Kühlschrank holen.« Sie wirft Conny und mir einen Blick zu, dabei zuckt ihr Kopf in Richtung Flur.

Conny und ich folgen ihr unauffällig.

Als wir in der Küche sind, lehnt meine Mutter die Tür an. Sie flüstert: »Stellt euch mal vor. Gundula wollte heute nach dem Mittagessen in den Supermarkt. Sie hat sich entschlossen, mit dem Rad zu fahren. Ich begleite sie bis vors Haus. Und wie sie ihr Fahrrad aus der Garage schiebt, steigt der Gustav in sein schickes Auto. Er sieht Gundula und fragt sie lautstark, wo sie denn hinwolle. Und als sie ihm zurief, dass sie flott einige Lebensmittel einkaufen wolle, hat er ihr angeboten, sie mit dem Auto mitzunehmen, weil er auch einkaufen und anschließend etwas abholen müsse. Und sie ist mit ihm gefahren. Das schickt sich doch nicht, oder?«

Conny reißt die Augen weit auf, legt eine Hand vor den Mund und kiekst leise. »O Gott. Das ist ja schrecklich. Hoffentlich ist Gundula jetzt nicht schwanger.«

Die Hand meiner Mutter saust auf Connys Oberarm. Es klatscht. »Veralber mich nicht!«

Ich muss lachen. »Ach, Mama, was ist denn schon dabei? Die Gerti ist doch auch schon mal alleine mit Papa oder Opa Heini zum Einkaufen gefahren.«

Meine Mutter reißt mit roher Gewalt die Kühlschranktür auf. Die Flaschen, die im Seitenfach der Tür stehen, beschweren sich klirrend. »Ach, das ist doch etwas ganz anderes … Es hat ewig gedauert, bis sie wieder zurück waren.«

Ich nehme den Apfelkuchen an, den meine Mutter mir reicht. Conny bekommt einen Teller mit Muffins in die Hand gedrückt, die mit Smarties verziert sind.

»Bring den Teller in den Garten, Conny. Fine hatte heute einen Extrawunsch.« Sie knallt die Tür des Kühlschranks wieder zu.

»Bist du am Ende eifersüchtig auf Gundula?« Conny stibitzt ein Smartie und lässt es in ihrem Mund verschwinden.

»Quatsch! Ich und eifersüchtig? Das wäre ja noch schöner!«

Wir laufen zurück in den Wintergarten. Conny ruft laut nach Fine, die sofort angehüpft kommt.

Meine Tochter schlägt sich vor den Kopf. »Ach jaaa. Es gibt Muffins. Das habe ich total vergessen. Danke.«

Opa Heini und mein Vater haben ihre Gartenstühle verstellt. Sie sitzen so, dass sie freie Sicht auf Uschis lange, schlanke Beine haben.

Meine Mutter verteilt den Kuchen. »Iss doch erst in Ruhe ein Stück mit, Uschi. So viel Zeit muss sein.«

Uschi winkt ab. »Danke. Ich bleibe bei Kaffee. Bei mir landet jedes Gramm Zucker sofort auf den Hüften.«

»Vater, Hermann. Warum setzt ihr euch nicht an den Tisch?« Mama verdreht die Augen. »Es ist doch unbequem, wenn ihr die Teller in den Händen haltet und esst.«

Opa Heini macht einen langen Arm. »Papperlapapp. Her mit dem Kuchen. Das ist überhaupt nicht unbequem.«

Wir lassen es uns schmecken.

Uschi beugt sich vor und schneidet Gundulas Pony. Opa Heini und mein Vater starren mit offenen Mündern auf ihre Pobacken.

»Es ist doch viel schöner, wenn man zu Hause die Haare gemacht bekommt.« Gundula klimpert mit den Wimpern, sie reibt sich die Nase. »Hach, es juckt mich überall.«

Opa Heini beugt sich noch weiter nach vorne. »Mich juckt es auch überall, liebe Gundula.«

Mein Vater muss sich schwer beherrschen, nicht loszulachen.

»Wenn ihr wollt, komme ich weiter privat zu euch. Das muss aber unter uns bleiben. Sonst kündigt mir der Herr Trüttken.«

Mein Vater wedelt mit der Kuchengabel in der Luft. »Klasse. Am besten, du kommst einmal in der Woche.«

Opa Heini nickt. »Jau. Das finde ich auch.«

Die Schere klappert weiter.

Meine Mutter tupft mit einer Serviette an ihren Mundwinkeln. »Mit der neuen Frisur werden meine Ohrringe schön zur Geltung kommen.«

Wir zucken alle zusammen, als Conny wie von der Tarantel gestochen aufspringt. »Mensch, ich muss los.« Sie schaut auf die Uhr, die an der Wand hängt. »Ich habe noch einiges zu erledigen.«

Die Hand meiner Mutter fährt über ihre Brust. »Mein Gott. Musst du uns deshalb zu Tode erschrecken?«

Conny schultert ihre Handtasche, winkt in die Runde und ist schon im Garten, als ich »Tschüss, Schwester« sage. Sie ruft laut nach ihren Söhnen, dann ist nur noch das Klappern ihrer Absätze zu hören.

Max und Moritz rennen am Wintergarten vorbei. Sie folgen ihrer Mama, ohne sich von uns zu verabschieden.

Fine kommt angetrottet. Ihr Mund ist mit Schokolade beschmiert. Sie umarmt mich. »Fahren wir jetzt, Mama? Ich war so lange nicht bei uns zu Hause. Ich muss doch noch die Überraschungseier auspacken, die Papa mir dagelassen hat.«

Meine Mutter lacht. »Das war ein wunderschönes Wochenende, Finchen. Wenn du magst, können wir bald wieder zelten.«

Fine reibt sich die Augen und gähnt. »Ja, aber heute habe ich keine Zeit mehr.«

Uschi entfernt die Lockenwickler aus ihren Haaren und kämmt sie durch. »Hui, du schaust jetzt aus wie eine kleine Prinzessin.«

Fine läuft in den Flur. Sie wird den Spiegel befragen, was er dazu meint.

Ich verabschiede mich heute ein wenig unwillig. Ich hätte zu gerne gesehen, wie Mama und Gundula nach dem Umstyling ausschauen. Meine Mutter verspricht, mir später einige Fotos auf mein Handy zu schicken.

Fine ist auch zufrieden mit ihrer *neuen* Frisur. Sie will sich weder umziehen noch den Mund waschen, sie will nur noch nach Hause. Sie holt ihren Kindergartenrucksack, dann machen wir uns auf den Weg.

Fine sitzt in der Badewanne und weint Krokodilstränen. Sie wollte sich partout nicht die Haare waschen lassen, was ich nicht durchgehen lassen konnte. Ihre Kopfhaut war voller Sand. Sie schluchzt, weil ich kurzen Prozess gemacht habe.

»Jetzt … jetzt … kann Pa-Papa meine schönen Lo-Locken nicht sehen.« Ihre Brust hebt und senkt sich schnell.

»Ha. Du wirst sehen, wie schick du später aussehen wirst. Ich habe doch auch Lockenwickler. Die drehen wir gleich in deine Haare …«

Fine zieht die Augenbrauen zusammen und schlägt nach mir. »Du … du bist aber keine Friseurin. Du kannst das nicht.«

Ich drücke ihr einen Schmatzer auf die nasse Wange. »Na, du wirst dich wundern. Ich verspreche dir, dass Papa, sobald er dich sieht, fragen wird, ob du beim Friseur warst.«

Meine Tochter beruhigt sich ein wenig. Ich ziehe schon mal den Stöpsel aus der Badewanne und bearbeite mit einer weichen Bürste ihre Fingernägel. »Du solltest jetzt aufhören zu weinen. Es wäre doch schade, wenn du wie eine Prinzessin ausschaust und verweinte Augen hast.«

Nachdem Fine blitzblank ist, rubbele ich sie mit einem großen Badehandtuch trocken. »Warte kurz. Ich hole frische Sachen aus deinem Schrank.«

Während ich langsam in ihr Zimmer laufe, tippe ich eine SMS an Paul und schreibe ihm, welchen Satz er sagen soll, sobald er unsere Tochter sieht. Nachdem ich frische Klamotten aus ihrem Schrank geholt habe, laufe ich fröhlich pfeifend zurück.

Fine zieht sich an, ich föhne ihre Haare fast trocken, dann kommen kleine Lockenwickler zum Einsatz. »So. Jetzt hüpfst du in den Garten. In der Sonne sind deine Haare ruckizucki trocken. Und dann wirst du staunen.«

Wir laufen gemeinsam die Treppe runter. Fine rennt auf die Terrasse, ich mache mich auf den Weg in die Küche und schiebe Spareribs zum Auftauen in die Mikrowelle. In der Zwischenzeit rühre ich eine Barbecue-Marinade, mit der ich das Fleisch gleich einpinseln werde.

Es ist noch genügend Salat von gestern da, um die Beilage muss ich mich also nicht mehr kümmern. Ich schalte den Backofen an.

Fine kommt glücklich angelaufen. In zwei der drei Überraschungseier waren Figuren versteckt. »Da habe ich aber Glück gehabt, was?«

Ich lache. »O ja.«

Als Fine entdeckt, dass Spareribs auf dem Speiseplan stehen, leckt sie sich die Lippen. Sie liebt es, das Fleisch von den Knochen abzunagen. Sie pfeffert die Hälften der Schokoladeneier auf den Küchentisch und holt aus der Schublade eine Butterbrottüte heraus. »Erst esse ich die Rippen. Die Schoki esse ich zum Nachtisch.«

Sie zieht einen Stuhl vor die Spüle, klettert hinauf und wäscht sich die mit Schokolade verschmierten Hände. Dann schaut sie zu, wie ich das Essen vorbereite.

Nachdem ich die fleischigen Rippen in den Backofen geschoben habe, schaue ich aus dem Küchenfenster. Pauls Auto kommt die Auffahrt heraufgefahren, er fährt Schritttempo.

Fine klettert in Windeseile vom Stuhl und trippelt auf der Stelle. »Schnell, Mama. Mach die Wickler raus.«

Ich kann das genauso flott wie die Uschi. Dann laufen wir ins Gäste-WC, denn dort liegen Kamm und Haarbürste.

Als Paul das Haus betritt, rennt Fine ihm entgegen.

»Papaaa! Hallo! Danke für die Überraschungseier! Es waren zwei Figuren drin.«

Ich sehe, dass Paul einen riesigen Strauß Blumen in den Händen hält. Er legt ihn auf die Anrichte, breitet seine Arme aus und wirbelt unsere Tochter durch die Luft. »Hallo, Finchen. So habe ich mir das gedacht. Aber … warte mal. Stopp. Was ist mit deinen Haaren passiert? Du siehst ja aus wie eine Prinzessin. Donnerwetter. Hat dich ein Friseur so schick gemacht?«

Fine drückt ihm einen Schmatzer auf die Lippen. »Nehee. Die Mamaaa!«

Pauls Kopf zuckt zurück. »Was? Die Mama? Na, die ist ja eine Künstlerin.«

Fine schmiegt sich an ihren Vater. »Wir haben uns aber lange nicht gesehen, was?«

»Stimmt. Mann, ich hatte schon richtig Sehnsucht nach dir.«

Ich lasse mich von Paul küssen. Dabei schiele ich auf den herrlichen bunten Strauß. »Du verwöhnst mich … ich habe doch erst vor wenigen Tagen so schöne Rosen bekommen.«

Paul lacht. »Du, damit habe ich nichts zu tun. Die sind von Dröpjes. Die soll ich dir geben.« Er drückt mir das üppige Gebinde in die Hand.

Für einen Moment wird mir schwindelig. Ich halte mich am Türrahmen fest. »Von Dröpjes?«

Paul läuft in die Küche, ich stolpere hinter ihm her. »Ja. Er kam, als ich schon im Begriff war, das Büro zu verlassen.« Seine Stimme klingt plötzlich ernst. »Wir reden später darüber, okay?« Dabei sieht er mich so eigenartig an, dass meine Beine anfangen zu zittern.

Ich krame in der Vorratskammer nach einer Vase und fege dabei einige Cola-Dosen vom Regal. Es scheppert. Wenn Dröpjes mich in die Pfanne gehauen haben sollte, werde ich ihm so lange in seinen kleinen Arsch treten, bis er Lumpen kotzt.

Mit fahrigen Händen sammele ich die Getränkedosen auf, dabei stoße ich mit dem Hintern Besen und Schrubber um, deren Stiele zwei leere Marmeladengläser vom Regal kicken. Es klirrt.

Paul streckt den Kopf durch die Tür. »Ach, Möhrchen. Was machst du denn?« Er schiebt mich beiseite, als ich nach dem Handfeger suche, um die Scherben wegzufegen. »Lass mal, ich mache das.«

Ich klemme die Vase unter den Arm und mache einen großen Schritt über die Glasscherben. »Danke. Das war ein Domino-Effekt. Wenn ein Teil purzelt, fliegt meistens alles andere hinterher.«

Kurz vor der Spüle knicke ich um, die Vase rutscht … es gelingt mir, sie aufzufangen. Ich fluche leise. »Verdammt, reiß dich zusammen, Karo.«

»Was hast du gesagt?« Pauls Kopf taucht im Türrahmen auf.

»Es gibt Spareribs«, antworte ich geistesgegenwärtig.

»Oh. Ja. Das ist gut. Prima.«

Nachdem ich die Vase mit Wasser befüllt habe, wandern die Blumen hinein. Ich laufe in den Flur und stelle sie auf den Schuhschrank.

Paul kommt mit dem Kehrblech, das voller Glasbruch liegt, hinter mir her. »Ich werfe das Zeug besser sofort in die Mülltonne.«

Nachdem er Handfeger & Co wieder in der Abstellkammer verstaut hat, verschwindet Paul nach oben, um zu duschen.

Als ich das Duschwasser laufen höre, rufe ich Bruni an. Wir plappern gleichzeitig drauflos.

Nicht nur ich habe Blumen bekommen. Dröpjes hat auch an Bruni und Simone gedacht, mit der Bruni soeben telefoniert hat. Sie erzählt, dass ein Blumenbote vor zehn Minuten einen herrlichen Sommerstrauß gebracht habe. Eine halbe Stunde vorher wäre er bei Simone gewesen. In beiden Sträußen lagen Karten, in die Dröpjes liebe Grüße geschrieben hat.

»Woher weiß er, wo ihr wohnt?« Ich kaue auf dem Daumennagel.

Bruni schnalzt mit der Zunge. »Dazu muss er nicht hellsehen können. Wir stehen dick und fett im Telefonbuch.«

Als ich meine Bedenken äußere, dass Dröpjes uns bei Paul verpfiffen haben könnte, beruhigt mich Bruni. »Dann würde er uns doch keine

Blumen schenken. Dröpjes mag ja ein Schwein sein. Aber in diesem Fall glaube ich nicht, dass er von hinten zustechen würde.«

Nach dem Telefonat atme ich tief durch.

Dass Fine in den letzten Tagen weniger Schlaf als gewöhnlich hatte, macht sich bemerkbar. Sie hat kleine Augen.

Während des Essens erzählt sie Paul, wie schön das Wochenende in der Birkenstraße war. Sie schwärmt von dem großen Zelt und wie prima man darin schlafen könne. Und einmal habe die Oma sogar Suppe auf einem Kocher draußen warm gemacht. Sie breitet die Arme aus. »Da konnte man sooo großes Gas-Feuer sehen. Da bin ich ja fast verrückt geworden.« Fine beißt in ein Sparerib und leckt sich über die Lippen.

Paul lacht. Er findet das alles sehr spannend. Er schaut Fine und mich abwechselnd an. »Wir könnten in Kürze einige Tage Urlaub in *Haus Kasper* machen. Was haltet ihr davon, wenn wir das Zelt mit nach Fehmarn nehmen und unsere Freunde fragen, ob sie nicht Lust hätten, mitzukommen?«

Ich sage, dass ich die Idee wunderbar finde. Paul hat, als ich mit Fine schwanger war, ein großes Haus in Bojendorf auf Fehmarn gekauft, in dem wir mit der kompletten Familie sehr oft die Wochenenden verbringen. Wir alle lieben *Haus Kasper* sehr.

Fine findet Pauls Vorschlag auch toll. Sie rutscht aufgeregt auf dem Stuhl hin und her. »Mit allen? Willi, Simone und Emil dürfen auch kommen?«

Paul nickt und kaut schneller. »Klar.«

»Bruni, Leon, Paula und Elias auch?«

»Na, unbedingt!« Paul lacht.

»Aber Opa, Oma, Opapa und Gundula und die Jörgensens kommen auch mit.«

»Natürlich. Als wenn wir ohne die Birkenstraßen-Kastanienallee-Mannschaft fahren würden … das wäre ja noch schöner.«

Jetzt müssen wir alle lachen und essen bestens gelaunt weiter. Nachdem wir pappsatt sind, rennen wir um die Wette in die Küche, um unsere fettigen Hände zu waschen.

Dann trudelt eine Nachricht von meiner Mutter ein.

Guck mal, Kind. Sehen wir nicht toll aus?
Kuss Mama

Anschließend kommen im Sekundentakt Bilder an. Das Styling ist wirklich perfekt gelungen. Meine Mutter und Gundula sehen toll aus. Die honigblonden Haare und die pfiffigen Schnitte lassen beide um Jahre jünger erscheinen. Das dezente Make-up sieht ebenfalls klasse aus. Da hat die Uschi tatsächlich ganze Arbeit geleistet.

Paul pfeift durch die Zähne, als ich ihm die Fotos zeige. »Donnerwetter! Hübsch. Sehr hübsch.«

Fine kichert. »Das sind Oma und Gundula? Die haben aber schöne Haare und rotige Lippen.«

Ich rufe meine Mutter an. Sie freut sich über die Komplimente, die ich ihr und Gundula mache, und bedankt sich verlegen.

Eine Stunde später liegt Fine im Bett. Ich platze fast vor Neugier, was Paul von Dröpjes zu berichten hat, und ich muss auch nicht lange warten, bis er loslegt.

»Tja, Möhrchen. Es ist etwas passiert, womit ich nicht gerechnet habe. Stell dir vor. Dröpjes kommt kurz vor Feierabend hereingeschneit, redet nicht lange um den heißen Brei herum und fragt mich, ob wir Interesse an einem Pachtvertrag mit ihm hätten.« Er reibt sich das Kinn. »Dann drückt er mir den Blumenstrauß in die Hand und erklärt mir lächelnd, dass ich dir den Blumengruß mit den besten Wünschen überreichen solle.«

Mir fällt ein Stein vom Herzen. Dröpjes hat dichtgehalten. »Aber das ist ja wunderbar, Paul. Das Angebot wirst du doch nicht ausschlagen? Du hast dir nichts vergeben, bist ihm nicht in den Popo gekrochen, sondern Dröpjes ist auf dich zugekommen. Das ist doch ideal. Wenn du dich darauf einlässt, musst du morgen nicht nach Lüneburg juckeln, und wir haben eine Menge Geld gespart, weil wir die Poloch nicht mehr bräuchten. Unser Laborteam kommt doch alleine klar, wenn wir die neue Produktion nur ein Haus weiter starten.«

Paul hebt die Hände. »Frau Poloch bleibt. So viel steht schon mal fest. Egal ob so oder so. Sie ist eine Bereicherung für die Firma. Und was Lüneburg anbelangt, ich werde morgen trotzdem fahren. Ich bin mir nicht sicher, was in Dröpjes vor sich geht.«

Ich springe auf. »Aber es ist doch wahnsinnig nett von ihm. Was soll das? Du musst Dröpjes nur zusagen, mehr nicht. Außerdem … ich will nicht, dass diese doofe … blöde Poloch bleibt.« Meine Stimme wird laut. »Ich kann sie nicht leiden.«

»Möhrchen! Bitte!«

Ich äffe Paul nach. »*Möhrchen … bitte*! Hör auf, mit mir zu reden, als wäre ich ein ungezogenes Kind. Ich gehöre schließlich auch mit zur Führungsspitze von *Geigers Jummy-Gum*. Ich habe Mitspracherecht!«

Paul legt eine Hand vor den Mund. Er muss lachen.

Ich finde es mehr als unverschämt, dass er mich nicht ernst nimmt. Mit einer schnellen Bewegung drücke ich seine Hand herunter. Paul hustet und lacht gleichzeitig.

Mein Zeigefinger wedelt vor seiner Nase. »Lach du ruhig. Wenn *du* ihr nicht kündigst, kündige *ich* ihr!«

Paul schnappt so schnell nach meinem Zeigefinger, dass ich mich erschrecke. Dann steht er langsam auf, ohne mich aus den Augen zu lassen. »Das wagst du dich nicht, Möhre. Das bringst du nicht.«

Ich recke mein Kinn trotzig nach vorne und werfe ihm einen giftigen Blick zu. »Ich schwöre … ich mach's. Wenn du sie nicht feuerst, feuer ich sie. Und zwar so, dass Funken fliegen.«

Pauls Gesicht kommt immer näher. »Du kleine Kratzbürste. Was hat sie dir getan?« Seine Hand umklammert noch immer meinen Zeigefinger.

Ich mache einen Schritt zurück. »Darf ich bitte meinen Finger wiederhaben?«

»Oh. Natürlich. Entschuldige.« Paul öffnet die Hand.

Ich wedele prompt weiter damit. »Sie stiftet Unfrieden. Sie ist scharf auf Leon. Die beiden hängen jede freie Minute auf dem *Flugplatz Hohenforst* zusammen ab. Sie drängt sich zwischen Bruni und Leon.«

Paul verschränkt die Arme vor der Brust. »Ich kann dir versichern, Möhrchen, Leons Interesse an Frau Poloch wird nicht von langer Dauer sein.« Er grinst.

Ich grunze und schaue ihm fest in die Augen. »Na, super Nun weiß ich endlich, wie Gott ausschaut. Du glaubst wohl, alles zu wissen, was? Gib es zu. Du steckst mit Leon unter einer Decke.«

Paul legt die flache Hand wie ein alter Patriot auf sein Herz. »Ja. Ich gebe es zu.« Um seine Mundwinkel zuckt es.

»Pfui, Paul. Schämst du dich nicht? Wie kannst du so etwas nur unterstützen?« Dann drehe ich mich auf dem Absatz um. Ich habe keine Lust mehr auf einen Abend mit Paul.

9. Der Vertrag

In dieser Woche sind wir dran, Fine und Klara Wiedemann in den Kindergarten zu bringen. Ich flitze in die Küche, um die Kaffeemaschine anzuwerfen. Dann haste ich wieder in die obere Etage.

Fine ist schon gewaschen und angezogen. Sie setzt sich auf die oberste Treppenstufe und kämmt die langen, blonden Haare ihrer heiß geliebten Puppe, die den wunderschönen Namen Marylinchen trägt. Dabei singt sie ein selbst gedichtetes Lied von der Sonne.

Paul und ich sind spät dran. Und wenn wir spät dran sind, machen wir uns gemeinsam im Bad fertig. Wir duschen abwechselnd, und während Paul sich rasiert, putze ich meine Zähne, dann föhne ich meine Haare.

Im Gegensatz zu mir ist Papa Paul bestens gelaunt. Er öffnet das Fenster weit. »Was für ein Tag.« Er wischt sich mit einem Handtuch über sein Gesicht, wirft es über die Schulter und drückt einen Strang Zahnpasta auf seine Zahnbürste. »Du hast das Kalenderblatt nicht abgerissen. Soll ich es machen?«

Ich zucke gleichgültig mit den Schultern.

Es ratscht. Paul bekommt einen Lachanfall. »Hör zu. Hier steht:

> *Wir machen uns ein gemeinsames Weihnachtsgeschenk,*
> *Peg. Ich kauf mir 'ne Knarre und du bekommst die Kugel!*
>
> *Al Bundy*

Obwohl ich den Spruch zum Totlachen finde, verziehe ich keine Miene. »Saublöder Spruch. Wer ist Al Bundy? Kenne ich nicht.«

»Ach, komm. Natürlich kennst du Al Bundy. Dieser witzige Schuhverkäufer aus der US-Sitcom *Eine schrecklich nette Familie*. Der veralbert seine Frau Peg in einer Tour.«

Ich schüttele den Kopf. »Nee, du. So etwas habe ich mir nie angeschaut. Ich mag diese frauenfeindlichen Arschlöcher nicht. Ich bin ja eher intellektuell unterwegs.«

Paul hustet. »Klar. Herr Jauch. Er ist ja quasi dein zweiter Ehemann.« Er schrubbt sich die Zähne.

Ich husche ins Schlafzimmer und freue mich, dass ich endlich lachen darf. Mit flinken Fingern durchforste ich den Kleiderschrank und wähle ein leichtes, rotes Sommerkleid. Die passenden Sandalen klemme ich unter den Arm.

Fine trottet langsam hinter mir her und dichtet fleißig weiter. »Wenn die Sonne aufgeht und die Bäume wachsen, ist das Graaaas schön grün. Und der Papaaaa, ja, ja … der fährt immer mit dem Autooo.«

»Setz dich, Finchen. Magst du Salami?«

Fine singt. »Ja, ja, jaaaa. Sallallamiii ist die leckerste Wurst auf der Welt.«

»Gibst du mir bitte deine Prinzessin-Lillifee-Dose?« Fine hüpft vom Stuhl und reicht mir die Dose aus dem Rucksack. Gott sei Dank ohne Singsang.

Ich schäle in Windeseile einen halben Apfel und wasche eine kleine Möhre ab.

Paul ist da. Er öffnet auch hier beide Fensterflügel. Dann deckt er den Tisch und gießt uns schon mal Kaffee ein. Für Fine wird Tee aufgewärmt. Bevor ich mich weiter um Fines Kindergartenfrühstück kümmere, muss ich erst etwas essen. Mein Magen knurrt, mir ist ein wenig flau.

Mit großem Appetit verschlinge ich ein Käsebrot.

Ich erkläre Finchen, dass wir heute nicht so viel quatschen können, weil wir ein wenig spät dran sind. Sie nickt. »Okay, ich kaue ein wenig schneller.«

Ich beobachte Paul, der sein Toastbrot mit Erdbeermarmelade bestreicht. »Wann bist du heute Abend zurück?«

»Oh. Das weiß ich noch nicht genau. Es kann sein, dass wir noch gemeinsam essen gehen. Ähm … übrigens, Mandy begleitet Leon und mich.«

Meine Finger umkrampfen den Henkel meiner Kaffeetasse. »Verstehe. Zu dritt kuschelt es sich besser unter einer Decke.«

»Du, Maria ist auch dabei. Nicht nur Frau Poloch.«

Fine kichert. Sie hat den Namen Poloch schon öfter gehört und muss jedes Mal aufs Neue darüber lachen.

Ich hole tief Luft und provoziere. »Schade. Dann kann ich ihr die Kündigung leider erst morgen in die Hand drücken.«

Paul räuspert sich. Er setzt zum Reden an, schweigt aber.

Ich buttere ein kleines Vollkornbrot, das Fine im Kindergarten essen soll. Ein Salatblatt und eine Scheibe Salami wandern darauf. Ich stehe beschwingt auf und öffne die kleine, pinkfarbene Frühstücksdose. Im selben Moment verziehe ich angeekelt das Gesicht. In der Dose liegt eine Maus, die mausetot ist. Ein widerlicher Gestank weht mir entgegen. Mir wird übel, ich spüre, wie mein Frühstück den Rückwärtsgang einlegt. Ich laufe zum geöffneten Fenster, beuge mich hinaus und kotze im hohen Bogen in den Vorgarten.

Paul ist sofort bei mir. »Was hast du, Möhrchen? Ist dir schlecht?« Dann scheint er zu sehen, aus welchem Grund ich am Spucken bin.

»Mensch, Fine. Das war keine gute Idee«, höre ich Paul sagen. Er reicht mir ein Küchentuch. Ich wische mir über den Mund.

Fine bekommt einen Schreikrampf, als sie die Maus sieht. »Die habe ich nicht da reingelegt! Das war ich nicht!«

Ich renne nach oben. Mir ist nach Zähneschrubben. Obwohl ich nach wenigen Minuten einen frischen Atem habe, ist mir noch immer speiübel.

Als ich wieder runterkomme, stehen Paul und Fine auf der Terrasse. Paul redet auf sie ein. »Natürlich schimpfe ich mit Max und Moritz. Darauf kannst du dich verlassen. Das ist kein Spaß.«

Fine kommt angerannt. Sie ist außer sich vor Wut. »Max und Moritz haben unter der Hecke eine tote Maus gefunden. Sie haben gesagt, dass ich meine Prinzessin-Lillifee-Dose holen soll, weil sie sie verbuddeln wollten. Das habe ich aber nicht gemacht. Die haben die Dose geklaut und die Maus da reingelegt …« Sie heult wieder.

Ich nehme Fine in die Arme. »Die Idee mit dem Verbuddeln war nicht dumm von deinen Cousins. Dumm war nur, dass sie die Dose mit der Maus zurück in deinen Rucksack gelegt haben.«

Fine kratzt sich am Kopf. »Ja.« Sie dreht sich um und läuft zurück zu Paul.

Paul schlägt vor, dem Mäuschen einen schönen Platz auf dem hinteren Teil der Wiese auszusuchen, wo es in Ruhe ruhen kann. Fine ist einverstanden. Die beiden laufen in die Garage, um einen Spaten zu holen.

Mir tut es nicht nur um die Maus, sondern auch um die Prinzessin-Lillifee-Dose leid. Es ist schade, dass sie mit in die Erde wandert. Es hängen viele Erinnerungen daran.

Auf dem Weg ins Büro überfällt mich ein regelrechter Heißhunger. Mein Käsebrot wird den Vögelchen schme … nein, darüber denke ich besser nicht nach.

Ich stoppe vor der *Metzgerei Blumenthal* und freue mich, dass ich direkt davor einen freien Parkplatz erwische. Noch mehr freue ich mich, als ich Opa Heini sehe, der vor der Wursttheke steht. Er ist der einzige Kunde im Laden.

Er schaut auf seinen Einkaufszettel. »Hundert Gramm von der Zungenwurst …«

Ich knuffe ihn von hinten in die Rippen. »Moin, Lieblingsopa!«

Er dreht sich lachend um. »Hallo, Karo. Ich bin gerade gekommen.« Er wedelt mit dem Zettel in der Luft. »Camilla und Marianne haben mich zum Einkaufen verdonnert. Die Brötchen liegen schon im Auto.«

Ich pruste los. Diese Spitznamen werden Gundula und Mama so schnell nicht loswerden. »Ich wollte auch noch flott etwas zum zweiten Frühstück einkaufen.«

Opa Heini tätschelt meine Wange. »Du siehst ein wenig blass aus. Iss nur ordentlich.«

Die wohlgenährte Verkäuferin nickt mir freundlich zu. Dann schaut sie Opa Heini an. »Dürfen es vierundvierzig Gramm mehr sein?«

»Nein! Hundert Gramm. Mehr nicht.«

Pikiert jongliert sie mit den Scheiben. Sie kneift die Augen zusammen und schielt auf die Digitalanzeige der Waage. »Dürfen es denn zwei Gramm mehr sein?«

»Jau.«

»Sonst noch?«

»Achtundneunzig Gramm Mortadella.«

Ich sehe der Fleischerfachfrau an, dass sie einen dicken Hals bekommt. Sie spießt mit einer langen Gabel die Wurstscheiben auf und klatscht sie erst auf ein Zellophanpapier, dann auf die Waage.

Opa Heinis Finger trommeln auf der Theke.

»Darf es ein Gramm mehr sein?«

»Jau.«

»Sonst noch?«

Opa Heini wippt auf Zehenspitzen auf und ab. »Sechsundneunzig Gramm Corned Beef.«

Und wieder klatscht es. »Dürfen es auch hundert Gramm sein?«

Opa Heini lacht. »Jau. Perfekt. Mehr brauche ich heute nicht.«

Mit angepisstem Gesicht tütet sie den Aufschnitt ein.

»Geht doch«, flüstert Opa Heini mir mit einem Augenzwinkern zu.

»Das macht dann drei Euro und zweiundzwanzig Cent.«

Opa Heini kramt nach seinem Portemonnaie. »Dürfen es auch vierzehn Cent weniger …« Er schaut kurz in das knallrote Gesicht der Verkäuferin und grinst. Dann redet er weiter. »… Okay. Vergessen Sie die Frage.«

Die Verkäuferin spitzt die Lippen, holt tief Luft und nimmt das Geld, das ihr mein Großvater über die Theke reicht.

Während ich zwei Lagen Schinken und zehn Scheiben Frischwurstaufschnitt quer Beet bestelle, drückt mich Opa Heini. »Ich muss los, Kind.« Nachdem er in Richtung Tür gelaufen ist, kommt er noch einmal zurück. »Ich habe den Gustav wieder am Bahnhof gesehen. Als ich an der Ampel warten musste, kam er aus dem Gebäude. Ich möchte wissen, was der Kerl dort immer zu tun hat.«

Ohne meine Antwort abzuwarten, hebt er die Hand und ist weg.

Bruni klatscht in die Hände, als ich auf der Arbeitsplatte unserer kleinen Küche das kalte Büfett für zwei Personen eröffne. Neben dem Schinken und Aufschnitt habe ich noch rosa gebratene Roastbeefscheiben, Mettwürstchen und Minifrikadellen gekauft. Kleine Schalen mit hausgemachtem Kartoffel-, Nudel- und Fleischsalat stehen daneben. Außerdem habe ich ein Töpfchen mit Griebenschmalz erstanden und … gesalzene Fassbutter.

Die Dose, in der normalerweise Weihnachtskekse liegen, dient als Brötchenkorb. Zwei Flaschen mit kaltem Kakao und zwei Flaschen beste Vollmilch sollen dabei behilflich sein, dass die ganzen Fressalien besser rutschen.

»Mann. Wer soll das alles essen?« Bruni wäscht sich die Hände und gießt uns frisch gebrühten Kaffee ein.

Meine Freundin verzieht angewidert das Gesicht, als ich ihr erzähle, dass ich vorhin … und vor allem, warum ich vorhin mein Frühstück in die Botanik befördert habe. »Wenn du wüsstest, was ich für einen Hunger habe.«

»Deine Neffen sind echt der Knaller. Die lassen sich auch immer etwas Neues einfallen.«

Während sie vier Teelichter anzündet und sie auf die Arbeitsplatte stellt, regt sie sich auf, dass die Poloch mit nach Lüneburg gefahren ist. »Leon hat es mir heute während des Frühstücks erzählt. Aber Gott sei Dank sind sie nicht alleine. Paul und Maria sind ja dabei.«

Ich presse die Lippen aufeinander. Von dem Gespräch, das ich gestern mit Paul geführt habe, kann ich ihr unmöglich berichten.

Wir schrecken zusammen, als die Tür auffliegt. Simone kommt angehechelt. Ihre Handtasche fliegt auf den Schreibtisch. Sie atmet so schnell, als sei sie einen Halbmarathon in Rekordzeit gelaufen. »Ist Paul da?«

»Nee. Maria und Paul sind auf dem Weg nach Lüneburg. Wir haben den ganzen Tag sturmfreie …«

Sie hält die Hand auf. »Schnell, eine Tasse. Eine große.«

Bruni öffnet den Schrank. »Bist du kaffeesüchtig oder was?« Sie nimmt Pauls großen Chefbecher heraus und stellt ihn auf den Schreibtisch.

Der Leuchtturm grapscht danach, dreht sich auf dem Absatz um und ist noch schneller weg, als sie gekommen ist.

Bruni starrt auf die geschlossene Tür und schüttelt den Kopf. »Was die wieder hat?«

»Vielleicht schmeckt ihr unser Kaffee nicht und sie holt sich in der Kantine einen.«

Ich schneide ein Brötchen auf und buttere die Hälften. »Hm. Was nehme ich denn zuerst?« Meine Wahl fällt auf Schinken und Roastbeef. Dazu genehmige ich mir ein großes Glas Kakao.

Bruni entscheidet sich für Frisch- und Mettwurst. Wir setzen uns an den Schreibtisch und beißen herzhaft zu.

Simone kommt zurück. Sie balanciert die Tasse und stellt sie neben meinen Teller. Dann holt sie den Stuhl, der für Besucher gedacht ist, und setzt sich zu uns.

Ich luge in die Tasse, die randvoll befüllt ist. »Boah. O-Saft aus der Kantine. Warum hast du nicht direkt eine ganze Flasche mitgebracht?«

Bruni streckt den Arm aus. »Krieg ich einen Schluck ab?«

Simone schlägt nach Brunis Hand. »Mann, das ist kein O-Saft. Da ist Pipi drin.«

Mein Brötchen fliegt auf den Teller. »Iieeh! Spinnst du? Du hast in Pauls gute Tasse gepinkelt?«

Bruni kreischt vor Lachen. »Echt jetzt?«

Simone schiebt ihre Brille auf die Nase. »Ja. Ihr wisst doch, dass ich schwanger werden möchte. Und heute will ich prüfen, ob es geklappt hat. Und ihr sollt dabei sein.« Sie kramt in ihrer Handtasche und holt einen Schwangerschaftstest heraus.

Jetzt kann auch ich mich vor Lachen nicht halten. »Ich würde mit dem ersten Morgenurin testen. Das Schwangerschaftshormon ist dann in höherer Konzentration im Urin vorhanden.«

Simone zieht ein krauses Näschen. »Das *ist* mein erster Morgenurin. Ich habe seit drei Stunden eingehalten.«

Bruni schaut auf die Uhr. »Ich glaube es nicht. Du musst ja fast geplatzt sein.«

Der Leuchtturm nickt, zieht die Kappe von dem Teststab und taucht die Spitze in ihr ›kleines Geschäft‹. Simone fängt an zu zählen, dabei benutzt sie wie eine Erstklässlerin die Finger ihrer rechten Hand. »Einundzwanzig, zweiundzwanzig, dreiundzwanzig, vierundzwanzig, fünfundzwanzig.«

Dann legt sie das Teil auf die Verpackung des Tests.

Wir stecken die Köpfe zusammen. In dem kleinen Sichtfenster erscheint eine horizontale blaue Linie.

»So. Jetzt müssen wir drei Minuten warten. Wenn dann ein blaues Kreuz daraus wird, dann ist Willi der Schützenkönig des Monats.«

Drei Minuten später ist die Enttäuschung groß. Der Test ist negativ.

Simone zieht ein Schippchen. »Schade. Dabei habe ich mich schon richtig schwanger gefühlt.«

Ich streichele ihren Arm. »Das wird schon. Warte mal ab. Jetzt iss erst einmal was.«

Bruni verdreht die Augen, als Simone aufspringt und die Tasse vorsichtig zum geöffneten Fenster balanciert und den Inhalt mit Schwung in den Innenhof schüttet.

Simone schaltet den Wasserkocher ein. »Wenn ich die Tasse heiß ausgekocht habe, kann Paul sie wieder benutzen.«

Damit bin ich einverstanden. Bruni kichert.

Nachdem Pauls Kaffeepott wieder im Schrank steht, langt auch Simone kräftig zu.

Dröpjes ist das Gesprächsthema Nummer eins.

Simone wundert sich auch darüber, dass er auf Paul zugegangen ist. »Also, wenn Paul dazu nicht Ja sagt, ist er aber ganz schön dumm.« Sie stopft sich eine Frikadelle in den Mund. »Wusstet ihr eigentlich, dass Dröpjes im Kinderheim aufgewachsen ist?« Sie kaut schneller.

»Hä? Im Kinderheim?« Ich nippe an meinem Kaffee.

Bruni schüttelt den Kopf. »Ach, Simone. Du bist echt doof. Woher sollen wir das denn wissen? Wer hat es dir erzählt?«

»Wartet mal …« Simone öffnet ihre Handtasche und wirft Briefe und Postkarten auf den Tisch. »Ich habe doch Tante Agnes' Post durchstöbert.«

Ich könnte mich aufregen. »Du solltest die Briefe doch in die Vitrine legen, Simone. Das gehört sich echt nicht, in fremder Leute Post zu stöbern.«

»Boah! So fremd ist mir Tante Agnes gar nicht. Und Dröpjes kenne ich auch.« Sie greift nach einer Postkarte. »Also, der kleine Werner hat viele Schreibfehler gemacht. Die lese ich jetzt nicht mit.«

Bruni und ich grinsen uns an.

»Liebe Tante Agnes!
Am nächsten Donnerstag werde ich zehn Jahre alt. Ich wollte mal fragen, ob du mich am Donnerstag nach dem Frühstück aus dem Heim abholen kannst. Dann könnte ich meinen Geburtstag bei dir feiern. Ich wünsche mir zehn Luftballons und viele Luftschlangen. Und wenn es geht, einen Kuchen. Den mit Zitrone. Den meine Mama immer gebacken hat.
Dein Werner.«

Ich nehme ihr die Karte aus der Hand. »Zeig mal. Das hört sich traurig an.« Ich schaue auf die Kinderschrift und das Datum. Die Karte mit dem Hundemotiv ist vom 10. März 1967.

Simone geht die Post durch. »Wartet mal ab. Die Antwortschreiben liegen auch dabei. Wahrscheinlich hat Tante Agnes irgendwann die ganze Post zur Aufbewahrung bekommen. Hier … die Karte ist vom 13. März 1967.

Lieber Werner,
am Donnerstag muss mein Auto in die Werkstatt. Es braucht neue Reifen. Somit ist es mir nicht möglich, dich abzuholen. Die Luftballons und die Luftschlangen bekommst du, wenn wir uns mal sehen. Ich wünsche dir schon jetzt einen schönen Geburtstag.
Tante Agnes.«

»Mensch, das war aber nicht nett von Tante Agnes. Sie hätte den Wagen einen anderen Tag in die Werkstatt bringen können. Sie muss doch gewusst haben, dass ihr Neffe Geburtstag hat.« Bruni steht auf und bedient sich am Fleischsalat. »Was ist mit seinen Eltern? Hast du irgendwo gelesen, *warum* Dröpjes im Kinderheim untergebracht war?«

Simone nickt und zieht aus einem vergilbten Briefumschlag einen Zeitungsartikel hervor. »Ja. Hier steht es. Dröpjes' Eltern sind im Frühjahr 1966 bei einem Autounfall ums Leben gekommen. Beide waren sehr bekannte Konzertmusiker.«

Bruni wird blass. Sie lässt sich auf den Schreibtischstuhl plumpsen und flüstert: »Scheiße. Armer Werner.«

Auch ich bin tief betroffen. Das ist mit das Schrecklichste, was einem Kind passieren kann.

Simone klärt uns weiter auf. »Tante Agnes hat damals Tagebuch geführt. Sie war tatsächlich die einzige Verwandte von Dröpjes. Dröpjes' Papa war ihr Bruder.« Sie greift wieder in ihre Handtasche und legt ein kleines Buch auf den Tisch. »Hier steht alles drin. Sie hat keinen Hehl daraus gemacht, dass sie ihren Neffen nicht leiden mochte. Sie wollte sich nicht um ihn kümmern. Sie war mit ihrem damaligen Lebensgefährten ständig unterwegs. Das war ein Diplomat. Mit ihm hat sie die halbe Welt bereist.«

Bruni lehnt sich zurück. »So ist sie also an die vielen Zuckertüten und Streichholzschachteln aus den verschiedenen Ländern gekommen, die in ihrer Nachttischschublade lagen.«

Ich greife nach einer Weihnachtskarte, auf der ein fröhlich lachender Nikolaus abgebildet ist. Tante Agnes hat sie an Werner geschrieben. Sie hatte eine sehr markante Handschrift.

Bruni schaut mich aus halb geschlossenen Augenlidern an. »Lies vor, Karo.«

Ich lese:

> *»Lieber Werner,*
> *am Heiligen Abend und am ersten Weihnachtstag bin ich*
> *mit Karl in St. Moritz. Wenn du aber unbedingt willst,*
> *kannst du am zweiten Weihnachtstag für eine Nacht kommen.*
> *Aber denk dran: Du müsstest auf einer Matratze unter*
> *der Treppe schlafen.*
> *Tante Agnes.«*

Simones Hand knallt auf den Tisch. »*Das* habe ich auch gelesen. Darüber habe ich mich tierisch aufgeregt. Ey, das waren ja Methoden wie bei Harry Potter. Der musste doch auch unter der Treppe schlafen.«

Bruni lacht.

Ich stehe langsam auf. Ich brauche jetzt einige Häppchen Kartoffelsalat und ein halbes Brötchen mit Schmalz. »Kein Wunder, dass Dröpjes sich nicht sonderlich um seine Tante gekümmert hat.«

»Mich wundert gar nichts mehr«, entgegnet Bruni. »So eine Kindheit prägt einen Menschen. Ich kann mir vorstellen, dass der arme Werner einen Klaps fürs Leben bekommen hat. Wahrscheinlich ist er deshalb so ein komischer Kauz geworden.«

Der Leuchtturm holt tief Luft. »Manchmal verurteilt man Menschen wegen ihres Verhaltens, ohne zu wissen, welches Schicksal hinter ihnen liegt, das dazu geführt hat.«

Mit dieser Aussage bin ich nicht ganz einverstanden. »Ja, schon. Aber deswegen kann man sich anderen gegenüber trotzdem anständig benehmen. Mich hat er ja ständig aufs Korn genommen.«

Simone verstaut das kleine Tagebuch in ihrer Handtasche und rafft die Post zusammen. »Wir sollten uns bei Dröpjes für die Blumen bedanken. Oder habt ihr euch schon bedankt?«

»Nein.« Bruni gähnt. »Das kann Karo gleich machen, wenn sie aufgegessen hat. Sie kann sich für uns mitbedanken.«

Zehn Minuten später rufe ich Dröpjes auf seinem Handy an. Als er sich meldet, stelle ich den Lautsprecher an, damit Simone und Bruni mithören können. Ich schließe entnervt die Augen, als er wieder dieses bescheuerte »Grüß Sie, Frau Geiger« vom Stapel lässt.

Ich bedanke mich für die wunderschönen Blumen. Im Namen von Bruni und Simone bedanke ich mich ebenfalls recht herzlich.

»Tja. Ich habe mich tatsächlich so über die Hilfe von Ihnen und Ihren Freundinnen gefreut, dass ich Sie ja eigentlich noch zusätzlich mit dem Pachtvertrag überraschen wollte. Was Sie für mich getan haben, war nicht selbstverständlich. Aber so wie es ausschaut, legt Ihr Mann gar keinen großen Wert darauf. Wenn ich ehrlich bin, ärgert es mich, dass ich ihn überhaupt deswegen angesprochen habe. Wissen Sie … ich bin es leid, im Schlamm hinter Menschen herzukriechen.«

Das scheint Dröpjes' Klaps zu sein. Er sieht sich in der Kriecherrolle.

Es sprudelt weiter aus ihm heraus. »Es ist ein unschönes Gefühl, abgewiesen zu werden, wenn man es gut meint. Gestern Abend haben sich zwei Interessenten gemeldet, die sich die Finger nach dem Gebäude ablecken würden.«

Er erwischt mich kalt. Ich weiß nicht, wie ich ihn bei der Stange halten soll. »Ähm …«

Bruni rauft sich die Haare. Dann sackt sie wie ein Häufchen Elend auf dem Stuhl zusammen, ihre Augen füllen sich mit Tränen. Simone springt auf und nimmt ihre Cousine in die Arme.

»Hallo? Frau Geiger? Sind Sie noch dran?«

Ich räuspere mich. »Ja.« Dann straffe ich mich. »Mein Mann hat mir davon erzählt. Er hat sich sehr gefreut, dass Sie an uns gedacht haben. Glauben Sie mir, Herr Dröpjes, er weiß das sehr zu schätzen. Er ist geschäftlich verreist. *Ich* werde den Vertrag unterschreiben.«

Bruni reißt die Augen weit auf. Ihre Hände wedeln in der Luft. Simone schaut dumm aus der Wäsche.

Ich ignoriere Brunis Handzeichen, die mir sagen sollen, dass ich nicht alle Latten am Zaun habe. Ich rede weiter. »Danke, Herr Dröpjes. Es ist ein feiner Zug von Ihnen, dass Sie uns das Gebäude verpachten, auch wenn meine Freundinnen und ich den Schmuck und das Gold nicht gefunden haben.«

Dröpjes lacht. »Na, dann ist mir die Überraschung ja doch gelungen. Also, ich bin heute gegen 15 Uhr bei Brotte. Ich komme kurz zu Ihnen hoch und wir können die Formalitäten erledigen.«

Nachdem ich aufgelegt habe, schlägt Bruni die Hände vors Gesicht. »Mach es nicht, Karo. Bitte, mach es nicht. Ich will gar nicht darüber nachdenken, was Paul dazu sagen wird.«

Simone ist der gleichen Meinung. »Du hast Nerven. Paul macht heute Abend Kleinholz aus dir. Du darfst ihn nicht so übergehen.«

Eine Gabel Kartoffelsalat wandert in meinen Mund. »Lasst mich mal machen. Am Ende wird mir Paul dankbar sein.«

Ich gestehe mir ein, dass ich von dem, was ich soeben geäußert habe, nicht wirklich überzeugt bin.

Bruni reibt sich den Magen. »Mir ist übel. Sag hinterher nicht, dass wir dich nicht gewarnt hätten.«

Im Moment möchte ich mich nicht mehr damit auseinandersetzen. Ich spiele die Coole, lenke ab und erzähle meinen Freundinnen von Pauls Idee, in Kürze gemeinsam für einige Tage nach Fehmarn zu fahren. Die beiden sind restlos begeistert.

Simone rafft kurz vor der Mittagspause ihre Sachen zusammen. Sie fällt mir um den Hals und verabschiedet sich so, als würden wir uns nie mehr wiedersehen. »Sollte heute Abend was sein, ruf mich an, okay? Wenn du nicht weißt, wo du schlafen sollst, leg dich nicht unter eine Brücke. Das ist zu gefährlich. Du kannst mit Finchen bei uns übernachten.«

Normalerweise würde ich lachen. Ich lache aber nicht, weil Simone es nicht im Scherz sagt. Es ist ihr voller Ernst.

Bruni und ich lassen die Mittagspause ausfallen. Wir können kein Essen mehr sehen. Wir melden uns telefonisch bei Heike ab, damit sie nicht vergeblich auf uns wartet.

Es ist witzig, dass ausgerechnet in der Mittagspause permanent das Telefon klingelt. Bruni und ich nehmen abwechselnd die Gespräche an und haben gut zu tun. Die Zeit rast.

Um kurz vor 15 Uhr transpiriere ich wie ein Eisbär in der Wüste. Ich laufe ständig zum Spülbecken und wische mir mit nassen Papiertüchern über meine Achselhöhlen. Ich binde meine Haare hoch, weil sie regelrecht an meinem Nacken kleben.

Bruni beobachtet mich. »Karo, für mich musst du das nicht machen. Ehrlich nicht.«

Es ist auch keine Zeit mehr, darüber nachzudenken, was ich machen oder nicht machen soll, denn es klopft an der Tür.

Dröpjes kommt hereinmarschiert, noch bevor ich ihn darum gebeten habe. Er hält einige Papiere in der Hand.

Bruni rutscht auf dem Stuhl hin und her. Sie bedankt sich noch einmal für die Blumen, worauf Dröpjes mit einem wohlwollenden Lächeln sagt, dass *er* zu danken habe.

Ich bedanke mich, dass er gekommen ist, daraufhin dankt er, dass ich ihn bitte zu platzen … ähm … Platz zu nehmen.

Bruni bietet ihm ein Tässchen Kaffee an, das er dankend ablehnt. Mein Angebot, ein Wässerchen zu trinken, nimmt er mit einem Kopfnicken und dankbarem Blick an.

Er schiebt mir den Vertrag rüber. Mit erstickter Stimme sage ich: »Danke.«

»Oh, kein Dank. Im Grunde ist es ja egal, wer in meinen vier Wänden sein Tagewerk verrichtet. Hauptsache, die Pacht wird pünktlich überwiesen.« Er lacht. »Lesen Sie sich den Vertrag in Ruhe durch, Frau Geiger.« Dröpjes lehnt sich zurück und nimmt einen großen Schluck aus dem Wasserglas.

Ich blättere die Seiten durch. Ich hasse Vertragsdeutsch. Wer soll das ganze Kauderwelsch verstehen? Die Buchstaben verschwimmen vor meinen Augen. Ich erkenne Paragrafenzeichen und einige Textstellen, die gestrichen wurden. »Ja. Schön«, sage ich mit kieksender Stimme.

Dröpjes beugt sich zu mir. Er müffelt, wie immer, nach Mottenkugeln. »Schauen Sie. Die Pacht habe ich mit eintausendvierhundert Euro angesetzt. Sie zahlen etwas weniger als Brotte. Aber ich bitte um Diskretion, Frau Geiger. Da unten habe ich bereits unterschrieben. Wenn Sie mit allem einverstanden sind, müssen Sie nur noch gegenzeichnen.«

Ich nicke. »Ja.« Dann wische ich meine feuchten Handflächen am Stoff meines Kleides ab und greife nach dem Kugelschreiber. »Wo muss ich …?«

Dröpjes' Finger saust auf eine kleine gestrichelte Linie. »Sie müssen nicht, Sie dürfen … und zwar hier … und auf dem zweiten Exemplar bitte auch. Das nehme *ich* dann mit.«

Mit schwungvoller Schrift unterschreibe ich. Und das Ganze zwei Mal.

Dröpjes hält mir die Hand hin, ich greife beherzt zu. »Tja, Frau Geiger. Nun arbeiten wir im gewissen Sinne ja doch noch mal zusammen. Mein Gott, wer hätte das gedacht.« Er steht auf. »Ab dem 1. Juli können Sie sich drüben einrichten. Wegen der Schlüsselübergabe melde ich mich rechtzeitig.«

Er bittet mich, Paul die besten Grüße auszurichten, und erinnert mich noch einmal daran, Tante Agnes' Schmuck in die Vitrinenschublade zu legen.

Nachdem Dröpjes uns alleine gelassen hat, kaut Bruni auf ihrem Daumennagel. Sie jammert: »Ich weiß nicht, ob das eine gute Idee war, Karo. Wie lange läuft der Pachtvertrag?«

»Hä? Wie meinst du das?«

»Na, wie lange der Vertrag läuft? Zehn Jahre, zwanzig Jahre, tausend Jahre?«

»Puh. Gute Frage.«

Bruni schlägt sich mit der flachen Hand vor die Stirn. »Du hast unterschrieben, ohne es zu wissen?« Ihr Oberköper schießt nach vorn. »Zeig mal, gib mir den Vertrag.« Sie wirft sich förmlich über den Schreibtisch und will danach greifen. Ich bin schneller und lasse die Papiere hinter meinem Rücken verschwinden.

»Es macht jetzt keinen Sinn mehr. Und außerdem ist es auch egal …

ob, ob … und überhaupt.« Ich springe auf und laufe die wenigen Schritte bis zu unserem Schrank und öffne ihn. Der Vertrag verschwindet in meine Handtasche.

»Was ist, wenn Paul in Lüneburg über ein Gebäude stolpert, das ihm total gefällt, und er einen Pachtvertrag unterschreibt? Dann habt ihr zwei Hütten am Hals.«

Ich stampfe mit dem Fuß auf und zeige Bruni den Piepmatz. »Glaubst du etwa, Paul ist doof? Er würde niemals, niemals einen Vertrag von jetzt auf gleich unterschreiben. Bevor er seine Unterschrift unter wichtige Dokumente setzt, schläft er ein, zwei Nächte darüber. Immer.«

Als Bruni anfängt, wie eine Irre zu gackern, wird mir bewusst, was ich soeben gesagt habe. Mir wird es zu eng in diesem Raum. Ich brauche frische Luft. »So. Und jetzt machen wir erst einmal Feierabend für heute.«

Ich lenke meinen Corsa durch den Verkehr in Richtung Supermarkt. Mein schlechtes Gewissen ist ein unangenehmer Beifahrer. Es plappert unaufhörlich auf mich ein. *Du hättest den Vertrag nie und nimmer unterschreiben sollen. Paul wird dir das Fell über die Ohren ziehen. Im Grunde hast du doch gar keine Ahnung, was du genau unterschrieben hast. Wer weiß, vielleicht hast du noch zwei Waschmaschinen, vier Staubsauger oder gar ein Haus auf den Malediven erstanden.*

Mein Handrücken wandert über meine Stirn. *Ja, ja. Jetzt kommst du ins Schwitzen, was?* Das *geschieht dir recht. Erst auf dicke Hose machen, und dann schwitzen. So fühlt sich die Hölle an. Gewöhn dich schon mal an die Temperaturen.*

Ich fange laut an zu singen, damit ich mir diesen Schwachsinn nicht mehr anhören muss, und beende meinen Singsang erst, als ich auf dem Parkplatz des Supermarktes bin und den Chip in den Schlitz eines Einkaufswagens schiebe.

Im Laden herrschen angenehme Temperaturen. Ich lege eine große Wassermelone und Salat in den Einkaufswagen. Mein Blick fällt auf einen Topf mit Salbei. Dabei denke ich unwillkürlich an Kalbsleber. An Kalbsleber mit Apfelringen, Röstzwiebeln und Salbei. Mir läuft das Wasser im Mund zusammen. Paul mag keine Innereien. Er hasst es auch, wenn ich sie zubereite. Er kann den Bratenduft nicht ausstehen. Fine und ich lieben dieses Gericht. Ich flitze zur Fleischtheke. Paul hat angedeutet, dass er unterwegs essen wird, ich gehe davon aus, dass er es auch macht.

Ich habe Glück. Es sind noch exakt dreihundertfünfzig Gramm Kalbsleber da. Unser Abendessen ist gerettet.

Vor der Birkenstraße steige ich beschwingt aus meinem Auto. Max und Moritz sitzen auf der Treppenstufe vor dem Haus. Beide pulen mit einem Stock die Erde aus den Fugen zwischen den Pflastersteinen. Dabei machen sie lange Gesichter.

»Hallo. Was ist denn mit euch los? Warum schaut ihr so ungemütlich aus der Wäsche?«

Max wischt sich mit dem Handrücken über die Nase. »Der Herr Paul hat angerufen und uns angemeckert. Nur, weil wir die doofe Dose ordentlich in Fines Rucksack zurückgelegt haben.«

»Spielt jetzt nicht die Unschuldsengel, Max. In der Dose lag ein totes Mäuschen. Das macht man doch nicht. Das ist ekelhaft.«

»Ja, ja«, regt sich Moritz auf. »Und dann hat er uns noch bei unserer Mutter verpetzt. Wegen Paul dürfen wir kein Eis essen. Mama hat es uns verboten. Die Frau Oma hat heute Spaghetti-Eis gekauft. In so kleinen Töpfchen.«

Max flüstert: »Arschloch-Paul.«

Die Haustür wird einen Spaltbreit geöffnet. Eine Hand, die eindeutig meiner Mutter gehört, lässt eine kleine Plastiktüte vor Max' und Moritz' Nase baumeln.

Die Jungs nehmen die Tüte an, schauen hinein und kichern. »Cool. Spaghetti-Eis«, flüstert Max. »Danke, Frau Omalein.«

Die liebe, gute Frau Oma! Ich muss schmunzeln. »Lasst euch nicht von eurer Mutter erwischen. Kleiner Tipp, Männer. Setzt euch besser hinter die Hecke und löffelt dort das Eis.«

Ich laufe mit großen Schritten in den Garten. Der Tisch aus dem Wintergarten steht heute auf der Wiese unter dem Pflaumenbaum. Conny lackiert ihre Fingernägel.

Mein Vater und Opa Heini stechen mit einem Spaten die Rasenkanten ordentlich ab, Fine kniet daneben. Sie kräht aus voller Brust, dass sie darauf warte, kleine Käfer zu entdecken.

»Hallo, Karo!«, rufen die Männer aus einem Mund.

Meine Mutter und Gundula stehen im Wintergarten und tuscheln. Dann lachen sie und kommen angeflitzt. Gundula hält einen großen Teller in den Händen, auf dem ein Frankfurter Kranz liegt. Sie flötet: »Huhu, Karo«, und stellt den Kuchen auf den Tisch. Sie greift in ihre Haare und dreht sich im Kreis. »Mein Gott, deine Mutter und ich fühlen uns pudelwohl mit den neuen Frisuren.«

Mit einer schnellen Bewegung macht meine Mutter eine Rumpfbeuge und schüttelt heftig den Kopf. Dann steht sie wieder gerade. »Guck mal, die Haare liegen immer perfekt. Die Uschi hat sie super geschnitten.«

Mein Daumen wandert nach oben. »Toll. Die Farbe steht euch auch sehr gut.«

Conny dreht mit spitzen Fingern das Nagellackfläschchen zu und rollt mit den Augen. »Irgendwann reicht es mal, Mama. Du musst ja schon ganz dusselig sein vom permanenten Kopfschütteln.«

Mein Großvater stützt sich auf den Spaten. Er grinst mich an. »Camilla und Marianne feiern sich schlimmer als die Merkel und die Flinten-Uschi nach einem Wahlsieg.«

Conny kichert. Mein Vater kann vor Lachen nicht weiterarbeiten.

Die Hand meiner Mutter verschwindet in der Kitteltasche. Sie holt ein Töpfchen mit Spaghetti-Eis hervor, das sie Fine reicht.

»Bitte schön, mein Goldkind.« Dann lässt sie sich auf den Gartenstuhl plumpsen. »Ach, ihr beide wieder! Ihr habt keine Manieren.«

»Oh, danke, Oma. Hast du auch einen Plastiklöffel?«

Mama nickt. Ihre Hand greift wieder in die Kitteltasche.

Fine trottet mit ihrem Eisbecher in Richtung Vorgarten.

Opa Heini und mein Vater laufen zum kleinen Waschbecken. Sie schrubben sich die Hände. Anschließend setzen sie sich zu uns.

Wenige Minuten später wird der Kuchen auf unsere Teller verteilt.

Meine Mutter redet leise weiter. »Der Gustav, der weiß, was sich gehört.« Sie wirft mir einen vielsagenden Blick zu. »Wir sind doch mit ihm und Gerti zum Fischgroßhandel gefahren. Er hat uns andauernd durch den Rückspiegel betrachtet und gesagt, dass unsere blonden Haare wie reifes Korn in der Sonne leuchten.«

»Ja«, sagt Gundula. »Die Gerti hat ganz eifersüchtig geguckt. Mit

Ohrringen hätten wir *noch* besser ausgesehen. Wir haben vergessen, sie anzuziehen. Ich hole meine gleich mal.«

»Ja, ja. Das mache ich auch«, beeilt sich Mama zu sagen. »Und was für ein Aufsehen dieses schöne Auto erregt hat. Die Leute sind am Straßenrand stehen geblieben. Sie haben uns zugewunken und …«

Fines Stimme unterbricht die Schilderungen meiner Mutter. Sie steht am Gartentor und schreit: »Omaaa! Das finde ich jetzt aber nicht gut. Du hast Max und Moritz ja wohl ein Eis gegeben …«

Ich lege eine Hand vor die Augen. Das gibt Ärger.

Connys Kuchengabel fliegt auf den Teller. »Mama! Ich habe ausdrücklich gesagt, dass die Bengel heute kein Eis essen dürfen. Was soll das? Ich sage hü … du sagst hott.«

Der Kopf meiner Mutter wackelt pikiert hin und her.

Mein Vater steht seiner Hildegard bei. »Ach, Conny. Du kennst doch deine Mutter. Sie bringt es nicht übers Herz, die Jungs zuschauen zu lassen.«

Conny läuft rot an. Sie atmet schnell. Ich lege eine Hand auf ihren Arm. »Sieh einfach drüber weg.«

Sie schüttelt meine Hand ab. »Sei *du* bloß still. *Dein* Mann war es schließlich, der aus einem kleinen Pups einen Donnerschlag gemacht hat. Er hat mich ja regelrecht genötigt, die Kinder zu bestrafen!«

Diese Aussage finde ich unverschämt. »Das glaubst du doch wohl selbst nicht! Paul hält gar nichts vom Bestrafen …«

Conny unterbricht mich wütend. »Ihr geht mir so was von auf den Senkel mit eurem psychologischen Geseiere.« Dann schaut sie in die Runde. »Und ihr? Ihr haltet mir ständig vor, dass meine Jungs nicht erzogen seien. Und wenn ich sie erziehen will, mischt ihr euch ein. Kann mir mal jemand erklären, was das soll?«

Opa Heini stopft sich ein Stück Kuchen in den Mund. »Hermännchen, wir sehen zu, dass wir heute mit dem Randabstechen fertig werden. Morgen wird dann gemäht. Von rechts nach links.«

»Jau, Vater.«

Gundula sagt, dass sie flott in den Bungalow flitzen müsse. Sie wolle ein paar ihrer schönen Ohrringe holen. Sie steht auf und ist weg.

Meine Mutter schaut in den strahlend blauen Himmel. »Das sieht aber gar nicht nach Regen aus, oder?«

Ich schaue nach oben, dabei verrenke ich mir den Hals. »Nein, ich glaube auch nicht, dass es regnen wird. Der Himmel ist irgendwie … so blau.«

Dann reden Opa Heini und mein Vater über Rosendünger.

Die Luft ist raus. Conny kommt nicht mehr dazu, den Faden wiederaufzunehmen.

Als Gundula mit schicken Weißgoldohrringen wieder am Tisch sitzt, erhebt sich Conny. »Ich muss los. Kann ich für Anton noch ein Stück Kuchen mitnehmen, Mama?«

Mama lacht gütig. »Natürlich! Schneide ein großes Stück ab.« Sie reicht Conny einen sauberen Teller. »Komm, in der Küche liegt Folie. Ich will ohnehin ins Schlafzimmer.«

Meine Schwester bewahrt Haltung. Sie verabschiedet sich mit einem Lächeln auf dem Gesicht. Ich sehe ihr aber an, dass es hinter der Fassade brodelt. Sie folgt meiner Mutter ins Haus.

Opa Heini und mein Vater machen sich wieder an die Arbeit. Fine kommt angehüpft. »Ich gucke weiter nach kleinen Tieren, okay?«

»Okay«, sagt Opa Heini. »Augen auf, Fine.« Er rammt den Spaten in die Erde.

Gundula schaut mit einem Schmunzeln zu.

Max und Moritz lassen sich nicht mehr blicken.

Fünf Minuten, nachdem Conny den Abflug gemacht hat, wird im Obergeschoss das Fenster aufgerissen, hinter dem sich das Schlafzimmer meiner Eltern befindet. Meine Mutter beugt sich heraus. »Karo. Kommst du mal?« Ihre Stimme zittert.

Mein Vater hält kurz mit dem Arbeiten inne. Er dreht sich in Richtung Mama und blinzelt gegen die Sonne. »Ist was, Hildegard? Du klingst so komisch.«

»Nein, nein. Hermann. Alles in Ordnung.«

Opa Heini kramt ein Taschentuch aus seinen Shorts und wischt sich damit über die Stirn.

Ich laufe ins Haus und nehme zwei Treppenstufen auf einmal, um ins Obergeschoss zu gelangen. Meine Mutter sitzt auf dem Bett und starrt fassungslos in die lederne Schmuckkassette, die auf ihrem Schoß steht. »Schau mal, Kind. Sie ist leer. Mein kompletter Schmuck ist weg. Wie vom Erdboden verschwunden.«

Ich schlage eine Hand vor den Mund. »Was? Bist du sicher, dass dein Schmuck darin lag?«

Sie winkt barsch ab und blafft mich an. »Na, wozu habe ich denn die Schmuckkassette? Natürlich. Mein Schmuck lag seit dreißig Jahren darin.« Von jetzt auf gleich fängt sie an zu weinen. »Die schönen Erbstücke von Oma Fine … die Ringe, Ketten und Ohrringe, die Papa mir geschenkt hat. Das gibt es doch nicht.«

Ich nehme sie in den Arm. »Ruhig, Mama. Ganz ruhig. Lass uns in Ruhe nachdenken.«

»Ach, da gibt es nichts nachzudenken.«

»Wann hast du zum letzten Mal in die Kassette hineingeschaut?«

Sie schluchzt. »Was weiß ich? Vor drei Wochen vielleicht. Da waren wir doch bei Papas ehemaligem Kollegen eingeladen. Da hatte ich die Weißgoldgarnitur an.«

Sie presst ein Taschentuch vor die Nase. »Letzten Freitag verschwindet mein Haushaltsgeld aus dem Küchenschrank … und jetzt der Schmuck.«

Ich schlucke schwer.

»Conny war doch am Samstag hier oben, als wir im Baumarkt einkaufen waren … Ich will das nicht glauben, Karo. Ich will das nicht glauben. Sie braucht doch dringend Geld. Ihnen geht es im Moment doch nicht so gut. Nicht auszudenken, wenn Conny uns bestohlen hat.«

Ich schlucke wieder.

Die Tür geht langsam auf. Mein Vater steht im Türrahmen. Er muss die Worte meiner Mutter mitbekommen haben. »Was sagst du da, Hildegard? Conny hat uns bestohlen?«

Jetzt schluchzt meine Mutter los. Laut und hemmungslos. Sie wirft sich meinem Vater an den Hals. »Ach, Hermann! Zuerst das Haushaltsgeld und jetzt der Schmuck.«

Auf dem Gesicht meines Vaters bilden sich innerhalb von Sekunden rote Flecken. Die bekommt er immer, wenn er innerlich sehr aufgewühlt ist. Mit einer Hand streichelt er über die Haare meiner Mutter, mit der anderen kramt er in seiner Hosentasche nach einem Taschentuch und tupft ihr vorsichtig die Tränen von den Wangen. Dann starrt er auf die geöffnete Schmuckkassette, in der gähnende Leere herrscht.

»Komm. Wir gehen runter. Dann erzählst du in Ruhe, was genau passiert ist.«

Meine Mutter nickt.

Opa Heini lässt sofort den Spaten fallen, als wir zurück im Garten sind und uns an den Tisch setzen. Sein Blick wandert zwischen meinen Eltern hin und her, die betretene Gesichter machen. Er setzt zum Reden an, hält jedoch inne. Er beugt sich zu Fine hinunter. »Weißt du was? Lauf mal in den Schuppen. Dort holst du dir die kleine Schüppe und buddelst im Rosenbeet nach Käfern. Hier sieht es verdammt mager aus. Sie scheinen sich dort verkrochen zu haben.«

Fine nickt begeistert, denn normalerweise darf sie dort nicht buddeln. Sie rennt los.

Als Fine außer Hörweite ist, beugt sich Gundula über den Tisch. »Was habt ihr denn? Warum schaut ihr so komisch? Hast du geweint, Hildegard?«

Mein Großvater setzt sich zu uns.

Dann sprudelt es aus meiner Mutter heraus. Zuerst erklärt sie lang und breit das, was alle, die am Tisch sitzen, ohnehin wissen. Nämlich dass Conny und Anton sich mit dem Hausbau übernommen haben. Dann erwähnt sie noch einmal, wie raffiniert Conny es eingefädelt habe, dass sie die Rechnung der Blumenkübel begleichen musste. Anschließend erklärt sie, dass Conny am vergangenen Freitag duschen ging und … dass sie später entdeckt habe, dass zweihundert Euro Haushaltsgeld nicht mehr im Küchenschrank lagen. Sie räuspert sich. »Und am Samstag, als wir das Zelt im Baumarkt gekauft haben, kam Conny. Sie hat ja den Haustürschlüssel und hat im Wintergarten auf uns gewartet. Nachdem wir nach Hause kamen, ist mir aufgefallen, dass jemand auf meinem gemachten Bett gesessen haben muss, denn mein Federbett hatte eine tiefe Delle. Zuerst dachte ich, dass Max und Moritz in unserem Schlafzimmer getobt haben. Die haben aber gesagt, dass ihre Mama oben zur Toilette ging, weil sie Kacka musste und unten nicht gehen wollte.« Sie schluchzt leise. »Ich kenne die Bengel genau. Sie haben nicht gelogen. Das hätte ich ihnen angesehen. Conny muss bei uns im Schlafzimmer gewesen sein, Hermann. Und jetzt ist mein Schmuck weg. Alles ist weg.«

»Was?« Gundula schlägt eine Hand vor den Mund.

Opa Heini kneift die Augen zusammen. »Du meinst, Conny hat auf Lang-fing-fang gemacht?«

Jetzt meldet sich Gundula wieder zu Wort. »Also, das kann ich mir beim besten Willen nicht vorstellen.«

Meine Mutter zerpflückt eine Papierserviette. »Na, du kennst Conny ja erst seit ein paar Jahren. Als sie vier war, hat sie im Supermarkt mal einen Schokoriegel mitgehen lassen. Außerdem hat sie schon als Kind liebend gerne Elstern gemalt. Und die hatten immer einen Ring oder eine Kette im Schnabel. Zwei von den Bildern habe ich noch. Eines hatte sie mir zum Geburtstag und eines zum Muttertag geschenkt. Außerdem hatte Conny mit zwölf Jahren eine Phase … sie hat immer Tafelkreide nach dem Schulunterricht gestohlen. Deswegen musste ich sogar mal in der Schule antanzen.«

Opa Heini lacht laut los. »Deine Fantasie geht mit dir durch, liebe Hildegard. Kinder machen Dummheiten. Conny ist aber kein Kind mehr. Sie würde sich niemals an fremdem Eigentum vergreifen. Sie ist faul und lässt sich gerne bedienen. Sie haut auch oft auf den Putz und lebt nach dem Motto mehr Schein als Sein. Aber eine diebische Elster? Nein, das ist sie nicht. Denke mal genau nach. Du wirst das Zeug woanders hingelegt haben.«

Mit dem Gedanken kann auch ich mich anfreunden. »Ja, Mama. Schau mal alle Schubladen durch. Manchmal räumt man etwas um und findet es hinterher nicht mehr.«

Papa kratzt sich an seinen Bartstoppeln. Er denkt nach. »Das stimmt, Hildegard. Du bist doch ab und an etwas durch den Wind. Du hast schon so oft Dinge verlegt …«

Meine Mutter knüllt die Serviette zusammen und wirft sie ungehalten auf den Tisch. »Ich bin doch nicht meschugge. Ich weiß doch wohl, ob ich was umgeräumt habe oder nicht.«

Dennoch verspricht sie, sich gleich sämtliche Schubladen im Schlafzimmer vorzunehmen. Gundula bietet sofort ihre Hilfe an, die Mama dankbar annimmt.

Paul kam kurz nach Fine und mir nach Hause. Mit wenigen Worten erklärte er mir, dass einige Immobilien in Lüneburg auf dem ersten

Blick interessant waren, letztendlich aber nicht infrage kämen. Ich bin ein wenig erleichtert.

Paul ist noch im Bad und scheint gute Laune zu haben, denn er singt unter der Dusche. Um sein leibliches Wohl muss ich mir keine Gedanken mehr machen, er hat bereits gegessen.

Ich stehe vor dem Herd und schaue der Kalbsleber zu, die leise vor sich hinbrutzelt. Mit einem Pfannenwender lege ich sie auf einen Teller und schiebe die Zwiebelringe vom Schneidebrett in die Gusseiserne. Dann setze ich mich an den Küchentisch, um einen Apfel zu schälen.

Fine kommt angerannt. Sie hat im Garten eine Ameisenstraße entdeckt und möchte die fleißigen Tiere füttern. Sie kramt eine Packung Zucker aus dem Apothekerschrank und ist wieder weg.

Mir spukt der Pachtvertrag im Kopf herum. Ich hoffe, dass Paul nicht zu sauer reagiert, wenn ich ihn mit den Tatsachen konfrontieren werde.

Ich übe in Gedanken, wie ich ihm den Braten schmackhaft servieren könnte. *Du, Paul. Ich wollte dir nur sagen, dass ich den Pachtvertrag mit Dröpjes unterschrieben habe.* Nein. Das klingt zu plump. Ich sollte etwas sanfter vorgehen. *Pahauuul. Duhuu. Dröpjes hat noch mal angeklopft. Er hat mich regelrecht angebettelt, den Pachtvertrag zu unterschreiben. Er hat niemanden, der sich für das Gebäude interessiert. Weißt du, und da dachte ich …* Nee. Das klingt auch doof. Ich sollte etwas mehr Autorität an den Tag legen. Schließlich bin ich die Chefin der Firma. *Ach, Paul. Nur damit du Bescheid weißt. Ich habe mit Dröpjes den Pachtvertrag klargemacht. Ab dem 1. Juli können wir uns dort einrichten.* Ja. Das ist gut. Das klingt perfekt. Noch einmal. Ich flüstere: »Ach, Paul. Nur damit du Bescheid weißt. Ich habe mit Dröpjes den Pachtvertrag klargemacht …«

Ein Huster verlässt meine Lippen, als Paul in die Küche geschossen kommt. »Warum redest du so leise, Möhrchen? Was hast du gesagt?«

Ich zucke zusammen. »Oh. Ich habe was gesagt?« Ich lache albern. »Das war mir gar nicht bewusst.«

Paul öffnet auch den zweiten Fensterflügel. »Wuah! Ich kann diesen Bratenduft nicht ausstehen.« Er läuft zum Kühlschrank und holt eine Flasche Wein heraus. »Das kann man nur im Suff ertragen. Möchtest du jetzt auch schon ein Gläschen?«

Ich nicke. »Ja. Danke.«

»Wir waren beim Italiener.« Er holt zwei Gläser aus dem Küchenschrank. »Ich habe als Vorspeise eine doppelte Portion Schnecken in Tomatensauce mit viel Knoblauch gegessen.«

»Echt? Ach, Paul. Warum hast du mir keine doppelte Portion mitgebracht?«

Es gluckert leise, als Paul uns den Wein einschenkt.

»Entschuldige, du ekelst dich vor Schnecken. Du hasst sie wie die Pest. Du kannst ja kaum hinschauen, wenn ich sie genieße.«

»*Heute* hätte ich sie aber gerne gegessen.«

»Hm. Das tut mir leid. Das konnte ich nicht wissen.«

Ich knalle das Messer auf den Tisch. »Du hättest mich anrufen und fragen können.«

Paul zieht die Augenbrauen zusammen. »Warum hast du *mich* denn nicht angerufen, um zu fragen, ob ich Kalbsleber essen möchte?« Er prostet mir zu.

»Benimm dich nicht so kindisch. Weil du sie nicht magst.«

Paul setzt sich auf die Fensterbank und grinst.

Mir ist schon klar, dass ich Schwachsinn geredet habe und dabei bin, einen Streit vom Zaun zu brechen. Im Streit kommen mir nämlich Dinge leichter über die Lippen, die ich in einer harmonischen Atmosphäre niemals sagen würde. Zum Beispiel, dass meine Hand heute mit dem Kugelschreiber im Höllentempo über den Pachtvertrag mit Dröpjes gesaust ist.

Die Äpfel wandern in die Pfanne. Ich hole Messer und Gabel aus der Schublade und mache mich über die Leber her, die auf dem Teller liegt. Sie schmeckt köstlich. Während ich genussvoll kaue, wiege ich den Kopf hin und her.

Die Zwiebeln sind schön braun. Jetzt esse ich abwechselnd. Mal vom Teller, mal aus der Pfanne. »Übrigens. Was ich dir noch sagen wollte … es war nicht nett, dass du Conny heute genötigt hast, Max und Moritz zu bestrafen. Die armen Kinder durften wegen dir kein Eis essen.«

Paul lacht. »Quatsch. Ich habe Conny zu nichts genötigt. Ich habe sie lediglich gebeten, mit den Jungs zu reden. Tote Mäuschen haben in Rucksäcken nichts zu suchen. Außerdem kann ich mir nicht vorstellen, dass deine Mutter sich an Connys Verbot gehalten hat. Sie wird den Bengeln das Eis heimlich zugesteckt haben.«

»Hat sie nicht. Die Kleinen haben herzzerreißend geweint. Sie haben mir wahnsinnig leidgetan.« Ich werfe Paul einen vorwurfsvollen Blick zu, er rollt mit den Augen.

Fine kommt angepest. »So. Jetzt möchte ich essen. Ich habe ordentlich Hunger.«

Ich decke flott den Tisch für unsere Tochter. Für mich muss ich kein Gedeck mehr hinstellen, denn ich bin satt.

Während Fine futtert, erzählt sie Paul, was sie heute alles erlebt hat. Sie lässt auch nicht aus, dass Max und Moritz wegen der Mäuschenaktion kein Eis essen durften.

Paul macht ein schuldbewusstes Gesicht.

Fine plappert weiter. »Oma hat ihnen aber trotzdem eins gegeben. Frag Mama.«

Ich kratze mich am Kopf. »Tatsächlich? Das habe ich gar nicht mitbekommen.«

Unsere Tochter zieht die Augenbrauen zusammen. »Hast du wohl. Ich habe doch gepetzt.«

Ein Frosch hat es sich in meinem Hals gemütlich gemacht. Ich krächze: »So. Dann werde ich mal den Herd putzen.«

Ich vermeide es, Paul anzuschauen, und lasse heißes Wasser ins Spülbecken laufen.

Fine und ihr Papa unterhalten sich prächtig. Ich schimpfe vor mich hin, weil das Bratfett so gespritzt hat, dass der Fliesenspiegel total versaut ist.

Nachdem Fine gegessen und noch eine Runde Schwarzer Peter mit Paul gespielt hat, bringen wir unsere Tochter gemeinsam ins Bett.

Paul stellt die Sprinkleranlage ab, die für eine ausreichende Rasenbewässerung gesorgt hat. Darauf haben die Vögel gewartet, denn sie kommen angeflogen, hüpfen auf der Wiese herum und picken Regenwürmer aus dem Erdreich.

Papa Paul streckt sich. »Ich hole uns eine Flasche Saft. Oder möchtest du noch Wein?«

»Nein. Ich trinke auch Saft. Setz dich ruhig. Ich gehe ohnehin rein, dann bringe ich eine Flasche mit.« Mit schnellen Schritten laufe ich in die Küche und hole eine neue Pillenpackung aus dem Küchenschrank. Nach der siebentägigen Pause darf ich ab heute wieder schlucken. Ich denke kurz nach. Es war eigentlich recht bequem, jeden Tag nur in die kleine Dose zu greifen, statt mit der Packung herumzuhantieren. Kurzerhand nehme ich sie vom Regal, laufe zum Kühlschrank, nehme eine Flasche Apfelsaft heraus und tänzele zurück auf die Terrasse.

Paul nimmt mir die Flasche ab. Ich setze mich und beginne sofort, die Pillen aus dem Blister zu drücken, und lege sie in das kleine Döschen.

»Du fängst *heute* mit einer neuen Packung an?« Paul legt den Kopf schief und schaut mich an. Dabei spielt er mit seinen Fingern.

»Ja.«

Ich weiß nicht, warum Paul so dämlich grinst.

Sein Zeigefinger zeigt auf das Döschen. »Und … ähm … was soll das da werden?«

Mit ausdrucksloser Miene kläre ich Paul auf. »Ich drücke die Pillen heraus, lege sie in das Döschen und schlucke jeden Tag eine dieser Hormontabletten, damit ich nicht schwanger werde.«

»Sollte man sie nicht besser *täglich* aus der Verpackung drücken? Ich meine, es könnte ja mal sein, dass man sich nicht sicher ist, ob man sie genommen hat oder nicht.«

Meine Augenbrauen wandern in die Höhe. »Paul. Die Pharmaindustrie hat die Beschriftung der Pillenstreifen für die vergesslichen Frauen erfunden. Modimidofrsaso … ich brauche diesen Buchstabensalat nicht.«

»Natürlich nicht.« Er lehnt sich auf dem Stuhl zurück und lacht so, dass ich mich richtig darüber ärgere.

Paul wischt sich Lachtränen aus den Augen.

Es wird Zeit, Herrn Lachmichtot das Grinsen aus dem Gesicht zu fegen. »Du hattest gesagt, dass in Lüneburg keine passende Immobilie dabei war. Könntest du dir vorstellen, nicht doch noch mit Dröpjes ins Geschäft zu kommen? Mensch, Paul. Dein Stolz in allen Ehren. Aber, das geht zu weit.«

Paul schlägt sich auf den Oberschenkel. »Tja, Möhrchen. Wenn im gesamten Umkreis nichts Passendes zu finden ist, dann würde ich eventuell darüber nachdenken.« Er hebt den Zeigefinger. »Aber nur dann.« Und wieder prustet er los.

Ich atme übertrieben erleichtert aus. »Na, dann habe ich ja alles richtig gemacht. Ich habe heute … ähm … vorsichtshalber mal den Daumen auf das Nachbargebäude gelegt. Also, mit einem Kugelschreiber … aber nur vorsichtshalber«, beeile ich mich zu sagen.

Paul grinst nicht mehr. Seine Gesichtszüge sind jetzt regelrecht eingefroren. »Wie meinst du das?«

»Schau mal, *ich* bin ja eher die Vorausschauende. Ich kann mir nicht vorstellen, dass du etwas Geeignetes in der gesamten Umgebung finden wirst. Und darum habe ich, so clever wie ich bin, heute den Pachtvertrag unterschrieben. Aber nur vorsichtshalber.« Meine Hand zittert leicht, als ich nach dem Saftglas greife.

»Wo ist er?«

»Dröpjes? Keine Ahnung. Woher soll ich das …«

»Nicht Dröpjes, Möhre! Der Vertrag! Wo ist er?« Pauls Blick erinnert mich an den eines schwarzen Panthers, der seine Beute fixiert.

»Oh. Ja. Warte, ich hole ihn.« Ich überschlage mich fast, ins Haus zu kommen. Im Flur greife ich nach meiner Handtasche, die auf dem Schuhschrank liegt, und laufe zurück auf die Terrasse.

Meine Hände zittern wieder leicht, als ich Paul den Pachtvertrag über den Tisch schiebe. »So. Wie gesagt … nur vorsichtshalber.«

Paul blättert die Seiten durch. »Ich hoffe, du hast dir genau durchgelesen, was du dir da *vorsichtshalber* aufgehalst hast.«

Meine Lippen spielen miteinander. »Na, hör mal. Sicher. Aber, wieso betonst du so, dass *ich* mir was aufgehalst habe? Es geht um *uns* und nicht nur um mich.«

Es ist erstaunlich, wie schnell sich Paul den Gegebenheiten anpasst, denn er lächelt jetzt. Und zwar sehr nett. »Nein, Möhre. Aus der Nummer bin ich raus. Ich schaue mich weiter nach einem Gebäude um. Das hier … ist deins.« Er tippt auf den Vertrag. »Du kannst dir überlegen, was du in den kommenden dreißig Jahren mit den Räumlichkeiten anfangen möchtest.«

»Hä? *Dreißig* Jahre?« Ich beuge mich vor und versuche über Kopf den Text zu lesen. »Ey, hat Dröpjes einen Knall? Ich dachte eher so an zehn oder fünfzehn Jahre.«

Pauls Zeigefinger knetet seine Unterlippe, er redet weiter. »Das Glück ist auf deiner Seite. Dröpjes hat einen sehr guten Preis gemacht. Du könntest ein Schuhgeschäft eröffnen … oder eine Boutique … oder, warte. Ein Café wäre nicht schlecht. Dann könntest du den ganzen Tag das tun, was du am besten kannst. Mit Bruni und Simone bei einem Käffchen quatschen. Ich gehe mal davon aus, dass, wenn du kündigst, auch Brunis Stuhl frei werden wird. Schade eigentlich. Dann muss ich mich an zwei neue Vorzimmerdamen gewöhnen.« Er lächelt noch immer.

Wenn Paul glaubt, dass ich jetzt heulend zusammenbreche, hat er sich nicht nur in den Finger, sondern auch ins Bein geschnitten. Ich puste kräftig eine Locke aus meinem Gesicht. »Gut. Wenn du den Schuppen partout nicht willst, mache ich etwas Schönes daraus.« Ich lächele ihn charmant an. »Und sollte mir nichts einfallen, das sage ich jetzt mal vorsichtshalber, werde ich den Vertrag innerhalb von vierzehn Tagen umtauschen … ähm … von meinem Rücktrittsrecht Gebrauch machen.«

Paul schnippt das Schriftstück zu mir zurück. »Das kannst du nicht, Karotte. Soweit ich weiß, kann ein Gewerbevertrag nur ordentlich gekündigt werden, wenn er unbefristet ist. Und das ist dieser Vertrag nicht. Ich glaube auch nicht, dass er eine solche Klausel enthält. Wenn ich dir einen gut gemeinten Rat geben darf: Lass den Vertrag von einem Fachanwalt checken.«

Jetzt reicht es mir. »Sag mal, spinnst du oder was?«

Paul hebt die Hände. »Oh. Entschuldige. Natürlich. Du brauchst keinen Buchstabensalat auf Pillenpackungen und auch keinen Rechtsanwalt. Du bist ja so unglaublich clever.« Er grinst. »Oder doch nicht?«

Das schlägt dem Fass den Boden aus. »Paul! Warum verletzt du mich so? Ich habe es doch nur gut gemeint.«

Paul nickt langsam. »Klar. Du meinst es *immer* nur gut. Aber du merkst nicht, dass du nur Chaos anrichtest. Du baust mit den Händen etwas auf, dann drehst du dich um und peng! Du haust mit dem Hintern alles wieder um. Wie … wie ein Elefant im Porzellanladen. Und Papa Paul darf sich darum kümmern, die Scherben vom Boden zu kehren. Dieses Mal, Möhre, dieses Mal kümmerst du dich ganz alleine darum.«

Paul steht auf, ich stehe auf. Wir stehen uns wie zwei Kampfhähne gegenüber.

Ich stampfe mit dem Fuß auf. »Weißt du was, Herr Kümmermann? Du kannst mich mal. Zuerst von rechts nach links, dann von oben nach unten und zum krönenden Abschluss noch einmal kreuzweise!« Dann drehe ich mich auf dem Absatz um. »Gute Nacht! Ich glaube, es ist besser, wenn du im Gästezimmer schläfst.«

Paul versucht nicht, mich aufzuhalten.

Zehn Minuten später liege ich im Bett. Es ist gemein, dass Paul mich mit einem Elefanten verglichen hat. Es gibt Dinge, die darf ein Mann niemals zu einer Frau sagen. Dass sie ein Elefant sei, gehört definitiv dazu.

Ich knuffe mein Kopfkissen zusammen. Paul wird noch große Augen machen, denn die Idee, ein Café zu eröffnen, ist gar keine schlechte.

Dass ich ganz flott eingeschlafen sein muss, merke ich erst, als ich auf die Uhr schaue, weil mein Handy mich aus dem Tiefschlaf gebimmelt hat. Ich knipse meine Nachttischlampe an, es ist 23:55 Uhr. Dann schaue ich auf das Display meines Mobiltelefons. Eine mir unbekannte Telefonnummer verschwimmt vor meinen Augen, ich nehme das Gespräch mit zaghafter Stimme an. »Hallo?«

Die Stimme, die leise in mein Ohr dringt, ist mir sehr bekannt. »Karo? Hanni hier. Du musst uns helfen. Schnell. Kannst du uns in der *Schwarzen Mamba* abholen?«

»Was? Wo soll ich euch abholen?« Ich schwinge meine Beine aus dem Bett.

»Mennooo. In der *Schwarzen Mamba*. Das ist ein Nacht…«

Während meine Füße nach den Birkenstocksandalen tasten, unterbreche ich meine Nichte ungehalten. »Ich weiß, was die *Schwarze Mamba* für ein Lokal ist und *wo* es ist. Erklär mir lieber, was zum Teufel ihr um diese Uhrzeit in dem Bumslokal macht? Weiß eure Mutter …«

Hannis Stimme überschlägt sich förmlich. »Nein. Natürlich weiß sie es nicht. Wir erklären dir gleich alles.«

Mit fahrigen Händen krame ich eine Jogginghose aus dem Schlafzimmerschrank. »Na, auf die Erklärung bin ich gespannt.« Das schnurlose Telefon, das auf meinem Nachttisch liegt, klingelt.

Hanni, die das mitbekommt, stöhnt laut. »O Gott, Karo. Mama versucht, dich anzurufen. Geh nicht ran, hörst du? Nicht ans Telefon gehen!«

Mit einem Blick auf das Display sehe ich, dass Hannis Vermutung stimmt. Ich drücke die Stummschaltung. Mir ist klar, dass Conny gleich probieren wird, mich auf dem Handy zu erreichen. Mit strenger Stimme gebe ich Hanni Anweisung. »Ihr wartet *in* dem Lokal auf mich. Ihr stellt euch *nicht* an die Straße, verstanden? In spätestens fünfzehn Minuten müsste ich bei euch sein.«

Hanni atmet erleichtert aus. Ich beende das Gespräch.

Ich schlüpfe in den Jogger und halte mich nicht großartig damit auf, mich aufzuhübschen. Die Haarbürste saust zweimal durch meine Locken, danach fliegt sie zurück auf den Schminktisch. Dann haste ich zu meinem Nachttisch und krame aus der Schublade einen Block und einen Kugelschreiber heraus. Jetzt klingelt mein Handy. Es ist Conny. Ich drücke auch hier die Stummschaltung. Mit fliegenden Fingern kritzele ich einige Zeilen aufs Papier.

Hallo Paul,
bin kurz Hanni und Nanni retten. Solltest du wach werden, ruf mich an. Sollten Conny oder Anton anrufen, geh nicht ans Telefon.
Karo

Auf einen schriftlichen Kuss verzichte ich, denn schließlich haben wir Streit. Ich husche auf Zehenspitzen in den Flur, lege den Zettel vor die Tür des Gästezimmers und schleiche die Treppe hinunter. In der Küche finde ich Pauls Handy auf dem Regal. Ich stelle es auf lautlos. Conny wird alle Möglichkeiten ausschöpfen, um mich zu erreichen.

Mit Schwung schultere ich meine Handtasche und verlasse das Haus. Obwohl die Außenbeleuchtung eingeschaltet ist, ist mir ein wenig mulmig, als ich um diese Uhrzeit alleine zur Garage laufen muss. Das große Garagentor quietscht leise, als es langsam nach oben rollt.

Da Paul seinen Mercedes nach mir in die Garage gefahren hat, entschließe ich mich, meine Nichten mit seinem, statt mit meinem alten Schlorren abzuholen.

Ich mag Pauls Auto nicht sonderlich. Es ist zu lang und viel zu breit. Wenn ich mal damit fahre, habe ich ständig das Gefühl, irgendwo anzuecken. Außerdem finde ich es viel zu schwarz, denn auf dem dunklen Lack fällt jeder kleine Kratzer sofort auf.

Paul ist so ungeschickt in die Garage gefahren, dass ich die Karre dreimal vor und zurück setzen muss, um so zurückfahren zu können, dass ich nicht den rechten Außenspiegel abbreche. Trotz meiner Fahrkünste knarzt und quietscht es scheußlich, als ich den Wagen endlich auf die Garagenauffahrt lenken kann. Obwohl es verflixt dunkel ist, erkenne ich im Rückspiegel, dass die Mülltonnenbox nicht mehr da steht, wo sie normalerweise steht. Ich zucke mit den Schultern und murmele: »Na, so was«, und gebe Gas. Die Mädchen werden schon auf mich warten.

Ich schiele auf mein Handy, dessen Display hell leuchtet. Conny versucht schon wieder, mich zu erreichen. Noch habe ich nicht den Durchblick. In wenigen Minuten werde ich aber wissen, was Hanni und Nanni verbockt haben. Die beiden übertreiben es langsam mit ihren Heimlichkeiten. Ich will nicht darüber nachdenken, was sie in der *Schwarzen Mamba* zu tun haben.

Nach zehn Minuten rasanter Autofahrt habe ich das Gewerbegebiet erreicht, hinter dem das Planetenviertel liegt. Die *Schwarze Mamba* hat dort vor circa fünfzehn Jahren ihre Pforten eröffnet. Tagsüber herrscht hier kaum Betrieb, erst in den Abendstunden erwacht der ›Planet‹, wie die ortskundigen das kleine Gebiet nennen, zum Leben. Bevor man jedoch zur *Schwarzen Mamba* kommt, muss man an dem Wendehammer vorbei, an dem ein kleines Waldstück angrenzt, vor dem Frauen in knapper Kleidung auf Kundschaft warten. Opa Heini und mein Vater sind damals öfter mit den Rädern am späten Abend dort entlanggefahren. Aus Neugier, das versteht sich von selbst. Opa Heini fand, dass die Geschäfte dort sehr gut laufen müssten, weil es aus dem Wald ständig nach verbranntem Gummi riechen würde.

Als ich in Höhe des Wendehammers bin, muss ich vom Gas gehen, weil vor mir einige Autos im Schneckentempo entlangfahren, deren

Fahrer die Mädels unter die Lupe nehmen, die in aufreizenden Posen auf dem Bürgersteig ihre Körper zur Schau stellen.

Meine Fingernägel trommeln auf dem Lenkrad. Mir dauert das zu lange. Zu Fuß werde ich eindeutig schneller da sein, wo ich hinwill. Ich parke auf dem Seitenstreifen, steige aus und jogge eine Straße weiter, in der die *Schwarze Mamba* ihre Geschäfte betreibt.

Hanni und Nanni haben sich nicht an die Abmachung gehalten. Sie warten an der Straße und unterhalten sich mit einem jüngeren, muskulösen Mann. Ihre Fahrräder lehnen an der Hauswand. Die beiden sind so aufgedonnert, dass sie locker für zweiundzwanzig Jahre durchgehen würden. Sie sind sehr stark geschminkt, ihre Haare sind streng aus dem Gesicht gekämmt und zu einem edlen Knoten im Nacken verschlungen. Es ist unglaublich, was die beiden sich wagen. Wenn ich sie nicht abholen würde, würden sie um diese Uhrzeit mit den Rädern bis zu ihrer Freundin fahren. Es wird Zeit, dass ihnen jemand mal gehörig den Kopf wäscht.

»Karo! Gott sei Dank, wir dachten schon, du kommst gar nicht mehr!« Nanni wuchtet eine kleine Reisetasche auf ihren Gepäckträger.

Was für eine Begrüßung! Ich nicke dem jungen Mann zu, der mich freundlich grüßt.

»Das ist Tino. Er ist so eine Art Türsteher …«

Ich unterbreche Nanni. »Los. Kommt jetzt. Eure Mutter versucht ständig, mich zu erreichen.«

Ich drehe mich auf dem Absatz um und laufe im Affenzahn zurück. Die beiden hecheln mit ihren Rädern hinter mir her.

»Warte, Karo. Wir müssen kurz erklären …«

Meine Hand wandert in die Luft. »Ich glaube, ihr solltet besser die Klappe halten. Ihr lügt euch eh wieder was zusammen. Ich blicke da nicht mehr durch. Wo soll ich euch absetzen?« Dann bleibe ich kurz stehen. »Nur dass ihr es wisst. Es ist das letzte Mal, dass ich euch helfen werde. Ab morgen kriecht ihr alleine aus dem Schlamm, in den ihr euch hineingesuhlt habt.«

»Boah, sei doch nicht so sauer! Warte doch mal …« Hanni fährt jetzt langsam auf dem Rad neben mir her, Nanni folgt ihr. Sie redet weiter. »Ja. Es stimmt. Wir haben gelogen. Es ist im Grunde aber alles ganz einfach. Wir arbeiten seit einigen Wochen in der *Schwarzen*

Mamba. Wir helfen jedes Wochenende dort. Wir kellnern, mehr nicht. Checker und King Cool dürfen es nicht wissen. Sie wären damit nicht einverstanden. Und Mama und Papa durften es auch nicht wissen, sie hätten es uns nie erlaubt. So mussten wir halt lügen. Was sollten wir denn machen? Weißt du, was wir für Trinkgelder bekommen? Wir wären ja blöde, diesen Job nicht zu machen. Und weil wir in dieser Woche erst zur vierten Stunde zum Schulunterricht müssen, haben wir zugesagt, jeden Abend auszuhelfen.«

Ich winke ab. »Macht, was ihr wollt. Ich bin nicht eure Mutter. Vor mir braucht ihr euch nicht zu rechtfertigen. Ist sie euch jetzt auf die Schliche gekommen? Ihr habt mich doch nicht umsonst angerufen.«

Wir sind an Pauls Auto angekommen. Ich öffne die Heckklappe und kratze mich am Kopf. Während ich überlege, wie wir die Fahrräder in den Kofferraum legen sollen, plappert Hanni weiter.

»Du. Unsere Freundin Anne hat uns angerufen. Mama hat dort auf dem Festnetz durchgebimmelt und wollte uns sprechen. Ganz ehrlich. Wir haben nicht damit gerechnet, dass sie uns kontrolliert. Anne war ganz durcheinander. Sie wusste nicht so recht, was sie sagen sollte. Und sie hat gesagt, dass wir uns entschlossen haben, bei unserer Tante … also bei dir zu übernachten. Das war doch genial, oder?«

Ich lasse das Fahrrad los, das ich gerade im Begriff war, hochzuhieven. Die Pedale knallt auf die hintere Stoßstange. »Scheiß schwarz!«, fluche ich laut. Dann mache ich große Augen. »Ist eure Anne bescheuert? Die kann doch nicht einfach behaupten, dass ihr bei mir übernachtet.«

Die Mädels übernehmen das Fahrradverstauen. Sie heben die Fahrräder vorsichtig in den Kofferraum. »Es ist doch alles gut, Karo. Mama hat probiert, uns zu erreichen … wir sind nicht ans Handy gegangen. Sie hat versucht, dich anzurufen, du bist nicht ans Handy gegangen. Na? Was glaubst du, wovon sie ausgeht?« Hanni grinst mich an.

Ich verziehe keine Miene. Nanni verdreht die Augen. »Sie geht davon aus, dass wir alle längst schlafen.«

Ich gebe zu, dass ich zu negativ gedacht habe. Conny hat nicht weiter versucht, mich zu erreichen. Sie wird tatsächlich davon ausgehen, dass wir alle längst im Land der Träume sind.

Auf dem Heimweg gähne ich herzhaft und kann nicht umhin, meinen Nichten eine Moralpredigt nach der nächsten zu halten. Sie hören nur halbherzig zu.

Als ich auf unser Grundstück fahre, ist im Haus alles dunkel. Paul wird nicht aufgewacht sein. Ich lenke sein Auto vorsichtig in die Garage.

Hanni und Nanni springen aus dem Auto. Ich bitte sie, die Fahrräder aus dem Kofferraum zu holen.

»Klar doch.« Hanni lacht. »Morgen nach dem Frühstück werden wir wie die Unschuldslämmer nach Hause fahren und Mutter Schaf von dem schönen Abend berichten, den wir bei unserer lieben Tante Karo verbracht haben.«

Nanni kichert. »Mutter Schaf ist gut. Mama ist tatsächlich ein Schaf. Ein zahnloses Schaf. Man kann sie herrlich hinters Licht führen. Wenn die wüsste, dass wir sie seit Wochen an der Nase herumgeführt haben … sie würde uns in der Luft zerreißen.«

Ich gähne. »Ihr könntet den Urlaub knicken. Wenn sie nur ansatzweise ahnen würde, dass ihr euch in diesem Bumslokal, in der *Schwarzen Mamba,* euer Urlaubsgeld verdient … nicht auszudenken.«

Hanni lacht. »Ja. Nicht auszudenken. Wo sollen wir die Räder hinstellen?«

Hinter uns räuspert sich jemand. »Bringt sie … in Papas Auto. Es steht an der Straße.«

Hanni, Nanni und ich stehen mit dem Rücken zum geöffneten Garagentor. Die Stimme, die hinter uns vor Hohn trieft, gehört eindeutig meiner Schwester.

Mit einem Seitenblick auf meine Nichten sehe ich, dass beide die Augen schließen und die Luft anhalten.

Conny steht jetzt neben uns. Sie greift nach der Reisetasche, die Hanni auf den Boden gestellt hat, und öffnet den Reißverschluss. Sie zieht knappe Shorts heraus, bauchfreie Tops und die Schuhe, die ich den Mädels geliehen habe. Conny schwenkt die Klamotten mit zwei Fingern durch die Luft.

»Nuttig. So nuttig rennt ihr durchs Leben, nur weil ihr scharf auf etwas Kohle seid? Wie seht ihr überhaupt aus? Ihr wisst genau, dass ihr euch nicht so stark schminken dürft.« Conny lässt die Schuhe vor meine Füße fallen. »Und du hilfst den beiden dabei? Du leihst ihnen noch deine Nuttentreter, damit sie den geilen Kerlen die Köpfe verdrehen? Schämst du dich nicht? Warum wartest du nicht, bis eure kleine Hexe so weit ist, dass du sie vermarkten kannst? Warum vergreifst du dich an meinen Mädchen?«

Jetzt reicht es mir. Die spinnt ja wohl! »Conny, jetzt mach mal halblang! Ich habe deine Töchter nicht unterstützt. Das haben sie ganz alleine hinbekommen.«

Hannis Stimme zittert. »Karo hat recht, Mama. Sie hat nichts damit zu tun.«

Conny schaut auf die Uhr. »Es ist spät, ich bin müde. Ich zähle bis zehn. Dann stehen eure Räder in Papas Auto. Wir unterhalten uns morgen früh. Es wird Zeit, dass euch die Flausen aus dem Kopf getrieben werden. Und ihr könnt Gift darauf nehmen, dass mir dazu das Richtige einfallen wird.«

Mein Magen krampft sich zusammen. Hanni und Nanni umarmen mich. Beide flüstern mir ein leises »Gute Nacht« ins Ohr. Am liebsten würde ich die beiden nicht gehen lassen, sondern sie unter meine Fittiche nehmen. Conny hebt für einen kurzen Moment die Augenbrauen und grinst mich spöttisch an.

Sie macht einen großen Schritt nach rechts, um ihre Töchter vorbeizulassen, dann dreht sie sich auf dem Absatz um und folgt den Mädchen.

Ich kann nicht verhindern, dass sich zwei Tränen auf den Weg machen. Sie kullern langsam meine Wangen hinunter. Ich wische sie mit einer energischen Geste fort.

10. Der Crash

Fine und Paul albern während des Frühstücks herum. Paul beißt absichtlich so in seinen Marmeladentoast, dass seine Nasenspitze mit Erdbeermarmelade beschmiert ist. Dann versucht er, mit der Zungenspitze den süßen Brotaufstrich abzulecken, was ihm nicht gelingt. Unsere Tochter hält sich den Bauch vor Lachen.

Paul schielt auf seine Zunge. »Na, so was. Sie ist zu kurz.«

Fine kichert wieder.

Mir ist nicht nach Lachen. Nachdem ich heute nach Mitternacht wieder im Bett lag, war ich so aufgewühlt, dass ich Stunden gebraucht habe, um wieder einzuschlafen. Conny wird mit Hanni und Nanni heute früh Teppiche ausklopfen. Obwohl ich fast immer Partei für meine Nichten ergreife, bin ich diesmal der Meinung, dass sie den Bogen ein wenig überspannt haben. Dennoch. Ich würde Gnade vor Recht ergehen lassen, denn Hanni und Nanni sind so tolle und anständige Mädchen, dass dieser Ausrutscher schnell verziehen sein sollte. Und gerechterweise sollte Conny vielleicht auch einmal darüber nachdenken, dass sie sich die gesamten Ersparnisse ihrer Töchter unter den Nagel gerissen hat, dass die beiden *schon* aus einer gewissen Not heraus gehandelt haben.

Paul knüllt seine Serviette zusammen. Fine macht es ihm nach. Dann hüpft sie vom Stuhl. »So. Ich beeile mich jetzt besser. Es wird Zeit, dass ich in den Kindergarten komme.«

Ich krame im Schrank nach einer Tupperdose, in die ich Finchens Kindergartenfrühstück legen kann. Ich nehme mir fest vor, heute eine neue Prinzessin-Lillifee-Dose zu kaufen.

Fine läuft in den Flur, um ihre Sandalen anzuziehen. Paul räuspert sich. »Du bist blass. Hast du nicht gut geschlafen?« Seine Hand nähert sich meiner Wange, ich ziehe den Kopf zurück und weiche ihr aus.

Da Paul mich während des Frühstücks weitestgehend ignoriert hat und ich mich darüber geärgert habe, entscheide ich mich für eine zickige Antwort. »Ganz im Gegenteil, mein lieber Paul. Wenn du nicht neben mir liegst, schlafe ich hervorragend. Es schnarcht nämlich niemand. Ich bin ein wenig blass, weil ich *zu* gut geschlafen habe. Verstehst du? Schon als Kind war ich ständig blass, weil ich zu gut geschlafen habe.«

Paul presst die Lippen aufeinander. Er nickt langsam. »Warum hast du nie etwas gesagt? Es macht mir nichts aus, im Gästezimmer zu schlafen.«

Jetzt fliegt meine Serviette auf den Teller. »Nicht?«

»Nein! Wirklich nicht.« Paul steht auf und streckt sich. Dabei gähnt er laut. Dann öffnet er das Küchenfenster weit und beugt sich hinaus. »Hm. Komisch. Warum steht die Mülltonnenbox so weit hinten?«

Ich schniefe leise. »Weil du sie jeden Morgen, wenn du dein Auto aus der Garage lenkst, förmlich über den Haufen fährst.«

Ich könnte losprusten, weil Paul sich pfeilschnell zu mir umdreht und mich mit ungläubigem Blick anstarrt. »*Was* mache ich?«

Ein theatralischer Seufzer verlässt meine Lippen. »Ich ziehe sie jeden Tag wieder zwei bis drei Meter nach vorne. Gestern habe ich es vergessen. Weißt du eigentlich, wie anstrengend das ist?«

Paul kratzt sich an seinem Dreitagebart. »Also, das kann ich nicht glauben, Möhre. Das wäre mir aufgefallen. So etwas merkt man doch …«

Jetzt gähne ich. »Eben. Darüber habe ich mich schon lange gewundert, dass du es nie bemerkt hast. Ich meine, das macht doch Geräusche, wenn man die schwere Box verschiebt.«

Dann stecke ich meinen Kopf aus der Küchentür. »Fiiinchen! Bist du fertig?«

Pauls Augenbrauen treffen sich über seiner Nasenwurzel. Er kratzt noch immer an seinem Bart. Dabei wirkt er sehr nachdenklich.

Es klingelt. Frau Wiedemann sorgt dafür, dass Paul auf andere Gedanken kommt. Er greift nach seinem Autoschlüssel und schlendert in Richtung Haustür. Fine kommt noch einmal in die Küche geflitzt und verabschiedet sich mit einem dicken Kuss von mir.

Als ich mich eine halbe Stunde später auf den Weg ins Büro mache, habe ich das Gefühl, dass dieser Mittwoch kein guter Mittwoch ist. Mir ist übel. Mir fehlt Schlaf. Auch ohne Psychologie studiert zu haben, weiß ich, dass ich mich in einem depressiven Stimmungstief befinde. Eine große Welle negativer Gefühle überrollt mich regelrecht.

Ich muss an Hanni und Nanni denken. Ich werde später bei den Jörgensens anrufen und versuchen, in Erfahrung zu bringen, wie es meinen Nichten geht. Ich hoffe, dass Conny nicht so grausam war und den beiden verboten hat, mit ihren Freunden in den Urlaub zu fahren.

Bruni schlägt die Hände über dem Kopf zusammen, als ich ihr bei einer Tasse Kaffee die Neuigkeiten erzähle. Sie knabbert auf ihrer Unterlippe, als ich ihr berichte, dass Paul im Gebäude nebenan partout nicht produzieren will. »Und jetzt? Du hast doch den Pachtvertrag unterschrieben.«

Ich zucke mit den Schultern. »Keine Ahnung, Bruni. Vielleicht stellt Paul sich nur gespielt quer und will mir eine Lektion erteilen, weil ich eigenmächtig gehandelt habe.«

Sie nickt langsam. »Ja. Das könnte sein. Er wird dich ein wenig zappeln lassen.«

Dass Hanni und Nanni in der *Schwarzen Mamba* gekellnert haben, findet sie auch nicht gut. »Mensch, die beiden haben Nerven. Das war doch nur eine Frage der Zeit, bis die Geschichte auffliegt.«

Wo wir sonst so fröhlich lachen und plaudern, arbeiten wir jetzt eher still vor uns hin.

Die sonst so pflichtbewusste Maria läuft auch heute wieder nur mit dem Handy am Ohr herum und säuselt ihrem Gesprächspartner liebevolle Worte ins Ohr. Ich kaue auf einem Bleistift und beobachte sie. Die Liebe ist ein seltsames Virus. Es überfällt einen und zack, macht man Dinge, die man vorher nie im Leben gemacht hat. In Marias Fall ist es die Faulenzerei. Bis sich die Glieder der Schicksalskette um ihren Hals gelegt haben, war sie mindestens acht Stunden am Tag eine arbeitswütige Management-Assistentin. Und jetzt? Sobald Paul außer Sichtweite ist, macht sie es wie Bruni und ich. Sie gammelt herum. Mit ein wenig Schadenfreude stelle ich mir vor, dass Paul ganz schön dumm aus der Wäsche gucken würde, wenn nicht nur Bruni und ich kündigen, um nebenan ein Café zu eröffnen … sondern auch Maria das Handtuch in der Firma werfen würde, um der Liebe wegen nach Frankfurt zu ziehen.

Bruni gähnt und steht langsam auf. »Ich muss runter in die Personalabteilung. Paul hat mich heute früh gebeten, einige Unterlagen dort abzuliefern.«

Ich verschränke meine Finger und lasse die Knöchel knacken. »Mach das. Läufst du anschließend kurz um die Ecke und bringst uns Käsestangen vom Bäcker mit?«

Bruni hält kurz inne. »Klar.« Dann klemmt sie sich einen Aktenordner unter den Arm und ist weg.

Nachdem meine Freundin das Büro verlassen hat, zerreißt es mich fast. Ich muss wissen, wie es meinen Nichten geht. Ich hole mein Handy hervor und versuche Hanni auf ihrem Mobiltelefon zu erreichen. Es ist ausgeschaltet. Auch Nanni kann ich nicht erreichen. Ich überlege kurz, aus welchem Grund ich Conny anrufen könnte. Wenn ich mich direkt nach ihren Töchtern erkundigen würde, würde sie mich eiskalt abservieren, weil sie glaubt, ich wolle mich in ihre Erziehungsmethoden einmischen.

Ich muss nicht lange nachdenken und wähle die Festnetznummer der Jörgensens. Conny meldet sich mürrisch, denn sie weiß anhand der angezeigten Rufnummer, dass ich die Anruferin bin.

»Was willst du?« Ihre Stimme klingt so unpersönlich, als würde sie mit Frau Chung aus Peking wegen eines umgefallenen Reissacks telefonieren.

»Oh. Ich wollte mal fragen, ob sich jemand wegen der schönen Ohrringe aus Roségold gemeldet hat, die du gefunden hast. Du hast sie doch am Montag ins Fundbüro gebracht, oder?«

Conny räuspert sich. »Nein … ähm, ja. Das habe ich. Sei nicht albern. Du rufst doch nicht wegen der Ohrringe an.«

Ich presse die Lippen aufeinander. »Wie geht es Hanni und Nanni, Conny?«

Die Stimme meiner Schwester klingt noch immer emotionslos. »Die beiden werden noch einige Tage brauchen, bis sie sich an den Gedanken gewöhnt haben, die Ferien in der Kastanienallee zu verbringen. Der Garten ist groß genug, und es gibt ohnehin noch genügend im und ums Haus herum zu werkeln, dass die beiden keine Langeweile verspüren werden.«

»Ach, Conny. Das ist zu hart. Du kannst ihnen doch nicht die wohlverdienten Ferien versauen. Du …«

Conny zischt mich an. »Sei du still, Fräulein. Du hast das alles unterstützt. Wenn ich den beiden nicht vertrauen kann, wo ich sie direkt vor der Nase habe, wie soll ich ihnen trauen, wenn sie Hunderte von Kilometern weit weg sind? Wenn jemand mit einem Joint winkt, greifen sie am Ende zu. Du und dein Paul, ihr könnt Fine später all das erlauben, was ich für meine Töchter nicht gutheiße. Das geht mir am Arsch vorbei. Aber aus der Erziehung meiner Töchter …« Jetzt überschlägt sich Connys Stimme. »… halte dich bitte raus! Verstanden?«

Bevor ich salutieren und »Aye, aye, Sir« sagen kann, hat meine Schwester aufgelegt. Blöde Kuh! Ich könnte mich aufregen. Hier würden sich die Gelehrten nicht streiten. Jeder Ursachenforscher würde mit verbundenen Augen sofort erkennen, warum Hanni und Nanni diesen Weg gewählt haben.

Bruni kommt mit dem Handy am Ohr zurück ins Büro. Sie wirft eine Tüte der Bäckerei auf den Schreibtisch, die ich sofort öffne. Mmmmh. Es duftet köstlich nach Käsegebäck mit Kümmel. Ich greife zu. Aus den Gesprächsfetzen entnehme ich, dass Bruni mit Simone spricht.

»Ist doch toll. Ja, vielleicht freut sich Dröpjes darüber. Er hat ja gesagt, dass wir den Schmuck, den wir gefunden haben, noch in Tante Agnes' Haus bringen sollen. Wir stellen den Karton einfach dazu.« Dann nimmt sie das Handy vom Ohr und schaut mich an. »Du, Simone fragt, wann wir noch mal in Tante Agnes' Haus fahren. Sie will den Karton mit den Briefen dort hinstellen. Sie hat noch einige Fotografien in der Post gefunden, auf denen diverse Schmuckstücke fotografiert sind, die Tante Agnes wohl gehörten. Das ist bestimmt sehr interessant für Dröpjes.«

Ich denke kurz nach. »Von mir aus können wir uns heute Abend dort treffen. Gegen 21 Uhr?«

Bruni nickt eifrig und gibt die Information an Simone weiter, die pünktlich vor Ort sein will.

Als wir in die Mittagspause gehen, freue ich mich, dass wir Herrn Petermann begegnen, der langsam in Richtung Kantine humpelt.

»Na, einige Tage länger zu Hause hätten Ihnen auch nicht geschadet, Herr Petermann. Sie quälen sich ja noch immer.« Ich tätschele seinen Oberarm.

Er winkt ab. »Ach, was. Das geht schon wieder. Ich sitze ja die meiste Zeit. Ich nehme erst in der nächsten Woche wieder Außendiensttermine wahr. Bis dahin werden sich meine Bandscheiben gänzlich erholt haben. Ich habe noch genug Schreibkram zu erledigen.«

Wir stellen uns in der Schlange an und lassen unserem lädierten Kollegen den Vortritt.

Obwohl ich reichlich Käsegebäck gefuttert habe, freue ich mich aufs Mittagessen. Bruni entscheidet sich für ein leichtes Sauerkirschsüppchen, ich lasse mir von Theken-Sabine eine ordentliche Portion Sauerkraut mit Kassler auf den Teller schaufeln.

Heike sitzt wieder am Tisch und simst, während sie ihr Süppchen löffelt, in einer Tour mit unserer lieben Kollegin Ulrike.

Obwohl ich mit Bruni so eng verbunden bin, kann ich mir nicht vorstellen, während eines Urlaubs jede freie Minute mit dem Handy zu hantieren, um mit ihr in Kontakt zu stehen.

»Boah. Heute Nacht haben wir bis um 1:50 Uhr per Whatsapp gesimst. Ulrike und Holger haben im Hotel an einem Karaoke-Abend teilgenommen. Ihr glaubt gar nicht, was wir für einen Spaß hatten. Wollt ihr mal sehen und hören, wie Ulrike gesungen hat?«

Meine Gabel saust in das Sauerkraut. »Klar. Zeig mal.«

Heikes Zeigefinger fährt über das Display ihres Handys. »Hier … hier singt sie von *Nena* den Song *99 Luftballons.* Schaut mal. Das macht sie voll gut.«

Brunis und mein Kopf wippen zum Takt der Musik, die ertönt. Ulrike steht auf einer kleinen Bühne neben einer Karaoke-Anlage und ist von der Sonne krebsrot im Gesicht. Sie trägt einen hübschen, trägerlosen weißen Overall und hält das Mikrofon wie eine Profisängerin in der Hand. Sie wiegt die Hüften hin und her, dann stellt sie sich so x-beinig hin, wie Nena es immer macht, beugt ihren Oberkörper weit nach hinten und geht ab wie Schmidts Katze bei der Mäusejagd.

Brunis linke Hand schlägt auf dem Tisch den Takt mit, mein rechter Fuß sorgt unter dem Tisch für Stimmung.

Aus dem Publikum hört man laute Begeisterungsrufe.

Bruni lacht. »Ich wusste gar nicht, dass unsere Ulrike so eine Stimmungskanone ist.«

Ich gebe meinen Senf dazu. »Ja. Sie macht das ganz toll.«

Heike stupst uns an. »Seid still. Hört mal, was sie gleich sagt.«

Wir lauschen gespannt. Nachdem der letzte Ton verklungen ist, ertönt tosender Applaus. Ulrike wedelt mit den Händen in der Luft. »Danke … ich danke euch. Es hat Spaß gemacht, zu singen. Nun möchte ich aber ganz flott einige Menschen in meiner Heimat, also in Hamburg grüßen, die mir wahnsinnig viel bedeuten.« Und wieder erntet Ulrike Beifall. »Zuerst grüße ich meine Mutter … Ilse Wagner und dann die beste Chefin der Welt … Karo Geiger von *Geigers Jummy-Gum*. Und meinen Chef Herrn Geiger. Außerdem meine lieben Kolleginnen Heike und Bruni … Theken-Sabine, Kantinen-Ingo und die liebe Spül-Gruschenka. Obwohl ich den Urlaub sehr genieße, vermisse ich euch alle wahnsinnig. Küsschen!« Sie haucht einen Kuss auf ihre Handfläche und pustet ihn in Richtung Handykamera.

»Och jeee.« Ich bin ganz gerührt.

»Dass sie so an uns denkt, damit hatte ich nicht gerechnet.« Bruni schnieft leise.

Heike seufzt. »Tja. So ist sie, unsere liebe Ulrike. Harte Schale, weicher Kern.« Dann zückt sie ihr Handy und filmt alles, was auf dem Tisch steht. Anschließend sollen Bruni und ich die Köpfe zusammenstecken und in die Kamera strahlen, was wir nur zu gerne machen. Nach einigen herzlichen Grüßen spitzen wir die Lippen und schicken einen Schmatzer auf die Reise. »Tschö, Ulrike …«, höre ich Bruni sagen.

Ich wünsche Ulrike einen tollen Tag am Strand und sage ihr, dass ich sie nicht nur beneide, sondern auch sehr vermisse.

Heike springt auf. »Ich laufe mal flott los und filme Sabine und Gruschenka. Darüber wird sich Ulrike freuen.«

Bruni ist so mit dem Löffeln ihrer Kirschsuppe beschäftigt, dass sie gar nicht mitbekommt, das Leon und die Poloch die Kantine betreten. Ich stupse sie an und zeige mit dem Kopf in Richtung Theke. Leon bestellt eine doppelte Portion Sauerkraut mit Kassler, die Poloch bestellt mit fester Stimme einen Salat mit Putenstreifen ohne Dressing.

»Leon achtet nicht mehr auf seine Figur?« Meine Fingernägel trommeln an der kleinen Flasche Mineralwasser.

Meine Freundin grunzt leise. »So wie es ausschaut, nicht.« Sie lehnt sich zurück. »Weißt du was, Karo? Mir ist es scheißegal. Ich habe ohnehin langsam die Nase voll.«

»Warum? Was ist passiert?«

Bruni beugt sich zu mir. »Ich habe Leon seit exakt fünf Tagen nicht mehr nackig gesehen. Er schließt sich im Bad ein, wenn er duschen geht, und er verriegelt die Tür, wann immer er sich umzieht. Er läuft bei dem Wetter auch nicht mehr mit freiem Oberkörper im Garten herum.«

»Aber warum? Was glaubst du, warum er sich nicht nackig zeigt und seinen Körper vor dir versteckt?«

Die Finger von Brunis rechter Hand formen sich zu einer Kralle, mit der sie langsam von oben nach unten über die Tischplatte kratzt. Es quietscht leise. »Vielleicht aus diesem Grund? Es könnte ja sein, dass Leon Spuren am Körper hat, die ich nicht sehen soll.«

Ich schiebe meinen Teller beiseite. »Blödsinn. Vielleicht schämt er sich, weil er glaubt, einige Kilos mehr auf den Rippen zu haben.«

Jetzt dreht sich Leon um. Unsere Blicke treffen sich. Er lacht und winkt uns zu. Wir winken zurück. Die Poloch nimmt keinerlei Notiz von uns. Dann verschwinden die beiden in den Bereich mit den gepolsterten Stühlen, in dem die Kunden des Hauses zu Tisch gebeten werden.

Bruni steht auf. Mit versteinerter Miene räumt sie unser Geschirr zusammen, ich stelle die Teller auf das Tablett. Dann stöckeln wir in Richtung Essensausgabe. Heike bedankt sich, dass wir ihr schmutziges Geschirr mit abgeräumt haben. Dann beugt sie sich wieder über die Theke und unterhält sich weiter mit Theken-Sabine.

Nach der Mittagspause gibt Bruni mir unmissverständlich zu verstehen, dass sie nicht mehr über Leon und die Poloch reden möchte. Wann immer ich das Thema anschneide, lenkt sie die Unterhaltung sofort in eine andere Richtung.

Kurz vor Feierabend druckst Bruni ein wenig herum. »Ich weiß nicht. Ich habe keine rechte Lust, heute Abend mit in die Teufelsbacher Straße zu fahren. Du musst doch nur den Schmuck in die Vitrine legen. Simone will auch kommen, dann bist du ja nicht alleine auf dem einsamen Gelände.«

Ich ziehe einen Schmollmund. »Schade. Ich möchte dich nicht überreden, aber ich fände es schon schön, wenn du auch kommen würdest.«

Bruni rollt mit den Augen. Ich streichele ihren Arm. »Denk noch mal drüber nach, ja? Wenn du absolut keine Lust hast, schick mir eine SMS oder rufe mich an.«

Mit dem Vorschlag ist Bruni einverstanden.

Es ist eine verrückte Idee, bei dem heißen Wetter nur wegen einer Prinzessin-Lillifee-Dose in die Einkaufsstraße der Innenstadt zu laufen. Ich beschließe, mich in den nächsten Tagen darum zu kümmern. Heute werden nur einige Lebensmittel eingekauft, die nicht so schwer im Magen liegen.

Ich drücke das Gaspedal durch und lenke mein Auto zum Supermarkt meines Vertrauens. Meine Einkäufe beschränken sich auf verschiedene Salate, frische Kräuter, Zitronen und Thunfischsteaks von der Frischfischtheke. Auf dem Weg zur Kasse stolpere ich regelrecht über eine Prinzessin-Lillifee-Dose, die ich auf einem Regal im Gang mit den Haushaltswaren entdecke. Es ist unglaublich, was der Supermarkt alles im Sortiment hat.

Gut gelaunt lege ich meine Waren zum Abkassieren auf das Laufband und schiebe ebenso gut gelaunt meine Scheckkarte in den Schlitz des Lesegerätes. Dabei pfeife ich leise vor mich hin.

Nachdem ich meine Waren in der Kühlbox verstaut habe, die in meinem Auto steht, fahre ich langsam vom Parkplatz und halte an der Ausfahrt.

Die Welt ist klein. Von rechts kommt Gustav von Burghausen mit seinem Oldtimer angefahren. Auf dem Beifahrersitz hockt Gerti, die mir lachend zuwinkt. Von links kommt langsam ein schwarzer Porsche angerollt, dessen Fahrer sich als Dröpjes herausstellt. Er setzt den Blinker nach rechts, um sein Geschoss auf den Parkplatz des Supermarktes zu lenken, dann schießt der Oldtimer von Gustav nach vorne, um ebenfalls auf den Parkplatz zu fahren … es knallt.

Ich ziehe den Kopf ein und schlage instinktiv die Hände vors Gesicht.

Ich setze mein Auto etwas zurück und parke so, dass ich die Ausfahrt nicht blockiere. Dann steige ich zügig aus und laufe zu Gerti.

Sie ist ganz blass um die Nase. Ihre Lippen zittern.

Dröpjes schaltet seine Warnblinkanlage ein. »Ist jemand verletzt, brauchen wir einen Krankenwagen?«

Gerti schüttelt den Kopf. »Nein, ich glaube, ich habe mich nur tüchtig erschreckt.«

Ich helfe ihr aus dem Auto. »Kannst du den Kopf bewegen, Gerti? Manchmal merkt man Verletzungen erst im Nachhinein.«

Gerti lässt den Kopf kreisen und winkt ab. »Nein, nein. Es ist alles in Ordnung.«

Gustav von Burghausen nimmt seine karierte Schlägermütze vom Kopf und kratzt sich die Halbglatze. »Verdammt, ich habe nur Karo gesehen. Ich war abgelenkt. Es tut mir leid, dass ich Ihnen die Vorfahrt genommen habe.«

Dröpjes betrachtet den linken Kotflügel seines Sportwagens. »Wir sollten die Polizei rufen. Mein Auto ist so gut wie neu.«

Ich schlage eine Hand vor den Mund. »Oje. Die schönen Autos.«

Gustav tätschelt meine Hand. »Die Hauptsache ist, dass niemand verletzt ist, Karo.«

Dröpjes' Blick wandert zwischen Gustav, Gerti und mir hin und her. »Sie kennen sich?«

Ich nicke heftig und nehme Gerti an die Hand. »Das hier ist Gerti Buschler, die Nachbarin meiner Eltern. Und das ist Gustav von Burghausen. Ihr ... ihr ...«

Gustav hilft aus. »Bekannter. Frau Buschler und ich sind bekannt miteinander.«

Dann stellt sich Dröpjes vor. Ich füge ergänzend hinzu, dass er früher als Prokurist in unserer Firma tätig war. Gerti strahlt Dröpjes an, Dröpjes lächelt zurück und macht eine leichte Verbeugung.

Die Männer beschließen jetzt, nicht die Polizei zu bemühen und mit dem Handy Aufnahmen von der Unfallstelle zu machen, die den Versicherungen geschickt werden sollen.

Gerti schlägt vor, flott die Einkäufe zu erledigen und dann gemeinsam in die Birkenstraße 16 zu fahren, um die Personalien für die Versicherungen bei einer Tasse Kaffee zu tauschen. Dröpjes ist damit einverstanden. Als ich mich von ihm verabschiede, sage ich, dass ich im Laufe des Abends den Schmuck in die Vitrine legen werde.

Er bedankt sich. Seine Stimme klingt plötzlich sehr müde.

Wer jetzt einen Blick in den Garten der Birkenstraße 18 werfen würde, würde meinen, dass die Welt der van Gochs und Jörgensens in Ordnung sei. Als ich das Grundstück betrete, sitzen alle um den großen Gartentisch, der wieder unter dem Pflaumenbaum steht. Nur wer meine Familie kennt, spürt, dass es unter der heil wirkenden Fassade brodelt wie in einem Hexenkessel, denn alle schweigen sich an. Hanni und Nanni sitzen mit am Tisch und ziehen lange Gesichter. Opa Heini hat die Tageszeitung vor sich liegen. Die Seite mit Gebrauchtfahrzeugen ist aufgeschlagen. Um einige Annoncen sind rote Kringel gemalt.

Ich finde die Stille erträglich und räuspere mich. »Die Gerti und der Gustav sind mir an der Hauptstraße vor dem Supermarkt begegnet … Dann kam unser ehemaliger Prokurist Dröpjes mit seinem neuen Porsche von links und dann …«

Mein Vater zieht die Augenbrauen zusammen. »Karo! Bitte. Wen interessiert das?«

Ich räuspere mich wieder und halte die Klappe.

Meine Mutter verteilt Servietten. Conny verdreht die Augen. »Du hast mir zwei Servietten gegeben, Mama.«

»Dann reich halt eine an Hanni weiter«, zischt meine Mutter ungehalten.

Hanni nimmt zwar die Serviette, wirft sie aber mittig auf den Tisch. »Ich brauche keine Serviette. Ich esse keinen Kuchen. Ich ess nie mehr irgendwas. Nie mehr.«

Ihre Schwester verschränkt die Arme vor der Brust. »Ich schließe mich an. Ich esse auch nichts mehr. Also nie mehr.«

Ich blinzele gegen die Sonne und schaue auf die große Kuhwiese, die an das Grundstück meiner Eltern grenzt. Die Kinder spielen fangen und kichern laut.

Gundula nimmt die Brille von der Nase und reibt sich die Augen. »Ich habe das noch immer nicht richtig verstanden. Warum wollen Hanni und Nanni nicht in Urlaub fahren?«

Conny lacht spitz auf. »Gundula. Zum letzten Mal. Hanni und Nanni *wollen* in Urlaub fahren. Sie *dürfen* es aber nicht, weil ich es ihnen verboten habe. Die beiden haben in der *Schwarzen Mamba* gekellnert. Leicht bekleidet, stark geschminkt … in Schuhen, die ich noch nicht einmal zu Karneval anziehen würde, weil sie so schrecklich ordinär ausschauen.«

Jetzt meldet sich meine Mutter zu Wort. »Und wo haben sie die Schuhe her? Ich meine, solche Teile fliegen doch nicht einfach vom Himmel.«

Conny grinst. »Tja. Die Nuttentreter haben sich die Mädels von Karo geliehen.«

Meine Mutter schüttelt entrüstet den Kopf. »Quatsch. Das glaube ich nicht. Karo hat doch nur ordentliches Schuhwerk aus gutem Leder. Also, nuttige Schuhe wären mir schon an ihr aufgefallen.«

Ich hätte große Lust, meiner Schwester mit einem Paar meiner wunderschönen Schuhe eine Stunde abwechselnd in ihren dicken Hintern zu treten.

Opa Heini massiert mit Daumen und Zeigefinger sein Kinn. Er schaut seine Urenkelinnen abwechselnd an. »Was mich mal interessiert, Mädels … warum schlagt ihr euch die Nächte um die Ohren und verzichtet auf Treffen mit euren Freunden, wo ihr doch ein Sparbuch habt. Seid ihr denn nicht auf die Idee gekommen, an euer Eingemachtes zu gehen?«

Conny setzt hektisch zum Reden an. »Opa, ich habe doch erklärt, dass die Kinder da nicht …«

Opa Heini hebt die Hand. »Schweig! Ich will es von Hanni und Nanni hören.«

Hanni schaut zu Boden, Nanni holt tief Luft. »Es ist so, Opapa …«

Meine Eltern und Gundula horchen auf.

Conny rutscht auf dem Stuhl hin und her. Sie bläht die Nasenflügel. »Überlege jetzt gut, was du sagst, Fräulein.«

Obwohl es so heiß ist, fröstele ich. Ich reibe über meine Arme. Die Mädchen tun mir wahnsinnig leid. Sie werden von Conny ja regelrecht unter Druck gesetzt.

»Es ist so.« Nanni reckt ihr Kinn vor. »Mama brauchte noch Geld für ihre Küche …«

Ich beobachte Conny, die noch immer ihren Hintern auf dem Stuhl unruhig hin und her bewegt. Sie ist blass. Unter ihren Augen liegen dunkle Schatten.

Opa Heini beugt sich vor. »Ja? Und weiter?«

»Ganz einfach. Mama hat sich das komplette Geld von unseren Sparbüchern und den Sparbüchern unserer Brüder geliehen. Wir bekommen es irgendwann zurück. Irgendwann, wenn Mama und Papa wieder flüssig sind. Für den Urlaub mussten wir schauen, wie wir an Geld kommen. In der *Schwarzen Mamba* haben wir nicht nur gut verdient, sondern auch sehr hohe Trinkgelder bekommen. Wir haben uns nichts zu Schulden kommen lassen, Opapa. Wir haben bis um 24 Uhr gekellnert, jeder dort hat uns anständig behandelt.« Jetzt fängt Nanni an zu weinen. »Das Angebot war so verlockend, versteht ihr? Wir müssen ja nicht nur für den Urlaub sparen. Wir möchten beide gerne einen Führerschein machen. Und wenn wir achtzehn Jahre alt sind, möchten wir gerne mit Checker und King Cool in eine WG ziehen. In Uninähe. Wir sind so froh, wenn wir endlich auf eigenen Beinen stehen und zu Hause ausziehen können. Aber dazu brauchen wir Geld, versteht ihr? Ohne Geld sind wir aufgeschmissen. Wer weiß, wann Mama es uns zurückgeben kann. Vielleicht nie mehr.«

Jetzt kann auch Hanni nicht mehr an sich halten. Auch bei ihr kullern Tränen. Meine Mutter springt auf, verteilt Servietten und umarmt ihre Enkelinnen. »Herr im Himmel! Was für ein Elend. Warum habt ihr denn nichts gesagt?«

Conny hat ihre Fassung wiedergefunden. »Mama, Papa … Opa … euch geht das alles nichts an.« Sie wirft Gundula und mir einen bissigen Blick zu. »Und *ihr* solltet euch erst recht raushalten, denn ihr habt nichts mit unseren Familienangelegenheiten zu tun. Gar nichts!«

Opa Heini schlägt mit der Hand auf den Tisch. Seine Stimme donnert: »Halt dein loses Mundwerk, Conny! Was du mit deinen Mädchen machst, grenzt an Quälerei! Was sagt eigentlich dein Weichei Anton dazu?«

Conny grunzt. »Spiel dich nicht so auf, Opa. Wir sind hier nicht beim Denver Clan. Ich entscheide, wie ich meine Kinder erziehe. Wo kämen wir denn hin, wenn jeder, der scharf auf Kohle ist, im Rotlichtmilieu sein Geld verdienen würde …«

Hanni springt wütend auf. »Komm, Nanni. Wir fahren eine Runde mit den Rädern. Das kann man sich ja nicht mehr anhören.« Nanni folgt ihrer Schwester. Gemeinsam stampfen sie davon.

Jetzt richtet sich meine Mutter langsam auf. Sie beugt sich vor und stützt sich auf den Tisch. Ich sehe ihr an, dass sie zum verbalen Schlag ausholt. Auch mein Vater scheint zu spüren, dass hier gleich eine Bombe explodiert, deren Detonation nur Trümmer hinterlassen wird.

Die Stimme meiner Mutter klingt zynisch. »*Du* hast es ja nicht nötig, im Rotlichtmilieu tätig zu werden, nicht wahr? *Du* nimmst dir einfach das, was du brauchst, von deinen Eltern. Zweihundert Euro aus dem Küchenschrank, ein Schmuckstück hier, ein Schmuckstück da. Oma Fines Erbstücke nicht zu vergessen.«

Conny kneift die Augen zusammen. »Was willst du mir damit sagen, Mama? Ich verstehe nicht …«

»Hildegard!« Mein Vater springt auf. »Sei ruhig! Bitte!«

Meine Mutter winkt barsch ab. »Ach, hör schon auf, Hermann.« Sie wendet sich wieder an Conny. »Du regelst es anders, wenn du in finanziellen Nöten bist. Deine Töchter haben noch den Anstand, arbeiten zu gehen. Du vergreifst dich an anderer Leute Eigentum. Du bist eine diebische Elster, die mit dem Ring im Schnabel auf dem Baumwipfel sitzt und über die Dummheit und Leichtgläubigkeit der anderen lacht.«

Conny schluckt. »Ich verstehe noch immer nicht.«

»Nicht?« Meine Mutter lacht hysterisch. Dabei schlägt sie sich auf den Oberschenkel. Sie steht vollkommen neben sich. So kenne ich sie nicht, so habe ich meine Mama noch nie erlebt. Es sprudelt nur so aus ihr heraus. »Dann will ich dir mal auf die Sprünge helfen. Du hast nicht nur aus dem Küchenschrank mein Haushaltsgeld genommen, sondern hast auch im Schlafzimmer in meinem Nachttisch die Finger nach meiner Schmuckkassette ausgestreckt. Und so gierig, wie du bist, hast du nicht ein Teil zurückgelassen. Nicht ein Teil. Glaub ja nicht, dass deine alten Eltern zu dumm sind, um dich zu durchschauen.«

Meine Schwester ist jetzt leichenblass. Sie steht auf. Dabei wankt sie so, als hätte sie eine Flasche Rotwein intus. Mit tonloser Stimme sagt sie: »Das glaub ich nicht, Mama. Du beschuldigst mich, euch bestohlen zu haben? Nee, Mama. Nee. Das geht gar nicht. Ich würde mir eher die Hände abhacken lassen, als euch auch nur einen Cent wegzunehmen.« Sie hält sich an der Rückenlehne des Gartenstuhls fest. »Max! Moritz! Kommt ihr? Wir fahren nach Hause.«

Mein Vater rauft sich die Haare. »Jetzt setz dich doch wieder, Conny. Verdammt. Lass uns in Ruhe darüber reden.«

Meine Schwester hört nicht. Sie dreht sich um und wankt wie eine Betrunkene über die Wiese.

Papa springt auf und macht Anstalten, hinter Conny herzulaufen. Opa Heini hält ihn zurück. »Lass sie, Hermann. Für heute reicht es.«

Mein Vater lässt sich zurück auf den Stuhl fallen.

Die Zwillingsjungs kommen angerannt. »Tschüss, Herr Opa und Frau Oma. Bis morgen!«

Conny steht am Gartenzaun. »Es gibt kein Morgen. Wir haben keine Zeit mehr, Oma und Opa zu besuchen. Kommt jetzt.«

Fine zieht Nasenrotz hoch. »Schade. Dann habe ich ja keinen mehr, mit dem ich hier spielen kann.«

Meine Mutter reckt ihr Kinn nach vorne. »Doch, doch. Du hast schon noch jemand zum Spielen. Wir laden jeden Tag die Franziska ein.«

»Oookay.« Fine rennt zurück auf die Kuhwiese.

Meine Mutter sackt von jetzt auf gleich auf dem Gartenstuhl zusammen. Sie zückt ihr Taschentuch, wischt damit über ihre Augen, dann schnäuzt sie kräftig hinein. »Was habe ich denn so Schlimmes gesagt, dass Conny so plötzlich aufgebrochen ist?«

Opa Heini schlägt eine Hand vor die Augen. »Die Pferde sind mit dir durchgegangen, liebe Hildegard.«

Mein Vater seufzt. »Karo, ich brauche einen Schnaps. Läufst du in die Küche?«

Meine Mutter kaut an ihrem Daumennagel. »Was hat Conny gesagt? Sie habe keine Zeit mehr, uns besuchen zu kommen? Was redet sie für ein dummes Zeug? Die hängt doch den ganzen Tag zu Hause ab.«

Gundula nimmt mich an die Hand und zieht mich hinter sich her. »Komm, Karo. Wir holen Kaffee, Kuchen und Schnaps.«

Als wir in Richtung Haus flitzen, kommt meine Mutter hinter uns hergelaufen. »Na, die Mädchen werden bald zurück sein. Ich werde ihnen einen schönen Teller mit Kuchen für Conny, Anton und den Kindern mitgeben. Darüber werden sie sich freuen.«

Gundula und ich tauschen einen kurzen Blick. Meine Mutter scheint zu verdrängen, was sie Conny gerade alles an den Kopf geworfen hat, denn sie plappert fröhlich weiter.

»Mensch, dass Conny so überstürzt aufgebrochen ist … das macht sie doch sonst nicht. Ich wollte ihr auch noch etwas Kartoffelsalat vom Mittagstisch mitgeben. Na ja, morgen ist der auch noch lecker. Dann soll sie ihn halt morgen mitnehmen. Hanni und Nanni können ja nicht alles mitschleppen. Sie sind ja mit den Rädern da.«

Ich hole aus dem Eisfach des Kühlschranks eine Flasche Schnaps. »Ja, Mama. Mach das.« Gundula reicht mir Schnapsgläser. Ich sprinte los. Mir ist klar, dass Conny sich auch morgen nicht hier blicken lassen wird.

Opa Heini und mein Vater reden leise miteinander, als ich zurück am Tisch bin. Papa nimmt mir die Flasche Schnaps und die Gläser aus der Hand. »Ich bin mir sicher, Vater, dass Hildegard den Schmuck woanders hingelegt hat. Das habe ich ihr auch gesagt. Denk mal an die silbernen Kaffeelöffel. Die hatte sie jahrelang im Wohnzimmerschrank in der linken Schublade aufbewahrt. Dann waren die Teile wie vom Erdboden verschluckt. Hildegard war der Meinung, dass der Techniker, der wegen der Reparatur der Waschmaschine bei uns war, sie in einem günstigen Moment gestohlen hat. Und wo habe ich das Besteck zwei Jahre später gefunden?«

Opa Heini hebt das Gläschen, das mein Vater großzügig befüllt hat. »Wohlsein!« Er leert es in einem Zug. »Ich erinnere mich. Die Löffel lagen im Keller in der Werkzeugkiste, in der die Dübel liegen.«

»Jau.« Mein Vater wischt sich mit einem Taschentuch Schweiß von der Stirn. »Ich gehe davon aus, dass es mit dem Schmuck genauso sein wird. Wir werden ihn eines Tages finden. Auf dem Dachboden …«

Opa Heini kichert. »Oder in der Garage, im Lumpensack.«

Meine Mutter kommt mit dem Tablett angelaufen. Gundula folgt ihr mit kleinen Schritten. »Mensch, die Gerti hat gerade angerufen. Sie fragt, ob wir etwas Kaffeesahne entbehren könnten. Sie hat Besuch. Gustav hat einen Unfall gebaut, er ist jemandem vorhin ins Auto gefahren. Einem Porschefahrer.«

Das Geschirr scheppert, als meine Mutter das Tablett auf den Tisch stellt. »Gerti hat gesagt, dass der Geschädigte ein Bekannter von dir ist, Karo. Er säße drüben mit am Tisch. Und sie hat auch gesagt, dass du bei dem Unfall dabei warst.«

Die Hand meines Vaters schlägt auf den Tisch. »Na, warum erzählst du uns denn nichts davon, Kind. So etwas erzählt man doch!«

Ich muss lachen. »Na, ich wollte es doch erzählen. Es hat euch ja nicht interessiert.«

»Blödsinn! Für so etwas haben wir immer ein Ohr«, antwortet mein Vater ein wenig genervt.

Meine Mutter greift nach dem Fläschchen Kaffeesahne und ruft nach Finchen, die sofort angerannt kommt. »Läufst du zum Gartenzaun und rufst die Gerti? Und wenn sie kommt, dann gibst du ihr mit den besten Grüßen von deiner Oma die Kaffeesahne, ja?«

Fine nickt. »Ja.«

Dann muss ich ausführlich berichten, was ich auch mache. Der Name Dröpjes ist meinen Eltern, Opa Heini und Gundula sehr vertraut. Sie wissen, dass ich früher ständig auf Kriegsfuß mit unserem Prokuristen gestanden habe.

Fine kommt zurück und richtet kichernd ein Dankeschön und beste Grüße von der Gerti aus.

Als ich den Unfallhergang schildere, verzieht mal Opa Heini das Gesicht, dann mein Vater. Einigkeit besteht auf jeden Fall darüber, dass dem Himmel zu danken sei, dass niemandem etwas passiert ist.

Opa Heini tippt auf die Zeitung. »Ich glaube, wir machen es richtig, Gundula, wenn wir uns für einen soliden Mittelklassewagen entscheiden. Sollte es mal scheppern, sind wir in einem größeren Wagen besser aufgehoben.«

Meine Mutter atmet erleichtert auf. »Gut, dass du von der Idee weg bist, dir einen kleinen Sportwagen zu kaufen, Vater.«

Hanni und Nanni sind zurück. Es ist ihnen anzusehen, dass sie froh sind, dass ihre Mutter nicht mehr am Tisch sitzt.

Die beiden haben es sich überlegt und essen mit großem Appetit ein Stück von dem köstlich duftenden Erdbeerkuchen.

Nanni stöhnt leise. »So eine Scheiße aber auch. In den nächsten Tagen müssen wir unseren Freunden beichten, was passiert ist. Checker und King Cool wissen noch nichts davon, dass unser Urlaub gestrichen ist.«

Opa Heini spießt eine Erdbeere auf die Kuchengabel. »Wartet noch mit eurer Beichte. Manchmal geschehen Zeichen und Wunder.« Dabei grinst er vor sich hin.

Mein Vater gießt noch ein Schnäpschen nach. »Was geht dir im Kopf herum, Vater? So wie du schaust, heckst du doch wieder was aus.«

»Ich?« Opa Heini lacht. »Gott bewahre! Ich bin der Letzte, der was ausheckt.«

Während ich die Lebensmittel im Kühlschrank verstaue, trudelt von Bruni eine SMS ein. Sie schreibt, dass sie es sich überlegt habe und um 21 Uhr in die Teufelsbacher Straße käme.

Ich schreibe ihr zurück, dass ich mich darüber freue.

Fine kramt wieder im Apothekerschrank herum. »Wo ist noch Zucker, Mama? Die Ameisen haben wieder Hunger.«

Ich schlage die Tür des Kühlschranks zu. »Du musst die Ameisen nicht füttern. Sie finden ihre Nahrung in der Natur. Draußen, im Garten.«

Fine stemmt die Hände in die Hüften. »Zucker wächst doch nicht am Baum, oder?«

Ich muss lachen. »Nein. Sie ernähren sich von toten kleinen Tieren, wie Fliegen und Spinnen … verstehst du?«

Meine Tochter ist klug, denn sie nickt verstehend. »Okay. Dann suche ich halt Fliegen und Spinnen.« Sie kramt die Fliegenklatsche vom unteren Küchenregal. »Vorher muss ich sie aber tot machen.«

»Schau mal zuerst unter den Außenlampen nach. Dort liegen meistens tote Mücken.«

Ich nehme zwei Stufen in die obere Etage, um mich flott umzuziehen, und hoffe, dass Paul heute nicht zu spät heimkommt. Ich habe ihm nicht gesagt, dass ich später für ein Stündchen unterwegs sein werde.

Die Arbeit geht mir heute richtig zügig von der Hand. Der Salat ist schnell gerupft, die Tomaten sind flott geschnitten und die Schlangengurke schneidet sich fast von allein.

Als Paul kommt, bin ich dabei, die Thunfischsteaks in Sesam zu wälzen. Er balanciert in der rechten Hand eine Alu-Schüssel. Er will mir einen Schmatzer auf die Lippen drücken, ich drehe meinen Kopf so, dass er auf der Wange landet. »Du bist spät.«

»Das hat einen guten Grund, Möhrchen.« Paul grinst und hält mir die Alu-Schale unter die Nase. »Ich bin auf einem weißen Pferd in die Toskana geritten und habe an einem Südhang mit den süßesten Chianti-Reben eigenhändig zwei Dutzend Weinbergschnecken gesammelt, die ich anschließend bei *Papa Alessandro*, dem besten Italiener Hamburgs, für dich in einer Knoblauch-Tomaten-Barolo-Soße habe braten lassen.« Er öffnet einen Spalt des Aludeckels. »Voilà.«

Ein penetranter Duft strömt in meine Nase. Ich schließe angewidert die Augen und muss aufpassen, Paul nicht aufs Hemd zu kotzen. »Puh. Bitte, Paul. Stell sie in den großen Kühlschrank, der in der Abstellkammer steht. Ich kann den Geruch nicht ertragen.«

Pauls Kopf zuckt zurück. »Aber du hattest doch gestern so einen großen Appetit darauf.«

Ich kann Paul nicht sagen, dass ich lediglich einen Grund gesucht habe, einen Streit vom Zaun zu brechen. »Ja. Gestern hatte ich Appetit darauf. Aber nicht heute. Du hättest mich vorher anrufen sollen.«

Paul schüttelt den Kopf und verschwindet in der Abstellkammer. Ich lege den Fisch in die Pfanne, in der heißes Sesamöl brutzelt, und öffne weit das Küchenfenster. Hinter mir höre ich Fines Stimme. »Hallo, Papa.«

»Oh, hallo, Finchen. Warte. Lass mich raten. So, wie du ausschaust … du spielst Maulwurf?«

Fine kichert. »Nee.«

Pauls Stimme klingt jetzt komisch. »Hm. Wo hast du denn die Prinzessin-Lillifee-Dose her? Sag nicht, dass du sie …«

Finchen unterbricht Paul kichernd. »Die Ameisen haben Hunger. Mama hat gesagt, sie essen tote Tiere. Und weil die toten Mücken so klein waren, habe ich die Maus wieder ausgebuddelt. Jetzt haben die Ameisen ordentlich was zu knabbern.«

Ich drehe mich langsam um. Fine ist vollkommen eingesaut. In der rechten Hand hält sie die alte Prinzessin-Lillifee-Dose, die vollkommen verdreckt ist, in ihrer linken Hand baumelt die kleine Schaufel, mit der ich immer Blumen einpflanze.

»Mensch, Fine!«, schimpfe ich laut. »Das ist ja ekelhaft. Du kannst doch nicht einfach die tote Maus wieder ausgraben.«

Fine zieht ein Schippchen. »Kann ich wohl!« Sie hält die rosafarbene Dose in die Luft. »Guck!«

Paul nimmt sie an die Hand. »Komm, wir bringen das ganz flott wieder in Ordnung.« Die beiden rennen los.

Paul kommt wenig später zurück und kratzt sich am Kopf. »Ich geh mich umziehen, dann bin ich wieder draußen. Fine hat erzählt, dass sie gestern Abend eine ganze Packung Zucker vor die hintere Koniferenhecke verstreut hat. Die Ameisen von ganz Hamburg tummeln sich auf der Wiese.«

Ich könnte mich ohrfeigen und nehme mir vor, etwas mehr darauf zu achten, was unsere Tochter im Garten treibt, während ich mit der Hausarbeit beschäftigt bin.

Auf dem Weg in die Teufelsbacher Straße knabbere ich an einem dicken Apfel. Das Abendbrot hat mir nicht geschmeckt. Die Vorstellung an das tote Mäuschen hat mir den Appetit auf den kurz angebratenen Thunfisch verhagelt.

Simones Auto steht schon vor Tante Agnes' Haus, von ihr fehlt jedoch jede Spur. Es ist nur das Gezwitscher der Vögel und das Zirpen der Grillen zu hören.

Ich schaue mich um. Dann lege ich die Hände vor den Mund. »Simoooone!« Ich bekomme keine Antwort. Mit kleinen Schritten laufe ich zur Haustür und krame nach dem Schlüsselbund. Wo treibt Simone sich bloß wieder herum. Die hat echt eine Macke, wenn sie sich alleine in den Wald wagt.

Als ich den Schlüssel ins Türschloss stecke, kommt Bruni angesaust. Sie hupt kurz und steigt mit Schwung aus. »Bin ich schon wieder die Letzte?«, ruft sie lachend.

Ich zeige auf den Wald. »Ja. Dein Cousinchen ist schon da, aber auch irgendwie nicht da. Ich bin auch erst gerade gekommen. Vom Leuchtturm fehlt jede Spur. Nicht, dass die abgemurkst im Wald liegt.«

Bruni prustet los. »Ach was. Die taucht schon wieder auf. Die ist unkaputtbar.«

Kaum dass Bruni den Satz zu Ende gesprochen hat, kommt Simone mit großen Schritten aus dem Wald gehechelt. »Huhuu!« Sie wedelt mit der rechten Hand in der Luft. »Wartet, ich muss doch noch den Karton mit den Briefen aus dem Kofferraum holen.«

Bruni schlendert zurück und lehnt sich gegen den hinteren Kotflügel von Simones Auto. Ich stoße die Haustür weit auf, setze mich auf die Treppenstufe und beobachte meine Freundinnen. Simone kramt den Autoschlüssel aus ihrer Shortstasche und öffnet die Heckklappe ihres Audis.

Bruni bekommt einen Lachanfall. »Ich fasse es nicht! Du hast ja

Tante Agnes' halben Hausstand gefilzt. Sag mal, was willst du damit? So etwas kloppt man doch in die Tonne.« Sie hält eine Konservendose und ein Glas Marmelade in die Luft.

Simone schlägt nach ihrer Hand. »Man wirft keine Lebensmittel in den Müll. Das ist Sünde.« Sie kramt den Karton hervor, klemmt ihn unter den Arm und wischt sich mit dem Handrücken über die Nase. »Ey, wir müssen gleich noch mal in den Wald laufen. Ganz rechts wachsen gelbe Blumen. Ich wollte sie pflücken und da habe ich einen großen Eisenring im Erdreich entdeckt. Der Ring ist an einer Steinplatte befestigt, die ich alleine nicht hochziehen konnte. Vielleicht schaffen wir es zu dritt.«

Ich nicke. »Ja doch. Kommt jetzt erst einmal rein.«

Simone trippelt in den Flur und drückt Bruni den Karton mit den Briefen und Fotos in die Hand. »Boah, muss ich pullern. Weg da.« Sie verpasst Bruni einen Schubs, die leicht nach hinten taumelt.

Während ich in die Wohnküche laufe, setze ich den Rucksack ab und öffne das Seitenfach, in dem die Schmuckstücke liegen. Ich betrachte die schönen Arbeiten noch einmal und lege sie in die Schublade der Vitrine. Den Umschlag mit Tante Agnes' Kette, der sich noch immer in meinem Rucksack befindet, lege ich ebenfalls dazu.

Simone kommt, sie trocknet sich die nassen Hände an ihrer kurzen Hose ab. »Schaut euch mal die Fotos an, die von dem Schmuck gemacht wurden. Es sind wunderschöne, ausgefallene Teile dabei. Ich habe sie ganz links in den Karton gelegt.«

Brunis Finger blättern in den Papieren. Wir betrachten abwechselnd die Fotografien. »Wahnsinn! Die Kette ist ein Traum.« Ich bewundere den Weißgoldschmuck. Bruni ist von einem Ring sehr angetan, der einen großen Löwenkopf hat, in dem zwei funkelnde, grüne Steine als Augen eingearbeitet wurden. Dann pfeift Bruni leise durch die Zähne. »Guck mal. Ein Bundesverdienstkreuz. Wow. Wofür sie das wohl bekommen hat?«

»Zeig her.« Ich betrachte das Foto und bekomme weiche Knie. »Also, wenn mich nicht alles täuscht … nein, ich täusche mich nicht.« Mein Finger tippt auf das Bild. »Genau dieses rote Kreuz hat Gerald an seinem schwarzen Anzug getragen, als er überraschend bei uns im Garten aufgetaucht ist. Ich schwöre, es war *genau so* ein Kreuz.«

Simones Mund steht offen. »Ey, echt jetzt?«

Bruni bläst hörbar Luft aus. »So eine Kacke. Gerald hat einen absolut patenten Eindruck gemacht. Aber stellt euch mal vor, er hat, als er die mausetote Tante Agnes hier im Haus abgeholt hat, nicht nur Tante Agnes, sondern auch ihren gesamten Schmuck mitgenommen, den er vielleicht zufällig, was weiß ich nicht … unter der Matratze gefunden hat? Die Bestatter haben doch immer zuerst die Finger an den Verstorbenen. Die Angehörigen halten sich doch meistens zurück.«

Simone haucht: »O Mann. Genau. Ältere Damen bewahren doch ihr Hab und Gut meistens unter der Matratze auf. Und jetzt?« Sie schüttelt den Kopf. »Ich will nicht glauben, dass Gerald ein Dieb ist. Wir sollten ihn anrufen und ganz offen mit ihm darüber sprechen. Dann werden wir sehen, wie er reagiert.«

Ich bin geplättet. »Ja, das sollten wir.«

Simone lässt das Süppchen nicht kalt werden. Sie zückt ihr Handy. Wenige Sekunden später spricht sie mit Gerald. »Du, wir wollten dich noch heute ganz kurz sprechen … Ja … Oh … ja. Es ist schon wichtig. Wie lange bist du denn noch dort? Klar … wir können schon zum Institut kommen. Okay, wir klingeln dann. Bis später.« Simone beendet das Gespräch. »Gerald hat zu tun. Er arbeitet heute Nacht. Wir können ihn aber im Institut besuchen. Wir sollen klingeln.«

Wir schauen uns noch die restlichen Aufnahmen des schönen Schmucks an, dann verlassen wir Tante Agnes' Haus. Ich werfe die Schlüssel, wie mit Dröpjes vereinbart, durch den Briefkastenschlitz. Unser Auftrag ist hier erledigt.

Wir sind jetzt alle heiß darauf, in den Wald zu laufen.

Simone kichert. »Wer weiß, was wir unter dieser Steinplatte finden. Stellt euch mal vor, Tante Agnes hat den Schmuck und die Goldbarren dort deponiert. Was glaubt ihr, wie Dröpjes sich freuen wird, wenn wir das Zeug gefunden haben. Dann braucht er diese Firma mit den Suchgeräten nicht mehr zu beauftragen.«

Bruni und ich nicken eifrig. »Ja. Das wäre wunderbar.«

Auf dem Weg in den Wald erzähle ich meinen Freundinnen von dem Crash, den Dröpjes mit seinem neuen Auto hatte. Doof-Dröpjes erntet neuerdings nur Sympathien. Bruni und Simone tut es sehr leid, was dem armen Kerl passiert ist.

Simone hat sich den Weg, der zu den gelben Blümchen führt, unter denen sich die Steinplatte befindet, sehr genau gemerkt. Sie läuft zielsicher den Waldweg entlang, biegt dann irgendwann nach rechts ab, um kurz darauf die linke Weggabelung zu nehmen, von der aus ein rechter kleiner Pfad dahin führt, wo sie hinwollte.

Sie zeigt auf den großen Metallring, der wie ein Türklopfer auf dem Boden liegt. Der Ring ist so groß, dass wir ihn zu dritt packen können. Mit aller Kraft ziehen wir daran. Es ist nichts zu machen. Die kleine Steinplatte bewegt sich keinen Millimeter.

Bruni ist vollkommen außer Atem. »Wir sollten die Ränder des Steins vom Erdreich befreien. Dann schaffen wir es vielleicht.«

Simone kramt in ihrer Handtasche und hält mit einem triumphierenden Blick ihre kleine, spitze Nagelfeile in die Luft. »Damit ist es ein Kinderspiel.« Dann kratzt sie, was das Zeug hält.

Und tatsächlich, nachdem wir abwechselnd geschabt und immer wieder an dem Ring gezogen haben, schaffen wir es, die Steinplatte zu öffnen.

Wir schauen frustriert in das kleine Erdloch, das ungefähr die Maße eines Mineralwasserkastens hat. Es liegen weder Schmuck noch Goldbarren, sondern nur antikes Zeug darin. Simone greift nach einem Teil, das mich an Großmutters Küchenutensil erinnert. Ihre Stimme klingt begeistert. »O Mann. Ein altes Waffeleisen. Das sieht hübsch aus. Das nehme ich mit.« Sie geht auf die Knie. »Und Kieselsteine. Boah. Wenigstens etwas.« Sie blinzelt mich an. »Kann ich das Zeug in deinen Rucksack legen?«

Ich seufze und reiche ihr mein altes Nylonteil.

Damit sich niemand die Knochen bricht, schließen wir die Platte wieder ordentlich und treten sie wieder fest.

Bruni und ich folgen Simone mit unseren Autos. Das Beerdigungsinstitut liegt in einer Sackgasse. Ein großes Schild weist darauf hin, dass im Hinterhof geparkt werden darf. Hinter einem großen Wohnhaus befindet sich ein lang gezogener Flachdachbau, über dessen dunkel verglaste Tür ein großes Schild mit der Aufschrift *Bestattungen Janicki* hängt. Die Anlage ist sehr akkurat gepflegt. Hier wird ein Gartenfreund jeden Tag auf allen vieren über die Beete kriechen. Buchsbäume, die in den verschiedensten geometrischen Formen geschnitten sind, säumen den Weg, der zum Bestattungsinstitut führt.

Wir steigen nacheinander aus unseren Fahrzeugen.

Bruni nimmt meine Hand und starrt auf den großen Schornstein, der seitlich am Haus gemauert wurde. »Mein Gott, was für eine riesige Esse.«

Der Leuchtturm zieht eine krause Nase. »Klar. Wenn Leichen verbrannt werden, ist ein guter Abzug wichtig. Dahinter muss ordentlich Bums stecken.«

Ich reibe an meiner Nasenspitze. »Quatsch. Die werden doch zur Einäscherung in ein Krematorium gefahren. Das ist bestimmt ein stinknormaler Kamin.«

Wir fahren erschrocken herum, als hinter uns eine seichte, singende Stimme ertönt. »Guten Abend, die Damen. Kann ich Ihnen behilflich sein?« Ein kleiner Mann mit schütteren, grauen Haaren und Augenbrauen, die so buschig wie Eichhörnchenschwänze sind, steht mit gefalteten Händen vor uns. Seine wachen Augen wandern zwischen uns hin und her.

Simone beugt sich leicht vor und starrt auf die ›Eichhörnchenschwänze‹. Dabei zupft sie an ihrem Ohrläppchen und kichert. »Ähm. Danke. Wir haben momentan keine Verluste zu beklagen.«

Ich könnte ihr eine klatschen. Der Leuchtturm redet wieder dummes Zeug. Ich lächele. »Wir wollten kurz zu Gerald Flöther. Er ist ein Bekannter von uns.«

Simone nickt. »Ja. Er hat gesagt, wir sollen klingeln.«

Der kleine Mann nickt freundlich. »Aha. Sie sind Bekannte von Gerald. Ich bin Herr Janicki. Kommen Sie, ich schließe Ihnen die Tür auf.« Er läuft langsam in Richtung Institut, dabei zieht er das rechte Bein nach.

Simone räuspert sich. »Haben Sie's im Rücken?«

Herr Janicki bleibt stehen. »Nein. Im Bein. Ein Arbeitsunfall. Vor dreißig Jahren musste ich die Kettensäge nehmen, weil ich den Burschen mit der Kreissäge nicht klein gekriegt habe. Ich bin zu forsch rangegangen und mit der Kette abgerutscht.« Er klopft sich auf die Kniescheibe.

Ich schlucke, Brunis Hand wandert an ihre Kehle.

Simone kiekst erschrocken. »Was? Sie haben Ihre Kundschaft mit der Säge bearbeitet?«

Herr Janicki lacht melodisch. »Nicht meine Kundschaft. Einen Baumstamm. Ich war früher Förster. Das Geschäft meines Vaters habe ich erst später nach einer Umschulung übernommen.« Er lässt einen Schlüssel im Schlüsselloch verschwinden und begleitet uns ins Haus. Am Ende des kleinen Flurs öffnet er die mittige Tür. »Bitte schön. Wenn Sie einen Augenblick im Büro Platz nehmen würden? Ich sage Gerald Bescheid, dass Sie da sind.«

Dann verschwindet er. Wir hören seine Stimme. »Gerald? Du hast Besuch! Kommst du kurz?«

»Bin gleich da, Chef!«, tönt es zurück. »Ich trage nur noch etwas Rouge auf.«

Simone stützt die Ellenbogen auf den Schreibtisch und kichert albern. »Der muss sich doch nicht für uns schminken.«

Ich pruste los.

Bruni presst eine Hand vor den Mund. Dann streicht sie mit zwei Fingern über die blank polierte Schreibtischplatte. »Feinstes Holz«, flüstert sie.

Ich ruckele mit dem Hintern auf dem Stuhl hin und her und flüstere ebenfalls. »Bester Federkern. Schön hart.«

Simone lehnt sich zurück, verschränkt die Hände und lässt die Daumen kreisen. Ihr Blick wandert an die Zimmerdecke. »Tolle Stussarbeiten. Wisst ihr eigentlich, wie teuer es ist, so etwas machen zu lassen?«

»Simone«, zischt Bruni. »Nicht Stuss … Stuckarbeiten.«

»Scheißegal. Ob Stuss oder Stuck. Es kostet auf jeden Fall viel Geld.«

Die Tür geht auf. Gerald kommt herein. Er trägt eine weiße, dünne Leinenhose und ein weißes kurzärmeliges Hemd. »Das ist aber nett, dass ihr mich besuchen kommt. Wollt ihr einen Kaffee trinken? Oder was Kaltes?«

Obwohl ich ein Wässerchen vertragen könnte, schüttele ich heftig den Kopf. Ich weiß, dass das albern ist, aber hier mag ich nichts trinken. »Nein, danke.«

Bruni verneint ebenfalls. Simone nickt und zeigt auf das Sideboard, auf dem einige Getränke stehen. »Wenn das da Waldmeisterbrause ist, nehme ich ein Glas.«

Gerald lacht. »Ja. Das ist Waldmeisterbrause. Die hast du früher schon gerne getrunken.« Er steht auf und bedient seine Jugendfreundin. »Warum wollt ihr mich sprechen? Was gibt es so Wichtiges?« Gerald schaut uns erwartungsvoll an.

Mir verschlägt es die Sprache. Ich weiß nicht, wie ich die Frage formulieren soll, ohne Gerald das Gefühl zu geben, er habe etwas gestohlen.

Bruni scheinen ebenfalls die Worte zu fehlen, denn sie schweigt.

Simone schlürft an der Brause. »Also. Das ist so, Gerald. Karo hat erzählt, dass du so ein rotes Kreuz an deiner Anzugjacke baumeln hattest, als du ihr Tante Agnes' Kette gebracht hast.«

Gerald nickt stolz und blickt mir offen in die Augen. »Das ist schön, dass es dir aufgefallen ist. Die meisten Menschen übersehen es. Das ist ein Bundesverdienstkreuz. Das habe ich von meinem Opa August geerbt. Er hat nach dem Krieg mit seinen Händen alte historische Gebäude wieder aufgebaut und dafür 1964 das Bundesverdienstkreuz bekommen. Die gesamte Familie war damals unglaublich stolz auf ihn. Ich habe noch alte Zeitungsausschnitte. Wenn ihr wollt, zeige ich sie euch mal.«

Meine Kinnlade rutscht hinunter. Bruni stöhnt leise. Simone lässt sich nach hinten fallen. »Du glaubst gar nicht, wie sehr ich mich darüber freue, Gerald. Klar, wenn ich mal bei euch in der Nähe bin, bimmele ich durch. Die Zeitungsausschnitte würde ich gerne sehen.« Dann trinkt sie ihr Glas in einem Zug leer und leckt sich über die Lippen. »Lecker! Darf ich die angefangene Flasche mitnehmen?«

Gerald macht einen verdutzten Eindruck. »Ja. Sicher. Also, ihr seid nur gekommen, um nach dem Bundesverdienstkreuz zu fragen?«

Wir nicken synchron.

»Hm. Na gut. Dann mache ich mich wieder an die Arbeit.«

Als wir vor unseren Autos stehen und uns verabschieden, sind wir uns einig. Das Kapitel Tante Agnes und Doof-Dröpjes ist beendet. Wir haben alles gegeben. Vergeblich.

Simone streicht ihre Haare hinter die Ohren. »Was wird nun aus dem Gebäude nebenan? Dröpjes war doch recht angenehm während der letzten Zeit. Er zerreißt bestimmt den Pachtvertrag, wenn du ein offenes Wort mit ihm sprichst.«

Bruni schließt ihr Auto auf. »Ich bin mir ziemlich sicher, dass Paul scharf darauf ist und Karo nur ein wenig zappeln lässt.«

Ich umarme Simone und drücke ihr einen Kuss auf die Wange.

»Drück die Daumen, dass Bruni recht behält.«

Simone nickt und hebt drei Finger in die Luft.

»Freundinnenehrenwort! Versprochen!«

Auf dem Heimweg fängt mein Magen an zu knurren. Ich habe jetzt einen mordsmäßigen Hunger und einen unbändigen Durst. Jetzt ärgere ich mich, dass ich nicht auch ein Glas von der Waldmeisterbrause getrunken habe. Als Kind habe ich sie geliebt. Morgen werde ich eine Kiste davon kaufen.

Paul sitzt auf der Terrasse. Vor ihm steht sein Laptop, daneben ein Glas Rotwein. Er wirft mir einen Schulterblick zu. »Du bist schon zurück? Das war ja ein kurzes Treffen.«

»Meine Mädels und ich sind ein eingespieltes Team, Paul. Außerdem kommunizieren Frauen anders als Männer. Wir kommen schneller auf den Punkt.« Ich drehe mich auf dem Absatz um, um in die Küche zu laufen.

»Das halte ich für ein Gerücht!«, ruft Paul lachend hinter mir her.

Ich öffne den Kühlschrank. Paul hat wohl den Rest meines Thunfischsteaks gegessen. Es liegt nichts mehr in den Fächern, auf das ich Appetit habe. In der Abstellkammer durchforste ich sämtliche Regale nach Waldmeistersirup. Ich bin der Meinung, dass eine Flasche von dem süßen Zeug noch irgendwo stehen muss. Ich öffne den großen Kühlschrank. Mhmm. Jetzt finde ich, dass die Schnecken gar nicht so übel duften. Ganz im Gegenteil. Während ich tief einatme, läuft mir das Wasser im Mund zusammen. Ich nehme sie kurzerhand heraus und stoße einen Freudenschrei aus, weil im Seitenfach noch eine Flasche mit einem Rest Waldmeistersirup steht. Mein Abend ist gerettet.

Die Schnecken wandern in einen Topf, den ich zum Erwärmen auf den Herd stelle. Dann gieße ich mir ein Glas Mineralwasser ein, gebe einen kräftigen Schuss Waldmeistersirup dazu und trinke das Glas in einem Zug leer. Ein kräftiger Rülpser verlässt meine Lippen. Ich muss lachen. Ich benehme mich nicht wie eine Dame. Dann gieße ich mir ein Glas Rotwein ein und röste drei Scheiben Toastbrot, mit denen ich die Barolo-Sauce wegputzen kann.

Nachdem ich alles auf ein Tablett gestellt habe und auf die Terrasse laufe, fährt Paul seinen PC herunter. Er wirft einen Blick auf den Teller mit den Weinbergschnecken und schmunzelt. »Möhrchen, ich muss mit dir reden.«

Meine Gabel spießt eines der Kriechtiere auf. Ich begutachte es von allen Seiten. »Schmecken sie schleimig?«

»Nein. Sie schmecken köstlich.«

Ich rieche noch einmal daran, dann schiebe ich die Schnecke tapfer in den Mund und lasse sie langsam auf der Zunge zergehen.

»Möhrchen, ich habe den Kalender von meinem Handy aufgerufen. Mir ist aufgefallen …«

»Boah. Leeeecker!« Meine Gabel spießt das nächste Weichtier auf. »O Mann! Der liebe Gott hatte einen guten Tag, als er die Schnecken erfunden hat.« Ich tunke ein Stück Toastbrot in die Tomatensauce und lasse es in meinem Mund verschwinden. »Köstlich! Warum hast du deinen Kalender aufgerufen? Sind wir mit der Steuerzahlung überfällig?« Ich grinse kauend.

»Möhrchen. Seit du wieder nach Fines Geburt die Pille genommen hast, habe ich mir in meinem Kalender deine Einnahmen notiert. Sie sind lückenlos vorhanden. Du hast die Pille nicht abgesetzt und sie wie gewohnt genommen. Darum hättest du bereits am Freitag, den 13. Juni, eine neue Packung anfangen müssen. Du hast aber erst am Dienstag, den 16. Juni, einen neuen Blister aus dem Schrank geholt.«

»Hä? Wie jetzt.« Die nächste Schnecke verschwindet in meinem Mund.

Paul verdreht die Augen. »Na, es kann nur so sein, dass du an drei Tagen vergessen hast, zu verhüten. Darum hast du die letzte Pille mit drei Tagen Verspätung geschluckt.«

Ich lache. »Du spinnst. Ich soll an drei Tagen vergessen haben, die Pille zu schlucken?«

Paul zuckt mit den Schultern. »Es kann ja nur so sein. Eine andere Erklärung gibt es nicht.«

»Nein. Du musst falsche Daten eingegeben haben. Das kann nicht sein.«

Paul schiebt mir sein Handy über den Tisch. »Vergleiche die Daten mit deinen Eintragungen. Du wirst dir doch ebenfalls notiert haben, wann und wie du verhütest.«

Meine Zunge fährt genüsslich über meine Lippen. »Nein. Habe ich nicht. Ich habe dir doch gesagt, dass ich diesen Modimidofrsaso-Kram nicht brauche. Ich gehöre nicht zu den vergesslichen Muttis.«

Paul nimmt einen kräftigen Schluck Wein. »Ist dir eigentlich aufgefallen, dass du die Kalbsleber vor einigen Tagen im Stehen gegessen hast? Aus der Pfanne?«

Ich lache. »Na und?«

»Du hast dich übergeben …«

Jetzt muss ich laut lachen. »Kein Wunder. Eine tote Maus in einer Frühstücksbox ist ja auch zum Kotzen.«

»Du bist zänkisch.«

Ich blähe die Nasenflügel. »Das hat nichts zu sagen. Das bin ich öfter.«

»Du hast geweint, als ich mit Maria nach Frankfurt musste.«

Mein Kinn wandert nach vorne. »Das waren Freudentränen!«

»Du isst Schnecken!«

Ich stampfe mit dem Fuß auf. »Na und? Als ich vier Jahre alt war, mochte ich auch keinen Spinat. Als ich sechzehn Jahre war schon. Und da war ich auch nicht schwanger!«

»Hattest du eine Blutung während der Pillenpause?«

Ich könnte ausrasten. Pauls Wunschdenken, dass ich eine befruchtete Eizelle in mir trage, ist unerträglich. »Nein! Die habe ich nur ab und an. Das ist normal. Und jetzt hör mir gut zu, Herr Professor von Gynäkolohausen. Es ist alles in Butter, okay? Ich *bin* nicht schwanger!«

»Du solltest einen Schwangerschaftstest machen.«

Jetzt reicht es mir. Ich raffe mein Geschirr zusammen.

»Nein. Das werde ich nicht. Finde dich damit ab, dass Fine ein Einzelkind bleiben wird.«

11. Der Notfallschlüssel

Paul hat mir gestern Abend einen Floh ins Ohr gesetzt, der noch stundenlang, nachdem ich mich ins Bett gelegt habe, in meinem Kopf herumgehüpft ist. Ich habe krampfhaft nachgedacht. Ich bin der Meinung, dass ich täglich die Pille genommen habe. Letztendlich habe ich mich selbst so beruhigt, dass ich eingeschlafen bin.

»Jetzt mach dich bloß nicht verrückt.« Bruni schickt mir einen mütterlichen Blick. »Entspann dich, Karo. Du musst deinem Gefühl trauen. Und wenn dein Gefühl dir sagt, dass du die Pille regelmäßig genommen hast, dann wird es auch so gewesen sein.«

Ich weiß noch nicht so recht, was ich davon halten soll, und lehne mich mit angepisstem Gesicht auf meinem Schreibtischstuhl zurück. »Das Blöde ist, dass ich mich seit gestern schwanger fühle.«

Bruni winkt ab. »Du hast dich von Paul beeinflussen lassen. Bleib locker. Ich finde, dass du total unschwanger ausschaust.«

Die Tür fliegt auf. Die Poloch kommt hereingestürmt. »Moooorgen.« Sie pfeffert einen Stapel Flyer auf den Schreibtisch. »Ab morgen 14 Uhr ist am *Flugplatz Hohenforst* ordentlich was los. Es ist *Tag der offenen Tür*. Es gibt Grillwürste, Flugshows und die Kinder dürfen in richtigen Flugzeugen herumturnen. Außerdem kann man mit einem Fesselballon eine Runde über das Gelände drehen. Für die Kinder werden zwei große Hüpfburgen aufgebaut und für den Papa und die Mama gibt es Bier vom Fass. Und einen Kunstmarkt gibt es auch. Es wäre nett, wenn ihr später in der Kantine die Flyer auslegen würdet.«

Ich verdrehe die Augen. Diese blöde Kuh fehlt mir auch noch.

Bruni übernimmt das Antworten. »Ja. Das machen wir.«

Kurz nachdem sie das Büro verlassen hat, kommt Paul. Er klärt uns auf, dass Maria ihn vorhin angerufen habe und sich spontan Urlaub genommen hat. »Herr Bertram kommt heute nach Hamburg. Er bleibt übers Wochenende hier, Maria ist erst am Montag wieder in der Firma.«

Er läuft fröhlich pfeifend in sein Büro. An der Tür dreht er sich um. »Ach ja. Ich brauche gleich die Entwürfe von der Maschinenstraße. Maria hat gesagt, ihr findet sie in ihrer linken Schreibtischschublade.« Dann schließt er seine Bürotür.

Ich starre auf die geschlossene Tür. Paul hat richtig gute Laune, mir ist zum Heulen.

Bruni steht auf. Sie wirft einen Blick auf die Flyer, dann lässt sie den Stapel in den Papierkorb fallen. »Das interessiert kein Schwein.« Sie schaut mich an. »Zieh nicht so ein Gesicht. Entspann dich, Karo. Mach am besten einen Schwangerschaftstest. Danach wirst du dich besser fühlen.« Sie stöckelt in Marias kleines Reich.

Ich grunze. »Oder schlechter …«

Als mein Handy klingelt und ich an der Melodie höre, dass Conny die Anruferin ist, habe ich keine Lust, das Gespräch anzunehmen. Ich seufze, weil ich weiß, dass das wenig Sinn macht. Sie wird es auf dem Firmenapparat versuchen.

Meine Schwester wartet nicht ab, bis ich mich gemeldet habe, sie plappert sofort drauflos. »Ich habe gerade länger mit Opa Heini telefoniert. Unsere Sippe ist jetzt auf dem Weg zum Wochenmarkt. Ich möchte die Zeit nutzen und in der Birkenstraße unsere Sachen abholen. Es sind noch Schuhe und Klamotten von den Kindern und mir dort, die ich brauche. Du musst mich begleiten, Schwester, weil du bezeugen musst, dass außer unseren Klamotten keine goldenen Löffel in meine Tasche wandern.«

Ich verziehe das Gesicht. »Ach, Conny. Nimm es Mama doch nicht so übel, dass sie dich so angegiftet hat. Fahre heute einfach zur gewohnten Zeit in die Birkenstraße. Ich bin mir sicher, dass sie sich bei dir entschuldigen wird.«

Conny schnieft. »Sie hätte anrufen können.«

»Du kennst Mama doch. Sie verdrängt Dinge, die sie nicht wahrhaben will. Das war schon früher so.«

»Dann muss sie halt lernen, über ihren Schatten zu springen. Alles hat seine Grenzen. Weißt du, wie ich mich fühle? Es ist keine gute Erfahrung, als Diebin abgestempelt zu werden. Als wenn ich mich an

Mamas Billigschmuck vergreifen würde. Und ihre popeligen zweihundert Euro hätte ich im Leben nicht angerührt.«

»Überlege es dir noch einmal in Ruhe. Bitte, Conny.« Meine Schwester lässt sich auf nichts ein.

»Ich suche mir in fünfzehn Minuten in der Tiefgarage eurer Firma einen Parkplatz. Du kommst mit, Fräulein. Daran führt kein Weg vorbei. Du fährst, ich lasse meinen Wagen so lange bei euch stehen.«

Meine Schwester legt auf, ohne meine Antwort abzuwarten.

Bruni schlägt eine Hand vor den Mund, als ich ihr mit wenigen Worten schildere, was momentan im Hause der van Gochs abgeht.

»Mein Gott. Hoffentlich klärt sich das bald.«

Ich laufe in Pauls Büro, um mich für eine Stunde vom Dienst abzumelden. Auch er ist sichtlich schockiert, welcher Verdacht auf Conny lastet, als ich ihm davon berichte. Er hält seiner Schwägerin die Stange. »Ich glaube nicht, dass Conny die Finger lang gemacht hat.« Er kneift die Augen zusammen. »Andererseits kann ich mir aber auch nicht vorstellen, dass deine Mutter so in Gedanken ist und den kompletten Schmuck woanders hingelegt hat. Das passt nicht zu ihr. Das hört sich alles komisch an.«

Ich zucke mit den Schultern. »Komisch hin, komisch her. Ich muss los.«

Als ich in die Tiefgarage laufe, kommt Conny angefahren. Mit einem Fingerzeig deute ich an, wo mein Auto parkt. Sie findet direkt an der Ausfahrt eine freie Parklücke und kommt angehastet. Sie lässt sich auf den Beifahrersitz fallen, kurbelt die Fensterscheibe herunter und fährt mich barsch an. »Was ist? Warum fährst du nicht los?« Sie gurtet sich an.

Ich lege den Rückwärtsgang ein und gebe Gas.

»So. Ich betrete heute noch einmal unser Elternhaus. Danach ist für mich Schluss. Wenn Mama nicht zu Kreuze kriecht, wirst du mich und die Kinder nie mehr dort antreffen.« Sie hustet. »Also, ich nehme mir mal vor, das wenigstens eine Woche durchzuhalten.«

Ich unterdrücke ein Lachen. Connys mürrisches Gesicht eine Woche lang nicht sehen zu müssen, ist nicht unbedingt etwas, das ich vermissen werde. Ich beiße mir auf die Zunge, um keinen verräterischen Kommentar vom Stapel zu lassen. »Eine Woche ist schon hart. Für Mama.«

Sie redet weiter. »Opa Heini hat mich vorhin zugetextet.« Connys Finger spielen mit der Kurbel der Fensterscheibe. »Er war sehr traurig, dass im Moment alles schiefläuft, was nur schieflaufen kann. Er hat mir einen Deal vorgeschlagen.«

Ich bremse ab, weil die Ampelanlage von Gelb auf Rot springt. »Aha.«

»Der alte Knauser erpresst mich ein wenig.« Sie lacht. »Freiheit und Urlaub für die Mädchen … im Gegenzug will er mir mit einem Sparvertrag schon jetzt unter die Arme greifen, den ich erst nach seinem Tod bekommen sollte.«

»Wow. Das hört sich doch verlockend an, Conny. Und wie denkst du darüber?«

»Tja, unsere Couch ist ziemlich hinüber.«

Ich nicke heftig. »Ja. Das ist sie. Also, wenn du klug bist, vergisst du die Geschichte mit der *Schwarzen Mamba* einfach. So eine neue Couch hat was. Ich kann mir vorstellen, dass deine Nachbarn neidisch sein werden, wenn der Möbelwagen vor eurem Haus stehen wird.«

»Meinst du?«

»Klaar! Die drücken sich die Nasen an den Fensterscheiben platt.«

»Und was ist mit meiner Autorität?«

»Ach, Conny. Darüber würde ich nicht eine Sekunde nachdenken.«

Ich schiele sie von der Seite an und warte auf ihre Antwort.

»Nun, wenn du das auch so siehst. Im Grunde wäre die Strafe für die Mädchen ja auch wirklich zu hart. Eigentlich können Anton und ich uns schon auf die beiden verlassen.« Sie kichert. »Das ist ja witzig. So komme ich ja doch noch schneller an eine neue Couch, als ich gedacht habe. Irgendwie sollte das so sein.«

In meinem Magen kribbelt es vor Freude. Ich lenke den Wagen beschwingt in die Birkenstraße.

Conny und ich stutzen, als wir in Richtung unseres Elternhauses fahren. Das Auto meines Vaters parkt vor der Garage.

»Mist! Die sind ja doch zu Hause.« Conny verschränkt die Arme vor der Brust. »Opa Heini hat wieder Unsinn geredet. Also, ich gehe nicht in den Wintergarten. Lass dir von Mama unsere Klamotten einpacken. Ich warte so lange im Auto.«

Ich unternehme keinen Versuch, Conny zu überreden, mit ins Haus zu kommen.

Schon als ich die Autotür öffne, höre ich lautes Schluchzen und aufgeregte Stimmen, die aus dem Garten meiner Eltern kommen.

Conny spitzt die Ohren. Sie schnallt sich ab. »Was ist denn da los?«

»Keine Ahnung. Hoffentlich ist nichts passiert.« Ich schwinge meine Beine aus dem Corsa, schlage die Tür hinter mir zu und renne los. Ich höre, dass meine Schwester mir dicht auf den Fersen ist.

Im Wintergarten sitzt Gerti. Sie heult Rotz und Wasser. Gundula redet beruhigend auf sie ein, meine Mutter klärt Conny und mich auf. »Ha! Der Gustav ist weg. Wie vom Erdboden verschluckt.«

»Was? Der Gustav ist weg?« Connys Mund steht auf.

Gerti drückt ein Taschentuch vor ihre Augen und heult laut los.

»Ja. Die Gerti war heute schon um 8 Uhr auf dem Wochenmarkt. Als sie vorhin zurückkam, war Gustav nicht mehr da. Sein Zimmer war leer geräumt, seine Klamotten sind nicht mehr da.«

»Was? Seine Klamotten sind nicht mehr da?«

Und wieder heult Gerti los wie eine Sirene.

»Conny, wiederhole doch nicht alles«, schimpft meine Mutter.

Opa Heini nimmt einen Schluck von seinem Milchkaffee. »Und nicht nur seine Klamotten sind fort. Er hat auch Gertis kompletten Schmuck mitgehen lassen.«

»Was? Der Gustav hat …«

Ich unterbreche Conny, indem ich ihr meinen Ellenbogen in die Rippen boxe.

Mein Vater hat rote Flecken im Gesicht. »Ja, ja. So langsam wird der Ball rund. Wir können uns sehr gut vorstellen, dass Gustav sich auch an Mamas Schmuck und dem Haushaltsgeld vergriffen hat.«

Ich lasse mich auf den Gartenstuhl fallen.

Der Kopf meiner Mutter nickt in einer Tour. »Das stimmt. Wir sind gerade auf die Idee gekommen. Wir haben doch bei der Gerti einen Haustürschlüssel deponiert. Für den Notfall. Da baumelt so ein kleines Schild dran, auf dem Birkenstraße 18 steht. Gerti hat ihn ans Schlüsselbrett gehängt. Gustav muss ja regelrecht darüber gestolpert sein. Wir waren alle oft genug zusammen unterwegs. Er wird mitbekommen haben, wenn wir gemeinsam weggefahren sind. Da konnte er in aller Seelenruhe hier herumschnüffeln.«

Conny hockt sich auf die Lehne meines Stuhls. »Mensch, ihr müsst die Polizei verständigen.«

»Das haben wir doch längst gemacht, Kind«, lässt meine Mutter verlauten.

Opa Heini nickt. »Jau. Die sind dem Gustav schon auf den Fersen. Ich habe dem Kriminaloberkommissar den heißen Tipp gegeben, den Bahnhof im Auge zu behalten.«

Meine Mutter streichelt Gerti über die Haare. »Nun weine mal nicht so arg. Die schnappen den Schuft schon.«

Gerti schnäuzt in ihr Taschentuch. »Ich war so glücklich, endlich wieder jemanden gefunden zu haben, mit dem ich mich gut verstehe. Es ist doch nicht schön, wenn man morgens alleine am Frühstückstisch sitzt und jeden Abend einsam vor dem Fernseher verbringt und niemanden mehr zum Reden hat …«

Mein Herz krampft sich zusammen. Die arme Gerti.

»Weißt du was?« Gundula tätschelt ihre Hand. »Du kannst jeden Morgen zu uns rüberkommen. Wir frühstücken doch sowieso und freuen uns, wenn du mit am Tisch sitzt.«

»Genau. Und am Abend kommst du auch. Wir schauen ja nicht so viel fern und quatschen meistens bis spät in die Nacht«, fügt meine Mutter hinzu.

Opa Heini und mein Vater wechseln einen kurzen Blick, dann verdrehen beide die Augen.

Gertis Tränenfluss versiegt. »Mein Gott, wie konnte ich mich bloß so in einem Menschen täuschen. Angeblich hat Gustav gestern seine Autopapiere nicht gefunden. Dieser Herr Dröpjes wollte heute noch einmal vorbeikommen, damit er die Daten für seine Versicherung bekommt. Vielleicht hat er mir auch einen falschen Namen genannt und er heißt gar nicht Gustav von Burghausen.«

Die Hand meiner Mutter verschwindet in ihrer Kitteltasche. Sie reicht Gerti ein neues Taschentuch. »Nicht auszudenken. Hier. Heul ruhig weiter. Das befreit. Also, Gundula und ich waren ja von Anfang an skeptisch. Wir haben Gustav nie so recht über den Weg getraut.«

Gundula nickt. »Stimmt. Wir lassen uns ja nicht so leicht um den Finger wickeln.«

Und wieder tauschen Papa und Opa Heini einen Blick. Dieses Mal grinsen sie sich breit an.

»Warum seid ihr denn gekommen, Kinder?« Mama steht auf. »Du musst doch arbeiten, Karo. Und du, Conny, schläfst doch normalerweise noch um diese Uhrzeit.«

Bevor Conny oder ich den Mund aufmachen können, redet sie weiter.

»Aber gut, dass du da bist, Conny. Ich hätte dich eh gleich angerufen. Ich wollte dir nur sagen, dass Papa das gestern nicht so gemeint hat, was er gesagt hat.«

Conny kneift die Augen zusammen. »Papa? Was hat …«

»Herrje! Lass das doch mit dem Wiederholen. Das ist ja schrecklich. Und jetzt hör auf, so nachtragend zu sein. Ich habe mich doch für Papa entschuldigt!«

Mein Vater zwinkert Conny zu. »Na, komm. Vertragen wir uns wieder.« Er hält meiner Schwester die Hand hin, nach der sie schmunzelnd greift.

Ich gebe mir keine Mühe, einen Lacher zu unterdrücken. Meine Mutter hat sich wieder einmal geschickt aus der Affäre gezogen.

»Kann ich mal euer Klo benutzen?« Gerti hält sich den Magen.

»Jau«, sagt Opa Heini lachend. »Lauf aber nach oben. Hier unten ist schon genug dicke Luft.«

Es ist schön, Gerti lachen zu sehen.

»Tja, ich glaube, dann können wir wieder fahren, was, Conny?«

»Ähm, ja. Von mir aus. Ich bin startklar.«

Wir umarmen Gerti und sagen ihr, dass sie die Ohren steifhalten soll. Meine Mutter begleitet uns noch bis zum Auto. Sie ist der Meinung, dass sie uns heute Nachmittag bestimmt schon einige Neuigkeiten berichten könne. »Du kommst doch mit den Jungs auch, nicht wahr, Conny?«

Conny grinst. »Natürlich, Mama. Jetzt, wo ich weiß, dass es Papa leidtut.«

Als ich zurück ins Büro komme, ist Paul außer Haus.

Bruni schüttelt sich, als ich ihr die Neuigkeiten erzähle. »So ein abgebrühter Kerl. Wie schamlos er mit den Gefühlen von der Gerti gespielt hat. Und dann noch klauen.«

Das Telefon klingelt. Bruni stöhnt. »Man merkt, dass Maria nicht da ist.«

Bis zur Mittagspause bimmelt der Firmenapparat öfter als gewohnt. Wir haben alle Hände voll zu tun.

In der Kantine herrscht Hochstimmung. Ingo verkündet lautstark, dass er und seine Frau morgen in den Flieger steigen, der sie auf die griechische Insel Kos fliegen wird. Alle klatschen freudig, denn unser Küchenchef spendiert jedes Jahr einen Tag vor seinem vierzehntägigen Sommerurlaub ein Mittagessen, das sich bei der kompletten Belegschaft größter Beliebtheit erfreut. Es duftet nach Reibekuchen. Ich fächere mir mit beiden Händen Luft zu. Bruni tanzt auf der Stelle.

»Für Fettgebackenes ist es zwar viel zu warm, aber egal. Im Grunde gehen Kartoffelpuffer immer.«

Ich bin ein absoluter Reibekuchen-Fan, jetzt verziehe ich das Gesicht. Schon der Gedanke, in die fettige Kartoffelmasse zu beißen, ekelt mich.

Während Bruni sich anstellt, lasse ich mir von Theken-Sabine einen Salat reichen. »Bruni, sei mir nicht böse. Ich esse das Grünzeug im Büro. Irgendwie kann ich das fettige Zeug nicht sehen.«

Bruni kullert mit den Augen. Sie flüstert: »Verflixt, das gibt es doch gar nicht. Dass du eine Abneigung gegen Reibekuchen hast, ist mir unheimlich. Du solltest einen Schwangerschaftstest machen.«

»Ach, ne. Vorhin warst du noch der Meinung, dass ich total unschwanger aussehe.«

»Stimmt. Aber da hast du dich auch noch nicht vor deinem Leibgericht geekelt.«

Paul kommt erst kurz vor Büroschluss zurück. Als ich ihm erzählen möchte, was heute Vormittag in der Birkenstraße los war, würgt er mich ab. »Lass uns später reden, ja? Leon müsste jeden Moment kommen. Wir müssen noch etwas Wichtiges besprechen.«

Ich lasse mir nicht anmerken, dass ich ein wenig enttäuscht bin. Paul hätte mir wenigstens zwei Minuten zuhören können.

Bruni nimmt mich in den Arm, als wir gemeinsam in die Tiefgarage laufen. »Mach dir nichts daraus. Paul hat es nicht böse gemeint.«

Als ich jetzt in die Birkenstraße fahre, steht Dröpjes' Porsche vor

Gertis Haus. Es ist gut, dass die Ärmste ein wenig Ablenkung hat, denn ihr wurde wirklich übel mitgespielt. Ich kann mir vorstellen, dass auch Dröpjes aus allen Wolken gefallen ist, als er gehört hat, dass ihm ein Krimineller in sein schönes Auto gefahren ist.

Im Garten herrscht eine Harmonie wie an einem Heiligen Abend fünf Minuten vor der Bescherung. Alle haben rosige Wangen, machen freundliche Gesichter und die Dialoge sind an Höflichkeit nicht zu überbieten.

»Mama, wenn ich dir helfen soll, den Kuchen rauszutragen, sag Bescheid, ja?« Conny lächelt wie ein Rauschgoldengel mit roten Haaren.

»Das ist total lieb, Kind, dass du fragst. Danke. Das wäre sehr nett von dir.«

»Ach, das mache ich doch gerne.«

Gundula beobachtet wohlwollend Mutter und Tochter. »Also, ich helfe natürlich auch gerne mit, liebe Hildegard.«

Meine Mutter lächelt. »Aber das weiß ich doch, du Liebe. Wir sind ja ein eingespieltes Team.«

Die Zungenspitze meines Vaters lässt sich kurz blicken und ist wieder verschwunden, Opa Heini schnipst mit den Fingern Gewitterfliegen von der Tischdecke.

Ich bin mit dem Küssen und Umarmen fast durch und fahre erschrocken zurück, als Conny aufspringt, mich liebevoll in die Arme nimmt, mir einen Schmatzer auf die Wange drückt und mich leicht hin und her wiegt. »Ach, es ist so schööön, eine Schwester zu haben. Schade, dass Fine ein Einzelkind ist.«

Ich muss husten.

»Denk dir, Karo. Die Herren von der Polizei waren hier. In Zivil. Du, die haben den Gustav tatsächlich am Bahnhof geschnappt.«

»Was? Das ist ja super.«

»Jau.« Opa Heini rülpst leise. »Gut, dass ich die Ermittlungen so vorangetrieben habe. Der Bursche hatte dort ein Schließfach gemietet und in dem Fach all seine Diebesgüter deponiert. Er war dabei, es auszuräumen, als die Schnüffler vom Dienst kamen.«

Meine Mutter klatscht in die Hände. »Mein kompletter Schmuck ist da. Den bekomme ich erst in einigen Tagen zurück. Er liegt noch auf dem Revier.«

Gundula hebt den Finger. »Wartet mal, das weiß Karo ja noch gar nicht. Der Herr Kriminalinspektor hat auch gesagt, Karo, dass der Gustav auf dem Friedhof Handtaschen geklaut hat.«

Ich blähe die Wangen. »Alle Achtung. Der hat es ja nirgendwo anbrennen lassen.«

Ein Seufzer verlässt die Lippen meines Vaters. »Wenn wir am Samstag nach Fehmarn fahren, müssen wir das Haus ganz gründlich verriegeln. Es gibt so schlechte Menschen auf der Welt. Das soll man nicht für möglich halten.«

Ich bin baff. »Ihr fahrt nach Fehmarn? Ähm … wir auch?«

»Na, sicher. Als wenn wir euch nicht mitnehmen würden.« Mama lacht albern. »Paul hat heute Mittag angerufen und es gesagt.«

Conny nickt. »Ja. Mich hat er auch angerufen.«

»Toll. Paul hatte vor einigen Tagen vorgeschlagen, dass wir alle ins *Haus Kasper* fahren sollten. Dass es an diesem Wochenende sein soll, davon weiß ich nichts.« Ich lasse mich auf dem Gartenstuhl nach hinten fallen.

Meine Familie gehört heute zu den Menschen, die alles zügig abhaken. »Na, jetzt weißt du es ja«, sagt Mama und streichelt mir über die Haare. Und wieder ist mir zum Heulen zumute. Warum fragt Paul mich nicht, ob ich überhaupt Lust habe, am Wochenende auf die Insel zu fahren?

Max, Moritz und Fine kommen in den Garten gerannt. Jeder von ihnen hat einen kleinen Block und einen Stift in der Hand.

Fine fällt mir um den Hals. »Wir spielen Polizei, Mama. Wir hocken bei der Gerti hinter der Hecke im Vorgarten und beobachten Leute.«

Max kaut auf seinem Bleistift. »Jawoll, Frau Tante Karo. Wir haben auch Autonummern aufgeschrieben. Es könnten ja noch mehr Verbrecher in der Birkenstraße wohnen.«

Fine kichert. »Deine Autonummer hat Moritz auch aufgeschrieben.«

Jetzt lachen alle.

Dann wird Kaffee getrunken. Es ist auffällig, dass heute so vorsichtig mit Worten jongliert wird, dass bloß keines fällt, das falsch aufgeschnappt werden könnte.

Selbst als Hanni und Nanni dazukommen, bleibt meine Schwester tiefenentspannt und überfreundlich.

»Hast du nachgedacht, Mama? Dürfen wir das Wochenende zu Hause bleiben? Wir haben wirklich keine Lust auf Fehmarn.« Nanni sieht ihre Mutter erwartungsvoll an.

Conny lächelt sanft. Sie wedelt mit der Kuchengabel in der Luft und nickt. »Aber ja. Ich denke schon, dass ihr aus der Vergangenheit gelernt habt. Tut mir nur einen Gefallen, Mädels. Sollten Checker und King Cool in der Kastanienallee übernachten, legt bitte die Kaschmirdecke über das schäbige Sofa. Die abgenutzten Stellen sehen schrecklich aus.«

Meine Nichten lächeln sich zufrieden an.

Sosehr ich auch mag, wenn es harmonisch zugeht, geht mir das Gesülze meiner Familie ein wenig auf die Nerven. Es wird Zeit, dass ich nach Hause komme.

Fine erzählt mir auf dem Heimweg die Neuigkeiten aus dem Kindergarten. Heute wurde draußen im Sandkasten gespielt und ein neues Lied haben die Kinder auch gelernt. Sie singt es mir vor. Der Text, der von einer dicken, lustigen Hummel handelt, gefällt mir.

Zu Hause läuft Fine durch das Wohnzimmer in Richtung Terrassentür. Ich rufe ihr hinterher, dass sie nicht im Erdreich buddeln und den Tieren die Futtersuche allein überlassen solle.

Sie bremst ab, dreht sich um und stemmt die Hände in die Hüften. »Und was soll ich dann bitte schön spielen?« Sie pustet eine rote Locke aus dem Gesicht.

»Du könntest die Blumen gießen. Oder schon mal den Gartenschlauch von der Schlauchtrommel ziehen. Das machst du doch so gerne.«

Fine seufzt. »Das ist nicht spielen, das ist Arbeit. Aber gut, ich mache es.«

Ich kümmere mich nach dem Umziehen sofort um die Zubereitung des Abendessens. Heute stehen panierte Schnitzel auf dem Programm.

Als das Fleisch in der Pfanne brutzelt, ist Paul im Anmarsch. Statt sein fröhliches »Hallo« zu erwidern, schieße ich eine Frage ab, die mir seit zwei Stunden auf der Zunge brennt. »Ach, Paul. Warum planst du hinter meinem Rücken das Wochenende? Warum weiß ich nichts davon, dass wir nach Fehmarn fahren?«

Paul verdreht die Augen. »Mir ist das ganz plötzlich in den Kopf gekommen. Ich wollte dich sofort anrufen, nachdem ich Leon, Willi und deiner Familie Bescheid gesagt habe. Es kam aber ständig was dazwischen.«

Ich hole tief Luft. »Leon und Willi hast du auch schon angerufen?« In mir fängt es an zu brodeln.

»Sicher. Woher sollen sie sonst wissen, dass wir nach Fehmarn fahren? Es wäre ein wenig unverschämt, wenn ich sie erst morgen Nachmittag eingeladen hätte, wenn wir uns alle am *Flugplatz Hohenforst* auf eine Bratwurst und ein Bier treffen.«

Es riecht leicht verbrannt. Ich wende die Schnitzel. »Na, suuuper. Wer hat dir eigentlich gesagt, dass ich morgen Lust habe, zu dieser albernen Veranstaltung zu gehen?« Ich wedele mit dem Pfannenwender vor Pauls Nase.

Fine kommt in die Küche gestürmt. »Hallo, Papaaa!« Sie springt Paul an, der sie auffängt. »Hast du gerade gesagt, dass wir morgen Bratwurst essen gehen?«

Paul drückt Finchen zärtlich an sich. »Ja. Am *Flughafen Hohenforst* kann man sich die Flugzeuge anschauen. Ein Fesselballon ist auch da, außerdem ein Kunstmarkt. Dort gibt es auch Grillwurst. Es werden auch Hüpfburgen aufgebaut.«

Und wieder fühle ich mich wie ein fünftes Rad am Wagen.

Fine umarmt Paul und sieht mich an. »Da müssen wir aber hin, Mama. Auch wenn du keine Lust hast.«

Als ich sehe, wie sehr sich Fine freut, mosere ich nicht weiter herum.

Während des Abendessens auf der Terrasse reden wir über das Wochenende. Fine freut sich auf *Haus Kasper* und besonders darauf, dass Oma und Opa das große Zelt mitnehmen.

Paul lehnt sich zurück und verschränkt die Arme hinter dem Kopf. »Wir bauen es ganz hinten im Garten auf. Das wird ein wunderschönes Wochenende werden.«

In Anbetracht der schönen Dinge, die anstehen, lässt sich Fine flott zu Bett bringen. Sie möchte zügig einschlafen, damit es schneller *morgen* wird.

Paul macht einen etwas nervösen Eindruck, als wir es uns auf der Terrasse gemütlich machen. Er hört sich an, was ich zu berichten habe, allerdings habe ich das Gefühl, dass er nicht so ganz bei der

Sache ist. Dass Gustav von Burghausen der Polizei ins Netz gegangen ist, freut ihn, dass Gerti nun wieder alleine ist, findet er traurig, und welche Umstände Dröpjes in die Birkenstraße 16 geführt haben, findet er irgendwie lustig.

Dann reißt Paul das Gespräch an sich. »Ähm, apropos Dröpjes. Ich habe ihn heute früh angerufen und ihm gesagt, dass ich mir Anfang nächster Woche mit dem Maschinenbauingenieur die Räume nebenan anschauen werde.«

Ah. Der Chef des Hauses backt kleine Brötchen. Das gefällt mir. Paul wird sich nicht vorstellen können, wie schmerzhaft es war, sich den Hintern weit aufzureißen, ohne dass dabei etwas herausgekommen ist. Ich gähne verhalten.

»Gib zu, dass du von Anfang an scharf auf das Gebäude warst. Du wolltest mich nur zappeln lassen.«

Paul grinst und bleibt mir eine Antwort schuldig.

Ich betrachte meine Fingernägel. »Du, ich weiß noch gar nicht, ob ich die Räume hergeben mag. Sie sind wirklich wie geschaffen, um ein Café zu eröffnen. Direkt an der Hauptstraße. Die Lage ist ideal.«

Paul beugt sich langsam vor, seine Stimme klingt leise. »Okay. Was muss ich tun, um mit dir ins Geschäft zu kommen?«

Ich mache ein Pokerface. »Nun. Du müsstest es schaffen, meinen Gute-Laune-Pegel nach oben zu jagen, denn er ist verdammt tief im Keller. Vielleicht hast du ja Lust, darüber nachzudenken, der Poloch zu kündigen. Dadurch hätte Bruni bessere Laune. Und wenn Bruni bessere Laune hat, habe ich sie auch.«

»Vergiss es. Ich lasse mich nicht erpressen. Reden wir in den nächsten Tagen noch mal drüber.« Paul steht auf. »Ich habe dir was mitgebracht. Ich bin gleich wieder da.«

Ich schaue ihm nach. »Schnecken? Hui, das wäre wunderbar.«

Paul lacht.

Als er wenig später wieder zurück ist, schiebt er mir keine Schale mit Schnecken, sondern eine kleine Tüte aus der Apotheke über den Tisch. Ich muss nicht hineinschauen, ich weiß auch so, was Paul dort gekauft hat. »Ach, Paul. Was soll das?«

Pauls Augen verdunkeln sich. »Bitte, mach einen Test. Je eher wir es wissen, umso schöner ist es.«

»Wenn ich einen Schwangerschaftstest mache, sollte ich ihn mit dem Morgenurin machen …«

Paul unterbricht mich. »Ich habe zwei Teststäbchen gekauft. Du kannst ihn morgen früh noch einmal wiederholen.«

Ich seufze. »Okay. Ich muss ohnehin pinkeln.« Ich laufe in die Küche, um einen Plastikbecher aus der Vorratskammer zu holen. Auf dem Weg dorthin fühle ich mich sonderbar.

Fünf Minuten später drücke ich Paul den Becher mit meinem Pipi in die Hand. »Bitte schön. Du hast den Test gekauft, dann darfst du ihn auch machen.«

Ich gebe zu, dass ich ein wenig aufgeregt bin. Während Paul mit dem Schwangerschaftstest hantiert, mache ich Kniebeugen, um Adrenalin abzubauen.

Nach einer gefühlten halben Ewigkeit schaut Paul mir in die Augen. Ich sehe an seinem Blick, dass wir wieder Eltern werden, und bin froh, dass er keine Begeisterungsrufe ausstößt und keinen Freudentanz veranstaltet. Meine Augen füllen sich mit Tränen, und Paul weiß, dass es keine Freudentränen sind.

Er steht langsam auf, kramt in seiner Hosentasche nach einem Taschentuch und tupft ganz sanft die Tränen ab, die meine Wangen hinunterkullern. Dann nimmt er mich in die Arme und wiegt mich sanft hin und her. Sein Mund ist ganz dicht an meinem Ohr. »Möhrchen, ich will, dass du glücklich bist. Du weißt, wie sehr ich mich über ein zweites Kind freuen würde. Aber wenn *du* dich nicht freust, kann ich mich auch nicht freuen, verstehst du? Eltern ist man nur zu zweit. Lass das alles erst einmal sacken, okay? Denk in Ruhe darüber nach, was du möchtest. Und wenn du es weißt, dann sehen wir weiter.«

Ich schmiege mich an Paul und atme seinen vertrauten Duft. »Weißt du. Kinder sind etwas Wunderbares. Ich liebe Fine über alles. Ich kann dir nicht genau erklären, was in mir vorgeht. Sie ist schon so groß. So selbstständig. Wieder von vorne anfangen … ach, Paul.« Ich schlinge meine Arme um seinen Hals.

»Bist du damit einverstanden, dass wir es so machen, wie ich es vorgeschlagen habe?«

Ich nicke. »Ja. Gib mir ein paar Tage Zeit.«

12. Sauerkirschen und Bratwurst

Ich winke Paul und Fine nach, die in Richtung Wiedemanns fahren, um Klara abzuholen. Paul wird den ganzen Vormittag in der Bank verbringen. Ich beeile mich, um ins Büro zu kommen. Mich drängt es, mit Bruni zu reden.

Ich bin meiner Freundin dankbar, dass sie mir nicht juchzend um den Hals fällt, als ich ihr sage, dass ich gestern Abend einen Schwangerschaftstest gemacht habe und wie er ausgefallen ist. Sie nimmt mich in den Arm und drückt mich so, wie man jemanden drückt, der einem leidtut. »Wissen es deine Eltern schon?«

»Nein. Ich muss erst einmal selbst damit klarkommen. Lass uns nicht großartig darüber reden, okay? Ich habe mir vorgenommen, das Ganze bis Montag so gut es geht auszublenden.«

Bruni nickt verstehend. »Klar. Ich vergesse, was du mir erzählt hast. Danke für die Einladung in *Haus Kasper*, Karo. Leon, Paula und Elias freuen sich sehr.«

Ich lege meine Handtasche in den Schrank. »Und du?«

Meine Freundin winkt müde ab. »Ich weiß nicht so recht. Ob ich hier bin, ob ich dort bin … ist doch alles egal.«

Mit großen Schritten laufe ich um den Schreibtisch. Jetzt nehme ich sie in den Arm. »Du wirst sehen, wir werden viel Spaß dort haben. Meine Eltern nehmen ein riesiges Zelt mit. Was meinst du, wie die Kinder sich freuen werden, darin zu übernachten.«

Im selben Moment ruft Simone an. Sie bedankt sich ebenfalls bei mir für die Einladung. »Ich wollte gleich kurz in die Stadt. Ich möchte für Emil einige neue Klamotten kaufen. Er ist so schnell gewachsen, dass er dringend was Neues braucht. Kann ich auf einen Kaffee vorbeikommen? Ich kann auch Brötchen und Aufschnitt mitbringen. Oder Kuchen.«

Ich gähne und halte kurz Rücksprache mit Bruni. Wir entscheiden uns für Kuchen. »Schau mal, ob du für mich irgendwas mit Sauerkirschen bekommst. Am besten Streuselkuchen mit Sauerkirschen. Oder einen belegten Boden mit Kirschen. Aber Kirschen müssen unbedingt sein.«

Nachdem ich das Gespräch beendet habe, beginne ich damit, einen Einkaufszettel zu schreiben. Ich rechne die Personen zusammen. Es sind zwölf Erwachsene und sechs Kinder.

Bruni fährt unsanft mit ihrer Maus über den Schreibtisch. »Irgendwie ist alles nervig heute. Ich mag gar nicht mit zum *Flugplatz Hohenforst* fahren.« Sie steckt den Zeigefinger in den Hals. »Leon hat gesagt, dass ihr auch dort seid.«

»Ja. Fine ist schon ganz heiß darauf.«

Bruni schmunzelt. »Prima. Dann kannst du mir die Kotztüte halten, wenn mir die Poloch über den Weg läuft.«

Ich muss lachen. »Das mache ich … Was sollen wir auf Fehmarn zu Mittag essen?«

Bruni lehnt sich zurück. »Wir sind mit sechs Frauen an Bord. Wenn wir am Samstag nach der Ankunft eine große Schüssel Kartoffelsalat machen, was meinst du?«

Ich korrigiere. »Fünf Frauen. Conny kannst du vergessen. Die drückt sich vor jeder Arbeit. Aber die Idee ist super. Das machen wir. Und am Abend?«

»Tja. Grillen? Ein paar Koteletts und Würstchen auf den Grill … und ein gemischter Salat ist auch flott hergerichtet. Wenn so viele Hände zupacken und schnippeln, ist das kein Problem.«

Dann schreiben wir die Zutaten auf, die wir für die Essenszubereitung benötigen. Und da kommt einiges zusammen, was eingekauft werden muss.

Als Simone hereingepoltert kommt, haben wir so gut wie alles notiert. Sie stellt ein großes eingepacktes Tablett auf den Tisch, von dem wir wissen, dass leckerer Kuchen darauf liegt. Bruni gießt uns Kaffee ein.

»Ey, freut ihr euch auch so auf das Fest am Flugplatz? Ich weiß von Willi, dass ihr auch kommt. Er hat mit Paul …«

Bruni unterbricht sie. »Die Freude hält sich in Grenzen, aber wir sind auch da.«

Simone wäscht sich die Hände. »Toll. Dann sehen wir uns ja.«

Der Leuchtturm entfernt das Papier von dem Tablett. »Streuselkuchen ja, mit Kirschen nein. Die Verkäuferin hat gesagt, dass jemand heute früh ein ganzes Tablett gekauft habe. Wegen irgendeiner Firmenfeier.«

Ich nippe an meinem Kaffee. »Normalerweise nehme ich es ja nicht so genau, Simone. Seit ich schwanger bin, sehe ich das Ganze ein wenig enger.«

Simone macht große Augen. »Echt jetzt? Du bist schwanger?« Dann springt sie auf und schleckt mich wie ein kleiner Hund ab, der sein Herrchen vier Wochen lang nicht gesehen hat.

Nachdem ich sie daran erinnert habe, dass ich nicht mehr schwanger werden wollte, hält auch sie sich ein wenig zurück. Sie reagiert sehr sensibel und drückt meine Hand. »Du musst erst einmal selbst damit klarkommen. Warte mal einige Tage ab. Du wirst sehen. Deine Gefühle werden sich ändern.« Dann hebt sie eine Hand und strahlt mich an. »Moment. Ich bin gleich wieder da. Noch nicht den Kuchen essen, okay?« Sie springt auf und verlässt unser Büro.

Bruni und ich knibbeln mit zwei Fingern einige Streusel von dem Gebackenen. Dann holen wir Teller aus dem Schrank und durchforsten die Schubladen nach Kuchengabeln.

Nach wenigen Minuten kommt Simone zurück. Sie hechelt und hält ein großes Einweckglas Kirschen in die Luft. »Hier. Wir machen einfach Löcher in den Streuselkuchen und stopfen die Kirschen hinein.«

Ich klatsche in die Hände. »*Das* ist eine gute Idee. Hat deine Mutter die Kirschen eingekocht?«

»Nee.« Simone entfernt den Drahtbügel und öffnet den Keramikdeckel des Glases. »Ich habe das komplette Eingemachte von Tante Agnes mitgenommen. Es steht noch immer im Kofferraum meines Autos.«

Ich atme tief aus. »Wäähh! Danke. Davon möchte ich nichts. Wer weiß, wie alt das Zeug ist.«

Auch Bruni rümpft die Nase. »Karo hat recht. Vielleicht hat sie das Eingemachte schon zwanzig Jahre dort stehen.«

Simone kramt in der Schublade nach einem Löffel. »Vor Jahren habe ich mal *Stern TV* gesehen. Da hat der Günther Jauch die Sendung noch moderiert. Und *der* hat gesagt, dass man solche Lebensmittel jahrzehntelang essen kann.« Sie dreht sich zu uns um. »Echt jetzt, ich verarsche euch nicht.«

Ich kneife die Augen zusammen. »*Das* hat der Günther gesagt?«

Simone fischt einige Kirschen mit dem Löffel heraus und lässt sie in ihrem Mund verschwinden. »Ja, hat er. Boahhh. Lecker. Voll lecker.«

Ich schiele neidisch auf Simone, die sich eine ordentliche Portion auf den Kuchen schaufelt.

Bruni überlegt nicht lange. »Also, wenn der Günther das gesagt hat, dann wird es wohl stimmen.« Sie lässt den Löffel im Glas verschwinden. Dann hält sie inne. »Hm. Moment mal, was ist das? Da ist was Hartes drin.«

Simone reißt ihr das Glas aus der Hand, eckt damit an, es knallt auf den Boden. Wir springen beiseite. Kirschsaft spritzt an die Küchenschränke. Auf dem Boden breitet sich eine große Lache Saft aus, die Kirschen kullern durch die Gegend. Dann entdecken wir es gleichzeitig. Inmitten der Kirschen liegen längliche Teile. Wir gehen in die Hocke. Jede von uns nimmt so ein Stück in die Hand.

»Hä? Ganz schön schwer. Das sieht nach Gold aus.« Simone zieht sich an der Spüle hoch, öffnet den Wasserhahn und spielt Goldwäscherin.

»Das sieht nicht nur nach Gold aus, das *ist* Gold.« Ich fasse es nicht.

Bruni ist ebenfalls perplex. »Wahnsinn. Tante Agnes hat die Goldbarren im Eingemachten versteckt.« Sie läuft zum Wandschrank und kramt Putzzeug hervor. »Dröpjes wird sich freuen. Ich habe schon ganz oft gehört und gelesen, dass Leute ihre Wertsachen in geheime Schlupfwinkel verstecken. Tante Agnes hat sich ja was besonders Tolles ausgedacht.«

Ich mache einen großen Schritt über die Sauerei auf dem Boden und greife nach meinem Handy. Dröpjes muss her. Und das ganz schnell.

Als ich ihn am Telefon habe und mit aufgeregter Stimme erkläre, welche Entdeckung wir gemacht haben, ist er vollkommen aus dem Häuschen. Er ist nicht in seiner Firma in Elmshorn, weil er heute in Hamburg zu tun hat. Er verspricht, sofort zu kommen und anzurufen, sobald er in der Tiefgarage ist. Ich schlage vor, dass wir uns dort treffen sollten.

Anschließend lege ich die vier kleinen Goldbarren in einen Briefumschlag, und nachdem Bruni den Boden gesäubert hat, futtern wir mit großem Appetit den Streuselkuchen ohne Kirschen. Dabei schnattern wir unentwegt.

Zwanzig Minuten später ruft Dröpjes an. Zu dritt laufen wir in die Tiefgarage.

Dröpjes greift zaghaft nach dem Umschlag und betrachtet den Inhalt. »Mein Gott. Dass meine Tante das Gold in eingewecktem Obst versteckt hat, darauf wäre ich nie gekommen.«

Als wir in Simones Kofferraum schauen, keimt Hoffnung auf, dass Dröpjes doch noch zu seinem gesamten Erbe kommt, denn hinter der geöffneten Heckklappe stehen sehr viele Einweckgläser mit Kirschen und Marmelade. Da wir nicht wissen, wann Paul wieder im Büro aufkreuzt, laden wir alle Einweckgläser in Dröpjes' Porsche, damit er zu Hause in Ruhe auf Schatzsuche gehen kann.

Dröpjes bedankt sich überschwänglich, wir wünschen ihm viel Glück. Als er mit röhrendem Motor die Tiefgarage verlässt, winken wir ihm hinterher. An der Ausfahrt hupt er noch einmal kurz.

Simone verabschiedet sich. Wir müssen versprechen, ihr sofort Bescheid zu sagen, wenn Dröpjes sich gemeldet hat.

Bruni und ich sind richtig aufgeregt. Wir denken in einer Endlosschleife an Dröpjes und stellen uns vor, wie er in seiner Küche Glas für Glas öffnet und Stück um Stück die schönen Schmuckstücke findet, die seine Tante einst getragen hat.

Um 11:30 Uhr geht endlich das Telefon, und es ist kein Kunde, der anruft, sondern unser *lieber* Herr Dröpjes. Ich stelle den Lautsprecher an, Bruni hockt sich auf ihren Drehstuhl und lehnt sich über den Schreibtisch.

Dröpjes Stimme überschlägt sich. »Es ist nicht zu glauben, Frau Geiger. Es ist nicht zu glauben. Meine Tante hat sämtlichen Schmuck und die Goldbarren in den Einweckgläsern deponiert. Es ist unglaublich.«

So hört sich Glück an.

»Ich weiß gar nicht, wie ich Ihnen danken soll. Wenn Sie nicht gewesen wären …«

Ich unterbreche ihn lachend. »*Ich* habe nichts damit zu tun … danken Sie Simone. Wenn sie die Gläser nicht mitgenommen hätte, hätten Sie den Schmuck und die Goldbarren wahrscheinlich nie mehr wiedergesehen.«

Dröpjes schweigt für einen Moment. »Grüßen Sie Simone ganz herzlich von mir und richten Sie ihr vorab meinen Dank aus.« Dann sagt er, dass er sich in den nächsten Tagen noch einmal bei mir melden wird. »Mit Ihrem Mann habe ich ja eh Anfang der kommenden Woche einen Termin. Ich rufe Sie an.«

Wir verabschieden uns wie Freunde. Anschließend rufe ich Simone an. Sie freut sich auch wahnsinnig, dass Dröpjes zu seinem Erbe gekommen ist, und ist stolz auf sich.

Bruni und ich essen noch ein Stück von dem herrlichen Streuselkuchen und beschließen, das Mittagessen ausfallen zu lassen, damit wir uns später an den Fressbuden auf dem Flugplatz die Bäuche vollschlagen können. Ich bimmele bei Heike durch und melde uns für die Mittagspause ab.

Um 13:30 Uhr ist Paul noch immer nicht zurück. Wir räumen unseren Schreibtisch auf, reden über Werner Dröpjes und können uns vorstellen, dass er an diesem Wochenende ein ordentliches Fass aufmachen wird.

Im Aufzug schauen wir uns im Spiegel in die Augen. Schade, dass ich kein Maßband dabeihabe. Ich hätte gerne gewusst, wer von uns beiden das längere Gesicht zieht.

Bruni gähnt. »Scheiß Flugplatz. Ich hätte lieber im Garten gewuselt, statt auf dem Flughafengelände abzuhängen.«

Mein Finger wandert in die Luft. »Der Gedanke an die Fressbuden hält mich aufrecht.«

Bruni schüttelt lachend den Kopf. »Das ist verständlich.«

Als wir die Tiefgarage betreten, fällt unser Blick sofort auf Mandy Polochs Auto, das wieder neben der Stahltür parkt. Sie sitzt hinterm Steuer, Leon hockt auf dem Beifahrersitz. Die beiden stecken die Köpfe zusammen und starren auf das Display eines Handys, das die Poloch in der Hand hält. Sie fahren erschrocken auseinander, als sie uns erblicken.

Die Poloch reagiert nicht. Sie starrt auf die Betonwand. Leon überschlägt sich fast, aus dem Auto zu steigen. »Oh, hallo. Wir haben … wir sind … ähm, Mandy wollte gerade im Großhandel anrufen, um einige Sachen fürs Labor zu bestellen …«

Unglaublich. Das stinkt förmlich nach einer Ausrede. Ich presse ein »Hallo« hervor.

Bruni lächelt Leon an, dabei lächelt sie aber nicht wirklich, sie zieht nur die Mundwinkel in Richtung Ohren. »Ja. Dann macht das mal. Viel Spaß beim …« Sie räuspert sich leise. »… *bestellen.*«

Sie nimmt mich an die Hand und zieht mich hinter sich her.

Als wir außer Hörweite sind, flüstere ich: »O Mann. Vielleicht bestellt die Poloch tatsächlich irgendetwas für das Labor.«

Brunis Miene ist wie versteinert. Sie flüstert ebenfalls. »Das glaubst du doch wohl selbst nicht. Mir ist es außerdem egal, was die machen.«

»Ach, Bruni. Mach dir nichts vor. Es ist dir nicht egal.«

Sie bleibt abrupt stehen. »Hör zu, Karo. Der wichtigste Mensch in meinem Leben ist Paula. Ich brauche meine Kraft für *sie*, verstehst du? Es vergehen noch viele Jahre, bis sie ihr Leben selbst in die Hand nehmen kann. Paula braucht eine starke Mama, die neben ihr steht, wo sie schon den Papa verloren hat. Ich darf keine wackeligen Knie bekommen, nur weil der Mann, den ich sehr lieb gewonnen habe, sich anscheinend mehr für ein Poloch als für mich zu interessieren scheint. Ich darf nicht anfangen zu zittern, wenn irgendetwas nicht so läuft, wie ich es mir vorgestellt habe. Das Leben stellt einen immer wieder vor neue Aufgaben. Das ist so. Und damit müssen wir alle fertig werden.« Ihr Atem geht schneller, ihre Augenlider flattern. Sie drückt mich kurz. »Vielleicht wäre es ganz gut, wenn auch *du* mal darüber nachdenken würdest.«

Ich schlucke schwer. Bruni dreht sich um und läuft mit großen Schritten zu ihrem Auto, das sie weiter hinten geparkt hat. »Wir sehen uns dann gegen 16 Uhr«, ruft sie, ohne sich noch einmal umzudrehen.

Als ich in meinem Corsa sitze, hole ich tief Luft. Der Bund meines leichten Rocks spannt ein wenig. Ich öffne den Knopf und lege eine Hand auf meinen Bauch und lasse meine Finger sanft auf meiner Bauchdecke trommeln. »He … du da. Schläfst du oder kann ich dich mal stören? Hast du das gehört? Kann es sein, dass Bruni mir gerade den Kopf gewaschen hat?« Ich betrachte mein Gesicht im Rückspiegel. »Ich und keine starke Mama? Ha! Das wäre ja noch schöner.«

Als ich entschlossen den Rückwärtsgang einlege, ruft Fine an. Sie möchte nicht abgeholt werden, sondern mit der Birkenstraßenmannschaft zum *Flugplatz Hohenforst* fahren. Ich habe nichts dagegen und freue mich, dass auch meine Eltern, Opa Heini und Gundula dort sein werden. Nachdem ich noch einige Worte mit meiner Mutter gewechselt habe, mache ich mich zügig auf den Heimweg.

Zu Hause angekommen fliegen meine Schuhe von den Füßen. Ich renne barfuß nach oben, schlüpfe in leichte Klamotten, binde meine Haare zusammen und laufe eine Etage höher in das Zimmer, in dem am wenigsten Staub gewischt wird. Es ist im Grunde Pauls Reich. Dort steht ein großer Billardtisch, ein Flipper und auf einem Regal liegen Pauls Bergsteigerklamotten. In einem großen Wandschrank befinden sich Fines Baby- und Kleinkindsachen, an der Wand daneben stehen Fines Kinderwagen, ihre Wiege und das kleine Kinderbett.

Ich öffne den Schrank und ziehe einen weißen Strampler mit roten, kleinen Herzchen heraus. Mein Gott, wie klein er ist. Ich kann mir gar nicht mehr vorstellen, dass Fine da hineingepasst hat. Und die Söckchen. So winzig. Sie würden Fines Puppe, Marylinchen, passen. Und wieder klopfe ich auf meinen Bauch. »He … du da. Was meinst du? Wirst du ein Mädchen oder ein Junge? Ich meine, wenn du dich entschließen könntest, ein Mädchen zu werden, wäre es schon schön. Du könntest einige Sachen von deiner großen Schwester tragen. Weißt du was?« Ich falte den Strampler wieder zusammen. »Im Grunde ist es mir aber egal, ob du ein Mädchen oder ein Junge wirst. Lieb habe ich dich jetzt schon ganz doll.«

Ein leiser Huster lässt mich herumfahren. Paul lehnt mit verschränkten Armen gegen den Türrahmen und schaut mich zärtlich an. Dann breitet er die Arme aus, ich fliege ihm um den Hals. »Paul, ich habe mich entschlossen, dir das Gebäude nebenan zu überlassen. Das mit dem Café wird nichts. Anfang des nächsten Jahres eröffne ich eine Milchbar, weißt du. Die hat rund um die Uhr geöffnet, da werde ich für andere Dinge sehr wenig Zeit haben.«

Paul küsst meinen Hals. »Du kannst dir nicht vorstellen, wie glücklich ich darüber bin.«

Ich nehme Paul an die Hand und ziehe ihn hinter mir her, die Treppe hinunter. »Nun. Stundenweise habe ich schon Zeit. Ich meine, um in die Firma zu kommen. Ich muss ja schließlich arbeiten.«

Paul atmet hörbar aus. »Was heißt denn hier, du musst? Du *musst* nicht. Du kannst es dir mit dem Kleinen zu Hause gemütlich machen.«

»Weißt du, es ist ja ein Glücksfall, dass nur Bruni, Maria und ich in einem Büro sitzen. Da stört die Kleine nicht, ganz im Gegenteil.«

»Möhrchen, du wirst zuerst einmal den Mutterschutz genießen. Eine Weile mit dem Kleinen zu Hause zu sein, wird dir guttun.«

Ich ziehe Paul zur Couch. »Mutterschutz? Du, den brauche ich nicht. Lass mich mal machen. Du wirst schon sehen. Ich regele das schon … mit der Kleinen.«

Paul schlägt die Hände vors Gesicht und lässt sich rücklings aufs Sofa fallen. Ich werfe mich lachend auf ihn. Wir beschließen, der Familie erst nach einem Besuch beim Gynäkologen von meiner Schwangerschaft zu berichten. Fine soll es ohnehin erst später erfahren, damit die Zeit bis zur Geburt für sie schneller vergeht.

Das Außengelände des Flugplatzes ist rappelvoll. Über dem Hohenforster Luftraum dröhnen Flugzeugmotoren. Neben dem Pfad, auf dem normalerweise gejoggt wird, wurden Stände des Kunstmarktes aufgebaut. Kinderkarussells, Imbiss- und Süßigkeitenstände sowie die großen Hüpfburgen befinden sich ebenfalls dort. Hinter dem Zaun, auf dem Flugplatzgelände stehen kleinere und größere Flugzeuge in Parkposition, die angeschaut werden können. Ein weiteres Motorflugzeug startet gerade.

Fines Erlebnisdrang muss gestillt werden. Sie möchte zuerst eine Runde mit dem Kinderkarussell fahren, anschließend die Flugzeuge anschauen, die mit bunten Luftballons geschmückt sind, und danach die Hüpfburgen ausprobieren. »Und dann habe ich Hunger und muss Bratwurst und Zuckerwatte essen.«

Ich laufe mit ihr zum Kinderkarussell, das direkt neben dem Eingang aufgebaut wurde.

Meine Familie und Paul sitzen auf einer Holzbank vor dem Bierstand, der unmittelbar danebensteht.

Bruni und die Kinder sowie Simone, Willi und Emil betreten das Gelände und schauen sich suchend um. Ich rufe laut und winke ihnen zu. Fine hüpft vor Freude auf der Stelle. Paula, Elias und Emil kommen angerannt. Die Kinder begrüßen sich stürmisch. Sie laufen los und klettern auf die Karussellpferde.

Willi küsst mich auf beide Wangen. Dann entdeckt er Paul und meine Familie und macht sich auf den Weg zum Bierstand.

»Wo ist Leon?« Ich schaue mich um.

»Der ist schon eine Stunde eher gefahren. Die Poloch hat gefragt, ob er ihr was helfen könne.« Bruni schirmt die Augen mit der Hand ab und beobachtet die Flugzeuge, die am blauen Himmel ihre Kreise ziehen. Weiter hinten fliegen zwei Fesselballons.

Simone und ich wechseln einen Blick, der Bände spricht.

Dann kommen Anton und Conny mit den Jungs. Max und Moritz beäugen die große Hüpfburg, auf der sich ausschließlich Mädchen vergnügen.

Max grinst und schlägt seinem Bruder mit der flachen Hand vor die Stirn. »Los, komm. Wir spielen Mädchenschubsen.«

Moritz kichert. »Jau, wir erobern die Burg. Wir schubsen die Weiber so lange, bis die verschwinden.«

Anton hält seine Söhne fest. »Stopp, Kollegen. Hier wird nicht geschubst. Wenn ihr euch nicht benehmen könnt, fahren wir wieder nach Hause.« Nachdem er seinen Söhnen die Leviten gelesen hat, zieht es auch ihn an den Stand, an dem kühles Bier vom Fass ausgeschenkt wird.

Ich beobachte das Karussell, das bei lauter Musik seine Runden dreht. Die Kinder winken.

Conny meldet sich ab. Sie will in Ruhe über den Kunstmarkt schlendern.

Nach einer weiteren Runde auf dem Karussell wollen unsere Kinder sich die Flugzeuge anschauen. Aber … nur mit den Vätern. Uns soll es recht sein. Wir behalten die Kleinen im Auge, bis Paul sie in Empfang genommen hat. Er winkt uns zu und ruft, dass er, Anton und Willi sich jetzt um die Bande kümmern.

Bruni, Simone und ich haken uns unter. Wir überlegen, ob wir zuerst eine Bratwurst oder ein Brötchen mit Backfisch essen sollen. Wir entscheiden uns für den Fisch.

Meine Freundinnen drücken mich liebevoll, als ich ihnen sage, dass ich mich mit der Schwangerschaft angefreundet habe und auf die nächsten Monate freue. Essen ohne Reue.

Simone seufzt leise. »Verflixt, der kleine Willi muss ab heute dreimal täglich ran. Euer Sohn muss doch eine Freundin bekommen.«

Bruni lacht, ich muss ebenfalls schmunzeln. Beide versprechen mir, es noch für sich zu behalten.

Als wir am Backfischwagen angekommen sind, staune ich nicht schlecht. Dröpjes und Gerti stehen am Süßigkeitenstand nebenan. Die Gerti lässt sich gerade ein großes Lebkuchenherz um den Hals hängen. Dröpjes lacht bis über beide Ohren, als er uns erblickt. Ich schiele auf das Herz, auf dem *Ich mag dich* steht, und bin ein wenig gerührt. Ich kann mir vorstellen, Dröpjes jetzt öfter auf dem Nachbargrundstück meiner Eltern zu sehen.

Gerti schaut glücklich aus. Sie tänzelt von einem Bein auf das andere und meldet sich zum Pipimachen ab.

Dröpjes bedankt sich noch einmal ganz herzlich. Mit aufgeregter Stimme schildert er, wie er ein Glas nach dem anderen geöffnet hat und fündig wurde. Er steht erst unsicher vor uns, dann macht er einen Schritt auf Simone zu, streckt die Hände aus, zieht sie wieder zurück, streckt sie wieder aus und verschränkt sie dann vor der Brust. Man sieht ihm an, dass er nicht weiß, ob er Simone umarmen soll oder nicht.

Der Leuchtturm wäre nicht der Leuchtturm, wenn er Umherirrenden nicht den rechten Weg weisen würde. Sie schnappt Dröpjes und knuddelt ihn durch. »Na, dann herzlichen Glückwunsch. Ich freue mich für Sie.«

Das Eis ist gebrochen.

Sekunden später hängt Dröpjes an meinem Hals. Ich halte kurz die Luft an. Anschließend lässt Bruni sich von ihm drücken.

Als Gerti zurückkommt, reicht er ihr galant den Arm. Wir wünschen uns gegenseitig viel Spaß. Die beiden schlendern davon.

Nachdem wir die Brötchen mit Backfisch verputzt haben, bimmelt mein Handy. Pauls Foto lacht mich an, er scheint Sehnsucht nach mir zu haben.

»Kommt ihr auf die Wiese, die sich neben der Startbahn befindet? Leon war gerade hier. Mandy dreht gleich eine Runde mit ihrem Flieger. Das müsst ihr unbedingt sehen.«

Ich gebe die Information weiter. Die Begeisterung meiner Freundinnen hält sich in Grenzen.

Bruni verdreht die Augen. »Mann. Braucht die blöde Kuh auch noch ein Publikum? Kann die sich nicht alleine freuen?«

Mir passt es auch nicht, der Poloch Aufmerksamkeit zu schenken. Dennoch drehe ich mich um. »Lasst uns einfach zuschauen. Es wäre doch schade, wenn wir etwas Außergewöhnliches verpassen würden.« Dabei grinse ich verhalten.

»Oh.« Bruni lacht. »So gesehen sollten wir uns ihren Flug anschauen. Wer weiß.« Sie grinst nicht verhalten, sondern richtig fies. Wir laufen jetzt schneller, damit wir nichts verpassen.

Simone stolpert hinter uns her. »Wie jetzt? Wie meint ihr das?«

»So, wie wir es gesagt haben«, klärt Bruni sie auf.

Wenige Minuten später sind wir auf dem Gelände, auf dem sich immer mehr Menschen versammeln.

Unsere Familie und Freunde stehen alle zusammen. Paul klatscht in die Hände. »So, mir nach. Leon hat gesagt, dass wir vorrücken dürfen …«

Paul läuft vor, in Richtung Startbahn. Von Weitem sehe ich zwei Flugzeuge, die aus dem Hangar rollen. Mandys Auftritt scheint kurz bevorzustehen.

Als unsere kleine Truppe in unmittelbarer Nähe der Startbahn ist, gibt Flugzeug Nummer eins Gas. Der Motor dröhnt, die Maschine rollt immer schneller über die Startbahn und hebt ab. Die Zeigefinger der Kinder wandern in ihre Ohren. Dabei lachen sie sich schlapp.

Dann folgt Flugzeug Nummer zwei. Und wieder dröhnt ein Motor. In dem roten Flieger sitzt die Poloch. Als ihre Maschine an uns vorbeirollt, hebt sie die Hand zum Gruß.

Paul wedelt wie bescheuert mit den Armen in der Luft und schreit den Fliegergruß hinter ihr her. »Holm- und Rippenbruch!«

Willi und Anton machen es nach.

Und wieder biegen sich die Kinder vor Lachen. Max kreischt: »Ja, ja, Herr Pilot, dann brechen Sie sich mal schön die Rippen.«

Alle winken ihr nach, nur Bruni und ich heben in stiller Eintracht unauffällig den Stinkefinger.

»So. Wir sollten jetzt alle zuschauen, was am Himmel vor sich geht.«

Die Fesselballons nahen von hinten. »Na, hoffentlich gibt das keinen Crash!«, ruft Bruni laut.

Die Kinder hüpfen auf der Stelle. »Au ja!«, kreischt Max. »Einen Rumms soll es geben. Paff, puff …« Seine Fäuste fliegen durch die Luft.

Hinter mir ertönt laut eine bekannte Stimme. »Brrmmmm, brrmmmm … Propeller, Propeller, Propeller.«

Alle drehen sich um und lachen über den kleinen Jungen mit der Brille, der mit ausgebreiteten Armen unsere Gruppe umkreist.

Meine Mutter legt den Kopf schief. »Ach, was ist das für ein goldiges Kerlchen.«

Der kleine, dicke Mann, von dem ich weiß, dass er der Vater des Jungen ist, rennt schweißgebadet hinter seinem Filius her.

»Du, Johannes!«, keucht er laut. »Der Papa hat dir doch erklärt, dass du nicht einfach weglaufen darfst.«

Max verpasst Johannes einen derben Schubs. »Hau ab hier. Das ist unser Revier, verstanden?« Er macht einen großen Schritt nach vorne.

Conny hält ihren Sohn am Ohr fest. »Schluss damit, Freundchen.«

Nun kommt auch Johannes' Mama angerannt. »Du, Johannes, das findet die Mama aber jetzt nicht gut. Du hast der Mama doch versprochen, nicht wegzulaufen.«

Johannes trickst seine Eltern aus. Er schlägt Haken wie ein Hase und rennt mit ausgebreiteten Armen in die entgegengesetzte Richtung.

Pauls Stimme klingt ein wenig ärgerlich. »Jetzt schaut doch endlich zu.«

Mir stockt der Atem. Das rote Flugzeug, in dem die Poloch sitzt und die Hand am Steuerknüppel hat, fliegt riskante Flugmanöver. Mandy dirigiert die Maschine in den Sinkflug, dann lenkt sie das Flugzeug wieder hoch in den Luftraum und macht einen Überschlag, um anschließend in Richtung Boden zu trudeln, als läge ein Motorschaden vor.

Ein Raunen geht durch die Zuschauermenge.

Paula und Fine sind ganz aufgeregt.

»Knallt das Flugzeug jetzt auf den Boden?«, will Fine wissen. Paul erklärt ihr, dass das ein Kunstflug ist und die Pilotin den Flieger absichtlich so steuert.

Die Jungs ahmen die Geräusche nach, die der Flugzeugmotor macht. Conny hält sich entnervt die Ohren zu.

Opa Heini und mein Vater unterstützen die kleinen Rabauken. Dabei wiegen sie ihre Köpfe hin und her. Gundula und meine Mutter lachen.

Die Poloch zieht die Maschine wieder hoch. Die Zuschauer applaudieren. Aus dem hinteren Teil des Flugzeugs kommt nun roter Rauch, mit dem sie beginnt, am Himmel zu ›malen‹. Nach wenigen Sekunden formt sich die Rauchspur zu einem Herz. Der zweite Flieger setzt gleichzeitig an und beginnt ebenfalls, ein rotes Herz am Himmel zu ›zeichnen‹. Die Poloch und ihr Kollege schaffen es Gott sei Dank, sich dabei nicht in die Quere zu kommen.

Ein allgemeines »Ahhh« ist zu vernehmen. Simone klatscht in die Hände. »Wie romantisch. Zwei verschlungene Herzen am Himmel.«

Paul umarmt mich von hinten, ich lehne mich gegen ihn. Wir fahren erschrocken zusammen. Hinter uns zischt es laut. Einer der Fesselballons fliegt so tief, dass man meinen könnte, er wolle landen.

»Na, hier ist ja was los«, höre ich meine Mutter sagen.

In dem Moment, wo die beiden Flugzeuge eine große Kurve fliegen und zur Landung ansetzen, kommt von rechts ein Hubschrauber angeflogen, der ein großes Spruchband hinter sich herzieht.

Wir schirmen unsere Augen ab, um lesen zu können, was in Großbuchstaben darauf geschrieben steht.

ICH LIEBE DICH, BRUNI!

Jetzt applaudieren die Zuschauer in einer Tour. Ich bin so baff, dass ich kein Wort herausbringe. Simone zieht eine krause Nase und sagt: »Hä?«

Bruni steht wie angewurzelt neben mir. »Nein!« Sie schlägt kurz die Hände vors Gesicht, dann schaut sie wieder hin. »Nein. Das ist ja Wahnsinn. O Gott, meine Beine zittern.« Sie geht in die Knie und lacht mich an. »Wo ich mir doch keine zitternden Beine leisten kann.«

Ich beuge mich zu ihr hinunter und drücke ihr einen Kuss auf die Wange.

Simone kratzt sich am Kopf. »Ey, wie jetzt? Meint der Hubschrauber dich?«

Paul hilft Bruni wieder hoch und legt einen Arm um ihre Schultern. »Komm, lehn dich an mich, sonst kippst du noch um.«

Die Menschenmenge applaudiert wieder, weil ein Fallschirmspringer aus dem Helikopter springt und in Richtung Erde saust. Ich glaube, alle ahnen, dass Leon derjenige ist, der gleich die Reißleine ziehen wird.

Bruni beißt sich in die geballte Faust.

Nachdem sich der Fallschirm geöffnet hat, trudelt Leon langsam auf unsere kleine Gruppe zu. »Bruuuuuni! Ich lieeebe dich über alles auf der Weeeeelt. Willst du mich heiraaaaaten?«

Bruni lacht und weint zugleich. Sie legt die Hände vor den Mund. Sie ruft nicht, sondern kreischt: »Jaaaa. Das will ich!«

Paula und Elias umarmen sich. Elias drückt Paula ein Schmatzer auf die Wange. »Unsere Eltern wollen heiraten? Super.«

Paula dreht sich im Kreis. »Juhuuu. Dann gibt es eine schöne Torte.«

Leon landet circa fünf Meter rechts neben uns. Er löst den Fallschirm. In dem Moment regnet es rote Rosen, die aus dem Fesselballon geworfen werden.

Meine Augen füllen sich mit Tränen. Ich freue mich so sehr für die liebe Bruni.

Bruni rennt auf Leon zu, sie fällt ihm um den Hals, er kippt nach hinten. »Autsch, aufpassen, Bruni. Ich habe in den letzten Tagen zwei Bruchlandungen erlebt. Der Wind hat mich abgetrieben. Ich bin weiter hinten in den großen Büschen gelandet. Meine Rippen sind grün und blau.« Dann nimmt er seine Bruni in die Arme und küsst sie zärtlich. Und wieder wird geklatscht.

Leon hebt die Hände und steht auf. »Stopp. Das Wichtigste fehlt noch.« Er kramt in der Brusttasche seines Overalls und holt ein kleines Schmucketui heraus, das er feierlich öffnet. Er steckt Bruni einen Ring an den Finger der linken Hand, den sie fassungslos betrachtet. »Ist der schön. Danke, Leon.« Und wieder wird geküsst.

»Na, prima, dass alles gut gegangen ist«, sagt meine Mutter. »Wir haben seit Tagen mitgezittert, dass sich das Wetter nicht ändert.«

»Ihr wusstet davon?« Ich schaue jedem ins Gesicht.

Alle, außer Simone, grinsen. »Natürlich.« Meine Mutter lacht. »Dieses Mal waren wir euch drei Grazien eine Nasenlänge voraus.« Sie klatscht in die Hände. »Na, Kinder, helft ihr, die schönen Rosen einzusammeln? Ihr müsst auch nicht aufpassen, sie haben keine Dornen mehr.«

Unser Nachwuchs macht sich mit großer Begeisterung an die Arbeit.

Conny bequemt sich doch tatsächlich, sich auch zu bücken, um eine der herrlichen Blumen aufzuheben.

Die forsche Pilotin kommt mit strammen Schritten angelaufen.

Sie stolziert direkt auf Leon zu, klopft ihm auf die Schulter und umarmt ihn. »Das hast du prima gemacht, Kollege Kunze.« Sie zögert keine Sekunde, Bruni ebenfalls in die Arme zu nehmen. »Ich wünsche euch beiden alles Glück der Welt.«

Bruni schaut ein wenig beschämt zu Boden.

»Danke für deine Unterstützung, Mandy. Ohne dich hätte ich das nie geschafft.«

Simone legt einen Arm um Willis Schultern. »Das war eine ganz tolle Idee, Leon. Wann heiratet ihr? Wann findet das große Fest statt?«

Leon strahlt. »Morgen.«

Bruni bläht die Wangen. »Morgen? Bist du wahnsinnig, Leon?«

»Ja. Wir heiraten standesamtlich auf Fehmarn. Und für die Planung der kirchlichen Trauung lassen wir uns noch etwas Zeit. Ihr Mädchen müsst diesen Tag doch immer in aller Ruhe planen, oder? Das Datum darfst du aussuchen.«

Bruni reibt sich die Stirn. Ihre Stimme klingt jämmerlich. »Leon. Du hast meiner Mutter nicht Bescheid gesagt? Ich meine, du machst mir einen Heiratsantrag und sie ist nicht dabei? Ich bin doch ihre Tochter.«

»Doch, doch, Kind. Ich war schon dabei.« Die Stimme von Brunis Mutter ist laut und deutlich hinter uns zu vernehmen. »Und deine lieben Schwiegereltern Hans und Edith sind auch mit dabei. Wir haben die Rosen aus dem Fesselballon geworfen.«

Bruni rennt los. Sie fliegt zuerst ihrer Mutter, dann ihren Schwiegereltern um den Hals.

Leon übernimmt das Kommando. »So. Jetzt gehen wir alle zum Bratwurststand. Ihr könnt euch so richtig die Bäuche vollschlagen. Dann gehen wir rüber ins Flughafenrestaurant und stoßen gemeinsam an. Und richtig gefeiert wird morgen.«

13. Bombenstimmung

Als wir vor *Haus Kasper* parken, sind alle Fenster im Obergeschoss weit geöffnet. Meine Eltern, Opa Heini und Gundula sind schon gestern Abend auf die Insel gefahren, Leons Eltern und Brunis Mutter haben sie begleitet.

Noch während wir aussteigen, trudeln unsere Freunde und Anton und Conny mit den Jungs ein.

Die Kinder krabbeln aus den Autos, sie rennen zur Haustür und läuten Sturm. Opa Heini öffnet ihnen lachend und lässt die Bande rein.

Paul kümmert sich um unser Gepäck. Wir haben nur eine Reisetasche mit festlichen Klamotten für die standesamtliche Trauung und unsere Kühltasche dabei, da wir in Haus Kasper komplett eingerichtet sind. Er drückt mir ein Paar Flip-Flops und meinen alten Rucksack in die Hand, den ich nur widerwillig annehme.

»Den hättest du nicht mitschleppen müssen, Paul. Da ist nur Kram drin, der Simone gehört.«

Paul stellt den Rucksack auf den Boden. »Du hast gesagt, dass ich das, was in deinem Kofferraum liegt, in meinen Kofferraum legen soll. Und da der Rucksack darin lag, habe ich ihn halt mitgenommen.«

Ich nehme das schwarze Teil, winke Simone heran und reiche den Rucksack weiter. »Hier. Den kannst du direkt übernehmen. Du weißt schon, dein Waffeleisen und die Kieselsteine für Emil.«

Simone strahlt. »Prima. Danke.«

Bruni klatscht in die Hände. »Mädels, die Männer sollen sich um den Kram kümmern. Ich brauche euch jetzt.«

Wir Frauen laufen im Gänsemarsch ins Haus.

Die Begrüßung fällt stürmisch aus. Die Stimmung ist hervorragend, jeder strahlt.

Die ältere Generation hat längst alles hergerichtet. Die gestandenen Frauen haben erzählt, dass sie schon um 8 Uhr alle Einkäufe erledigt haben. Anschließend wurden Betten bezogen und ganz hinten im Garten das große Zelt aufgebaut.

Opa Heini und mein Vater sind dabei, aufgepumpte Luftmatratzen und Decken hineinzulegen.

Mein Vater legt die Hände vor den Mund. »Bruni! Deine Mutter und deine Schwiegereltern hätten doch auch hier übernachten können. Wir wussten nicht, dass sie im Ort eine Ferienwohnung gebucht haben. Wir haben es heute mehrfach angeboten. Sie wollen sich nicht darauf einlassen.«

Brunis Mutter, die Auflagen auf die Gartenstühle legt, winkt ab. »Danke, Hermann. Das ist wirklich nett. Aber ich bin es nicht gewohnt, ständig so viele Menschen um mich zu haben. Irgendwann bin ich froh, wenn ich ein wenig für mich alleine bin.«

»Hans und mir geht es auch so«, meldet sich Leons Mutter zu Wort. »Für ein paar Stunden mögen wir den Trubel. Dann sind wir froh, uns zurückziehen zu können.«

Wir Mädels versichern, dass wir das verstehen.

Simone kichert. »Heute verstehen wir alles, denn an so einem herrlichen Tag kann man nur alles verstehen.«

Wir laufen leichtfüßig die Treppe hinauf und verschanzen uns in dem Zimmer, in dem Bruni und Leon übernachten werden.

Bruni verschwindet im Bad. Conny, Simone und ich drehen große Lockenwickler in unsere Haare, anschließend sitzen wir zu dritt vor dem kleinen Schminktisch und tragen ein dezentes Make-up auf.

Nachdem Bruni ihre Haare gewaschen und getrocknet hat, bearbeite ich Strähne um Strähne mit einem Lockenstab.

Simone liegt bäuchlings auf dem Bett. Sie knabbert Erdnüsse und schaut uns zu. »Dein Leon hat sich ja ganz schön was einfallen lassen, Cousinchen.«

Bruni verdreht verzückt die Augen. »Ja. Er hat gestern Abend erzählt, dass er mir einen Heiratsantrag machen wollte, der etwas außergewöhnlicher ist. Nachdem die Poloch in der Firma angefangen hatte und sie ihm von ihrem Hobby berichtete, ist er auf die Idee mit dem Fallschirmsprung gekommen. Und als Mandy ihm noch sagte, dass sie schon mehrere Male für Brautleute Herzen in die Luft gemalt habe, war Leon fest entschlossen, mich damit zu überraschen.« Sie hält ihre linke Hand hoch und betrachtet den schönen Ring, auf dem ein feuriger Rubin funkelt. »Leon war in den letzten Tagen mehrmals auf Fehmarn und hat alles, was mit der Hochzeit zu tun hat, organisiert. Die Poloch hat ihn immer rübergeflogen. Er hat gesagt, dass er das ganz schön stressig fand und sich aus der Planung für die Kirchliche komplett heraushalten wird. Eheringe hat er ganz einfache besorgt. Für die kirchliche Hochzeit suchen wir dann gemeinsam welche aus.« Sie begutachtet von allen Seiten ihre Frisur und macht ein zufriedenes Gesicht.

»Das ist auch gut, dass Leon sich aus der Planung heraushalten wird. Wir machen das schon.« Simone wirft eine Nuss in die Luft und fängt sie mit dem Mund auf.

Brunis Make-up fällt etwas kräftiger aus. Der knallrote Lippenstift hat den gleichen Farbton wie das Etui-Kleid, das Bruni vor Kurzem gekauft, aber noch nie getragen hat. Die hohen schwarzen Riemchensandalen sehen hammermäßig dazu aus.

Simone, Conny und ich bürsten unsere Haare, dann schlüpfen wir in Kleider, die dezente Farben haben. Das ist Brunis Tag, sie soll der Hingucker sein. Eine Viertelstunde später sind wir startklar. Wir liegen hervorragend in der Zeit.

Wir lassen Bruni den Vortritt. Leon wartet unten an der Treppe und schluckt, als er seiner Bruni die Hand reicht. »Du siehst toll aus«, sagt er mit belegter Stimme und überreicht Bruni einen kleinen Strauß mit Mohnblumen und Vergissmeinnicht.

Opa Heini und mein Vater fühlen sich in den Anzügen sichtlich unwohl. Ihre Zeigefinger verschwinden immer wieder im Hemdkragen und versuchen ihn zu lockern.

»Na, kommt«, sagt Opa Heini etwas ungeduldig. »Ich habe den Anzug nur bis 12 Uhr geliehen. Dann muss ich ihn wieder zurückgeben.« Er läuft los, seine Schuhe quietschen bei jedem Schritt.

Meine Mutter kichert. »Vater, du solltest die Treter öfter anziehen, damit das Leder weicher wird.«

»Papperlapapp. Ich bin Vollblutrentner. Und die tragen im Sommer nur kurze Hosen und Adiletten und im Winter Jogger und Fellpuschen.«

Hans Kunze schmunzelt. »Ich hasse es auch, mich in einen Anzug zu quetschen. Schrecklich.«

Auf dem Standesamt in Burg fließen schon vor dem Ja-Wort Tränen. Nicht vor Rührung. Fine heult, weil wir ihr nicht erlauben, sich neben Paula zu setzen, die mit Elias zwischen Bruni und Leon vor dem wuchtigen Schreibtisch des Standesbeamten sitzt.

Sie heult wie am Spieß, springt von meinem Schoß und schlägt nach Max und Moritz, die Grimassen ziehen und sie auslachen.

Fine schluchzt noch lauter, als die beiden sie nachäffen.

Der Standesbeamte steht auf, räuspert sich und fragt mit einem festgetackerten Lächeln, ob die *lieben* Kinder ein Bonbon haben möchten. Er hebt den Zeigefinger. »Es dürfen sich aber nur die lieeeben Kinder melden.«

Fine, Paula und Elias heben einen Arm in die Luft.

Max kichert und streckt dem Standesbeamten die Zunge heraus, Moritz zeigt ihm einen Vogel.

Conny ist jetzt richtig angepisst. Bevor Anton reagieren kann, nimmt sie ihre Söhne am Schlafittchen und geht mit ihnen vor die Tür. Fine grinst zufrieden, weil draußen geweint wird.

Nachdem der Grinsemann drei Bonbons verteilt hat, räuspert er sich. »Liebe Bruni, lieber Leon. Es ist immer wieder schön, wenn Menschen sich etwas trauen, zutrauen oder wagen.«

Die Tür geht leise auf. Conny kommt zurück. Sie schleicht auf Zehenspitzen herein und setzt sich wieder. Max und Moritz trotten kleinlaut hinter ihr her. Sie folgen dem leisen Ruf meiner Eltern und hocken sich auf deren Schoß.

»Ihr seid bereit, euren Lebensweg gemeinsam zu beschreiten, *Ja* zueinander zu sagen und euch zu trauen, die Höhen und Tiefen, die das Leben mit sich bringt, gemeinsam zu durchleben.«

Paul nimmt meine Hand und drückt sie sanft. Wir hören zu, wie der Standesbeamte vom Sich-gegenseitig-Vertrauen spricht, darüber, den anderen nicht verformen zu wollen, und davon, sich die nötigen Freiräume zu lassen, um den anderen nicht einzuengen.

Ich finde die Rede schön, aber ich kenne nicht einen einzigen verheirateten Menschen, der diese guten Ratschläge befolgt hat. Selbst meine Eltern, die eine sehr harmonische Ehe führen, schrauben ständig gegenseitig an sich herum und kabbeln sich. Und das nach fast vierzig Ehejahren.

»Leon Kunze, ich frage dich, ist es dein eigener und freier Entschluss, mit Bruni Zybulla, geborene Keller, die Ehe einzugehen, so antworte mit Ja.«

Leon strahlt über das ganze Gesicht. Er schaut Bruni fest in die Augen. »Ja, das will ich.«

Auch Bruni antwortet mit fester Stimme, dass sie die Ehe mit dem hier anwesenden Leon Kunze eingehen möchte.

Wir applaudieren alle, als Bruni und Leon sich einen Kuss auf die Lippen hauchen und Paula und Elias gleichzeitig ihre Eltern auf die Wange küssen. Dann tauschen die beiden Eheringe.

Anschließend legt Bruni eine Hand auf den Schreibtisch und nickt Paula zu, die ihre Hand darauflegt. Anschließend wandert Elias' Hand auf die von Bruni und Paula. Leon legt letztendlich seine große Hand obenauf, was mich zu Tränen rührt. Die vier sind ein eingeschworenes Team. Gemeinsam sagen sie laut: »Einer für alle, alle für einen.«

Leon hat wirklich alles perfekt organisiert. Er hat einen Cateringservice beauftragt, der uns nach der Trauung vor dem Standesamt mit Sekt und Säften empfangen hat.

Später, als wir in *Haus Kasper* waren, hat derselbe Cateringservice ein kaltes und warmes Büfett, inklusive Geschirr und Besteck, geliefert.

Opa Heini hat den Anfang gemacht. Er hat sich zuerst gewagt, aus den festlichen Klamotten zu schlüpfen. Wir haben es ihm alle nachgemacht. Besonders die Kinder haben es genossen, in Badeklamotten oder Shorts zu schlüpfen. Nach einer Viertelstunde hätte niemand vermutet, aus welchem Grund wir heute so festlich speisen.

Das Essen ist ausgezeichnet. Von Entenbrust in Orangensauce bis Roastbeef mit Steinpilzen schmeckt alles vorzüglich. Die verschiedenen Kartoffelkreationen und die vielen Salate sind ebenfalls delikat.

Nach dem Essen sind unsere Bäuche so voll, dass es uns schwerfällt, ein wenig Ordnung in der Küche zu schaffen.

Die Kinder machen es sich im großen Baumhaus gemütlich, das Paul vor zwei Jahren im alten Pflaumenbaum hat bauen lassen.

»Ist euch nicht zu warm in dem Baumhaus?« Meine Mutter läuft einige Schritte auf die Wiese.

»Nein, es sind ja alle Fenster geöffnet!«, ruft Fine laut.

»Wir backen jetzt hier oben Waffeln. Zum Nachtisch.«

»Und ich muss meine Kieselsteine sauber machen. Die sind voller Dreck!«, schreit Emil.

Simone grinst mich an. »Ich habe Emil den Rucksack gegeben. Nun sind sie erst einmal für eine Weile beschäftigt.«

Elias streckt den Kopf aus dem kleinen Fenster. »Können wir eine Bürste haben? Wir müssen die Steine schrubben.«

Opa Heini greift hinter sich. Auf der Fensterbank hat die Wurzelbürste ihren Platz, mit der wir immer die Fensterbänke scheuern. »Jau. Holt sie euch.«

Leon steht auf. Er klopft mit dem Flaschenöffner gegen seine Flasche Bier. »So. Und nun möchte ich noch etwas sagen. Liebe Bruni … liebe …«

Max kommt angerannt. »Herr Opapa, gib mir die Bürste.«

Opa Heini holt aus und wirft sie in Max' Richtung, der danach schnappt, sie aber nicht fängt. Er bückt sich. »Danke, Herr Opapa.«

Der Frischvermählte setzt erneut an. »Tja, liebe Bruni …«

Paula ist die Nächste, die sich zu Wort meldet. Sie schreit: »Wir haben Sand zum Backen, aber wir kriegen das Waffeleisen nicht auf! Wie macht man es auf?!«

Simone verzieht das Gesicht. »Ey, einfach aufklappen«, ruft sie laut zurück. Dann schaut sie Leon an. »Was ist? Du wolltest doch etwas sagen.«

»Ähm. Ja, also … liebe Bruni …«

Ich muss losprusten, weil sich schon wieder jemand aus dem Baumhaus meldet. »Opapa!« Fine winkt.

Conny lehnt sich zurück. Sie verdreht die Augen. »Was ist mit den Jungs los? Haben die keine Muckis, um ein Waffeleisen zu öffnen?«

Anton lacht und nimmt einen kräftigen Schluck aus seiner Bierflasche.

Conny verzieht spöttisch die Mundwinkel. »Du hast auch allen

Grund zum Lachen, mein Freund. Muskeln siehst du auch nur im Fernsehen, wenn du Actionfilme guckst.«

Opa Heini erhebt sich langsam. »Leon. Es tut mir in der Seele weh, weil du nicht loswirst, was du loswerden willst. Behalte mal, was du sagen wolltest. Ich bin gleich wieder da.«

Mein Großvater läuft in Richtung Baumhaus. »Los, wirf es runter.«

Max wirft mit Schwung das Waffeleisen auf die Wiese. Opa Heini macht einen Schritt darauf zu, dann einen zurück und wieder einen darauf zu. Mein Vater lacht. »Vorsicht, Vater ... bissige Waffeln.« Dann schlägt er sich vor Lachen auf den Oberschenkel.

Emils Kopf taucht auf. »Die Kieselsteine sehen komisch aus. Guck mal.« Er macht es Max nach und wirft einen auf die Wiese.

Mein Großvater, der für jeden Spaß zu haben ist, verzieht keine Miene. Er bückt sich und beäugt abwechselnd das Waffeleisen und den Stein. Dann holt er ein Taschentuch aus seinen Shorts und wischt sich damit über die Stirn. »Kinder. Ihr könnt später Waffeln backen. Ihr kommt jetzt ganz langsam aus dem Baumhaus, hört ihr? Ganz langsam.«

Conny kichert. »Was hat Opa Heini denn? Spinnt der? Was soll das Theater?«

Gundula kneift die Augen zusammen. »Irgendetwas stimmt nicht.«

»Geht nicht«, ruft Fine. »Wir müssen erst die Steine schrubben.«

»Verdammt! Ihr kommt jetzt sofort runter! Sofort! Habt ihr mich verstanden? Ihr lasst alles oben liegen und nehmt nichts mit!«

Mein Vater lacht noch immer, mein Großvater furzt ihn aus der Entfernung regelrecht an. »Hör auf, dich wie ein Pubertierender zu benehmen, Hermännchen. Wenn mich nicht alles täuscht, liegen vor mir eine Tellermine und eine verdreckte Handgranate.«

Simone schreit auf. »Was?«

Alle Männer, die am Tisch sitzen, springen auf. Leons Vater zieht sein Handy aus der Tasche. »Um Gottes willen. Ich rufe die Polizei ...«

Die Kinder kommen nach und nach aus dem Baumhaus geklettert. Dass Hans Kunze die Polizei ruft, scheint mächtigen Eindruck bei ihnen hinterlassen zu haben.

Anton ist der Erste, der rennt. Im Wohnzimmer bremst er noch einmal ab, kommt zurückgelaufen und klemmt sich eine Flasche Bier und eine angefangene Flasche Sekt unter den Arm. Dann ist er wieder weg. Max folgt seinem Vater im halsbrecherischen Tempo.

Opa Heini sieht Anton kopfschüttelnd nach. »Mit dem Weichei kann man keinen Krieg gewinnen.«

Paul nimmt Fine auf den Arm, Leon schnappt sich Paula. Bruni kümmert sich um Elias.

Simone und Willi nehmen Emil in die Mitte.

»Die Blauen sind gleich da«, ruft Hans Kunze. »Wir sollen das Haus verlassen.«

Meine Mutter verdreht die Augen. »Als wenn wir *das* nicht selbst wüssten.«

Mein Vater klatscht in die Hände. »So, jetzt stellt euch in Zweierreihen hintereinander auf. Alle hinter mir her.«

Wenn mein Vater etwas organisiert, dann richtig. Er breitet die Arme aus und läuft langsam vor, als müsse er hinter sich eine Horde Kühe im Zaun halten. Conny pfeift auf Papas Anweisung, sie überholt ihn und rennt vor.

Opa Heini reicht Moritz die Hand. »Na, komm …«

Moritz verzieht das Gesicht. »Ist das schlimm, Opapa? Ich habe noch so einen Kiesel in der Hosentasche. Ich habe ihn nicht herausgekriegt. Der klemmt.«

Unsere kleine Truppe befindet sich mittig im Wohnzimmer. Wir laufen etwas schneller.

Gundula legt eine Hand vor den Mund, meine Mutter sieht so aus, als würde sie gleich kollabieren, das Gesicht meines Vaters blüht förmlich vor roten Flecken.

Paul drückt meiner Mutter Fine auf den Arm. »Raus mit euch.« Er läuft zurück auf die Terrasse. Ich bleibe an der Wohnzimmertür stehen.

»Neeeein. Das ist nicht schlimm«, sagt Opa Heini mit sanfter Stimme. Er schielt auf Moritz' ausgebeulte Hosentasche. »Ich öffne jetzt den Knopf deiner Shorts und helfe dir dabei, sie auszuziehen. Wir lassen sie einfach hier auf der Terrasse liegen. Das soll uns egal sein.«

Paul, der sich neben Moritz gehockt hat, streichelt ihm über die Haare. »So machen wir es. Das ist eine gute Idee von deinem Opapa.«

Moritz presst die Lippen aufeinander und schüttelt den Kopf. »Nein. Das mache ich nicht. Ich habe keine Unterbuchse an. Dann sieht jeder meinen Pimmel.«

Mein Großvater lächelt Moritz an. »Nein, nein. Den sieht niemand. Ich gebe dir mein Unterhemd. Das binden wir um deine Hüften.«

Moritz schüttelt den Kopf. »Neee.«

Mir stockt der Atem. »Moritz, ich hole dir von oben eine andere Hose.«

Opa Heini schüttelt den Kopf. »Nix da. Du gehst nirgendwohin. Ab nach draußen mit dir.« Er geht vor seinem Enkel auf die Knie und holt tief Luft. Zwischen zusammengebissenen Zähnen presst er hervor: »Wenn du die Hose nicht sofort ausziehst, du sturer Bengel, dann können wir deinen Pimmel gleich auf dem Pflaumenbaum suchen. Und den von Paul und mir auch.«

Endlich gehorcht Max.

Nach zwei aufregenden Stunden, die wir vor dem Haus verbracht haben, ziehen die Polizisten und die Männer vom Kampfmittelräumdienst ab.

Noch während die Spezialisten sich um die gefährlichen Gegenstände gekümmert haben, wurde die Hamburger Polizei informiert, die sich mit Herrn Dröpjes in Verbindung setzen wollen, um alles Weitere zu veranlassen. Eine Sperrung des Grundstücks an der Teufelsbacher Straße 24 wurde sofort veranlasst, denn auf dem Gelände könnten noch mehr von den Kriegswaffen versteckt sein. Simone hat genau beschrieben, wo wir die Munition gefunden haben.

Die gute Nachricht ist, dass die Tellermine keinen Zünder mehr hatte, also nicht in die Luft fliegen konnte. Die Handgranaten waren noch scharf. Diese schockierende Nachricht müssen wir erst einmal sacken lassen. Ich verscheuche Bilder, die vor meinem inneren Auge auftauchen.

Einer der älteren Polizeibeamten kratzt sich am Kopf. »Tja, da haben fleißige Schutzengel im Pflaumenbaum gesessen.«

Leon nimmt Bruni in den Arm. Beide schauen in den Himmel. Ich weiß, dass sie in Gedanken mit ihren verstorbenen Ehepartnern Luisa und Heiner reden.

Ein anderer Beamter meint: »Nicht nur im Baum. Ich darf gar nicht darüber nachdenken, wie lange die scharfen Dinger im Auto Ihres Kofferraums gelegen haben.« Er lächelt mich an.

Die Polizisten verabschieden sich.

Nach den Ereignissen ist es ein wenig schwer für uns Erwachsene, wieder in die fröhliche und gelöste Stimmung zu kommen. Die Kinder haben die Aufregung schon nach wenigen Minuten vergessen, sie bewerfen sich gegenseitig mit Wasserbomben.

Gundula fährt sich durch die Haare. »Jetzt stoßen wir aber erst einmal auf Gesundheit an, was? Ich hole mal schnell den Eisgekühlten aus dem Gefrierschrank.«

Ich kümmere mich um passende Schnapspinnchen, die im Wohnzimmerschrank stehen.

Nachdem die Gläser befüllt sind, hebe ich meins, trinke jedoch nichts davon. Paul übernimmt auch das Leeren meines Glases in einem Zug. Es fällt niemandem auf. Außer Opa Heini. Er zieht kurz die Augenbrauen hoch.

Willi schüttelt sich. »Brrr. Der brennt ja wie Feuer.« Er fährt sich mit dem Handrücken über den Mund. »Jetzt würde mich aber mal interessieren, Simone, was du auf dem Privatgelände bei diesem Herrn Dröpjes zu tun hattest? Du hast mir gar nichts davon erzählt.«

Paul und Leon köpfen einige Flaschen Sekt, und wir machen da weiter, wo wir vor Stunden aufgehört haben.

Leon küsst seine frisch Angetraute. »Das würde mich auch interessieren.«

Mein lieber Paul schaut mir nur in die Augen. Sein Blick sagt mir, dass er es auch gerne wissen möchte.

Ich räuspere mich. »Wir erzählen es später, okay? Zuerst ist Leon dran.« Ich werfe mit einem Kronkorken nach ihm, weil er schon wieder seine Bruni küsst. »Hallooo. Du wolltest doch noch etwas sagen.«

Leon lacht albern. Er hebt das Sektglas. »Ja. Okay … ich wollte … und ich schwöre, dass das stimmt … nur sagen, dass der Tag genauso ist, wie ich ihn mir gewünscht habe.« Er prustet los. »Eine Bombenstimmung, ein Bombenwetter … und dass ich zeitweise das Gefühl habe, vor Glück zu explodieren.«

Jetzt kreischen wir alle los und können nicht mehr aufhören zu lachen. Opa Heini schlägt sich auf das Knie. Er kramt unter dem Tisch sein kleines Kofferradio hervor und sorgt dafür, dass Bruni und Leon auf der Terrasse einen Walzer drehen können.

Anschließend erzählen wir die komplette Dröpjes-Tante-Agnes-Geschichte, die nicht nur für Spannung, sondern auch für etliche Lacher sorgt.

Als wir nach Mitternacht im Bett liegen, kuschele ich mich ganz eng an Paul. Das Schlafzimmerfenster ist weit geöffnet, der Mond lacht uns an.

Paul drückt mich an sich. »War Bruni sehr eifersüchtig auf Frau Poloch?«

Ich lache leise. »Natürlich. Was hätte sie auch denken sollen. Leon und sie haben ja ständig die Köpfe zusammengesteckt. Du hättest mir verraten können, was da läuft. Dann hätte ich nicht ins selbe Horn geblasen.«

»Quatsch. Mit dem Geheimnis wärst du überfordert gewesen. Es gibt Dinge, die darf man der Freundin einer Freundin nicht sagen.« Paul gähnt. »Mandy ist in festen Händen. Häng es nicht an die große Glocke. Sie hat eine Partnerin. Sie möchte nicht, dass das die Runde macht.«

»Echt? Das hätte ich nicht gedacht.«

»Ich habe ihre Lebensgefährtin einmal kurz kennengelernt. Sie ist auch sehr sportlich. Sie macht Kampfsport und joggt jeden Tag um das Flughafengelände und im Stadtpark. Außerdem reitet sie. Ihr Lieblingswort ist *Bäng.*«

Ich unterdrücke einen Lacher und bin stolz auf mich, denn mit den Reiterhosen habe ich gar nicht so verkehrt gelegen.

Ich kuschele mich noch dichter an Paul, der seine Hand auf meinen Bauch legt. Wenig später höre ich an seinen regelmäßigen Atemzügen, dass er eingeschlafen ist. Im hellen Mondlicht studiere ich seine entspannten Gesichtszüge und kann mich mit dem Gedanken anfreunden, bald einen Sohn im Arm zu halten. Er sollte meinem lieben Paul wie aus dem Gesicht geschnitten sein, denn er ist ein sehr attraktiver Mann.

Mein Zeigefinger malt zärtlich seine Augenbrauen und seine Lippen nach. Anschließend hauche ich Paul einen Kuss auf den Mund.

Er öffnet die Augen, schmatzt und leckt sich über die Lippen. »Du schmeckst süß, Möhrchen.« Er nuschelt. »Weißt du was? Ich habe nachgedacht. Ich glaube, ich wäre dem Klapperstorch schon sehr dankbar, wenn er uns ein kleines Möhrchen bringen würde. Es sollte dir wie aus dem Gesicht geschnitten sein, denn du bist die schönste Möhre von der ganzen Welt. Ich liebe dich.«

Inhalt

8997664R00191

Printed in Germany
by Amazon Distribution
GmbH, Leipzig

Deutschbuch

Ferienheft

Fit für Klasse 6

Herausgegeben von Bernd Schurf
und Andrea Wagener
Erarbeitet von Deborah Mohr

Cornelsen

Bildquellen

S. 13, 46: picture-alliance / OKAPIA KG, German
S. 13, 36, 46: Smartphone Rahmen: © tpx - Fotolia.com
S: 27: Gerhard Seybert - Fotolia.com
S. 43 rechts oben: Was ist was, Band 114: Feuerwehr., TESSLOFF Verlag / Ragnar Tessloff GmbH & Co. KG, Nürnberg 2002
S. 43 links unten: Enid Blyton, Fünf Freunde erforschen die Schatzinsel. Band 1:
cbj Verlag / Verlagsgruppe Random House GmbH, München 1997
S. 43 links oben: Was ist was, Band 27: Pferde. TESSLOFF Verlag / Ragnar Tessloff GmbH & Co. KG, Nürnberg 2001
S. 43 rechts unten: Ursel Scheffler, Kommissar Kugelblitz. Die rote Socke. Band 1:
© EGMONT Verlagsgesellschaften mbH/SchneiderBuch, Köln 1982/2001

Redaktion: Otmar Käge
Bildrecherche: Eireen Junge
Illustrationen: Dorina Tessmann, Berlin
Umschlaggestaltung: studio SYBERG, Berlin
Layout und technische Umsetzung: wewerke gestaltung, Berlin

www.cornelsen.de

1. Auflage, 8. Druck 2023

Druck: Athesiadruck GmbH

ISBN: 978-3-06-062835-3

Inhalt

Hallo!
Ich bin **Cliff** und elf Jahre alt.
Die 5. Klasse ist geschafft und jetzt sind Ferien. Ich freu mich auf spannende Erlebnisse mit Cleo, meiner Cousine.

Ich bin **Cleo**
und auch elf Jahre alt.
Ja, ein aufregendes Ferienabenteuer wäre toll! Aber ein wenig wollen wir uns auch aufs neue Schuljahr vorbereiten und für Deutsch üben ...

Und ich bin Professor **Kwirks**. Seitdem ich pensioniert bin, arbeite ich hin und wieder als „Privatdetektiv". Ich begleite dich mit Cliff und Cleo durch einen spannenden Kriminalfall. Du bist hautnah dabei und hilfst ihnen bei den Ermittlungen!

Du kannst aber nicht nur mit den beiden einen gerissenen Verbrecher überführen, sondern auch einige interessante Deutsch-Aufgaben lösen mit Tipps und Ratschlägen von mir. Dabei merkst du, was du in **Rechtschreiben** und **Grammatik**, **Lesen** und **Schreiben** alles kannst.

Nur im äußersten Notfall schlage im Lösungsteil auf S. 44 ff. nach.

Einladung in die Ferien

Wiesendorf, den 6. Juni 2013

Lieber Cliff,
ich hoffe, dass es dir gut geht und du dich auch freust, dass bald Sommerferien sind. Die letzten Schulwochen waren bei mir echt anstrengend. Fast alle Lehrer wollten so kurz vor den Zeugnissen noch Klassenarbeiten und Tests schreiben.

Aber nächste Woche sind endlich Ferien! Meine Mutter hat vorgeschlagen, dass du uns für zwei Wochen besuchen könntest. Wir haben uns schon so lange nicht mehr gesehen und bei uns auf dem Land ist es bei dem heißen Wetter viel schöner als bei dir in der großen Stadt.
Wir könnten an den See zum Baden fahren, auf unserer Wiese zelten und auf den Pferden unseres Nachbarn ausreiten. Vielleicht erleben wir sogar ein spannendes Ferienabenteuer!
Was meinst du dazu? Hast du Lust, uns zu besuchen?

Ich hoffe, du schreibst mir bald, was du von dieser Idee hältst.

Liebe Grüße
Cleo

1 Lies den Brief, den Cleo an ihren Cousin Cliff geschrieben hat.
Fasse in zwei, drei Sätzen zusammen, was sie ihm vorschlägt:

Cleo schlägt Cliff vor, ______________________

____

____

____

Cliff freut sich sehr über die Einladung und möchte seine Cousine und ihre Familie gerne in den Ferien besuchen.

Tipp
Cliffs Adresse steht auf dem Briefumschlag auf Seite 5.

2 Schreibe an seiner Stelle einen passenden Antwortbrief an Cleo. Halte oben und unten, rechts und links einen Rand frei:

In einen Brief gehören
- **Briefkopf** (Ort, Datum),
- **Anrede,**
- **Text** (Einleitung, Hauptteil, Schluss),
- **Grußformel** (mit Unterschrift).

Um Mitternacht

Eine Geschichte untersuchen

Endlich Ferien! Gleich am ersten Tag reist Cliff mit dem Zug zu Cleo. Am Abend sitzt die ganze Familie im Wohnzimmer, wo Cleos Mutter eine spannende Geschichte vorliest:

Eine unheimliche Gestalt

Ein lauer Sommerabend mitten im Juni. Herr von Klepsheim, der Besitzer eines großen Pferdegestüts, hatte einen anstrengenden Arbeitstag hinter sich gebracht, denn trotz seines fleißigen Pferdepflegers gab es auf dem Hof immer noch eine Menge zu tun. Mit einem Ausritt auf seinem besten und teuersten Rennpferd Primax hatte er den Abend schließlich ausklingen lassen. Es schien eine Nacht wie jede andere zu werden. Doch dieser Eindruck täuschte.

Es schlug gerade Mitternacht, als sich wie aus dem Nichts ein Auto mit einem Anhänger unbemerkt den Ställen am hinteren Rand der Pferdekoppel näherte. Der Wagen fuhr die letzten Meter im blassen Mondschein ohne Scheinwerferlicht und hielt kurz vor den Ställen hinter einem Gebüsch.

Fast geräuschlos stieg eine dunkle Gestalt aus dem Wagen. Sie schlich langsam über die Wiese auf die Ställe zu, die in der Dunkelheit nur schemenhaft zu erkennen waren.

Plötzlich knackte es unter einem Baum. Die Person blieb sofort wie angewurzelt stehen. Es war kein Geräusch mehr zu hören. In diesem Moment huschte eine schwarze Katze, die von dem Baum gesprungen war, schnell wie ein Blitz vorbei.

Vorsichtig bewegte die Gestalt sich weiter vorwärts und erreichte den Stall. Ein leises Kratzen verriet, dass sie sich nun an einem Riegel zu schaffen machte. Sekunden später öffnete sich die leise quietschende Stalltür wie von Geisterhand.

Im Stall war es stockdunkel, die Person bewegte sich aber zielsicher auf die Box von Primax zu. Sie öffnete die Tür und beruhigte das aufgeregte Rennpferd mit ein paar Zuckerstücken. Langsam und vorsichtig legte sie ihm ein Halfter an. Primax schnaubte nervös und auch die anderen Pferde im Stall wurden unruhig, aber davon ließ die unheimliche Gestalt sich nicht beirren.

Sie führte das Tier aus dem Stall heraus quer über die Wiese zum Wagen. Das Pferd wieherte kurz, aber das schien niemand zu hören.

Am Wagen angekommen wurde das Pferd vorsichtig in den Anhänger geleitet und angegurtet. Es dauerte keine fünf Minuten und von dem großen Tier war nichts mehr zu sehen und zu hören. Der Wagen fuhr langsam an und war schon nach kurzer Zeit in der Dunkelheit verschwunden.

Die Pferdeställe lagen wieder einsam im Mondlicht da, als wäre nichts geschehen.

1 Lies die Geschichte.

a Begründe, ob du die Überschrift passend findest:

Die Überschrift ______________________________

____

____

____

b Fällt dir eine andere passende Überschrift ein?

____

2 Untersuche nun die **Einleitung** der Geschichte (Zeile 1-8) genauer. Beantworte dabei die folgenden Fragen:

a **Wann** und **wo** findet das Geschehen statt?

Zeit: ______________________________

Ort: ______________________________

b Welche **Person** (Figur) wird in der Einleitung vorgestellt? Was erfährst du über sie?

____

____

____

____

____

c Auf welche Weise macht die Einleitung auf den weiteren Verlauf der Geschichte neugierig? Unterstreiche die Textstelle und erkläre ihre Bedeutung:

____

____

____

____

3 a Gliedere den **Hauptteil** (Z. 9-36) der Geschichte durch Zeilenangaben in einzelne **Erzählschritte**.
b Fasse das jeweilige Geschehen in Stichpunkten zusammen.

!! Ein neuer **Erzählschritt** beginnt häufig dann, wenn
- der **Ort** des Geschehens wechselt,
- ein **Zeit-Wechsel** stattfindet,
- eine **neue Figur** (Mensch, Tier) auftaucht oder wenn
- sich die **Handlung** ändert.

Z. 9 - 13 : Auto nähert sich den Ställen

↓

Z. ___ - ___ : ______________________________

↓

Z. ___ - ___ : ______________________________

↓

Z. ___ - ___ : ______________________________

↓

Z. ___ - ___ : ______________________________

↓

Z. ___ - ___ : ______________________________

4 Der **Höhepunkt** ist die spannendste Stelle einer Geschichte.
Untersuche, in welchen Zeilen auf Seite 7 für dich der Höhepunkt liegt.
Begründe deine Entscheidung:

Der Höhepunkt liegt in den Zeilen ________________ *, weil* ________________

____

____

5 Cleos Mutter liest die Geschichte so spannend und anschaulich, dass die Kinder sich tatsächlich gruseln.
Mithilfe welcher Textstellen gelingt ihr das?
Markiere dazu in der Geschichte auf S. 7 mit unterschiedlichen Farben
- „Spannungsmelder“,
- anschauliche Adjektive,
- treffende Verben und
- bildhafte Wendungen und Vergleiche.

6 Beurteile den **Schluss** der Geschichte (Z. 37):
- Kommt die Handlung zu einem völligen Abschluss?
- Bleiben Fragen offen und ungeklärt?

Begründe deine Meinung:

Der **Schluss** kann
- die Handlung zu einem vollkommenen Ende bringen,
- Fragen zum Geschehen offen lassen.

Am Schluss

____

____

____

7 Cliff und Cleo wollen Herrn von Klepsheim dabei behilflich sein, sein Pferd wiederzubekommen. Hast du Vorschläge, was sie unternehmen könnten?
Notiere deine Ideen in einem Cluster:

Die Suche beginnt

Ein Tier beschreiben

1 Markiere in dem folgenden Internet-Artikel, den Cliff und Cleo gefunden haben, alle Informationen, die du für die Beschreibung von Primax, einem Englischen Vollblut, nutzen kannst. Achte besonders auf solche Merkmale, an denen man ein Pferd äußerlich leicht erkennen und von anderen unterscheiden kann.

Das Englische Vollblut

Das Englische Vollblut ist eine speziell für den Galopprennsport gezüchtete Pferderasse aus der Gruppe der Vollblüter. Englische Vollblüter gelten als die schnellsten Rennpferde der Welt. Auf Auktionen erzielen sie oft Höchstpreise von mehreren Millionen Dollar. Es gibt diese Rasse seit 300 Jahren.
Englische Vollblüter erreichen eine Größe (Stockmaß) von 150–170 cm und sind meist braun bis dunkelbraun. Es gibt aber auch rotbraune Füchse, Rappen und Schimmel.
Der Körperbau der Tiere ist sehr elegant und feingliedrig. Sie haben einen edlen Kopf mit mittellangen Ohren und großen Augen. Auch die Nüstern sind groß, um das Atmen zu erleichtern.
Das englische Vollblut gilt als ausdauernd, mutig und sensibel und ist dafür bekannt, die Herausforderung des Wettkampfs zu lieben. Vollblütern wird ein Hang zur Nervosität nachgesagt, doch gibt es auch ausgesprochen nervenstarke Tiere. Sie brauchen viel Auslauf, weil sie ein hohes Bewegungsbedürfnis haben.

2 Schau dir die zwei Fotos genau an, die Cleo von Primax gemacht hat.

a Markiere im Wortspeicher alle Nomen (Fachwörter), mit denen du die Körperteile eines Pferdes benennen kannst:

Ohren Nüstern Gefieder Arme Beine Füße Schwanz Flosse Flügel Augen
Schnabel Fell Krallen Stirn Schweif Fessel Mähne Mund Maul Huf

b Beschrifte die Körperteile des fotografierten Primax mit den passenden Fachausdrücken.

3 Besonders **Adjektive** helfen dir, ein Tier möglichst genau zu beschreiben. Notiere in der Tabelle weitere Adjektive, mit denen du ein Pferd wie Primax beschreiben kannst:

Tipp
Einige Adjektive findest du im Internet-Artikel auf Seite 12.

Merkmale	Adjektive
Größenangaben	mittellang,
Körperform	elegant,
Farbe	weiß,

4 Verfasse nun Cliffs und Cleos Suchmeldung nach Primax:

Deine **Suchmeldung** sollte so aufgebaut sein:
- **Einleitung**: Wann ist welches Tier verschwunden?
- **Gesamteindruck**: Tierart, Name, Größe ...
- **Besondere Merkmale**: Körperbau, Farbe des Fells, Augenfarbe usw.
- **Schluss**: Die Bitte, sich zu melden.

Rennpferd verschwunden!

Am 13. Juni ist ______

Bitte melden Sie sich, wenn ______

Unsre Adresse: ______

Unsre Telefonnummer: ______

Nur Zeitungsfetzen

Aus einer Mülltonne quillt eine zerknüllte Zeitung.
Als die Kinder die Blätter glattstreichen, bemerken sie, dass auf der Titelseite an verschiedenen Stellen Wörter fehlen – wie mit der Schere ausgeschnitten!

Das sieht ja merkwürdig aus! Wie könnten wir bloß rausbekommen, welche Wörter hier ausgeschnitten worden sind?

Das ist ja unsere Wiesendorfer Zeitung vom letzten Freitag! Wir könnten ...

____

____

____

____

1 Kannst du dir denken, welche Idee Cleo mit der Zeitung hat? Ergänze die Sprechblase.

Cleo hat zu Hause die Zeitung vom Freitag aus dem Altpapier geholt. Nun legen die Kinder die zerschnittene Seite aus der Mülltonne auf das vollständige Zeitungsblatt:

Verschaff dir zunächst einen ersten Überblick über die ausgeschnittenen Wörter:

Tipp
Nomen werden immer großgeschrieben.

2 Male dazu alle Lücken **rot** aus, in denen **Nomen** stehen.

3 Schau dir die Nomen genauer an. In welchem **Numerus** stehen sie? Ergänze die richtigen Zahlen und den Numerus:

Information	Der Numerus
Nomen haben einen **Numerus**, d. h., sie stehen entweder im **Singular** (Einzahl) oder im **Plural** (Mehrzahl).	

_______________ *Nomen stehen im* _______________

_______________ *Nomen („* _______________ *") steht sowohl im*

_______________ *als auch im* _______________

4 Bestimme nun auch das **Genus** der Nomen.

a Mache dazu die „Artikelprobe" mit ihnen, ergänze den passenden Artikel.

b Vermerke neben den Nomen oben in der Abbildung, um welches Genus es sich jeweils handelt.

Information	Das Genus
Jedes Nomen hat ein **Genus**, das man am (hinzugefügten) Artikel erkennt („Artikelprobe"):	
• *der Junge*	**Maskulinum** (männliches Nomen)
• *die Mülltonne*	**Femininum** (weibliches Nomen)
• *das Kind*	**Neutrum** (sächliches Nomen)

Tipps
- Es gibt **bestimmte Artikel** (*der, die, das*) und **unbestimmte Artikel** (*ein, eine*).
- **Adjektive** drücken aus, **wie** etwas ist (***braune** Augen*).
- **Possessivpronomen** geben an, **wem** etwas gehört (***meine** Zeitung, **ihr** Pferd*).

5 Bestimme nun auch die Wortart der anderen ausgeschnittenen Wörter.
Markiere die Lücke im Zeitungstext auf S. 16
- **grün**, wenn sie einen **Artikel** enthält;
- **blau**, wenn sie ein **Adjektiv** enthält;
- **gelb**, wenn sie ein **Possessivpronomen** enthält.

6 „Klebe" die aus der Zeitung geschnittenen 3 Artikel, die 2 Adjektive und das 1 Possessivpronomen so mit den 4 Nomen zusammen, dass verständliche Wortgruppen entstehen:

des	Geldes	
		Rennpferd
		Koffer
	Geldübergabe	

Das sieht ja so aus, als ob mit diesen Zeitungswörtern ein Erpresserbrief zusammengeklebt worden wäre! Allerdings fehlen ganz viele Wörter …

7 Bilde mit den vier von dir zusammengesetzten Wortgruppen in Aufgabe 6 vier Sätze, die in einem Erpresserbrief stehen könnten:

Die Hälfte des Geldes will ich in 500-Euro-Scheinen.

8 Bestimme den **Kasus** (den Fall) der vier Nomen in den markierten Wortgruppen.

Du kannst den **Kasus** eines Nomens im Satz mit vier Fragewörtern ermitteln:

***Cleo** findet eine Zeitung.*	**Wer** findet …?	1. Fall: **Nominativ**
*Die Zeitung **der Kinder** ist vom Freitag.*	**Wessen** Zeitung ist …?	2. Fall: **Genitiv**
*Cliff gibt **Cleo** einen Tipp.*	**Wem** gibt Cliff …?	3. Fall: **Dativ**
*Cleo hat **eine Idee**.*	**Was** hat Cleo?	4. Fall: **Akkusativ**

Cliff und Cleo haben mit viel Spürsinn die ausgeschnittenen Zeitungswörter ermittelt und sogar ein paar Ideen, was in einem möglichen Erpresserbrief stehen könnte.
Begeistert laufen sie zu Cleos Vater, um von ihren Entdeckungen zu berichten. Sie sind so aufgeregt, dass sie sich ziemlich verhaspeln:

Papa! Vor zwei Stunden

werden wir eine tolle Entdeckung machen!

Als niemand auf unsere Suchanzeige reagiert,

gehen wir vorhin enttäuscht über den Pferdehof.

Als wir dort ziellos herumgelaufen

sind, haben wir plötzlich nach einer

Mülltonne eine zerknüllte Zeitung

ohne Löcher entdeckt.

Dann waren wir nach Hause gelaufen

und ich suche unsere Zeitung.

Anschließend haben wir das löchrige Blatt

neben die vollständige Zeitungsseite gelegt.

Zwischen einiger Mühe haben

wir die ausgeschnittenen

Wörter herausgefunden.

Leider werden wir jetzt keine Idee haben,

was wir machen sollten. Wenn wir Primax nicht bald

fanden, überlebte er

das sicher nicht.

9 Lies die Äußerungen von Cleo und Cliff von links oben in Pfeilrichtung.
Erkläre, was die beiden in der Aufregung falsch machen:

Cleo verwendet nicht die richtigen ______________________________

Cliff ______________________________

10 Betrachte jetzt Cleos Aussagen auf Seite 18 links genauer:
a Streiche alle falsch verwendeten **Zeitformen** durch.
b Trage die richtigen Zeitformen dafür ein.

Information Das Tempus **Die Zeitformen**

- Die Zeitform **Präsens** (die Gegenwartsform) wird verwendet, wenn etwas in der Gegenwart geschieht oder die Aussage immer gilt: *Ich **gehe** jetzt. Pferde **sind** Säugetiere.*
- Das **Futur** (die Zukunftsform) wird verwendet, um ein zukünftiges Geschehen auszudrücken: *Der Erpresser **wird** das Pferd nur gegen ein Lösegeld **zurückbringen**.*
- Das **Perfekt** verwendet man häufig, um mündlich von etwas Vergangenem zu sprechen: *Heute früh **sind** wir zuerst zu den Mülltonnen **gegangen**.*
- Geht einem vergangenen Ereignis (z. B. im Perfekt) ein anderes noch voraus, spricht man darüber im **Plusquamperfekt** (die Vorvergangenheit): *Wir sind zu den Mülltonnen gegangen, vorher **hatten** wir hinter den Ställen **nachgesehen**.*

11 Schau dir nun die Aussagen von Cliff auf Seite 18 rechts genau an:
a Streiche die **Präpositionen** durch, die er falsch verwendet.
b Schreibe die passende Präposition darüber.

Information Präpositionen

Präpositionen wie ***in***, ***nach***, ***mit*** bezeichnen z. B.

• ein **örtliches** (lokales) Verhältnis:	***in** der Mülltonne*	**Wo?**
• ein **zeitliches** (temporales) Verhältnis:	***nach** Mitternacht*	**Wann?**
• einen **Grund** (kausal):	***wegen** der Dunkelheit*	**Warum?**
• die **Art** und **Weise** (modal):	***mit** großer Mühe*	**Wie?**

Zeugen befragen

Cliff und Cleo machen sich auf den Weg und wenden sich zunächst an zwei Nachbarinnen:

Wenn schlaue Detektive eine Tat aufklären, stellen sie **W-Fragen**:
„**Wer** hat …? **Was** ist …? **Wem** wurde …? **Wen** haben …?“
Wenn du **Satzglieder** in einem Satz bestimmst, machst du das auch.

1 Bestimme in den Aussagen der beiden Nachbarinnen folgende Satzglieder:

a Ermittle zunächst die Prädikate in den Sätzen und markiere sie rot.

b Bestimme und markiere dann – ausgehend vom Prädikat – die Satzglieder

- Subjekt,
- Akkusativobjekt,
- Dativobjekt.

Information | **Satzglieder**

Das **Prädikat** sagt, was geschieht, und tritt im Satz als gebeugtes Verb auf, einteilig oder mehrteilig: Cleo fragt ... Jemand hat ... gestohlen ...

Mit folgenden **Frageproben** kann man die anderen Satzglieder bestimmen:

• **Wer** + Prädikat ...?	*Wer fragt ...?*	= **Subjekt** („Täter")
• **Wen** + Prädikat ...?	*Wen hast du ...?*	= **Akkusativobjekt**
• **Wem** + Prädikat ...?	*Wem hat man...?*	= **Dativobjekt**

Plötzlich kommt noch eine dritte Nachbarin dazu. Auch sie hat etwas zu dem Fall zu sagen:

2 Schau dir auch die Äußerung dieser Nachbarin genau an.

a Stelle fest, aus wie vielen Satzgliedern die Sätze bestehen.

Gesehen	*habe*	*ich nichts.*
Nichts	*habe*	*ich gesehen.*
Ich	*habe*	*nichts gesehen.*

b Bestimme in den drei Sätzen die Satzglieder mithilfe der Frageproben. Markiere mit den richtigen Farben.

Tipp
Verwende die **Umstellprobe!** Dann ergeben sich die Satzglieder.

3 Sieh dir die Aussagen der drei Nachbarinnen noch einmal an. Fällt dir auf, welche der Frauen sich verdächtig macht? Begründe deine Meinung:

____

____

____

Cliff und Cleo sind sich noch nicht ganz sicher, ob die verdächtige Nachbarin tatsächlich etwas mit der Erpressung zu tun hat. Daher entschließen sie sich, auch noch den Pferdepfleger und Herrn von Klepsheim selbst zu befragen. Die beiden können wesentlich genauere Angaben zur Tat machen:

4 Untersuche die Aussagen, die der Pferdepfleger und sein Chef machen:
Markiere die **genauen Umstände**, mit denen sie den nächtlichen Diebstahl näher bestimmen.

Information | **Adverbiale Bestimmungen** **Umstandsbestimmungen**

Eine Umstandsbestimmung (**adverbiale Bestimmung**) gibt einen bestimmten Umstand einer Tat an und antwortet auf die Frage

- **Wann?** *heute früh* – adverbiale Bestimmung der **Zeit**
- **Wie lange?** *zwei Stunden* – adverbiale Bestimmung der **Zeit**
- **Wo?** *im Stall* – adverbiale Bestimmung des **Ortes**
- **Wohin?** *in den Hof* – adverbiale Bestimmung des **Ortes**
- **Warum?** *wegen der Arbeit, aus Angst* – adverbiale Bestimmung des **Grundes**
- **Wie? Auf welche Weise?** *heimlich* – adverbiale Bestimmung der **Art und Weise**
- **Womit?** *mit Sicherheit* – adverbiale Bestimmung der **Art und Weise**

5 Ordne deine markierten adverbialen Bestimmungen in die Tabelle ein:

Adverbiale Bestimmung			
... des Ortes *Wo? Wohin?*	... der Zeit *Wann? Wie lange?*	... des Grundes *Warum?*	... der Art und Weise *Wie? Auf welche Weise? Womit?*
		wegen der vielen Arbeit	

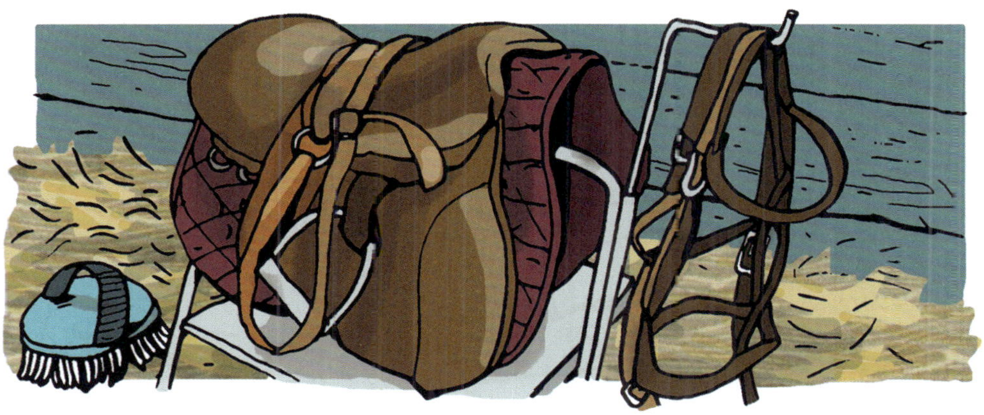

6 Unterstreiche in der Tabelle genau die adverbialen Bestimmungen, die Cliff und Cleo wichtige Informationen zum Pferdediebstahl und zu den möglichen Tätern liefern.

7 Wie könnten Cliff und Cleo jetzt weiter vorgehen?

Cliff und Cleo könnten ______________________________

Keine Polizei!

Satzreihen und Satzgefüge bilden

Herr von Klepsheim zeigt Cliff und Cleo den Erpresserbrief:

Als die Kinder den Briefumschlag öffnen, enthält er einen großen, leeren Papierbogen und eine Menge Zeitungsschnipsel, die gestern noch den Erpresserbrief gebildet haben und jetzt heraussegeln:

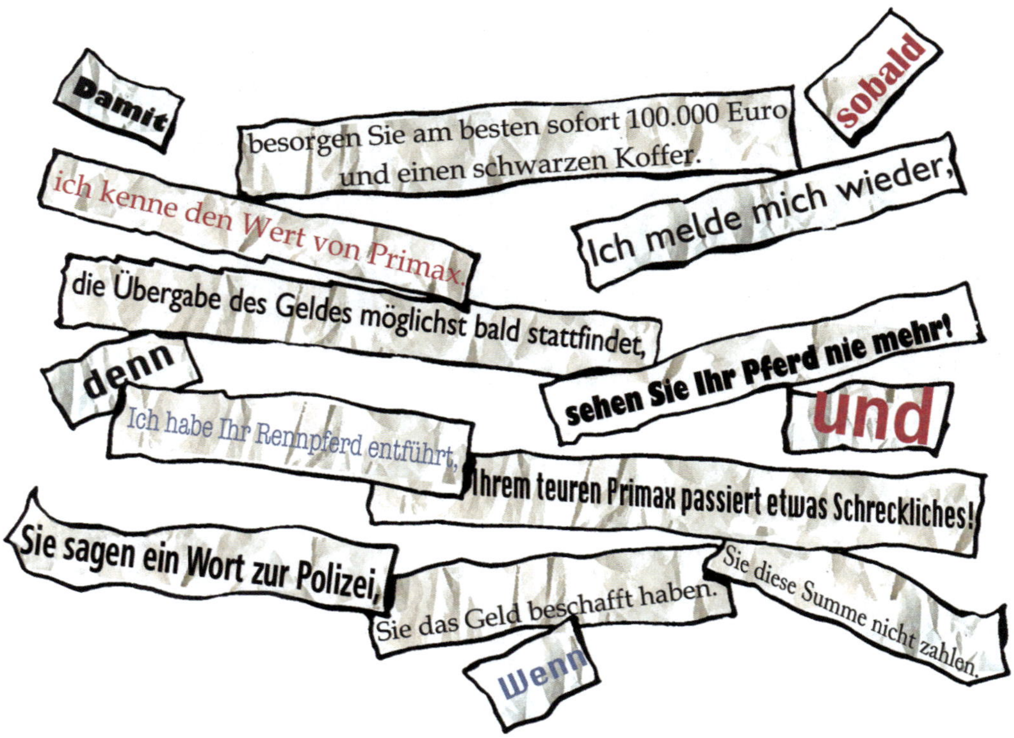

1 Hilf Cliff und Cleo!
Füge die Schnipsel des Erpresserbriefs wieder zu vollständigen Sätzen zusammen:

Ich habe Ihr Rennpferd entführt, denn

Damit

Wenn

Ich

Achtung:

2 Wie viele Satzreihen und wie viele Satzgefüge hat der Erpresser zusammengeklebt?

a Markiere die nebenordnenden Konjunktionen gelb.

b Markiere die unterordnenden Konjunktionen und das gebeugte Verb am Nebensatz-Ende blau.

c Denk an die Kommas zwischen den verbundenen Sätzen!

- Der Nebensatz kann dem Hauptsatz **folgen**.
- Er kann ihm aber auch **vorangehen**.
- Immer steht ein **Komma** dazwischen.

Information | **Zusammengesetzte Sätze**

- Eine **Satzreihe** besteht aus mindestens zwei selbstständigen Hauptsätzen. Sie können durch **nebenordnende Konjunktionen** verbunden werden: *und, aber, denn, oder ...*
- Ein **Satzgefüge** besteht aus einem selbstständigen Hauptsatz und einem abhängigen Nebensatz. Der Nebensatz beginnt mit einer **unterordnenden Konjunktion** (z. B. *weil, wenn, sobald, damit, dass*) und endet mit einem **gebeugten Verb**.

Nachforschungen

Einen Sachtext erschließen

Cliff ist Feuerwehr-Fan. Und du?

1 a Lies die Überschrift und nur die ersten Sätze des folgenden Sachtextes. Sieh dir auch das Foto auf der nächsten Seite an.

b Notiere dann im Cluster, was du alles über die Feuerwehr weißt:

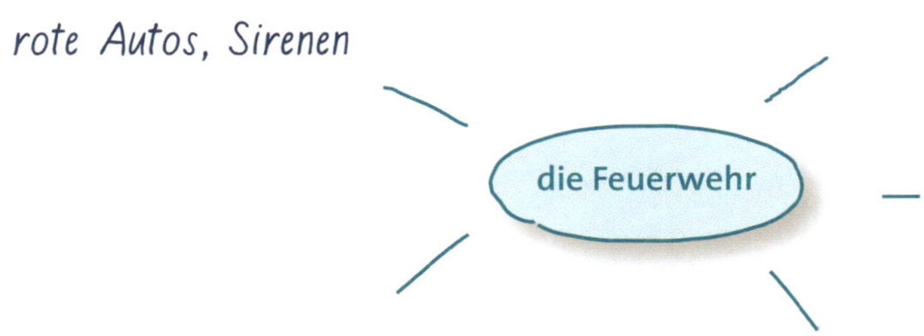

2 Informiere dich nun genauer über die Feuerwehr. Lies dazu den Text einmal zügig durch:

Die Feuerwehr früher und heute

Die Geschichte der Feuerwehr reicht weit zurück. Bereits die alten Römer hatten vor 2000 Jahren eine organisierte Feuerwehr. Das war auch notwendig, denn im Römischen Reich gab es Millionenstädte wie Rom. In diesen standen mehrstöckige Häuser, die häufig An- oder Vorbauten aus Holz hatten, sehr eng zusammen. Dadurch breiteten sich die Brände schnell aus und waren oft tagelang nicht unter Kontrolle zu bekommen. So wurden häufig ganze Stadtbezirke dem Erdboden gleichgemacht. Daher wurde im Jahr 21 v. Chr. eine erste Feuerwehr mit 600 Sklaven gegründet. Unter Kaiser Augustus entstanden dann sieben Kohorten zu je 420 bis 600 Mann, die jeweils für zwei Stadtteile zuständig waren. Die römische Feuerwehr hatte jedoch noch keine Schläuche, sondern arbeitete mit Spritzen, Wassereimern, Leitern und Löschdecken.

Truppen

Im Mittelalter waren die Einwohner in vielen Gemeindeverfassungen verpflichtet, sich am Brandschutz zu beteiligen. Türmer oder Nachtwächter waren für die Feuermeldungen zuständig. Weil die vielen eng stehenden Fachwerkhäuser aus Holz schnell Feuer fingen, kam es auch hier sehr oft zu großen Bränden, denen ganze Stadtviertel zum Opfer fielen. Deshalb wurden im späten Mittelalter „Feuerknechte", die man als die ersten Berufsfeuerwehren bezeichnen kann, in den Feuerlöschverordnungen verankert. Aber auch diese Feuerwehren arbeiteten nur mit einfachen Hilfsmitteln wie Eimern und Leitern.

Im 17. Jahrhundert wurde der Feuerwehrschlauch erfunden, der anfangs aus Leder genäht wurde. Bis zu Beginn des 20. Jahrhunderts arbeitete die Feuerwehr noch mit Handpumpen, so genannten „Feuerspritzen", die von Pferden oder der Löschmannschaft aus dem Spritzenhaus zum Einsatzort gezogen wurden.

In der Mitte des 19. Jahrhunderts entwickelte sich neben der Berufsfeuerwehr die freiwillige Feuerwehr. Diese spielt bis heute beim Brandschutz in Deutschland eine wichtige Rolle und arbeitet eng mit der Berufsfeuerwehr zusammen.

Seit Anfang des 20. Jahrhunderts verbesserte sich die technische Ausrüstung der Feuerwehren wesentlich. Vor allem leistungsfähige Fahrzeuge und Feuerlöschpumpen gehören seitdem zu jeder Feuerwehrausrüstung dazu. In dieser Zeit wurden immer größere Feuerwehrhäuser gebaut, in denen die vielen Fahrzeuge und Geräte untergestellt wurden. Im so genannten „Schlauchturm" konnten die Schläuche nach dem Einsatz zum Trocknen aufgehängt werden.
In den letzten Jahrzehnten ist die Zahl der Brände stark zurückgegangen. Die Feuerwehr hat seitdem zahlreiche weitere Aufgaben übernommen. Eine wichtige Arbeit besteht darin, Bränden und Gefahren vorzubeugen. Außerdem hat die Feuerwehr einen Rettungsdienst, der bei Unfällen, Schlaganfällen

oder Herzinfarkten ausrückt. Auch bei Überschwemmungen oder der Verhinderung von Umweltschäden kommt sie zum Einsatz. Manchmal rückt sie auch aus, um Tiere zu retten, die in Not geraten sind.

3 Formuliere das Thema des Feuerwehr-Textes in einem Satz:

In dem Text geht es ______________________________

____

4 Unterstreiche in der „Feuerwehr früher und heute" alle **unbekannten Wörter** und erkläre am Rand, was sie bedeuten.

5 Im ersten Absatz sind die **Schlüsselwörter** bereits markiert. Kennzeichne weitere wichtige Wörter im gesamten Text.

6 **a** Gliedere den Text in sechs **Sinnabschnitte**.
b Formuliere mit Hilfe deiner Schlüsselwörter kurze **Zwischenüberschriften** für die einzelnen Sinnabschnitte:

- **Unbekannte Wörter** kannst du aus dem Textzusammenhang erschließen oder in einem Wörterbuch oder Lexikon nachschlagen.
- **Schlüsselwörter** sind für die Aussage eines Textes besonders wichtig.
- **Sinnabschnitte** nennen verschiedene Themen, Personen, Gegenstände, Zeiten.

Zeile	Zwischenüberschrift
1–12	*21 v. Chr.: erste Feuerwehr im Römischen Reich*

7 Cliff berichtet Cleo davon, was er über die Feuerwehr alles gelesen hat.
Fasse die wichtigsten Informationen des Textes von S. 26 ff. mit eigenen Worten zusammen.
Beantworte dabei die W-Fragen **Wann**?, **Was**?, **Wo**?, **Wie**? usw.:

8 Kannst du dir denken, welche Idee Cliff hat?

Entdeckung in der Nacht

Cliff und Cleo machen sich noch am selben Abend auf den Weg zu dem stillgelegten Feuerwehrhaus am Rand von Wiesendorf:

1 Fasse in einem, zwei oder drei Sätzen zusammen, was Cliff und Cleo hier erleben:

Nach dieser aufregenden Entdeckung beschließt Cleo, darüber eine spannende Geschichte zu schreiben, die sie wirkungsvoll im Familien- und Freundeskreis vorlesen kann. Sie weiß: Damit eine Geschichte gut gelingt, darf man nicht einfach drauflosschreiben, sondern muss den Aufbau planen.

2 Cleo hat mit dem **Schreibplan** schon angefangen. Kannst du ihn vervollständigen?

Tipp
Wie die Geschichte ausgeht (ihren Schluss), darfst du dir selbst ausdenken.

1) Einleitung

Wer? ______ und ich

Wo? stillgelegtes Feuerwehrhaus

Wann? ______

2) Hauptteil

Was passierte? Wir schlichen uns an den Schuppen an.

______

______

______

Höhepunkt ______

______

3) Schluss ______

______

Cleo ist sich nicht ganz sicher, wie sie ihre spannende Geschichte einleiten soll. Darum hat sie zwei Versuche aufgeschrieben:

Einleitung 1
Gestern Nacht ist es Cliff und mir nach langen Ermittlungen gelungen, Primax wiederzufinden. Das war keine leichte Aufgabe, aber zum Glück ist letzten Endes alles gut gegangen. Wir alle haben das Abenteuer heil überstanden.

Tipp
In der Einleitung informiert man über den **Ort**, die **Zeit** und die **Beteiligten**. Außerdem soll sie **neugierig** machen.

Einleitung 2
Es war schon spät am Abend und stockdunkel. Nur der Mond spendete ein wenig Licht. Cliff und ich waren auf den Weg zum alten Feuerwehrschuppen, weil wir dort das Versteck von Primax vermuteten. Jch war mir sogar ziemlich sicher. Doch dann kam alles anders!

3 Welche der beiden Einleitungen ist Cleo nicht so gut gelungen? Begründe deine Meinung:

Die ______________ *Einleitung ist nicht so gut gelungen, weil* ______________

____

und weil ________________________________

____

Cleo hat auf verschiedenen Karteikarten Wörter und Wendungen gesammelt, die ihre Geschichte spannend und anschaulich machen sollen:

treffende Verben

gehen: schleichen, sich nähern, hüpfen, spazieren, rennen, hasten, flüchten, stolpern, tanzen
sagen: flüstern, brüllen, jammern, schreien, fragen, erklären, zugeben, jubeln, lachen, stottern

anschauliche Adjektive

finster, düster,
kühl, heiß,
lautlos, geräuschlos, tonlos,
blitzschnell, langsam, rasch
unheimlich, schemenhaft panisch, hektisch,
überglücklich, froh, munter

bildhafte Wendungen, Vergleiche

starr vor Schreck sein,
Herz schlägt bis zum Hals,
wie angewurzelt stehen bleiben,
sich vor Lachen kugeln,
zittern wie Espenlaub,
Zeit zieht sich wie Kaugummi

Spannungsmelder

plötzlich, auf einmal,
in diesem Moment,
Sekunden später,
schlagartig,
völlig überraschend

4 Zu vier von fünf Erzähltipps von Professor Kwirks hat Cleo auf ihren Karteikarten Beispiele zusammengetragen.
Zu welchen vier Tipps?
Zu welchem Erzähltipp fehlt eine Karteikarte?

Das macht eine Geschichte besonders spannend und anschaulich:
- treffende **Verben**,
- anschauliche **Adjektive**,
- **bildhafte Wendungen** und **Vergleiche**,
- „Spannungsmelder",
- wörtliche **Reden**:
  „Schau mal", flüsterte ich.
  Ich staunte: „Siehst du das auch?"
  „Hör mal", zischte ich, „das ist doch Primax!"

5 Markiere auf Cleos Karteikarten Wörter und Wendungen, die deiner Meinung nach besonders gut zur nächtlichen Primax-Entführung passen.

6 Schau dir die Bilder auf S. 30 noch einmal genau an.
Was könnten Cliff und Cleo zueinander sagen, während sie Primax suchen und schließlich finden?
Notiere wörtliche Reden der beiden. (Achte genau auf die Zeichensetzung!)

7 Schreibe nun mit Hilfe des Schreibplans (S. 31) und den Ergebnissen aus Aufgabe 4, 5 und 6 den **Hauptteil** und einen **Schluss** des Erlebnisses im Feuerwehrschuppen.
(Du kannst dich dabei entweder in Cleo oder in Cliff hineinversetzen.)

Tipp
Die Überschrift soll neugierig machen, aber nichts verraten.

8 Finde eine treffende Überschrift für Cliffs und Cleos Entdeckung im Feuerwehrschuppen:

Ein wichtiger Fund!

Cliff und Cleo haben Primax jetzt zwar gefunden, sie wollen aber natürlich auch wissen, wer das Pferd entführt und den Erpresserbrief geschrieben hat. Dazu schauen sie sich am nächsten Morgen noch einmal ganz genau in dem stillgelegten Feuerwehrhaus um. Dort haben viele Leute ihren Sperrmüll abgeladen, sodass es schwierig ist, etwas Bestimmtes zu finden.

1 Schau dir das Innere des Schuppens genau an.
Der Pferdedieb (oder ist es vielleicht eine Diebin?) hat darin tatsächlich etwas verloren, was ihn (oder sie) verraten kann. Fällt dir etwas auf? Umkreise den Gegenstand im Bild.
(Falls du Hilfe brauchst, gibt Professor Kwirks dir auf der nächsten Seite einen Tipp.)

Hast du den verräterischen Gegenstand entdeckt? Nein?
Dann schau mal unter der Schubkarre vorne rechts nach!

Cliff und Cleo überlegen, wer diesen Gegenstand verloren haben könnte.
Plötzlich fällt es Cleo ein.
Damit hätte sie jetzt aber nicht gerechnet!

2 Hast du eine Idee, welche Person Cleo beim Anblick des verdächtigen Gegenstands plötzlich einfällt? (Schau dir alle in den Pferdediebstahl „verwickelten“ Personen in diesem Heft noch einmal genau an!)

Stark verdächtig macht sich ______________________

Cleo schreibt sofort eine SMS an Herrn Fischer, den Dorfpolizisten, dessen Nummer sie zum Glück in ihrem Handy gespeichert hat. Dabei achtet sie in der Eile nicht auf die Regeln für Groß- und Kleinschreibung:

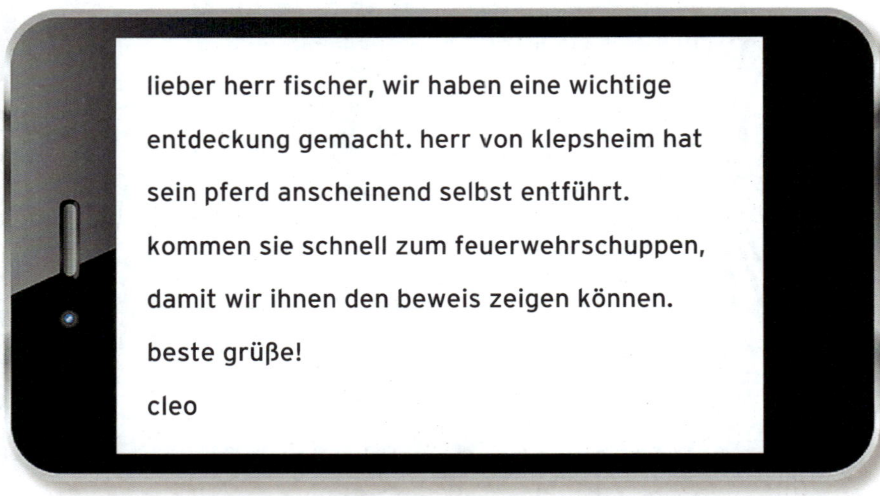

3 Markiere in der SMS alle Buchstaben, die Cleo mit mehr Ruhe großschreiben würde.

Nomen schreibt man immer groß. Du kannst sie meist an **Begleitwörtern** erkennen, die ihnen vorangehen:
- Artikel: ***der** Polizist, **ein** Polizist*
- Pronomen: ***mein** Geld*
- Präpositionen: ***bei** Nacht*
- Adjektive: ***großer** Schuppen*

Wenn man jemanden „siezt“,
schreibt man das **Anredepronomen** groß: *für **S**ie, mit **I**hnen*

Das Verhör

Nachdem Cliff und Cleo Wachtmeister Fischer den hochverdächtigen Knopf gezeigt haben, bestellt die Polizei Herrn von Klepsheim zum Verhör.
Herr Fischer bittet die Kinder, ihn zu unterstützen: Schließlich kennen sie sich mit dem Fall besonders gut aus!
Durch geschickte Fragen gelingt es, den Pferdebesitzer zu einem Geständnis zu bringen.
Dabei kommt heraus, warum Herr von Klepsheim sein eigenes Pferd entführt hat.

1 Hast du eine Idee, warum der Pferdestallbesitzer sein eigenes Pferd entführt haben könnte?

Herr von Klepsheim hat sein eigenes Pferd entführt, weil ______________________

____

____

In seinen ersten Protokoll-Entwurf lässt Wachtmeister Fischer Cliff und Cleo hineinschauen:

Verhörprotokoll **15.06.2013**

Herr von Klepsheim – Pferdediebstahl „Primax"

Ich gebe zu, dass ich mein Pferd selbst entführt habe. Dafür hatte ich folgende Gründe: Auf meinem Gestüt arbeite ich hart und schwer und mit großem Arbeitseinsatz als Pferdezüchter. Allerdings: Ich bin nicht wirklich gut und clever! Ich habe nur ein teures Pferd, das viel Geld kostet und teuer ist. In meiner Verzweiflung habe ich mir überlegt, die Versicherung zu betrügen, weil ich ziemlich verzweifelt war. Ich wollte das Pferd verstecken und so tun, als sei mein Pferd entführt worden. Von der Versicherung wollte ich dann die Versicherungssumme kassieren. Dann wollte ich das Pferd wieder zurück in meinen Stall holen und so tun, als hätte ich ein neues Pferd gekauft, das dem alten Pferd sehr ähnlich sieht und ihm gleicht wie ein Ei dem anderen.

An dem Junitag habe ich mit Primax einen Ausritt unternommen. Ich bin in mein Auto mit der Pferdebox gestiegen und die wenigen 100 Meter zu den Ställen gefahren. Ich habe das Auto geparkt und bin zum Stall geschlichen, in dem mein Pferd steht. Dann bin ich in den Stall gegangen und habe mein Pferd beruhigt. Dann habe ich das Pferd mit zu meinem Auto genommen, in den Anhänger gebracht, bin weggefahren und habe das Pferd versteckt.

Als ich wieder zu Hause war, habe ich einen Erpresserbrief zusammengeklebt, um ihn der Versicherung zu zeigen. Ich konnte ja nicht ahnen, dass es gelingt, mein Pferd wieder zu finden und mich zu überführen!

Du merkst beim Lesen: Nicht nur du musst deine Textentwürfe überarbeiten!
Auch der Protokollentwurf von Wachtmeister Fischer muss verbessert werden, bevor er zu den Akten kommt.
Zum Beispiel wiederholen sich einzelne Wörter immer wieder.
Dies ist nicht immer, aber oft unschön.
Cliff und Cleo haben alle Wortwiederholungen farbig markiert.

2 Prüfe mit der **Ersatzprobe**, welche immer wiederholten Wörter du durch treffende andere ersetzen kannst (z. B. *Pferd* ⇨ *Tier* ⇨ *es* ...). Schreibe die Ersatzwörter über die durchgestrichenen Wiederholungen.

3 Schau dir den ersten Protokoll-Absatz (Z. 1-10) noch einmal genau an: Dort findest du kurz hintereinander Formulierungen, die dasselbe bedeuten und deshalb einmal weggelassen werden können. Mach die **Weglassprobe** und streiche die überflüssigen Wörter.

- Mit der **Ersatzprobe** kannst du Wörter, die sich in einem Text häufig wiederholen, durch andere treffende Wörter ersetzen.
- Mit der **Weglassprobe** kannst du prüfen, welche Formulierungen weggelassen werden können, weil sie bereits Geschriebenes unnötig wiederholen.
- Mit der **Erweiterungsprobe** kannst du prüfen, durch welche zusätzlichen Angaben eine Aussage erweitert und genauer werden kann.

Beim zweiten und dritten Absatz des Protokolls (Z. 11-16, 17-19) kommen Cliff und Cleo ins Grübeln:

Wann genau ist Klepsheim an diesem Junitag mit Primax ausgeritten?

Und um welche **Uhrzeit** hat er später sein Pferd „entführt"?

Wo hat Klepsheim das Auto mit Pferdeanhänger unauffällig abgestellt?

Und **wo** hat er Primax dann versteckt?

Wichtig ist doch, **womit** er den Erpresserbrief zusammengeklebt hat!

Es muss natürlich erwähnt werden, **wer** das Pferd gefunden hat!

4 Kannst du die Hinweise und Fragen von Cliff und Cleo beantworten? Erweitere die Protokoll-Sätze an den passenden Stellen um diese wichtigen Informationen (**Erweiterungsprobe**).

„Unser Ferienabenteuer“

Nachdem die beiden ihr Ferienabenteuer gut hinter sich gebracht haben, schreibt Cliff seinen Eltern eine E-Mail, in der er von ihren Erlebnissen berichtet:

Senden | Anhang | Schriften | Farben | Als Entwurf sichern

An: bh_neuhaus@e-post.de

Betreff: Pferderaub in Wiesendorf

Von: Cliff.Neuhaus@e-post.de

Liebe Mama, lieber Papa,

ich habe mich so lange nicht bei euch gemeldet, weil ich zusammen mit Cleo ein sehr spannendes Abenteuer erlebt habe!

In Cleos Nachbarschaft wurde ein Pferd gestolen. Sein Besitzer solte Lösegeld dafür bezalen. Wir haben eine Suchmeldung verfast, vile Zeugen befragt und einen Erpreserbrief zusamengesetzt – leider ales ohne Erfolg! Dann haben wir aber herausgefunden, dass der Besitzer sein Pferd in Warheit selbst entfürt hate, um die Versicherung zu betrügen. Nun drot ihm eine Geldstrafe.

Wen ich wider zu Hause bin, erzäle ich euch noch mehr davon.

Schade, dass die zwei Wochen bald vorbei sind. Ich freue mich aber schon sehr auf zu Hause. Ich hofe, dass ihr mich auch ein bisschen vermist.

Liebe Grüße Cliff

Ist dir aufgefallen, dass Cliff mit der Rechtschreibung rund um die kurzen und langen Vokale Probleme hat?
Nur die Anrede und die ersten zwei Zeilen sind fehlerfrei. Vielleicht, weil er sich da ganz besonders Mühe gegeben hat.

1 Begründe die richtige Schreibung der folgenden vier Wörter in Zeile 1-3 der E-Mail.
(Ein paar Tipps gibt dir Professor Kwirks.)

a *„Liebe" schreibt man mit „ie", weil* ______________________

____

b *„zusammen" schreibt man mit „mm", weil* ______________________

____

- Nach einem betonten **kurzen Vokal** folgen fast immer **zwei Konsonanten**: *Weste*
- Hörst du nur einen Konsonanten, wird er verdoppelt: *Wetter*
- Nach einem betonten **langen Vokal** folgt meist nur **ein** Konsonant: *Dose*
- Manchmal folgt nach dem **langen Vokal** ein ***h***: *Bahn*
- Der **lange Vokal *i*** wird meistens mit ***ie*** geschrieben: *Riese*

c *„sehr" schreibt man mit „h", weil* ______________________

____

d *„spannend" schreibt man mit „nn", weil* ______________________

____

2 Hilf Cliff, seine E-Mail zu korrigieren, bevor er sie an die Eltern schickt.
Durchkreuze dazu alle falsch geschriebenen Wörter.
Schreibe die richtigen darüber.

Mittlerweile hat sich in Wiesendorf herumgesprochen, dass Cliff und Cleo Primax wiedergefunden haben und dem gerissenen Herrn von Klepsheim auf die Schliche gekommen sind.
Frau Dorina Schreiber, die Journalistin der Zeitung für Wiesendorf und Umgebung, bittet Cleo, einen kleinen Artikel über den Pferdediebstahl zu verfassen.
Cleo legt sofort los. Dabei stellt sie beschämt fest, dass sie in den Ferien die Schreibung von *s*, *ss* und *ß* ziemlich verlernt hat. An den Stellen, wo sie sich nicht ganz sicher ist, lässt sie deshalb Lücken:

Zwei mutige Kinder stellen einen geri___enen Pferdedieb

WIESENDORF Am letzten Freitag wurde Primax, das wertvolle Rennpferd von Herrn von Klepsheim, mitten in der Nacht au___ seinem Stall entführt.
Zwei Elfjährige, Cliff N. und Cleo T., haben mit gro___em detektivischem Geschick dazu beigetragen, dass der Dieb schlie___lich gefa___t werden konnte.
E___ war ihnen gelungen, das Pferd weit drau___en in dem alten, verla___enen Schuppen der freiwilligen Feuerwehr wieder zu finden. Ein abgeri___ener Knopf brachte sie dann auf die hei___e Spur: Herr von Klepsheim selbst hatte sein Pferd entführt und anschlie___end eine Erpre___ung vorgetäuscht, um von seiner Ver___icherung eine hohe Summe zu ka___ieren.

3 Hilf Cleo, den Text richtig zu schreiben, indem du in die Lücken ***s***, ***ss*** oder ***ß*** einträgst.

Das **stimmhafte *s*** wird **immer mit einfachem *s*** geschrieben: *Wiesen, blasen*
Das **stimmlose *s***
- wird **nach kurzem Vokal** mit ***ss*** geschrieben: *wissen, Kuss*
- wird **nach langem Vokal** oder **Diphthong** mit ***ß*** geschrieben: *Gruß/Grüße, heiß/heiße*
- wird mit ***s*** geschrieben, wenn bei der Verlängerungsprobe das ***s*** **stimmhaft** wird: *Gra* **?** ⇨ *Gräser* ⇨ *Gras*

Merkwörter: *als, aus, bis, es, was, alles, anders*

Heiße Tipps

Wir hoffen, die Lösung des Rätsels um Primax samt Lese-, Schreib-, Grammatik- und Rechtschreibtraining hat dir Spaß gemacht!
Hast du Lust auf mehr?
Dann reizt dich vielleicht einer der folgenden Buchtipps:

Interessierst du dich für **Pferde**?
Dann könnte dir das Was-ist-Was-Buch zu diesem Thema gefallen.
Darin kannst du dich z. B. über Pferderassen, Pferdehaltung und Pferdesport informieren.

Hat dir der Sachtext über die **Feuerwehr** besonders gut gefallen?
Vielleicht hast du dann ja Lust, ein ganzes Buch zu diesem Thema zu lesen.
Darin erfährst du alles über Einsätze der Feuerwehr, ihre Spezial-Ausrüstung, ihre Löschtechniken und vieles mehr.

Vielleicht bist du aber auch an einem weiteren **Ferienabenteuer** interessiert?
Dann lies, wie die „Fünf Freunde“ eine Schatzinsel erforschen.

Hat es dir besonderen Spaß gemacht, den kniffligen **Kriminalfall** zu lösen?
Dann sind sicher die Geschichten von Kommissar Kugelblitz das Richtige für dich.
Auch da kannst du selbst spannende Fälle lösen.

Lösungen

Seite 5

1 Cleo schlägt Cliff vor, dass er sie in den Sommerferien auf dem Land besuchen soll. Sie könnten dann baden gehen, zelten oder reiten und vielleicht sogar ein spannendes Ferienabenteuer erleben.

Seite 6

2 So könnte der Brief von Cliff an Cleo aussehen:

> *Nomburg, 10. Juni 2013*
>
> *Liebe Cleo,*
>
> *vielen Dank für deinen netten Brief und die Einladung! Es freut mich, dass es dir trotz der vielen Klassenarbeiten und Tests in der Schule gut geht.*
>
> *Jch habe auch ein paar anstrengende Schultage hinter mir. Neben den vielen Klassenarbeiten, die noch vor uns lagen, wollte meine Erdkundelehrerin auch noch einen Test schreiben. Außerdem musste ich in Geschichte ein Referat halten. Das war ganz schön viel Arbeit auf einmal, aber es ist alles recht gut gelaufen.*
>
> *Gestern hatten wir nach all dem Stress einen ganz besonders tollen Schultag. Wir hatten Sportfest. Am Vormittag standen verschiedene Wettkämpfe in Leichtathletik auf dem Programm: 50-Meter-Lauf, Weitwurf und Weitsprung. Dabei habe ich den Klassenrekord im Weitsprung aufgestellt. Am Nachmittag haben wir dann auch noch das Völkerballturnier gegen die 5b gewonnen. Das war ein spannender und erfolgreicher Tag!*
>
> *Jetzt freu ich mich sehr auf Ferien mit dir! Besonders gern würde ich an den Badesee fahren. Vielleicht hast du aber auch Lust auf eine Nachtwanderung oder auf einen Ausflug zu den Höhlen?*
>
> *Lass uns bald telefonieren, damit wir alles genau besprechen können.*
>
> *Viele Grüße*
>
> *Cliff*

Seite 8

1 **a** Die Überschrift passt zur Geschichte, weil es darin tatsächlich um eine unheimliche Gestalt geht, die ein Pferd entführt. Wichtig: Die Überschrift verrät nicht zu viel und weckt Neugier.

b Allerdings ist auch eine Überschrift möglich, die etwa das Pferd nennt, z.B.: *Was passiert mit Primax?*

2 **a** Zeit: eine laue Sommernacht, mitten im Juni; Ort: Pferdegestüt von Herrn von Klepsheim

- **b** In der Einleitung wird Herr von Klepsheim vorgestellt. Er besitzt ein großes Pferdegestüt, wo er trotz der Mithilfe seines Pferdepflegers immer viel Arbeit hat. Sein teuerstes Rennpferd heißt Primax, auf dem er nach einem langen Arbeitstag oft noch ausreitet.
- **c** Die Einleitung macht durch den letzten Satz „Doch dieser Eindruck täuschte.“ (Z. 8) auf das Kommende neugierig, weil man ahnt, dass die Nacht nicht so friedlich bleiben wird, wie sie beginnt.

Seite 9

3 Erzählschritte mit Zeilenangaben und Stichpunkten (deine Lösung kann ein wenig anders aussehen):

Z. 9 - 13: Auto nähert sich den Ställen

Z. 14 - 16: dunkle Gestalt schleicht sich an

Z. 17 - 20: Katze erschreckt Gestalt

Z. 21 - 24: die Person öffnet Stall

Z. 25 - 30: die Gestalt bei Primax

Z. 31 - 36: Primax wird im Anhänger weggefahren

Seite 10

4 Der Höhepunkt der Geschichte liegt in den Zeilen 17 ff., weil hier die Gestalt gestört wird.

5 *Spannungsmelder*: wie aus dem Nichts (Z. 9) – In diesem Moment (Z. 19) – Sekunden später (Z. 23)
anschauliche Adjektive: anstrengenden, fleißigen, teuersten, erschöpft, blassen, geräuschlos, dunkle, schemenhaft, schwarze, zaghaft, leises, quietschende, stockdunkel, zielsicher, aufgeregte, vorsichtig, nervös, unruhig, unheimliche, irritiert, vorsichtig, langsam, einsam
treffende Verben: ausklingen, täuschte, schlug, verriet, näherte, schlich, huschte, schnaubte, beirren, angurten
bildhafte Wendungen und Vergleiche: **wie** aus dem Nichts (Z. 9), **wie** angewurzelt (Z. 18), schnell **wie** ein Blitz (Z. 20), **wie** von Geisterhand (Z. 24)

6 Am Schluss bleiben Fragen nach der unheimlichen Gestalt und dem Ausgang des Diebstahls offen.

Seite 11

7 Mögliche Ideen könnten so aussehen:

Ideen, was Cliff und Cleo unternehmen könnten

- *in der Nachbarschaft nach Zeugen suchen*
- *auf dem Pferdehof nach Spuren suchen*
- *die Polizei verständigen*
- *Eltern und Freunde um Rat fragen*
- *überlegen, wo das Pferd versteckt sein könnte*
- *eine Suchmeldung schreiben*

Seite 12

1 Folgende Möglichkeiten eignen sich dafür, das Pferd äußerlich zu erkennen und zu beschreiben:

Englische Vollblüter erreichen eine Größe (Stockmaß) von 150-170 cm und sind meist braun bis dunkelbraun. Es gibt aber auch rotbraune Füchse, Rappen und Schimmel. Der Körperbau der Tiere ist sehr elegant und feingliedrig. Sie haben einen edlen Kopf mit mittellangen Ohren und großen Augen. Auch die Nüstern sind groß, um das Atmen zu erleichtern.

Das englische Vollblut gilt als ausdauernd, mutig und sensibel und ist dafür bekannt, die Herausforderung des Wettkampfs zu lieben. Vollblütern wird ein Hang zur Nervosität nachgesagt, doch gibt es auch ausgesprochen nervenstarke Tiere. Sie brauchen viel Auslauf, weil sie ein hohes Bewegungsbedürfnis haben.

Seite 13

2 a/b

3

Merkmale	Adjektive
Größenangaben	mittellang, groß, untersetzt, hoch, gedrungen
Körperform	elegant, spitz, kräftig, rund, länglich, schlank, schmal
Farbe	weiß, braun, dunkelbraun, schwarz, rotbraun, gefleckt

Lösungen

Seite 14

4

Rennpferd verschwunden!

Am 13. Juni ist das Pferd Primax, ein Englisches Vollblut, verschwunden.

Man erkennt es an folgenden Merkmalen:

Das Pferd ist ungefähr 170 cm groß (Stockmaß) und hat einen kräftigen Körperbau. Es besitzt ein rotbraunes Fell und einen dunkelbraunen Schweif. Die Fessel rechts vorn ist weiß, ansonsten sind die Beine so braun wie der Körper. Außerdem ist das Tier durch einen weißen, länglichen Stirnfleck gekennzeichnet, der bis zu den Nüstern und dem Maul reicht. Primax hat einen schmalen Kopf mit spitzen Ohren und großen Nüstern.

Bitte melden Sie sich, wenn sie etwas über das Pferd wissen (seinen Aufenthalt).

Unsre Adresse: Familie Templin, Bergstr. 3, 56789 Wiesendorf

Unsre Telefonnummer: 0177-123456789

Seite 15

1

Das ist ja unsere Wiesendorfer Zeitung vom letzten Freitag! Wir könnten . .

... die ausgeschnittene Zeitungsseite auf die vollständige legen und so feststellen, welche Wörter fehlen.

Seite 16

2 Nomen sind *Rennpferd*, *Geldübergabe*, *Koffer* und *Geldes*.

3 Drei Nomen stehen im Singular.
Ein Nomen („Koffer“) steht sowohl im Singular als auch im Plural.

4

das Rennpferd	= Neutrum
die Geldübergabe	= Femininum
der Koffer	= Maskulinum
das Geld	= Neutrum

Seite 17

5 ***die*** und ***des*** sind bestimmte Artikel, ***einen*** ist ein unbestimmter Artikel.
schwarzen und ***teuren*** sind Adjektive.
Ihrem ist ein Possessivpronomen.

6 des | Geldes

Jhrem | teuren | Rennpferd

einen | schwarzen | Koffer

die | Geldübergabe

7 Mit den Wortgruppen sind z.B. folgende Sätze möglich:

Die Hälfte des Geldes will ich in 500-Euro-Scheinen.

Jhrem teuren Rennpferd wird sonst etwas Schreckliches passieren.

Füllen Sie einen schwarzen Koffer mit dem Geld.

Die Geldübergabe muss ohne Polizei stattfinden.

(Auch andere Sätze sind natürlich möglich. Du darfst nur die Form der Wortgruppen nicht verändern.)

8

Die Hälfte **des Geldes** will ich ...	- **Wessen** Hälfte will ich ...?	= **Genitiv**
Ihrem teuren Rennpferd wird ...	- **Wem** wird sonst ...?	= **Dativ**
Füllen Sie **einen schwarzen Koffer** ...	- **Was** füllen Sie ...?	= **Akkusativ**
Die Geldübergabe muss ... stattfinden.	- **Wer** muss stattfinden?	= **Nominativ**

Seite 19

9 Cleo verwendet nicht die richtigen Zeitformen (**Tempusformen**). Cliff verwendet falsche **Präpositionen**.

10/11

Papa! Vor zwei Stunden ~~werden~~ *haben* wir eine tolle Entdeckung ~~machen~~ *gemacht*! Als niemand auf unsere Suchanzeige ~~reagiert~~ *reagiert hatte*, ~~gehen~~ *sind* wir vorhin enttäuscht über den Pferdehof *gegangen*.

Als wir dort ziellos herumgelaufen sind, haben wir plötzlich ~~nach~~ *in* einer Mülltonne eine zerknüllte Zeitung ~~ohne Löcher~~ *mit Löchern* entdeckt.

Dann ~~waren~~ *sind* wir nach Hause gelaufen und ich ~~suche~~ *habe* unsere Zeitung *gesucht*.

Leider ~~werden~~ *haben* wir jetzt keine Idee ~~haben~~, was wir machen ~~sollten~~ *sollen*. Wenn wir Primax nicht bald ~~fanden~~ *finden (werden)*, ~~überlebte~~ *wird* er das sicher nicht *überleben*.

Anschließend haben wir das löchrige Blatt ~~neben~~ *auf* die vollständige Zeitungsseite gelegt. ~~Zwischen~~ *Mit* einiger Mühe haben wir die ausgeschnittenen Wörter herausgefunden.

Lösungen

Seite 21

1

Man hat Herrn von Klepsheim ein Pferd gestohlen? Den Diebstahl habe ich nicht mitbekommen! Er sollte den Geldforderungen nachgeben!

Ich habe fest geschlafen. Ich habe nichts bemerkt. Hoffentlich könnt ihr das arme Pferd seinem Besitzer bald zurückgeben!

2 a/b

Gesehen / habe / ich / nichts.
Ich / habe / ein leises Wiehern / gehört.
Dieses Erlebnis / habe / ich / niemandem / erzählt.

3 Die erste Nachbarin macht sich verdächtig, weil sie eigentlich nicht wissen kann, dass der Pferdestallbesitzer von Klepsheim mit **Geldforderungen** erpresst wird.

Seite 22/23

4/5/6 Die zu markierenden Umstandsbestimmungen stehen in dieser Tabelle:

7 Cliff und Cleo könnten sich von Herrn von Klepsheim den Erpresserbrief zeigen lassen.

Adverbiale Bestimmung			
... des Ortes *Wo? Wohin?*	... der Zeit *Wann? Wie lange?*	... des Grundes *Warum?*	... der Art und Weise *Wie? Auf welche Weise? Womit?*
auf dem Hof	kurz vor Mitternacht	wegen der vielen Arbeit	ziemlich gut
zu den Ställen	nach	Wegen des Mondlichts	mit Sicherheit
Hinter dem Gebüsch	um diese Zeit	aus Geldgier	
in meinem Briefkasten	mitten in der Nacht		
	Gestern		

Seite 24/25

1/2 Ich habe Ihr Rennpferd entführt, **denn** ich kenne den Wert von Primax. (= **Satzreihe**)
Damit die Übergabe des Geldes möglichst bald **stattfindet**, besorgen Sie am besten sofort 100.000 Euro und einen schwarzen Koffer. (= **Satzgefüge**)
Wenn Sie diese Summe nicht **zahlen**, sehen Sie Ihr Pferd nie mehr! (= **Satzgefüge**)
Ich melde mich wieder, **sobald** Sie das Geld beschafft **haben**. (= **Satzgefüge**)
Sie sagen ein Wort zur Polizei, **und** Ihrem teuren Primax passiert etwas Schreckliches! (= **Satzreihe**)

Seite 28

3 In dem Text geht es um die Geschichte und um die aktuellen Aufgaben der Feuerwehr.

4/5 Die Feuerwehr früher und heute

Die Geschichte der Feuerwehr reicht weit zurück. Bereits die alten Römer hatten vor 2000 Jahren eine organisierte Feuerwehr. Das war auch notwendig, denn im Römischen Reich gab es Millionenstädte wie Rom. In diesen standen mehrstöckige Häuser, die häufig An- oder Vorbauten aus Holz hatten, sehr eng zusammen. Dadurch breiteten sich die Brände schnell aus und waren oft tagelang nicht unter Kontrolle zu bekommen. So wurden häufig ganze Stadtbezirke dem Erdboden gleichgemacht. Daher wurde im Jahr 21 v. Chr. eine erste Feuerwehr mit 600 Sklaven gegründet. Unter Kaiser Augustus entstanden dann sieben Kohorten zu je 420 bis 600 Mann, die jeweils für zwei Stadtteile zuständig waren. Die römische Feuerwehr hatte jedoch noch keine Schläuche, sondern arbeitete mit Spritzen, Wassereimern, Leitern und Löschdecken.

Truppen

Im Mittelalter waren die Einwohner in vielen Gemeindeverfassungen verpflichtet, sich am Brandschutz zu beteiligen. Türmer oder Nachtwächter waren für die Feuermeldungen zuständig. Weil die vielen eng stehenden Fachwerkhäuser aus Holz schnell Feuer fingen, kam es auch hier sehr oft zu großen Bränden, denen ganze Stadtviertel zum Opfer fielen. Deshalb wurden im späten Mittelalter „Feuerknechte", die man als die ersten Berufsfeuerwehren bezeichnen kann, in den Feuerlöschverordnungen verankert. Aber auch diese Feuerwehren arbeiteten nur mit einfachen Hilfsmitteln wie Eimern und Leitern.

Regeln für die Gemeinden
Wächter auf einem Turm
Arbeitskräfte

Im 17. Jahrhundert wurde der Feuerwehrschlauch erfunden, der anfangs aus Leder genäht wurde. Bis zu Beginn des 20. Jahrhunderts arbeitete die Feuerwehr noch mit Handpumpen, so genannten „Feuerspritzen", die von Pferden oder der Löschmannschaft aus dem Spritzenhaus zum Einsatzort gezogen wurden.

Haus für die Feuerwehrgeräte

In der Mitte des 19. Jahrhunderts entwickelte sich neben der Berufsfeuerwehr die freiwillige Feuerwehr. Diese spielt bis heute beim Brandschutz in Deutschland eine wichtige Rolle und arbeitet eng mit der Berufsfeuerwehr zusammen.

Seit Anfang des 20. Jahrhunderts verbesserte sich die technische Ausrüstung der Feuerwehren wesentlich. Vor allem leistungsfähige Fahrzeuge und Feuerlöschpumpen gehören seitdem zu jeder Feuerwehrausrüstung dazu. In dieser Zeit wurden immer größere Feuerwehrhäuser gebaut, in denen die vielen Fahrzeuge und Geräte untergestellt wurden. Im so genannten „Schlauchturm" konnten die Schläuche nach dem Einsatz zum Trocknen aufgehängt werden.

In den letzten Jahrzehnten ist die Zahl der Brände stark zurückgegangen. Die Feuerwehr hat seitdem zahlreiche weitere Aufgaben übernommen. Eine wichtige Arbeit besteht darin, Bränden und Gefahren vorzubeugen. Außerdem hat die Feuerwehr einen Rettungsdienst, der bei Unfällen, Schlaganfällen oder Herzinfarkten ausrückt. Auch bei Überschwemmungen oder der Verhinderung von Umweltschäden kommt sie zum Einsatz. Manchmal rückt sie auch aus, um Tiere zu retten, die in Not geraten sind.

6

Zeile	Zwischenüberschrift
1-12	21 v. Chr.: erste Feuerwehr im Römischen Reich
13-22	Erste Berufsfeuerwehren im Mittelalter
23-30	17. Jh.: Feuerwehrschlauch, Handpumpen, Spritzenhaus
31-34	Mitte 19. Jh.: freiwillige Feuerwehr
35-42	Anfang 20. Jh.: verbesserte technische Ausrüstung, größere Feuerwehrhäuser
43-50	Neue Aufgaben in letzten Jahrzehnten (Vorbeugung, Rettungsdienst, Überschwemmungen, Umweltschäden, Tierrettung)

Seite 29

7

Im Römischen Reich, im Jahr 21 v. Chr., wurde die erste Feuerwehr gegründet, weil es in großen Städten häufig zu Bränden kam, die sich schnell ausbreiteten. Auch im Mittelalter fingen die Häuser schnell Feuer, sodass bald die ersten Berufsfeuerwehren zum Einsatz kamen. Sie arbeiteten jedoch nur mit einfachen Hilfsmitteln. Im 17. Jahrhundert wurde der Feuerwehrschlauch erfunden. Mitte des 19. Jahrhunderts entwickelte sich dann die freiwillige Feuerwehr. Seit Beginn des 20. Jahrhunderts wurden die Feuerwehren technisch deutlich besser ausgestattet und brachten ihre Geräte und Fahrzeuge in großen Feuerwehrhäusern unter. In den letzten Jahrzehnten ist die Feuerwehr verstärkt in der Brandvorbeugung und im Rettungsdienst tätig (Überschwemmungen, Umweltschäden, Unfälle).

8 „... Gibt es hier in der Nähe einen verlassenen alten Feuerwehrschuppen oder etwas Ähnliches?“

Seite 30

1 Cliff und Cleo kommen zu dem verlassen Feuerwehrhaus und finden darin Primax wieder.

2 So könnte der Schreibplan aussehen:

1)	Einleitung	
	Wer?	Cliff und ich
	Wo?	stillgelegtes Feuerwehrhaus
	Wann?	am späten Abend
2)	Hauptteil	
	Was passierte?	Wir schlichen uns an den Schuppen an.
		Wir hörten im Schuppen ein lautes Schnaufen.
		Eine dunkle Gestalt verließ das Haus, erschreckte uns.
		Drinnen erschreckt uns eine Ratte.
	Höhepunkt	Wir stießen auf Primax.
3)	Schluss	Wir freuten uns, riefen Herrn von Klepsheim und die Polizei an.

Seite 32

3 Die erste Einteilung ist nicht gut so gelungen, weil sie schon verrät, wie die Geschichte ausgeht, und weil sie nicht erzählt, wo die Geschichte spielt. Sie klingt gar nicht spannend.

Seite 33

4 Cleo hat keine Karteikarte für **wörtliche Reden** angelegt.

5 Hier können verschiedene Wörter und Wendungen markiert werden, z. B.:
treffende Verben: schleichen, sich nähern, flüchten, flüstern, jubeln, ...
anschauliche Adjektive: finster, geräuschlos, blitzschnell, schemenhaft, überglücklich, ...
bildhafte Wendungen und Vergleiche: starr vor Schreck sein, Herz schlägt bis zum Hals, ...
Spannungsmelder: plötzlich, auf einmal, in diesem Moment, ...

6 Der Dialog zwischen Cliff und Cleo könnte z. B. so lauten:
„Hoffentlich wartet hier drinnen jetzt nicht die nächste schreckliche Überraschung auf uns", flüsterte Cleo.
Cliff entgegnete: „Unwahrscheinlich. Der Erpresser ist ja jetzt weg."
„Ich find es aber trotzdem unheimlich", murmelte Cleo, „und dort – ein Schatten!"
„Das ist doch nur eine Ratte", stotterte Cliff.
„Schau mal", rief Cleo, „da hinten seh ich was!"
„Das ist ja Primax!", jubelte Cliff erleichtert.

7/8 So könnten Überschrift, Hauptteil und Schluss der Geschichte aussehen:

Eine aufregende Entdeckung in der Nacht

...

Langsam und vorsichtig näherten Cliff und ich (oder: *... näherten Cleo und ich ...*) *uns ratlos dem Schuppen. Als wir uns herangeschlichen hatten, hörten wir plötzlich ein unruhiges Schnaufen.*

„Das könnte Primax sein", flüsterte ich Cliff zu. Jn diesem Moment klapperte die Tür des alten Gebäudes. Wir blieben vor Schreck wie angewurzelt stehen und drückten uns an die Mauer. Das Herz schlug mir bis zum Hals, als auf einmal eine dunkle Gestalt die Tür öffnete. Blitzschnell und geräuschlos verschwand die unheimliche Person über die Wiese in der Dunkelheit. Wir atmeten erleichtert auf.

„Hoffentlich wartet hier drinnen jetzt nicht die nächste schreckliche Überraschung auf uns", flüsterte ich.

Cliff entgegnete: „Unwahrscheinlich. Der Erpresser ist ja jetzt weg."

„Jch find es aber trotzdem unheimlich", murmelte ich, „und dort – ein Schatten!"

Etwas Schwarzes schoss durch den Schuppen. Vor Schreck schrien wir beide auf.

„Das war eine Ratte", stotterte Cliff und rief gleich darauf: „Schau mal! Dort hinten seh ich was!"

„Da ist Primax ja!", jubelte ich erleichtert.

Wir fielen uns glücklich in die Arme. Sofort nahm ich mein Handy und rief Herrn von Klepsheim und die Polizei an.

Noch in derselben Nacht konnte Primax wohlbehalten in seinen Stall zurückgebracht werden.

Seite 35

1

Seite 36

2 Stark verdächtig macht sich Herr von Klepsheim: Auf S. 22, 24 und 30 hat er genau so einen eckigen Knopf an der Jacke (übrigens auch auf dem Umschlag des Ferienhefts)!

3

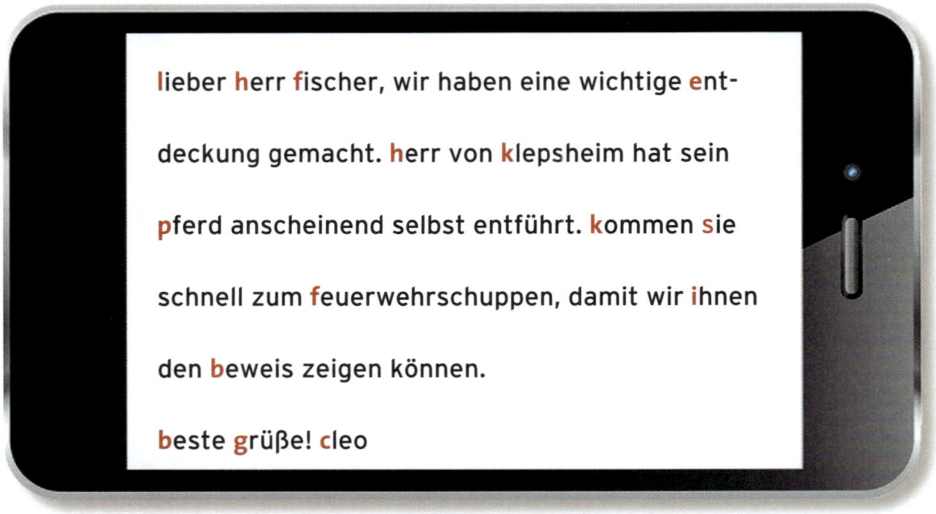

Seite 37

1 Herr von Klepsheim hat sein eigenes Pferd entführt, weil er von der Versicherung Geld für das „gestohlene" Pferd kassieren möchte.

Seite 39

2, 3, 4

Verhörprotokoll **15.06.2013**

Herrn von Klepsheim – Pferdediebstahl „Primax"

Ich gebe zu, dass ich mein Pferd selbst entführt habe. Dafür hatte ich folgende Gründe: Auf meinem Gestüt arbeite ich hart ~~und schwer~~ und mit großem Arbeitseinsatz als Pferdezüchter. Allerdings: Ich bin nicht wirklich gut ~~und clever~~! Ich habe nur ein teures ~~Pferd~~ Rennpferd, ~~das viel Geld kostet und teuer ist~~. In meiner Verzweiflung habe ich mir überlegt, die Versicherung zu betrügen, ~~weil ich ziemlich verzweifelt war~~. Ich wollte das ~~Pferd~~ *Tier* verstecken und so tun, als sei ~~mein Pferd~~ *es* entführt worden. Von der Versicherung ~~wollte~~ *plante* ich dann die Versicherungssumme *zu* kassieren. ~~Dann~~ *Später* wollte ich das Pferd wieder zurück in meinen Stall holen und so tun, als hätte ich ein neues ~~Pferd~~ gekauft, das dem alten ~~Pferd~~ sehr ähnlich sieht ~~und ihm gleicht wie ein Ei dem anderen~~.

An dem Junitag habe ich mit Primax *am Abend* einen Ausritt unternommen. Ich bin *um Mitternacht* in mein Auto mit der Pferdebox gestiegen und die wenigen 100 Meter ~~zu den Ställen~~ *zum Pferdehof* gefahren. Ich habe ~~das Auto~~ *den Wagen* *hinter dem Gebüsch* geparkt und bin zum Stall geschlichen, in dem mein Pferd steht. ~~Dann~~ *Als nächstes* bin ich ~~in den Stall gegangen~~ *hineingegangen* und habe ~~mein Pferd~~ *Primax* beruhigt. ~~Dann~~ *Schließlich* habe ich das ~~Pferd~~ *Rennpferd* mit zu meinem Auto genommen, in den Anhänger gebracht, bin weggefahren und habe ~~das Pferd~~ *es* *im Feuerwehrschuppen* versteckt. Als ich wieder zu Hause war, habe ich einen Erpresserbrief *mit ausgeschnittenen Zeitungswörtern* zusammengeklebt, um ihn der Versicherung zu zeigen. Ich konnte ja nicht ahnen, dass es *Cliff und Cleo* gelingt, mein Pferd wieder zu finden und mich zu überführen!

Seite 41

1
- **a** „Liebe“ schreibt man mit „ie“, weil das „i“ lang gesprochen wird.
- **b** „zusammen“ schreibt man mit „mm“, weil davor ein betonter kurzer Vokal steht.
- **c** „sehr“ schreibt man mit „h“, weil der Vokal davor lang und betont ist.
- **d** „spannend“ schreibt man mit „nn“, weil davor ein betonter kurzer Vokal steht.

2

Liebe Mama, lieber Papa,

ich habe mich so lange nicht bei euch gemeldet, weil ich zusammen mit Cleo ein sehr spannendes Abenteuer erlebt habe.

In Cleos Nachbarschaft wurde ein Pferd ~~gestolen~~ gestohlen. Sein Besitzer ~~solte~~ sollte Lösegeld dafür ~~bezalen~~ bezahlen. Wir haben eine Suchmeldung ~~verfast~~ verfasst, ~~vile~~ viele Zeugen befragt und einen ~~Epreserbrief zusamengesetz~~ Erpresserbrief zusammengesetzt – leider ~~ales~~ alles ohne Erfolg! Dann haben wir aber herausgefunden, dass der Besitzer sein Pferd in ~~Warheit~~ Wahrheit selbst ~~entführt hate~~ entführt hatte, um die Versicherung zu betrügen. Nun ~~drot~~ droht ihm eine Geldstrafe.

~~Wen~~ Wenn ich ~~wider~~ wieder zu Hause bin, ~~erzäle~~ erzähle ich euch noch mehr davon.

Schade, dass die zwei Wochen schon bald vorbei sind. Ich freue mich aber schon sehr auf zu Hause. Ich ~~hofe~~ hoffe, dass ihr mich auch ein bisschen ~~vermist~~ vermisst.

Liebe Grüße
Cliff

Seite 42

3 Zwei mutige Kinder stellen den gerissenen Pferdedieb

WIESENDORF Am letzten Freitag wurde Primax, das wertvolle Rennpferd von Herrn von Klepsheim, mitten in der Nacht aus seinem Stall entführt. Zwei Elfjährige, Cliff N. und Cleo T., haben mit großem detektivischem Geschick dazu beigetragen, dass der Dieb schließlich gefasst werden konnte.
Es war ihnen gelungen, das Pferd weit draußen in dem alten, verlassenen Schuppen der freiwilligen Feuerwehr wieder zu finden. Ein abgerissener Knopf brachte sie dann auf die heiße Spur:
Herr von Klepsheim selbst hatte sein Pferd entführt und anschließend eine Erpressung vorgetäuscht, um von seiner Versicherung eine hohe Summe zu kassieren.